남부군

▲ 굽이치는 지리산 연봉들의 장엄한 모습.

회문산

백련산
↓

▲ 모래재에서 본 회문산 일대.
백련산 아래 청웅면 면소재지가 보인다.

▲ 민족분단으로 수많은 젊은이들이 죽어간 지리산.

▲ 왼쪽 정상이 천왕봉. 오른쪽 정상이 노고단.

PRISONER OF WAR

Date of capture _____

Place (or sector) of capture _____

_____

Unit making capture _____

UN AGO FORM NO. 3
19 AUG 50

▲ 저자가 포로로 잡힌 직후 발급된 전쟁포로 증명서.

▲ 남로당 야산대를 다룬 당시의 기사 '소탕전야의 지리산 답사기' 《동아일보》 1949.10.22.

▲ 백운산, 지리산 방면의 빨치산 토벌을 다룬 기사《동아일보》1948. 10. 27.

▲ 지리산 문화공작대사건 군사재판 기사《동아일보》1949. 9. 29, 10. 1).

共匪慶南道責 趙炳夏를 生捕

共匪隊長 宋寬一 山清郡에서 射殺

共匪總頭目 李鉉相射殺
十八日下午智異山無名高地서

▲ 전북도당 부위원장 조병하를 생포했다는 기사(1954. 2. 11).

▲ 빨치산 대장 송관일을 사살했다는 기사(1953. 8. 24).

▲ 남부군 총사령관 이현상을 사살했다는 기사(1953. 9.

ПЕРВЫЙ ВЫПУСК УЧИТЕЛЕЙ РУССКОГО ЯЗЫКА.
г. ЦИННАМПО. 15.5.46г. - 1.2.47г.

平壤學院

▲ 강동정치학원으로 흡수된 평화학원에서 교육을 받고 있는 유격대.

박헌영.   ▲ 이승엽.   ▲ 허가이.

▲ 민주산악회의 총산악대장으로 등산길에서.

▲ 1953년 5월 결혼 후 맞이한 첫 신년(1954. 1.

▲ 개헌추진청주대회(1986. 5).

남부군

최초로 공개된 지리산 빨치산 수기

이태 지음

두레

보완판을 내면서

　서문에서 썼듯이 이 이야기를 쓴 것은 냉전논리가 그대로 팽배하던 시절이었다. 그런 조건하에서 대한민국에 반대하던 '산사람들'의 얘기를 창작도 아니고 자신의 체험을 자신의 손으로 쓴다는 것은 여간 조심스러운 일이 아니었다. 그래서 나는 당시 체험자들의 증언을 제대로 들을 수도 없는 아쉬움 속에서 이 기록을 쓸 수밖에 없었고, 사망이 확실치 않은 경우는 그가 사회생활을 하는 데 당할지도 모를 불이익을 고려해서 짐짓 실명 사용을 피했었다.

　불과 18개월 전의 얘기지만 『남부군』 초판 출간 이후 세상은 많이 달라졌다. 냉전논리는 화해 무드로 점차 바뀌어가고 있으며, 이 기록이 단초가 되었던지 그후 이 영역의 수기류가 쏟아져 나왔고 전문적인 연구가도 생겼다. 그러는 동안 필자의 손이 닿지 않았던 '산중 동료' 중 자진해서 참고증언을 들려준 이도 몇 사람 나타났다. 그 결과 초판 『남부군』 속에 지엽적이긴 하지만 얼마만큼의 오류가 있다는 것도 발견할 수 있었다. 가령 그때 산중을 휩쓸던 '이름 모를 열병'이 '재귀열'이라는 희귀한 전염병이었다는 것을 당시 전남부대 소속 의사였던 이 모 씨라는 분이 알려온 일도 있고, 어떤 간부의 사망 일자와 장소가 기술 내용과 다르다고 알려온 당시 토벌대 종군자의 증언도 있었다.

이런 것들을 사실대로 바로잡고 새로 밝혀진 사실들을 보태어 이제 수정보완판을 내게 되니 뭔가 어깨가 가벼워진 느낌이다. 이 보완원고에 도움을 준 분은 『남부군』에 등장하는 생존자 김 영 씨, 외팔이라는 통칭으로 불리던 최태환 씨, '목동'이라는 애칭으로 불리던 김 모 여인, 사변 전부터 이현상 사령관의 측근을 지켜온 산중 이름을 '옥자'라고 했던 남부군의 여인, 전남도 소속이던 의사 이 모 씨, 당시 17세의 소녀였던 순천의 한 모 여인, 92사단의 문화지도원이던 백 모 여인, 전북 땅 ㄲ병단장이었던 황의지 씨 등과 군 토벌대 36연대 소속이었던 이상연 씨, 재북 남로당 간부였던 박갑동 씨 등이다.

어려운 증언을 들려주신 이분들께 진심으로 감사를 드린다. 그리고 불행했던 우리 세대가 사멸하기 전에 베일에 가려진 역사의 진실을 밝히기 위해 당시 체험자들의 귀중한 증언을 필자는 앞으로도 기대하고 있다는 뜻을 덧붙이고 싶다.

1990년 정월
저자

나는 왜 이 기록을 썼는가

이 책은 6·25전란 중 남한 빨치산을 대표하던 '남부군'을 주제로 한 체험적 수기이다.

남부군은 토벌 당국에 의해 남부군단 혹은 이현상(李鉉相)부대 또는 나팔부대라고 불려지던 게릴라 부대의 고유명이며 그 정식 호칭은 조선인민유격대 '독립 제4지대'였다. 남부군은 당시 소위 '남한 빨치산'을 대표하는 이름이었다. 남한 최초의 조직적 좌익 게릴라 부대였고, 유일한 순수 유격부대였고, 특히 남한 빨치산의 전설적 총수 이현상의 직속 부대였기 때문이다. 그 내력과 역정은 차차 이 기록에서 밝혀질 것이다. 남부군은 비극의 상징이기도 한 이름이었다. 남한 빨치산 중 가장 완강했던 무력집단이었고, 그래서 가장 처참하게 스러져갔으면서도 북한 정권에 의해 버림받고 마는 비운의 병단이었기 때문이다. 그 궤멸의 과정은 차차 이 기록에서 밝혀질 것이다.

나는 기구한 운명으로 이 병단의 일원이 되었고, 신문기자라는 전직 때문에 전사(戰史) 편찬이라는 소임을 담당하면서 이 부대가 궤멸하는 과정을 스스로 겪고 보며 기록해왔다. 그 경위도 이 기록에서 차차 밝혀질 것이다.

기록은 소재이지 역사 자체는 아니다. 소재에는 주관이 없다. 소재는 미화될 수도 없고 비하할 것도 아니다. 의도적으로 분식된 것은 기록이 아니라 창작이다. 나는 작가가 아니라 사실보도를 업으로 하는 기자였다. 되도록 객관적으로 모든 사실을 기록에 남기고자 노력했다. 그러나 그 자료들은 이 기록 속에 적은 그대로의 연유로 해서 내 손에서 떠나가버렸다. 나는 언젠가는 그러한 내 체험을 기록으로 남겨야 한다는 '의무감' 같은 것을 느끼며 체포된 직후 남원수용소에서 다시 그 작업을 시작했다. 그것은 아래에 적은 몇 가지 이유 때문이었다.

이 회상기에서 대학생이던 한 청년은 말한다. "대장 동무는 꼭 살아서 돌아가주세요. 그리고 역사의 수레바퀴에 깔려 죽어간 우리들의 삶을 기록해주세요." 그 목소리는 언제나 생생하게 내 귓전에 남아 나를 재촉했다. 이 수기 속에서 사랑하는 아버지와 오빠를 학살당하고 복수의 악귀가 된 한 소녀는 자신마저 박격포탄에 찢겨 겨울산에서 죽는다. 백설 위에 선지피를 뿌리며 숨져가던 그녀가 마지막에 경련하는 입술로 무엇을 말하려 했던가를 나는 적어 남겨야 했다. 그것이 살아남은 자의 의무라고 생각했다. 남원수용소에서 나는 더욱 진실한 내 나름의 시각에서 사실에 접근하고자 간신히 손에 넣은 몽당연필을 들고 나 자신의 체험을 자세히 메모하는 한편 산중에서의 기억을 더듬으며 이 사람, 저 사람에게 들은 얘기를 화선지 휴지 조각에 메모했다. 이 회상기에 나오는 나 이외의 개인적인 기술은 대부분 이때 보고 들은 얘기들이다.

얼마 후 나는 정상적인 사회생활로 복귀할 수 있었지만, 당시 나 같은 입장의 사람들이 항용 겪어야 했던 여러 여건들로 해서 그 메모를 기록화할 엄두를 내지 못한 채 그럭저럭 20년이라는 세월이 흘렀다. 오히려 그 악몽 같은 기억들에서 짐짓 멀어지고자 했다는 것이 솔직한 심경이었는지도 모른다. 그러던 어느 날 나는 불의의 교통사고를 만나 생사의 경계를 헤매는 몸이 되었다. 그것이 그동안 잠자던 마음의 부담을 다시 일깨우는 계기가 된 것이다. 몽롱한 의식 속에서 나는 내가 죽기 전에 그 기구한 체험들을 기록해야겠다고 다시 다짐했다. 그것을 쓸 사람이 어쩌면 나밖에는 없지 않을까 하는 생각이 하나의 강박감이 되어 되살아났던 것이다. 뒤에 적을 여러 가지 어려움을 딛고 가까스로 원고의 정리를 마쳤지만, 그러나 그것을 세상에 내놓는 데는 10월유신과 5공화국이라는 암흑기로 인하여 또다시 10년이라는 기간을 기다려야 했다. 그동안 생각하기조차 역겨운 경위로 해서 기록의 일부가 어떤 소설 속에 표절되기도 했고, 그 때문에 가까스로 만난 보완의 기회를 놓치기도 했다. 이제 국가의 기밀도 공개하는 30여 년이라는 세월이 흘렀다. 모든 것을 역사적 사실로서 관조할 수 있는 시기가 되었다고 판단하고 나는 이 기록의 출판을 결심했다. 참으로 기나긴 세월이었으나 그에 비해 너무나 초라한 결과에 부끄럼을 느끼면서도…….

기록들에 의하면 49년 이래 5년여에 걸친 소백·지리지구 공비 토벌전에서 교전횟수 실로 10,717회, 전몰 군경의 수는 6,333명에 달한다. 빨치산 측 사망자의 수는 믿을 만한 근거가 없지만 줄잡아 1만 수천은 넘을 것으로 추정된다. 피아 2만의 생명이 희생된, 그 처절함이 세계 유격전 사상 유례가 드문 이 엄청난 사건에 실록 하나쯤은 남겨져야 하지 않을까 생각한 것이다. 죽음이 모든 것을 청산한 지금, 그렇게 죽어간 그 많은 젊은 넋들에게 이 기록이 조그만 공양이 되었으면 하는 마음도 있었다.

물론 공비토벌에 관한 군경 측의 기록이 있고 빨치산 측의 '수기'라는 것도 한두 가지 있기는 하다. 그러나 군경 측 기록은 지나치게 국부

적이거나 정보 부족으로 인한 오기가 적지 않고 더러는 관계자의 무공을 내세우기 위한 터무니없는 과장이 눈에 띄었다. 빨치산의 수기라는 것도 어떤 특정 지역의 인간 관계에 얽힌 얘기, 그것도 어떤 목적의식 혹은 필자의 입장 때문에 의도적인 분식(粉飾)이 너무나 많았다. 그러저러해서 빨치산이라는 이상(異常)사회를 있는 그대로 적나라하게 그려놓은 기록은 사실상 전무했다. 전사는 패망한 쪽의 기록을 읽어야 한다는 말도 있다. 비록 그것이 일그러진 세계의 기록이라 하더라도 어디에도 정확히 적혀 있지 않은 베일에 가려진 전사를 조금도 에누리 없이 기록해 두는 것도 나름의 가치는 있지 않을까도 생각한 것이다.

다음에 나는 이 기록을 통해 북한 정권에 의해서마저도 버림받은 채 남한의 산중에서 소멸되어간 비극적 영혼들의 메아리 없는 절규를 적어보고 싶었다. 북한 정권은 그들에게 가혹한 희생만을 요구했을 뿐 그들의 생명에 대해서 조그만 고려도, 관심조차도 피력한 적이 끝내 없었다. 이 더할 수 없는 잔학(殘虐)을 나는 고발하고 싶었다. 53년 7월, 그 민족적 비극을 마무리하는 휴전협정문서에는 각 상대방 후방에 남겨진 물자와 장비의 철거, 심지어 전사자의 시체 발굴과 반출에 관한 조문까지 있지만 후방에 남겨져 있는 살아 있는 인간에 대한 고려는 전혀 없었다. 다만 휴전회담 막바지에 유엔군 측이 남한 후방의 게릴라의 안전철수를 요구했으나 북한 측이 그것을 묵살했다고만 기록이 남아 있을 뿐이다. 그 무렵에도 남한의 산악에는 수백의 인간들이 일체의 정보로부터 차단된 가운데 절망적인 항전을 계속하고 있었으니 만일 북한 당국이 인명의 소중함을 알았다면, 아니 추호의 동지적 정의(情誼)라도 있었다면 그 절망 속의 생명을 구출할 노력을 기울였어야 했던 것이다.

그럼으로 해서 수백의 생명과 그후에도 토벌전에서 전몰한 상당수

전경대원의 희생을 막을 기회는 있었다. 혹은 장차 재건할 지하당이나 게릴라의 뿌리로서 정전협정에 구애받지 않는 무력을 남겨두려 했음일까? 불원간 절멸할 운명에 있던 이들에게 아마도 그런 기대를 걸지는 않았을 것이다. 구태여 말한다면 남로당계의 유일한 거점인 남한 빨치산이 사멸되는 것을 북한 당국은 막아야 할 이유가 없었던 것이 아닐까. 실제로 남한 빨치산의 소멸과 함께 일체의 기반과 발언권을 상실한 월북 남로당계 간부들은 전쟁의 초연도 채 가시기 전에 무자비한 숙청으로 뿌리를 뽑히고 만다. 그리고 남한 빨치산은 도리어 그 숙청의 이유의 하나로 꼽히게 된다.

어쨌든 정치적 목적 또는 무관심으로 인해 만에 하나 살아남을 가능성 없는 생명들을 방치했다는 것은 다시없는 배신이며 인간을 수단시하는 잔학행위라고 나는 생각한 것이다. 그래서 이 기록에서 이에 관련된 대목은 얘기의 줄거리에서 벗어나는 줄 알면서도 좀 장황하게 기술했다.

이 기록에서 나는 냉혹한 자가숙청 등 빨치산 사회 내부의 모습을 목격한 그대로 적어봤다. 몇만 년을 진화해온 인간의 문명이, 몇십 년을 길러온 인간의 양식이 얼마나 허무하게 무너지고, 벗겨지며, 원시로 돌아갈 수 있는가를 그려보고 싶었다. 이 기록에서 나는 극한상황에 즈음한 인간의 가식 없는 심정을, 어쩌다 이 죽음의 대열에 뛰어든 젊은 지성들의 고뇌를, 그리고 빨치산도 인간이기에 피할 수 없었던 시(詩)와 낭만에 대해서도 기록하고 싶었다. 그것은 주의, 사상은 물론 전쟁 그 자체와도 아무 상관없는 벌거벗은 '인간'의 모습들이었기 때문이다.

차제에 이 하찮은 기록을 쓰면서 몇 가지 어려움이 있었다는 것을 부기하고자 한다. 참고할 문건이나 증언을 얻을 기회와 수단이 거의 없었기 때문이다.

드물게는 기억력 좋은 생존자도 있을지 모르지만 나로서는 그런 사람을 만날 방법도 없고, 만난다 해도 그런 '과거'를 되새기고 싶어 할 사람은 없을 것이다. 이미 오래전에 정상적인 사회생활로 복귀하고 있는 그들끼리는 알아도 서로 모른 척하는 것이 일종의 체질로 되어 있다.

또한 겨울의 군 작전기간 중에는 상황 변화가 너무나 심해서 토벌군 측 기록까지도 갈피를 잡기 힘들 만큼 착잡하게 엉클어져 있다. 빨치산 측 대오도 지리멸렬되어 누구도 자신의 행동경로를 정확하게 기억하지 못할 것이다. 특히 날짜의 관념은 당시에도 애당초 없었다. 그러니까 내가 재현해본 행동경로가 반드시 모두 정확하다는 자신은 없지만 이 기록 속에 나오는 장면 하나하나와 주고받은 말 한마디 한마디는 조금의 에누리도 보태지 않았다는 것만은 자신있게 말할 수 있다.

한편 자기 주변, 국한된 범위의 일 이외에는 알려고도 하지 않고 알 필요도, 알릴 필요도 없었기 때문에 견문하는 지식이 매우 좁을 수밖에 없었고 그것이 빨치산의 생리의 하나이기도 했다. 불과 이십 명의 부대 안에서도 자기 직속상급자 외에는 누가 무엇을 하는 사람인지 모르는 대원이 허다할 만큼 서로 '무관심'했고 인적사항에 관해서는 특히 어두웠다. 더구나 보통 '대장 동무'니, '지도원 동무'니 하고 직명만을 부르는 것이 상례였기 때문에 직속상급자라도 이름이나 전력은 모르는 것이 일반적이었고, 이름 자체가 대개 애칭이나 가명으로 통하는 수가 많았기 때문에 본명까지는 알 까닭이 없다. 나의 경우도 크게 다를 것은 없어 간부들의 이름이나 전력은 거의 모르고 지냈기 때문에 이것이 기술상(記述上)의 한 애로가 되었다. 여기에서 통칭이었던 간부명은 그 통칭을 사용해서 적었다.

빨치산도 지역이나 부대에 따라 관습이나 분위기, 심지어 용어까지가 조금씩 달랐다. 그러니까 여기에 적은 나의 견문이 반드시 모든 빨치산 부대에 그대로 적용되는 것은 아니라는 점도 부기를 해둬야 할 것 같다.

나는 아주 최근, 등산그룹을 따라 산행을 하면서 그 당시 거쳤던 산야의 일부를 다시 밟아볼 기회를 가졌다. 그런데 놀란 것은 머릿속의 기억과 현재의 거리감각이 무척 다른 경우가 있다는 점이었다. 가령 바로 지척이라고 생각했던 곳이 자동차로 수십 분 거리인 경우도 있었고, 대수롭지 않은 오름길이라고 생각했던 곳이 가파르고 힘겨운 등반 코스인 경우도 있었다. 결국 당시의 야성화했던 다리로 걸어본 기억은 일반적인 눈대중은 될 수 없다는 것을 알았다. 겸해서 나는 산천이 결코 의구(依舊)하지만은 않다는 것도 느꼈다. 당시의 민둥산이 지금은 제법 나무가 울창한 숲이 돼 있는 까닭도 있고 훌륭한 등반로가 뚫린 까닭도 있겠지만, 십 년이면 강산도 변한다는 말이 그냥 비유만은 아니라는 것을 가끔 느낀 것이다.

다음에 당시의 빨치산에 관련된 자료를 얻어보고자 했으나 그것도 여의치가 않았다. 내가 접할 수 있는 자료는 공개된 간행물뿐인데, 대부분의 사변관계 간행물에는 빨치산 관계가 매우 가볍게 취급돼 있고 그나마도 숫자나 기술내용이 간행물마다 현격한 차이가 있어 갈피를 잡을 수가 없었다. 가장 방대하고 정사적(正史的)인 문헌인 70년대의 국방부 전사편찬위원회가 펴낸 『한국전란사』에서조차 이 부분에 관해서는 체계적인 기술이 전혀 없었다. 편년을 도외시한 단편적인 우화들, 이를테면 일부 야산대에 관한 관계, 경찰 간부들의 놀랄 정도로 과장된 무공담들이 아무런 검토 없이 그대로 몇 편 실려 있을 뿐이었다. 군 관계 기록이든 경찰 관계 기록이든 특히 숫자(전과)상의 신빙도가 매우 낮았다.

당시의 신문(《동아일보》)도 훑어봤다. 당시는 용지 관계로 타블로이드판을 발행했기 때문에 지면 사정도 있었겠지만 보도관제가 무척 엄격해서 빨치산 관계 기사는 경찰발표문을 그대로 실은 것이 전 전쟁기간을 통해 10여 건 있을 뿐이었다. 그 기사에서 일자만은 참고가 됐지만 그 밖에는 일견해서 사실과 거리가 먼 것이었다. 가령 '공비사살 도합 85,167명(79년 1월 《중앙일보》'지리산'에서 인용)'이라든가 '지난 9개월간의 전과 공비사살 155,419명(51년 7월 8일)'이라는 따위는 오식(誤識)인가 하고 두 자리를 낮춰봐도 도무지 가당찮은 숫자였다. 빨치산이 창궐을 극했던 50년 가을에도 그 총수는 줄잡아 1만 내지 2만이었고, 전쟁 초기 전선에 전개했던 인민군의 총수도 9만 정도였으니 산술적으로도 그런 전과가 나올 수 없는 것이다.

그러니 이런 자료 가지고는 빨치산의 사망숫자 하나 추정하기가 불가능하다는 것을 깨달았을 뿐이었다. 그 밖에도 내가 입수할 수 있는 범위 내에서 여러 문건들을 섭렵해봤지만 여기서 그 문건 명을 일일이 제시하지 않은 것은 거의가 제각기 다른 그 내용들을 내 나름의 지식과 판단으로 재정리해서 이 기록에 인용했기 때문이다.

결국 만족할 만한 참고자료를 얻지 못한 채 이 기록을 쓸 수밖에 없었기 때문에 혹은 날짜나 숫자에 다소간의 착오는 있을지도 모른다. 그리고 사망이 확실하지 않은 경우에는 실명 사용을 짐짓 피한 경우도 있다. 그러나 그 밖에는 위에 적은 취지에 따라 내 자신이 보고, 듣고, 느낀 그대로를 보태지도, 줄이지도 않고 기술하고자 했다. 픽션이 없으니 흥미롭고 드라마틱한 극적 전개도 없을 수밖에 없다. 작위적인 윤색을 하지 않았고 편의상 빨치산인 '나'를 주체로 기술하다보니 용어상 읽는 이의 눈에 거슬리는 대목이 더러 있을지도 모른다. 이 점 독자들의 넓은 혜량이 있기를 바란다.

'지리산'이라면 피비린내 나는 민족사를 연상하던 세대도 이제는 많지 않다. 지금은 국립공원 제1호로 젊은 남녀 등산객의 발길이 잦은 지리산─그 아름다운 능선과 계곡에 피로 얼룩졌던 시절의 얘기는, 그들과 같은 또래의 청춘들이 30여 년 전에 겪었던 일들은 이제 그들에겐 까마득한 전설이며 잊혀져야 할 얘기들이다. 그러나 그 시절─너무나 많은 청춘들이 그 산중을 방황하면서 죽어갔다. 전쟁이란 낱말로도 설명될 수 없는 비참함 속에 죽어갔다. 이제 이름조차 기억하는 이 없는 그 주검들은 풍우 속에 흙이 되었으나 그들이 불태워 살랐던 핏빛 정열에는 한가락 장송곡도 없었다. 그리고 세월은 강물처럼 흘렀다. 흐르고 있다. 지난 은수(恩讐)를 다잡아 싣고, 삭히며 한없이 흘러가고 있다. 사랑도, 미움도, 환희도, 분노도, 마침내 모든 것이 투명으로 돌아간 역사의 강물 위를 인간은 또 흘러간다. 스스로의 의지로는 어떻게도 할 수 없는 25시의 인간들이 한없이 표류해간다. 이것이 이 회상기를 끝내는 나의 감회이다.

여러 해 전 어느 늦가을, 나는 배암사골을 찾기 위해 반선 부락에서 하룻밤을 묵었다. 때마침 내린 가을비 속에서 나는 수많은 망령들의 호곡 소리를 들었다. 그 옛날 그 청년이 말했듯 '역사의 수레바퀴에 깔려' 죽어간 수많은 젊은 넋들의 호곡 소리를 나는 어두운 밤 골짝을 내리는 가을비 속에서 들은 것 같았다. 이튿날 깨어보니 지리연봉은 하얀 첫눈에 덮여 있었다. 겨울장비가 없는 나는 등반을 단념하고 무량한 감회를 되새기며 발걸음을 돌렸다.

1988년 초여름
서울에서 저자

이 수기를 읽고

이호철(소설가)

역사란 끝내는 어느 자잘한 가닥 하나라도 왜곡이나 날조가 불가능하고, 언젠가는 그 정체를 구석구석까지 밝혀주고 드러낸다는 것을 이 수기는 우리로 하여금 새삼 든든하게 확인시켜준다. 마땅히 그래서 역사이고, 그리하여 역사의 심판은 끝내 에누리가 없고 추상 같은 것이다.

이 수기를 대충 원고로 막 통독을 끝낸 참인데, 마침 배달된 조간은 스탈린 치하의 저 무시무시한 30년대 중엽 무더기로 처형되었던 지노비에프, 카메네프, 라데크 등 볼셰비키 지도자 33명을 소련 대법원이 복권시킨 사실을 보도하고 있었다. 나는 이 기사를 접하며 약간 착잡한 감회에 사로잡혔다. 그렇다, 역사는 끝내는 이런 것이다 하는 안도의 한숨과 함께. 그러나 한편으로 그렇다면 우리 현대사 속에서도 40년 전에 꽃다운 나이로 숨겨간 저 수많은 남한 유격대원들과 그 지도자 이현상 같은 사람을 우리 역사의 제자리에 제대로 자리잡히게 할 날은 과연 언제일까 하는 일말의 안타까움 같은 것이었다.

물론 아직은 제도로 그때가 아닐지는 모른다. 그러나 언젠가는 그렇게 되어야 하고, 반드시 그렇게 될 날은 온다. 이 확신이야말로 바로 역사에 대한 확신임에 다름 아니다.

그리고 이렇게 전제할 때 단초(端初)는 중요하다. 그 속에서 겨우 살아남은 몇 사람 가운데 어느 한 사람의 피를 토하는 듯한 호곡(號哭)의 증언, 그것은 바로 이 경우 단초를 이룬다. 이때 과연 사람은 살아남을 만한 것이다. 그는 혼자 살아남은 것이 아니라 조국 산하에 꽃으로 숨겨간 수많은 원혼들을 떠메고 역사 앞에 우뚝 서는 것이다. 그리하여 그때로부터 근 40년이 지난 오늘 우리는 여직 허공에 중음신으로 떠도는 그 원혼들이 별안간 우리 앞에 떼거리를 지어 나타나 눈을 부릅뜨고 다음과 같이 물어오는 것에 제대로 대답을 주어야 한다.

"우리는 우리 현대사 속에서 과연 무엇이었는가. 조국은 우리에게 있어 과연 무엇이었는가. 오늘 우리는 조국에게 있어 무엇인가.

오늘의 시점에서 그들은 과연 애국청년들이었는가, 조국을 배반한 청년들이었는가."

물론 그 해답은 아직 이르다. 그들이 우리 역사 속에서 안존하게 제자리를 차지할 시기는 남북분단이 극복되고 통일이 이루어진 이후가 될 것이다.

그러나 거듭 하는 이야기지만 단초는 중요하다. 이 수기는 그 단초를 제공하고 있다는 점에서 중요한 의미를 지닌다.

저자는 머리말에서 쓰고 있다.

"N수용소에서 나는 보다 진실한 내 나름의 시각에서 사실에 접근하고자 간신히 손에 넣은 몽당연필을 들고 산중에서의 기억을 더듬으며 이 사람 저 사람에게 들은 얘기를 화선지 휴지 조각에 메모했다. 이 회상기에 나오는 나 이외의 개인적인 기술은 대부분 이때 인터뷰한 얘기들이다."

또 쓰고 있다.

"나는 기구한 운명으로 이 병단의 일원이 되었고, 신문기자라는 전직 때문에 전사(戰史) 편찬이라는 소임을 담당하면서 이 부대가 궤멸하는 과정을 스스로 겪고 보며 기록해왔다. 그 경위도 이 기록에서 차차 밝혀질 것이다. 기록은 소재이지 역사 자체는 아니다. 소재에는 주관이 없다. 소재는 미화될 수도 비하할 것도 아니다. 의도적으로 분식된 것은 기록이 아니라 창작이다. 나는 작가가 아니라 사실보도를 업으로 하는 기자였다."

이 이상 더 무슨 말을 덧붙일 수가 있을 것인가.

이것은 나의 지나친 독단일는지도 모르지만 이 수기는 이때까지 내가 읽은 이런 종류의 수기나 소설들을 통틀어 가장 역사의 현장에 가까이 가 닿아 있다.

저자는 자신이 작가가 아니라 오로지 사실을 극명하게 재현하는 기록자의 직분에만 충실했을 뿐이라고 겸손하고 있지만 정작 이 글을 읽은 나는 이 시대의 작가로서 일말의 부끄러움을 느끼지 않을 수 없다. 왜냐하면 이때까지 이 무렵을 다룬 적지 않은 본격소설들이라는 것들은 소설이라는 형식을 과신한 나머지 자의(恣意)에 의한 역사의 왜곡이나 상투화가 횡행하고 있었음을 익히 알고 있기 때문이다.

허구로서의 소설이 한 시대의 진실을 드러내는 양태는, 더구나 제주도 '4·3사건'이라든지 소위 '여순(麗順)사건'이라든지, 이 수기에서 다룬 남한 빨치산 이야기같이 이미 널리 세상에 회자(膾炙)되어 있는 특정 시기의 첨예한 정황일수록 우선 객관적인 사실의 획득에 입각해 있어야 하는 것이 최소한의 조건임은 다시 말할 필요도 없다.

이 점, 이때까지의 우리 작가들은 솔직하게 말해서 그런 쪽의 금기(禁忌)사항이 너무 많고 두터웠다는 것이 일종의 빌미처럼 되어 그런

쪽의 소재만 다루어도 일단 독자들의 호기심을 나름대로 채워준다는 점을 거꾸로 타고 앉아, 안일한 무책임과 상투성, 천박한 비속화(卑俗化), 심지어 역사왜곡까지 일삼아왔던 게 사실이다. 이 말은 그냥 입 끝으로 하는 말이 아니라 나 자신이 6·25 때 북에서 고3으로 인민군에 동원되어 3개월 동안 겪은 경험을 근거로 하는 말이며, 평소에 절실하게 느꼈던 대목이기도 하지만 근본적으로는 역사에 대한 작가 태도와 관련되는 문제인 것이다. 앞에서 든 우리 역사상 특정 시기의 특정 사건에 대해서일수록 이 시대의 작가들은 한껏 뜨겁게 접근해가야 할 것임은 다시 말할 필요가 없다.

이 수기는 기본적으로 저자의 경험에 입각해 있는 그만큼 최소한의 리얼리티를 획득하고 있고 신빙성을 준다. 가령, 장면 하나하나의 분위기, 인물들의 대화, 빨치산 용어들, 서슬 선 칼날 위를 걷는 듯한 하루하루의 그들 생활, 극단적인 정황 속의 남녀관계와 애환의 농도 등등, 너무나도 극명하고 실감을 안겨준다. 그것은 그 생활을 직접 겪어보지 않은 사람이면 도저히 상상만으로는 써낼 수 없는 것들이다.

그러나 그럼에도 불구하고 이 수기가 당시의 역사적 현장에 깊이 닿아 있다는 미덕에도 불구하고 큰 테두리에서의 역사적 진실까지 만유감 없이 획득하고 있느냐 하는 문제는 아직은 유보사항으로 남는다. 그것은 이런 류의 경험에 입각한 수기들이 어쩔 수 없이 지니는 한계이기도 할 것이다.

가령, 이 수기에서도 평범한 독자로서 가장 아쉬움으로 남는 것이 이현상(李鉉相) 같은 사람에 대한 궁금증인데, 슬쩍 편린(片鱗)으로만 보여주고 있는 점, 여간 아쉽지 않다. 그런 대로 어느 정도의 인물부조(浮彫)는 되어 있어 그 사람이 안개 속에서처럼 부옇게 떠올라서 더욱 아쉬움을 더해준다. 물론 저자의 입장에서는 그 이상은 모르니까 그렇게 밖에 쓸 수 없었을 터이지만, 그러나 이 인물에 대한 저자의 시각은 우리에게 새삼 중요한 문제를 제기시킨다. 그것은 남로당의 주요 멤버였던 김삼룡, 이주하, 이현상, 특히 북쪽 권력에 대해 처음부터 강하게 등을 돌렸던 것으로 보이는 이주하, 이현상 같은 사람을 어떻게 평가할 것이냐 하는 문제와 또다시 관련된다. 그리고 이 점에 들어서는 누구나가 한발 주춤하며 물러서고 유보해두려고 하는 듯이 보인다. 바로 그만큼 그들은 오늘의 문제를 제기시킨다. 다시 말해서, 그들에 대한 역사적 평가라는 문제는 단순히 평가에만 머무는 문제가 아니라 우리 앞에 당면해 있는 오늘의 우리 문제, 분단을 극복해내는 데 있어서의 우리 자신의 거취의 문제로서 떠오르고 있는 것이다.

그것은 크게 두 가지로 나뉜다.

그 하나는 가장 현실적 접근이라는 명분 밑의 좌익 기회주의적 성향이며, 그것은 그 너머에 금방 교조주의의 함정이 도사리고 있다. 이 경향은 오늘 젊은 쪽에 팽배해 있는 것 같은데, 매우 위험해 보인다.

다른 하나는 한번 되우 홍역을 치른 경험세대들 태반이 그렇지만 역사적 허무주의에의 경사이다.

그러나 어찌 되었든 간에 역사 속에서의 그이들은 세월이 지날수록, 멀리멀리 세월이 갈수록 광망(光芒)을 더해갈 것은 틀림없다.

끝내는 권력이란 살아생전의 영화(榮華)이지만 순교(殉敎)는 영원에 잇닿아 있는 것이다.

저자의 말을 다시 인용하면서 이 글을 맺는다.

"기록들에 의하면 49년 이래 5년여에 걸친 소백·지리지구 공비 토벌전에서 교전횟수 실로 10, 717회, 전몰 군경의 수 6,333명에 달한다.

빨치산 측 사망자의 수는 믿을 만한 근거가 없지만 줄잡아 1만 수천은 넘을 것으로 추정된다. 피아 2만의 생명이 희생된, 그 처절함이 세계 유격전 사상 유례가 드문 이 엄청난 사건에 실록 하나쯤은 남겨져야 하지 않을까 생각한 것이다. 그렇게 죽어간 그 많은 젊은 넋들에게 이 기록이 조그만 공양이 되었으면 하는 마음도 있었다."

차례

지리산의 능선과 계곡

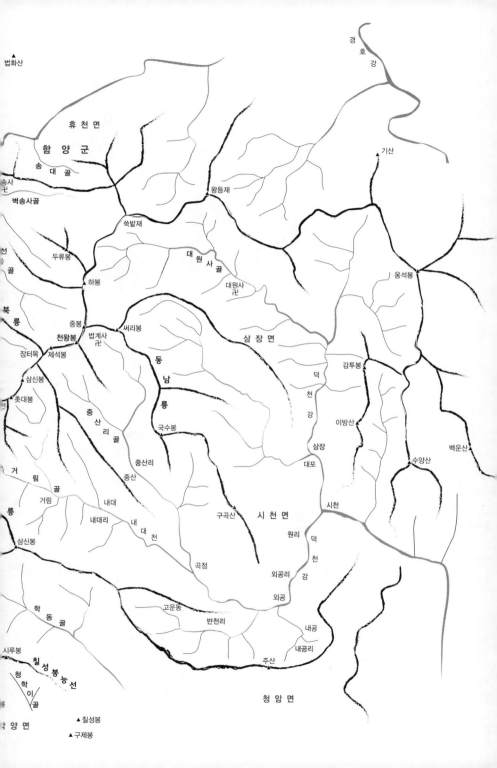

회문산 주변도

운암

운암댐
(운암호)

산내

하중방

상중

필봉산

산 내 면

섬진강

희여터

쌍 치 면

장군봉 **회문봉**

대수말 **회문산**

황계말 산안

엽운산
(여분산)

안시내 일

미륵정이

구림천

베트레 **성미산**

무직산

구 림 면

구림

운남

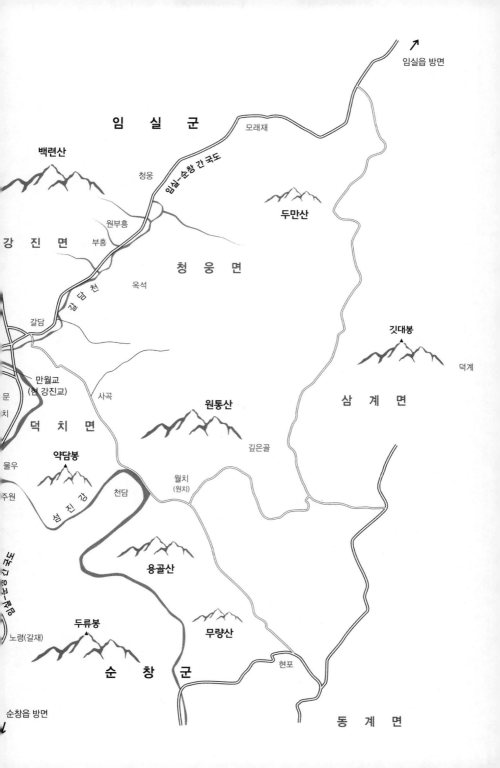

임 실 군

백련산

임실읍 방면

모래재

청웅

임실-순창 간 국도

두만산

원부흥

강 진 면

부흥

청 웅 면

갈담천

옥석

깃대봉

갈담

덕계

만월교
(현 강진교)

사곡

삼 계 면

문
치

덕 치 면

원통산

약담봉

깊은골

물우

월치
(원치)

주원

섬 진 강

천담

국도 용곡-순창 간

용곡산

노령(갈재)

두류봉

무량산

순 창 군

현포

순창읍 방면

동 계 면

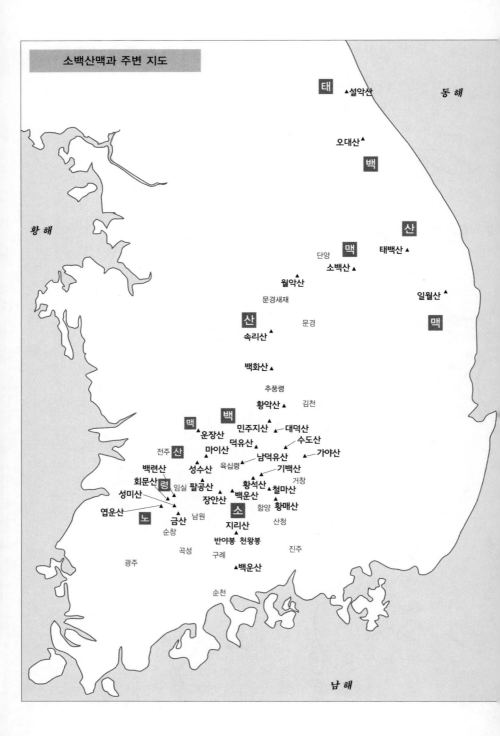

소백산맥과 주변 지도

동 해

▲설악산

오대산▲

태

백

산

맥

단양

소백산▲

태백산▲

황 해

월악산

문경새재

일월산▲

맥

산

문경

속리산▲

백화산▲

추풍령

황악산▲

김천

맥

백

운장산▲

민주지산▲

대덕산

덕유산▲

수도산

마이산▲

전주

산

성수산▲

육십령

남덕유산▲

가야산▲

백련산▲

기백산▲

회문산▲

령

임실 팔공산▲

황석산▲

철마산▲

거창

성미산▲

장안산▲

백운산▲

엽운산▲

노

금산▲

남원

함양

황매산▲

소

지리산▲

산청

순창

순천

곡성

구례

반야봉▲ 천왕봉▲

진주

광주

▲백운산

남 해

1. 엽운산채의 두령들

오식도에 미군이

1950년 9월 26일은 추석이었다. 이 해는 늦더위가 심해서 추석 무렵에도 한낮엔 제법 더웠던 것으로 기억한다. 그날 아침 전주(全州) 교외의 친구 집을 찾아가는데, 마산전선(馬山前線)으로부터 북상해오는 '인민군' 부상병들이 꺼멓게 전 얼굴에 뽀얀 흙먼지와 소금을 뒤집어쓰고 늘어진 걸음으로 삼삼오오 걸어오고 있었다. 이 무렵 '인민군'은 수송수단이 부족해서 웬만한 부상병들은 제각기 걸려서 후송시키고 있었다.

뿔뿔이 걸어오기 때문에 치료를 받지 못해서 심하면 상처에서 구더기가 끓는 경우까지 있었다. 그렇게 야전병원을 찾아가봐야 병원은 복도까지 부상병들로 꽉 차 있고 전문 의료요원이나 의약품은 태부족이어서 치료다운 치료를 받지 못하는 형편이었다.

그 치열하던 낙동강 공방전이 시작될 무렵, 그러니까 7월 말 어느 날, '조선중앙통신사'(북한 국영통신)의 종군기자로 여자 의용군 위생대[주로 서울 시내의 여고생과 여자 의전 학생으로 구성됐던 의료부대로, 숙명여고 교사에 본부가 있었고, 총책임자는 연안파의 김문학(金汶鶴)이라는 외팔의 중년 남자였다]를 따라 대전 방면에 내려와 있던 나는 본사로부터 새로 창설되는 전주지사의 보도관계 일을 맡아보라는 무전지시를 받고 전주에 와 머물러 있었다.

전주지사의 책임자는 평양에서 내려온 김상원이라는 사람이었으며, 역시 평양본사에서 종군기자로 호남 방면에 내려와 있던 고영곤 기자, 무전통신사 고학진 그리고 보도과장이 된 나까지 네 사람이 '조선중앙통신사' 전주지사의 기간요원이었다. 당시 남한 점령지역에는 대전지사가 7월 하순쯤 창설되어 이미 활동 중에 있었고, 광주지사가 우리와 같은 시기에 창설 중에 있었다. 중앙통신사는 정부기관이기 때문에 노동당의 지시를 받지만 한편으로는 소관 도내의 《노동신문》(노동당 기관지),《인민보》(당시 인민위원회 기관지) 등 보도기관 일체를 지휘·조정하는 위치에 있기 때문에 지방신문 발행에 앞서 창설이 시급했던 것이다.

전주지사는 풍남동의 어느 피난간 부잣집의 빈집을 사옥으로 잡고 송수신 업무를 시작했다. 요원들은 짐이라곤 각자 배낭 하나씩, 더울 때가 돼서 밤에는 넓은 빈집 아무 방에서나 쓰러져 자면 된다는 매우 홀가분한 생활이었다. 그때 전주시는 전투 없이 인민군 손에 넘어간 후였으므로 미군기의 공습은 가끔 있었지만 거리의 질서나 시민들의 생활이 비교적 평온했다. 복숭아, 참외 등 과일이 한창이고, 명물인 떡집이 거리에 즐비했는데, 시원한 콩나물냉국을 곁들여 주는 떡이 일미여서 떡보인 나는 어쩌다 거리에 나가면 떡을 사먹는 것이 유일한 재미였다. 전투는 없었다지만 군경 후퇴 시의 몇몇 사건, 유명한 미 24사단장 딘 소장의 포로사건 등 전북 도내에도 많은 사건들이 있어 취재업무는 그런 대로 바빴다.

이런 생활이 시작되면서 어느 날 나는 전주의 유일한 지인(知人)인 최 모를 찾아보러 갔다가 최 군의 부탁으로 그때 고등학교를 갓 나온 그의 누이동생을 내 밑의 사무원으로 데리고 있게 되었다. 최 군으로서는 무슨 주의나 사상 문제가 아니라 단순한 취직 부탁을 한 것이었다.

그런데 9월 중순이 되면서 그것이 걱정거리가 됐다. 서울-평양과는 매일 몇 차례씩 교신이 있었기 때문에 전반적인 정세는 보도과장인 내가 누구보다도 밝은 터여서 전국(戰局)이 결정적으로 기울어진 것을 나는 잘 알고 있었다.

9월 20일 가까이 되면서 서울지사와의 교신이 두어 번 두절됐다. 서울지사의 무전시설을 몇 번씩 옮겼던 것이다. 나중에 안 일이지만 처음에는 을지로 입구 합동통신사 자리에서 미국대사관 자리로, 다시 세검정 골짜기로 옮겼다 한다. 시가전의 양상이 뉴스로 들어오기도 하고 사변 전 '고려통신' 기자로 있다가 '중앙통신'에 흡수됐던 윤백균(尹伯均) 기자가 평양으로 먼저 후퇴해서 서울지사에 대해 "숙직실에 코트를 걸어놓은 채 잊고 왔으니 인편에 보내달라"고 통신문 끝에 연락하는 것이 수신되어 웃음을 자아내기도 했다.

낙동강 전선도 무너지기 시작했다. 도대체 비행기 한 대 없는 급조 군대가 유엔군의 막강한 화력을 당할 까닭이 없어, 장마철의 방죽처럼 위태위태하더니 인천상륙과 함께 여기저기 구멍이 뚫리기 시작한 것이다. 그래도 엄격한 보도통제 때문에 일반 시민들은 정확한 전황을 모르고 있었다. 그런 판국에도 소위 '의용군'이 계속 모집되어 학교 운동장에서 도수 교련을 받고 있었다.

내가 거느린 보도과 직원은 6명이었는데, 모두 그 고장 사람들이었다. 나는 홀가분한 객지의 몸이니까 여차하면 어떻게라도 행동할 수 있지만 가족이 있고 적성(敵性) 보도기관에 다닌다는 것이 이웃 간에 알려져 있을 지방 사람들은 세상이 바뀌었을 때 무슨 꼴을 당하겠는가. 그렇다고 내 입으로 정세가 이러저러하니 어떻게 하라고 귀띔을 해줄 입장도 못 됐다.

추석 전날 나는 김 지사장에게 추석날은 서울과 평양서 온 직원만 가지고 통신을 낼 테니 현지 직원은 휴가를 주자고 건의했다. 김 지사장은 "명절이라고 하루 쉬는 것도 좋지만 반대로 명절이니까 평시의 갑절 일한다는 방법도 있지 않겠소. 지금은 전시니까……. 난 아직 집에도 들러보지 못했는데"라며 난색을 보였다.

그는 원래 전주시 근교 사람인데 몇 년 전에 월북했다가 이번에 고향으로 돌아온 터였지만 아닌 게 아니라 단 한 번도 자기 집에 다녀온 일이 없는 열성적인 당원이었다. 객지 직원에게는 출장 가급이라고 해서 봉급의 50%를 더 주었는데, 김은 집이 근처인데도 평양서 내려온 출장원으로 취급되어 가급을 타고 있었다. 나도 가급을 타고 있었지만 어쩐지 일제 때 일본인 직원이 가봉이라는 이름으로 조선인 직원보다 봉급의 4할을 더 받던 기억이 나서 개운찮은 느낌이었다.

내가 다시 끈덕지게 졸라대니까 바탕은 호인인 김은 "과장 동무가 통신발행을 보장한다면 그렇게 해봅시다" 하며 마땅찮은 표정으로 동의했다. 나는 편집서무에게 말해서 직원들의 봉급을 전액 가불해주도록 하고 추석날은 집에서 쉬라고 일렀다. 눈치 빠른 직원 몇은 그대로 돌아오지 않고 말았다. 이때 최 군의 누이동생은 무슨 이유인가를 붙여 아주 해고를 해서 돌려보냈다. 세상이 바뀌었을 때 미리 쫓겨났다고 하면 다소 낫지 않을까 하는 배려에서였다.

추석날 아침 최 군을 찾아간 것은 그 일로 해서 최 군이 오해를 할까봐 털어놓고 사정 얘기를 하기 위해서였다. 최 군은 심각한 얼굴을 하면서 걱정을 해주었다.

"그렇게 됐나…… 다급하면 자넨 우리 집으로 오게. 내가 동네서 인심이 괜찮으니까 자네 하나쯤은 어떻게 적당히 숨겨줄 수 있어."

당시로서는 매우 어려운 친절이었다. 태평양전쟁 때 같이 고생한 우정이었다.

그 집에서 송편을 얻어먹고 통신사에 막 돌아왔을 때, 도당(노동당 전라북도당)으로부터 통신시설을 오목대(梧木坮) 방공호 자리로 옮기라는 지시가 왔다. 전주시 남쪽 오목대 언덕에 일제 때 방공호로 파놓은 길이 20미터가량의 터널이 있었다. 그 무렵에는 연합군의 공습이 한결 치열했으니까 도 기관의 유일한 전파통신 수단인 통신사의 기재를 보호하기 위해서거니 생각하면서 남아 있는 직원들만으로 통신사를 몽땅 굴 안으로 옮겼다.

당시 '호주기'니, '이 박사 처갓집 비행기'(프란체스카 여사의 고국인 오스트리아와 오스트레일리아를 혼동한 데서 생긴 말)니 하던 제트기 편대가 날마다 날아와 엄지 손가락만 한 기관포탄을 퍼붓고 가는데, 그것이 지붕을 뚫고 자고 있는 방 안에까지 날아들었다.

풍남동 사옥 때도 인민군 1개 소대가 사옥을 경비했을 만큼 도당은 통신사 보호에 특별한 관심을 보이고 있었던 것이다. 손이 모자라 꽤 힘에 겨운 작업을 마치고 나니 벌써 저녁이었다. 그날 밤은 굴 안에서 공습의 걱정도 잊고 다리를 펴고 잘 잤다. 그러나 이튿날부터 정세는 급전직하로 변했다.

아침에 호출을 받고 도당에 들어갔더니 도당 선전과장 김여(金麗)가 선동과장(이남 사회에서처럼 '선동'이라는 말에 나쁜 뉘앙스는 없다) 나(羅)와 이마를 맞대고 무슨 상의를 하고 있다가 말했다.

"보도과장 동무 잘 왔소. 어떻게 비상태세는 잘 됐소?"

김여는 평양 출신의 전형적인 당원이고 선동과장인 나(羅)는 전주 사람인데 둘이 다 나와 비슷한 27~28세의 청년이었다. 그러나 당의 과장은 통신사의 과장에게 지시를 할 위치에 있는 것이다.

"네, 어제 방공호 속으로 이전 완료했습니다."

"방공호 속? 아니, 적이 들어와도 방공호 속에 들어가 있으면 괜찮단 말이오?"

"······?"

"적이 오식도에 상륙했단 소식을 못 들었소? 군산 앞바다의 오식도 말이오. 예까지 땅끄(탱크)로 두 시간 거리요."

나는 오식도라는 섬이 어디쯤 있는지도 몰랐고 연합군이 상륙했다는 정보도 처음 들었다. 지방 뉴스는 말단조직이 있는 당기관이 통신사보다 으레 빨랐다. 벽에 붙어 있는 지도에서 오식도를 찾아보려니까 선전과장이 짜증을 냈다.

"그러고 있을 게 아니라 곧 돌아가 출발 준비요. 통신사엔 특별히 트럭 한 대 배당할 테니까."

"어디로 출발하는 겁니까?"

"통신사는 도당과 행동을 같이하기로 됐소. 어디로 가는지는 나도 모르오. 트럭 한 대분으로 짐을 꾸려서 지시가 내려갈 때까지 대기하고 있기요."

나는 도당 사무실을 나오면서 길모퉁이의 '민주 선전실'(대민 홍보관)을 둘러봤다. 낯익은 지방 민청원(노동당 하부조직인 '민주청년동맹') 네댓 명이 나와 서성거리고 있었으나 별다른 기색은 없었다. 이 사람들이 가끔 터무니없는 허위선전을 해서 나와 다툰 일이 있었다.

"보도 책임자인 나도 모르는 '대구 해방', '마산 해방'이 어디서 나왔소. 거짓말 보도를 자꾸 하면 나중엔 사실까지 믿지 않게 될 텐데 그땐 어쩔 셈이오. 당장 고쳐놔요."

민청원들은 도당 선전과장의 지시라면서 내 말을 들으려 하지 않았다. 민청은 '작은 당'이니까 중앙통신의 충고보다는 도당의 지시에 따를 수밖에 없는 것이다. 그러나 선전과장도 이들에게 '오식도 상륙'은 알리지 않았던 모양이었다. 나는 아무 말 않고 '민주 선전실'을 나왔다.

'서울은 지금 어떻게 돼 있을까? 시가전이 벌써 여러 날인데 집안 식구들은 어떻게 지내고 있을까. 서울에 돌아갈 수 없다면 어디든 통신사와 행동을 같이할 수밖에 도리가 없겠지……. 제 한 몸 맘대로 굴러다닐 수 있는 총각 신세가 이런 땐 제일이구나.'

나는 이런저런 생각들을 하며 오목대 방공호로 돌아갔다. 신변의 위험 같은 것은 별로 의식하지 않았다. 두세 달쯤 어디서 대피하고 있으면 전세가 다시 역전될 것으로 모두들 막연히 믿고 있었던 것이다. 소련과 중공이 뒤에 있는데 설마 모른 체야 하겠나…… 하는 것이 동료 사원들의 그런 기대의 근거였다.

공산 세계에서는 어떤 명사 위에 일정한 수식어를 붙이는 것을 좋아한다. '영용한 인민군대'와 같은 식이다. 당시 동방세계의 통신사들은 '위대한 소련', '거대한 중국', '영웅적 조선'이라는 수식어를 사용했다. 그런 동방세계가 '조선'이 연합군으로부터 몰매를 맞고 패망하는 것을 방관하지는 않을 것이라고 생각했던 것이다.

전쟁이 끝나거든……

전주에는 최 군 외에는 인사를 차리고 떠나야 할 만한 친지가 하나도 없었다. 그 여름, 짧은 전주 생활에서 사귀었던 백인숙이라는 여맹(민주여성동맹)원을 만나 작별인사라도 나누고 싶었지만 그녀는 그 전날 무주(茂朱)로 '공작' 나간다고 했으니까 전주에는 없을 것이었다.

내가 처음 전주에 왔을 때, 무전사 고학진과 둘이 어떤 여관 방 하나를 숙소로 배정받았는데, 그 옆방에 여맹 공작원 몇이 묵고 있었다. 고학진은 송수신 때문에 대개 통신사 지하실에 차린 무전실에서 밤을 새우고, 나 혼자 밤늦게 여관에 돌아와 자곤 했는데, 무더운 여름인지라 툇마루에 나와 앉아 부채질을 하는 옆방 여맹원들과 자연 잡담이 오갔다. 등화관제로 불을 전혀 못 켜는 데다 구석진 방이 돼서 칠흑처럼 어두웠기 때문에 며칠을 그렇게 지내면서도 서로 얼굴을 몰랐다. 아침엔 내가 늦잠을 자는 대신 그녀들은 날이 밝기 전에 나가는 바람에 역시 얼굴을 마주칠 기회가 없었다. 사흘쯤 되던 날 밤, 그녀들 중의 나이 지긋해 보이는 평안도 사투리의 여자가 농담 반 제의를 해왔다.

"기자 동무, 우린 좁은 방에서 여섯이 끼여 자는데 동문 넓은 방을 혼자 차지하고 있으니 니거 불공평해서 되갓시오? 소개(疏開) 좀 하자우요. 더워서 덩 둑갔구만."

"좋습니다. 기왕 소개하려면 미인을 소개시켜주시오."

"어두워서 코를 잡혀도 모르갔는데 미인이 무슨 소용이야요. 그러티, 저 동무 좀 응큼한 모양이니끼니 혼자는 위험해 안 되갔구……. 거 백 동무하구 안 동무, 둘이 데 방으로 소개하라우요. 기자 동무도 서울이라니끼니."

이렇게 해서 나는 서울서 왔다는 두 여맹 공작원과 합숙을 하게 됐는데, 그후로는 이들과 누워서 이런저런 객담을 하다가 새벽 서너 시를 넘기곤 했다. 며칠 후 나는 통신사 사옥으로 숙소를 옮겼는데, 어느 날 우연히 그녀들을 다시 만나게 됐다. 거리의 떡집에서 혼자 떡을 사 먹고 있는데 옆자리에서 얘기를 하고 있는 여자들 중에서 백인숙의 목소리를 찾아낸 것이다.

"동무가 백인숙 동무 아니요?"

"어머나! 기자 동무지요?"

"이거 우리가 구면이요, 초면이요?"

옆에 있던 사람들까지 허리를 잡고 웃었다.

영등포가 고향이라던 백인숙은 날렵한 몸매에 이목구비가 또렷하고 눈이 유달리 인상적인 소녀였다. 그후 그녀는 지방에 '공작'을 나가지 않는 날은 통신사를 찾아와서 밤늦게까지 놀다가곤 했다. 합숙하고 있는 우리 객지 사원들의 내의나 양말 같은 것을 찾아 빨아놓고 가기도 했고, 부엌에 나가 반찬거리를 만들어주기도 했다. 아마도 직공 출신이었을 그녀는 그 몸매에 걸맞게 일하는 품이 시원시원해서 지사장 이하, 모두들 좋아했다. 그녀와는 그것뿐이었지만 작별인사도 없이 헤어지게 됐다고 생각하니 뭔가 하고 싶은 말이 많이 있었던 것도 같았다.

통신사에 돌아와 지사장에게 도당의 지시를 전했더니 김상원은 고개를 끄덕이며 말했다.

"그래서 돈 찾아가라구 야단이었구먼……."

지사의 운영자금으로 은행에 대부신청을 한 5백만 원을 빨리 찾아가라고 재촉하는 전화가 여러 번 걸려 왔다는 것이다. 어디를 가나 돈은 필요하겠기에 즉시 신임장(信任狀)을 써서 사람을 보냈더니 얼마 후 백원짜리 지폐가 가득 찬 사과 궤짝을 자전거에 싣고 돌아왔다. 은행에서 돈을 세어보지도 않고 던져주는데 아마 5백만 원의 갑절은 될 성싶기에 근처에서 만 원 주고 자전거를 한 대 사서 싣고 오는 길이라고 했다.

지사장은 궤짝을 헐어서 "비상금으로 나눠 갖고 있자"면서 몫몫이 돈 뭉치를 나눠 주고는 나머지는 아무렇게나 방구석에 쌓아두었다. 아직까지는 당장 밖에 나가면 백 원 한 장으로 떡 한 보따리를 살 수 있는 돈(보통 월급이 2~3만 원 하던 시절이다)이지만 그렇게 짐짝 취급을 하다 보니 도무지 돈 같지가 않았다. 종군한 이후 현지에서 월급을 두 번 탔는데 술을 못하는 나로서는 별로 쓸 곳이 없어 배낭 밑바닥에 쑤셔 넣어둔 것이 15만 원가량 되었기 때문에 배낭이 돈으로 꽉 차서 더 넣을래야 넣을 곳이 없었다. 막상 쓰려야 쓸 곳이 없는 돈이지만 어깨가 뻐근하도록 돈 보따리를 메고 보니 그래도 마음이 뿌듯했다. 이게 바로 소시민 근성이라는 것인지, 두 달 전 서울을 떠나올 때 푼돈을 벌기 위해 한길가에서 참외장사를 하시던 어머니 생각이 불현듯 났다.

트럭은 아직 보내오지 않았지만 우선 짐을 꾸리기 시작했다. 첫째로 통신사의 생명인 무전기는 덩치는 좀 크지만 송수신을 겸할 수 있는 일제 무전기 한 대를 솜이불에 싸서 묶어놓았다. 비닐이나 트랜지스터 같은 편리한 물건이 아직 우리에게까지는 보급되지 않던 시절이다. 전원(電源)으로 쓸 자동차용 12볼트짜리 배터리 6개를 사서 충전을 시켰다. 이것으로 보름쯤은 교신을 할 수 있다는 계산이었다. 이 밖에 등사판과 그에 따른 물건, 약간의 종이—이것으로 어디를 가든 당장은 통신을 발행할 수 있는 준비가 된 셈이었다.

지사요원으로 따라갈 사람은, 무전사 고학진, 무전기 기술자 이단오, 등사판과 필생 담당으로 박 모, 나처럼 종군기자로 내려왔다가 지사요원이 된 고영곤 기자, 김 지사장과 나 이렇게 6명이었다. 이 중 필생인 박 모는 전주를 떠난 지 이틀 만인가 어디로 자취를 감추고 말았고, 나머지 5명이 장차 생사고락을 함께하게 된다.

무전사 고학진은 평양 출신으로 통신기술은 그리 신통치 않았으나 호인형인 데다 우직할 만큼 성실한 청년이었다. 그에겐 내가 절대로 필요했다. 모스 부호를 잘못 받아 빈칸투성이의 통신문을 만들어놓기가 일쑤여서 내가 퀴즈를 풀 듯이 아래 위 문맥을 보아 그 빈칸을 메워 넣어야 했다. 그래서 그는 언제나 그 우직스러운 얼굴에 웃음을 띠며 내게 미안해했다.

무전기 기술자 이단오는 전주에서 채용한 어느 전파사의 종업원이었는데 그 실력이 의외로 놀라웠다. 훗날 배터리의 전력을 다 쓰고 난 후에는 이 청년이 수력발전 시설을 만들어 충전을 해서 썼다. 우리가 소백산 줄기를 집시처럼 이동할 때에도 그는 구리판을 손으로 잘라 만든 터빈을 돌려 전원을 고갈시키는 일이 없었다. 산중에서 고장난 무전기를 철사오라기로 고치는 손재주 좋고 유능한 기술자였다.

고영곤 기자는 평양 출신의 종군기자가 모두 그랬듯이 소성(小星) 넷을 단 군관복(장교복)에 떼떼권총(소련제 권총)을 차고 있었다. 어디로 보나 의젓한 고급장교여서 외부와 무슨 흥정을 할 때는 그 복장 덕을 단단히 봤다. 종군기자들에게는 당초 계급장 없는 사병복장이 지급됐으나 그래서는 취재활동에 불편하다는 기자단의 항의가 있어 그와 같이 큼지막한 금딱지 계급장에 붉은 줄이 그어진 군관복을 입게 되었다는 얘기였다. 다만 신문기자라는 완장이나 표지 같은 것이 없어서 정규장교와 구별이 안 됐다.

종군기자들은 또 김일성의 친필 서명이 있는 신임장을 가지고 있었는데, 거기에는 '공화국의 모든 기관은 이 사람에게 최대의 편의를 제공하라'고 씌어 있었다. 그것을 들이대면 군대를 비롯한 모든 기관에서 휘발유, 식량, 기타 무엇이든 요구하는 대로 제공해주었기 때문에 도깨비 방망이만큼이나 편리했다. 역시 서북 사람인 고 기자는 아직 뗏물이 안 벗은 것처럼 사람은 순진했으나 기자로서의 실력은 매우 낮은 듯이 보였다.

김상원 지사장은 전력이 무엇인지 알 수 없었으나 바탕은 언론인이 아니고 언론계에 있었다 해도 업무 계통의 일을 보던 사람 같았다. 위장이 나쁘다면서 일부러 밥을 누렇게 눌려서 먹고 있었는데, 위장병 환자가 흔히 그렇듯 깡마르고 약간 신경질적인 데가 있었으나 인간성은 나쁘지 않았다. 다만 대개의 남한 출신 당원이 까닭 없는 열등의식으로 필요 이상의 과잉충성을 보이려는 경향이 있었는데, 김도 그 테두리를 벗어나지 못하는 것 같았다. 그때 나이 서른 대여섯으로 일행 중 가장 나이가 많았다.

아무튼 이렇게 해서 인원, 장비 모두 최소한으로 줄인 이동식 통신사가 편성됐다. 보내준다던 트럭이 오지 않은 채 그럭저럭 그날도 저물었다. 모든 기재를 포장해놓았으니 하려야 할 일도 없었다. 나는 이것이 이 도시를 보는 마지막 밤이 될지도 모른다는 야릇한 감상에 젖으며 어둠이 깃들인 거리로 나가봤다.

교외에 있는 화약고의 다이너마이트를 이전하기 위해 시내의 기관원들이 총동원되어 있었다. 민청원, 직맹(직업동맹, 지금의 노동조합)원은 물론 내무서원(경찰), 인민위원회(도청, 시청 등) 직원들까지 수백 명이 다이너마이트 궤짝을 메고 줄을 잇고 있었다. 이때까지만 해도 모두들 인민군의 후퇴는 일시적인 것으로만 알고 있었다. '영용한 인민군대'가 궤멸될 리가 없다고 생각한 것이다. 특히 전주시의 경우는 오식도에 상륙한 연합군이 졸지에 들이닥칠 때를 예상해서 잠시 동안 대피하는 것이니까 필요한 식량과 화약을 기관별로 확보하자는 정도였다.

6·25 초기에 호남지방으로 진격해온 북한군은 대전·진안·남원·함양을 거쳐온 인민군 4사단과 천안·예산·군산·광주·목포·순천·하동을 거쳐온 방호산(方虎山)의 6사단인데, 두 사단이 이때는 모두 마산 부

근에서 연합군과 접촉 중이고 호남 일대에는 중대 이상의 인민군 단위 부대가 없었다. 사변 전(49년 5월 5일) 국군 소령으로 월북한 강태무(姜泰武)가 이끄는 105예비사단의 병력 일부가 소대 이하의 단위로 분산 되어 각 시·군에 주류하면서 치안을 뒷받침하고 있을 뿐 완전한 전력 의 공백지대였다. 부락민을 동원해서 도로변 야산에 수없이 전호를 파 고 있었으나 그 전호를 메울 병력은 전혀 없었다. 그러니까 연합군이 들이닥쳤을 때는 각 기관은 자력으로 자위하는 것 외에 방법이 없었던 것이다.

다이너마이트의 행렬과 엇갈려 또 하나의 긴 행렬이 북쪽으로 움직 이고 있었다. 전주 야전병원에 수용돼 있던 부상병들을 대전으로 호송 하는 대열이었다. 모두가 도보행군인데 무언가 썩는 듯한 역겨운 냄새 와 신음 소리가 대열을 따라 흐르고 있었다. 붕대로 머리나 어깨를 싸맨 사람, 팔뚝을 달아맨 사람, 다리를 끌며 목발에 매달려 가는 사람, 들것 도 가끔 섞여 있는 그런 부상병 대열 사이사이로 베레모를 쓴 간호병들 이 끼어서 부축하며 느릿느릿 북으로 움직이고 있었다. 호위병력은 눈 에 띄지 않고 간호병들이 가끔 칼빈총을 메고 자체경비를 하고 있었다.

모스크바를 패퇴하는 나폴레옹의 군대를 연상케 하는 그 처참한 행 렬을 보고 서 있는 내 앞으로 간호병 하나가 행렬을 헤치고 달려왔다. 백인숙이 어느새 짤막한 카키색 치마에 다색 베레모를 쓴 간호병으로 둔갑해 있었다.

"아니, 백 동무, 무주로 공작 나간다고 하더니?……."

"글쎄 오늘 아침 급히 소환돼 와서 임시 간호병이 되잖았어요. 지금 대전으로 가는 길인데, 그렇잖아도 한번 뵙구 싶어서 잠깐 허가를 얻어 풍남동엘 뛰어가봤더니 빈 집이구……."

"어제 이사를 했어, 오목대로. 무주에 있는 줄 알았으니 알릴 도리도
없었고."

"할 수 없이 그냥 떠나오면서도 마음이 언짢았는데 어쩌면……."

그녀는 상기된 얼굴로 울상을 지어 보였다.

"그동안 신세 많이 졌구먼. 나도 떠나기 전에 한번 만나고 싶었어."

"전쟁이 끝나거든 우리 서울서 다시 만나요. 통신사를 찾아가면 연
락이 되겠죠? 그게 언제가 되든 전쟁이……."

"서울? 서울은 벌써……."

"그건 일시적이에요. 인민의 군대는 지지 않아요."

"서로 무사하기만 하면 또 만날 수 있을 거야. 몸 성히 있어요."

"동무두요. 우리 죽지 말고 살아요. 꼭이요."

그사이에도 부상병의 대열은 자꾸만 움직여 갔다.

"그럼 안녕."

"안녕……."

백인숙은 어둠 속으로 제 위치를 찾아 뛰어갔다.

그 행군대열이 금산 뱃고개를 넘어 대전에 닿으려면 이틀은 걸렸을
것이다. 그때는 이미 대전은 연합군 수중에 있었으니 적중을 찾아 들어
간 이 행렬과 백인숙은 그후 어찌 되었을까?

"전쟁이 끝나거든……" 이 말은 대전을 거쳐 내려오며 동행했던 위
생대의 소녀들과도 나눈 약속이다. 이후에도 나는 어느 소녀와 또 그런
약속을 했다. "전쟁이 끝나거든 우리 다시……"라고.

소녀들은 전쟁터에서도 낭만을 느낀다. 찰나만이 있는 전쟁이라는
극한상황…… 거기엔 마치 여행자가 느끼는 것 같은 엷은 해방감과 변
의(便意)를 재촉하는 것 같은 짜릿한 긴장감이 교차된다. 그래서 평상

시의 몇 곱절 더 빠른 속도로 로맨스가 생기고 사라지고 하는 것인지도 모른다.

남으로 가는 후툇길

이튿날, 그러니까 9월 28일 날이 새면서 낡은 일제 트럭 한 대가 우리에게 배정돼 왔다. 부랴부랴 짐을 싣고는 막 아침밥을 먹고 났을 때, 또 다른 소형 트럭 한 대가 먼지를 일으키며 와 닿았다. 광주지사의 일행이 철수해온 것이다. 인원과 장비가 우리와 비슷했다. 평양서 온 사람들끼리는 서로 구면인 듯 왁자지껄하며 반가워했다. 여기서 노상회의(路上會議)가 벌어졌다. 광주지사 일행은 '가는 데까지 가보기로 하고' 북상하는 길이라고 했다. 그때 인민군 최고사령부는 와해하는 전선부대를 수습하기 위해 '남반부의 모든 인민군 부대는 편제를 유지한 채 춘천(春川)분지로 집결하라'는 비상명령을 내렸었다. 본사로부터 지시도 없고 교신도 안 되니 일단 그 인민군 집결지로 갈 수밖에 없지 않느냐는 것이었다.

"빨리 서둘면 어쩌면 서울 근교로 해서 곧장 평양으로 철수할 수 있을지도 몰라."

"텅 빈 평양에만 가면 그만인가? 그래도 인민군대 뒤를 쫓아가는 게 안전하지."

"그래도 평양까지야 설마. 얘들이 38선을 넘어설까?"

"그야 맥아더한테 물어봐야지. 지금 38선 믿고 있게 생겼어?"

"아무튼 우린 비전투원이니까 무리할 건 없어. 떼떼권총은 모양으로 차고 있지만."

"추풍령-대전 간이 차단됐단 말이 있는데 빠져나갈 수 있을까? 전주 동무들 정보는 어때?"

"엊그제까지 낙동강에서 티격태격했으니까 설마 그렇게까지야 됐을라구."

"낙동강이 몇백 리야? 밀리기 시작하면 단숨이지 뭘. 에미나이들 기동력이 있으니까. 그러지 말구 어디 산중으로 잠시 대피하는 게 낫지 않을까? 북상하는 건 아무래도 위험할 것 같애."

"빨리 대전까지 가서 대전지사 아이들하구 3사가 같이 행동하면 어떨까? 어디 대피하더래두 말야."

"대전지사가 그대로 있을 성싶어? 덤빌 것 없어. 미군이 참전했는데 소련이나 중국이 못 본 체야 할라구. 아무튼 우리 전주는 도당을 따라가기로 했으니까 동무들이나 잘 올라가. 미군들 만나 포로나 되지 말구."

결국 의견이 일치되지 않아 광주지사 일행은 분초가 아깝다는 듯 황급히 차를 몰고 이리(裡里) 방향으로 떠나가버렸다. 나도 그 일행을 따라갈까 하고 몇 번이나 망설였으나 결단을 내리지 못했다. 김 지사장도 "글쎄, 도무지 정세를 판단할 수 없으니……. 하지만 우리 죽으나 사나 행동을 같이하는 게 낫지 않을까?" 하며 알아서 하라는 식이었다. 만일 내가 광주지사를 따라나섰다면 내 인생의 운명도 무척 달라졌을 것은 물론이다. 북상한 이들의 소식은 끝내 듣지 못했다.

우리 전주지사 일행을 실은 낡은 트럭도 발동기 같은 폭음을 내며 곧 순창(淳昌)으로 가는 국도를 향해 어수선한 시내를 빠져나갔다. 연합군은 남에서 밀물처럼 올라오고 있었지만 북에서도 동에서도 또 서쪽 바다에서도 오고 있었기 때문에 남으로 대피한다고 해서 이상할 것이 없었다.

그 무렵이 돼서야 정세의 급변을 안 시민들로 해서 거리는 점차 혼란의 도가니로 변해갔다. 인민위원회의 트럭이 광목을 가득 싣고 시내를 돌며 철수하는 각 기관에 나눠 주고 있었는데, 작업하는 직원들은 아식 보총(정식 명칭은 모시나칸트이며, 제정 러시아 시대의 소총으로 6·25 때 인민군이 저격용으로 사용)으로 어설프게 무장하고 있었다. 우리도 광목 몇 통을 얻어 트럭 한 구석에 실었다. 거리를 벗어나 초가을의 들판을 나서니 일행도 단출하고 해서 당장은 소풍이라도 가는 기분이었다. 그러나 얼마 안 가서 트럭이 말썽을 부리기 시작했다. 십 리쯤 가다가는 고장이 나서 한두 시간씩 수리를 해야 했다. 순창까지 63킬로미터 거리를 이틀 걸려 당도했으니 걷는 것보다 느렸던 셈이다.

트럭이 전라선 신리역 앞을 지나갈 때 이북에서 온 역장인 듯한 함경도 사투리의 사나이가 뛰어나오며 세워달라고 소리쳤다. 차를 세웠더니 무작정 뛰어오르며 역사를 향해 소리쳤다.

"난 가오. 조역 동무 뒷일 자르 보오. 내 며칠 있다 올 테이 내 방으 물건, 자르 간수하오."

조역인 듯한 철도복의 사나이가 어안이 벙벙해서 이쪽을 쳐다보고 서 있는데 차가 다시 출발하자 '역장 동무'는 이마의 땀을 손으로 닦으며 물었다.

"이 이거 어이된 일입메? 동무들은 어디로 가는 길입메? 이 이거 뭐가 뭔지 통 모르겠당이. 하여간에 가긴 가야겠지비."

모두가 엉망이었다.

어느 산모롱이에서 고장수리를 하고 있는데 베레모에 반장화를 신은 아직 애티가 가시지 않은 간호병 하나가 몹시 지친 걸음걸이로 전주 쪽을 향해 걸어갔다.

"간호병 동무, 혼자서 어딜 가요?"

"전주 야전병원에 공무로 가는 길이예요. 전주는 아직 멀지요?"

"멀고 어쩌고 전주는 모두 철수하고 텅 비었는데…… 병원은 대전으로 이동하고."

소녀는 잠깐 의아한 표정을 짓더니 그냥 지나쳐 가려 했다.

"그래도 명령이니까 가봐야지요. 대전까지 가야 하면 대전까지 가구요."

"글쎄, 전주는 지금 엉망이구, 우선 전주까지 가는 길 자체가 여자 혼자서는 위험한데…… 그만두고 우리와 같이 가는 게 어때?"

소녀는 그래도 고집을 버리지 않고 뚜벅뚜벅 전주 쪽을 향해 걷기 시작했다. 순간 나는 서울에 있는 그 또래의 누이동생 생각이 났다. 지금 앞길에 어떤 위험이 기다리고 있는지도 모르면서 낯선 땅을 가고 있는 저 순진한 소녀에게 뭔가 도움을 주고 싶었으나 달리 방법이 없었다. 나는 배낭에서 집히는 대로 몇만 원의 지폐를 꺼내 소녀의 약낭 주머니에 쑤셔 넣었다.

"급할 때 혹 필요할지 모르니까……."

소녀는 잠시 머뭇거리더니 수줍은 미소를 지으며 "고맙습니다" 하고는 돌아섰다. 우리의 털털이 트럭이 그럭저럭 순창읍에 들어선 것은 29일 오후 새때였다. 순창 명물이라는 고추장을 맛보며 늦은 점심을 마치고 나서 나는 양복점에 들러 튼튼한 카키색 천으로 커다란 호주머니를 단 점퍼와 바지를 한 벌 맞췄다. 두 달 전에 입고 나온 여름옷이 밤에는 좀 선들선들한 느낌이어서 두꺼운 천으로 활동하기 편하도록 야전복 같은 것을 만들게 한 것이었다. 이튿날 찾기로 하고 대금 7천 원을 전액 선불까지 한 이 야전복이 내 손에 들어올 기회는 영영 오지 않았다. 그날 해가 이슥할 무렵 드디어 미군 선봉대가 순창읍에 들이닥친 것이다.

처음 시장 쪽에서 소총 소리가 네댓 발 나더니 곧 장갑차 3대가 요란한 바퀴 소리를 내며 우리 앞을 지나 북쪽으로 사라졌다. 장터거리 밥집에서 막걸리를 마시고 있던 인민군 전사(戰士, 병사) 두엇이 남쪽 국도를 타고 올라오는 미군 장갑차 부대를 발견하고 아식보총 몇 발을 쏘아댔다는 얘기였다. 군당 위원장인 노명환(盧明煥, 인민대의원이었음)이라는 청년이 뒤이어 달려와 권총을 갈겨댔다. 장갑차는 거들떠보지도 않고 그냥 지나가버리고 말았지만 파문은 삽시간에 전 읍내로 번져갔다. 초등학교 마당에서 웃통을 벗어 젖히고 훈련을 받고 있던 의용군 신병들이 갈가마귀 떼처럼 아우성을 치며 흩어졌다. 가게문들이 황급히 닫혔다. 기관원들이 안색이 변해서 이리 뛰고 저리 뛰고, 거리가 순식간에 벌집 쑤셔놓은 것처럼 됐다. 내무서(경찰서) 마당에서는 비상 소집된 노동당원과 민청원들에게 무기를 분배하고 있었다.

당초 예정으로는 우리 통신사 일행은 순창읍에 머물면서, 전주를 맨 마지막에 철수키로 한 도당 본부가 도착하는 것을 기다리기로 한 것인데 이렇게 되고 보니 더 지체할 수가 없었다. 우리는 군당의 향도에 따라 어둠이 깔리기 시작한 신작로 길을 다시 출발했다. 나로서는 초행길이라 어디를 어떻게 가는 것인지 통 갈피를 잡을 수 없었다. 그런데 트럭이 순창읍을 벗어나 겨우 10여 분을 가다가 또 고장을 일으키고 서버렸다. 순창읍의 집들이 저만큼 보이고 사람들의 소음 소리까지 들려오는 거리였다. 지사장이 몸이 달아서 금세 미군 장갑차가 뒤쫓아오는 것처럼 불도 못 켜게 야단이었다. 실제로 국군과 경찰부대가 들어온 것은 그보다 며칠 후였던 모양인데 정세도, 지리도 모르는 우리로서는 당장 뒷덜미를 잡히는 기분이었다.

운전수는 땀을 뻘뻘 흘리며 수리를 서둘렀으나 원체 밤이 어두워서 눈을 감고 손을 놀리는 거나 다름없었다.

이제 미군뿐만 아니라 주민들도 경계를 해야 할 판이었다. 자정 때쯤
됐을까, 우리가 가려는 방향에서 사람 서너 명이 다가왔는데 그중 하나
가 38식 보총을 메고 있었다. 고영곤 기자가 권총을 뽑아들며 누구냐고
수하(誰何)를 했다.

"누구."

"○○리 자위대라요."

"자위대? 거 수고하는구만. 한데 그 총에 탄알 있나?"

"야."

"얼마나 있어?"

"두 발 있어라우."

"됐어. 그 총을 이리 줘."

"야? 총을요?"

자위대원들은 영문을 몰라 고 기자의 별이 요란스럽게 달린 군관복
을 힐끔힐끔 보며 저희들끼리 뭔가 수군대더니 그중 말마디나 함직한
하나가 나섰다.

"실은 분주소장(지서장) 동무가 읍내에 나가 안 돌아오셔서 시방 마
중가는 길인디요 잉. 분주소장 동무 말씀이 없이 저희들이 워츠게 총을
맘대루……."

"분주소장은 아마 안 돌아올 거요. 동무들은 순창에 미군아이 들어
온 거 모르오?"

"야?"

자위대원들의 눈이 휘둥그레졌다.

"그러니 이제 그까짓 탄알 한두 방 가지고는 소용없게 됐으니 총을

놓고 가란 말이오."

그제야 자위대원들은 기겁을 해서 총을 넘겨주고는 오던 길을 줄달음쳐 돌아갔다. 그 총을 내가 받아 들고, 권총을 든 고 기자와 신작로 양편으로 나눠 서서 파수를 봤다. 얼마 후 읍내 쪽에서 왁자지껄하는 소리가 들리더니 밤눈에도 육척 거구에 우람스럽게 생긴 사나이가 아식 보총을 멘 청년 둘을 졸개처럼 거느리고 다가왔다. 내가 총을 들이대고 수하를 하니까 다짜고짜 말했다.

"수고들 하는구먼. 이 차 좀 타고 갈 것이어."

그러면서 책임자가 누구냐고 물었다. 후에 알았지만 이 사나이가 사변 전부터 이 지방 야산대(野山隊) 빨치산 대장으로 이름 떨치던 정읍 출신 '왜가리 동무'(본명은 장성구)였다.

벌써 첫닭이 울기 시작했는데도 차가 움직이려 하지 않자 구구한 의견들이 나왔다. 결국 짐을 멜 수 있는 대로 메고 트럭과 남은 짐은 태워버리기로 결정됐다. 광목으로 멜빵을 만들어 무전기와 배터리 2개만을 나누어서 지고 돈 뭉치도 광목으로 싸서 짊어졌다. 이 작업이 끝났을 즈음에는 훤히 동이 트기 시작했는데 그러자 운전수가 환성을 올렸다.

"아이구매. 잡것이 요렇게 됐승게……."

왜가리 동무가 화를 내면서도 한편 반가워서 한마디했다.

"이 머저리새끼야. 눈까린 개 눈 박았어?"

"쳇, 개 눈이면 밤눈이나 밝제라. 불을 케야 뭐가 뵈지."

모두들 초췌한 얼굴들을 펴고 한바탕 웃었다. 그러나 나중에 생각해 보니 전주에서부터의 느림보 운전이나 이날 밤차의 고장이 모두 운전수의 고의적인 사보타주였던 것도 같았다. 그날 저녁 그 운전수는 종적을 감추고 말았으니까.

아무튼 아슬아슬하게 소각을 모면한 트럭을 타고 신작로를 벗어나 구림면으로 향하는 간선도로로 들어섰을 때, 근처 산모퉁이에서 밤을 새운 듯한 내무서원 복장의 사나이가 나타나더니 살았다는 듯이 트럭에 뛰어올랐다. 왜가리 동무가

"동무, 총은 어따 두고 빈손이오?"

하고 묻자, 내무서원은 함경도 사투리로 자세를 떨며

"비장(秘藏)하고 왔소. 동문 뭐요?"

"뭐시? 이 개새끼 총을 묻고 와?"

순간 왜가리의 입에서 고함 소리가 터지며 발길이 뛰었다. 내무서원은 가슴을 걷어차이고 달리는 트럭에서 저만큼 거꾸로 나가떨어졌는데 다시 일어나지 못했다. 굉장한 힘이었다. 그리고 지방민에게 정복자 같은 자세를 떨던 이북 출신 내무서 간부를 콧방귀만큼도 여기지 않는 아주 당당한 태도였다.

트럭은 한참 만에 시냇물을 앞에 두른 조그만 산마을 앞에 와서 멎었다. 아침 안개가 서서히 시냇물 위를 흐르고 있었다.

광목 전대를 메고 99식 소총, 아식보총 등속을 든 청년 5~6명이 거기 모여 있다가 왜가리 동무를 보고 굽신굽신 인사를 했다. 왜가리 동무는 호탕하게 너털웃음을 웃으며 지시를 내렸다.

"도리 없승게, 또 조께 고생들 해야 쓰갔어. 이렇게 되면 힘을 길러야제. 누가 소 한 마리 끌고 오드라고, 소 값은 달라는 대로 줄 텡게."

하면서 트럭에 싣고 온 돈 뭉치 하나를 청년들 앞에 던졌다. 잠시 후 청년 하나가 끌고 온 황소를 왜가리 동무는 도끼를 거꾸로 들고 한 대에 때려눕히더니 그 자리에서 김이 서리는 고깃덩이를 도려내서 어적어적 씹기 시작했다.

"빨치산은 날고기를 먹어야 써. 그래야 힘을 쓴당게. 통신사 동무들도 어서 들어보드라구."

나는 넋을 잃고 그 광경을 바라보았다. 그날 오후 그 마을에 도착한 도당 본부 일행과 합류한 우리는 트럭의 짐을 나눠 지고 그들의 뒤를 따라 다시 행군을 시작했다.

빨치산은 세 번 죽는다

순창군 구림면(龜林面) 엽운산(獵雲山) 금산골의 어느 무명 골짜기, 몇백 평의 풀밭이 펼쳐진 곳에 '조선노동당 전북도당 유격사령부'라는 게 자리 잡았다(빨치산 얘기에 으레 나오는 구림면의 '가마골'은 행정구역상으로는 대부분이 전남 담양군에 속한다. 그러나 '가마골'을 근거지로 했던 빨치산들은 거의가 순창군 구림, 쌍치 양면의 좌익분자들이며, 이 양면은 당시 야산대의 대명사처럼 알려졌었다. 전북사령부가 최초로 자리 잡은 이 무명 골짜기도 '가마골'의 일부였던 것 같다).

전주에서 대피해온 도당의 간부들을 중심으로 그 근방 쌍치(雙置) · 구림(龜林) · 덕치(德峙) · 칠보(七寶) · 운암(雲岩) · 팔덕(八德) · 태인(泰仁) · 강진(江津) · 청웅(青雄) 등 각 면의 민청원, 여맹원 기타 기관원 등 약 3백 명이 그 풀밭 둘레에 초막을 짓고 들었다. 임시편제로 10여 명 단위로 조를 짜고 사변 전부터 야산대 활동을 해오던 소위 '구(舊)빨치'라고 불리는 사람들이 하나씩 붙어서 '조장' 역할을 했다. 전북도를 통틀어 그때까지 살아남은 구빨치는 꼭 30명이었다고 한다.

저녁엔 풀밭에 광목을 깔고 모여 앉아 잡담과 노래로 한때를 보냈다. 벌써 밤낮의 일교차가 심해서 해가 저물면 풀밭은 이슬로 촉촉해지고 밤이 깊으면 쌀쌀하기까지 했다. 여느 때 같았으면 감히 옆에도 가기 어려웠던 도당의 고위간부들도 한데 어울려서 객담을 나눴다. 이 모임에서는 대전의 중앙당 지도부(일종의 전선 지휘부)에 있을 당시부터 나와 안면이 있던 황해도 출신의 곽(郭)이라는 스무 살 안팎의 소녀가 언제나 인기의 중심이었다.

이 소녀는 희고 예쁘장한 용모와는 어울리지 않게 사변 전 옹진반도에서 본격적인 빨치산 활동을 해오던 당당한 '구빨치'였다. 그래서인지 그녀는 당의 고위간부들과도 스스럼없이 어울려 우리와는 먼 세상의 사람 같았다. 그녀의 화제는 무궁무진하고 재미있었다. 옹진반도에서 '사업'할 때, 가끔 후방에 돌아와서 '빨치산 영웅'으로 환영받던 얘기서부터 오입쟁이 내무서원을 골탕먹인 '배비장전' 같은 얘기 등등. 한번은 옹진반도 '적지'에서 설날 아침 눈이 휘날리는 속에서 〈승리의 새해〉를 부르니까 괜스레 눈물이 자꾸만 나더라면서 소녀다운 감상에 젖어 그 노래를 불러 보이기도 했다.

눈보라 치는 산상에서 승리의 새해를 맞아
원수와 싸운 싸움의 기억이 새로워라.
조국에 바친 이 몸, 인민에 바친 이 몸……

곽은 그후 운장산(雲長山)에 파견을 나갔는데, 얼마 안 있어 전사했다는 소식이 들려왔다. 아지트를 습격당했는데, 놓고 나온 배낭을 찾으러 되돌아갔다가 사살당했다는 얘기였다. 스무 살 꽃다운 나이를 세상 구경 한번 못 하고 가버린 것이다. 이때 운장산에는 도인민위원회 '지도'하에 '북부사령부'라는 것이 따로 설치돼 있었다.

'입산' 며칠 후 우리 통신사에서 의논이 벌어졌다. 취재활동을 할 수 있게 될 때까지 편집요원은 전투대에 참가하는 것이 옳지 않겠느냐는 것이었다. 편집요원이라야 나와 고 기자 둘인데, 고는 어물어물하다가 사령부에 그대로 남게 되고 결국 나 혼자 성만석이라는 구빨치조에 배치됐다. 솔직히 말해서 약간의 호기심 같은 것도 있어서 나는 전투대에 들어가는 것이 과히 싫지는 않았다. 성만석 조장은 그것이 버릇인 듯 연신 코똥을 킁킁 뀌어가며 조원에게 '빨치산 교육'을 했다. 남의 집 머슴살이하다가 야산대의 졸개로 따라다녔던 터라 교육이라야 대단한 것은 아니었지만 매사가 고병답게 익숙했고 또 열성적이었다.

우선 음성을 낮추는 버릇을 들여야 한다면서 성 자신은 그것이 아주 몸에 배서, 여느 때의 대화까지도 옆 사람이나 간신히 알아들을 만한 소리로 소근거렸다. 그는 짐을 통 가지고 있지 않았다. 언제나 조막만 한 전대 하나를 허리에 두르고 손에는 엠원 소총을 들고 있었는데, 밥 먹을 때나 잘 때나 그것들을 절대로 몸에서 떼는 일이 없었다. 신발도 24시간 벗어놓는 법이 없었다. 젖었거나 말랐거나 신발은 발에 붙어 있는 것으로 생각하라고 했다. 한번 신은 신발은 다 해져서 못 신게 될 때까지 절대로 벗지 않는 것이 빨치산의 상식이었다. 간단한 일 같지만 자나깨나 신을 신은 채 있는 것도 처음에는 꽤 고통스러운 일이었다. 요컨대 여차하면 용수철처럼 대응할 수 있게끔 24시간 대비하고 있어야 하는 것이다.

성만석은 조장이지만 나이가 비슷해서 나와는 바로 트고 지냈다.

"동문 장비가 참 좋으요 잉."

종군기자로 내려오느라고 그런 대로 야전장비는 다 갖추고 있는 나를 보고 그는 실실 웃으면서 말했다.

"하나 그래 가지고는 빨치산 못혀. 우선 배낭이 덜렁거려서 못 뛴당

게. 필요 없는 물건은 자꾸자꾸 버리구 필요하면 그때그때 얻어 쓰고
해야제."

　가끔 이름 있는 대장 격의 구빨치들이 몇 조씩을 모아놓고 '빨치산
학'을 강의하기도 했다. '백암 동무'(본명은 박판쇠)라고 불리는 대장은
원래 고용농민, 쉽게 말해서 머슴 출신이라는데, 사변 전 경찰로부터 빨
갱이라는 억울한 누명을 쓰고 되게 두들겨 맞고는 분을 참지 못해 살고
있는 초가삼간을 몽땅 불살라버리고 야산대에 뛰어들었다는 일화를 갖
고 있었다. 그는 날렵한 몸매에 언제나 새하얀 레닌모를 쓰고 다녔다.
그리고 지도와 쌍안경이 든, 그 당시 '똥가방'이라고 부르던 일본군식
가죽가방을 허리에 차고 다녔다. '적성 동무'라는 대장은 말하자면 사
령부의 참모 격이었는데, 견장을 뗀 인민군 군관복을 입고 있었다. 일본
군의 소년 전차병학교 출신이며 간부들 중에서는 가장 세련된 인상을
주는 사나이였다. 가끔 턱에 심한 경련을 일으키며 말을 더듬었는데, 사
변 전에 체포되어 전기고문을 되게 받은 때문이라고 했다.

　백암이니 적성이니 하는 것은 그 출신 마을의 이름들이다. 수원댁이
니, 여주댁이니 하는 식인데 그래서 이들의 본명을 아는 사람은 거의
없었다. 앞서 등장한 '왜가리'처럼 수호지(水滸誌)식 별명을 쓰는 대장
도 있었다. 아닌 게 아니라 이들이 초저녁에 차림새도 가지각색인 졸개
한 무리씩을 이끌고 몇십 리 밖 국도변에 나가 매복을 하고 있다가 새
벽녘에 노획물들을 둘러메고 아지트로 돌아오는 것을 보면 마치 수호
지의 어느 산적굴을 연상케 했다.

　나는 분명히 빨치산 초년병이었기 때문에 자신의 생명과 직결되는
이 고참 빨치들의 강의를 열심히 또 흥미있게 들었다. 지금부터 이 수
기를 적어 나가면서 이때의 '빨치산학'은 수시로 인용돼야 하기 때문에

이들의 입을 빌려 그 개요를 적어놓을 필요가 있을 것 같다.

왜가리 동무의 말소리는 그 몸집처럼 우람했다.

"빨치산은 세 번 죽는다는 말이 있다. 맞아 죽고, 굶어 죽고, 얼어 죽고 이렇게 세 가지 죽음을 각오해야 한다는 뜻이다. 살자니까 문제지 세 번 죽을 각오만 하면 세상에 못 할 일이 없다. 어떤 기적도 만들어낼 수 있다. 또 이 각오가 있으면 살길은 스스로 열린다. 사중구생(死中求生)이라는 것이다. 이번에 인민군 부대가 오대산을 내려오다가 어느 벼랑 위에서 당사(黨史)를 옆에 반듯이 놓고 단정히 앉아 죽어 있는 여자 빨치산의 시체를 발견한 일이 있다. 혼자서 선(線)이 떨어진 이 김달삼 부대의 대원은, 저기 눈 아래 사람 사는 마을을 바라보면서 다소곳이 앉아 얼어 죽고 굶어 죽은 것이다. 마을에 내려가면 혹시 죽음을 면했을는지도 모른다. 그러나 죽음보다 더한 동지를 팔아야 할 위험과 굴욕이 기다리고 있었던 것이다. 비록 앉아서 죽었다 해도 이 여성 동무는 바로 '영웅'인 것이다."

몸집이 작은 적성 동무의 목소리는 더듬더듬하면서도 매우 카랑카랑했다.

"빨치산의 3금(禁)이라는 게 있다. 소리, 능선, 연기가 그것인데 이건 빨치산의 초보적 상식이다. '소리'는 말소리, 발소리를 비롯해서 모든 소리를 조심하라는 것이다. 조심이 아니라 아주 내질 말아야 한다. 고요한 산 속에서는 나뭇가지 꺾는 소리가 오 리까지, 돌 구르는 소리가 십 리까지 들리는 법이다. 그러니까 평소에도 산을 타다가 나뭇가지를 꺾든가 돌을 잘못 밟아 구르게 하는 따위는 절대 금물이다. 그리고 평소부터 말소리 발소리를 죽여서 아주 습관이 되다시피 해야 한다. 기침이 나올 때는 입을 크게 벌리고 숨을 크게 내쉬면 어느 정도는 참을 수 있다. 정 부득이할 때는 입을 땅바닥에 대고 숨을 죽이면서 하면 소리가 그리 번지지 않는다. 특히 치명적인 실수는 오발이다. 은밀(隱密)행동 중 오발하면 무조건 즉결처분이다. 몇 해씩 고생하던 동무가 오발 한 방으로 처단된 실례가 있다. 기막힌 일이다. 방아쇠가 넝쿨이나 나뭇가지에 걸려 격발되는 일이 없도록 반드시 안전장치를 잊지 말아야 한다.

'능선'을 걷는 사람 그림자는 밤중이라도 뚜렷이 눈에 띈다. '나 잡아 잡수' 하는 격이다. 반드시 능선에서 몇 발자국 아래의 사면을 걸어야 한다. 산에서 제일 걷기 쉬운 곳이 능선과 골짜기다. 제일 걷기 힘든 것이 비탈을 옆으로 타는 것이다. 이건 토벌대도 마찬가지고 나무꾼의 길도 반드시 능선이나 골짜기를 따라 나 있으니까 토벌대는 능선이나 골짜기 길을 이용하기 마련이다. 그래서 더더욱 우리는 이 걷기 나쁜 길을 걸어야 하는 것이다. 관목 숲을 걸을 때는 나뭇가지가 흔들리지 않게 조심해야 한다. 조용한 산중에서 어느 한 지점만이 나뭇가지가 흔들리고 있으면 먼 데서도 바로 눈에 띄는 법이다. 이것 때문에 노출된 사례가 많이 있다. 풀섶을 걸을 때는 풀이 쓰러지지 않게 걸어야 하며 쓰러진 풀은 맨 나중 사람이 일으켜 세워놓고 가야 한다. 여름에는 꺾어진 가지의 잎이 바로 시들기 때문에 사람 지나간 것을 짐작케 하는 수도 있다. 지나간 시간까지 짐작할 수가 있다. 어쨌든 흔적을 조금도 남기지 말아야 한다.

보급투쟁에서 돌아올 때는 낟알 하나라도 절대로 흘리지 말아야 한다. 이건 절대적이다. 흘린 낟알 때문에 아지트가 노출되어 피습된 예가 가끔 있다. 취찬(밥을 지어 먹는다는 말) 때 도랑물 속에 흘린 불어터진 콩 한 개 때문에 몇 사람이 생명을 잃은 일도 있었다. 똥오줌을 함부로 누어놓으면 그 온도로 빨치산이 지나간 시간과 거리를 짐작하게 되니까 그런 위험이 있을 경우에는 흙으로 덮어 눈에 띄지 않고 냄새가 나지 않도록 해야 한다. 땅이 질거나 눈이 왔을 때는 발자국 숨기기가 매우 어렵다. 물론 섣불리 추적하지 못하도록 산발적인 매복 같은 것도 해야 하지만 되도록이면 흔적을 남기지 말아야 한다. 땅이 질면 풀섶을 찾아 걷고 눈이 있을 때는 눈이 마른 곳에서 방향을 바꾼다. 양지쪽 바위 위 같은 데는 일찍 눈이 마르고 발자국이 안 나니 그런 델 이용하면 물론 좋다. 냇물이 있을 때는 한참 동안 냇물 속을 걷다가 적당한 곳에서 방향을 바꾼다. 얼어붙은 계간수라도 표면에는 물기가 있는 법이니까 그런 얼음 위를 걷는 것도 한 방법이다.

눈 위를 걸을 때는 앞사람 발자국을 따라 밟는다. 훈련이 되면 수십 명이 지나간 발자국이 두세 사람 발자국처럼 보인다. 눈을 밟고 간 시간을 속이기 위해 맨 마지막 사람이 눈을 뿌려서 위장하기도 한다. 그러나 높은 고지에서는 겨울에는 대개 바람이 있기 마련이니까 눈가루가 날려 자연히 위장되는 수가 많다. 신발을 거꾸로 신어 행방을 착란시킨다는 말이 있지만 실제로는 신발을 거꾸로 신고는 걸을 수가 없다. 그냥 전설에 불과한 얘기다.

'연기'라는 것은 낮의 얘기이고 밤에는 '불빛'이다. 이 두 가지가 절대 금물이라는 것은 빨치산의 초보적 상식이다. 아무리 추워도 밤에 내놓고 불을 피우는 것은 자살행위나 마찬가지다. 다만 산의 각도에 따라서는 직접 불꽃만 보이지 않게 천막 같은 것으로 가리고 잠시 취사를 하는 경우가 있다. 불꽃만 가리면 먼 데서는 위치를 확인하기가 어려워 낮의 연기보다는 덜 위험하다. 다만 불을 피우고 나면, 즉시 적어도 몇 백 미터 자리를 옮겨야 한다. 물론 모든 게 적정(敵情)에 달렸다. 토벌대가 오소리작전으로 산불을 지르는 것은 하나도 겁나지 않는다. 한번 붙은 산불은 며칠을 두고 연기를 풍기기 때문에 오히려 안심하고 불을 피울 수가 있다.

특히 녹음이 우거진 곳에서는 조그만 연기도 굉장히 먼 데에서까지 눈에 띄게 되고 또 흔적이 오래가기 때문에 낮에는 연기를 피우지 말아야 하는데 조금만 숙달되면 연기 안 나게 불을 피우는 것은 그리 어려운 일이 아니다. 우선 땔나무인데, 물론 잘 말라야 하고 마디나 껍질이 없고 세로 쉬 쪼개지는 나무를 쓴다. 이 근방 산에서 손쉽게 구할 수 있는 것은 아구살이, 맨감나무, 꽃대나무 등이다. 이것을 우물 정(井)자 혹은 고깔형으로 걸쳐놓고는 수건으로 깃대를 만들어 부치면서 땐다. 솥을 되도록 높이 걸고 사람이 꼭 붙어서 지키고 있어야 한다. 요컨대 공기소통을 잘 시켜서 완전 연소시키는 것이다. 잘만 하면 담배연기만큼도 연기를 안 내고 감쪽같이 불을 피울 수 있는 것이다."

'백암'은 주로 전략전술에 관한 얘기를 하는데, 어디서 얻은 지식인지 머슴 출신이라는 그의 입에서 육도삼략(六韜三略)의 어려운 한문 문구가 줄줄 나오는 것은 놀라운 일이었다. 또한 2천4백 년 전의 중국의 병서가 20세기 한반도의 유격전에서 원용되고 있는 것도 기이했다. 얼핏 들으면 극히 상식적인 얘기일 수도 있지만 나의 경험으로는 그 원칙들이 언제 어떠한 상황에 있어서도 어긋나지 않는다는 것을 여러 차례 실감했던 것이다.

"빨치산이 마주치는 상황은 그야말로 천태만상이다. 아무런 공식이 없다. 그때그때 임기응변하는 수밖에 없다. 지휘자가 있을 경우도 있고 없을 경우도 있다. 여럿일 경우도 있고 한둘일 경우도 있다. 그러니까 대원 각자는 적어도 빨치산 전술의 원리원칙만은 알고 있어야 하는 것이다.

유격전의 기본전술은 모택동(毛澤東, 마오쩌둥) 주석의 유명한 16자 전법이다. 적진아퇴(敵進我退), 즉 진격해오는 적, 세력이 왕성한 적과는 싸우지 말고 피해버린다. 피하는 것과 지는 것과는 다르다. 지는 싸움은 피해버리고 이길 만한 싸움만 하는데, 질 까닭이 없다. 이것이 적을 골라서 싸울 수 있는 유격전의 유리점이다. 다음이 적지아요(敵止我擾), 적이 정지하면, 가령 숙영 중인 적은 집적거리면서 교란한다. 말하자면 신경전을 펴는 것이다. 정규군과 달라서 옆에서도 뒤에서도 나타나 집적거릴 수 있고 여차하면 종적을 감춰버리는 것도 유격전의 특색이다. 그다음이 적피아격(敵避我擊), 이윽고 적이 못 견디고 방향을 바꾸려 들면 들이친다. 약한 적에 대해서는 선제공격하란 말이다. 그리고 적퇴아진(敵退我進)이다. 적이 퇴각하기 시작하거든 비로소 진격을 시작하란 말이다.

대군끼리의 작전에서나 소대 단위, 분대 단위의 전투에서나 이 원칙은 다를 게 없다. 중국혁명전의 내력을 가만히 살펴보면 이 원칙에서 한 발자국도 벗어나지 않았다. 유명한 2만 5천 리 장정이나 굴욕적인 국민당군과의 타협이 그렇다. 이번의 혁명 초기만 해도 중국인민해방군이 국민당군과의 싸움을 피해서 심지어 압록강 건너 우리 땅에까지 퇴각해온 것은 바로 '적진아퇴'이고, 뒤이어 전면적인 게릴라전을 전개한 것이 '적지아요'다. 전세가 호전되자 단숨에 양자강(양쯔강)을 건너 내리밀고 간 것이 '적퇴아진'이다.

유격전의 기본전략은 우리 항일빨치산들이 사용하던 성동격서(聲東擊西), 피실격허(避實擊虛), 이정화령(以整化零), 이령화정(以零化整)이다. 글자 그대로 소리는 동쪽에서 내고 치기는 서쪽을 치며, 적세가 강한 곳은 피하고 약한 곳, 즉 허점을 노려서 치며, 치고 나면 흩어져 종적을 감추고, 필요하면 다시 모여 세력을 이룬다. 필요에 따라 영(零)이 됐다 정(整)이 됐다 하는 것이다. 신출귀몰이라는 게 별게 아니라 바로 이것이다. 이런 것을 기병(奇兵)이라고 하는데 기병에 대해서는 손자의 군쟁편(軍爭篇)에 좋은 말이 있다. 바람처럼 빠르고, 숲 속같이 조용하고, 불길처럼 진공하고, 산처럼 움직이지 않고, 어둠처럼 찾기 어렵고, 번개같이 움직여라. 결국 기병, 즉 게릴라전의 요체는 기밀과 신속에 있다는 말이며 그 결론은 병이사립(兵以詐立), 즉 속임수를 바탕으로 한다고 되어 있다. 아지트 하나를 잡는 데도 병이사립이 적용된다. 아지트는 갑지(甲地, 제일 좋은 곳)를 피하고 을지(乙地)를 택한다. 갑지는 적의 눈에도 갑지로 보일 것이기 때문이다. 반대로 그럴싸하지 않은 곳을 택해야 하는 것이다. 매복장소를 고를 때도 마찬가지로 그럴싸한 곳은 피하고 설마할 만큼 엉뚱한 곳을 택해야 하는 것이다."

아바이 억울합니다

우리는 조 단위로 초막생활을 하면서 새로운 편제를 기다리고 있는 동안 2~3킬로미터쯤 떨어진 주변 요소요소에 교대로 나가 초소(哨所)를 지키는 것 외에는 비교적 자유롭고 단조로운 날들을 보냈다. 가을이 깊어가면서 어디를 가나 감이 주렁주렁 익어 있었고 밭에는 고구마가 살쪄 있었다. 얼어 죽고 굶어 죽는다는 것이 이해가 안 갈 정도로 흡족한 나날이었다.

제1중대가 편성돼 나가더니 곧이어 미군 트럭 몇 대를 습격해서 흑인 병사 얼마를 사살했느니 하는 소식이 들려왔다. 엽운산 아지트는 그때마다 화제로 술렁거렸다. 얘기만 들어보면 싸움이라는 게 마치 애들 장난처럼 손쉽게 생각되기 때문에 전투 경험이 없는 젊은 신빨치들은 괜스레 들떠버렸다. 흑인 병사들이 일본서 건너올 때, 미리 일본인 애인이 만들어준 "고오상 시마쓰(항복합니다)"라고 일본 글자로 쓴 비상용 손수건을 가지고 있다가 매복조가 급습을 하면 그걸 쳐들어 보이며 엉엉 운다는 얘기를 듣자 호기심이 나서 더욱 야단이었다. 당시 부딪치는 것은 거의가 흑인 병사였다. 유독 흑인 병사의 희생자가 많다고 시체를 후송하던 후쿠오카(福岡)에서는 이상한 소문까지 돌았었다는 기록이 남아 있다. 따지고 보면 일본 주둔지에서 전승국 병사로서 일본인들의 떠받침을 받아가며 쾌적한 생활을 해오던 흑인 병사들에게 죽음의 한국전선으로 보내진 것이 달가울 까닭이 없고 대단한 사기가 있을 턱도 없을 것이었다. 나는 1중대원이 자랑삼아 갖고 온 그 '고오상용(用)' 손수건을 보고 흑인 병사들이 말은 안 통하고 오죽 답답했으면 소리를 내며 울었을까 하는 생각에 웃음이 북받쳤다.

곧이어 2중대가 편성돼 나갔다. 대개 4개 조 40명 정도가 1개 중대가 됐다. 편성에 빠진 조의 조원 중에는 불평하는 사람이 많았다.

이 기간 동안 엽운산 가마골 아지트에는 숱한 길손들이 오고 또 갔다. 간도를 따라 북상 중인 기관원과 패잔 낙오병들이 삼삼오오 떼를 지어 오다가 토끼 그물처럼 쳐져 있는 우리 초소망에 걸려 아지트를 찾아들었다. 농군 차림의 군관, 군복 차림의 전사 하사, 행상 차림의 기관원 등등 그간 가까운 야산에 숨어 있다가 주저항선이 훨씬 북쪽으로 올라가고 나니까 틈새를 누비며 산줄기를 따라 북상하고 있는 것이다.

초소에서는 첩자의 잠입을 막기 위해 일일이 엄격한 심사를 했고, 조금이라도 의심스러우면 불문곡직 사살해버렸다. 경찰이 첩자를 투입할 만한 경황이 아직 없을 때였는데도 공연한 신경과민으로 적어도 여남은 명이 여기서 억울한 죽임을 당했다. 패잔병들은 아지트에 들어오면 우선은 안전지대니까 그동안 굶주린 배를 채우고 하루 이틀 다리를 뻗고 잠을 실컷 잔 후에는 다시 노령산맥을 타고 북상길을 떠나는 패도 있고, 북상을 단념하고 도당 산하에 그대로 머무는 패도 있었다. 그중에는 서울 경기 지방의 의용군 출신들이 많았는데, 남해안에서 마산 방면으로 진격한 인민군 부대에 사변 초기의 의용군 출신이 많이 섞여 있었기 때문이다.

하루는 따발총으로 완전무장한 수백의 인민군 편제부대가 찾아듦으로써 아지트의 사기를 크게 올렸다. 지휘자는 '남해여단장'이라고 불리는 초로의 장군이었는데, 대열의 선두에서 소를 타고 들어오는 품이 유유자적, 마치 동양화에 나오는 어옹(漁翁) 같았다. 그런데 이 남해여단장은 끝내 수수께끼의 인물이었다. 연합군에 투항하지는 않았지만 그렇다고 유격투쟁에 협력하지도 않았다. 무슨 생각이었던지 다만 방랑객처럼 이 산채 저 산채를 유랑하며 표연히 왔다가는 표연히 사라지곤 했다. 그동안 부하들은 자꾸만 이산돼갔지만, 가는 자는 쫓지 않고 오는 자는 막지 않는다는 식이었다. 엽운산에서도 1개 중대 1백여 명이 도당위원장의 권유로 도당 산하에 남아 있게 되었는데, 남해여단장은 나머지 병력을 이끌고 표연히 어디론가 떠나가버렸다. 결국 남해여단은 전남도 유격부대에 의해 무장해제당하고, 노장군은 투쟁을 거부했다는 이유로 총살됐다는 후문이 있었다. 이 풍채 좋은 초로의 장군은 소 연방 타슈켄트 출신의 교포 1세로 2차 세계대전 때 소련군 특무상사로 종군한 바 있는 한국명 이청송(李靑松)이라는 사람이다. 사변 직전 북한으로 들어와 중성 3개(대령에 해당)를 달고 민족보위성(국방부, 후에 인민무력부) 통신부부장으로 있었는데, 소련인 고문관이 조선 여성을 희롱하는 것을 보고 두들겨 팬 것이 화근이 되어 일단 좌천됐다가 전쟁 발발과 함께 예비여단장으로 보직되어 전선 후방(목포 방면)으로 보내진 데 불만을 품고 앙앙불락하고 있었다고 한다.

남해여단에서 이탈하여 엽운산에 남은 1백여 명은 후에 '기포병단'이라는 이름으로 개편되어 전북도당 산하의 최강 부대가 되었다.

어느 날 이 '평온한' 아지트에 끔찍한 사건이 일어났다. 도당 선동과장 나(羅)가 탈출한 것이다. 이 사람은 생김이 얄상하고 구변이 좋아서 도당 위원장 방준표(房準杓)의 신임을 크게 받아 도당의 과장이라는 중요 간부직까지 갖게 됐는데, 입산 후 들리는 말이 사변 전에 경찰과 내통하여 동지를 판 '반동' 혐의가 있었다는 것이다. 그래서 일단 어느 초막에 감금해놓고 조사를 하려 했는데 밤중에 용변 보러 간다고 보초를 속이고 도망쳐버린 것이다. 그러나 즉시 이곳 지리에 밝은 대원들로 수색망을 편 결과 새벽녘에 어느 마을에 들어가 어물거리고 있는 것을 붙잡았다.

그날 아침에 군기 위반자를 처단하니 모두 모여서 참관하라는 지시가 내려 비번인 각 조는 풀밭 가장자리에 줄을 짓고 앉아 대기했다. 조장 성만석이 연신 코똥을 뀌어가며 심각한 표정을 하고 사건 경위를 설명하고 있는데 방준표 사령관이 막료들을 거느리고 나타났다. 사실은 그때까지 도망간 나(羅)가 잡혔다는 기별은 오지 않았고, 어젯밤 파수를 보던 보초가 직무 태만으로 처형당하는 것이었다. 나(羅)가 갇혔던 초막 속에 대신 갇혀 있던 문제의 보초가 전선줄로 결박된 채 방 사령관 앞에 끌려나왔다.

전북도당 위원장이며 전북도 유격대 사령관인 방준표는 그때 마흔 살 남짓 돼 보이는 얼굴이 희고 해사한 중년의 사나이였다. 그는 원래 경남 태생의 철도 노동자였는데 대구사건에 관련되어 월북한 후 특별히 발탁되어 모스크바에 유학까지 갔다 온, 말하자면 엘리트 당원이라는 게 대원들의 얘기였다. 노동당의 도당 위원장은 도인민위원회를 비롯해서 도내의 모든 기관을 당적으로 규제하는 막강한 실력자이며 당의 중진이다. 방준표는 그러한 당 중앙의 신임을 얻은 인물이었다. 그는 후일 장수 덕유산에서 최후를 마칠 때, 권총알을 마지막까지 다 쏘고 나서는 권총을 분해해서 사방에 흩뜨려버린 후 수류탄으로 자폭(?)해 버렸다고 한다. 몸집은 가냘픈 편이었으나 그렇게 차갑고 날카로운 인상의 사나이였다. 이 사람이 얼굴에 홍조를 띠며 구두로 선고를 했다.

"○○○의 과오는 사실이 증명하는 것인 만큼 조사나 해명이 필요 없다. 유격대의 생명은 철석 같은 규율에 있다. 규율을 어긴 자는 어김없이 처단하는 것이 또한 우리의 규율이다. ○○○는 가족을 버리고 입산한 영예로운 빨치산 전사다. 그러나 보다 큰 전체 빨치산의 영예와 앞날을 위해서 나는 눈을 감고 선고한다. ○○○를 사형에 처한다. 즉시 집행한다."

차려 자세로 듣고 있던 문제의 보초가 "아이구매, 나 죽소!" 하더니 방 사령관 앞에 엎어지며 중얼중얼 애원했다. 그러나 방은 눈 하나 깜짝 않고 차가운 표정으로 옆에 서 있는 구빨치 한 사람을 턱으로 가리켰다. 그 구빨치가 총창이 꽂힌 아식보총을 한 손에 든 채 보초를 일으켜 세웠다. 모두들 침을 꿀꺽 삼키며 숨을 죽였다. 넓은 골짜기가 한밤중처럼 고요해졌다. 속으로는 모두 보초에게 동정하고 있었다. 소위 본때를 보인다는 것인데, 사형은 너무하다는 생각이 누구에게나 있었겠지만 그러나 감히 입을 열 사람은 없었다.

바로 그때였다. 저만큼서 무엇을 외치는 소리가 들리더니 대원 서너 명이 숨이 턱에 닿아 달려왔다. 체포한 나(羅)를 끌고 당도한 것이다. 약속이나 한 듯이 일제히 '우우' 하는 함성이 올랐다.

보초가 섰던 자리에 나(羅)가 대신 세워지고 또 방준표의 사형 선고
가 내려졌다. 나(羅)는 사색이 돼서 와들와들 떨며 연신 '아바이'를 찾
아댔다(도당 위원장을 도당 아바이라는 애칭으로 불렀다).

"아바이 억울합니다. 제 말 한 번만…… 아이구 정말 억울합니다! 제
말 한 번만 아바이……."

그러나 방은 얼음장 같은 표정으로, 넋을 잃고 멍청히 서 있는 보초
에게 턱으로 지시했다.

"총알이 아깝다. 날창으로 집행해! 그렇다, 너는 과오가 씻어진 것은
아니지만 사형은 일단 취소한다. 그 목숨 나중에 조국과 인민을 위해
바쳐라. 사형은 네가 집행해라."

결박이 풀린 보초는 자기가 찔릴 뻔한 구빨치의 총창을 나꿔채더니
악을 쓰면서 나(羅)의 가슴팍에 총창을 내질렀다.

"이 오사할 놈! 너 땜시 나 죽을 뻔했다!"

나(羅)는 "으악!" 소리를 지르며 옆으로 자빠지면서 그래도 무슨 생
각을 했던지 "조선인민공화국 만세!" 하고 소리쳤다. 그러나 뒤미처 옆
에 서 있던 대원 두엇이 총창을 거꾸로 들고 얼굴, 가슴팍 할 것 없이 찔
러댔다. 턱이 뻐개지며 '꾸루룩' 소리와 함께 피거품이 두세 번 넘쳐흘
렀다.

나(羅)가 처단된 진상은 아리송했고 후문도 많았다. 그는 요샛말로
'사쿠라'였든 아니었든 어쨌든 운이 없는 사나이였다. 그러나 나를 소
름끼치게 한 것은 그 광경을 보고 있던 선전과장 김여의 표정이었다.
어제까지 얼굴을 맞대고 수근대며 지내던 나(羅)의 가장 가까운 동료
김여의 얼음장 같은 얼굴이었다.

얼마 후 우리 조에도 출동 차례가 돌아왔다. 40여 명의 신구 대원이 제4중대를 편성하기 위해 따로 집결했다. 조장 성이 정찰조장이 되어 같은 중대에 배치된 것이 반갑고 든든했다.

제4중대장이 된 사람은 최인천이라는 중학교(지금의 중·고등학교) 교사 출신의 텁석부리 중년 사나이였다. 그 밖의 전력은 전혀 모르고 지냈으나, 인근 정읍(井邑) 사람으로 부근 지리에 매우 밝았으며, 사귀어 보니 인품이 온후하고도 강직한 위인이었다. 어느 날 시냇가에서 양말을 빨고 있는 것을 보고 젊은 대원 하나가 빨아드리겠다고 청했으나 끝내 거절하고 마는 것을 본 일이 있다. 그렇게 깐깐하면서도 허풍을 잘 떨고 유머러스한 면이 있어 텁텁한 인간미를 느끼게 하는 사람이었다.

전북 부대에서는 인민군의 편제를 모방해서 중대장 외에 문화부(文化部) 중대장이라는 것을 두었다. 국군의 정훈부 같은 것이지만 서무, 인사, 보급, 경리 등 모든 후방 일을 관장했다. 중대장을 대신해서 작전 지휘를 하는 수도 있어 사실상 중대장이 둘이 있는 셈이었다. 제4중대의 문화부 중대장은 황대용[黃大容, 가명(?)]이라는 내 또래 연배의 청년이었다. 황은 전주에 있을 때, 우리 지사에 자주 놀러와 나하고도 구면이었다. 애써 함경도 사투리를 흉내 내고 있었지만 전주 사람이었다. 그는 자기가 빨치산이라면서 노상 동료 빨치산이라는 허인선(許仁善)이라는 여인과 함께 칼빈 M2를 메고 통신사에 놀러와서는 온종일 노닥거리다가 가곤 했다.

빨치산이라면 무불통(無不通)인 때니까 그럴싸하게 보였지만 실상은 사변 후 의용군과 함께 급조 편성된 유격부대에 참여한 얼치기 빨치산이었다. 그렇기로서니 언제나 시내에서 빈둥거리며 다니고 있었으니 소속이 어떻게 된 것인지 아리송했다. 서울에서도 6·25 초에 어딘가에서 내려왔다는 빨치산이라는 서너 명 그룹을 보았는데, 괴이한 몰골을 하고 길가나 아무 건물에나 들어가서 자고 아무 기관에나 들어가서 밥을 퍼먹고, 도무지 가리는 것이 없었으나 누구도 감히 탓하는 사람이 없는 무불통의 존재였다. 아무튼 이 황대용이 유격대 출신이라는 이름 때문에 내 직속상관이 된 것이다. 동료라는 허인선도 여전히 4중대에 달고 들어왔다. 허인선의 전력은 전혀 알 수 없었으나 어느 모로 보아도 빨치산이라는 이름이 어울리지 않는 선병질의 가냘픈 여성이었다.

황대용은 나에게 군사 경험이 있느냐고 물었다.

"전에 일본군에서 총 쏘는 법 정도는 배웠지요."

전주에서는 서로 농을 주고받던 터였지만 이제는 직속 중대장이라 자연 존대말이 나왔고 그도 말을 낮추어 했다.

"흠, 조국해방을 반대하는 전쟁에 나갔었구면…… 마, 군사 경험은 살려야 하니까 동무를 소대장으로 임명하겠소. 마, 잘해보시오. 동무는 대학도 나왔고 신문기자라면 어쨌든 인텔리니까 빨치산 투쟁을 통해서 성분을 개조하는 좋은 기회가 될 것이오."

이렇게 해서 나는 4중대 2소대장이 되었고, 황으로부터 따발총 한 자루와 탄창 두 개를 받았다[1소대장은 민병서라는 미남형 청년으로 의용군 출신의 서울 사람(?)이었다].

중대니, 소대니 하지만 물론 정규군의 편제와는 다르다. 제4중대의 경우, 대원 16명의 소대가 둘, 구빨치 성만석이 조장인 정찰대 5명, 중대본부에 서무주임 격인 '특무장'과 그 조수인 '기술서기'가 각 1명, 준의(간호장)라는 이름으로 불린 허인선 여인, 그리고 중대장과 문화부 중대장 및 연락병 해서 중대 총원이 45명이었다. 그러나 이 편제는 후일 남부군에서 100명 정도를 가지고 '사단' 호칭을 한 데 비하면 무척 후

한 편이 된다.

편성이 끝난 그날 밤, 중대는 정찰대를 앞세우고 어딘가로 출발했다. 새벽녘에 한동안 비가 쏟아졌다. 날이 새면서 비가 개이며 눈 아래 시퍼런 강줄기와 검푸른 산, 그 골짜기 사이로 황금빛 논과 마을들이 파노라마처럼 펼쳐졌다. 그것은 눈을 의심하리만치 신선하고 아름다운 경치였다─아아! 아름다워라 우리 강산……. 이것이 수십 년이 지난 지금까지도 잊히지 않는 그때의 내 인상이었다. 어느 일본 통신사의 바르샤바 특파원의 회고록을 보면, 바르샤바 시 중심가에 있는 230미터짜리 마천루 전망대에 올라갔을 때, 옆에 있던 중학생 나이의 한 소녀가 눈 아래 아득히 펼쳐지는 폴란드 평원을 바라보며 Ah! Polska, Polska!(아아! 이게 바로 폴란드다, 폴란드다!)라고 탄성을 지르더라는 대목이 나온다. 그러한 감동이 그때의 내 가슴을 울렸던 것이다. "이 아름다운 산하 위에 어찌 ○○○들의 횡포와 억압이 행해질 수 있단 말인가! 저 황금 들판에 초근목피가 웬 말이냐!" 이것이 20대 젊은 나이의 나의 소박한 감동이었던 것이다.

대원들도 일제히 걸음을 멈추며 한참이나 넋을 잃고 그 원색의 파노라마를 바라보고 있었다. 정찰대장 성이 설명했다. 그는 이 근방에서 야산대 활동을 해오던 터였다.

저것이 섬진강, 저것이 갈담(葛潭) 마을, 저 산이 백련산(白蓮山, 775m), 우리가 서 있는 곳이 장군봉(將軍峯, 606m)인데 저만큼 바라뵈는 회문봉(回文峯, 775m)과 함께 회문산을 이룬다고.

섬진강 상류 쪽으로 멀리 댐 공사장(지금의 운암호)이 바라보였다. 그 공사장 쪽으로 장군봉을 내려서면 히여터 마을인데, 우리 중대는 히여터에 가까운 무명 골짜기로 내려가 첫 번째 아지트를 만들었다. 잡목과 칡넝쿨이 들어차서 섬진강 강변이 바로 발아래인데도 보이질 않았다. 우리가 초막을 꾸민 근방에 분명히 얼마 전까지 사람이 살던 흔적이 있는 엉성한 초막이 있었다. 인민군이 들어온 후 공무원이나 우익 인사가 은신처로 한여름을 숨어 살던 곳임이 분명했다. 나고, 들고, 주인이 바뀐 것이다.

4중대의 출진

트(아지트의 줄인 말, 빨치산은 극단적으로 준말을 썼다. 비밀 아지트는 '비트', 보급투쟁은 '보투', 총사령부는 '총사', 자기비판은 '자비'라는 식이다)가 완성되자 문화부 중대장 황대용이 소지품 일체를 내놓으라고 했다. 나는 원래 서울을 출발할 때 수통, 반합(코펠), 담요, 지남철, 카메라, 망원경 등 야전에 필요한 취재 기재는 모두 갖추고 있었다. 전 대원이 소지품을 모두 황대용 앞에 내놓자 황대용은

"우리가 이제 생사를 같이하기로 한 이상 개인 물건이 따로 없는 것이오. 이것은 모두 내가 맡아 두었다가 필요에 따라 다시 분배하겠다"

라고 하면서 그 물건들을 자기 초막으로 가져가버렸다. 나는 소대장이고 하니 시계와 만년필은 있어야 하겠다고 사정사정해서 그것만은 돌려받았으나 나머지 장비는 거의 황이 차지하고 말았다. 쉽게 말해서 빼앗겨버린 것이다. 도대체 필름 없는 카메라가 무슨 소용이며, 수통이고 시계고 각자 하나뿐이니까 '재분배'는 있을 수 없는 것이다.

히여터 트에서 우리는 장차 유격활동에 필요한 은어를 제정했다. 가령 수류탄은 '공', 앞은 '바다', 뒤는 '산', 후퇴는 '돌격' 따위다. 군호는 국군에서 말하는 암호이다. 이 군호와 비상선은 그날그날 혹은 상황을 만났을 때 수시로 시달되었다.

'군호'는 기억하기 쉬운 낱말이어야 하지만, 가령 밤과 낮, 총과 칼, 산과 바다, 해와 달 같은 대응하는 단어는 피해야 한다. 외우기는 쉽지만 눈치 빠른 상대라면 짐작하기도 쉽기 때문이다. '총'이면 '배낭' 하는 식으로 연관성은 있으면서 대구가 여러 가지로 나올 수 있는 낱말이 안전하다는 것이었다.

　'비상선'이란 불의의 사고로 부대가 분산됐을 때 재집결하는 장소를 말한다. 상황에 따라 제2, 제3비상선의 순으로 재집결 장소를 바꾸게끔 예비로 정해놓는 것이다. 무한정 집결하는 것을 기다리고 있을 수는 없으니까 '며칠까지 선을 받는다'고 미리 약속해놓는다. 그날까지 모여 오지 않으면 죽었든지 잡혀버린 것으로 간주하는 것이다. 부대가 그 전에 이동할 경우에는 약속한 날짜까지 한두 사람이 남아서 '선'을 받아준다. 남부군(후술)에서는 비상선의 도착신호, 위험신호 등까지 일일이 지시해서 신중을 기했지만 전북부대에서는 그렇게까지 주도면밀하지는 않았다.

　나의 소대원 16명은 모두가 스무 살 안팎의 거의가 고등학교를 나온 젊은이들이었는데, 당시로서는 비교적 고학력이라 해서 '인텔리소대'라는 말을 들었다. 그중에 의용군 출신인 서울 중앙대학생 둘이 있었다. 같은 과의 친구로 서울 출발 때부터 사뭇 행동을 같이해온 아주 다정한 사이였으며, 남해의 평일도 작전에 같이 참가했었다고 했다. 다른 대원들이 거의 인근 각 면의 청년들이어서 나를 만난 것이 더욱 반가웠든지 이들은 나를 형처럼 따랐고, 나도 이들 대학생에게서 많은 위안을 받았다. 나는 이 두 대학생 중 키가 큰 강선구를 제1분대장, 또 하나 이성열을 제2분대장으로 삼았다. 강선구는 음악을 좋아했고 이성열은 문학청년이었다.

여자대원이 둘이 있었는데, 잠자리 등 모든 것이 남자대원들과 구별이 없었다. 하나는 민학(민주학생동맹) 출신인 여고 졸업반 학생 배봉숙이었고, 하나는 여맹원 출신인 공원 타입의 박영희라는 소녀였다. 둘 다건강하고 활달한 소녀들이어서 모든 면에서 다른 대원들과 짝하여 조그만 부담도 주지 않았지만, 그래도 여성이라는 점 때문에 더러는 신경을 쓰게 했다. 말똥이 굴러도 웃는다는 나이 때문인지 별것 아닌 것을보고도 킬킬대고 웃는 바람에 어떤 때는 소대원들의 긴장을 누그러뜨려주기도 했다.

또 하나 잊히지 않는 대원이 있었다. 나의 연락병으로 '충성'을 다해주던 태인이 고향인 전세용이라는 민청 출신 소년이었다.

황 문화부 중대장은 1소대에게 '소나무', 2소대에게 '참나무'라는 별칭을 붙였고, 나는 또 1분대를 '왕벌', 2분대를 '땅벌'이라고 이름지었다. '참나무의 왕벌'이라면 제2소대 제1분대가 되는 것이다.

참나무 대원 16명 중 무장을 갖춘 대원은 9명뿐이고 나머지는 소위 '비무(비무장)'였다. 무장이라야 러시아제 아식 보총, 일본제 99식 소총, 38식 소총, 30년식 기병총 등 러일전쟁 당시의 총기들이었고, 탄약은 많아야 20~30발, 38식은 겨우 대여섯 발을 갖고 있었다. 단 한 자루 있는 미제 엠원과 내 따발총이 그런 대로 신식 무기라 할 수 있었으니 전력(戰力)이라고 할 형편도 아니었다. 이제부터 우리 자신의 힘으로 무장을 확충해나가야 했다.

대열정비를 마치고 난 황 중대장은 어디서 황소 한 마리를 끌고 와서 2소대에게 잡으라고 했다. 아무도 선뜻 나서지를 않아 내가 도끼를 들고 도살자 노릇을 하게 됐는데, 육중한 도끼머리로 황소 머리를 아무리 힘껏 내리쳐도 황소는 발버둥만 칠 뿐 쓰러지질 않았다. 도리어 내 다리가 후들후들 떨릴 뿐이었다. 정찰대장 성이 싱글싱글 웃으며 보고 있다가 달려들어 단방에 때려눕혔다. 제대로 된 빨치산이라면 소도 잡을 줄 알아야 했다. 칭기즈칸이 원거리 정복에 성공한 이유 중의 하나가 제 발로 걸어가며 식량과 젖과 피복까지 되어준 양 떼의 덕분이라는 말이 있지만, 소는 보급투쟁에서 식량 가마니까지 짊어지고 제 발로 걸어오는 매우 편리한 빨치산의 단백질 공급원이었다.

히여터에 트를 잡은 이튿날 나는 중대장의 명령으로 정찰을 나갔다. 우리 중대는 사령부를 둘러싼 동북방의 최전선 부대였는데도, 그동안 우리 전면 어디까지 군경이 들어와 있는지를 알지 못했다. '트'에서 군청 소재지인 임실(任實)과 순창이 남북으로 각각 10여 킬로미터 거리이니 아주 가까운 마을까지 군경부대가 들어와 있든지 무장 자위대가 생겼을 가능성이 컸다.

나는 1분대장 이성열과 대원 1명, 그리고 연락병 전세용을 데리고 섬진강을 따라 내려갔다. 이것이 나의 빨치산으로서의 최초의 독립된 작전행동이었던 셈이다. 교육받은 그대로 강변길을 피해 나무 그늘 사이를 누비며 2킬로미터쯤 내려가니 신작로가 나왔다. 임실-순창 간 국도였다. 강에 다리가 있었는데 만월교(滿月橋)라고 씌어 있었다(이 운치 있는 이름이 지금은 행정구역명을 딴 강진교로 바뀌었다). 이 다리 건너가 강진면 소재지인 갈담이고 남쪽으로 도로를 따라 조금 내려가서 덕치면 소재지인 회문 마을이 있다.

나는 다리목에 몸을 숨기고 얼마 동안 강 건너를 살펴봤다. 경찰이나 무장 자위대가 있다면 당연히 건너편 다리목쯤에 초소가 있을 것이지만 그런 기색이 없었다. 산기슭을 돌아 회문 마을에 접근했다. 마을 사람들에게 '적정(敵情)'을 알아보기 위해서였다. 마을 뒤 숲에 몸을 숨기고 또 한참을 살폈다. 가을 햇살을 받은 초가지붕 위에는 빨갛게 고추가 널려 있고 고샅에서는 아이들이 뛰어놀고 있었다. 빨래하는 아낙네들의 모습도 한가로워 보였다. '평화'라는 말이 그대로 느껴지는 촌마을 풍경이었다.

"이 회문산 일대는 대개 민주부락(친공부락)이지라우."

전세용이 침을 꿀꺽 삼키며 말했다. 우리는 점점 대담해져서 총의 안전장치를 풀어 쥐고 슬슬 마을 안으로 걸어 들어갔다. 마을 사람들은 뜻밖에 덤덤하게 우리들을 대했다. 어디서고 적의를 느낄 수 없었다. 한 집에서는 중년의 아낙네가, 자기 아들도 의용군에 나가 아직 생사를 모른다면서 밥을 지어주며 눈물을 글썽였다. 그후에도 우리는 두어 차례 이 집에 들러 그 아주머니를 '어머니'라고 부르며 정을 들였는데, 훗날 이 마을이 전쟁터가 되어 불타고 폐허가 되었을 때는 정말로 마음이 아팠다.

회문에서 들은 바로는 그때까지 임실서 십 리인 모래재 이남으로 군경이 들어온 일이 없다는 것이어서 아까까지 숨소리를 죽여가며 숲 속을 기어온 생각을 하고 한바탕 웃었다. 수복한 지 한 달이 채 못 돼 아직 대한민국의 행정력이 미치지 못했던 것이다.

그러나 임실서 남원(南原)을 거쳐 남도로 빠지는 전라선 국도에는 그즈음 군용 차량의 왕래가 빈번했다. 며칠 후 우리는 히여터의 트를 철수하고 만월교 아래 여울을 건너고 원통산을 넘어 '깊은골'이라는 산촌에 이르러 최초의 민박을 했다. '깊은골'은 겨우 서너 집의 소부락이었다. 여기서 우리는 우리 중대가 전라선 국도에 매복하러 가는 길이라는 것을 알았다. 대원들의 대부분은 첫 출진이라 소풍 가는 초등학생처럼 들떠 있었다. 그래도 여자대원들은 산길의 강행군이 힘겨웠던지 마을에 들자 신을 벗어 던지고 다리를 뻗었다. 신을 벗는다는 것은 적지 않은 과오다. 나는 그들을 불러내어 10분 동안 벌을 세웠다. 다른 대원들이 킬킬대자 그녀들까지 겸연쩍게 웃었다.

깊은골에서 저녁을 끓여 먹고 우리는 다시 어둠 속에서 동쪽으로 행군했다. 이때 나는 큰 실수를 저질러버렸다. 따발총의 안전장치를 점검하다가 오발을 한 것이다.

"오발!"

오발을 하면 착오가 없도록 즉시 오발이라고 소리쳐 알려야 한다. 그러고 나서 중대장에게 전말을 보고했다. 오발은 상황에 따라 즉결처단까지 당하는 중대과오였다. 그러나 중대장은 의외로

"따발총은 오발하기 쉬웅께 조심하드라구."

하고는 그만이었다. 그러자 문화부 중대장이 나서서

"만일 적정이 가까운 곳이면 동무, 총살이오. 알겠소?"

라고 한마디 덧붙였다.

깃대봉에서 산줄기를 타고 내려가 말티재 신작로에 닿은 것이 자정 때쯤 되었다. 지금은 폐도(閉道)가 된 이 재는 임실과 오수(獒樹) 중간에 있는 그리 높지는 않으나 굴곡이 여러 구비 있는 재였다. 여기서 임실과 오수가 각각 십 리 거리이며 이 재를 빼놓고는 사뭇 평지였다. 만일 오발이라도 하면 10분 이내에 군경부대가 닥쳐올 수 있었다. 나는 대원들에게 거듭거듭 주의를 시켰다.

우선 각 분대를 한 조씩으로 해서 정찰대까지 5개의 매복조를 편성했다. 최 중대장이 나지막한 소리로 매복 요령을 설명했다.

"각 매복조는 안쪽 커브 양편에 날이 새기 전까지 호를 판다. 차량은 안쪽 커브를 돌 때 속력을 늦추기 마련이니까 이때 양쪽 매복조가 협공

하는 것이다. 호는 도로에서 10미터 이내의 경사진 풀밭이나 밭고랑에다 수직으로 판다. 파낸 흙은 눈에 띄지 않는 곳까지 날라다 버린다. 요컨대 도로에서 볼 때 호가 전혀 눈에 띄지 않게 만드는 것이다. 호의 위치는 도로보다 높으니까 잘만 파면 걸어서 지나가도 눈에 안 띄게 팔 수 있다.

다음에 준의 동무와 특무장은 산등성이에 올라가 망을 보고 있다가 자동차가 다가오면 신호를 한다. 오수 쪽에서 오는 차는 부엉이, 임실 쪽에서 오는 것은 뻐꾸기 울음소리를 내되 차량 수대로 운다. 가령 임실 쪽에서 2대가 오면 뻐꾹뻐꾹, 한참을 쉬었다가 뻐국뻐꾹 하는 식이다. 민간인 차하고 군용차라도 한 대가 지나가는 것은 손대지 마라. 매복은 한 번밖에 못 하니까 건드리면 손해본다. 차량행렬이 오면 선두차가 맨 끝 매복조 앞에 이르렀을 때 일제히 공격한다. 운전대에 사격을 퍼부으며 돌격한다. 행렬이 5대 이상일 때는 앞차는 보내버리고 끝에서 다섯 번째 차를 때려라. 다급하면 사람은 뒤로 내뛰기 마련이고 자동차는 앞으로 내닫기 마련이다. 좁은 고갯길이니까 뒤돌아설 도리도 없다. 그러니까 보내버린 앞차는 달아나버리고 뒤차들은 꼬리를 물고 들이밀려 일대 혼란이 일어난다. 그래야 실수 없이 다섯 대를 몽땅 때려잡을 수 있다. 잘만 하면 한 탕에 우리 중대 모두가 무장을 갖출 수 있고 하루쯤은 교통을 차단시킬 수 있다.

습격이 끝나면 신호에 따라 신속히 깃대봉으로 철수한다. 깃대봉까지 추격을 받으면 다음 비상선은 어제 들른 깊은골, 제3 비상선은 원통산 마루터기, 마 그렇게까지야 안 되겠지만……."

대충 이런 요령이 시달되고 각 조의 매복 위치가 지정된 후 곧 작업이 시작됐다. 나는 강선구의 '왕벌분대'를 맞은편에 배치하고 '땅벌'과 함께 호를 팠다. 모두들 열심히 땅을 파서는 저만큼 떨어진 바위 뒤에 갖다 버렸다. 작업이 끝난 후 도로 위에 내려가 점검해보니 과연 감쪽같았다.

말티재의 매복전

날이 새니 졸음이 왔다. 그러나 젊은 대원들은 얼굴이 상기되고 눈들이 초롱초롱했다. 날이 밝으니까 불안해진 것이다. 이윽고 산등성이에서 부엉이 소리가 한 번 들려왔다.

"부엉이가 저렇게 '부우~엉' 하고 우나?"

특무장의 부엉이 소리가 하도 괴상해서 박영희가 소리를 죽이고 웃는 바람에 호 속의 긴장이 조금 누그러졌다. 곧이어 민간인 트럭 한 대가 아무 낌새도 못 챈 채 우리 앞을 지나갔다. 다시 한동안 고요가 흘렀다.

"뻐꾹 뻐꾹 뻐꾹."

대원들이 출발선에 선 단거리 선수들처럼 바짝 긴장하고 눈들을 번득였다. 뒤이어 임실 쪽에서 엔진 소리가 점점 크게 들렸다.

우리 조는 임실 쪽에서 두 번째니까 선두차는 그냥 보내버려야 한다. 총의 안전장치를 조심조심 풀고 기다렸다. 하나, 둘, 셋, 세 번째 트럭이 막 우리 앞을 지나쳤을 때 아래쪽에서 일제 사격의 총성이 일어났다. 나는 따발총을 겨누며 성큼 일어섰다. 푸른색 새 군복의 군인들을 가득 실은 지엠시(GMC)가 바로 눈앞에서 안쪽 커브를 획 돌아 왕벌 매복조 앞으로 질주하고 있었다. 왕벌 쪽에서 네댓 발의 총성이 울렸다. 나도 따발총의 방아쇠를 당기려 했으나 이미 유효거리가 아니었다. 지엠시는 순식간에 바깥 커브를 돌아 보이지 않게 됐다.

아래쪽에서 또 한바탕 천둥소리처럼 총성이 울리더니 최 중대장이 뭔가 외치는 소리가 들려왔다. 나는 상황을 파악하기 위해 도로로 뛰어내리면서 아래쪽으로 내달렸다. 연락병 전세용이 재빠르게 뒤따라왔다. 산굽이를 돌았을 때, 몇 번째 차인지 트럭 한 대가 길 아래 개울 쪽으로 방향을 꺾은 채 나둥그러져 있고 그 밑에 군인 몇이 쓰러져 있는 것이 보였다. 성 대장과 정찰대원 서너 명이 그 트럭 옆에서 무엇을 주워 들고 토끼처럼 산 벼랑으로 뛰어올랐다. 저만큼 산중턱에서 중대장이 "돌격! 돌격!" 하고 외쳐댔다. 철수하라는 것이다. 나는 다시 소대의 위치로 달려와 "뛰어!"라고 소리쳤다.

소나무가 듬성듬성한 바위투성이의 비탈을 뛰면서 내려다보니 저 아래 개울 바닥에 50~60여 명의 군인들이 웅성거리고 있었다. 마치 불구경 나온 구경꾼들처럼 뻣뻣이 선 채 서성대며 이쪽을 쳐다보고 있었다. "헤쳐! 헤쳐!" 하는 지휘관의 다급한 구령 소리도 들려왔다.

"대장 동무! 이거 도무지 뛸 수가 없어요."

분대장 이성열이 땀을 뻘뻘 흘리며 불러댔다. 어디서 주워 입었는지 정강이까지 내려온 큼지막한 군인 외투에 무릎이 걸려 다리를 옮기기가 거북했던 것이다.

"덤비지 마. 외투 아래 단추를 풀어."

그때쯤에서야 산 아래서 사격이 시작됐다. 돌담 무너지는 소리가 나며 총탄이 차폐물 없는 비탈을 달리는 우리 대열에 금속성 소리를 끌며 날아왔다. 나는 대열 맨 뒤에서 소대원들을 재촉해댔다. 이윽고 전 대원이 산등성을 넘어섰다. 최초의 총성에서 이때까지 5분도 채 안 된 것 같은 순식간의 일이었다.

등성 너머 사각(死角)에는 문화부 중대장이 준의 허인선과 앉아서 담배를 피우며 잡담을 하고 있었다. 인원점검이 끝나고 깃대봉을 향해 걸으면서 황대용이 신이 나서 떠들어댔다.

"선두차를 놓친 것은 실패였지만 그래도 오늘 전과는 괜찮소. 소령한 놈 까고 엠원 석 자루를 얻었으니까. 소령이면 꽤 고급장교지. 사령관 동무도 우리 4중대를 치하할 것이오."

운전대를 집중 사격했으니까 이날 국군 지휘관이 운전대에 앉아 있다 화를 입었는지도 모른다.

중대는 단숨에 깊은골까지 돌아와서는 휴식했다. 뒤의 고지에 보초를 배치하고는 모두들 죽은 듯이 잠에 빠졌다. 그렇게 두어 시간쯤 잤을 때 출발 준비가 전해졌다. 출발 준비라야 그대로 일어나기만 하면 되는 것이다. 아직 잠에 취한 대열이 서쪽 능선을 넘어 조그만 오목지에 들어섰을 때 뒤에서 정지명령이 전달돼 왔다.

빨치산의 행군대열은 별다른 명령이 없는 한 4보 간격의 1열 종대이다. 오랜 경험으로 그것이 가장 안전하고 유리한 행군대형으로 되어 있다. 그러니까 40여 명의 대열이 백 미터를 넘게 마련이며 명령은 '앞으로 전달', '뒤로 전달' 하는 식으로 차례차례 구전한다.

행군을 멈추고 오목지에 모여 앉은 중대원을 향해 중대장이 작전명령을 하달했다.

"아까 청웅(靑雄)에 적이 들어왔다는 정보가 들어왔어. 청웅은 알다시피 바로 요 아래로 십 리쯤 되는 곳에 있는 면소재진디, 쉽게 말해서 청웅을 뺏기면 모래재 이남의 삼십 리 벌판이 못쓰게 된다 이말시. 말하자면 임실서 순창으로 빠지는 신작로의 아주 노란자윈디, 요리로는 우리 유격지구니께 잡것들을 천상 우리 손으로 몰아내야 쓰갔다 이말시. 요새 현물세 수납이 한창인디, 청웅·강진·덕치, 이렇게 3개 면을 우리가 해방지구로 확보하느냐 마느냐 이런 마, 중요한 뜻을 가진 작전이란 말시, 알아듣겠능가?"

그 무렵 도당 사령부는 야간을 이용, 부근 농가에서 23%의 '현물세'를 또박또박 거둬들여 군량미에 충당하고 있었다. 소위 낮에는 대한민국, 밤에는 인민공화국이 되었다.

"들어온 병력이 얼마쯤이랍니까?"

"옳지, 고게 한 백오십 된단 얘긴디, 모르지, 면당 사람들 원체 허풍이 많으니까. 백이면 천이라고 하는 사람들잉께. 아무튼 군인 아이는 백 명이 채 안 되고 의경(의용경찰)이니, 자위대니 너저분이 해서 합이 그렇다니까 별건 아닌디, 원체 임실이 가까워서 당장 도라꾸(트럭)로 몇백 더 실어올 수 있응께 골치란 말시. 그렁께 잡것들을 천상 갈담 쪽으로 몰아서 잡아야 쓰겠당게."

"어떻게 말입니까?"

"그래서 작전인디. 내가 1소대하고 정찰대를 데리구 청웅 북쪽으로 돌아 야습을 걸 참잉께, 2소대장 동문 이따가 어두워지거든 말시, 요 산줄기를 쪼옥 타고 내려가면 청웅서 갈담으로 가는 신작로가 나옹께 거기서 매복을 하고 있다가…… 그렇지 열두 시쯤이면 내가 잡것들을 몰고 내려올 모양잉께 불문곡직 때려잡으란 말시."

"알겠습니다. 군호는요."

"군호는 에에 또 '백련산'–'섬진강'으로 하지. 길 건너가 백련산잉께. 백련산! 하면, 섬진강! 하고 대답한단 말시. 비상선은 저 원통산 꼭대기."

"네."

"그런디, 매복할 장소가 신작로 이편은 개울잉께 마땅찮을 거시. 천상 길을 건너야 쓸 건디, 동네가 가까웅께 조심해야제. 내 말 알아듣겠능가?"

"네."

"매복 시간 늦으면 큰 일이지만 너무 미리 가도 노출될 염려가 있승께, 소대장 동무가 잘 알아서 하드라구. 폐일언하구 은밀조장잉께."

"알 만하오? 동무."

황대용이 한마디 참견했다.

"그럼 고로코롬 알고, 어두워졌응께 우린 슬슬 출발해볼 것이여."

중대장은 2소대를 남겨두고 나머지를 이끌고 청웅 쪽을 향해 어둠 속으로 사라졌다. 나는 소대원을 데리고 약간 전진해서 배치라는 마을 뒷산에서 시간 되기를 기다렸다. 대충 30분이면 매복장소에 닿을 수 있는 거리였다. 대원들은 중대지휘를 벗어나자 괜스레 마음이 가벼워지는 모양이었다. 처음 한 시간쯤은 기침 소리도 삼가고 조용히들 기다리고 있었으나 시간이 흐르자 차츰 긴장이 풀려갔다.

"소대장 동무, 이거 배가 고파 안 되겠는데요. 어디 마을에 내려가 밥 좀 시켜 먹어요."

대원 하나가 주저주저 말을 꺼내자 모두가 기다렸다는 듯 무언의 동조를 하면서 나를 쳐다봤다. 하루 밤낮 격동을 치른 끝에 그럭저럭 하루를 굶은 셈이니까 젊은 몸에 시장할 것은 당연했다.

"좀들 참아, 굶어 죽을 각오까지 하랬는데 한두 끼 걸렸다고 죽는소리야."

그러면서도 나는 될 수만 있으면 이 사랑스러운 아우들의 허기를 채워주고 싶었다. 문제는 노출만 안 되면 그만이다. 나는 한참 망설인 끝에 모험을 해보기로 작정하고 눈치 빠른 대원 둘을 불러 돈 얼마쯤을 꺼내줬다.

"이 아래 마을은 안 되겠구. 좀 떨어진 외딴 동네가 없나?"

"조 아래아래 배치라구 집 서너 채 있는 부락이 있어라우."

"그래? 그럼 거기 가서 빨리 주먹밥 30인분을 만들어 오는데 물론 잘 살펴보고 들어가고, 올 땐 곧장 이리로 오지 말고 원통산 쪽으로 가는 척하고 빙 돌아와야 해. 그리고 어떤 일이 있어도 발포는 절대 안 된다. 절대로다. 알겠지?"

소리 없는 함성이 일어났다. 30인분은 물론 인원을 속이기 위한 수작이다. 두 대원을 보내놓고 나서 나는 심한 불안감에 싸였다. 어떤 돌발 사고가 일어나지 않는다는 보장이 없었다. 요행히 그 자리에서는 노출되지 않는다 해도 부락민 중 한 사람이라도 빠져나가 청웅의 군경부대에 신고하는 날이면 끝장이다. 설사 그렇지 않더라도 나중에 무슨 일로 은밀행동 중 마을에 대원을 보내 밥을 시켜 먹었다는 사실이 드러나면 에누리 없는 총살감이었다. 나는 야무지지 못한 내 천성을 후회하고 또 후회했다. 애당초 내가 제대로 된 빨치산 지휘자라면 부하들이 언감생심 그런 말을 꺼내지도 못했을 것이다. 내겐 어딘가 허술한 구멍이 있는 것이었다. 그렇다면 나는 빨치산으로서 분명 실격자다. 실격자라면 나는 이제부터 어디로 가야 하는가?

여기서 내게 변명하라는 사람이 있다면 그때 나는 공산주의자는 아니었다는 말을 하고 싶다. 나뿐만 아니라 많은 좌익심파(동조자)들이 그랬었다고 말하고 싶다.

2차 세계대전 후의 사회불안은 패전국인 일본에 사회당 정부를 탄생시켰고, 전승국인 영국에서조차 노동당 정권을 만들어냈다. 폐허 위에 서서 사람들은 생활의 고통과 사회의 부조리 속에서 어떤 구원을 바랐고, 그 희망을 좌파 정권에 걸어본 시대가 있었다. 한국의 전후도 가혹했고 부조리도 엄청났다. 지금 돌이켜 보면 믿기지 않는 얘기지만 북은 사과고, 남은 수박이라는 비유까지 있었다. 소련의 힘을 배경으로 공산 정권이 들어선 북한은 겉만 빨갈 뿐 속은 새하얗고, 반대로 미군정하의 남한은 겉과는 달리 속은 빨갛다는 뜻이다. 남이고 북이고 많은 민중들은 현실 불만에 충만해 있었고 자기를 지배하는 정권을 긍정하지 않았던 것이다. 이런 상황에서 남한의 많은 시민들이 좌경했고 '남조선노동당'이라는 좌파정당은 그들의 희망이었다. 서울역에 내려선 무작정 상경객들 중 많은 사람은 남대문 옆 일화빌딩에 걸려 있는 어마어마하게 큰 '남조선노동당'의 간판을 쳐다보며 어떤 광명 같은 것을 느꼈었다고 생각한다. 그러나 분명하고도 모순된 얘기는 그들 대부분은 공산주의자가 아니었으며 더더구나 폐쇄적인 공산주의 사회를 희구한 것은 아니었다고 생각한다.

물론 공산주의자도 있었다. 그러나 많은 좌익 동조자는 공산당이 무엇인지 정확한 지식도 갖고 있지 않았다. 토지개혁이니 프롤레타리아혁명이니 해도 실상 그게 큰 이슈는 못 됐다. 좌익정당이 불법화되기 이전에는 북한의 출판물도 서울 거리에서 구독할 수 있었다. 번역물도, 국내 작가의 저서도 나왔지만 그냥 호기심 이상의 대상은 아니었다고 생각한다.

서울에서 살았던 나는 당시의 농촌 실정은 잘 몰랐지만 토지개혁법이 곧 시행된다는 소문이 항상 떠돌았을 뿐만 아니라 농촌의 인심이 대대로 이웃 간에 살며 알고 지내온 남의 전답을 거저 내 것으로 만든다는 것을 꺼림칙하게 여겨서 '무상 몰수, 무상 분배'라는 좌파의 구호가 크게 먹히지는 않았던 것으로 안다. 지주와 소작인 사이의 갈등 같은 것은 물론 있었겠고 '악질 지주'라 할 만한 예도 있었겠지만 그것이 당시 남한에 그렇게 엄청난 좌경세력을 만들어낸 쟁점이 됐었다고는 생각되지 않는다. '공산'이라는 용어를 글자 그대로 '똑같이 나눠 갖는 세상'으로 오인하고 은근히 동경하던 빈농의 도시 빈민이 차라리 상당히 많았던 것으로 기억한다.

한편 감정이 풍부한 청년들 중에는 어딘지 고리타분하면서 무능력하고 탐욕적으로 보이는 보수 세력에 비해 진보 세력의 일견 신선하고 조직적인 모습에 매력을 느끼는 사람도 적잖게 있었다고 생각한다. 가령, 처음으로 보는 좌파의 순 한글 간판, 귀에 선 용어, 도장 대신 사인을 상용하는 일, 남녀 간의 예사로운 악수 같은 것도 당시는 무척 신선한 인상을 젊은이들에게 주었다. 그러나 무엇보다도 가장 현저한 동인(動因)은 농지 문제에서 그랬듯이 이론이나 이성이 아니라 감정이었고 '한'이었다고 생각한다. 빈곤에 대한 '한', 그 때문에 받아야 했던 괄시, 당시 사회의 부조리에 대한 반발, 특히 일부 우익 청년단체와 우익계 사회단체의 초법적인 횡포에 대한 분노가 반사적으로 좌익 동정자를 만들었고, 그에 대한 탄압이 다시 좌익 동조자로 에스컬레이터 시키는 예는 결코 드물지 않았다. 어떤 지방에서는 경찰서가 셋이 있다고 했다. 본래의 경찰서와, S 청년단과 심지어 소방서에서까지 함부로 호출장을 보내고 불응하면 몽둥이 찜질이 다반사였다. 그런 '경찰서'가 네댓씩이나 있는 곳도 있었다. 그래도 호소할 곳이 없었다. 반이승만 노선은 곧 빨갱이라는 등식이 공공연히 횡행했으며 때리는 쪽이 '애국자'였다. 한 대 맞고 나온 젊은이는 좌로 기울었고 두 번 당한 청년은 진짜 빨갱이가 됐다.

한편 주관에 따라 다르겠지만 통일 문제에 대한 시각 차이도 분명히 큰 동인이 되었다. 근로인민당 당수인 몽양 여운형이 저격되어 쓰러질 때 남긴 말이 "공위는 어떻게……"라는 것이었다고 알려졌다. 당시는 공위(미·소 공동위원회)가 난항을 거듭하고 있을 때였다. 많은 시민들이 미·소 간의 합의 없이는 남북통일은 이루어질 수 없다고 생각하고 그 성사를 고대하고 있었다. 미·소 양국의 협의에 맡겨지는 민족의 운명, 그나마 그 공동위가 깨졌을 때 닥쳐올 앞으로의 민족의 운명, 그건 바로 영구 분단일 수밖에 없다. 그러니까 미·소 공동위를 저해하는 세력은 분단을 촉구하는 세력이라는 등식이 어떤 층의 청년들 머릿속에 박혀 있었다.

다시 말해서 통일을 저해하는 세력은 현실 변혁을 바라지 않는, 지주 계급을 대표하는 모당의 친일 모리배 군상, 그리고 그 세력을 타고 앉은 이승만 일파라고 생각하는 청년들이 많았으며 이들은 그대로 좌익이 돼버렸다. 그러니까 그 저해 세력을 물리치지 않고서는 통일은 영원히 불가능하고 물리치는 수단은 폭력일 수도 있다는 급진 과격론도 나왔던 것이다.

역설적인 얘기지만 이런저런 동인으로 해서 6·25 전 남한 천지에 그 많은 좌익 동조자를 만들어낸 것은 공산당이 아니라 남한의 극우 세력이었고, 그 좌익을 박살낸 것은 우익이 아니라 급진좌파의 모험주의였다고 생각하는 것이다.

요컨대 전쟁 전 좌익심파의 거의 대부분은 진짜 공산주의자는 아니었고, 정확히 말해서 현실 불만에 찬 반정권 세력이었다고 보는 것이 옳을 것이다. 솔직히 말해서 20대 젊은 나이의 나도 그 반정권 노선에 경도돼 있었고, 그것을 정의라고 믿으며 온갖 정열을 거기에 아낌없이 쏟고 있었던 것이다.

그러나 어쨌든 빨치산 대열에 동참하게 된 이상 나는 훌륭한 혁명투사가 돼야겠다고 마음을 다지고 있었다. 하지만 나는 빨치산으로서도 분명 낙제생이며 실격자였다. 따지고 보면 감상에 젖은 소(小)인텔리라는 것이 정확한 나의 모습이었는지도 모른다. 황대용 문화부 중대장으로부터 나는 '가족주의'라는 비판을 여러 차례 받았다. '가족주의'는 빨치산 지휘관이 가장 기피하고 멸시받아야 할 악덕이었다. 모택동의 '자유주의 배격 11훈'에서도 제1장이 '동창, 친지, 부하, 동료의 잘못을 알면서도 책하지 않고 융화의 수단으로 방임하는 것'으로 되어 있다. 인정, 인간미…… 어쨌든 '인' 자가 붙는 모든 것을 털어버리고 냉엄한 '투사'가 돼야 하는 것이다. 그런데 나는 그 몹쓸 '타성'에서 벗어나지 못하고 다시 한번 '가족주의적 과오'를 범해버린 것이다.

얼마 후 아무 탈 없이 뜨끈뜨끈한 주먹밥이 소쿠리에 운반돼 왔고, 대원들은 순식간에 그것을 쓸어먹고 말았다.

2. 섬진강의 만추

부흥리의 조우전(遭遇戰)

가을 깊은 산 속의 밤 공기는 제법 차가웠다. 11시 정각, 소대가 행동을 개시하여 지정된 장소에 진출해보니 과연 도로 이편은 개울이 흘러 매복할 장소가 없었다. 길 건너 깊이 잠든 원부흥 마을을 살짝 비껴 갈담 쪽으로 꺾어지는 길모퉁이에 그럴싸한 바위가 있었다. 그 바위 뒤에 대원들을 배치하고 나서 별빛에 시계를 보니 자정 20분 전(前)이었다.

청웅으로 간 중대병력 20여 명으로 최 중대장이 의도한 대로 150명이라는 군경부대를 과연 우리 앞에 몰고 올 수 있을는지 미덥지 않았다. 그러나 아무튼 숨을 죽이고 한 시간가량을 기다렸다. 그런데 어찌된 셈인지 청웅 쪽에서는 총소리는 고사하고 개 짖는 소리 하나 들리지 않고 고요하기만 했다. 1시가 거의 다 돼서야 저만큼서 인기척이 다가오더니 최 중대장의 투덜대는 소리가 들려왔다.

"일 잡쳤구먼. 바람만 잡았당게."

청웅에 돌입해보니 군경부대는 이미 임실 방면으로 철수하고 없더라는 것이었다. 특무장이 문화부 중대장의 지시를 받고 부흥리 마을 사람들을 깨워 닭죽을 쑤게 했다. 이 지방의 특유의 스태미나 요리이다. 주먹밥을 두 사람 몫이나 먹은 뒤였으나 소대원들은 아무 소리도 못 하고 허리띠를 늦추며 그것을 먹어야 했다.

중대는 식사를 마친 후 다시 배치 부락으로 물러 나와 눈을 붙였다. 동이 틀 무렵 우리 소대는 정찰대와 함께 어젯밤 그 길목에 나가 매복을 하라는 명령을 받았다. 청웅에서 철수한 군경부대의 행방이 사실은 분명치 않기 때문이었다. 소대는 정찰대를 50미터쯤 앞세우고 매복 장소를 향해 논두렁길을 걸었다. 아침 안개가 벼를 베어낸 논과 도랑 위를 서서히 흐르며 걷혀가고 있었다.

　목적지인 도로에 백 미터쯤 다가섰을 때였다. 우리가 매복하려던 바로 그 산모퉁이를 경찰 전투복을 입은 청년 하나가 갈담 쪽으로부터 자전거를 타고 돌아오고 있었다. 나는 급히 손짓을 해서 대원들을 논둑 밑에 엎드리게 했다. 순간적으로 그것이 군경부대의 연락병이 분명하니 지금 우리 위치에서 노출되는 것이 불리하다고 판단한 때문이었다. 그러나 앞서 가던 정찰대와는 거리가 너무 가까워 피할 겨를이 없었던 모양이었다. 정찰대장의 엠원이 불을 뿜음과 동시에 자전거의 청년이 그 자리에 나뒹굴었다. 정확한 사격솜씨였다. 그러나 그것이 큰 실수였다. 총성이 울려 퍼지고 난 다음 순간, 내 눈앞에 엄청난 광경이 벌어졌다.

　자전거의 청년이 나타난 그 산모퉁이에서 시퍼런 제복들이 마치 벌통을 쑤셔놓은 것처럼 수도 없이 쏟아져 나오며 순식간에 개울물을 건너 우리가 의지한 논둑을 향해 전개해왔다. 기관총 총탄이 글자 그대로 우박처럼 쏟아져왔다. 방금까지 적막하기만 했던 골짜기가 참으로 순식간에 뇌성벽력의 아수라장으로 바뀌고 만 것이다.

　얼핏 보니 성만석의 정찰대는 거기서 가까운 왼편의 낮은 산등성이를 향해 달음질치고 있었다. 우리 위치에서는 그 산등성이가 군경이 공격해오는 방향이 되니 정찰대를 따라붙을 수도 없었다. 바른쪽을 살펴보니 목측(目測) 2백 미터 거리에 나지막한 언덕이 보였다. 배치 부락에서 신작로까지 뻗어 내려온 산줄기의 꼬리였다.

　몇 초의 차이로 17명의 생사가 좌우되는 판이니 주저할 여유가 없었다. 나는 결단을 내렸다. 뛰다가 사상자가 난다 해도 그냥 머물러 있을 수는 없었다. 사격하며 번갈아 후퇴하는 그런 경황도 못 됐다.

　"저기 저 고지에 붙는다. 뛰면서 한데 몰리지 마라. 뛰어라!"

　소대원들이 메뚜기처럼 흩어지며 일제히 뛰기 시작하자 총탄이 뒤를 쫓아 집중됐다. 그러나 30초도 못 돼서 17명이 부상자 하나 없이 언덕 기슭에 닿을 수 있었으니 그야말로 기적 같았다. 총알이라는 것이 그렇게 잘 맞는 것이 아니로구나 하는 생각이 퍼뜩 들었다. 그때까지만 해도 쫓는 토벌대나 쫓기는 우리나 실전 경험이라고는 거의 없는 아마추어들이었던 것이다.

　그대로 언덕을 기어올랐다. 논바닥에 산개(散開)한 군경 산병(散兵)으로부터 완전히 노출된 사면을 무턱대고 기어올랐다. 총탄은 전후좌우에 흙먼지를 일으키며 와서 꽂혔다. 사면을 반쯤 올라갔다 싶었을 때, 나는 돌아서서 따발총의 방아쇠를 당겼다. 등성이까지 50미터쯤 남은 거리를 도저히 올라갈 자신이 서지 않았던 것이다.

　내가 오르는 것을 멈추자 대원들도 일제히 멈춰 서며 사격을 시작했다. 어쩌면 의지할 나무등걸 하나 없을까? 나무를 베어낸 자리인지 썩은 고주박만 띄엄띄엄 눈에 띌 뿐 관목 한 그루 없었다. 군경의 산병선은 이미 언덕 기슭의 백 미터 이내로 다가와 있었다. 시퍼런 군복들이 눈에 가득히 어른거렸다. 이제 우리는 그들에게 세워놓은 타깃처럼 됐지만 눈 아래 논바닥에 흩어져 있는 군경들도 우리의 탄막을 피할 수 없는 위치가 돼버렸다. 수를 믿고 대중없이 다가선 것이다.

　미약한 화력이지만 11정의 화기가 일제히 불을 뿜고 수류탄 서너 개가 날아가자 밀려오던 산병들이 기겁을 하고 논두렁 밑으로 기어 붙으며 사격이 약간 뜸해졌다. 7~8백 미터나 떨어진 저편 능선에서 정찰대가 산발적인 사격을 하고 있는 것이 보였지만 물론 대단한 화력은 아니었다. 하지만 공격군의 수는 워낙 많았다. 저만큼서 중경기의 엄호가 치열해지며 뒤이어 산병 제2파가 밀려왔다. 이때 내 따발총이 딱 작동을 멈췄다. 탄약이 떨어진 것이다. 연락병이 차고 있던 탄창을 풀어 던져주었다. 탄창을 갈아 끼웠다. 그러나 어찌된 셈인지 탄약이 올라오지 않았다. 따발총의 경험이 없는 나는 당연히 총의 고장으로 알고 급히 총신을 분해해봤다.

그때의 북한제 따발총은 일제 말기의 99식 소총만큼이나 조잡한 물건이었다. 그러나 원체 간단한 총기가 돼서 도대체 고장날 만한 곳이 없었다. 격침이라도 부러졌나 하고 살펴봤으나 그것도 아니었다. 나중에 알고 보니 탄창을 거머쥔 손에 힘을 주었던 관계로 탄창과 총신의 각도가 맞지 않아 탄자가 올라오질 못했던 것이다. 나는 그것을 모르고 적진에서 집중사격을 받아가며 세 번이나 총신을 분해, 결합해보았던 것이다.

내가 초조하게 따발총을 뒤척이고 있는데 우리 소대의 유일한 엠원 소총을 든 안영선이 울상이 돼서 다가왔다. 그때 그는 전북 ○○고교 3학년에 재학 중이던 고등학생이었다.

"대장 동무! 총이 안 나가요."

손질 불량으로 약실에 녹이 심히 슬어 발사한 탄피가 빠져나오질 않는 것이었다. 돌을 집어 놀이쇠를 내리치니까 탄피는 빠졌는데 한 발 쏘고 나니 또 마찬가지였다.

"그래 내가 뭐랬어. 할 수 없다. 지금 식으로 해서 사격을 계속해!"

뒤이어 38식을 든 김이라는 대원이 사격을 멈추고 넋이 나간 듯 앉아버렸다. 탄약이 떨어진 것이다. 나는 다시 산등성이를 올려다봤다. 이쯤 된 이상 어떻게든 능선을 넘어서야 하겠는데 나머지 약 50미터를 사상자 없이 뛰어오를 수 있을까? 내 판단의 잘못으로 열일곱의 젊은 생명이 이 이름도 없고 초목조차 없는 언덕 기슭에서 끝나는 것은 아닐까? 글자 그대로 진퇴유곡이었다. 공포에 질린 대원들의 창백한 얼굴들이 나를 쳐다보고 있었다. 입 안의 침이 풀처럼 말라붙었다. 뛸까 말까 망설이고 있는데 바로 그 능선 위에서 별안간 날카로운 외침이 들려왔다.

"경기! 경기 위치 여기! 빨리!"

우군인가 적인가 멈칫하는 순간, 머리 위에서 요란한 기관총 소리가 일어나면서 바로 눈 아래 논바닥을 메우며 밀어닥치던 푸른 제복들이 무질서하게 흩어지기 시작했다. 그 순간을 이용해서 우리는 단숨에 능선을 기어올랐다. 거기에는 모두가 국군 방한모를 쓴 20명가량의 낯선 청년들이 눈을 번뜩이며 신작로 쪽으로 퇴각하는 군경부대에 사격을 퍼붓고 있었다.

나중에 안 일이지만 이들은 얼마 전 엽운산 사령부에 들렀다가 북상을 계속할 양으로 떠난 인민군 낙오병들인데 도중에 북상를 단념하고 다시 엽운산을 찾아 내려오는 길이었다. 도상에서 한둘씩 인원이 불어나 남녀 20여 명의 독립부대를 형성해가지고 유격활동을 해왔는데, 어젯밤 공교롭게도 그 무명고지 뒤에서 노숙을 하고 있다가 총소리를 듣고 달려온 것이었다. 그들은 무장도 상당히 좋았으며 대부분이 정규군들이라 모습들이 보기에도 늠름했다.

능선으로 뛰어오른 소대원들은 염치불구하고 일단 능선 너머 사각에 조기두름처럼 나가떨어지며 숨을 몰아쉬었다. 약낭을 멘 간호병 하나가 달려오며 부상자는 없느냐고 물었다. 첫눈에 그녀를 보았을 때 나는 전주에서 헤어진 백인숙을 떠올렸다. 눈매가 무척이나 비슷했기 때문이다. 그녀의 이름은 박민자였다.

그런 집중사격을 받았는데도 기적적으로 부상자 한 명 없었다. 그러나 인원점검을 해보니 분대장 강선구가 보이지 않았다. 사면을 뛰어오를 때 어떻게 된 것이 아닐까? 그러나 오래 걱정할 필요는 없었다. 잠시 후 배치 마을에서 쉬고 있던 중대장 이하 1소대원들이 산줄기를 타고 달려왔는데 그 선두에 강선구가 있었다.

"중대본부에 보고하려고요…….'

겸연쩍은 듯 고개를 숙이고 있었으나 어느새 대열을 이탈해서 도망쳤던 것이 분명했다.

"잘못하면 총살이야. 알겠나?"

"네…….'

강선구는 고개를 떨구며 죄송해했다. 그날의 비상선은 원통산 꼭대기였다. 나중에 안 일이지만 강선구는 소대가 영락없이 박살난 것으로 알고 사면을 뛰어오르기 전에 비상선을 향해 빠져 달아나고 있었다는 것이다. 처음으로 총탄 세례를 받아본 '학생 빨치산'의 해프닝이었다.

총과 생명의 가치

흩어진 군경부대는 일단 길 건너 원부흥 마을로 들어가 사격을 가해왔다. 그러나 싸움은 이미 결판이 나 있었다. 최 중대장이 원부흥을 내려다보며 혀를 찼다.

"청웅의 반동새끼들한테 감쪽같이 속았당게……. 요 잡것들이 어저께 청웅에 들어왔던 놈들이시 분명한디, 글씨 오사할 놈들이 임실루 돌

아갔다더니만 갈담 쪽으로 가 있었구먼. 폐일언하구 요놈들을 몽땅 잡
아야 쓰갔는디…… 가만, 두 소대장 동무, 좀 보드라고. 내가 천상 조리
루 싸악 돌아서 돌격을 걸어볼 모양잉께, 여긴 저 동무들한테 매끼구
따라오드라구."

　　동네 안에 들어 총을 쏘고 있는 적에게 탁 트인 개울 바닥과 도로를
건너 돌격한다는 것은 현명치 못한 방법이라고 생각됐지만 마다할 도
리가 없었다. 아니나 다를까 돌격은 완전 실패하고 부상자까지 내고 말
았다. 군경부대의 사격이 워낙 심해서 여간 희생을 치르지 않고서는 도
로를 건너뛸 도리가 없었던 것이다. 선두에서 도로에 뛰어올랐던 1소
대의 지(池)라는 소년대원은 넓적다리에 수류탄 파편을 맞고 쓰러져버
렸다. 우군이 뒤따르지 않자 적 앞에 혼자 남겨진 지(池)는 죽은 시늉을
하고 엎어져 있었는데 길 건너에서 군경 하나가 부르더라는 것이다.

　　"인마, 거 총 맞은 놈아."

　　아무 소리 않고 계속 죽은 시늉을 하고 있으려니까 그 병정이 번개
처럼 뛰어나오더니 발목 근처에 떨어져 있는 지(池)의 아식보총을 집어
가버렸다.

　　돌격은 실패했으나 그 때문에 겁을 집어먹었던지 군경들은 마을 뒤
의 백련산 기슭을 타고 달아나버리고 말았다. 그러나 곧 청웅 쪽에서
트럭 2대가 80명가량의 응원병력을 싣고 달려왔다. 이 새로운 국군 부
대는 우리가 의지하고 있는 고지에서 청웅 쪽으로 직선 3백 미터쯤 되
는 저편 고지에 올라붙었다. 트럭에서 내려 느릿느릿 일렬횡대를 짓고
사방을 두리번거리며 고지를 올라오는 품이 한눈에도 거의 훈련을 받
지 못한 신병들이었다.

　　빨치산들은 병력을 과장하기 위해 갖은 수를 다 썼다. 이날은 최 중

대장의 삼국지적 아이디어로 저편에서 보일 만한 능선에 줄을 짓고 올라가서는 보이지 않는 곳으로 돌아와 다시 올라가는 식으로 빙빙 돌기를 서너 번 했다. 군인 쪽에서 얼핏 보면 상당한 대병력으로 보였을지도 모른다. 더구나 그 고지 위에 우군이 매복해 있는 것처럼.

"동무들! 그 고지에 개 붙었다. 지금 반쯤 올라갔다. 수류탄 까라!"

하고 소리치니까 신병부대는 사태처럼 무너져 내려갔다. 이들이 트럭을 돌려 임실 쪽으로 사라진 후부터 전장정리(戰場整理)가 시작됐다.

논바닥에서 개울가에 걸쳐 군경의 유기시체 7구가 뒹굴고 있고 맨 처음 저격당한 자전거의 청년까지 모두 8구의 시체가 버려져 있었다. 자전거의 청년은 경찰관이었는데, 핸들에 매어져 있던 책보에는 영어 콘사이스 사전과 당시 대학교재로 흔히 쓰던 책 *USE OF LIFE*가 한 권 들어 있었다. 아마도 전쟁통에 학업을 중단하고 경찰에 투신한 대학생이었을 것이다. 스산한 전쟁 생활 중에서도 앞날의 영광을 바라보며 공부를 계속했을 그 청년의 처참한 주검이 내 머릿속에서 한동안 지워지지 않았다. 그와 내 소대원인 두 사람의 대학생 사이에 서로 죽고 죽여야 할 무슨 인과가 있었던가.

군경 측의 희생자는 여덟으로 그치지 않았다. 마을에 버려두고 간 보행불능의 부상자가 둘이 있었고, 그날 밤 옥석리 선돌 부락에서 숙영 중인 우리 중대를 자기 부대로 잘못 알고 찾아든 낙오병이 셋이 있었다. 복색에서부터 모든 것이 다른 빨치산 부대를 군부대로 잘못 알았다니 군복만 걸쳤다 뿐이지 훈련이라고는 거의 받아보지 못한 신병들이었던 것이다.

이 5명의 포로는 황대용 문화부 중대장의 명령으로 즉석에서 살해되었다. 황은 자기가 먼저 시범을 보이겠다면서 너털웃음을 웃으며 총창을 휘두르고 나서는 비명 소리에 안색이 변해 후들후들 떨고 있는 심약한 대원들을 일일이 지명해서는 찔러총을 시켰다. 후일 내가 전속된 남부군에서는 여간해서 포로를 처단하는 일이 없었다. 저항력을 잃은 적을 무자비하게 살상하는 것이 당성(黨性)의 강도를 나타내는 것은 아닐 텐데, 황은 마치 얼마나 잔인한가를 충성심의 척도처럼 생각하는 모양이었다. 더구나 그러한 잔학행위가 그가 가장 증오한다는 일본 군국주의자들의 유습임을 그는 모르고 있는 것 같았다.

한 부상 포로는 도시 출신처럼 보이는 스물 안팎의 어린 병정이었다. 그는 불행히도 다리에 부상을 입어 걷지를 못했으나 다른 곳은 멀쩡했다. 이 정도의 부상자를 적중(敵中)에 버리고 간 전우들이나 그 지휘관의 처사도 황대용에 버금가는 잔학행위라고 나는 생각했다. 그 부상한 젊은 병정은 어느 집 헛간에 숨어 있다가 끌려 나왔는데 얼떨떨한 표정이긴 했어도 대답이 또렷했다. 황이 '신문'했다.

"왜 국방군에 들어갔지?"

"강제로 끌려왔습니다. 오고 싶어 온 게 아닙니다."

"그럼 왜 도망 안 쳤어. 억지로 끌려왔다면 도망이라도 쳤어야 할 게 아냐?"

"도망요? 실은 우리 형이 좌익을 하다가 붙잡혀 갔어요. 저까지 도망치면 빨갱이 집안이라고 우리 집은 쑥밭이 돼요. 그러니……."

"알았다. 이리 나와."

아마 죽이지는 않으려나보다 생각했던지 병정은 순순히 끌려 나왔다. 길옆에 무슨 흙구덩이가 있었다.

"거 서라. 이 개새끼!"

황대용이 별안간 병정을 구덩이 속으로 차 넣으며 총창으로 난자하

기 시작했다. 병정이 비명을 지르며 고꾸라지자

"너. 너."

넋을 잃고 서 있는 옆의 대원들을 호명해가며 총창질을 시켰다. 호명을 받은 대원은 충성을 보이려는 듯 "이얏! 이얏!" 하고 기합을 질러가며 총창을 꽂았다. 이미 아까까지의 겁에 질린 표정들이 아니었다. 황대용은 대견스럽다는 듯이 그 변화를 보고 있었다. 광기 서린 눈으로 총창을 찌르고 뺄 때마다 병정의 허연 살가죽이 풀이 끓듯이 솟아올랐다.

그날 저녁 식사가 끝나고 '군관(장교) 집합'의 시달이 왔다. 중대장들이 묵고 있는 어느 농가 사랑방에 두 소대장과 정찰대장, 그리고 오늘 아침 부흥리서 합류한 부대의 지휘자인 송 모라는 인민군 소위가 모였다. 그 소위도 김일성대학에 재학 중인 학생이었다. 8월에 들어서면서 초급 지휘관의 손모(損耗)가 심하자 인민군 최고사령부는 대학생들에게 1주일 남짓한 단기교육을 시킨 후 소성(小星) 한 개(소위)씩을 달아 주고 전선에 내보냈던 것이다. 그러니까 군사소양이 거의 없는 '군관'들이었다. 막걸리잔을 기울이고 있던 최 중대장이 싱글거리며 말을 꺼냈다.

"오늘은 수고들 했어. 또 송 동무네는 당분간 4중대하구 행동을 같이 하기로 했응께 반갑구. 잘해 보드라구. 에에 또, 오늘의 총화가 사살 열셋에 노획품이 중기 하나, 경기 하나, 소총 여섯 자루, 수류탄이 열 하고도 다섯 개라. 지도두 몇 장 있구, 마 대단한 전과시. 벌써 회문산에 보고가 갔을 꺼구먼, 지금 사령부는 회문산에 옮겨와 있지. 그리구 이건 아직 확실친 않지만 백련산에 있던 임실군당 동무들이 그리루 정신 없이 도망오는 놈들을 파리 잡듯이 겁나게(많이) 때려잡은 모양잉께 경들 쳤을 꺼구먼. 당분간은 얼씬거리지 못할 걸시. 하하."

"송 동무도 와 있으니까 노획 무기를 아주 나눠버리지요."

문화부 중대장의 제안이었다.

"그렇구먼. 소총은 우리 두 소대하구 송 동무네가 두 자루씩 나눠 갖기루 하면 되는디, 그 중기 말여, 중기는 우리 2소대가 자동화기가 없승께 2소대에 주면 쓰갔는디. 어떠요? 송 동무."

"좋습니다. 그렇게 하시지요."

"고맙구먼. 그럼 2소대장 동무 잘 간수하드라구. 물건 쓸 만하더구먼. 에에 또 거 송 동무, 기왕이면 경기 하나도 어떠요. 우릴 주면? 인제 한 살림잉께…… 그 대신 수류탄, 탄약 같은 건 서로 반타작 하구 말시."

"중대장 동무 참 욕심 많습니다. 하하."

"마마 송 동무넨 무장이 좋으니깐……."

다음은 문화부 중대장의 차례였다.

"다름이 아니라 그 총을 뺏긴 지 동무 책벌 문젠데…… 알다시피 빨치산의 불문율이 총기를 뺏기면 무조건 총살이오. 인제 일단락됐으니까 오늘 안으로 이 문제를 종결짓자 이 말이오."

넓적다리를 맞고 쓰러져 있던 지는 군경부대가 퇴각한 후 업혀 와서 간호병 박민자의 치료를 받고 누워 있었다. 간호병이 핀셋으로 석류처럼 벌어진 생살덩이를 헤치며 수류탄 파편을 뽑아낼 때, 지는 거의 사색이 돼서 "아이구, 어머니"를 외쳐댔다. 치료하는 박민자의 조그만 콧등에도 땀방울이 송글송글 맺혔다. 그러나 그녀의 핀셋은 냉혹할 만큼 침착하고 정확했다.

"지금 안 빼내면 나중에 큰일 나요. 아파도 좀 참아요. 남자가 뭘."

치료가 끝나자 지 소년은 안도감과 며칠째의 피로가 한꺼번에 닥치는지 죽은 듯이 잠에 빠졌다. 그 소년을 어떻게 하겠다는 말인가.

"종결짓는다면 어떻게……?"

"일벌백계해야지. 규율대로 해야지."

나는 용기를 내서 말했다.

"죽인단 말씀인가요? 그건 안 됩니다. 그럴 이유가 없습니다."

"뭐이요? 이유가 없다?"

"예, 그때 지 동무는 다른 방법이 없었습니다. 몸만 움직이면 벌집이 될 형편이었으니까."

"아니, 그게 이유가 되오?"

"그렇게 해서 살아 나온 것이 오히려 잘한 일이지, 총 한 자루가 문젭니까?"

"총을 뺏긴 게 잘한 짓이다. 이 말이오?"

"그야 상황에 따라 다르겠지요."

"그럼 안 뺏겨도 될 만한데 뺏기는 사람도 있단 말이오?"

"그런 뜻이 아니라 오늘 지 동무의 경우는 매우 지혜롭고 용기 있는 행동이었다고 생각된다 그 말씀입니다. 그럼 그때 지 동무가 어떻게 했어야 옳았습니까?"

"그럼 상을 주라 이 말이오?"

"한 자루의 총보다는 한 사람의 생명이 더 소중하다 이 말입니다. 특히 유생력량(사람이나 말과 같은 생명 있는 무력)의 보충수단이 없는 우리 대열에선 이해관계로 봐서도 그렇습니다. 보세요. 총은 오늘도 손에 들어왔습니다. 그러나 그 총을 다룰 인간은 어디서 보충해야 합니까?"

"말 다 했소? 내 이 동무의 그 패배주의, 감상주의(感傷主義)에 대해 그렇잖아도 비판을 하려던 참인데, 기왕 동무가 말을 꺼냈으니 해버리겠소. 동무의 오늘의 전투행동은 매우 비겁했소……. 돼먹지 않았다 이 말이오."

"네?"

황대용은 분명히 전투가 거의 끝날 무렵에 전장에 당도하지 않았던가. 나는 오늘 정확히 열 배가 넘는 적을 상대로 내가 할 최선을 다해 싸웠다. 무엇이 어쨌단 말인가. 나는 불덩이 같은 분노가 치밀어 오르는 것을 느꼈다.

"왜? 부인하는 거요? 내 능선을 내려오며 이 눈으로 똑똑히 보았소. 동무가 능선 너머 사각에 숨어서 어물거리고 있는 것을 말이오."

"아하, 그땐 막 고지에 올라서서 숨을 돌리고 있던 참이었소."

"아, 아니 한참 전투를 하고 있는 판에 드러누워 숨을 돌려? 그게 말이 되오? 내 그때 즉결처분을 하려다 차마 그럴 수 없어 그만둔 거요. 알 만하오?"

당시는 최고사령관인 김일성의 명령에 의해 인민군에서조차 즉결처분권이 인정되어 수많은 무고한 생명들이 군관 한 사람의 주관에 의해 살해됐었다. 빨치산에 있어서는 그런 명령 이전에 '불문율'이라는 이름 아래 즉결이 행해졌으니 죽은 자만 억울하게 돼 있었다. 그렇기로서니 자기 소대원의 생사에 관해 다툼이 벌어지고 있는 판에 꿀 먹은 벙어리로 눈치만 살피고 있는 1소대장의 태도가 더욱 불쾌했다. 그때까지 벽에 기대어 눈을 지긋이 감고 있던 최 중대장이 쌍방의 말이 점차 거칠어지는 것을 보자 가로막고 나섰다.

"마 마, 오늘은 전과도 크게 올렸승께 막걸리나 한 잔 하고, 마 까다로운 얘긴 그만두더라고. 한 이틀 뛰어다니다 겨우 다리를 펭께 팔 다리가 녹적지근한 게 좀 쉬어야 쓰겄구먼."

이렇게 해서 풍전등화 같던 지 소년의 목숨은 결국 구해졌다. 아니

잠시 연장됐던 것이다. 두어 달 후, 그는 다리의 상처도 미처 아물지 않은 채 전사하고 말았으니까.

내 숙소로 돌아오면서 논바닥에 오줌을 내갈기며 나는 밤하늘에 구름처럼 흐르는 은하수와 회문산의 검은 연봉을 바라보며 차가운 밤 공기를 심호흡했다.

'나는 지금 왜 여기 서 있을까? 이 깊은 밤, 낯선 산마을, 논두렁 위에, 무슨 까닭으로…….

그리고 저기 오늘 뿌려진 피와 생명에서 무슨 뜻을 찾아야 옳은가?'

오르지 않는 횃불

도당 사령부가 옮겨 앉았다는 회문산은 우리가 있는 선돌 부락에서 바로 지척이었다. 가보지도 않은 회문산이 내 집처럼 미덥고 고향처럼 돌아가고 싶었다. 그곳엔 김 지사장 이하 통신사 일행도 옮겨와 있을 것이었다.

우리 중대는 회문산의 동북쪽 방위를 맡고 있으니 백련산으로 들어가게 될 것이라느니, 백련산은 독립고지니까 아지트가 될 수 없다느니 구구한 얘기가 떠돌더니 며칠 후 우리는 송 소위네 부대와 함께 바로 그 회문산 아래 지동이라는 조그만 부락에 옮겨 앉아 휴식을 갖게 됐다. 회문산 기슭은 이른바 '해방지구'였다. 여기서 우리는 오랜만에 발도 벗고 빨래도 할 수 있었다. 어느 날, 벌써 얼음처럼 차가워진 도랑가에 혼자 앉아 비누 없는 빨래를 하고 있으려니까 뒤에서 인기척이 나며 약간 장난끼 섞인 여자의 목소리가 들려왔다.

"방문함을 허락하십니까?"

(당시 인민군에서는 실내든 실외든 상관에게 말을 걸 때는 그렇게 화두를 꺼

냈다.) 돌아다보니 간호병 박민자가 차려 자세로 서 있다가 인민군의 제식(諸式)대로 거수경례를 붙인 채 말을 걸어왔다.

"군관 동무, 그 빨래 제가 해드릴까요?"

"고맙소. 하지만 벌써 다 끝났는데……."

그녀의 눈이 웃고 있기에 나도 겸연쩍은 웃음을 띠며 대답했다.

박민자는 잠시 내 뒤에서 빨래 빠는 손끝을 보고 있다가 싱끗 웃어 보이며 또 깍듯이 경례를 붙이고는 돌아섰다.

며칠 후 사령부로부터 새로운 작전명령이 내려왔다. 사령부가 예하 총병력을 동원하여 순창읍을 들이친다는 것이었다. 곧 닥쳐올 월동(越冬)물자 조달과 위력 시위가 작전목적이라고 했다.

제4중대의 임무는 순창읍의 남산 격인 대동산에서 벼루고개에 이르는 선을 장악해서 순창의 수비병력의 탈출과 응원병력이 들어오는 것을 저지하는 것이었다. 제2소대의 담당은 그중에서 대동산 고지 점령이었다. 이 고지는 순창 남쪽의 관문 격인 요지지만 여느 때는 초소가 없었다.

"그러나 혹시 모르는 일이니 경각심을 높여야 한다. 2소대는 거의 무장했고 중기관총도 배속했으니까 제일 요지를 맡기는 것이다."

하는 것이 중대장의 말이었다.

총지휘부는 순창읍 서북방에 우뚝 솟은 해발 430미터의 금산(錦山) 중턱에 위치하면서 횃불로 신호를 하면 순창읍 둘레에 은밀히 접근해서 대기할 각 중대가 일제히 공격을 시작하고 동시에 따발총 부대인 기포병단이 시내로 돌입한다는 것이 사령부의 작전계획이었다.

D데이 전날 저녁 지동 부락을 출발한 4중대는 노령산맥을 타고 건

지붕 기슭을 돌아 철야행군 끝에 약속시간에 약간 앞서 벼루고개까지 은밀히 진출하는 데 성공했다. 곧 훤히 동이 트기 시작했다. 공격전에 가장 유리하다는 여명 시각이었다. 2소대는 여기서부터 단독행동을 시작했다.

처음 맞는 대규모 작전이라 나도 약간 흥분했고 대원들은 피로의 기색도 없이 얼굴들이 상기되고 눈이 초롱초롱했다.

"정찰한 바로는 대동산 고지엔 적의 초소가 없다지만 알 수 없다. 우리 작전의 낌새를 조금이라도 챘다면 고지에는 반드시 대비가 있다고 봐야 한다. 그렇더라도 공격신호가 있기 전에는 절대로 발포해선 안 된다. 총창으로 해치울 수밖에 없다. 총검술엔 다소 자신이 있으니까 그 임무는 내가 맡겠다. 정 동무, 유 동무는 내 뒤를 따르라. 만일 적이 여럿이든가 내가 실패해서 격투가 벌어지거든 나를 엄호해라. 나머지 대원은 헤쳐서 30미터쯤 뒤를 따라오며 내 지시를 따른다."

나는 한 대원의 총창 달린 아식보총으로 바꿔 들고 선두에서 지형지물을 이용해가며 토끼처럼 고지 정상을 향해 기어올랐다. 정상 가까이 접근해도 아무 기척이 없었다. 온 신경을 눈과 귀에 집중시키며 포복을 시작했다. 몇십 평이 됨직한 고지 마루턱이 나타났으나 사람의 기척은 없고 휴지 조각들이 서리에 젖어 흩어져 있었다. 긴장이 일시에 풀리면서 돌아다보니 대원들이 얼떨떨한 표정으로 올려다봤다.

엎드린 채 고개를 들고 보니 순창 시내가 한눈에 내려다보였다. 기관총의 위치를 정해주고 대원들을 배치하면서 금산을 바라보았다. 약속한 시간이 됐는데도 횃불 신호는 보이지 않았다.

이윽고 동북쪽 능선에서 산발적인 총성이 들리기 시작했다. 그래도 금산의 신호를 기다려야 하는가, 이미 노출된 것이니 그대로 공격을 개시해야 옳은가, 망설이고 있는데 눈 아래 학교인 듯 싶은 건물 앞을 한 무리의 카키복들이 다람쥐처럼 달리는 것이 보였다. 중기사수가 나를 쳐다봤다. 사격할까? 순간 뿌드득뿌드득 이를 가는 것 같은 따발총 소리가 그쪽에서 들려왔다. 기포병단이 틀림없었다. 금산의 공격신호는 오르지 않은 채 본격적인 전투가 시작된 것이다.

어디선지 분명치 않은 각도에서 우리들을 향해 총탄이 날아오기 시작했다. 대충 어림대고 기총으로 응사를 시켰다. 신선한 새벽 공기에 섞여 초연 냄새가 향기롭게 풍겨왔다. 날은 이미 완전히 밝아 있었다.

"2소대! 어이 2소대!"

중대의 기술서기 김영이 고지 중턱까지 올라와서 소리쳤다.

"철수하래요! 철수요."

"알았다. 알았어."

김영은 그대로 되돌아 뛰어 내려갔다. 거의 동시에 군경부대로 보이는 일대가 시내에서 벼루고개 쪽으로 밀려왔다. 쫓겨오는 것인지 쫓아오는 것인지 분간할 수가 없었다. 어쨌든 벼루고갯길이 막힌 이상 중대 본부와의 연락은 불가능하게 됐고 소대가 철수하려면 시내로 향한 사면을 내려가는 수밖에 없었다. 그쪽은 회문산과는 반대 방향이 돼서 자칫하면 적중에 고립될 위험성이 있었지만 그렇다고 대동산에 그냥 남아 있을 수도 없는 일이었다. 나는 소대를 이끌고 그 비탈길을 내리뛰기 시작했다. 비탈 아래가 바로 몇십 미터 폭의 얕은 개울이고 그 너머에 조그만 언덕이 있는데 그 언덕에 우군의 모습이 보였기 때문에 일단 그리로 합류하기로 했다.

온몸이 적 측으로 노출되는 한순간이 지나고 발목까지 차오르는 개울물을 첨벙첨벙 뛰어 건너다가 얼핏 뒤를 돌아보니 배봉숙이 물속으로 퍽 쓰러지는 것 같았다. 모래를 헛디뎌 넘어졌던 것인데 나는 그녀가 총에 맞은 줄 알고 몇 발자국 되돌아와 그녀를 일으켜 세웠다. 뒤떨어진 배봉숙의 팔뚝을 나꿔채가지고 다시 뛰는데 목덜미에 부젓가락이 스치는 것 같은 감촉을 느꼈다. 손을 대보니 찐득찐득한 피가 묻어났다. 총탄이 목가죽을 지나간 것이었다.

이윽고 언덕 밑에 닿아 숨을 돌리는데 거기 외딴 집 뜰에서 낯선 한 무리의 우군이 중년의 한 사나이를 붙들고 왁자지껄 말다툼을 하고 있었다. 사나이의 가족으로 보이는 여인 둘이 뭐라고 애원을 하고 있는데, 그 사나이는 조금도 굽히는 기색 없이 언성을 높여 대거리를 하고 있었다.

"이 깐나 반동새끼 까버려!"

돌연 빨치산 하나가 엠원을 들고 사나이를 한 방 갈겼다. 사나이가 퍽 하고 쓰러지자 여인들이 "아이고!" 하며 일제히 곡성을 올렸다. 순식간의 일이었다. 영문은 알 수 없었으나 그 판국에 눈이 뒤집힌 빨치산들과 시비를 벌이다니 어리석은 일이었다.

빨치산들이 개울 건너 읍내를 향해 한바탕 급사격을 퍼붓고 나서는 동쪽 산기슭을 향해 일제히 뛰기 시작했다. 나도 소를 끌고 그 뒤를 따라 뛰었다. 방향이 회문산과 반대 방향이라는 것은 짐작이 갔으나 지리를 통 모르니 어디를 어떻게 가고 있는지는 알 까닭이 없다. 총탄이 쇳소리를 길게 끌며 머리 위를 스쳐갔다. 총탄은 앞뒤 땅 위에 와 박히는 것이 위험하지, 머리 위를 스치는 것은 기분만 나쁠 뿐 맞을 위험은 별로 없다. 모두들 숨이 턱에 닿은 채 10여 분을 그렇게 뛰었다. 이윽고 산모롱이를 돌아 사각에 들어서자 걸음들을 늦추며 숨을 몰아쉬었다. 인원점검을 해보니 낙오자도 다친 사람도 하나 없었다. 이성열 분대장이 내 목덜미의 피를 발견하고 시커먼 수건을 꺼내 닦아주었다.

"하마터면 큰일 날 뻔했네요. 경동맥 옆을 살짝 비껴갔네요."

나는 쓴웃음을 지으며 생각했다. 몇 밀리, 몇 분의 1초 차이로 생사를 갈라놓는 운명의 장난을. 그 조그만 상처는 30년이 지난 지금까지도 어렴풋이 흔적을 남기고 있어 그날의 악몽을 되새기게 한다.

맹 사령의 밥 먹기 작전

이 행렬 중에 체구가 건장하고 구레나룻이 시커먼 호걸풍의 사나이가 하나 있었다. 이 호걸은 옆에 붙은 개머리판을 이으면 소총으로도 쓸 수 있는 팔뚝만 한 모젤권총을 차고 있었다. 이 사람이 며칠 후 나의 직속상관이 된 맹봉(孟鳳)이라는 사나이였다. 춘천에서 중학교 시절에 축구선수로 날렸다는 말이 있었으나 그 밖에는 그가 강원도 사람으로 오대산 빨치산 대장 김달삼의 부하였다는 것 이외에는 우리는 그의 전력을 모르고 지냈다(후일 완주 모래재 화산교에서 그와 함께 사살되는 여인도 오대산 당시의 그의 동료 빨치산이었다고 한다).

맹봉은 자연스럽게 그 잡동사니 부대의 지휘를 잡기 시작했다. 그의 뒤를 따라 걷다 뛰다 하며 십 리쯤을 가서 우리는 아미산(蛾眉山, 515m)이라는 산 중턱에 올라붙었다. 바로 아래 신작로가 보이고 군대를 실은 트럭들이 연방 오갔다. 산에는 소나무가 드문드문 있었으나 40명이 넘는 우리 일행을 가릴 만한 것은 못 되었으며 은폐할 만한 바위나 산주름도 없는 민둥산이었다. 일행은 소나무를 의지해서 서캐처럼 달라붙은 채, 꼼짝 못 하고 꼬박 하루 낮을 견디었다. 불안과 시장과 졸음과, 그보다는 십여 리를 뛴 끝이라 목이 타서 견딜 수 없었다.

그동안 우리는 맹봉으로부터 그날 작전이 실패한 연유를 전해들었다. 기밀이 샜던지, 우연이었던지 알 수 없으나 횃불을 올리기로 한 총

지휘부 요원 7~8명이 금산 중턱에 이르렀을 때 군경부대의 급습을 받아 거의 모두가 사살되고 가까스로 두 명이 동부능선의 우군 진지까지 빠져나와 상황을 알렸다는 것이다(후일 알려진 바로는 총지휘부 요원 중 경찰과 내통한 배신자가 하나 있었다고 한다). 이런 차질 때문에 통일된 작전을 못 하고 각 부대가 들쭉날쭉 제멋대로 난전을 벌이게 되어 일단 철수시켜버렸다는 것이다. 이날 회문산 측은 전사 50명, 생포 15명의 큰 피해를 입었다.

아미산은 독립고지여서 만일 노출되는 날이면 영락없이 독 안의 쥐 꼴을 면치 못했을 것이었는데 기적적으로 아무 탈 없이 지루하던 하루 해가 가고 어둠이 깔리기 시작했다. 대원들이 얼굴에 생기가 되살아났다. 맹봉의 지휘로 그곳 지리에 밝은 네댓 명을 선발하여 이들의 길잡이로 회문산을 향해 탈출키로 했다. 회문산과는 반대 방향인 순창읍 남쪽 야산에 고립돼 있었던 터이므로 철수하자면 군경부대의 경계 속을 크게 우회할 수밖에 없었다. 도중의 기동성 있는 행동을 위해 10여 명씩 3개 조로 임시대열을 편성하고 나서 맹봉이 지시를 했다.

"이제부터 약 육십 리 길을 적중돌파 강행군한다. 동무들 눈으로 보았듯이 오늘 상황 때문에 굉장한 수의 적이 순창에 집결했다. 아마 회문산으로 통하는 길목은 완전 봉쇄돼 있을 것이다. 첫째, 낙오하면 그 동무는 죽는다. 둘째, 행군 도중 노출되는 날이면 전멸이다. 기침 소리는 물론 총에 맞더라도 찍소리 내지 말고 죽어라. 셋째, 어물거리다가 중도에서 날이 새면 모두 죽는다. 오늘밤 행군길엔 기동로(도로)를 최소한 세 번 넘어야 한다. 대단히 어려운 행군이지만 만난(萬難)을 극복해서 날이 새기 전에 전원 무사히 회문산에 돌아갈 수 있도록 해주기 바란다. 그럼 지금부터 식사를 하고 식사가 끝나면 그대로 출발이다."

만 하루를 꼬박 굶었으니 식사라는 말에 귀가 뻔쩍했지만 밥이 어디 있단 말인가? 맹봉은 빙그레 웃으며 말을 이었다.

"이 아래 60~70호 되는 제법 큰 마을이 있는데 곧 저녁들을 먹기 시작할 시간이다. 지금부터 그 마을에 들어가 밥을 얻어먹는데, 이런 요령이다. 제1조 동무들은 마을 닿자마자 즉각 외부로 통하는 길을 모두 봉쇄해버리고, 나머지 동무들은 아무 집에나 빨리 뛰어들어가 차려놓은 저녁밥을 후딱 먹어치운다. 먹고 있는 것이라도 상관없으니 불문곡직 밀치고 먹어야 한다. 또 지으면 되니까 뭐 미안할 것 없다. 벌써 다 먹고 난 집에 뛰어든 사람은 얼른 딴 집으로 가본다. 나중에 먹었다 못 먹었다 해봐야 소용없다. 뛰어든 집에 따라 잘 먹고 못 먹고는 복불복이다. 되도록 싸리 문짝이라도 번듯한 집을 골라잡는 게 나을 게다."

"1조는 어떡합니까?"

"1조 동무들 밥은 2, 3조 동무들이 한 사람 몫씩 주먹밥을 만들어 온다. 걸어가면서 먹는다. 주먹밥이래야 밥사발을 그대로 수건이나 어디다 엎어 갖고 오면 된다. 소금이나 좀 뿌려서, 알겠나? 식사시간은 마을 도착한 후 5분, 5분 지나면 먹었든 못 먹었든 그대로 출발이다. 그러니까 빨리 서둘러야 한다. 약삭빨라야 먹고사는 세상 아닌가. 그 동네서 기동로까지 3백 미터, 순창읍까지 1킬로미터도 못 된다. 농땡이 부리다간 저녁밥이 사자밥 된다."

나와 전세용은 마을 복판의 그야말로 문짝이 번듯한 집을 골라 뛰어들었다. 젊은 주인 내외가 아이 하나를 데리고 마루에 밥상을 차려놓고 막 숟갈을 들려던 참이었다.

"미안해요."

전세용이 다짜고짜 주인들을 밀어젖히고 밥상을 끌어당기자 어린애는 놀라 엄마 뒤에 숨고 엄마는 숟갈을 한 손에 든 채 어안이 벙벙해 서 있었다. 주인 남자가 억지웃음을 지으며 아첨을 했다.

"어서 자시게라우. 오늘 아침 읍내에 들어왔던 '양반들'이구만이라우."

밥 먹기 작전은 대성공이었다. 우리가 그 마을에 들이닥치며 회오리 바람처럼 저녁밥을 들어먹고 떠난 지 30분이나 지나서야 그 마을 쪽에 서 총성이 들려오고 신호탄이 오르고 야단이었다. 그땐 이미 우리는 총 총히 늘어선 보초망 사이를 소리 없이 누벼 제2기동로를 넘어서고 있 었다. 그때부터 숨고 뛰고 천신만고의 적중 횡단을 계속한 끝에 다음 날 새벽 회문산 어귀인 안시내 마을 앞 성미산(成美山) 고갯마루까지 전 원이 이상 없이 돌아와 맹봉의 지휘를 벗어났다.

성미산 고개에서 우리 소대는 대휴식(大休息)을 하며, 안시내로 내려 가는 대원에게 부탁해서 사령부에 도착신고를 했다. 양지바른 고갯마 루에는 운동장처럼 넓은 잔디밭이 있고 마른 풀이 늦가을의 따사로운 볕을 받아 털담요처럼 포근했다. 그 고개가 회문산 사령부의 외각 최전 선이었지만 우리는 마치 내 집 안방에라도 돌아온 양 보초도 세워놓지 않고 쓰러져 잠에 빠졌다.

구림천 골짜기 건너 저편에 보이는 7백 미터대의 장군·회문연봉, 그 어느 골짜기엔가 사령부가 있을 시퍼런 산덩이는 마치 난공불락의 성 채처럼 믿음직하게 보였다. 섬진강가로부터 급경사를 이루며 솟아 오 른 회문봉의 나무 없는 정상은 옛 얘기에 나오는 고성(古城)처럼 장엄 하고 신비로웠다. 거기서 말안장처럼 한 번 숙었다 다시 솟은 장군봉은 거대한 바윗덩이를 이고 있어 '투구바위'라고 불렀다. 회문산괴를 이 룬 이 두 봉우리는 이듬해 3월 사령부가 소백산맥으로 이동할 때까지 언제나 우리들의 마음의 메카였다. 어떤 위기를 당했을 때도 아득히 그 봉우리들이 바라보이면 말할 수 없이 마음이 든든했다.

나는 회문산 가까이 온 김에 그 어느 골짜기엔가 있을 통신사를 한번 찾아보고 싶었다. 우직스러운 고학진 무전사의 얼굴서부터 신경질적인 김 지사장의 얼굴까지 몹시 보고 싶었다. 교신은 제대로 되고, 통신은 계속 발행하고 있을까? 고학진은 여전히 빈칸투성이의 통신문을 받아내어 지사장의 신경질을 돋우고 있겠지. 도대체 주저항선(主抵抗線)은 지금 어디쯤 긋고 있을까?

그러나 나의 소망은 이루어질 수 없었다. 4중대 본부가 일중리(日中里)에 와 있다는 연락이 있으니 즉시 복귀하라는 사령부의 지시를 받은 것이다. 일중리는 회문산의 동쪽 진입로인 미륵정이 협곡의 관문 격인 마을이었다.

이날 저녁 소대를 이끌고 안시내 마을에 들어가 백암 동무네 부대로부터 저녁밥을 얻어먹고 미륵정이 협곡으로 향하고 있을 때의 일이다. 마을 어귀 동구나무 밑에 빨치산과 동네 사람 수십 명이 뒤섞여서 벌거숭이가 된 웬 건장한 사나이에게 린치를 가하고 있었다. 쉽게 말해서 때려죽이고 있었던 것이다.

빨치산인지, 동네 사람인지 절구공이만 한 몽둥이를 휘둘러 그 사나이의 근골이 늠름한 나신을 개 패듯 내리치는데, 사나이는 이미 사경이 되어 별 반응도 없이 욱욱 신음 소리만 내고 있었다. 내리칠 때마다 몽둥이가 고무공을 친 것처럼 퍽퍽 튀어올랐다.

"왜 그러지요?"

"첩자란 말시, 경찰의 개랑게."

"무슨 증거가 있었나요?"

"증거가 다 뭐시어. 잡것이 동네를 꼬시를라고 처마에 막 불을 지르는 것을 잡았당게. 요참의 순창작전 실패한 것도 다 요 오사할 놈들이 밀고한 때문 아니시."

"안시내 사람은 아닌가 보지요?"

"하므, 객지 놈인디 소금장시를 가장해갖구 들어왔더랑게."

빨치산 장악지구와 외부 사회가 확연히 갈라지고 보니 제일 아쉬운 것이 소금이었다. 진짜 소금장수였는지 어떤지는 모르지만 그즈음 산중의 정보가 새나간다고 신경을 곤두세우고 있는 판에 기어들어온 것이 그 사나이의 불운이었던 것이다. 나는 그 불운한 사나이의 숨이 여간해서 끊어지지 않는 것이 신기했다. 사람의 목숨이란 참으로 모진 것이로구나 싶었다. 지금 내가 이 사나이를 도와줄 수 있는 방법은 총 한 방으로 그의 고통을 덜어주는 것뿐이로구나 생각하고 있는데 문학청년 이성열이 기분이 언짢은 듯 상을 찌푸리며 그만 가자고 재촉했다.

역습당한 오수 공격

일중리는 회문산으로 들어가는 개천길이 국도에서 갈라지는 분기점의 마을인데, 당시는 산기슭의 본 마을은 폐허가 되고 구림천을 건너는 흐름목(개울물이 도로를 흘러 넘어가게 만든 곳) 옆으로 초가집 서너 채가 빈집으로 남아 있었다. 중대장 이하 전 대원이 반갑게 맞아주며 대동산 이후의 얘기들을 물어댔다.

"2소대장 동무, 이거 좀 보시오 이."

정찰대장 성이 코똥(콧방귀)을 꿔가며 어느 집 마룻바닥을 가리켰다.

"요기 요 총구멍 말인디. 연전에 나가 야산대 할 적에 말시. 어느 겨울날 밤 하도 추워서 요집에 들어와 밥을 얻어먹고 몸을 쪼깨 녹이구 있는디, 별안간 밖에서 따당 총소리가 나며 손들고 나왔! 이거야 혼비

백산이시. 어쩔 것이어. 엠원을 거머쥐고 다짜고짜 드르륵 하고는 튀어
나오면서 저만큼 뛰다보니 어째 뒤가 조용하드랑게. 거 이상하다 싶어
살금살금 돌아와 본께, 글씨 순경 두 놈이 마루 끝에 나란히 뻗어 있더
랑게. 만화 같은 얘기시. 덕분에 총알라 뺏어갖구 왔제. 왜가리 동무한
테 겁나게 칭찬받았당게."

"훈장감이군."

"훈장은, 쌔래 다시 요 모양 요 꼴이니 쓰갔디어. 히히."

"그렇군. 한데 정찰대장 아버지는 대지주가 꿈이었던 모양이지? 성
만석, 만석을 이룬다!"

"긍께, 고것이사 흔한 촌놈의 이름이지라. 제 몸 하나 누일 땅도 없음
시롱…… 하기사 그래서 만석꾼이 소원이었던 게라. 그 만석이가 만석
꾼이를 웬수 삼고 다니고 있으니 불효막심하지라. 히히."

당시의 상황을 말해주는 덕치 지서의 콘크리트로 쌓아 올린 보루(堡
壘)가 일중리서 2킬로미터쯤 떨어진 회문 마을 앞에 폐허가 되어 남아
있었다. 이튿날 그 앞을 지나 다시금 원통산 줄기를 타고 우리는 삼계
면(三溪面)으로 들어갔다. 말티재 매복전 때 한번 지나가본 길목이 돼서
산과 마을들이 눈에 익어 있었다.

빨치산은 작전목표를 미리 대원들에게 알리는 법이 없지만 이번에
는 사령부로부터 적성 동무가 작전지도차 따라오는 등 뭔가 큰 작전이
시작되는 느낌이었다. 그날 밤은 무턱대고 적성 동무를 따라 깃대봉 밑
덕계 마을까지 와서 뽕나무가 늘어서 있는 마을 앞 일(一)자 능선에 초
병을 배치하고 눈을 붙였다.

이튿날 새때쯤 일어나 늦은 아침을 먹고 났을 때 적성 동무가 나를
지명해서 자기와 같이 정찰을 나가자고 했다. 둘이서 마치 산책이라도

하듯 잡담을 나누며 동네 사이를 십 리쯤 걸어 오수의 뒷동산인 도리봉 기슭에 이르렀다.

오수는 옛날 충견(忠犬)이 몸에 물을 묻혀 술에 취해 잠이 든 주인을 들불에서 구하고 대신 죽었는데 그 충견의 무덤에 꽂아 놓은 지팡이가 오수라는 나무가 되었다는 전설의 고장이며, 어지간한 군청 소재지 맞먹는 전라선의 큰 역이었다.

도리봉까지 가는 도중에는 신작로도 걸었고 동네 사이를 걷기도 했다. 저만큼 자동차가 먼지를 뿜으며 지나갔다. 마을 사람들이 얼떨떨한 표정으로 낮도깨비처럼 나타난 적성 동무의 빨간 줄이 그어진 군관복을 바라봤다. 그때는 이미 연합군이 평양을 거쳐 압록강가 초산(楚山)을 점령하고 있을 무렵이었다.

나는 따발총을 옆구리에 겨누고 신경을 사방에 곤두세우며 무서무서 적성 동무의 뒤를 따라가고 있는데, 그는 도무지 무신경인 것처럼 콧노래까지 부르며 일본군 시절 얘기를 했다.

"전차학교에 들어간 건 기술도 배울 겸 아무래도 차를 타고 다니는 것잉게 보병보담 편할 께라 생각했던 건데 그게 아니더란 말시. 세상에 편한 전쟁이 없더랑게. 경을 쳤지야. 이번에 소련의 T34 전차를 보니까 일본애들 전차는 장난감이지 그게 어디 전차디어. 히히."

오수 뒷산이라야, 바로 몇십 미터 아래에 집들이 늘어선 어느 느티나무 그늘에 가서 털석 주저앉더니, 적성 동무는 똥가방에서 지도를 꺼내 들고 들여다보다가 나를 쳐다봤다.

"요게 저 앞의 방죽인 모양이지? 그렇게 저게 금융조합 창고시. 옳지, 의경애들 들락거리는 게 보이는구먼. 저기 보초가 있구시."

그림과 대조하며 쌍안경으로 일일이 확인했다. 정보원이 그려온 수비병력 배치도를 확인하러 온 모양이었다. 그러니까 오수 습격이나 철도파괴를 준비하고 있는 것이다. 그는 담배를 한 대 피고 나더니 동네 구경 좀 해야겠다면서 대담하게도 성큼성큼 산을 내려 고샅으로 걸어 들어갔다. 집집마다 대문에 '유엔군 만세', '북진 통일' 등등 포스터가 붙어 있었다. 적성 동무는 어느 집 대문을 두드려 주인을 불러내더니 호통을 쳤다.

"이거 당장 떼! 물걸레 갖다 말시."

주인이 난데없이 나타난 인민군복을 보고 눈이 휘둥그레져서 물걸레를 들고 나오는 것을 보고 나는 겁도 나고 우습기도 했다. 적성 동무는 네댓 집을 돌며 그렇게 호통을 치고 나더니

"더는 안 되겠구면."

하며 나를 돌아다보고 씨익 웃었다.

그날 저녁 나는 또 적성 동무로부터 새로운 과업을 지시 받았다. 말티재에서 오수 사이의 국도에 연한 전화선, 체신선, 경찰선, 철도선 일체를 2백 미터 이상씩 끊고 오라는 것이었다. 마을에서 톱 하나, 낫 두어 자루를 빌려 가지고 여자대원과 중기반을 뺀 12명을 데리고 날이 어두워지는 것을 기다려 덕계리를 나섰다.

사실은 밝은 대낮보다 빨치산이 출몰하는 밤이 당연히 군경의 경계가 엄하고 매복이 있을 가능성도 컸다. 우리가 덕계리에 침입해 있다는 정보쯤은 벌써 들어갔을 테니까 오수로 가는 길목은 더욱 조심해야 했다. 나는 개 짖는 것을 피해 마을 가까운 곳은 멀리 돌아서 완전 은밀행동으로 철도와 국도가 지나는 들판까지 진출했다. 두 줄기의 전주가 남북으로 끝없이 뻗어 있었다.

이날 밤 달은 교교하게 밝고 물을 뺀 논바닥에는 서릿발이 깔려 은밀

행동을 하는 우리의 발밑에서 소리를 내며 부스러졌다. '달이 밝으니 별은 드문데 오작은 남쪽으로 날고(月明星稀 烏鵲飛南)'라는 조맹덕의 진중시가 어쩐지 머리에 떠오르는 그런 밤이었다. 톱과 낫을 들고 밤도둑처럼 소리를 죽이며 가고 있는 나에게도 깊은 가을밤 차가운 달빛은 견딜 수 없는 감상(感傷)을 불러일으키게 했다. '감상'은 수치스러운 악덕이라는데…….

몸이 가벼운 대원 둘이 전주에 기어올라 낫으로 전선줄을 끊기 시작했다. 그러나 무슨 놈의 전선이 그렇게 여러 가닥인지 전주를 잘라 쓰러뜨리는 편이 오히려 빠를 성싶고 또 그렇게 해야 수리하기도 어려울 것 같아 전주를 자르기로 했다. 톱 자리에 오줌을 누어가며 소리 안 나게 톱질을 계속했다. 2백 미터면 전주 4개의 거리이다. 도합 10개의 전주를 쓰러뜨려야 했다. 한두 개쯤 잘라서는 전주는 팽팽한 전선줄의 힘으로 옆으로 쓰러지질 않았다. 결국 전선줄도 자르고 전주도 베어 넘어뜨려야 했다.

전화선이 통하지 않으면 곧 수색대가 달려올 것이다. 양 녘에 세 명씩 보초를 배치하고 두어 시간가량이나 걸려 그 난공사를 마쳤을 때는 등에 땀이 촉촉이 배었다. 작업이 거의 끝날 무렵이 돼서 오수 쪽 하늘에 붉은 점선을 그으며 신호탄이 계속 올랐다. 그러나 공격해오는 기색은 없었다. 토벌대를 유인해서 매복 기습하기 위해 일부러 전화선을 끊어놓는 수도 있으니까, 더구나 야간에 함부로 덤비지는 못하는 것이다. 신호탄은 이편 반응을 보기 위한 위협 겸 위력정찰이라고 생각됐다. 그렇다면 날이 밝을 때까지는 별일 없을 것이라는 판단을 하고는 이번에는 개 짖는 소리도 상관 않고 마을 사이를 누비며 곧장 덕계리로 돌아왔다.

나는 그날 밤 미명쯤에 오수 습격이 시작되는 것으로 알았다. 그러나 적성 동무는 아무 지시도 하지 않았으며 우리는 덕계리에서 또 하루를 하는 일 없이 보냈다. 그날 저녁에야 적성 동무는 간부들을 모아놓고 다음 날 새벽 4시에 행동을 개시할 테니 일찍 자도록 하라는 지시를 했다. 그동안 적성 동무는 신경전을 벌여 수비대의 긴장이 며칠 계속되게 한 후 그 긴장이 느슨해지는 것을 노렸는지도 모른다. 그런데 날이 어두워 우리가 막 취침에 들어가려 할 시각이었다. 돌연 천지가 무너지는 듯한 총소리가 덕계리분지를 진동시켰다. 토벌대의 기습이었다. 일(一) 자 능선의 초소는 어찌 되었는지 뽕나무밭 사이로 푸른 제복의 물결이 해일처럼 덮쳐왔다. 실로 완벽한 기습이었다.

명령을 내릴 사이도, 들을 사이도 없었다. 턱이 닿을 듯한 깃대봉의 급사면을 제각기 혼신의 힘으로 기어올랐다. 죽기 살기가 다리 힘의 강약에 달려 있었다. 웬만큼 올라간 산중턱에 제일 먼저 도착한 정찰대장이 숨을 돌리며 대열을 수습하고 있었다. 뒤이어 적성을 비롯한 간부와 대원들이 대강 모여들었다.

"잡것들, 한 대 먹었당게."

적성 동무가 열적게 웃었다.

소대원을 점검해보니 마(馬)라는 대원 하나가 보이지 않았다. 마는 조금 전에 몸이 불편하니 이번 작전은 쉬게 해달라고 청을 했었다. 서울 왕십리에서 양복점 직공을 하다가 의용군으로 나왔다는 이 친구는 보기에도 둔한 몸집에다 동작이 매우 굼떠서 평소부터 말썽이었다. 그런 사람이 오늘은 몸까지 불편하다 했으니 필경 뒤에 처져 사살되거나 생포되었을 가능성이 컸다.

"그래도 좀 더 기다려보겠습니다."

부대가 깃대봉 산마루를 향해 출발할 때 나는 대원 두세 명을 데리고 그 자리에 처져서 30분가량을 더 기다려봤다. 그만하면 아무리 굼뜨더라도 사고가 없었다면 오고도 남을 시간인데도 소식이 없기에 단념하고 앞서간 대열의 뒤를 좇았다. 그런데 깃대봉 마루에서 쉬고 있는 본대에 당도해보니 마(馬)가 거기 있지 않은가!

"죄송합니다. 소대장 동무."

열적게 머리를 긁적이는 마를 가리키며 정찰대장이 하는 말이었다.

"이 굼벵이 새끼가 어떻게 비호처럼 날아왔던지 나보다도 훨씬 앞서 능선까지 올라와 있더랑게. 내 참."

그의 느림보는 평소에 유명했기 때문에 중대장 이하 모두 박장대소할 뿐 화도 내지 않았다. 마(馬)는 인문 기병대 출신이었다. 그는 사세부득이 의용군에 들어갔으나 좀 편하게 지낼 도리가 없을까 궁리하고 있는 판에 심사관이라는 자가 좀 싱거운 작자였던지,

"동무는 성이 마가니까 기병대가 좋겠구면."

하면서 기병대에 배치하는 바람에 두어 달 말똥 치우는 일을 했다는 얘기였다.

"그래, 전에 말을 타본 경험은 있었나?"

"예, 좀 특기가 있었습죠. 양복점의 여직공은 깡그리 타봤으니까요."

하며 나에게도 능청스럽게 익살을 떨었다. 그는 마산전선에서 고생고생하다가 후퇴하게 되었는데, 어느 산골짜기에서 말 60필을 그대로 버리고 산에 올라붙었다고 했다.

"기마대가 행군을 할 때는 말이다. 선두의 말이 귀를 이렇게 쭈뼛쭈뼛하며 경계를 하며 간단 말이다. 느덜보담 훨씬 똑똑해."

마는 짧은 기병대의 경험담을 재미있게 얘기했으나 워낙 느림보가

돼서 대원들의 핀잔은 도맡아 받고 있었다.

신발과 당증(黨證)과 노령학원

깃대봉에 집결한 4중대는 야간행군으로 이튿날 새벽 회문산으로 돌아와 안시내 마을에 들었다. 거기서 며칠 묵는 동안 중대는 도사령부의 명령으로 '독수리병단'이라는 이름으로 개편되었다. 부흥리 이래 행동을 같이해온 송 소위네 부대가 제3소대로 정식 편입되었고, 아미산의 호걸 사나이 맹봉이 병단사령으로, 도당 선전과장이던 김여가 문화부 사령으로 취임해 왔다.

정확히 말하면 중대가 병단으로 바뀐 것이 아니라 병단 밑에 몇 개의 중대를 둘 양으로, 우선 우리 중대가 그 제1중대 격으로 들어선 것이다. 따라서 최 중대장과 황대용 문화부 중대장은 그대로 중대장과 문화부 중대장으로 남아 있게 되었다.

이 무렵에는 각 부대가 모두 '병단'으로 개편되어 회문산 외곽에 배치되어 있었다. 회문산 남쪽 정면인 성미산 미륵정이 벼랑 일대는 백암 동무가 사령인 '벼락병단'이, 동쪽 정면 엽운산은 왜가리 동무의 '번개병단'과 '카투사병단'이, 후방부가 있는 북쪽 히여터 방면은 '학소 동무(실명은 황의지)'가 사령인 '땅끄병단'이, 서북면은 우리 독수리병단과 독립중대 격인 '임실군당 유격대' 등이 각각 담당했다. 남해여단 잔류병으로 된 '기포병단'은 예비대가 되어 필요에 따라 출동했고, 도사령부 직속으로 '보위병단'이 있어 외곽 방위선이 뚫리는 경우라도 도사령부 주위를 호위할 수 있게 되어 있었다. 기포병단은 이미 빨치산식 편제로 바뀌어 강동학원 출신인 거제도 태생 조철호(趙哲鎬)가 사령관, 경북 경산 태생이며 대구사건 이래의 구빨치산 문남호(文南昊, 실명은 오복덕)가 참모장이 됐다. 문은 후일 토벌대에게 생포될 때 중요한 정보를 제공하게 된다(후술).

각 병단의 병력은 일정치가 않았으나 대체로 백 명 안팎이었으며 70여 명의 우리 독수리병단이 가장 적고 번개병단이 2백여 명으로 가장 많았던 것으로 기억한다.

장군봉 북쪽 기슭인 히여터 부락에는 주로 여성대원들로 된 '후방부'와 '야전병원'이라는 것이 있었다. 각 전투병단에도 위생병이니 의무실이니 하는 것이 있었으나 중상자는 비교적 안전지대인 이 히여터 야전병원에서 치료를 받았다. 그러나 전문의사는 한 사람도 없었고 쓸 만한 의약품도 거의 없었던 것으로 안다.

후방부에서는 피복, 병기의 제작과 영선(營繕)을 했다. 그 재료가 되는 화약과 광목은 전주 철수 때 싣고 온 것이 상당량 있었고, 기재와 기능공도 어느 정도 확보하고 있었다. 병기로는 주로 수류탄을 만들어 보급했는데, 헌 탄피를 재생해서 소총탄을 만든다는 얘기도 들었으나 실제로 우리에게 지급된 일은 없었다. 일단 발사한 탄피는 약간 부풀어 있기 때문에 둘레를 살짝 깎아내야 하고 뇌관 재생은 더구나 어려워 기술적으로도 사용 가능한 총탄을 만들어내기는 어려웠을 것이다. 수류탄은 다이너마이트를 빈 깡통에 꽂고 가장자리에 주물 가마솥을 깬 쇠부스러기를 채운 것인데 반 뼘가량의 도화선이 붙어 있어 불을 당겨서 던지도록 돼 있었다. 그러니까 성냥이나 담뱃불이 있어야만 쓸 수 있는 물건이지만 상당한 위력이 있었고 꽤 많이 만들어 공급했다.

피복공장에서는 모자에서부터 구두까지 일습을 만들어내고 수선도 했다. 구두는 광목 갑피에 타이어 조각을 창으로 댄 것이고, 광목에 솜을 넣고 누빈 반코트와 유도복 모양의 바지까지 만들어 공급했다. 광목에는 모두 소나무 껍질로 불그레한 물을 들였기 때문에 모자서부터 일습을 차려 입고 나서면 영락없이 일제 때의 형무소 기결수 꼴이었다. 다만 나는 걸치고 있는 옷가지가 비교적 나은 편이어서 이 유니폼의 지급을 받아본 일은 한 번도 없었다.

광목 갑피 군화는 불과 며칠도 못 가서 해졌으며, 눈이 내린 뒤에는 타이어 조각 밑창이 미끄러워서 별로 실용적이지 못했다. 그래서 대부분의 대원들은 짚신을 구해 신었다.

이 기회에 빨치산과 신발에 대해 한마디 적고 넘어가지 않을 수 없다. 내 경험으로는 산중생활에서 신발처럼 애를 먹이는 것이 없었기 때문이다. 물론 지금처럼 만여 원이면 등산화를 구할 수 있는 시절도 아니고 또 그런 처지도 아닌 당시의 우리 형편에서의 얘기이다. 그 당시 산간부락에서는 재생 뚝고무신 한 켤레 구경하기가 어려웠다. 나일론 양말은 아직 일반화되지 않았고 다 해진 면양말조차 여간해 얻어볼 수 없던 물자궁핍의 시대였다.

부국강병에 정력을 쏟던 일본 천황 메이지[明治]가 열병식 도중 병사의 구두를 벗게 하여 손수 만져보며 "피복 중에서는 신발이 제일 중요하다. 군화에는 돈을 아끼지 말라."라고 했다는 일화가 있지만, 과연 정곡을 찌른 얘기였다고 생각한다. 특히 빨치산에게 신발은 바로 생명이었다. 길도 없는 거친 산과 들을 비가 오나 눈이 오나 24시간 발에 걸치고 뛰어다녀야 하니 아무리 튼튼한 구두라도 남아날 도리가 없었다. 더구나 다른 옷가지처럼 다소 크든 작든 걸치고 다닐 수 있는 물건이 아니라 웬만큼은 발에 맞아야 하며 농촌에서는 구하기가 가장 어려운 물건이기도 했다.

그 당시 인민군에서는 양말 대신 소련군식으로 발싸개를 사용했다.

수건만 한 천으로 발을 감는 것이다. 그런데 발싸개는 장화나 편상화처럼 목이 긴 구두에나 쓸 수 있는 물건이지 짚신이나 고무신에는 흘러내려서 감고 다닐 도리가 없었다. 모양만 남은 양말이라도 있으면 겉에 걸쳐 발싸개를 고정시킬 수 있겠는데 그 해진 양말짝이 당시 산간부락에서는 도저히 구경하기 힘든 물건이었다.

또 산중에서 발을 보호하자면 우선 구두 바닥이 두꺼워야 하는데, 닳아빠진 고무신 바닥은 맨발보다는 약간 낫다 할 정도였다. 산에는 날카로운 나무 꼬챙이나 가시넝쿨, 바위뿌리 따위가 허다한데 종잇장처럼 낡은 고무신 가지고는 그것을 막아낼 도리가 없는 것이다.

눈에 미끄럽기는 타이어 밑창이나 고무신 바닥이나 마찬가지이며 뛴다든가 비탈길을 걸을 때는 벗겨지기 쉽기 때문에 토벌대가 버리고 간 야전용 전선줄로 얼기설기 동여매고 다녀야 했다. 그 대신 꽁꽁 언 발에 전선줄이 조여들면 아프기가 말할 수 없었다. 발에까지 신경이 통해 있다는 것이 원망스러울 정도였다. 고무신도 발에 맞는 것을 구하기가 쉽지 않아서 조금 작은 것은 코를 째서 억지로 발만 꿰게 했다. 뚝고무신이 돼서 산비탈을 걷는 동안에 그 짼 곳이 자꾸만 벌어져 나중에는 발에 걸칠 수도 없게 되었다. 그렇게 되면 발싸개도 할 수 없다. 군작전이 오래 계속되면 고무신을 다시 구할 길이 없으니 그때는 도리 없이 맨발로 다녀야 했다. 발이 시린 것은 둘째 치고 발바닥이 아파서 그 험한 산 속을 뛰어다닐 도리가 없을 것 같지만 산중생활 반년쯤 지나면 발바닥에 굳은살이 겹겹이 박혀 그런대로 견디어낼 수 있게 된다. 인간도 원래는 야생동물이었을 테니까 그 시절로 되돌아가는 것이다. 다만 눈 속을 행군하는 중 걸음을 멈추는 경우에는 발을 덮은 눈이 체온에 녹아 추위가 오장육부로 전해 올라왔다.

나는 입산 당시 전주의 최 군에게서 얻은 고무창이 달린 야외용 편상화를 신고 있었다. 처음에는 전북도 유격대 중에서 제일 좋은 신이라고 모두들 부러워했다. 그러나 독수리병단으로 개편될 무렵에는 그 편상화도 옆창이 나가버렸다. 단벌 신이니 수선을 보내기도 어려웠지만 어쩌다 수선을 해와도 하루 이틀 지나면 또 옆구리가 터졌다. 애를 먹다 못해 나중에는 그것을 버리고 짚세기를 하나 얻어 신어봤다. 그런데 생전 처음으로 신어본 짚세기라서 어디가 잘못되어 그런지 짚신의 올이 얼어붙은 발가락에 먹어들어와 말할 수 없는 고통을 겪었다.

짚신을 신고 설중행동을 할 때는 미끄러지지 않게 거친 새끼로 감발을 했다. 말하자면 아이젠이다. 이 얼어붙은 거친 새끼가 또 발가락과 발등을 깎아 말할 수 없는 아픔을 주었다. 아무튼 빨치산에게 무엇보다도 큰 골칫거리는 무기·식량의 보급보다도 토벌대의 총탄보다도 바로 신발이었다고 생각한다.

사령부에는 병원이나 후방부 같은 기구 외에 '노령학원(盧嶺學院)'이라는 정치군사 훈련소가 있어 각 병단에서 교대로 차출되는 학생이 10여 일씩의 단기교육을 받고 돌아갔다. 강사진은 유명한 강동학원(江東學院) 출신의 남로당계 엘리트들과 사령부 문화부장 오원식(嗚元植)을 비롯한 사령부 고위간부들이 담당했다. 오원식은 중앙민청 부위원장직에 있던 저명한 민청 지도자였는데, 50년 여름 남파되었다가 그대로 입산하게 된 터였다. 그는 후일 내가 통신과에 소환되어 가 있을 때 가끔 찾아와서 많은 말을 주고받았는데, 한번은 마침 중앙민청 간부의 개편 소식이 뉴스로 들어오고 있었다. 평양에서는 오원식이 생존해 있는 줄은 모르니까 그의 이름이 나올 리가 없었다.

"어랍쇼, 아주 나를 빼버렸네. 어떻게 오원식이 살아 있다는 소식 좀 전해줄 수 없소?"

그는 농담조로 말했지만 내심 매우 안타까운 모양이었다.

깡마르고 후리후리한 키에 도수 높은 근시안경을 쓰고 있던 그는 아무리 급한 판국이라도 곧잘 싱거운 소리를 해서 대원들을 웃겼다. 후일 소백산맥을 이동하며 강행군을 할 때의 일이었다. 어느 개울가에서 총소리를 귓전에 들으며 함지박 밥을 바쁘게 먹고 있는데, 오원식이 싱글거리며 다가와서 허튼소리를 해댔다.

"남보다 더 먹으려는 놈도 나쁜 놈이지만 남만큼 못 먹는 놈도 병신이다. 저 동문 입은 큰데 당증이 너무 작군. 담에는 손바닥만 한 당증 하나 구해 갖고 다녀. 당증 큰 게 제일이다."

목을 부러뜨려 짧게 한 놋숟가락을 '빨치산의 당증'이라고 했는데, 목숨 다음으로 소중하다는 익살이었다. 또 빨치산은 누구나 반드시 이 짤막한 놋숟가락을 하나씩 지니고 다녔는데, 그것이 빨치산의 표지처럼 되어 있었기 때문이기도 했다. 썩은 시체 속에서 이런 놋숟가락이 나오면 빨치산의 시체라는 것을 판별할 수 있었으니 군대의 인식표 구실도 한 셈이다.

이 '당증'으로 밥을 먹고 나서는 일일이 씻을 수 없으니까 혓바닥으로 핥아서는 봉창에 쑤셔놓고 다니기 때문에 매우 불결했지만 다른 도리가 없었다.

노령학원이라면 듣기엔 그럴듯하지만 회문산 안시내 마을 뒤 골짜기 풀밭 속에 있는 엉성한 초막 몇 개가 전부였다. 학원에 있는 동안은 급식도 다소 낫고 몸도 비교적 편하고 전투원보다는 안전하기 때문에 대원들은 누구나 학생으로 추천되기를 바랐다. 그러나 회문산이 위협을 받기 시작하고부터는 학생중대도 전투에 투입되는 수가 자주 생겼다.

백련산의 독수리

4중대가 독수리병단으로 개편될 때, 내 소대의 두 여자대원이 사령부로 소환되어 가고 대신 체코제 경기관총 한 자루와 경기사수 둘이 배치되어 왔다. 화력은 좋아졌으나 유격활동으로 약간 짐이 벅찼다. 특히 부흥리전투 때 얻은 소련제 수냉식(水冷式) 중기관총은 덩치가 크고 무거울 뿐만 아니라 육중한 무쇠 방탄철판이 따로 붙어 있어 행동하는 데 탄약수까지 적어도 3명이 필요했다. 그만큼 기동력이 약할 수밖에 없고 전선이 일정치 않은 유격전의 특수 사정상 전투 때는 적의 기습탈취에 대비해서 따로 소총수 두세 명을 배치해야 했다.

당시 인민군에 〈박격포의 노래〉라는 행진곡이 있었다. "박격포야, 너는 나의 계급의 동무다. 나는 너를 볼 때마다 불타오른다."라는 그 노래의 가사를 대원들이 "중기야 너는 나의 골칫덩어리다. 나는 너를 볼 때마다 속 타오른다."라고 바꿔 부르며 익살을 떨었다. 정말 이 수냉식 중기는 골칫거리였으며 필경 이놈 때문에 대원 몇을 죽이는 참극까지 벌어지고 만 것이다.

독수리병단이 맨 처음 정착한 곳은 섬진강을 사이에 두고 회문산과 마주 바라보고 있는 백련산 기슭의 중방이라는 동네였다. 임실-순창 간의 도로가 지나가는 강진면 소재지 갈담에서 4킬로미터가량, 청웅면 소재지 청웅에서 6킬로미터가량 되는 이 산마을까지는 도중 몇 개의 작은 부락이 있어 토벌부대가 접근하는 것을 미리 알 수 있고 마을 뒤의 필봉산을 넘으면 곧바로 섬진강가로 내려설 수 있으며, 강 건너가 바로 회문산 장군봉이기 때문에 후퇴길도 용이한 곳이었다.

독수리가 백련산에 트를 잡은 것은 그때는 이미 경찰 장악하에 행정이 정상화된 청웅의 수비부대를 모래재 이북으로 몰아내는 작전을 펴기 위해서였다. 이 모래재에서 남으로 노령(갈재)까지의 분지를 이른바 '해방지구'로 확보하자는 것이 당시 전북사령부의 방침이었던 것이다. 청웅에 대한 첫 번째 공격전이 중방에 트를 잡은 지 이틀 후에 감행되었다. 사령부에서도 이 작전에는 특별한 집념을 보여 예비대인 기포병단과 임실군당 유격대가 지원차 파견되어 왔다. 작전을 위해 당시 독수리에서 약 70명, 기포에서 약 1백 명, 임실부대 약 40명 등 도합 2백 명가량의 연합부대가 만들어졌다. 그러나 맹봉 사령의 총지휘하에 백주에 감행된 제1차 청웅작전은 완전 실패로 끝나고 사상자까지 몇 사람 내고 말았다.

모래재에서 응원부대를 차단하고 있던 임실부대가 임실서 급거 출동해온 수백 명의 군경부대를 만나자 겁을 먹고 그대로 흩어지는 바람에 청웅의 경찰보루대를 포위 공격하던 독수리와 기포가 불시에 배후 공격을 받게 되어 그대로 무너져버리고 만 것이다. 논바닥에 여기저기 쌓여 있는 낟가리 사이를 요리조리 누비고 우박처럼 쏟아지는 총탄 속을 숨을 헐떡이며 백련산 중턱에 뛰어오른 나는 거기서 가쁜 숨을 쉬며 다리를 뻗고 앉아 있는 최 중대장을 만났다. 그는 곰방대를 툭툭 털며 못마땅한 듯 혀를 찼다.

"거참 작전 X같이 짰네."

내 옆에 따라와 있던 전 연락병이 쿡쿡 입술을 깨물고 웃었다.

"글씨 수비대 애들은 기껏해야 백여 명잉께, 모래재에서 응원대 막는 게 더 큰 문젠디, 거기다 제일 약골인 군당애들을 배치했으니 허, 참……."

그러나 당시 청웅은 빨치산지구에 대한 최전방 기지이기 때문에 수비병력도 많았고, 콘크리트벽을 둘러싸고 기관총좌를 사방에 설치한 견고한 토치카가 구축돼 있어 포 없이는 도저히 점거할 도리가 없을 것 같이 보였다.

그날 나는 산을 뛰어오르면서 바른쪽 어깨 뒤에 으쓱으쓱하는 엷은 통증을 느꼈다. 두어 번 곤두박질친 일이 있어 그때 꼬챙이나 뭐에 찔렸는가보다 하고 그냥 걷고 있는데 이번에는 왼쪽 아랫배에 뜨끔뜨끔하는 아픔이 왔다. 연락병에게 보게 했더니 옷에 송곳 구멍만 한 구멍이 나 있다는 것이었다. 그제서야 다시 자세히 살펴보니 바지 가랑이에도 손가락이 드나들 만한 구멍이 뚫려 있었다. 총탄이 뚫고 간 자국이 분명했다. 격전을 치르고 나면 그런 아찔한 일이 가끔 있었다. 그날도 심장에서 반 뼘도 안 되는 저고리 앞 솔기를 총탄으로 찢겼는데도 찰과상조차 입지 않은 대원이 있었다. 내 어깨와 아랫배에 상처를 낸 것은 깨알보다 더 작은 2중탄이나 수류탄의 파편 같았다. 전세용이 손톱으로 보일 듯 말 듯한 조그만 쇳조각을 집어내고 나니 조금 후 피가 맺히고 아픔도 그럭저럭 없어졌다. 최 중대장이 같이 걸으며 이런 얘기를 했다.

"외팔이 동무(임실군당의 유명한 빨치산 대장)한테 들은 얘긴디. 일전에 어느 면당 동무 하나가 사업 나갔다가 토벌대에게 붙잡혔는디 말시. 꽁꽁 묶여 끌려가다가 높은 벼랑에서 냅다 내리 굴렀더란 말시. 마 구사일생으로 살아오긴 했는디. 결박된 채 굴러 떨어지다 나무꼬챙이에 눈을 찔려 한쪽 눈이 빠져버렸단 말시. 온통 피를 철철 흘리며 그래도 트까지 돌아왔더랑게. 독한 사람이시. 마 이게 개땅쇠 정신이랑게라."

내 '파편상'은 남에게 말할 것도 못 되었고 아픔도 없기에 그대로 잊어버리고 말았다. 그런데 그날 밤부터 흡사 몸살기 같은 가벼운 신열과 오한이 시작되었다. 과로에서 오는 몸살이겠거니 하고 그대로 푹 쉬었다. 그러나 열은 떨어지지 않고 이튿날도 그 다음 날도 계속됐다. 사흘째는 짐작으로 40도가 넘었음직한 고열이 엄습해 왔다. 어깨의 상처 언저리가 불덩이처럼 확확 달며 시뻘겋게 부어 올랐다. 아랫배에는 야구공만 한 딱딱한 것이 만져지며 으쓱으쓱 견딜 수 없는 아픔이 왔다.

나는 평소에 웬만한 상처는 곪는 일이 없었다. 그래서 처음에는 복막염 같은 내부기관의 병이 아닌가 생각하며 그 조그만 상처 부위에는 관심을 두지 않았는데 그때쯤 돼서는 상처로 인한 파상풍 같은 것이 아닌가 하는 생각이 들기 시작했다. 무슨 까닭이었던지 병단의 간호병도 그때는 보이지 않았던 것 같다. 어쨌든 얕은 의학지식으로 그런 생각을 하면서 그러나 저러나 도리가 없으니 그냥 누워서 신음하고 있었다. 연락병 전세용은 거의 매일 밤 내 곁에서 밤을 새웠다. 대원들도 번갈아 찾아와서는 걱정을 하고 갔다. 내 숙소는 어느 농가의 문간방이었는데, 방의 윗목은 수수깡으로 칸을 막고 고구마가 가득히 저장돼 있었다. 대원들은 문병을 왔다 돌아갈 때면 으레 고구마 몇 개씩을 허리춤에 숨겨 갖고 갔다. 나는 그냥 웃으며 못 본 체했다.

어느 날 밤 내 곁에서 꾸벅꾸벅 졸며 물수건을 갈아대고 있던 전세용이 뭔가 한참 생각하고 있더니 머뭇머뭇 말을 꺼냈다.

"대장 동무예, 저의 아버지가 작년에 돌아가셨지라우."

"그랬나."

"예. 그런디 제가 그때 매일 밤 이렇게 아버지 머리맡에 앉아 병구완을 했었지라우. 이러구 있으니깐 그때 생각이 나라우."

"……."

"그런디 돌아가실 때 약 한 첩 제대로 못 썼어라우. 대장 동무예?"

"응."

"우리가 이렇게 고생하믄 좋은 세상 되겠지라우, 이?"

"…… 동문 어떻게 생각하지?"

"되리라 생각하요, 잉. 우리가 주인이 되는 세상이 오믄 그야…….'"

"그럼 되겠지. 될 거야 꼭. 노동자와 가난한 농민이 주인이 되는 세상이."

"대장 동무예, 전쟁이 끝나믄 저 서울로 데려다 줄 것이요?"

"서울 가서 뭘 할라구?"

"높은 학교 가지라우."

'그 전쟁이 대체 언제 끝난단 말인가? 설사 전쟁이 끝난다 해도 우리에게까지 평화가 오리란 보장은 없다. 아니, 너나 나나 살아서 이 노령산맥을 벗어나리라는 보장도 없다. 몇 밀리, 몇 분의 1초의 차이로 너와 나의 운명이 갈라지는 죽음의 싸움이 내일도 모래도 계속되는 것이다.'

내 두 볼에서 까닭 모를 눈물이 자꾸만 흘러내렸다. 봄이면 복숭아 꽃, 살구꽃에 아지랑이가 일고 겨울밤엔 호랑이와 도깨비 얘기로 지새우던 산촌의 내 고향 어린 시절이 몽롱한 의식 속에 주마등처럼 오갔다. 서울의 아버지 어머니는 안녕하신지? 나 때문에 곤욕을 겪고 계시지나 않는지? 서울을 떠나오던 전날 밤 부민관에서 소련 영화 〈석화(石花)〉를 같이 구경하고 헤어진 여의전의 이윤화는 지금 어디서 무엇을 하고 있을까? 지난 여름 7월 초 용산 대폭격 때 그녀를 추켜세운 나의 기사 때문에 화를 입지나 않았는지…….

그날 밤 40도가 넘는 고열에 시달리면서 나는 밤새 잠을 이루지 못했다.

날이 밝기 전에 전세용은 소리 없이 나가버렸다. 나는 잠을 자는 체 눈을 감고 마음속으로 그의 무사함을 빌었다. 두 번째의 청웅 공격전이 시작되는 것을 나는 알고 있었다. 나는 온종일 먼 천둥소리처럼 울려오는 총성을 들으면서 대원 하나하나의 얼굴을 떠올리며 그들의 행운을 빌었다. 해 질 무렵에 전이 어디서 얻었는지 홍시 몇 개를 들고 들어왔다.

"며칠째 통 뭘 잡숫질 못하니……."

나는 목이 메이는 것을 참으며 홍시 한 개를 억지로 씹어 삼켰다. 펄펄 끓는 몸에 홍시의 냉기가 시원했다.

그날은 기포병단이 모래재를 지키고 독수리가 청웅 보루대를 공격했는데, 한동안 치열한 사격전만 되풀이하다가 성과 없이 철수하고 말았다는 얘기였다. 역시 포 없이 콘크리트 보루대를 그것도 백주에 공격한다는 것은 무모한 짓이었다. 하루건너 다음 날 새벽에 병단은 또 급히 출동했다. 청웅의 수비대가 갈담으로 출동한 것을 탐지하고 매복기습을 시도한 것이다. 보루대 공격보다도 이동하는 적을 습격하는 것이 손쉽고 또 그것이 빨치산의 원칙이었다.

또다시 마을에 혼자 남아 귀에 신경을 집중시키며 하회를 기다리고 있는데, 새때쯤 돼서 요란한 총성이 뜻밖에 가까운 곳에서 들려왔다. 어찌된 일일까? 총소리는 파도 소리처럼 멎었다 울렸다 하며 점점 중방 마을로 가까이 다가왔다. 역공격을 당해 밀려오는 것이 분명했다. 나는 머리맡에 세워둔 따발총을 팔뚝에 걸고 밖으로 기어나왔다. 그러고는 눈에 띄는 지게 작대기를 잡아 들고 필봉산을 향해 오르기 시작했다. 다리가 후들후들 떨리고 한 발자국 옮겨놓을 때마다 아랫배에 송곳으로 후비는 것 같은 통증이 왔다. 지게 작대기에 의지하여 앉았다 기다, 2백 미터쯤을 올라가서는 총을 베개 삼아 옆으로 누운 채 상황을 살펴봤다.

목측 8백 미터쯤 되는 전방 언덕에 독수리 대원으로 보이는 한 무리가 민첩하게 옆으로 움직이는 것이 눈에 띄었다. 나의 골칫거리인 소련식 중기의 드루루 하는 무거운 발사음도 가끔 들려왔다. 쫓기면서 반격하고 있는 것이었다. 만일 이 마을까지 밀려온다면 뛰지 못하는 나는 사살되든가 생포되는 수밖에 없었다. 나는 한발 앞서 필봉산을 넘어버릴까도 생각했다. 그러나 다행히도 총소리는 그 이상 다가오지 않았다. 토벌대 측에서도 너무 깊은 추격은 삼가하고 있었다.

얼마 후 대원들이 왁자지껄하는 소리가 들려왔다. 갈담으로 진입한 군경부대가 뜻밖에 큰 부대로 증강되어 있었고, 그 일부가 독수리의 배후로 우회하기 시작하는 바람에 팔랑개비식의 혼전을 벌이며 후퇴해 왔다는 것이었다. 그러나 군경부대는 1천 미터쯤 전방의 344고지에 그대로 머문 채 숙영 준비를 시작한 눈치였다. 이 무렵 군경 측은 여간해서는 야간행동을 취하는 일이 없었다. 낮에는 행동하고 밤에는 지키고 하는 원칙이었다. 그러나 344고지에 머문 것은 까닭이 있었다. 그날 밤 백련산 동북쪽인 운암 방면에도 상당수의 적정(敵情)이 보인다는 첩보가 들어왔다. 독수리를 남북에서 협공 섬멸하여 다시는 청웅을 넘보지 못하게 할 작정임이 분명했다.

자정 때쯤 해서 맹봉 사령이 나를 찾아왔다.

"백련산을 아주 봉쇄해버렸어. 깐나들이 독수리를 박살내려고 하는 모양인데 날이 밝으면, 아니 내일 새벽쯤은 아마 공격이 들어올 모양이오. 그러니 잡아줍소사 하고 기다리고 있을 수는 없고 밤새에 백련산을 빠져버려야겠다 이 말이오. 그래서 소대장 동무 문젠데, 이동 도중 혹시 노출되어 전투가 붙는 날이면 강행돌파를 해야 할 판이니 소대장 동무는 한발 앞서 지금 곧 회문산으로 빠져야겠다 이 말이오."

"괜한 걱정을 끼쳐드려 죄송합니다."

"안시내나 어디 안전한 데 가서 잘 조리해가지고 속히 돌아오도록 하시오."

맹 사령이 돌아가고 나서 곧 전 연락병이 건장한 마을 사람 하나를 지게를 지워가지고 데려왔다. 나는 여전히 열이 펄펄 끓는 몸을 일으켜 지게에 걸터앉았다. 소대원 중에서 이성열 한 사람이 눈치를 채고 몰래 작별인사를 하러 왔다.

"미안해. 내 곧 나아서 돌아올 테니 이 동무 잘 부탁해, 모두들 몸조심하고."

"소대장 동무 혼자 떠나시게 할 수가 없는데…… 정말 죄송합니다."

"괜찮아. 이 판국에 한 사람이라도 축을 낼 수야 있나. 내야 회문산까지만 가면 편안하게 조섭할 수 있을 텐데 뭘."

나는 지게 등에 엎드린 채 출발을 재촉했다. 지게 등을 붙잡은 채 흔들리는 데서 오는 아픔을 견디며 캄캄한 산길을 한참 올라가자니까 뒤에서 발소리가 바쁘게 좇아왔다. 연락병 전이었다. 내가 출발한 후 아무리 생각해도 안 되겠어서, 이성열과 함께 맹 사령을 찾아가 간청을 한 결과 연락병 한 사람이 나를 부축해 가는 것을 허락받았다는 것이다.

"자. 싸게싸게 가드라구. 날이 밝기 전에 강을 건너야제."

전세용이 내 총과 배낭을 받아 메고는 지겟발로 부축하며 걸음을 재촉했다.

3. 독수리병단 시절

호박꽃의 전설

얼마 후 우리는 필봉산을 넘어 섬진강가에 다다랐다. 강을 건너려면 쌓다 만 운암댐의 방죽을 더듬어 가는 수밖에 없었다. 전세용이 앞에서 사방을 경계했고, 지게꾼이 곡예사처럼 어두운 방죽길을 더듬어 건넜다. 상류 쪽에서 가끔 돌담 무너지는 소리가 울려왔다. 총소리가 협곡에 메아리쳐서 그런 요란한 소리를 내는 것이었다. 강변 어디선가에서 벌써 소전투가 시작되었는지도 몰랐다. 그러나 강 건너부터는 안전지대였다. 강을 건넌 우리는 날이 밝기를 기다려 장군봉의 엄청나게 멀고 가파른 비탈을 천천히 올라갔다.

능선을 넘어 마른 잡초가 우거진 남쪽 비탈을 내려가다가 전주서부터 안면이 있는 민청 간부 천(千) 모의 일행대열을 만났다. 홍안의 미소년이라는 표현이 꼭 알맞은 약관의 천 모는 방 사령관의 신임을 얻어 그때 사령부 직속 '보위병단'의 중대장이 되어 있었다. 잠시 걸음을 멈추고 쉬며 나는 그때 천 중대장으로부터 처음으로 김 지사장 이하 통신사 식구들이 건재하다는 간단한 소식을 들었으며 기회 있는 대로 내 소식을 그들에게 전하겠다는 약속을 받았다.

해 질 무렵 안시내 마을에 당도한 우리는 농가의 빈방 하나를 빌려 들었다. 지게 위에서 하루 밤낮을 흔들리고 난 끝에 안전지대에 들어섰다는 정신적인 해이가 겹친 탓으로 안시내에서 자리에 누웠을 때는 자꾸만 의식이 흐려질 만큼 몸을 가누기가 어려웠다.

발병한 지도 근 1주일이 됐다. 이제는 어디라고 지적할 만한 통증이 없이 다만 전신이 괴롭기만 했다. 그 괴로움도 가끔 안개처럼 혼미해지곤 했다. 내 몸을 지탱하고 있는 힘은 살아야겠다는 집념뿐이었다.

전세용이 수소문 끝에 '산안'이라는 이웃 마을에서 진맥도 하고 침도 놓는다는 방 씨라는 촌로 한 사람을 데리고 왔다. 촌로는 한참 맥을 짚어보고 환부를 만지작거려보고 하더니 손을 놓으며 혀를 끌끌 찼다.

"허어, 요것이 백단독이라고 까딱하무 큰일 날 병이시. 배는 일종의 내종인디 거참 겁나게 크요. 요렇게 중병이 겹쳤는디 여태 견딘 게 용하요. 장사시. 하나, 마 인제 고비는 넹겼당게."

촌로가 허리춤에서 송곳만 한 동침과 중학생들의 개구리 해부용 칼 같은 것을 꺼내 놓으며 우선 배의 내종부터 짜내야겠다고 했다. 어쨌든 맡겨놓을 수밖에 없었다.

촌로는 대야를 하나 준비시켜 놓고는 해부칼에 침을 퇴퇴해서 발랐다. 이를테면 소독을 한 것이다. 다음에 환부를 두어 번 쓰다듬어보더니 사정없이 해부칼을 일(一)자로 그어댔다. 순간 뿌연 점액이 분수처럼 솟아올랐다. 일변 대야를 갖다대며 우유 짜듯이 이리저리 주물러가며 피고름을 거의 한 대야폭이나 짜냈다. 다음에 젓가락짝만 한 창호지 심지에 무슨 하얀 가루를 묻혀 가지고 심지를 박았다.

이런 '수술'이 끝나고 어깨에 동침 몇 대를 놓고 나자 전신의 괴로움이 삽시간에 씻은 듯 가시면서 열도 곧 떨어지기 시작했다. 몸이 가벼워지면서 스르르 잠이 오기 시작했다.

얼마를 자다가 깨어보니 밤은 이미 깊었는데 전세용과 집주인 아주머니가 옆에 앉아 무슨 얘기를 하며 기다리고 있었다. 내가 잠을 깬 것을 보자 주인 아주머니가 얼른 안으로 들어가더니 호박죽을 차려 내왔다.

"총상으로 부은 데는 호박 속을 붙이는 게 제일이지라우. 그렁께 호박죽두 괜찮을 것이오 잉."

뜨끈뜨끈하고 들척지근한 호박죽은 일미였다. 일 주일 만에 드는 맛있는 음식이었다. 숨을 몰아쉬어가며 호박죽을 떠먹고 있는 나를 대견한 듯이 보면서 인정 많은 주인 아주머니는 호박 속의 효능에 대해 게릴라지구의 주민다운 얘기 한 토막을 들려주었다.

"전쟁 전 어느 겨울에 젊은 야산대원 하나가 총상을 입고 뒷산 숲 속에 숨어 들어와 있었다. 그 야산대원은 밤이면 마을에 내려와 호박 속을 얻어 갖고 갔다. 희멀거니 잘생긴 그 젊은이는 말씨로 보아 근방 사람은 아니고 어디 먼 고장의 사람 같았다. 인정 많은 산마을 사람들은 그에게 먹을 것을 주었고 제사음식 같은 것도 남겨놓았다가 주었다.

마을 사람들에게는 그 젊은이의 총상이 하루하루 나아가는 것이 대견했다. 고발하는 사람은 없었다. 그러던 어느 날 그 야산대원이 소식을 딱 끊었다. 어디서 맞아 죽었을까. 혹은 먼 곳의 산야를 헤매고 있는 것일까. 산마을 사람들의 머리에서 젊은이의 기억은 차츰 멀어져갔다. 봄이 되고 눈이 녹았다. 녹음이 짙어지며 여름이 왔다. 어느 날 한 나무꾼이 그 빨치산이 숨어살던 바위턱을 발견했다. 젊은이의 그림자는 간데 없고 그의 상처를 치료하던 호박 속에서 넝쿨이 뻗어 나와 노란꽃들이 바위턱 어귀를 가로막고 있었다."

나는 이 아주머니의 얘기를 들으며 중학생 시절 어느 여학생으로부터 빌려 읽은 '꽃 이야기[花物語]'를 생각했다. 갖가지 꽃에 얽힌 이야기들을 엮은 소녀들의 읽을거리였다. '반동'이다, 빨갱이다 하고 피비린 내 풍기는 싸움터에서 샛노란 호박꽃은 얼마나 기막힌 대조인가.

하룻밤 자고 나니 열은 거의 내리고 거북한 대로 팔을 오르내릴 수 있을 정도가 됐다. 아랫배의 짼 자리는 반 뼘가량이나 입을 벌리고 있어 힘을 주면 창자가 삐져 나올 것만 같았다. 그러나 꿰맬 방법이 없으니 그대로 아물어들기를 기다리는 수밖에 없었다. 고름은 가끔 심지를 따라 흘러나왔지만 아픔은 없었다. 인제 살았다……. 오랜만에 맞는 기분 좋은 아침이었다.

방문을 열면 정면으로 성미산 고개가 바라보이고 고갯길이 이 마을까지 직선으로 뻗어 내려와 있었다. 벼락병단의 방어선인 미륵정이 벼랑이 그 왼편으로 계속되었다.

이날 아침 회문산에 첫눈이 내렸다. 함박눈이 성미산 고개까지 직선 1킬로미터가량의 공간을 가득 채우며 날렸다. 미륵정이 벼랑도, 시냇가도, 고갯길도 삽시간에 하얗게 덮어버렸다.

산맥에 내린 눈은 해동 때까지 쌓이기만 해서 빨치산 생활에 말할 수 없는 고통을 준다. 그러나 그날 아침 안시내에 내린 첫눈은 그지없이 아름답기만 했다.

나는 또 하루 낮을 잠으로 보냈다. 전세용이 그동안 나가서 독수리병단이 섬진강 하류인 용골산(龍骨山) 아래 월치 마을에 이동해 있다는 것을 알아왔다. 눈은 멎어 있었다. "달빛 희고 눈빛 희고 천지가 흰데, 산이 깊고 밤이 깊고 나그네 설움 깊네(月白雪白 天地白 山深夜深 客愁深)"라는 옛시 그대로의 고요한 하룻밤을 또 지샜다.

이튿날 새벽 미처 날도 밝기 전에 성미산 고개에서 총성이 들려왔다. 그때까지는 안시내 마을 가까이 군경이 진입해온 일이 없기 때문에 마을 사람들은 백암 동무와 벼락병단의 '실력'을 믿으면서도 불안한 기색들을 감추지 못했다. 그들은 이미 빨치산과 일련탁생(一連托生)의 운명이었다. 당시 그들은 어느 면에서는 대한민국의 법률 보호권 밖에 있었던 것이다. 주저항선에서 1천 킬로미터나 떨어진 후방에 안전한 빨치산 거점이 존재할 수 있으리라 믿는 것이 우습지만, 그때 회문산 주변 주민들은 빨치산 사령부가 있는 그 산을 군경이 점령할 수 있다고는 전혀 생각하지 않는 것 같았다. 사실 회문산 사령부는 이듬해 3월 소백산맥으로 이동할 때까지 파상적인 토벌공격 속에서도 아무튼 건재했던 것이다. 그 회문산을 향해 처음으로 국군 토벌부대가 밀려든 것이다.

안시내 사람들이 불안 속에서 아침 식사를 마쳤을 즈음에는 다시 눈발이 휘날리는 속에 박격포 소리까지 들려오기 시작했다. 나는 벼락병단의 방어선이 뚫리는 날에는 안시내까지 20분 내에 토벌부대가 밀어닥칠 수 있다는 계산을 하며 전황을 살피고 있었다. 공격군 측에 그럴 생각만 있다면 벼락의 저지선이 무너지는 것은 시간문제라는 결론은 쉽게 나올 수 있었다.

우선 공격군은 필요한 대로 한정 없이 증원부대를 투입할 수 있다. 벼락병단이 아무리 선전(善戰)한다 해도 미륵정이까지 2킬로미터나 되는 정면을 백여 명의 병력으로 언제까지 버티어낼 도리는 없다. 게릴라전의 특색은 어디까지나 '히트 앤 런(hit and run)', 즉 야구의 타자처럼 치고 달아나는 데 있다. 그런 경우에는 빨치산들의 기민한 행동력, 숙련된 은밀성, 추위와 굶주림과 그 밖의 갖은 고통을 견디는 인내력 등 무형의 전력이 정규군에 대해 상당한 효과를 발휘할 수 있는 것이다. 그러나 일정한 거점을 가지고 공방전을 벌이기로 든다면 전투의 3요소라는 화력, 기동력, 통신수단은 물론 그 뒷받침이 되는 인원, 장비, 보급

등 모든 조건이 정규군과 비교도 될 수 없음은 당연한 일이다.

방어의 경우뿐만 아니라 공격에서도 마찬가지다. 게릴라전은 적의 허점을 찌른다든가, 이동하는 적을 기습하고 신속히 자취를 감추는 데 특색이 있음은 물론이다. 적의 고정진지에 대해서 지구전을 펴기 시작하면 적의 응원병력이 달려올 것은 물론이며, 그다음은 물리학적 결과밖에 나올 수 없는 것이다. 당시 전북도 유격부대가 단시일에 궤멸한 것이나 남부군 유격대가 급속히 쇠잔한 것이 모두 게릴라전의 원칙을 무시하고 정규군처럼 고정진지를 방어하거나 공격하는 무모한 전투에 전투원을 소모해버렸기 때문이었다. 이것은 후일 남부군 지휘부에서도 커다란 과오로 지적된 적이 있었다고 들었다.

중국 국민당군의 제5차 토공작전(討共作戰) 때 중공당의 서금(瑞金) 소비에트가 국민당군이 벌인 진지전에 말려들어 궤멸적 병력손실을 본 것은 그 좋은 전례라 할 수 있다. '히트 앤드 런'이기 때문에 미리 도망갈 구멍을 찾아놓고 싸운다 해서 비겁할 것이 없고 오히려 당연한 일로 인정된다. 따라서 개개인이나 소부대의 자유로운 진퇴가 인정되지 않을 수 없다. 만일 정규군에게 마음대로 후퇴하는 것이 용인된다면 전투 자체가 성립되기 어려울 것이다. 국가권력을 등에 업은 지엄한 명령과 군율이 전선을 지탱하게 하는 것이 실전의 실상인 것이다.

그러나 빨치산은 개개 전투원의 사상성을 바탕으로 하고 있기 때문에 그것이 가능하다는 이론이다. 다만 이 시기의 지방 빨치산들의 대부분은 사상성보다는 구명도생을 위한 피신이 목적이었기 때문에 강력한 적세를 만나면 맥없이 분산·퇴각하고 말았다. 지휘부의 고민이나 작전의 차질이 모두 여기에서 비롯되었던 것이다. 그래도 도망간 책임을 묻는 경우는 거의 없었다. 책임을 추궁하는 법이 없으니까 또 쉽게 무너져버리는 악순환이 되풀이됐던 것이다.

기왕에 부연한다면 당시의 빨치산 사회에서 죽음을 건 전우애 같은 것을 엿볼 수 있는 경우는 별로 없었던 것 같다. 전우의 죽음을 보고 분노에 불타 적진에 뛰어드는 것이 전쟁 드라마의 정석으로 돼 있지만 그것은 의도적인 선동이나 미화가 아니면 그 작가의 낭만일 뿐이라고 생각한다. 실제로는 분노보다 공포가 앞서는 것이 화선(火線)에선 병사들의 공통된 심정이라고 보는 게 옳을 것이다. 정규군도 그렇고 적어도 이 시기의 빨치산들은 그랬다고 본다.

새때가 되면서 전투는 미륵정이까지 2킬로미터 정면 전체로 번져갔다. 군경부대가 자꾸만 증강되고 있는 것 같았다. 함박눈이 퍼붓는 능선 위에서 처절한 백병전이 파도처럼 되풀이됐다. 백색 레닌모를 제켜 쓴 백암 사령이 막료들을 이끌고 안시내 마을 앞에 나와 서서 이쪽저쪽 고지에 연락병을 띄우며 전투를 지휘하고 있었다. 가까이 있는 노령학원의 학생중대가 예비대로 동원되어 안시내 마을에서 대기하고 있었다. 점심때 가까이 돼서 미륵정이 일각이 무너지며 학생 예비대가 그쪽으로 투입되는 것을 보고 나는 전세용을 불러 무명 몇 발을 구해보라고 일렀다.

얼마 후 전이 얻어온 무명으로 아랫배를 탄탄히 졸라맸다. 수술 자리가 터져 나오는 것을 막기 위해서였다. 지게 작대기를 하나 얻어 짚고 일어서보니 그럭저럭 걸을 만했다.

"전 동무, 가자. 독수리가 있다는 월치를 찾아가자. 여기도 있을 곳이 못 되는가보다."

다리가 후들후들 떨렸다. 전세용이 부축해주었다. 우리는 일중리 쪽으로 회문산을 빠져나와 섬진강을 따라 걸어 내려갔다. 백설로 뒤덮인 산협 사이를 굽이치는 쪽빛 물줄기가 그림처럼 선명했다. 전과 나는 귀와 눈을 곤두세우며 이십 리 길을 쉬다가 걷다가 하면서 걸었고 저녁에야 월치에 당도했다.

마리아의 환상

독수리병단은 20호쯤 되는 농가에 나눠 들고 있었다. 신고를 하러 병단본부가 있는 농가를 찾아갔더니 문화부 사령 김여가 이맛살을 찌푸리며 말했다.

"적정이 극심한 판국에 병으로 부대를 이탈하고 비접이라니……. 요컨대 사상무장이 안 된 탓이요. 아무튼 돌아왔으니 의무실에 가서 우선 휴양을 하오."

'사상무장의 한계는 어디까지인가? 외기만 하면 총을 맞아도 죽지 않는다는 동학군의 삼칠주문을 나더러 믿으란 말인가?'

탄약이 귀한 38식 기병총을 갖고 있는 전세용에게 내 따발총을 주어 소대에 복귀시킨 후 의무실이라는 어느 초가집 사랑방에 들었다. 이십 리 길을 걸은 것이 아직 무리였던지 사지가 몸살처럼 쑤셔왔다.

'빨리 회복해서 소대로 돌아가야지. 의무실에 번갈아 찾아와 나의 돌아옴을 반겨주는 저 대원들에게는 내가 필요하다. 그들의 형이 되어 생사고락을 함께 해주는 이상의 존재 가치가 지금의 나한테 있는 것일까?'

의무실에는 간호병 박민자가 있었다. 그녀는 언젠가처럼 차려 자세로 깍듯이 경례를 붙이고 나서는 곧 하복부의 무명붕대를 풀기 시작했다. 환부를 보더니 그녀는 끔찍스럽다는 듯 고개를 설레설레 흔들었다. 나는 안시내에서 촌로에게 개구리 해부칼로 배를 쨴 얘기를 하며 웃었다.

"그래도 그 의원 덕분에 살아났는 걸."

"이래 가지구 용케 여기까지 걸어 오셨어요. 지금 아프진 않으세요?"

의무실에는 나 이외에 두 사람의 부상환자가 있었다. 팔뚝에 관통상을 입은 김이라는 젊은 대원은 방안을 서성거리며 노상 〈신라의 달밤〉을 불렀다. "아 실라의 다아아리여" 하며 가수 현인의 흉내를 비슷하게 내면서 혼자 만족해하고 있었다. 또 하나 서른 안팎의 금세 밭일하다가 끌려 나온 것 같은 풍모의 사나이는 다리에 심한 파편상을 입어 기동을 못 했고 말이 통 없이 눈만 껌뻑이며 누워 있었다. 박민자는 얼굴 한번 찌푸리지 않고 정성스럽게 그 환자의 대소변 시중까지 들었다.

그날 밤 병단은 동계면 쪽으로 '보급투쟁'을 나갔고, 이튿날 저녁에는 다시 원통산 방면으로 이동해 갔다. 대대적인 청웅 공격전이 시작되는 모양이었다. 출격지가 원거리인 관계도 있었겠지만 작전이 며칠씩 계속될 경우를 예상해서 이번에는 미숫가루까지 만들어 휴대시키는 등 준비가 대단했다.

병단이 떠나간 후의 월치 마을은 일시에 불이 꺼진 듯 무시무시한 적막에 싸였다. 몇 집 남아 있던 부락민도 일찌감치 불을 끄고 기척들이 없었다. 마치 죽음의 마을 같았다. 그 속에서 의무실의 네 사람은 호롱불도 없이 옛날 얘기를 나누다 잠이 들었다. 보초가 없는 대신 박민자와 내가 교대로 깨서 불침번 역할을 했다. 그 때문에 이튿날 아침 약간 늦잠을 자고 있는데 돌연 벼락이 떨어지는 듯한 총소리에 놀라 일어나보니 날이 이미 밝아 있었다.

반사적으로 지팡이를 집어 들며 밖을 살펴보니 집 앞을 흐르는 도랑가에 관통상의 김 청년이 상반신을 물속에 처박고 쓰러져 있었다. 이미 죽어 있었다. 박민자가 어느새 약낭과 배낭을 둘러메고 칼빈총을 한 손에 쥔 채 파편상의 사내를 일으켜 세우려 하고 있었다.

박민자의 말에 의하면 죽은 김 청년은 도랑가에 세수하러 나갔다가 '실라의 다아아리여'를 신나게 부르고 있었는데 돌연 총소리가 울리더니 '욱' 소리를 지르며 고꾸라지더라는 것이었다. 자세히 보니 백 미터쯤 떨어진 뽕나무밭에 카키복의 사람 그림자 서넛이 어른거리고 있었다. 안마당으로 내려가 뒷담 사이로 내다보니 2백 미터쯤 떨어진 뒷산 기슭에도 네댓 명의 군복이 눈에 띄었다. 이편 형세를 모르니 왈칵 달려들지를 못하는 모양이었다.

아무튼 그대로 앉아 있을 수는 없는 일이지만 탈출하자면 우선 기동을 못 하는 중환자가 문제였다. 간호병이 여자의 힘으로 중환자를 업고 탄막을 뚫고 갈 도리는 없는 것이고, 나도 내 몸 하나는 기어서라도 간다 치지만 남까지 떠메고 갈 자신은 없었다. 그렇다고 그냥 버려두고 갈 수는 없고 대항을 하자니 간호병의 칼빈 하나로는 자살행위나 마찬가지였다.

"…… 어쩐다?"

이렇게 망설이고 있을 때 뒤편으로 서너 채 건너에서 짚 타는 냄새가 확 풍기며 연기가 솟아올랐다. 어디선가 "불이야!" 하는 소리가 들려왔다. 마을 소각이 시작되고 있었다.

1950년 10월 14일, 남원(南原)에 사령부를 설치하고 호남지구의 빨치산 토벌을 시작했던 국군 11사단장 최덕신(崔德新) 준장은 중국의 백숭희(白崇禧, 바이충시) 장군이 항일전에서 사용하던 이른바 수벽청야(堅壁淸野) 전법을 원용하여 게릴라지구의 삼림을 깎고 산간부락을 모조리 불사르게 했다. 빨치산이 의지할 곳을 없앤다는 것인데, 이 때문에 산간의 일부 문화재가 훼손되고, 필요 이상의 나무를 쳐냈기 때문에 삼림을 황폐시키는 부작용도 있었다. 지금 이 부락 양 녘에 보이는 카키복들도 이 부락을 소각하러 온 병력인 모양으로 숫자는 그리 많지 않은 것 같았다.

불은 지붕 위에 얇게 쌓인 눈 때문인지 심한 연기를 뿜고 있다가 별안간 불기둥을 솟구치면서 다음 채로 번져갔다.

'더 이상 망설이고 있을 순 없다. 바람은 동북쪽에서 강변을 향해 내리 불고 있으니 곧 이 집이 연기에 휩싸일 것이다. 그때가 탈출의 기회다. 탈출 방향은 가실 부락으로 가는 서남쪽 산모롱이, 대충 2백 미터쯤 가면 사각에 들어설 수 있다. 가실에는 빨치산 부대가 있을지도 모르니까 소각조 정도의 병력으로는 그 이상 추격해오지 않을 것이다. 2백 미터쯤은 나도 뛸 수 있다.'

나는 결단을 내렸다. 성한 왼쪽 팔을 써서 배낭을 둘러메고, 그때까지 중환자를 일으켜 세우려고 안간힘을 쓰다가 어쩌지도 못 하고 주저앉아 있는 박민자의 손에서 칼빈총을 빼앗아 들었다.

"간호병 동무! 곧 연기가 덮쳐온다. 그때 탈출한다. 적은 이 집에 우리가 있다는 것을 알고 있으니까 아마 총구를 겨누고 우리가 뛰쳐나오는 것을 기다리고 있을 거다. 내가 우선 엄호 사격을 할 테니까 동무는 저기 저쪽 산모롱이를 향해 무작정 뛰어라. 거까지만 가면 아마 괜찮을 거다. 대충 30초, 30초만 죽을힘을 다해 뛰는 거다. 저쪽에 닿거든 바로 수류탄 하나를 까 던져라. 폭발하는 순간 내가 뛰기 시작할 테니까."

"저 동무는요?"

"그 동무는 데려갈 수 없어. 안됐지만 할 수 없다. 내가 쏴버리고 가야겠지만 그렇게는 안 한다."

중환자는 그냥 멍청하니 쳐다보고 있었다.

"동무 잘 들어. 지금부터 간호병 동무하고 고샅에까지만 업어낸다. 거긴 돌담 사이가 돼서 불에 타 죽지는 않을 거다. 기다리다가 군인들이 다가오거든 두 손을 번쩍 들어라. 괜찮아. 죽이지는 않을 거다. 그 밖에는 살길이 없다."

대충 이렇게 주어 섬기며 그 중환자를 옮기기 시작했다. 그는 넋이 나갔는지 몸 전체에 심한 경련을 일으키며 아무 대꾸도 하지 않았다.

이윽고 연기가 덮쳐왔다. 박민자가 다급하게

"군관 동무 먼저 가요…… 아니, 같이 가요."

하는 것을 못 들은 채 등을 힘껏 밀어냈다.

"이때다. 뛰어라!"

박민자가 쥐방울처럼 뛰기 시작하자 뒷산 기슭에는 일제히 총성이 일어났다. 내가 돌담을 의지하고 칼빈으로 여남은 발을 응수하자 카키복들이 고개를 움추렸다. 계속해서 나는 터져 나올 듯한 아랫배를 움켜쥐고 있는 힘을 다해 소리쳤다.

"야 개새끼들아. 손들고 나왓! 이 동무, 김 동무 뒤쪽으로 돌아. 깐나들 도망친다!"

카키복들의 주의가 이쪽으로 쏠린 몇 초 사이에 박민자는 두어 번 곤두박질치면서 산모퉁이를 돌아버렸다. 나는 그것을 확인하면서 또 한 번 급사격을 퍼붓고는 재빨리 고샅을 돌아 30미터쯤 자리를 옮겼다. 곧이어 박민자가 까 던진 수류탄의 굉음이 울렸다. 소각조의 사격이 멈칫하는 순간 나는 벌써 50미터쯤을 뛰고 있었다.

박민자의 상기된 얼굴이 다가오는 것을 보고 사각에 들어섰구나 생각하면서 나는 그 자리에 쓰러져버렸다.

잠시 후 박민자의 부축을 받으며 칼빈을 지팡이 삼아 다시 산을 기어오르기 시작했다. 가실 부락 뒷산을 돌아 원통산 중턱까지 두어 시간가량을 그녀의 어깨에 매달리다시피 하며 걸었다. 그리고 어느 양지바른 골짜기에 마른 잎이 쌓여 있는 곳을 찾아 우리는 다리를 뻗고 누웠다.

해는 이미 중천에 걸려 있었다. 마치 좀 전의 죽음의 탈출극이 거짓말이었던 것처럼, 태고 같은 고요 속에 사곡리 양지 마을이 저 아래 한가로이 빛나고 있었다. 따사로운 햇볕이 졸음을 재촉했다. 박민자가 빨간 담요 조각을 꺼내 걸쳐주었다. 나중에 보니 그것은 담요가 아니라 가마 위에 덮는 꽃덮개였지만.

얼마를 잤던지 눈을 떠보니 짧은 겨울 해가 회문산 위에 걸려 있고 박민자는 칼빈을 들고 옆에 앉아 망을 보고 있었다.

"깨셨어요? 곤히 주무시데요."

"아 미안해. 실컷 자고 나니 인제 힘이 나는구먼."

"사실 움직이는 것부터가 아직 무리예요. 좀 봐요. 치료해드릴게."

그녀가 정성 들여 고름을 닦아내고 머큐롬이나마 자주 발라준 때문인지 상처는 사흘 만에 꽤 합창(合瘡)이 돼 있었다.

"한 닷새? 넉넉잡고 일 주일이면 활동할 수 있겠네요. 벌써 상당히 좋아졌어요."

"동무 덕분이지. 그런데 어디 물이 좀 없을까. 마실 물."

잠에서 깨어나면서부터 나는 심한 갈증을 느끼고 있었다. 박민자가 일어나 눈을 한 덩이 뭉쳐다 주었다.

"이따가요, 어둡거든 물을 구해다 드릴게. 그때까지 참아요. 뭐 먹을 것도 얻어오구요. 시장하시죠? 월치엔 미숫가루두 있었는데……."

나는 드러누운 채 그 눈뭉치를 과자처럼 씹어 먹으며 박민자의 속눈썹이 긴 검은 눈동자를 올려다봤다. 부드러운 웃음을 띠며 내려다보는 그녀의 얼굴에서 나는 아득한 어린 시절 어머니의 품속에 있는 듯한 포근함을 느끼며 살며시 눈을 감았다. 다섯 살이나 연하의 여인에게서 어머니를…….

'그렇지, 성녀 마리아의 상이 바로 저랬지. 마리아에게 나이는 영원히 없지 않은가.'

거기서 내려다뵈는 양지 마을이 지금 군경 손에 있는지 빨치산이 장악하고 있는지 도무지 판별하기 어려웠다. 군경부대가 수시로 드나드는 갈담에서 양지 마을은 불과 2킬로미터 거리, 빤히 바라보이는 곳이었다. 말하자면 피아의 상충지대였다. 해가 지는 것을 기다려 박민자가 칼빈을 들고 산을 내려갔다.

능선의 여성중대

해가 진 후의 산 속은 제법 쌀쌀했다. 나는 박민자의 대용 담요를 뒤집어쓰고 앉아 불안감에 가슴을 조이며 귀를 기울였다. 한 시간가량 지났으나 총소리도 개 짖는 소리도 들리지 않았다.

'조용한 것을 보니 빨치산 부락이었을까? 그러나 총소리 없이 당할 수도 있다. 기어서라도 내가 내려갈 것을 그랬나?'

검은 하늘엔 차가운 별들이 수없이 반짝이고 있었다. 나는 소련군가 〈붉은 병사의 노래〉를 나직하게 불러봤다. 애수에 젖어 조용히 가라앉은 멜로디가 꼭 그 자리에 어울리는 것 같았다.

어둔 밤
탄환은 초원을 나르고
바람은 전선을 흔든다
별들만 반짝인다
어둔 밤

그대는 이 밤을 새우며

잠자는 아기의 곁에서

자장가 부르겠지

내 귀여운 맑은 눈동자 사랑스럽다

내 뜨거운 입술을 맞추고 싶구나

어둔 밤

우리들 진을 친 천리의

거칠고 소란한 초원이

어둠에 잠겼구나

두어 시간쯤이나 지났을 때, 어둠 속에서 인기척이 나며 박민자의 나직한 목소리가 들려왔다.

"군관 동무, 군관 동무."

"여기, 여기."

곧 박민자의 모습이 약간 들뜬 목소리와 함께 다가왔다.

"마을에 임실군당 유격대가 있었어요. 마침 잘 아는 특무장도 있었구요. 곧 내려가요. 혼자서 무서웠어요? 자아."

그날 밤 양지 마을에서 박민자가 안다는 특무장으로부터 저녁밥을 얻어먹고 나자, 유격부대는 출동을 나가고 불을 땐 방이 여러 개 비었다. 우리는 그중의 하나를 빌려 대용 담요 조각을 덮고 누워서 새벽녘까지 얘기의 꽃을 피웠다. 얘기는 그녀의 여학교 시절 얘기서부터 〈제인 에어〉, 〈마음의 행로〉, 〈폭풍의 언덕〉 등등 사변 직전에 본 영화 얘기에까지 비약했다. 비약이라면 도무지 상황에 어울리지 않는 이런 얘기들을 나누며 잠시나마 환각의 세계로 날아갔던 우리들은 역시 꿈을 잊고 살 수 없는 젊은이였던 것이다. 그러나 그런 도착된 시간이 오래 허용될 수는 없었다.

그날 밤 임실군당 유격대는 우리 독수리병단과의 협동작전을 위해 청웅에 출동했던 것인데, 우리가 늦은 잠에서 깨어났을 때, 마을은 퇴각해오는 빨치산들로 일대 혼잡을 이루고 있었다.

그날 새벽 연합부대는 때마침 긴 짙은 안개의 덕으로 청웅 보루대의 바로 밑까지 은밀하게 접근하는 데 성공했는데, 기습돌격 직전에 대원한 사람이 오발을 하는 바람에 되레 보루대로부터 근거리 집중 사격을 받고 풍비박산이 돼버렸다는 것이다. 오발을 한 대원은 그 자리에서 즉결처분하고 2선에 있던 독수리가 그런대로 대열을 수습하려 했다. 그러나 모래재 쪽에서 들이닥친 군경의 대부대가 수비대와 합세하여 추격해오는 바람에 일종의 공포현상을 일으켜 걷잡을 수 없이 되었다. 사태처럼 무너지는 빨치산 부대를 쫓아 군경부대는 갈담까지 밀고 나왔다.

퇴각해오는 대원들이 하나같이 눈에 핏발이 서고, 속이 타는지 길가의 눈을 집어먹으며 뛰는 대원도 있었다. 독수리는 어느 방면으로 빠졌는지 한 사람도 보이지 않았다. 임실부대와 또 어느 부대인지, 얼핏 보아 인원도 적지 않고 무장도 괜찮은 편이었다. 대열을 정비하고 반격을 가한다면 웬만한 적세는 막아낼 수 있으련만 한번 혼이 나간 대원들은 그냥 무질서하게 달아나기만 했다. 양지에서 5백 미터쯤 되는 약담봉 (躍潭峯) 줄기 끝에서 어느 작은 부대가 저항을 하고 있는 바람에 군경부대가 양지리까지 미처 이르지 않고 있는 것뿐이었다.

"달아나면 어디로 가겠다는 것인가!"

나는 길을 가로막고 서서 소리쳤다.

"동무들! 여기서 반격합시다. 정지! 정지! 이 선에서 막아봅시다."

그러나 거들떠보는 사람은 하나도 없었다. 하는 수 없이 밀려오는 패잔대열을 망연히 바라보고 있으려니까 박민자가 내 팔뚝을 잡아끌었다.

"우리도 가요. 이러다간 우리만 남겠어요. 어서요."

백련산 중방에서 안시내로 탈출한 것이 엊그제인데, 그 안시내도 있을 곳이 못 되어 월치로, 월치에서 쫓기어 양지 마을로 그리고 이제 다시 양지를 떠나야 한다. 어디로 가야 하나? 나는 박민자에게 손을 끌리다시피 하여 약담봉 능선 줄기를 넘어 섬진강가로 내려섰다. 어쨌든 회문산 쪽이 안전하겠기에 여울을 건너 만월 부락을 찾았다. 만월은 회문마을보다 갈담 쪽으로 더 가깝지만 회문봉으로 올라붙기에 편리하고, 만월교를 앞둔 최전방 마을이기 때문에, 스무 명가량의 빨치산 초소가 있었다.

만월은 대여섯 집뜸의 소부락이었다. 우리는 거기서 외양간에 붙은 구석방을 빌려 또 하룻밤을 지냈다. 소가 외양간 기둥을 받는 듯한 '쿵' 하는 소리가 멀리서 들리는 박격포의 발사음과 흡사해서 나는 가끔 놀라 잠을 깨곤 했는데 박민자는 어젯밤을 새다시피 해서인지 밤새 새근새근 깊은 잠을 잤다.

이 무렵이 대강 12월 초였던 것으로 기억하는데 수복지구의 치안도 웬만큼 틀이 잡혀서 빨치산 거점에 대한 국군의 대규모 소탕전이 파상적으로 되풀이되고 있었다. 이때가 마침 그러한 군작전이 시작된 때였던 모양이다. 만월에서 하룻밤을 묵은 그 이튿날 아침도 강 건너에서 박격포탄이 날아와 동네 안에 떨어지는 소리에 잠을 깼다. 포탄뿐만 아니라 뒤이어 다리목에서 기관총탄이 날아들기 시작했다. 나는 만월초소에서 응사하는 총소리를 뒤로하고 회문봉을 오르기 시작했다. 북향이 돼서 눈이 덮여 있는 급사면을 박민자에게 손을 끌리고 또 끌고 하며 회문봉 밑을 돌아 장군봉으로 이어진 능선 안부에 올라섰다.

남쪽으로 넓은 골짜기가 펼쳐지며 그 건너를 미륵정이 능선이 일(一)자로 가로막고 서 있었다. 그 골짜기를 내려가면 안시내 마을이 되는 모양이었다.

그 미륵정이에도 적정이 있는지 총소리가 요란스럽고 간간이 박격포탄의 폭발음도 섞여 들려왔다. 회문산을 둘러싸고 일제 공격이 시작된 모양이었다.

미륵정이를 지키는 벼락병단은 당시 회문산의 최강 부대로 알려져 있었지만 구태여 격전 중인 안시내로 내려갈 이유도 없어 우리는 장군봉 투구바위를 목표로 회문능선을 천천히 걸어갔다. 투구바위에는 보위병단의 진지가 있다는 말을 들었기 때문에 거기 가서 요기를 하고 어쩌면 그 아래 골짜기에 있을 성싶은 사령부 트에도 들러보고 싶었다. 통신사가 사령부와 함께 있을 것이기 때문이다.

능선을 따라 얼마쯤 가다보니 조그만 돌담 무더기와 그 옆에 초막 하나가 눈에 덮여 있었다. 능선의 초소였다. 가까이 다가가자 99식 소총을 든 여자대원 하나가 돌무덤 앞에서 보초를 서고 있다가 나를 보고 반색을 했다. 나의 소대원이었던 박영희였다.

"음마, 소대장 동무! 민자 동무두. 어떻게 여길…… 다치셨나요?"

나는 대충 사정을 설명하고 나서 같이 소환돼 간 배봉숙의 소식을 물었다.

"봉숙 동무는 아마 히여터의 후방부에 가 있을 거예요. 하여간 시장하실 테니 뭐 좀 요기를 하시구."

박영희가 초막 안에다 대고 누구를 부르니까 비슷한 또래의 여자대원이 나와 보초를 교대했다. 초막 안에는 너덧 명의 그만그만한 여자대원들이 마른 풀을 깔고 누워 자고 있었다. 직속병단의 여성중대 초소였던 것이다. 박영희가 찬밥덩이를 뜨거운 물에 말아주었다.

"강선구 분대장 동문 잘 있나요?"

"잘 있지. 왜?"

"아니요. 봉숙 동무가 4중대 있을 때 강 동무하고 좀……."

"좀 있었나? 난 통 몰랐군."

"특별히 뭐 어떻다는 건 아니구. 비판받는 것도 겁났을 테고 해서 그저 속으로 그러다 만 거지요, 뭐."

"비판? 글쎄…… 따지고 보면 크게 잘한 것도 아니고, 잘못한 것도 아니고 그저 그런 거 아냐?"

"그래도 문제 삼으면 크게 지적된대요."

"문제 삼으면 말이지. 문제 안 삼으면 아니고. 그건 그렇고 미륵정이에 적정이 붙은 모양이지?"

"네, 벌써 며칠 전 첫눈 오던 날부터 사뭇인데요 뭐. 오늘은 특히 극성스러운 것 같네요. 하긴."

"영희 동무도 고생하는군."

"벼락 동무들 참 잘 싸워요. 군경들이 그렇게 매일 극성을 떨어도 아직 구림천까지는 발들여논 일이 없으니까요. 우리야 뒤켠에서 이렇게 구경이나 하고 미안할 정도지요 뭐."

미안한 것은 실은 나였다.

'이제 웬만큼 움직일 수 있게 됐는데 고생하는 전우들을 놔두고 언제까지나 부대를 이탈할 수는 없다. 빨치산은 선이 떨어졌으면 빨리 그 선을 찾아 복귀할 의무가 있다. 내일은 병단을 찾아가봐야지.'

우리는 안시내로 내려가는 골짜기를 약간 내려와 바위 사이에 낙엽이 쌓인 곳을 찾아서 또 하룻밤을 보내기로 했다.

그대 가슴엔 평화만이

박민자와 나는 대용 담요 조각을 꺼내 덮고 푹신한 가랑잎 위에 나란히 누워 벌써 별이 보이기 시작한 하늘을 쳐다봤다. 내일은 병단을 찾아가기로 작정한 후부터 뭔가 서글픈 생각이 솟구쳤다.

"민자 동무. 이렇게 호젓하게 밤하늘을 쳐다보구 있으니까 집 생각 나지?"

"하지만 전 생각날 집이 없는 걸요."

"집이 없다니?"

"어릴 때 엄마 아빠를 여의었거든요. 작년까진 ○○병원 기숙사에 있었는데, 단 하나 있는 오빠가 운암댐 공사장에서 일을 보게 돼서 오빠를 따라와 거기 의무실 일을 보고 있었어요. 그런데 국군이 후퇴할 때 오빠가 보도연맹(사변 전 좌익 전향자나 혐의자의 선도를 표방하고 만들어졌던 정책기관)원이라 해서 끌려가더니 소식이 없어요. 집단 처단됐단 소문이 들려오더군요. 천상천하에 두 남매뿐이었는데…… 하늘이 무너지는 것 같더군요. 하는 수 없이 대전으로 돌아가봤더니 그게 인민군 야전병원이 돼 있어서 그대로 간호병이 됐지요. 여름 후퇴 때 혹시나 하는 마음으로 대열을 이탈하고 운암으로 돌아가봤더니 모두 빈집뿐이더군요. 오도가도 못 하고 혼자서 며칠 산 속을 헤매다가 송 동무네 부대를 만난 거죠. 그러니까 전 생각날 집이 없어요."

"그야말로 집 없는 천사로구나."

"오늘은 여기서 자니까 이 가랑잎 위가 제 집이죠 뭐. 저 가엽지 않아요? 태 동무."

그녀가 '군관 동무'나 '소대장 동무' 대신 내 이름을 부른 것은 이때가 처음이었고, 내가 '간호병 동무' 대신 그녀의 이름을 불러본 것도 그때가 처음이었다. 밑도 끝도 없는 얘기가 한참 오갔다.

"태 동문 참 곰상스런 분이세요."

"내가? 왜."

"언젠가 지동에서 양말 빠는 거 제가 보고 있었지요? 그때 요리조리 뒤집어가며 빠는 품이 하도 꼼꼼해서 우스워 혼났어요."

"아하 그랬던가. 노총각 신세에 빨래가 이력이 나서……."

"인제 빨래는 절 줘요. 제가 빨아드리고 싶어요."

그것은 매우 우회적인 감정의 고백이었다고 나는 생각한다. 그러나 그녀가 내 양말을 빨아줄 기회는 영원히 오지 않았다.

어둠이 깊어지면서 바로 아래 지능선에서 기관포의 사격이 시작됐다. 양철통 두드리는 소리와 함께 탄도가 붉은 포물선을 그리며 미륵정이 능선 위에 가서 닿았다. 회문봉 진지에 있던 도사령부의 자랑거리인 기관포가 동원된 것이다. 그것이 미륵정이를 사격하고 있다면 미륵정이가 국군 손에 넘어간 것일까?

이튿날 동이 트면서 우리는 골짜기를 따라 안시내로 내려갔다. 하늘은 음산하게 흐려 있었다. 얼마를 가니 마른 잡초가 우거진 몇백 평의 평지가 나왔다. 그곳이 노령학원이었다. 학원으로 쓰는 초막에는 부상자들이 우글거리고 지휘부로 보이는 한 무리가 그 앞에서 서성거리며 무슨 의논을 하고 있었다. 벼락병단이 미륵정이 능선을 빼앗기고 안시내로 후퇴해와 있다는 것을 곧 알 수 있었다. 그렇다고 능선을 점령한 국군이 안시내로 밀고 내려올 기색도 보이지 않는 듯했다. 우선 서로 아래위에서 대치하고 있으면서 벼락병단이 예비대의 도착을 기다려

능선을 탈환할 기회를 엿보고 있는 상황이었다. 나는 그 지휘부 속에서 적성 동무를 발견하고 간단히 사정 얘기를 하고는 독수리병단의 현 위치를 물었다.

"독수리는 지금 약담봉을 지키고 있응께 병단본부는 아마 물구리(勿憂里, 물우리)에 있을 거시. 가만……내 전화로 확인해줄 텡게."

그즈음 도당 사령부와 각 병단의 고정진지 사이에는 야전전화가 가설돼 있었다. 노령학원에도 물론 가설돼 있었다. 적성 동무가 초막에 들어가 전화를 하고 있는 동안 찌푸린 하늘에서 그예 눈이 퍼붓기 시작했다. 솜덩이 같은 함박눈이 삽시간에 미륵정이 능선을 뽀얗게 가리고 말았다.

"오사할, 날씨알라 지랄이시." 적성이 하늘을 쳐다보며 초막에서 나왔다.

"소대장 동문 아까 말한 물구리로 가구말시, 일중리서 비시간이(비스듬히) 건너편 동네 말시. 저 여성 동무가 간호병 동무요?"

"네."

"동문 히여터 후방병원으로 배치가 됐다니께 곧바로 그리고 가야 쓰겄구먼. 요즘 병원이 대(大)만원이시. 지금 동물 사방으로 찾고 있다는구먼. 혼자 히여터를 찾아갈 만요?"

"네, 갈 수 있습니다."

박민자가 차려 자세를 하고 얼굴빛이 뻘개지며 대답했다.

"그럼 싸게들 가보드라구."

우리는 퍼붓는 함박눈 속을 말없이 안시내 쪽으로 걸어 내려갔다.

"민자는 길이 좀 험하지만 장군봉 쪽으로 돌아가는 게 낫지 않을까? 강가 길은 강 건너에 적정이 있으니까 좀 위험할 것 같은데……."

"그래도 강가 길로 갈래요. 무부까진 태 동무하고 같이 갈 수 있으니까."

무부리는 물구리를 마주보는 강 이편 마을이다. 우리는 미륵정이 아래 구림천 협곡을 다시 말없이 걸어 내려갔다. 바로 머리 위 벼랑에는 국군 부대가 진을 치고 있지만 눈발이 심해서 내려다도, 올려다도 보이지 않았다.

일중리를 지나면 무부(두무)는 바로 지척이었다. 일중리에서 우리는 큰길가의 어느 빈집에 들어갔다. 눈도 심했지만 마지막 치료도 할 겸 잠깐 쉬어가기로 한 것이다. 민자는 붕대를 끄르고 며칠 새에 거의 아물어든 하복부의 상처를 정성껏 매만져주었다.

"만일 또 덧나기 시작하면 그땐 누가 봐드리지……."

"그땐 허 동무도 있고 또 덧날 일도 없을 테지만 그보다는 민자한테 빨래를 부탁할 기회는 결국 없었군."

나는 뭔가 가슴이 뭉클해지는 것을 참으며 농담조로 웃어 보였다. 치료를 마친 박민자는 내 무릎에 얼굴을 파묻고는 얼마를 그대로 있었다. 이윽고 그녀는 고개를 누이며 한숨을 쉬었다. 눈언저리가 얼룩져 있었다.

"전쟁이 끝나면 우린 또 만날 수 있을까요?"

전선에 나온 후 얼마나 여러 번 듣던 물음인가.

"민자는 어딜 가도 남의 귀염을 받을 거야. 그러니까 어딜 가도 행복할 수 있을 거야. 물론 전쟁이 어떻게 끝나도 말이지. 부디 몸조심해야 돼. 우리가 어느 날인가 다시 만나자면……."

잠시 침묵이 흐른 뒤 민자가 말을 이었다.

"저 태 동무한테 뭔가 드리고 싶은데…… 이 담요 조각 드릴까요? 그 대신 태 동무도 저한테 뭐 하나 줘요."

"담요는 민자도 추울 텐데 그만두고…… 내가 민자에게 줄 게 뭐가 있을까?"

"물건이 아니래두요. 뭐 하나 적어줘요. 기념으로 갖고 있게."

나는 배낭에서 종이쪽지를 찾아내서 마침 머리에 떠오른 바이런의 시, 어느 마지막 한 구절을 적었다.

그대는 나와 운명을 달리하는 까닭에

아직 내 마음은 불타오르나 다만

그대 가슴엔 평화만이 있으라

– 눈 내리는 날, 섬진강가에서 민자를 보내며 – 태가.

"자, 인제 가지."

그러나 나는 급기야 흐느끼기 시작한 민자의 검은 머리를 가슴에 안고 한참 동안 화석이 되어 있었다.

쪽빛 강물 위에 퍼붓는 함박눈은 더욱 아름다웠다. 강줄기를 따라 아득히 눈 속으로 사라져 들어간 신작로를 십여 분 걸어 우리는 무부에 닿았다. 강 건너 내가 가야 할 물구리 마을을 향해 징검다리가 놓여 있었다. 여기서 후방병원이 있는 히여터까지는 아직도 강길 따라 이십 리의 무인지경을 가야 한다.

나는 민자의 칼빈총을 점검해봤다. 노리쇠를 당기니 노랗고 예쁘장한 탄환이 머리를 치켜들었다. 이상이 없었다.

"됐어. 자, 조심하면서 가야 해. 갈담 쪽으론 적정이 있으니까, 앞을 잘 보구. 여차하면 대항을 하지 말고 회문봉 쪽으로 뛰는 거야."

"네."

"그럼 안녕. 건강히."

"안녕. 몸조리 잘 하세요. 허 동무한테 약 달래서 자주 바르구요."

민자는 자꾸만 돌아서서 손을 흔들었다. 칼빈총을 멘 그녀의 가냘픈 그림자가 눈발 속에 보이지 않게 될 때까지 나는 강가에 서서 지켜보고 있었다.

오월(吳越)동거하는 모녀

약담봉은 북쪽으로 갈담과 사곡리를 향해 초소의 형국을 이루고 있는 250미터가량의 나지막한 봉우리, 그 밑을 섬진강이 휘돌아 용골산 쪽으로 흘러 내려가고 남쪽으로는 강 건너 중주원 마을이 내려다보였다. 그 중주원에서 직선 2킬로미터쯤 저편에 갈재(盧嶺), 우리가 354고지라 부르던 신작로 고개가 보였다. 노령산맥의 이름이 된 고개지만 실은 대수롭지 않은 신작로다. 그러나 이 고개는 북쪽의 모래재처럼 순창을 이십 리 저편에 바라보는 회문지구의 남쪽 관문이었다.

물구리 마을 바로 앞에서 미륵정이 협곡을 흘러 내려온 구림천이 섬진강에 흘러들어 Y자형을 이룬다.

이 약담봉 물구리 아지트에서의 20여 일은 그래도 비교적 안정된 생활이 계속된 시기였다. 중공군의 개입으로 주저항선이 남쪽으로 밀려 내려올 때여서 그랬던지 토벌 경찰대와의 소규모 전투는 그치지 않았지만 군의 대규모 공격은 그 이후 한동안 뜸했었다. 독수리의 청웅 습격은 물구리에 와서도 여러 차례 시도되었지만 군경부대가 약담봉이나 354고지에 붙어온 일은 몇 차례에 불과했다. 후일에 안 일이지만 이 시기에는 1·4후퇴의 영향으로 군경 탈주병이 투항 입산해온 예까지 있었다 한다.

중공군의 개입은 모스크바의 희망에 의한 것이며 중공으로서는 혁명 직후의 시기여서 군사력의 여유가 없었지만, 미군에 의한 동북(만주) 국경의 침범을 두려워했다. 그렇다고 3차대전으로의 확대도 두려워 정규군 2개 군단을 형식적인 지원군으로 만들어 투입했던 것이다. 그러니까 중공군이—설사 가능했다 하더라도—남해안까지 진격해올 의도는 없었던 것으로 보인다. 그러나 회문산 사령부의 간부들은 중공군의 지원을 얻은 인민군이 곧 호남에까지 이르기를 기대하여 자못 활기가 높았다.

믿기 어려운 일이지만 회문산 외곽에 있던 우리는 중공군 개입이나 서울 재점령이라는 엄청난 사실까지 몰랐을 정도로 일체의 정보로부터 차단돼 있었고, 이렇다 할 생활의 변화도 없었기 때문에 그런대로 평온한 나날을 보내고 있었다. 비록 신발을 신은 채이지만 온돌방에서 다리를 뻗고 잠을 자는 민박생활의 마지막 기회를 보내고 있었던 것이다.

나는 물구리 마을에 있는 병단본부에 들러 귀대신고를 한 후, 내 소대를 찾았다. 소대는 마침 약담봉 초소에 올라가 있었다. 3개 소대가 약담봉 수비와 보급투쟁을 교대로 한다는 얘기였다. 초소라야 특별한 시설은 없고 제일 높은 고지에 한 길가량의 바위가 있는데, 그 바위 뒤에 소대원들이 모여 앉아 보초 한 사람을 세워놓고는 잡담을 나누며 시간을 보내는 것이다. 대체로 빨치산들은 고정거점에 있을 경우에도 참호를 판다든가 진지를 만들지는 않았다.

내가 올라가자 모두들 환성을 지르며 일어났다.

"아니, 그날 월치서 어떻게 빠져나가셨어요? 모두들 큰 걱정을 했어요."

"몸은 좀 나아지셨나요?"

모두들 희색이 만면했다.

"인제 움직일 만하니까 동무들하구 '사업'을 해야지. 한데 지난번 청웅서 사고는 없었나?"

"한 사람 당했습니다. 동무가 기총탄을 맞고 직삽니다."

"…… 그 동무 고향이 정읍이랬지 아마."

"동학혁명이 일어난 고부 근첩니다. 역시 기골이 있었지요. 그 녀석."

"그리고 전세용 동무가 부상당해서 지금 무부리에서 치료 중입니다."

그러고 보니 제일 반가워해야 할 연락병 전이 보이지 않았다.

"중상인가?"

"뭘요. 엽총으로…… 아마 꿩탄인가 본데 이렇게 어깨에서 가슴에 걸쳐 수십 발을 맞았어요. 그러니까 깨곰보는 됐지만 깊은 상처는 아니구요."

두 사람의 사상자를 낸 것이 마치 내 잘못인 양 비감한 생각이 들었다.

'내일부터라도 소대에 복귀해야지. 그리고 전세용도 한번 찾아가봐야지.'

그러나 문화부 사령 김여는 나의 소대복귀를 허용치 않았다.

"그동안 마 임시지만 소대장을 임명했으니까 동무는 우선 특무장 일이나 거들고 있도록 하오. 몸도 아직 그렇고 허니 말이오."

말은 그렇지만 노골적으로 불신임하는 눈치였다. 도리 없이 나는 며칠 동안을 병단 특무장과 함께 있게 되었다. 특무장이 있는 농가에는 식량가마가 쌓여 있어 대원들이 민박하고 있는 집에 식량배급을 하고, 소죽 끓이는 커다란 가마솥을 걸어놓고 약담봉에 함지박 밥을 해 올려가기도 했다.

강 건너 무부에는 임실군단 유격대의 후방부가 있어서 특무장은 대원들의 해진 피복을 모아 가지고 수선을 부탁하러 가기도 했다. 독수리의 의무실도 물구리보다는 여차할 때 대피하기 쉬운 무부에 설치되어 있고, 의료에는 아무 소양도 없는 허인선이 그곳 책임자로 나가 있었다. 황대용 문화부 중대장은 특무장 옆집에 머물면서 주로 보급투쟁의 지휘자 노릇을 하고 있었다.

며칠 후 나는 피복수리를 핑계 삼아 무부의 전세용을 찾아보러 갔다. 어느 민가 사랑방에 서너 명의 다른 부상자와 함께 누워 있던 전은 '아이구메' 소리를 지르며 일어나 앉았다. 한쪽 어깨서부터 목, 가슴에 걸쳐 광목붕대를 두르고 있는 폼이 안쓰러웠지만 그는 겸연쩍게 웃어 보이며 고개를 떨구었다.

"죄송하요."

"그래, 박힌 탄은 다 뽑아냈나?"

"야. 인제 사날 있음 돌아갈 것이제라. 하필 꿩탄을 맞아서 좀 창피하요."

"그만해 다행이군. 준의 동무 신세가 많습니다."

나는 거기 있던 허 여인에게 인사를 치렀다. 그녀는 언제나처럼 엷은 미소를 띠며 말했다.

"박민자 동무가 있었으면 제대로 치료를 했을 텐데 제가 뭐 알아야지요. 하긴 병원엔 중환자들이 많으니까 민자 동무 같은 이가 필요할 거예요."

나는 의무실을 나와 임실군당의 후방부를 찾았다. 며칠 전 박민자와 함께 양지 마을에서 신세를 진 일이 있는 군당 특무장이 거기 책임자였다. 들고 온 피복수리 보따리를 맡기고 그와 이런저런 얘기를 나누고 있는데, 웬 스물대여섯쯤 돼 보이는 귀염성 있게 생긴 한복의 여인이 너덧 살 난 계집아이를 데리고 들어왔다.

특무장이 웃으면서

"이놈, 고구마 쪄논 거 있다. 먹어라."

하면서 아이를 번쩍 쳐들며 얼러대니까 아이는 발버둥을 치며 웃어댔다. 여인은 내가 갖다놓은 피복 보따리를 끌러 뒤적거려보더니 방구석에 있는 재봉틀 앞에 가 앉으며 특무장과 아이를 돌아다보고 미소를 지었다. 얼핏 보기에는 마치 평화스럽고 단란한 가족 같았다. 궁금한 생각이 들어 잠시 후 여인이 밖에 나간 틈을 보아 특무장에게 영문을 물어보았더니 특무장은 대수롭잖은 듯이 말했다.

"일전에 군당에서 순경을 한 놈 잡아 깠는데, 그때 그놈의 마누라가 하도 살려달라고 애원하는 통에 마누라만은 살려서 후방부 일을 거들게 했지요. 바느질 솜씨가 좋아요. 또 부지런하구."

"그럼 이 아이가 바로 그 경찰관의 아이군요?"

"예."

"거 참…… 도망갈 생각은 않나요. 강만 건너면 그만인데."

"이 동네는 병력이 없어서 밤에 보초도 못 세우지만 내가 이 방에서 같이 자니까요."

"그래도 변소에 간다든가 뭐 기회야 있을 거 아닙니까?"

"하하 염려 없어요. 도시 도망갈 생각을 안 해요. 얼마 전에 회문까지 군경대들이 들어왔을 때도 애를 들쳐업고 앞장서서 회문봉까지 대피했는데요."

도무지 이해가 가지 않는 일이었다. 어린애도 어쨌든 특무장을 따르고 있고 여인도 그런대로 만족하고 있는 듯이 보였다. 수심 같은 것은 티끌만큼도 느낄 수 없었다. 아이를 위해 이를 악물고 견딜 수 없는 굴욕을 견디고 있는 것이라 생각하기에는 여인의 표정이 너무나 맑고 앳

되어 보였다.

저 여인은 얼마 전 눈앞에서 남편이 피를 쏟으며 쓰러지는 광경을 보았을 것이다. 그러나 지금 특무장과 한 방에서 기거하자면 남녀관계도 어떨는지 알 수 없다. 아이는 아직 철이 없을 터이지만 하여튼 남편과 아버지의 원수 손에서 모진 생명을 이어가고 있는 것이다. 나는 그 모녀의 기구한 처지와 야릇한 심리를 이모저모 생각하면서 섬진강 징검다리를 건너 돌아왔다.

훗날 들은 얘기지만 이 여인은 그 지방의 우익 명사인 D 면장의 며느리였는데, 사뭇 빨치산과 행동을 같이하다가 후일 생포되어 광주수용소에 수용된 후에도 전향을 완강히 거부하고 있었다고 한다. 혹은 가족 간의 어떤 갈등이 이 여인을 그렇게 만들었는지도 모른다.

약담봉의 사생(死生)문답

소대원들이 문화부 사령에게 나의 복귀를 간청하고 있다는 말을 듣고, 나도 다시 맹 사령관과 문화부 사령에게 소대에 보내달라고 간곡한 청을 했다. 김여 문화부 사령은 황대용의 증상이 작용했던지 나에게 그리 좋은 인상을 갖지 않은 듯했다. 그러나 결국 나의 소대복귀는 허용됐다.

"대원이 누구를 소대장으로 임명해달라고 청을 하는 따위는 자본주의 사회의 잔재요. 여기서는 용납될 수 없는 일이오. 또 동무의 평소의 사업 작풍에 가족주의적 경향이 있었다는 증거가 된다는 점도 지적해 두오. 하나 동무의 군사 소양을 살리는 것이 옳다는 결론이 나와서 소대복귀를 허용하는 것이니 차제에 깊은 자기비판이 있어야 할 줄 아오."

김 문화부 사령이 이맛살을 찌푸리며 나의 '깊은 반성'을 촉구하는 훈시를 차려 자세로 들으며 나는 그래도 소대로 돌아간다는 기쁨에 가슴이 설렜다.

내가 다시 2소대장이 되어 돌아온 날 회문산 사령부로부터 연예(演藝)에 소양 있는 대원을 차출하라는 지시가 내려왔다. 나는 음악애호가인 1분대장 강선구를 추천했다. 그는 분명히 전투보다는 연예대 같은 데를 가야 자기 재능을 발휘할 수 있는 젊은이였다. 강선구는 얼굴이 벌겋게 상기될 정도로 기뻐하며 사령부에 소환되어 갔다.

몇 차례째의 청웅 공격전이 이번에는 야간기습으로 감행됐다. 그 작전에서 독수리병단은 모래재 매복을 배치받았다. 물구리에서 모래재까지 샛길을 빠져 가자면 근 삼십 리 길이 되기 때문에 병단은 이른 저녁을 먹고 행군을 시작했다.

매섭도록 추운 날이었다. 중기에는 부동액 대신 소주를 구해 채워 넣고 아주까리 기름으로 정성스럽게 손질해서 추위 때문에 지장이 없도록 특별한 주의를 기울였다. 내가 그 여러 차례의 청웅전투 중에서 유독 이날 일을 잘 기억하고 있는 것은 내가 산중에서 넘긴 이태 겨울 중 가장 무서운 추위를 이날 밤 겪었기 때문이다.

바람은 한 점도 없으면서 마치 알몸으로 얼음 속에 잠겨 있는 것처럼 매서운 추위가 소리 없이 몸을 조여왔다. 은밀 보장을 위해 마을 부근을 피해서 비탈을 돌고 계류를 건너며 두만산 기슭을 돌아 모래재에 닿은 것이 밤 10시경이었다. 가뜩이나 달 없는 밤에 첩첩 산협은 지척을 분간할 수 없을 만큼 어두웠다. 몸도 아직 완전치 않았던 탓인지 도랑물을 건너뛰다 얼음을 헛디뎌 물에 빠지기를 두세 차례, 바짓가랑이가 삽시간에 얼어붙어 마치 가죽장화를 신은 것처럼 빳빳하게 됐다.

모래재에는 경찰 측이 파놓은 길다란 참호가 여러 곳 있었다. 그 참호에 들어가 중경기를 배치해놓고 숨을 죽이며 기다렸다. 가만히 귀를 기울이면 트럭의 엔진 소리가 들려오는 것도 같았다. 바람에 전선줄이 우는 소리였는지도 모른다. 물에 젖은 양말만이라도 갈아 신었으면 살 것 같았다. 발을 동동 굴러보지만 소용이 없었다. 도대체 세상에 이런 추위도 있었던가? 불은 못 피운다 해도 소리라도 크게 지를 수 있었으면 좀 나을 것 같았다. 아니 차라리 적이 밀려와 전투라도 붙었으면 살 것 같았다. 하지만 임실 쪽도 청웅 쪽도 적막하기만 했다. 이렇게 혹한을 견디며 돌처럼 기다리기를 무려 5시간, 새벽 3시쯤 됐을 때 청웅 쪽에서 철수하라는 연락이 왔다. 무슨 차질이 생겨 공격을 중지한 모양이었다.

걷기 시작하니 얼어붙은 손발이 차츰 풀렸다. 두어 시간 걸려 두지리 계곡에 들어서면서 담배를 피워도 좋다는 전달이 와 부싯돌을 쳐 담배를 붙여 물었다. 엽초의 향기가 그처럼 구수할 수가 없었다.

삼한사온의 겨울 날씨는 그처럼 매섭던 추위를 며칠 새에 봄날로 바꾸어놓았다. 어느 날 약담봉은 경찰 토벌대의 협공을 받았다. 우리 소대가 의지하고 있는 상봉 높은 바위에서 갈담 쪽으로 불과 2백 미터 거리인 능선 위에 수를 알 수 없는 적정이 나타난 것이었다. 그보다 더 전방에 세워놓은 보초가 숨이 턱에 닿아 되돌아와서 갈담과 사곡리 중간쯤되는 지능선에 군경부대가 올라오는 것이 보였다고 보고했다.

"적정은 군방군인가, 경찰인가? 적세는 얼마쯤인가? 6하원칙으로 보고하라고 하지 않았나!"

"그게 멀어서 경찰인지, 군인인지 잘 알 수 없구요. 아무튼 겁나라우."

"임마, 겁나라우가 대체 얼마야."

시덥잖은 보고에 나는 직접 정찰을 나가볼 양으로 상봉을 내려서는

데 별안간 바로 눈앞에서 총성이 일어나며 총탄이 귓전을 스쳐갔다. 토벌대가 이미 주능선에 올라선 것이다.

급히 연락병을 병단본부에 보내는 한편 상봉의 바위를 의지해서 전투배치를 하고 기다리고 있는데, 2백 미터쯤 전방에 접근해온 적이 전진을 멈추고 소리를 질러왔다.

"야아! 약담봉의 산돼지 새끼들아! 항복하고 나와라. 박격포탄 나간다아."

입담 좋은 대원하나가 곧 받아서 응수했다.

"개새끼들아~! 겁나거든 손들고 올라와라! 손들고 오는 놈만 살려줄 텡께."

"야아! 까불면 정말 80밀리 여남은 방 선사한다. 살고 싶으면 손들고 내려와라. 마누라 안 보고 싶냐?"

"개새끼들아. X이나 빨며 노래나 들어라."

입담 좋은 대원이 선창이 되어 〈인민군대의 노래〉를 합창했다.

"우~리는 강철 같은 조서언의 인민군······."

이번에는 적진에서 합창이 들려왔다.

"전우의 시체를 넘고 넘어 앞으로 앞으로······."

합창의 크기로 보아서 토벌대는 기십 명을 넘지 않는 것으로 짐작됐다.

"다음은 독창!"

대원 하나가 〈김일성 장군의 노래〉를 뽑자 저편에서도 목청 좋은 사나이가 나서서 무슨 유행가를 한 곡조 불렀다. 노래가 끝나자 박수 소리까지 울려왔다. 때아닌 노래자랑 대회가 돼버렸다.

"자아. 오락회 그만하고 슬슬 시작해볼까?"

적진에서 총소리가 한바탕 일어났다. 나는 지형이 우리 편에 유리하니까 잠자코 기다리고 있다가 토벌대가 사면을 기어오르기 시작하거든 수류탄을 하나씩 굴리라고 일러놓고 가만히 기다렸다. 그런데 토벌대는 일방적인 사격만 한참 되풀이하다가 조용해졌다. 10분가량을 서로 침묵의 대치를 하고 있다가 적진이 너무 조용하기에 가만히 살펴보니 토벌대는 이미 철수해버리고 없었다.

별 싱거운 녀석들 다 보겠구나 생각하면서 어쨌든 병단사령에게 보고했더니 갈담이 내려다보이는 능선 끝까지 진출해서 토벌대가 정말 철수했는지 확인하라는 지시가 왔다.

나는 척후를 앞세우고 오 리가량 되는 능선의 기복을 한 고비 한 고비 조심스레 전진해 갔다. 사곡리 쪽으로 뻗은 지능선(支稜線)을 노루 한 마리가 뛰어가는 것이 보였다. 약담봉의 전초로 나가 잠복하고 있으면 가끔 노루를 볼 수 있었다. 아무튼 노루가 뛰는 방향으로 보아 사곡리 쪽 지능선에는 적정이 없는 모양이었다.

또 한 고비를 전진하고 땅에 엎드려 척후의 보고를 기다리고 있을 때였다. 내 옆에서 엠원총을 눕혀놓고 엎드려 있던 분대장 이성열이 조그만 문고본(文庫本)을 꺼내 읽고 있는 것이 눈에 띄었다. 표지를 보니 일본어로 된 단눈치오(D'Annunzio)의 『죽음의 승리』였다. 그즈음 이성열은 대학생 때부터의 단짝인 강선구를 연예대에 보내고 난 후부터 어딘가 쓸쓸하게 내 눈에 비쳤었다.

이성열은 내 시선을 의식하자 어색한 웃음을 지으며 변명 비슷하게 말했다.

"일전에 청웅작전 때, 웬 빈집에 들어갔더니 이런 게 있더군요."

양지쪽이라 눈이 녹아 촉촉이 젖은 붉은 땅 위에 솔잎이 흩뜨려져 있고 엠원을 받쳐 든 이성열의 팔뚝 밑에 커다란 개미 떼가 줄을 지어 움직이고 있었다. 꿈속같이 고요했다. 나는 황과 김, 두 문화부 간부의 '가족주의'라는 비판이 문득 생각났다.

"이성열 동무, 전투행동 중에 책이 다 뭐야. 어서 집어넣어."

나직한 목소리로 내가 주의를 주자 그는 아무 말 없이 문고본을 주머니에 쑤셔넣고는 팔뚝 밑의 개미의 행렬을 잠시 멍하니 바라보고 있다가 입을 열었다.

"소대장 동무는 이해해주시리라 믿고 말씀드리는 겁니다만, 대체 우리가 지금 하고 있는 것이 뭔가요?"

"회의가 생겼다 이 말이지."

"네. 회의라면 좀 고상한 표현이구…… 어쩐지 자꾸 두렵군요, 요즘은. 제가 특별히 비겁해서 그럴까요?"

"죽음이 두려운 것은 수치가 아니야. 비겁은 결코 악덕이 아니고 말이지. 그게 정상이지. 죽음이 두렵지 않다면 그쪽이 비정상이고, 가식 아니면 정신이상이지. 비겁을 악덕처럼 만든 것은 전쟁이라는 필요악 때문일 뿐이지. 안 그래?"

"어쨌든 하루하루가 목숨을 건 생활 아닙니까? 자기 죽음에 뜻을 발견 못 하고 죽는다면 그야말로 뜻 모를 죽음 아닙니까? 무슨 '뜻'을 말입니다. 그게 납득이 안 간단 말입니다."

"조국과 인민을 위해서, 당과 수령을 위해서, 뭐 여러 가지 말이 있겠지만 난 그런 말을 이 동무에게 하고 싶진 않아. 다만 우리가 살기 위해서는 죽음을 거는 것도 부득이하다고 생각해둬. 우선은 말이지."

"살기 위해서 그것뿐이라면 아까 저쪽 능선으로 도망치던 노루나 마찬가지군요."

"우선 그렇게 생각해두잔 말이지. 전선에 선 병사는 그 전쟁의 목적을 생각해선 안 된단 말이 있지. 전쟁의 목적은 권력의 높은 곳에 있는 사람이 생각하는 것이고, 전투의 목적은 참모부의 높은 곳에 있는 사람이 생각하는 것이고, 병사는 오직 살아남기 위해 싸우면 되는 거야."

"하지만 사람이 노루와 다른 것은 사람은 어떤 목적의식이 있어 움직이는 점 아닙니까? 목적은 어떤 명분에서 찾을 수 있는 것이고……."

"사물엔 반드시 양면이 있듯 명분은 붙이기 나름으로, 쌍방 어느 편에나 있기 마련이야. 다만 분명한 것은 인간에게는 누가 누구를 위해 죽게 할 권리도 죽을 의무도 없다는 사실이지. 생명은 공평하게 누구에게나 하나뿐이기 때문이지. 이건 절대적인 공평이야. 병사가 전쟁이나 전투의 목적을 따지다간 싸움을 못 해. 이 동무도 어릴 때 불러봤지? '동양평화를 위해서라면 이 한 목숨 무엇이 아까우리요'라는 일본군가 말이야. 그런데 '동양평화를 위해서' 내가 왜 죽어야 하나? 이렇게 따져 들어가면 대답이 안 나와. 어차피 전쟁 자체가 비이성적 소산인데 병사가 거기서 무엇을 찾겠다는 건가?"

"그건 침략을 평화라는 말로 위장한 때문이죠. 사회주의 국가에선 뭔가 달라야 할 것 아닙니까?"

"체제가 다르다고 극한 상황에선 인간의 심리까지 달라질까? 어떻게 미화하느냐가 다를 뿐이지. 독·소 전쟁 때 한 붉은 병사가 돌격을 앞두고 죽음에 대해 자문자답하는 대목이 어느 소설엔가 있었어. 조국을 위해 이제 나는 죽어야 한다. 대체 조국이 무엇이기에 내 절대적인 목숨을 바쳐야 하나. 아무래도 나는 납득할 수가 없다. 그러나 조국이란 말과 함께 내 머릿속에 떠오르는 것은 자작나무 늘어선 아름다운 언덕, 그 고향의 산하를 나치스의 말발굽에서 지켜내기 위해서라면 나는 기꺼이 죽을 수 있다. 향토애는 조국애와 통한다는 이론이지. 조국의 구체적인 실체는 향토니까. 일본의 카즈키 야스오(香月泰男)라는 화가는 '병사에게 있어 전쟁이란 향수(鄉愁)와의 싸움'이라고 자기 체험을 말하고 있더군. 그 향수를 투지로 승화시키기 위해 작가는 붉은 병사가 죽음을 긍정하는 과정을 그렇게 미화한 것이겠지. 결국 인간이 자기 생명과 바꿀 만한 가치를 발견한다는 것은 쉬운 일일 순 없겠지. 그래서 권력은 병사를 사지에 몰아넣고 병사는 그 사지를 벗어나기 위해 싸우고 그렇게 되는 거겠지."

"하지만 이 전쟁은 '향토'와도 상관없고, 우리 대열은 권력의 강요와도 무관하잖아요? 만일 아까 적들이 정말로 포격을 해왔다면 우린 맞아 죽었을지도 모르잖습니까? 보잘것없는 바윗덩이 하나를 지키기 위해서 말입니다. 그렇게 그 바윗덩이를 지켜냈다고 해서 그 때문에 '인민'이 어떻게 된다는 건지…… 그렇다고 그냥 살기 위해서라면 내 자신이 너무나 비참하고 무가치하고…… 뭐가 뭔지 모르겠어요."

나는 공연히 짜증이 북받치는 것을 느끼며 약간 언성을 높였다.

"그만하지. 이 동무, 그게 인텔리의 나쁜 버릇이야. 그래서 인텔리가 설움받는 것 아닌가. 이 사회에서. 경우에 따라선 좀 바보가 돼야 해. 너무 심각하게 생각 않는 사람이 되자구."

"바보가…… 비겁하군요. 비겁하지 않기 위해 비겁해야 한다…… 글쎄요."

이성열은 엷게 웃으며 시선을 돌렸다. 저편 언덕 너머로 척후가 포복해 가는 것이 보였다.

"그럼 우리 이렇게 생각해두지. 어쨌든 남반부 땅에 혁명이 필요하다는 건 동무도 인정하지? 그렇지 않다면 나나 동무나 또 왜 그 수많은 사람들이 남반부 사회를 반대하게 되었나 설명이 안 되지?"

"그건 그렇지요."

"그런데 폭력에 의하지 않고 달성된 혁명이 없고, 총구멍에서 탄생하지 않은 정권이 없다는 것도 엄연한 사실이고 진리야. 반동적인 일본의 메이지 정권도, 미국 같은 자유주의 국가의 정권도 모두가 폭력으로 이루어진 것이 아닌가. 이 동무와 나의 총구멍 속에서 위대한 역사가 탄생된다면 목숨을 걸어도 될 보람 있는 일이 아닌가 말야."

나는 말을 끊고 척후가 돌아올 방향으로 시선을 돌려버렸다. 이성열은 약간 경멸하는 듯한 표정을 짓더니 말없이 고개를 들어 전면을 바라보았다.

"말 안 해도 알겠지만 누구한테도 다시는 그런 얘길 꺼내면 안 돼, 알지?"

"네. 죄송합니다."

우리가 탐색을 마치고 약담봉 진지에 돌아왔을 때 맹봉 사령이 거기서서 남쪽으로 강 건너 중주원 마을을 내려다보고 있었다.

중주원은 아수라장이 되어 있었다. 이른 아침부터 354고지에 붙어온 토벌군이 초소의 방어선을 무너뜨리고 중주원에 밀려들어 분탕질을 하고 있는 것이었다. 그 당시 소위 통비부락(通匪部落)은 군경의 보호권 밖에 있었다. 뒤에 말하겠지만 유명한 거창(居昌)사건 같은 것이 그 예였다. 아낙네의 울부짖는 소리, 개 소리, 닭 소리가 뒤범벅이 되어 강물 소리에 섞여 들려왔다.

우리들이 돌아오는 것을 보자 맹 사령은 손가락으로 땅을 찌를 듯 물 건너를 가리키며 외쳤다.

"사령부 코앞인 중주원에 적을 들여놨다는 것은 중대 문제다. 소대장! 곧 사격을 해서 놈들을 몰아내시오!"

장승 같은 거구에 노기가 충천해서 강 건너를 노려보며 버티고 서 있는 맹 사령의 모습은 마치 장판교의 장비를 연상케 했다.

소대는 즉시 중기를 걸어놓고 사격을 시작했다. 덮어놓고 마을에다 대고 쏠 수는 없으니까 집 밖으로 가끔 들쭉날쭉한 카키복을 포착해서 간헐적인 사격을 할 수밖에 없었다. 직선거리 약 7백 미터. 유효 사격거리는 아니며 그야말로 강 건너 불이니 별 위협 효과도 있을 것 같지 않았다.

"가만……."

맹 사령이 손을 들어 사격을 제지시키더니 연락병을 불렀다.

"빨랑 뛰어서 문화부 사령한테 가서 말이다. 사령부에 전화연락을 해서 말이다. 퇴로를 막는 거다. 내가 병단을 총동원해서 일중리 쪽으로 돌아 놈들을 습격한다."

"넷."

"아마 지금 먹걸리께나 퍼먹구 지랄들인 모양인데, 354만 확보하면 독 안에 든 쥐다. 한번 경을 쳐봐야지 요것들. 알겠나? 얼른 가! 그리고 2소대는 여기서 내려다보고 있다가 내가 일중리를 돌아서거든 중주원에다 대구 일제사격을 해. 양동(陽動)사격이다."

저런 불 같은 투지는 대체 어디서 나오는 것일까? 나나 이성열이나 차라리 저렇게 될 수 있다면 얼마나 다행일까?

이날 맹봉 사령의 기습은 성공하지 못했다. 독수리의 주력이 일중리로 진출했을 즈음에는 토벌군은 이미 중주원을 철수하고 미처 예비대가 도착하지 않은 노령고개를 넘어서고 있었다.

4. 가노라 회문산아

이별의 노래

그 무렵 어느 날 회문산 사령부의 연예대가 물구리를 방문했다. 어느 농가의 넓은 마당에 가설무대를 만들고 조명으로 모닥불을 무대 양옆에 피워놓고 기분을 냈다. 비번인 독수리 대원은 물론 그때까지 꽤 남아 있던 마을 사람들도 거의 다 모여와서 구경했다.

남녀 15명 정도로 된 연예대에는 얼마 전 소환되어 간 우리 소대의 강선구가 밴드의 지휘자 격으로 끼여 있었다. 아코디언과 하모니카를 반주로 해서 독창·합창·포크 댄스·촌극 등이 두어 시간 공연됐다. 그 중에서 독소전쟁 때 전선으로 나가는 소년병과 그의 애인이 이별하는 장면을 노래로 부르는 이사콥스키의 '콤소몰(소년단) 이별의 노래'라는 것이 인상적이었다. 남녀 한 사람씩이 나와서 노래로 대화를 나누는데 대강 이런 것이었다.

(합창) 원수들을 치러 서쪽 또는 남으로
(합창) 사랑하는 남녀 콤소몰 조국전쟁 전선에
(합창) 서로 이별할 때 소녀 손을 잡고서
(여성) 부상이면 가볍게, 죽음이면 순간에
　　　　그러나 내 가장 원하는 것은 하루 빨리 승리해 돌아오란 것이다.

(합창) 소녀 다시 묻기를

(여성) 무슨 부탁 없느냐?

(합창) 소년 씩씩하게

(남성) 부디 편지 써다오.

(합창) 소녀 애타게

(여성) 어디다 쓰란 말이오.

(합창) 소년 대답하기를

(남성) 써라. 어디건 써라.

여기서 노래는 끝나며 구경꾼들의 폭소와 박수 속에 막이 내린다. 내가 인상적이었다는 것은 그 당시 우리 사고를 지배했고 어느 면에서는 지금도 그 여운을 끌고 있는 군국주의 일본의 위선에 찬 사상교육을 다시 한번 생각한 때문이었다. '나라를 위해 죽어서 돌아오라'고 했던 대목이 '되도록이면 살아서 돌아오라'로 바뀌어 있는 것이다. 시간적으로 빨리, 싸움에선 승리하고, 몸은 무사하게 돌아오기를 바라는 것이 사랑하는 사람을 전선으로 보내는 소녀의 가식 없는 염원이 아니겠는가?

불행히도 부상을 입는다면 되도록 가볍게, 죽음을 당한다면 고통 없이 순간에……라는 것도 전선에 선 병사들이 한 번은 생각해보는 소망이다. '죽어서 돌아오라'는 가식에 찬 말보다 얼마나 인간미 있는 기원인가? 왜 우리에겐 위선이 미덕이어야 하는가?

연예대가 다녀간 며칠 후의 밤, 나는 문화부 사령의 호출을 받았다. 그해 겨울에는 유달리 눈비가 자주 내렸다. 그날 밤도 찬비가 억수처럼 퍼부어 어둠이 지척을 가리기 어려웠다. 나는 자동화기를 비에 적시는 것이 싫어서 대원의 99식 장총을 빌려 들고 문화부 사령의 숙소를 찾았

다. 좁은 고샅길은 무척 어두웠고 빗물이 도랑을 이루고 있었다. 어림짐
작으로 발을 옮겨놓다가 나는 고샅길 한 녘에 있던 뚜껑 없는 우물 속
에 빠져버렸다. 발이 허공을 디뎠다고 느낀 순간 얼음처럼 차가운 물이
목까지 차 올랐다. 우물은 깊이가 두어 길가량이나 되었고 돌로 쌓아
올린 벽에는 이끼가 심히 끼어 발 붙이기가 어려웠다. 다행히 99식 장
총을 들고 있던 덕으로 그것을 돌 틈새에 끼워가며 천신만고 끝에 헤어
나오기는 했으나 금세 전신에 오한이 오는 것 같았다.

이렇게 해서 문화부 사령의 숙소를 찾았더니 김여 문화부 사령은 황
대용 문화부 중대장과 심각한 표정을 짓고 무슨 의논을 하고 있다가 물
에 빠진 생쥐 꼴이 돼서 들어오는 나를 보고

"마, 몸이 너무 젖었으니 그 마루에 앉기요."

하고는 자기가 마루로 나와 앉았다.

"지금 동무 문제에 관해서 저 중대장 동무와 상의를 하고 있던 참인
데 대체 동문 어쩔 셈이요?"

"제 문제라니요?"

"아이, 이 동무. 그 박민자 동무완 어떤 관계에 있소? 솔직히 털어놓
기요."

'하하, 황대용이 또 무슨 농간을 부렸구나 싶었지만, 민자와는 아무런 떳떳지
못한 일도 없지 않은가?'

"털어놀 만한 일이 없는데요. 환자로서 치료를 받은 것밖에는……."

"없다 이 말이오? 좋소. 그럼 이 이게 무스게요? 뭐이, 그대는 나와
운명을 어쩐다고……. 이게 뭐이요, 무슨 시요?"

'아차, 민자가 그 종이쪽지를 빼앗겼구나. 그렇지만 그게 어디가 어떻단 말인가?'

"아아! 그거 말씀인가요? 그건 바이런의 시 한 구절인데요. 박민자

동무가 뭔가 적어달라기에 그냥 생각나는 대로 적어준 것뿐이지 별 깊은 뜻은 없습니다."

"바이요린이 뉘기요? 반동작가 앙이오?"

"글쎄 뭐라고 말씀드릴까요. 전 시에 대해선 잘 모릅니다. 볼셰비키는 아니겠지만 그렇다고……."

"마, 좋소. 문제는 어째서 이런 추잡한 연애시를 동무가 간호병 동무에게 적어주었느냐, 이거요. 이 이거 정말 골치 아프데이."

김은 황을 돌아다보며 정말로 골치 아픈 듯한 표정을 지었다.

"아까 말씀드린 대로 간호병 동무가 뭔가 적어달라기에 그냥 별다른 뜻도 없이……."

"바로 그 점이오. 요는 박민자가 왜, 뭣을 적어 달래느냐…… 알 만하오?"

이번에는 황대용이 나서서 말했다.

"시를 좋아하는 젊은 여성이 가끔 있습니다. 마 그런 게 아닌가 생각하고……."

"그렇담 박민자가 다른 동무한테도 시를 써달랜 일이 있을 것 아니오. 이거밖엔 없었던 모양인데, 갖고 있었던 게…… 그런데 왜 하필 동무에게만 적어달랬느냐……."

"……."

나는 더 이상 설명할 말이 없어서 잠자코 있었다.

"할 말이 없소?"

"네."

"내 말을 접수한단 말이오?"

"……."

"마, 이 문제가 생각하기에 따라서는 큰 문제요. 조국과 인민에 대해서 커다란 과오를 범했다 이 말이오. 지금 이 시기에 이런 조건하에서 연애를 일삼는다는 것이 말이오."

얘기가 매우 거창하게 비약했다. 그러나 여기서 내가 무슨 항변을 한다고 통할 리도 없고 이로울 것이 없다는 생각이 들었다. 무엇보다 물에 빠진 몸이 와들와들 떨려서 견딜 수가 없었다.

"지적하시는 것처럼 특별한 관계가 있었던 것은 절대 아닙니다만, 그런 걸 적어준 것은 간호병과 환자의 관계를 벗어난 제 과오였던 것 같습니다. 죄송합니다."

"과오였던 것 같다?"

"아닙니다. 제 과오였습니다."

"옳지 못했다는 것을 인정하오?"

"네."

"실은 지금도 황 동무와 의논하던 참인데 동무는 자기 과업에 대해서 비교적 충실한 편이오. 내 동무를 책벌하고 싶은 생각은 없소. 일부러 밤중에 살짝 부른 것도 그 때문이오. 이후에 다시는 그런 과오를 되풀이하지 않겠다면 이 문제는 덮어둘 생각이오. 어떻소?"

"다시는 그런 과오가 없도록 하겠습니다. 죄송합니다."

"나한테 죄송이 아니라 조국과 인민에게 죄송해야 하오. 깊이 자기비판하고 다신 이런 골치 아픈 일 안 만들기요."

나는 다시 어둠 속을 더듬으며 내 숙소로 돌아왔다. 내가 얼마나 비굴한 인간이었던가를 '자기비판'하면서…….

'민자는 무슨 책벌을 받지 않았을까? 민자, 무슨 일이 있어도 이를 깨물며 끝내 살아야 한다.'

베트레의 패주

몇 번째인가의 청웅 야습이 또 감행됐다. 청웅수비대의 선전(善戰)은 놀라웠고, 회문산 사령부의 집념도 끈질겼다. 다시 큰 눈이 내리고 난 며칠 후였다.

독수리병단은 백련산 기슭을 돌아 청웅 서북쪽 동산에서 대기하고 있었다. 청웅 동쪽 무제봉 중턱까지 진출해 잠복 중인 사령부의 기관포가 보루대를 때리는 것을 신호로 일제히 돌격하기로 되어 있었다.

나는 병단의 오른쪽인 고양골 어귀에 중화기를 배치하고 그 신호를 기다렸다. 바로 발아래 민가에서는 이 사나운 불청객들이 지붕이 닿을 만한 곳에 기관총을 걸어놓고 눈을 번뜩이는 줄도 모르고 무엇이 우스운지 가끔 왁자지껄 웃음소리를 내며 단란한 겨울잠을 즐기고 있었다.

사람의 행복이라는 것은 기준을 정하기에 달렸다고 하지만, 전쟁 전 같았으면 저기서 어찌 살랴 싶었을 납작한 초가삼간이 추위를 참고 어둠 속에 웅크리고 앉아 있는 그때의 내 눈에는 마치 지상천국처럼 행복하고 부럽게만 보였다.

이날 밤 자정이 넘어 기관포의 사격과 함께 막을 연 야습전은 보루대가 워낙 완강하여 근접을 못 하고 애꿎은 초가집 몇 채만 불태우고는 동이 트는 것과 함께 철수하고 말았다. 내가 참가한 청웅전은 이것이 마지막이 되었다.

산비탈을 타고 후퇴하기 시작한 우리 대열의 후미를 좇아가던 나는 그때 급사면을 수십 미터 미끄러져 떨어지는 바람에 하마터면 적중에 혼자 남겨질 뻔한 아찔한 꼴을 겪었다. 발에 두른 새끼줄에 눈이 엉겨 잔디 위에 눈이 덮인 급사면은 빙판보다도 미끄러웠다. 뒤에서 총탄은 날아오는데 5미터 올라가서는 10미터 미끄러지고 했으니 세상에 그처럼 몸이 달 수가 없었다.

아침 8시쯤 해서 무부에 돌아왔을 때는 몸은 넝마처럼 피곤하고 서 있어도 졸음이 저절로 왔다. 그런데 무부에는 회문산 사령부의 연락병이 기다리고 있다가 맹봉 사령에게 무엇인가 작전지시를 전달하는 모양이었다. 맹 사령이 고개를 끄덕이더니 나를 불렀다.

"동무. 좀 고단하겠지만 기포병단이 운남(구림면 소재지) 쪽으로 붙은 적을 공격하는데 중화기 지원을 하라는 거야. 천상 동무가 좀 가주어야겠어."

"네."

"이 연락병 동무가 안내할 테니까 안시내에 가서 아침을 먹고 말이오. 소총수는 물구리로 돌려보내고, 동무는 1소대와 3소대의 경기까지 맡아서 인솔하고 곧 출발토록 해요."

결국 중기 1, 경기 3의 자동화기 소대 15명을 임시편성해서 인솔하고 나는 사령부의 연락병을 따라 무거운 걸음으로 안시내로 향했다. 안시내에서 더운 아침밥을 얻어먹고 나니 피로와 졸음은 더욱 무겁게 덮쳐왔다. 물론 나뿐이 아니라 대원 15명 모두 몹시 지친 표정들이었다.

운남은 안시내에서 구림천을 따라 상류 쪽으로 10킬로미터가량 되는 거리에 있는 마을이었다. 대체로 베트레까지의 2킬로미터쯤 되는 협곡은 안전지구라 볼 수 있고 협곡을 벗어나면서부터는 행정력이 미치는 곳이라 우리에게는 위험지구였다. 그러니까 운남은 피아의 세력 각축점이 되는 셈이었다. 그쪽은 왜가리 동무의 '번개병단'과 '카투사병단'의 담당구역이어서 사정은 잘 알 수 없으나 운남 방면을 공격한다는 기포병단도 응원병력으로 동원돼 있었던 것이다.

나는 4중대 시절부터 회문산 동북면에서 행동해왔기 때문에 그 방면의 지리는 밝은 터였지만, 운남이 있는 서남 방면은 전혀 생소했다. 게 릴라 활동에서 지리를 잘 모른다는 것처럼 불안한 일은 없다. 그러나 운남 쪽으로는 기포가 엊저녁부터 행동을 하고 있고, 역시 우리처럼 어 느 병단에서 차출된 소병력이 우리보다 한 시간쯤 앞서 운남 방면으로 향했다는 말을 들었기 때문에 불안감은 별로 없었다.

마침 그날 아침부터 날씨가 확 풀려 봄날처럼 따스했다. 몸은 피로했 지만 처음 가보는 길이고 산악부락 근처부터는 깎아지른 산협의 풍치 가 절경이어서 우리는 차츰 소풍이나 가는 것처럼 한가로운 마음이 되 어 허튼소리를 나눠가며 천천히 행군을 계속했다.

베트레서부터 산협은 개울물을 따라 S자 굴곡을 이루고 있었다. 그 굴곡을 벗어나자 앞이 탁 트이며 좌우로 낮은 야산이 이어졌다. 길이 왼편 산 밑으로 나 있기 때문에 바른편 야산줄기까지 2백 미터가량의 평지가 논밭으로 되어 있었다. 제대로 하자면 S자 굴곡을 벗어나면서부 터 위험지구니까 정찰을 앞세웠어야 했지만 모두 지쳐 있는 데다 우리 앞을 우군이 행군하고 있다는 안도감 때문에 그냥 방심하고 잡담을 해 가며 늘어진 걸음을 옮겨놓고 있었던 것이다.

굴곡을 벗어나 그렇게 십여 분을 걸었을 때 바른편 야산줄기 등성이 에서 사람 그림자가 점점이 나타나는 것이 보였다.

'기포병단이 저 능선에 포진하고 있는 것일까? 운남은 아직 멀었을 텐데…… 그건 좀 이상하다. 토벌대가 우군의 행군 사이로 끼어들어온 것이나 아닐까? 그렇 다면 앞서 간 소부대와 조그만 충돌이라도 있었을 텐데, 총소리 한 방 들리지 않았 다. 능선의 인원수로 보아 앞서 간 소부대는 분명 아닌 것 같은데…… 그렇다면?'

우리가 잠시 주춤하고 있는 사이 능선의 사람 그림자는 빠른 속도로 이편으로 움직이는데 그 점이 사뭇 계속되어 순식간에 2백 명은 됨직한 수로 불어났다. 기포보다도 많은 숫자였다.

'적이다!' 하고 속으로 생각한 순간이었다. 일시에 산이 무너지는 듯한 굉음이 들려왔다. 수백 정의 각종 총구가 우리 15명을 향해 일시에 불을 뿜기 시작한 것이다.

아차! 하는 순간, 우리의 행로 전방의 왼쪽 능선에서도 총성이 요란스럽게 일어났다. 적어도 3백 이상의 토벌군에게 반원형으로 포위당한 것이었다.

실수를 생각할 겨를도 없었다. 솔직히 말해서 혼비백산해버린 것이다. 화기를 배치해서 응사할 여유 같은 것은 없었다. 아니 여유가 있었는지 없었는지 판별할 겨를도 없이 대오는 순식간에 흩어져 바로 길 왼편에 보인 서너 채의 빈집으로 뛰어들었다.

빈집의 흙벽이 수수깡처럼 부서지며 흙먼지를 일으켰다. 빠질 구멍은 그 서너 채의 집 뒤로 이어진 골짜기뿐이라는 지형판단을 하면서 "집 뒤로 뛰어라!" 하고 소리쳤다. 만일 거기서 응사를 시작한다 해도, 몇 분 후면 뒷골짜기의 퇴로마저 차단되어 '독 안에 든 쥐' 꼴이 될 형편이었다. 촌각의 여유도 없었다.

내가 뛰어든 집 뒤꼍에 흙담이 있었다. 그 담을 뛰어넘어야 골짜기로 빠지는데, 얼핏 보니 왼편 능선에서 내리쏘는 탄환이 흙담에 맞아 퍽퍽 소리를 내며 먼지를 일으키고 있었다. 높이도 2미터는 돼 보여 도저히 무사히 뛰어넘을 수 있을 것 같지 않았다. 밖으로 돌아가자니 전신이 노출되어 당장 사상자가 날 것이 틀림없었다. 토벌대는 물밀듯 다가오고 있으니 주저하고 있을 사이가 없다. 이때 내 옆에서 중기의 방탄판을 짊어진 변(邊)이라는 대원이 내달아 기합 소리와 함께 그 육중한 강철덩이를 흙담에 부딪치며 등으로 힘껏 밀어냈다.

정신일도면 금석을 뚫는다더니 그 순간 한 발가량의 흙담벽이 소리를 내며 무너졌다. 울안에 갇혔던 대원들이 그 틈새로 총알처럼 빠져나와 골짜기를 타고 숨이 끊어져라 뛰었다. 적탄은 그 뒤를 쫓아 그야말로 우박처럼 퍼부어졌다. 기총 소리와 엠원의 연발음이 기묘한 조화를 이루며 울렸다. 그 소리는 어떤 때는 삼삼칠·박수처럼 리드미컬하게 들렸다. 나는 앞서 가는 대원에게 소리쳤다.

"먼저 능선에 올라서는 대로 엄호사격하라!"

그러나 입 안의 침은 바짝 말랐고 풀 같은 점액이 목구멍을 가로막아 혓바닥이 말을 듣지 않았다.

"엄호사격하라! 경기 걸어라!"

혀 꼬부라진 반벙어리 소리로 다시 외쳤을 때, 내 옆을 뛰던 변 대원이 '옥' 소리를 지르며 곤두박질쳤다.

"맞았나?"

변은 다시 일어나려고 발버둥을 쳤으나 육중한 방탄판의 무게 때문에 마치 제켜놓은 자라 같은 형국을 하고 허우적거리고 있었다. 나는 달려들어 방탄판의 멜빵을 벗겨 던지고 변을 일으켜 세웠다. 그러나 그는 서지 못했다. 바른쪽 발이 복숭아뼈께서부터 석류처럼 부스러져 있었다. 나는 방탄판을 버려둔 채 변을 떠메고, 아니 질질 끌며 다시 뛰었다.

"아이구메, 안 되겠어라우."

"정신 차려! 조금만 더 가면 된다. 조금만 참아라!"

골짜기 마구리가 되는 등성이에 재빨리 올라선 대원 두셋이 경기로 엄호사격을 시작했다. 뒤이어 한두 명씩 등성이를 넘어서는 것이 보였다. 나도 마지막 안간힘을 써서 변을 끌고 기어이 등성이를 넘어섰다. 털썩 주저앉은 채 인원을 점검해보니 낙오자는 다행히 없었다.

변과 또 하나 어깨에 총상을 입은 대원을 등성이 너머 사각에 눕혀놓고 즉시 반격을 시작했다. 금세 목덜미가 잡힐 것처럼 느껴졌던 토벌군은 사실은 거기서 2백 미터쯤 저편의 능선에서 사격을 하고 있었다. 워낙 혼비백산하는 바람에 적이 얼마만큼 접근해 있는지도 가늠하지 못했던 것이다. 자신이 생각해도 한심스러운 일이지만 사람이 공포상태에 빠지면 그렇게 돼버리는 것이다. 10분가량을 그 거리를 유지한 채 사격을 교환했으나 토벌군은 더 이상 접근하려는 기색이 없었다.

우리가 올라선 곳은 S자 굴곡을 바로 뒤로 내려다보는 벼랑 위였다. 구림천 때문에 뒤는 협곡이 되고 앞은 완만한 야산을 이루고 있었다. 그 협곡은 이미 군경이 발을 들여놓은 적이 없는 회문산 사령부의 지배 영역이었다. 나는 우선 행동에 지장이 될 두 부상자에게 소총수 하나씩을 붙여 안시내로 내려보내고 나서 다시 20분가량을 대치한 후 은밀히 나머지 병력을 끌로 벼랑을 내려섰다.

(국방부가 펴낸 『공비토벌사』에 의하면 이날 우리가 만난 토벌부대는 일명 '화랑사단'이라고 불리던 국군 제11사단의 연대병력이었다.)

물구리의 '반동 숙청'

구림천 개울가에 내려와 물을 마시며 숨을 돌리고 있는데 5∼6명의 정찰대가 물아래 쪽에서 올라왔다. 그중의 조장인 듯한 사나이가 걸음을 멈추며 말을 걸어왔다.

"기습을 당했제라? 조 아래서 부상한 동무들 만났는디, 욕들 보셨구만이라."

"네, 아주 혼이 났습니다. 어디들 가시죠? 적정이 대단한데……."

"총소릴 듣고 정찰 나가는 참인디, 인자 동무들 만났응께 그대로 돌아가 보고할 참이제라."

그 사람도 개울가에 앉아 담배를 말아 물었다.

"동무들 어느 병단입니까?"

"우린 벼락인디오, 잉. 시방 성미산 쪽에두 적정이 붙어 야단이제라. 좌우당간 또 대공세가 시작된 모양이요, 잉."

우군을 만나니 우리 대원들은 마음이 든든해진 모양으로 밝은 표정들이 되어 서로 담배를 권해가며 담소를 나누고 있었다. 그러나 내 마음은 말할 수 없이 무거웠다. 두 사람의 중상자를 내고 중기의 중요부품을 잃어버린 것이다. 돌아가 책임을 추궁당할 일을 생각하니 앞이 캄캄했다. 상황이 부득이했다고는 해도 기습을 당한 것은 역시 실책이며 병기를 빼앗긴 것은 황대용에게 좋은 공격 구실이 된 것이다. 나는 단단히 각오를 하고 그 벼락병단의 정찰대와 같이 안시내로 돌아왔다.

안시내에서는 백암 사령과 그 막료들이 길가에 둘러서서 성미산 미륵정이의 방어전을 지휘하고 있었고, 사령부의 작전참모 적성 동무의 모습도 보였다. 나는 적성 동무에게 기습당한 경위를 보고하고는 실책을 솔직히 사과했다. 적성 동무는 혀를 끌끌 차면서

"얘긴 아까 부상한 동무들한테서도 대강 들었지만서두 문제는 기포의 화기지원인디, 잉. 천상 운남까지 진출할 도리가 없다 이 말이시, 잉."

"네, 억지로 가려면 전멸하는 수밖에는 없을 거 같습니다. 적정이 워낙 대단합니다."

"거 참. 이거 기포가 협공당하게 생겼는디. 야단이시. 쯧쯧."

적성 동무는 잠시 벼락 사령과 무슨 상의를 하고 나더니

"사실은 지금 이 미륵정이도 야단이 났는디. 도리 없응께. 우선 여기 구멍을 좀 막아줘야 쓰겠단말시."

하면서 미륵정이 벼랑 팔부능선께에 보이는 선반 같은 바위를 가리키며, 그곳에 올라가서 예비대로 대기하면서 쉬고 있으라고 지시를 내렸다. 우리는 다시 눈 덮인 벼랑을 기어올라 지시된 위치에 웅크리고 앉아 머리 위에 작열하는 박격포탄과 2중탄 소리를 들으면서 엊저녁부터 못 잔 잠을 잤다. 어두워진 후에야 우리는 안시내로 소환되어 원대 복귀를 허락받았다. 그런데 어깨를 늘어뜨리고 물구리로 돌아온 우리를 놀라운 뉴스가 기다리고 있었다.

우리가 베트레에서 기습을 받던 그 시간에 물구리가 습격을 받아 황대용 문화부 중대장을 위시한 대원 6명이 전사한 것이다. 1·2소대의 남은 병력은 약담봉 초소에 올라가고 3소대의 10여 명과 병단본부 요원이 물구리에서 엊저녁 못 잔 잠을 자고 있는데, 갈담 방면으로부터 토벌군 백여 명이 강변길을 타고 기습을 해온 것이다.

엉겁결에 약담봉 쪽으로 뛴 대원은 살아남고 강가로 달아난 6명은 징검다리 근처에서 모조리 사살되고 말았다는데, 그 6명 중에 황대용과 마침 무부에서 연락 차 와 있던 허인선이 끼어 있었던 것이다.

약담봉 초소에서는 바로 발아래인 강변길이 내려다보이지 않았다. 그래서 나는 항상 토벌대가 약담봉을 비켜두고 강가길로 침투해 온다면 물구리까지 감쪽같이 올 수 있지 않나 하는 불안감을 느꼈었고, 그래서 그런 의견을 지휘부에 말한 일도 있었다. 그러나 황대용 문화부 중대장은 코웃음을 쳤었다.

"약담봉 고지에 병력이 있는데 적이 어떻게 그 밑으로 침투한단 말이오. 이건 전혀 전술을 모르는 소리요."

바로 그 허점을 토벌군이 이용한 것이다. 말하자면 상대방의 의표를 찌르는 '피실격허'의 게릴라 전법을 군경 측이 써먹은 것이다. 다만 약담봉 초소에서 물구리의 총성을 듣고 퇴로를 차단하려 들었기 때문에 토벌대는 마을을 소각할 여유 없이 황급히 철수해버린 까닭에 집들만은 무사했다.

이 소동 바람에 나의 베트레의 실책은 거론도 안 되고 넘어가버렸다. 그 극성스럽던 문화부 중대장 황대용과 그의 애인임이 분명한 허인선 여인이 그야말로 한날한시에 숨진 것도 무슨 기연인가 싶어 창연한 마음까지 들었다.

그즈음 물구리에서는 '악질반동 숙청'이라는 '사업'이 진행되었다. 정찰대를 중심으로 그 지방 지리를 잘 아는 대원들이 두셋씩 짝이 되어 밤중에 몇십 리 밖 마을까지 나가서 '악질반동'으로 지목된 민간인을 납치해오는 것이었다. 납치조는 흰 수건, 흰 두루마기로 위장하고 눈 속을 기어서 마을에 들어가 옆집도 모르게 감쪽같이 미리 작성된 명단에 오른 '반동'을 납치해서 물구리까지 끌고 왔다. 때로는 수십 킬로미터 밖까지 '원정'을 나가는 모양이었다.

어느 날 밤 나는 맹봉 사령 숙소에 무슨 볼일로 갔다가 마침 성 정찰대장조에 의해 끌려온 '반동'이라는 사람이 심사를 받고 있는 것을 보았다. 마흔쯤 돼 보이는 그 사내는 이미 죽을상이 되어 와들와들 떨고 있었다. 김여 문화부 사령이 대충대충 심문을 했다.

"네가 지난 여름에 후퇴하는 인민군 동무 셋을 꾀어다가 재워주는 척하고 총을 뺏고 묶어서 지서에 넘겨준 놈이라지?"

"그게 아니라요. 인민군 동무를 몰래 재워줬는디, 워츠게 지서에서 알고 들이닥쳐 잡아갔어라우."

"인마, 거짓말한다고 통할 것 같아? 또 있어. 우리 동무들 가족을 달달 볶으며 못된 짓이나 하고 다니고…… 입산자 처자식이면 맥도 없는 줄 알아? 일일이 들어볼까?"

"아이구 아니제라. 제가 인민군 들어왔을 적에 얼마나 열성적으로 협력한 사람인지는 동네 사람한테 물어보시면 알 것이구만요."

"그래서 국방군이 들어오니까 벌 받을까봐 아첨하느라구 설치고 다닌 것 아냐? 조사가 다 돼 있어. 어때?"

"아이구 아니라요. 상천이 조람하신데 워츠게 감히 거짓뿌리할 수 있당가요. 동무요."

"동무? 내가 왜 네놈 동무가 돼. 곧 죽어도 문자나 쓰고 있는 걸 보니 정신 차리긴 틀렸어. 아무튼 알았어. 성 동무! 좀 밖에 끌고 나가 있기요."

문화부 사령이 야전전화로 회문산 사령부에 보고를 하고 지시를 청했다. 죄상이 뚜렷한 '악질반동'으로 만들어 보고를 하니 사령부의 지시는 뻔했다. 문화부 사령은 성 조장을 불러 손가락으로 가슴을 찌르는 시늉을 해 보였다.

"알 만합니다."

성 조장이 나가더니

"넌 인마! 운수가 좋은 놈이야. 돌려보내라는구먼. 이리 와!"

하는 소리가 들려왔다.

며칠 동안에 대여섯 명의 '반동'이 이렇게 처단되었는데, 모두가 국군수복 당시 인민군 낙오병이나 특히 부역자 가족에게 위해를 가하거나 가혹행위를 한 데 대한 보복이었다.

회일색(灰一色)의 용골산

물구리의 생활도 끝이 날 날이 왔다. 대·소한 무렵의 어느 날, 도당 사령부 직접 지휘하에 물구리에서 동남방 10여 킬로미터 거리에 있는 동계면(東溪面)지서 습격전이 벌어졌다.

지서가 있는 현포라는 마을은 그리 크지는 않으나 순창읍이 가깝고 국도가 통해 있는 관계로 독수리와 기포, 양 병단 외에 당시 세력 좋기로 도내에서 유명하던 남원군당 유격대가 처음으로 협동작전에 동원되는 등 상당한 대비를 했다.

이 작전의 주임참모는 인민군의 연대참모였다는 대위 계급장을 단 강철이라는 군관이었다. 짤막한 키에 어딘가 애티가 가시지 않은 이 20대의 청년장교는 마치 전쟁놀이라도 하는 듯 즐거운 표정으로 자못 의기가 충천해 있었다. 강철은 후일 독수리병단이 증강되면서 병단참모장이 된다.

현포를 오 리쯤 앞둔 어느 초등학교 마당에 집결한 작전부대의 간부를 모아놓고는 그는 뒷짐을 지고 일장 연설을 했다.

"제관들이 알다시피 소련 볼셰비키는 혁명과정에서 우리보다 훨씬 더 어려운 조건하에서 싸워 승리했다. 혁명이 성공할 듯이 보인 단계에서 외국 반동세력들의 무력간섭이 시작되었으나 볼셰비키는 그것을 물리치고 마침내 혁명을 승리로 이끌었던 것이다. 볼셰비키당사는 우리의 투쟁의 행로를 그대로 예언해주고 있다. 우리가 승리 일보 전에 외세의 무력간섭을 맞이한 것도 바로 그것이다. 그 외세와 싸워 끝내 승리할 것이라는 것도 당사가 가르치는 바와 같이 의심할 여지가 없다. 더구나 우리는 지금 세계 각국의 무기로 무장되어 있다……."

아닌 게 아니라 우리는 서로 총알이 맞지 않는 잡다한 무기로 무장하고 있다. 그것을 이 청년이 그렇게 그럴싸하게 표현하는 것을 들으며 말이란 하기 나름이로구나 생각하면서 속으로 웃었다.

그렇게 어마어마하게 막을 연 동계지서 습격전은 실로 어이없이 끝나버렸다. 이 작전에서 독수리는 순창읍으로 면한 현포리 남쪽 동산을 점거 장악하고, 남원군당 부대가 지서의 보루대를 공격하기로 되어 있었다. 남쪽 동산에 올라가보니 수비병력은 없고 튼튼한 참호진지가 구축돼 있었다. 그런데 현포 마을을 수비하기 위해 만들었을 그 진지가 어찌된 셈인지 마을을 공격하기 좋도록 사격위치가 만들어져 있고 보초 한 사람 없었다. 난센스에 가까운 실책이었다.

그 동산 진지에서 지서를 향해 독수리가 한바탕 집중사격을 퍼부은 후 남원부대가 함성을 지르며 보루대에 육박하자 수비경찰대는 불과 1〜2분의 저항이 있은 후 어둠을 타고 북쪽 논밭으로 빠져 도망을 치기 시작했다. 청웅보루대의 그 완강하던 저항에 비한다면 실로 어이없기 짝이 없었다.

어둡기도 하고 춥기도 무척 추운 밤이었지만 보루대에 불길이 오르고 남원부대의 승리의 함성 소리가 울려 퍼지자 모두들 신바람이 나서 마을로 뛰어 들어갔다.

나는 그날 저녁 생전 처음 신어본 짚신 때문에 얼어붙은 발가락이 발을 옮겨 디딜 때마다 칼로 베는 것처럼 쓰리고 아파서 기관총수를 데리고 호 속에 그냥 머물러 있었는데 느림보 마 동무가 술냄새를 풍기며 회색이 만면해서 돌아오더니 담배 한 갑을 봉창에 쑤셔넣어주었다.

"마 동무, 술 먹었구나, 빨치산에겐 술이 사약이라잖나?"

"예, 마, 눈에 띄는데 어쩝니까? 춥기는 하구요. 용서하세요. 가끔 이런 재미라두 있어야지……."

나는 원래 술을 못하니까 알 수 없지만 술을 좋아하는 사람이라면 그럴 수도 있을 것 같았다.

동계작전을 끝내고 회문산으로 돌아오는 도중 독수리병단은 용골산

(龍骨山)에 눌러 있게 됐다. 동계지서에서 동심리 골짜기를 십 리쯤 올라오면 바로 용골산이니까 회문산 동남방의 외떨어진 전초가 되는 셈이었다. 그곳에서는 회문산도 잘 보이지 않았다. 독수리는 거기서 아지트 생활을 시작했다.

나는 이 용골산 시절을 회상하면 언제나 눈에 묻힌 거친 산야와 스산한 서북풍만이 떠오르곤 한다. 눈에 띄는 것도 마음속도 오직 황량한 회일색의 시간이었다. 우리는 그날(박민자와 같이 탈출한 날) 이후, 폐허가 된 월치 마을 가까운 산기슭에 산죽을 베어 초막을 엮었다. 땅 위에 'ㅅ'자형으로 엮어 세우는 빨치산의 초막은 서까래를 못 쓰기 때문에 아랫도리는 으레 허공이었다. 더구나 불기 없는 산죽초막은 별로 어한의 도움이 되지 못했다. 밤이면 얼어붙은 땅바닥 위에 새우처럼 웅크리고 누워, 엉성한 산죽지붕 사이로 불어드는 눈바람을 견디며 날 밝기를 기다렸다. 하지만 동이 트기가 무섭게 들려오는 것은 얼어붙은 공기를 꿰뚫는 토벌군경의 총소리였다.

차라리 보급투쟁을 나가 걸으면서 새우는 밤이 나았다. 그러나 밤을 새우고 돌아와도 편히 쉴 잠자리는 없었다. 표고 340미터의 용골산은 밥공기를 엎어놓은 것처럼 산 모양이 단순할 뿐만 아니라 외떨어진 봉우리가 돼서 언제나 사면 방위의 태세를 갖추고 있어야 했다. 소나무가 다소 있었으나 눈에 덮인 지표에는 사람 하나 은신할 만한 그늘이 없었다. 초막 아지트는 사흘이 멀다 하고 토벌군에 의해 불태워졌다.

우리는 이 용골산에서 이곳저곳 아지트를 옮겨가며 가끔 삼계면 쪽으로 보급투쟁을 나가는 것 외에는 거의 매일처럼 달라붙어 오는 토벌군과 교전해야 했다. 동계지서 습격 이후 이 방면에 군경부대가 대폭 증강된 모양인지 언제나 압도적으로 우세한 토벌대가 파상적으로 밀려왔다.

전쟁을 하는 병사에게도 권태기라는 것이 분명히 있다. 누구나 처음으로 적과 마주쳤을 때는 가슴이 설레고 짜릿한 흥분 같은 것을 느끼는 법이다. 그러나 두 번, 세 번 전투를 거듭하고 나면 그런 흥분은 사라지고 대신 이상한 공포감과 염증이 오기 마련이다. 나에게 있어 이때가 바로 그러한 권태기였는지도 모른다.

나는 여기서 귓전에 와 작열하는 2중탄의 공포를 싫도록 맛보았다. 총소리가 들리면 조건반사처럼 뛰어 일어나면서도 '또냐' 싶은 생각에 진저리가 쳐졌다. 이윽고 귓전에서 '짝! 짝!' 날카로운 파열음을 내며 2중탄이 터지기 시작하면 도무지 적의 사격방향이 어딘지 거리가 얼마쯤인지 갈피를 잡을 수 없게 되었다. 적이 금세 목덜미를 잡을 것 같은 착각과 공포감이 닥쳐왔다. 우리는 이것을 딱꿍총이라고 불렀다. 발사음과 2중 작열음이 '딱꿍' 하고 2단으로 들려왔기 때문이다. 후일 나는 군경이 아식보총을 딱꿍총이라고 부른다는 말을 들었지만 아식보총에는 2중탄을 사용한 일이 없는 것으로 안다.

교전이 잦다보니 불을 못 때고 생쌀을 씹어 허기를 채우는 수가 많았다. 생쌀을 씹고 얼음 땅에 누워 자니 배탈 나기가 맞춤이었다. 빨치산에게 배탈이란 사치스러운 병이었다. 얼마큼 숙련된 후로는 생쌀을 씹어도 배탈을 일으키는 사람이 없었지만 용골산 초기에는 물구리에서의 민박생활 끝이어서 그랬던지 자주 배탈들을 일으켰다.

그런데 이 배탈에 신묘한 비방이 있었다. 소총탄 한두 개를 헐어서 그 속에 들어 있는 누에씨 같은 화약을 꺼내 먹으면 직효였다. 총탄마다 폭약의 모양과 효능이 약간씩 달라 무슨 탄이 제일 잘 든다는 소문까지 났다. 하두들 총탄을 까먹으니까 나중에는 금지령까지 내려졌다.

허리춤을 훑어 이가 세 주먹 이상 나와야 진짜 빨치산이라는 말이 있었다. 실제로 누구나 손을 사타구니 속에 넣고 훑으면 한 움큼씩 이가 잡혀 나왔다. 틈만 있으면 이 잡는 것이 일이지만 손으로 잡아내는 정도 가지고는 표도 나지 않았다. 옷을 벗어 모닥불에 쬐면 이가 숭글숭글 움직였다. 그것을 회초리로 털어내는 것이다. 그러나 씨를 말릴 수는 없으니까 하루 이틀 지나면 도로 마찬가지가 되었다. 결국 이가 완전히 소탕되는 것은 시체가 되었을 때뿐이다. 숨이 끊어지고 체온이 식기 시작하면 이들이 모두 밖으로 기어 나와 싸래기를 뒤집어쓴 것처럼 되었다. 그런 끔찍스러운 모습을 보면 나는 언제나 자신의 운명을 생각했다. 그러나 이 시기까지는 전사자가 생기면 모양만이라도 그 시체를 묻어주는 여유가 있었다.

어느 날 우리는 전에 없던 강력한 토벌군의 습격을 받아 쫓기고 쫓긴 끝에 원통산 줄기에 이르렀다. 그 등성이에서 오랜만에 회문봉이 바라보였다. 때마침 회문봉은 항공기의 총폭격을 받고 연기 속에 몸을 떨고 있었다. 몇 대의 무스탕기가 빙빙 돌며 회문봉을 번갈아 강타하는 것이 멀리 바라보였다.

모두들 눈앞의 적을 잠시 잊고 그것을 보고 있었다. 우뚝 솟은 한 개의 봉우리에 대한 그 폭격은 처참할 만큼 집요하고 가혹한 것이었다. 이윽고 항공기가 사라지고 연기가 서서히 걷혔을 때, 풀 한 포기 안 남았을 성싶던 회문봉 마루턱에서 철판을 두드려대는 것 같은 기관포 소리가 한바탕 울려 퍼졌다. 회문봉은 건재하다는 것을 과시하려는 듯이……. 간을 조이며 바라보고 있던 원통산의 초췌한 대열 속에서 예기치 않은 박수 소리가 터졌다.

용골산에 대한 나의 추억이 그처럼 스산한 데는 또 하나의 원인이 있었다. 어느 날 밤 동계면 쪽으로 뻗은 어치리 능선에 매복을 나갔던 대원 5명이 토벌대의 기습을 받아 4명이 죽고, 한 명만이 부상을 입은 채 살아 나온 사건이 일어났다.

매복조는 병단사령의 지시로 중기를 가지고 갔었는데, 새벽녘에 배들은 고프고 추위는 심하고 하니까 중기 속에 부동액 대신 채워둔 소주를 빼먹은 것이었다. 소련제 수냉식 중기에는 5리터의 냉각수가 들어간다. 두 되 반 꼴이다. 그만한 소주를 다섯이서 공복에 나눠 마셨으니 온전할 도리가 없었다. 오들오들 떨며 밤을 새운 피로가 한꺼번에 엄습해온 데다 정신까지 몽롱해져 그만 모조리 잠이 들어버린 것이다.

중상을 입고 살아남은 대원의 말에 의하면 자기는 의식이 몽롱한 중에도 토벌대가 접근해오는 것을 알고 사격을 하려 했으나 사지가 마비되어 몸을 가눌 수가 없었다는 것이었다. 워낙 오랜만에 마신 술이라 그렇게 나가떨어져 버렸는지도 모른다. 살아 나왔다고는 해도 저지른 과오가 너무나 커서 처형해버려야 한다는 논의가 당연히 나왔으나 맹봉 사령의 배려로 결국 히여터 병원으로 후송하는 것으로 끝났다.

소주를 빼먹자고 먼저 제안한 것은 매복조의 일원으로 따라갔던 느림보 마 동무였다. 나중에 채워 넣으면 되니까 어한으로 한 모금씩만 하자고 한 것이 결국 그런 참극을 빚게 한 것이다. 물론 마 청년도 죽었다. 부흥리전투 때 엠원에 고장을 일으켜 사색이 됐던, 고교 졸업반 학생 안 소년, 그리고 역시 부흥리서 부상을 입고 총을 빼앗겨 말썽이 됐던 지 소년도 이날 아침 전신이 벌집처럼 부스러져 죽었다. 마도, 안도, 지도 결국은 빨치산이 몸에 밸 수 없었던 자유 소시민의 하나였던 것이다. 그러면서도 '맞아 죽고 얼어 죽고 굶어 죽는다'는 빨치산의 운명에 순종할 수밖에 없었던 것이다.

황계뜸의 통신분사

지난해 초가을 구림면 엽운산에서 4중대로 출발했던 나의 소대원 16명은 죽고 부상하고 소환되고 하여 이제 7명만이 나와 함께 남아 있었다. 그 7명과도 필경은 작별할 날이 왔다. 어느 날 회문산 사령부의 선요원(線要員)이 사령부에서 나를 소환한다는 명령문을 갖고 온 것이다.

나는 선요원한테서 그 소식을 들어 알고 있었는데 문화부 사령은 나에게 아무 기별도 해주지 않고 있다가 사흘 후에야 그의 초막으로 나를 불렀다. 나를 대하는 김여의 기색이 매우 언짢았다.

"사령부 무선통신과에서 동무를 보내라는 연락이 왔소."

"네?"

"알고 있었소? 혹시 동무가 무슨 공작을 한 거 앙이오?"

"첨 듣는 얘깁니다. 제가 어떻게 공작을 합니까?"

"흠, 동무 희색이 만면한데 대열을 떠나는 것이 그렇게 기쁘오?"

"기쁘고 싫고가 있습니까. 명령에 따를 따름입니다."

"필요하다면 내가 동무의 소환을 거절할 수도 있소. 허나 마, 더 묻지 않고 보내기로 하겠소. 어딜 가나 열성적으로 사업하기요."

"네."

"오늘 선요원이 올 테니까 준비하고 있다가 따라가기요. 무장은 놔두고 말이오."

"알겠습니다."

나는 문화부 사령의 초막을 나오면서 후유 하고 한숨을 쉬었다. 만일 문화부 사령이 공연한 오기를 부려 나의 사령부 전출을 거부한다면 그는 후일의 말썽을 없애기 위해 반드시 나를 사지로 몰아넣고 말 것이었기 때문이다.

출발 준비라야 대원들과 작별인사를 나누는 것 외에 할 일은 없었다. 나는 우선 맹봉 사령관에게 전출신고를 한 후 소대 초막으로 돌아갔다. 내가 맹 사령을 본 것은 그것이 마지막이었다. 다만 52년 여름 완주군 모래재 화산교(花山橋)라는 다리목 도로를 건너다 경찰 매복조에 걸려 사살된 남녀 빨치산이 있었는데 그 남자의 시체가 조사 결과 맹봉이었으며, 여자는 임신 중이었다는 얘기를 훗날 전투경찰로부터 들은 기억이 있다. 강원도 춘천에서 태어난 이 남녀는 오대산 이래 그 거칠고 긴 세월을 전라도의 산 속에서 나란히 마친 것이다.

약담봉 시절 어느 날 그는 한담 끝에 "대개 좀 미련한 놈이 용감해" 하고 중얼거리다가 아차 실언했다는 듯 나를 보고 씩 웃어버린 일이 있다. 일종의 쾌남아형이면서 가끔 가식 없는 인간미를 풍기는 그런 사나이였다.

나는 손때 묻은 따발총을 이성열 분대장에게 인계하고 일곱 명 대원에게 어떤 고난이 닥쳐와도 참고 견디어 어느 날 그들 어버이 곁으로 고이 돌아가달라고 당부했다. 14개의 눈동자가 벌겋게 물드는 것을 뒤로하고 나는 선요원의 뒤를 따라 서북풍의 용골산을 떠났다.

독수리병단과 나의 인연은 이날로써 영원히 끝난다. 그러나 내가 통신사로 소환돼 간 이후 독수리병단에는 많은 변화가 있었다. 우선 4중대장 최인찬은 고향인 정읍군당으로 전속되고 나의 후임으로는 쌍치면 출신의 노병서라는 청년이 보임됐다. 그 노병서는 1소대장 민병서와 전후해서 전사했으니, 발족 당시의 4중대 간부는 모두 없어진 것이다. 노병서는 갈재전투에서 분전하다 전사했는데, 소대원들은 그의 무덤을 만들고 '인민전사 노병서의 무덤'이라는 나무 묘비를 세워주었다고 한다. 노병서 소대장은 전주에서 신문사의 식자공으로 있던 사람이며 산중에서 많은 시를 남긴 무명시인이었다. 민병서 소대장은(후술) 이듬해 3월 회문산이 실함되는 날 전사했다. 이때 독수리병단은 국군의 총공격을 저지하기 위해 엽운산 방면에 투입됐는데, 중대장이 전사하자 1소대장 민병서가 대신 중대장으로 보충됐고, 이튿날 중대가 거의 전멸하면서 민도 전사했다고 한다.

한편 독수리병단에는 우리 4중대 외에 1중대(중대장 이재영)와 5중대(중대장 김동일)가 보강됐는데, 그 5중대 문화부 중대장이 회문산 기슭 지동 부락에서 도피 중인 경찰관의 아내를 추행하려다 발각되어 맹봉 사령에게 처단된 사건이 있었다고 한다. 맹봉은 차마 너를 정면으로 쏠 수 없다며 돌아서서 권총으로 사살했는데, 그 중대장은 자신의 과오를 승복하고 쓰러지면서 '공화국 만세!'를 외쳤으며, 참관한 마을 사람들은 독수리의 엄격한 규율에 도리어 찬사를 보냈다고 한다. 아마도 그는 중대장으로 기용될 만큼 상당한 '투쟁경력'이 있었겠지만 그 모든 것이 잠깐의 실수로 물거품이 돼버린 것이다. 다만 이런 '반인민적 사건'은 내가 아는 한 그것이 유일한 예였다.

개머리판을 떼어낸 칼빈총을 허리에 차고 기다란 일본도를 등에 짊어진 선요원은 사냥개처럼 주위를 살피며 바람과 같이 가벼운 걸음으로 강변길을 북으로 내달았다. 용골산은 외딴 전초가 돼서 거기서 회문산까지의 길은 이미 군경부대가 수시로 드나드는 '위험지대'였다. 약담봉이 저만큼 보이는 어느 산모롱이에서 선요원이 별안간 곤두박질을 치듯이 길가의 바위 뒤로 뛰어들었다. 엉겁결에 나도 그 뒤를 따랐으나 당장 보이는 것은 아무것도 없었다. 그러나 곧 앞쪽 산모롱이에서 7~8명의 전투복들이 나타났다. 마치 야생동물과 같은 선요원의 촉각이었다.

선요원은 다급한 기색도 없이 내 귀에 대고 소곤댔다.

"선요원은 함부로 위험한 짓을 하는 게 아니랑게. 동문 무장이 없응께, 내 등의 일본도를 빼들고 있으란 말시. 피할 대로 피하다 정 안 되면 그땐 살 값이라도 해야지 어쩔 것이여."

전투복들은 방한모를 쓰고 엠원을 옆에 낀, 국군의 수색대이거나 정찰대였다. 나는 빼어든 일본도의 칼자루를 거머쥐고는 무장을 두고 가게 한 김여의 심술을 백 번 저주했다. 뛰어든 바위는 길에서 겨우 2~3미터 거리였고 수색대는 눈앞에 다가왔지만 내 손에 총기가 없으니 그냥 숨을 죽이고 기다릴 수밖에 없었다. 그 수색대가 우리 눈앞을 지나 저편으로 사라질 때까지 내 호흡은 정지되고 심장의 고동까지 멎어 있었던 것 같다.

회문산 안시내에서 오 리가량 구림천을 거슬러 올라가다가 오른편에서 흘러드는 계곡 물을 따라 장군봉 밑으로 깊숙이 들어간 곳에 대수말이라는 조그만 산촌이 있었다. 아마 예전엔 대숲이 우거져서 대숲 마을이었던 모양이다. 대수말에서 다시 장군봉 투구바위에 오르는 계곡에 전북도당 유격사령부가 자리잡고 있었다. 계곡 물을 사이에 끼고 양녘 비탈에 여기저기 산재해 있는 초막촌은 임꺽정의 청석골 산채를 연상케 했다. 그 초막 중의 하나가 당시에는 '전북도당 유격사령부 무선통신과'가 된 중앙통신사 전북지사였다. 선요원들은 '도보통신과'에 소속돼 있다.

초막 아래 계곡에는 무전기 기술자 이단오가 만들었을 발전용 구리판 수차(水車)가 한가롭게 돌고 있었다. 나는 마치 동화(童話)나라에 잘못 숨어든 나그네처럼, 얼떨떨한 기분으로 주위를 두리번거리며 통신사의 초막으로 들어섰다.

"야아! 보도과장 동무!"

김 지사장을 비롯해서 고영곤, 고학진, 이단오 등이 일시에 내달으며 손목을 잡고 반가워했다.

"언젠가 천 동무 편에 보도과장 동무가 상처가 덧나 고생을 하고 있더라는 소식을 듣고 곧 소환하려고 했는데, 여러 가지 사정이 있어 여태까지 늦었구먼. 그동안 고생이 많았지요?"

김 지사장이 미안한 표정을 지으며 말했다.

"몸은 이제 괜찮나요? 고생 많으셨지?"

"얼굴이 제법 빨치산답게 험상궂게 돼버렸구만. 왓하하. 됐어 됐어."

모두들 한마디씩 하며 초막 안에 웃음꽃을 피웠다.

"몰골이 말이 아닌디. 쯧쯧. 안 동무, 우선 식사준비를 하고 곧 후방부에 가서 옷 좀 얻어와야 쓰겠어. 보나마나 입고 있는 옷은 이투성일 테니까 몽땅 태워버리구 말야."

지사장이 지시를 하자 아까부터 뒤켠에 앉아 호기심에 찬 눈빛으로 나를 쳐다보고 있던 스무 살가량의 예쁘장한 소녀가 얼핏 일어서며 미소를 지어 보였다. 얼마 후 안경희라는 그 소녀가 뜨끈뜨끈한 밥통을 들여왔다. 이곳에서는 초막마다 이런 소녀대원이 하나씩 있어 식사와 빨래 시중을 들고 있었다. 생쌀을 씹는 용골산에 비하면 가히 별천지였다.

각 병단들에 의해 겹겹이 둘러싸여 있는 사령부 트는 절대적인 안전지대이기도 했고, 이 골짜기의 주민들은 그야말로 산중 귀족이었다. 나는 자꾸만 용골산에 두고 온 대원들을 머릿속에 떠올리며 실로 오랜만에 두어 가지 반찬까지 곁들인 식사를 들었다.

"함지박 밥을 먹으니까 도무지 가늠을 할 수 있어야지."

김 지사장은 여전히 소화에 좋다고 해서 일부러 누렇게 누른 밥을 따로 들고 있었다. 사실 함지박 밥을 둘러앉아 퍼먹고 있으면 자기가 얼마를 먹었는지 대중을 못 해서 과식하는 수가 있었으니 사람의 배 대중이라는 것도 매우 애매한 것 같았다. 그러나 과식이라니 얼마나 사치스러운 얘긴가?

고 기자의 면도칼을 빌려 몇 달 만에 면도를 하고 안경희가 사령부에 가서 얻어온 미군 작업복으로 갈아입고 몇 달 만에 신발까지 벗고 보니 날아갈 것처럼 개운했다.

그날 밤 담요를 두르고 앉아 안경희가 쪄 들여온 고구마를 먹으며 서로 그동안 지난 얘기를 나누고 있으려니까 마치 서울의 내 집에 돌아와 식구들과 모여 앉아 있는 듯한 환각을 느꼈다. 이때 김 지사장이 나를 불러들인 경위를 대충 설명해주었다.

엽운산에 들어간 지 한 달도 못 돼서 전주서 싣고 온 배터리의 전력이 고갈되어 통신사업을 일체 중단하게 됐었다. 그후 단 한 번 매복 나간 전투부대가 자동차용 배터리 두 개를 얻어다 주어 쓴 것 외에는 전원(電源)을 구할 방법이 없어, 궁리 끝에 소모된 배터리를 충전하는 연구를 했다. 이단오의 설계로 수력발전에 필요한 기재를 사령부가 하나하나 얻어다 주었다. 며칠 전 계간수를 막아 터빈을 돌려본 결과 충전하는 데는 성공했으나, 이번에는 오랫동안 쓰지 않고 두었던 무전기에 고장이 나 있는 것을 발견하게 되어 지금 그것을 수리 중이라는 얘기였다. 일제 말엽 전시 중에 제작한 조잡한 구형 무전기이니 요즘과는 사정이 다르다.

수리가 끝나 교신이 시작되면 당장 송수신을 전담할 분소를 만들 필요가 있었다. 지금의 통신사 자리는 발전시설 조건은 좋지만 골짜기가 깊어서 전파 전달에 지장이 있을 뿐만 아니라 사령부가 가까운 관계로 언제 공습을 받아 기재를 파손당할지 모르며, 반대로 전파 발신 때문에 사령부의 위치를 탐지당할 위험성도 있어 무전시설만은 소개하기로 했다는 것이었다. 즉 전원 공급과 사령부와의 연락을 위해 통신사(당시는 무선통신과)는 현 위치가 편리하니 그대로 있고 송수신 분소를 따로 만드는데 거기 책임자로 내가 필요했던 것이다. 오수(誤受)투성이의 통신문을 정리할 '기술자'가 나밖에 없었고, 또 적습의 위험성이 있는 송수신소를 외따로 두자니 어느 정도 전투 경험이 있는 사람이 필요했던 모양이었다.

대수말의 통신사 트에서 이틀 밤을 묵은 후 나는 분소가 될 황계(黃鷄)라는 마을로 떠났다. 분소 요원이래야 나와 무전사 고학진, 필생을 겸한 안경희 등 셋이었다. 이단오 기사는 지사와 분소를 왕래하며 무전기를 보수하고 전원을 공급하면서 원고를 운반했고, 고 기자는 우리가 이 기사 편으로 보내는 통신원고를 받아 통신을 발행 배부했다.

황계는 엽운산과 장군봉 사이에 낀 좁고 기다란 평지 한 녘에 있는 십여 호의 조촐한 마을이었다. 거기서 대수말까지는 2킬로미터가량 되는 산고개가 있고, 남쪽으로 4킬로미터쯤 되는 곳에 베트레 마을이 멀리 바라다보였다. 번개병단이 지키고 있는 엽운산의 뾰죽봉이 서남방을 가로막고 있었다.

황계뜸에서 우리는 어느 농가의 행랑방을 빌려 무전기를 장치하고 그날부터 교신을 시도해봤다. 그런데 수신은 곧 성공해서 이튿날부터 통신을 발행할 수 있게 됐으나 송신은 도무지 여의치가 않았다. 아무리 전북지사의 부호를 보내도 평양에서는 응답이 없었다. 그 무렵은 1·4후퇴로 서울이 인민군 수중에 있을 때여서 서울지사가 세검정 골짜기에 내려와 있었다. 그래서 서울지사와 평양본사가 교신하는 것이 정기적으로 잡혔다. 평양에서 서울을, 혹은 서울에서 평양을 호출할 때, 전북지사의 부호를 보내 끼어들어보기도 했으나 허사였다. 음신이 두절된 지 워낙 오래인 전북지사가 아닌 밤중에 유령처럼 튀어나오니 국군이나 경찰의 장난 정도로 알아버린 것인지, 혹은 출력이 약해서 전파가 서울까지도 미치지 못하는 것인지 모니터가 없으니 확인할 도리가 없었다.

사령부에서도 서울이나 평양과 교신이 되기를 몹시 기대하고 있었기 때문에 실망이 큰 모양이었으나 일방적인 뉴스통신만 받아봐도 속이 트이는 것 같다면서 계속해서 송신에 힘써보라는 격려의 말을 보내왔다. 고학진과 나는 가끔 평양·서울의 업무연락 통신에서 알 만한 동료나 간부의 이름이 잡힐 때마다 다만 한마디라도 교신이 됐으면 하고 가슴을 두드리며 안타까워했다. 우직한 고학진은 그래도 단념하지 않고 며칠을 계속해서 밤잠을 안 자며 노력했으나 끝내 송신은 못 하고 말았다.

우리뿐만이 아니라 내가 아는 한에서는 이 시기 이후 남한의 빨치산 부대가 평양과 무전연락에 성공한 예는 없었다. 동해여단(낙동강 이동의 산악지대에 있던 부대)까지는 몰라도 수신수단이라도 갖고 있었던 부대는 전남 사령부 정도가 아닌가 싶다. 단파 라디오쯤은 보유하고 있겠지만 트랜지스터가 없던 시절이니 전원의 보충수단까지는 의심스럽다. 그러니까 남한의 게릴라 부대가 이북과 교신하면서 지령을 받아온 것처럼 전해지고 있는 것은 잘못이며, 중앙의 지시는 연락원이 몇 달 걸려 도보로 전달했다는 기록이 맞을 것이다. 아무튼 우리는 조선중앙통신의 보도만은 그날 이후 날마다 받아내어 대수말 본사에서 프린트해서 각 기관과 병단에 공급했으며 그 통신은 전북 이외의 부대나 기관에도 나갔던 것으로 짐작된다.

날짜에 다소 차이가 있는 것으로 미루어, 혹은 묵은 통신철을 들쳐본 기억일는지는 모르지만 그곳에서 나는 소위 '별오리대회'(50년 12월 21일)라고 불리는 압록강변인 만포군 별오리(滿浦郡 別吾里)의 노동당 중앙위원회 3차 정기대회의 소식을 읽었다. 이 대회에서 유명한 '8개항 비판'이 채택됐는데 그중에 빨치산에게 제2전선 강화를 요구한 항목이 있던 것을 기억한다.

이 밖에 후퇴를 질서 있게 하지 못한 책임을 물어 군단장 김무정(金武停) · 사단장 김한중(金漢仲) · 민족보위성 부상(국방부 차관) 김일(金一) · 북강원도당 위원장 임춘추(林春秋) · 남강원도당 위원장 조진성(趙眞成) · 경기도당 위원장 박광희(朴光熙) 등을 출당 처분한 뉴스 등을 통신으로 받아 보도한 기억이 있다. 뒤에 나오지만 남한에 남아 빨치산 활동을 하지 않은 도당 위원장은 전원 책벌을 받은 것이다. 이 중 연안파이며 김일성 반대파였던 김무정을 제외하고는 얼마 후 모두 복당돼 다시 요직에 오른 것은 잘 알려진 사실이다.

또한 민청 · 여맹 등 중앙 각 기관의 개편 소식, 인민군 경보병 제10사단이 태백산맥을 타고 경북 안동 부근까지 진출했다는 뉴스도 그때 우리가 취급했었다. 인민군 10사가 쐐기를 박으며 대구로 향했던 사건은 후일 나의 운명에도 간접적으로 영향을 주었지만 그때는 물론 상상도 못 했던 일이다.

때로는 경찰통신을 받아 사령부에 제공하기도 했다. 아마 우리가 송신을 못 하니까 회문산에 통신수단이 없는 것으로 알았던지 당시 경찰은 상당히 중요한 작전연락까지도 암호를 쓰지 않고 한글 모스 부호를 그대로 사용하고 있었다.

여담이지만 그 무렵 나는 김무정이 "항공기가 없으면 싸움을 할 수 없는 것처럼 패배주의에 사로잡혀 운운"한 과오로 군사재판에서 사형을 언도받았다는 통신을 취급했던 기억이 있다. 김무정보다는 그냥 무정(武亭) 장군으로 더 잘 알려진 이 사람은 그 화려한 경력 때문에 당당히 김일성과 맞서려 한 적이 있다는 사실은 잘 알려져 있었다. 그래서 나는 유달리 관심을 가졌고 그때 그 사건을 분소에서 화제로 한 기억도 난다. 그런데 후일 어떤 기록을 보니 사정이 꽤 달랐었다. 만일 내 기억이 정확하다면 그때 중앙통신은 왜 그런 뉴스를 흘렸을까? 혹은 일단 사형을 언도하고는 형량을 한 단계 감했을 가능성도 있다. 김무정은 모택동의 유명한 2만 5천 리 장정을 함께했고, 8로군의 포병 사령관으로 있어 박격포의 귀신이라는 소문까지 있었다. 다만 그는 그 경력을 내세워 좀 교만했었던 모양이고 김일성에게도 결코 고분고분하지 않았다. 어쨌든 북조선 공산당 창당 당시까지는 제2비서라는 현직에 있었으나 보안군 창설과 함께 당적 서열이 아래인 최용건 사령관 밑에서 간부 훈련소의 포병부장으로 내려앉아 버렸다. 6·25전쟁이 일어나자 제2군단장을 임명받아 포항 부근 전투에서 불리한 조건하에 사투를 하다가 9·28 북진 시 패퇴해서 평양 방위사령관으로 보임되었다.

물론 밀물처럼 밀려오는 연합군 앞에서 평양이 지켜질 까닭이 없었다. 그는 다시 평양을 버리고 압록강 넘어 심양(봉천)으로 가서 압록강 국경을 향해 사태처럼 밀려오는 패잔병들을 수습해서 '별오리대회'의 시점에서는 인민군 제6군단을 편성하고 있었다. 별오리대회에서 김일성이 지적한 김무정의 죄과는 불법 살인과 명령 불복종이었다. 명령 불복종은 평양을 무단 후퇴했다는 것이고, 살인죄는 후퇴 시 부하를 즉결 처분했다는 것이었다. 대열 이탈자(도망병)를 즉결 처단하라는 것은 실은 김일성의 명령이었다. 포항전선의 후퇴도 '전투를 옳게 조직하지 못

했다'는 과오로 지적되었다.

별오리대회 이후 무정은 군직을 박탈당하고 인민군 죄수부대의 작업대장으로 평양 모란봉의 지하극장 건설현장에서 일하다가 중공 당국의 요구로 중공에 인도됐으나 얼마 후 병사하고 말았다고 한다. 김무정의 죄상이 어느 만큼 타당한가는 알 바 아니지만 그의 가장 큰 죄과가 '반김일성 경향'이었던 것만은 틀림없다.

비록 짧은 기간이었지만 황계에서의 분소 생활은 2년간의 산중생활 중 가장 자유롭고 호강스러운 나날이었다. 통신을 통해서 어쨌든 외부 세계의 소식도 접할 수 있었으니 그것도 '호강'이 아닐 수 없었다. 무전기에는 항상 멜빵을 걸어놓고 여차하면 언제라도 짊어지고 대피할 차비(差備)를 갖추고 있었지만 황계는 한 번도 토벌대의 침입을 받아보지 않은 안전지대였다. 비록 멍석자리지만 따뜻한 온돌방에서 자며 안경희가 차려다 주는 밥상을 앉아서 받아먹는 것만도 얼마나 큰 호강인가. 사람이란 간사스러운 것이어서 그렇게 며칠을 지내다보니 용골산에서 기한(飢寒)과 생명의 위협 속에 하루하루를 보내고 있을 독수리 대원들의 생각도 차츰 멀어져갔다.

내가 하는 일은 고학진이 받은 빈칸투성이의 통신문을 퀴즈 풀 듯이 어림짐작으로 정리해가지고 안경희에게 정서를 시켜 이단오나 선요원 편에 대수말로 띄워 보내는 것이었다. 이 빈칸 채우기가 고영곤 기자는 도저히 해내지를 못할 만큼 여간 어려운 작업이 아니었다. 가령 'ㅣㅁㄴ ㄱ'의 넉 자를 놓고 앞뒤 문장의 연결 관계를 보아 '인민군대'의 오수임을 짐작해내는 따위이다. 이것이 어떤 때는 수십 마디씩 계속되기도 하고 낱말 몇 개가 몽땅 빠져 있는 경우도 있으니까 여간한 숙달과 추리력이 아니고서는 해내기가 어려웠다. 정상시 같았으면 김일성의 연설문 같은 것을 한 자라도 틀리게 만들어놓으면 큰 책임문제가 되지만 여기서는 그것이 드러날 까닭이 없으니 그 점은 속이 편했다. 제반 조건이 나쁘니 고학진의 오수는 더욱 심할 수밖에 없었다. 고학진은 연필을 깨물며 머리를 싸매는 나를 보면 언제나 죄송하다는 듯 "미안해요, 워낙 상태가 나빠서" 하며 머리를 긁적거렸다.

방한모와 만년필

어느 날 배터리를 갈 겸 무전기를 손보러 온 이단오가 나를 보고 빙그레 웃으며 넌지시 말했다.

"과장 동무, 안 동무와 너무 친하게 지내지 마소. 지사장 신경질이 자꾸 심해가니까……."

처음에 나는 얼핏 그 말뜻을 알아듣지 못했다. 안경희는 그때 전주의 어느 여고를 갓나와 민학(민주학생동맹) 관계 일을 보고 있었다고 했으니까 아마 갓 스물쯤 되었을 것이었다. 상당한 미인형에 희불그레한 얼굴이 매우 이지적인 인상이었으며 운동선수처럼 날렵한 몸매에 거동이 매우 활달했다. 여고 시절에는 웅변을 잘했다는 말이 수긍이 가는 그런 타입의 소녀였다. 고학진과 셋이 한 방에서 침식을 같이 하다보니 가끔 실없는 농담도 오갔지만 이성으로서의 관심을 가져본 일은 없었다. 또 김 지사장과는 연령 차이가 많으니까 지사장이 안경희에게 어떤 관심을 갖고 있으려니 상상해본 일도 없었다.

"이 동무, 거 무슨 말이오. 괜한 농담 마시우."

내가 정색을 하니까 이는 약간 어색한 표정을 하며

"아니, 지사장 동무 눈치가 그렇더란 말이지요. 과장 동무는 총각이고 서울서 일류 기자로 있었고 하니까 안 동무가 이상한 눈치를 뵐 만한 조건이 닿는다…….”

“지사장이 그렇게 말합디까?”

“마 비슷한 소릴 합디다. 안 동무 땜에 지사장 안절부절인 모양이니까…… 거 왜 사람이 그렇게 되면 눈치가 빨라지는 법 아니오?”

“허 참, 지사장도 할 일깨나 없는 모양이지. 이거 자칫하면 큰일 나겠네. 대체 이 동무 눈에 안 동무가 그렇게 보입디까? 난 애들로만 생각하고 있는데.”

“아냐, 여자 스물하나가 왜 애들이오? 내 눈에도 좀 이상해요. 그러니 지사장 동무 신경이 심상하겠소?”

곰곰이 생각해보니 나에 대한 안경희의 친절이 좀 지나친 것도 같았다. 그러나 원래가 개방적인 성격인 모양이니까 오해일 수도 있었다. 아무튼 박민자의 일로 단단히 혼이 난 경험도 있고 해서 나는 쓸데없는 오해를 받지 않도록 각별 조심하기로 작정했다.

고학진의 수신작업은 대개 새벽 2시경이나 돼야 끝났다. 그다음부터 그는 코를 골고 나는 혼자서 퀴즈풀이를 시작했다. 원고정리가 끝나면 대개 새벽 4~5시경이 됐다. 나는 안경희를 깨우고 대신 눈을 붙였다. 그때부터 안은 내가 어지럽게 수정해놓은 통신문 원고를 또박또박 정서해놓고 나서 아침식사를 준비하는 것이었다. 그래서 불침번이 따로 필요 없었다. 이 기사로부터 그런 말을 들은 이후부터는 퀴즈풀이를 하다가 어쩌다 시선이 안경희의 자는 얼굴로 갈라치면 괜시리 가슴이 덜컥했다. 그러나 아무것도 모르고 깊은 잠에 빠져 있는 그녀의 희불그레한 얼굴은 그냥 천진하기만 했다.

죽음과 죽임의 연속이던 회색 일색의 용골산에 비한다면 천당과도 같은 호사스러운 생활이 얼마만큼 계속되고 평지의 눈도 녹아 파릇파릇한 국수뎅이가 논두렁에 돋아나기 시작한 2월 말, 어느 날 오후였다. 황계뜸 북쪽 장군봉 기슭을 넘어 히여터로 빠지는 산고개에 커다란 짐들을 이고 지고 한 한 무리의 남녀 빨치산들이 나타났다. 히여터의 후방부가 토벌군의 공격을 받아 후퇴해오는 길이었다. 햇볕이 늦봄처럼 따스한 날이었다.

후퇴해오는 인원은 삼삼오오 자꾸만 늘어나 어떤 패는 대수말로 넘어가기도 하고, 어떤 패는 베트레로 빠지기도 하고 황계뜸에 머물기도 했다. 불안한 공기가 황계뜸에도 번져왔다. 사령부가 가장 안전하다고 보고 보급공장이나 병원을 차려놓은 히여터가 점령당했다면 황계뜸도 안전할 수가 없었다. 우리는 여차할 때 나눠 질 짐을 다시 확인하고 안테나의 긴급 철거방법, 대피경로 등을 면밀히 의논해놓았다.

저녁 무렵, 그날 퇴각해온 어느 부대에서 소를 잡고 있다는 얘기를 듣고 고학진이 벙글거리며 나가더니 여남은 근이나 됨직한 고깃덩어리를 얻어왔다. 그 쇠고기를 끓이고 굽고 하여 저녁밥을 한참 맛있게 먹고 있는데 문이 비시시 열리더니 웬 여인 하나가 얼굴을 내밀었다. 박민자였다. 그녀는 잠시 어두컴컴한 방 안을 두리번거리더니

"태 동무!"

하고 뛰어들면서 내 무릎에 얼굴을 파묻었다. 히여터의 병원도 후퇴해왔을 테니까 박민자도 넘어와 있지 않나 하고 생각하지 않은 것은 아니었으나 그녀가 그렇게 불쑥 나타나고 보니 반갑기도 하고 어쩐지 쑥스럽기도 했다.

"그렇잖아도 병원도 넘어왔을 듯해서 저녁 먹고 찾아보려던 참이었어. 그래 그동안 잘 있었어?"

"……."

"그런데, 내가 여기 있는 줄 어떻게 알았지?"

"불고기 냄새가 하도 좋길래 들여다봤지 뭐. 후후 사실은 진작부터 여기 와 계시다는 건 알고 있었어요. 맘대로 올 수가 없었지……."

"정보가 빠르군."

"병원엔 각 병단 사람들이 드나드니까……."

박민자는 비로소 얼굴을 들고 웃었다. 어안이 벙벙해서 숟갈을 놓고 있던 안경희가 도저히 참을 수 없다는 듯이 한마디 했다.

"동무! 그 태도가 뭐예요. 좀 삼가해요."

고학진이 우직스러운 얼굴로 소처럼 웃었다.

"아, 미안. 너무 반가워서 그만……."

박민자가 그제야 열없이 웃으며 자세를 고쳤다. 안경희가 자리를 만들어주어 네 사람의 회식이 됐다. 저녁이 끝난 후 민자로부터 히여터를 탈출할 때의 정경 이야기를 듣고 나도 민자와 헤어진 후 물구리, 용골산 시절의 얘기를 들려주고 하다보니 분위기는 차츰 부드러워졌다. 밤이 깊어 고학진이 수신을 시작하려고 하자 박민자는 우리 세 사람을 번갈아 보며 물었다.

"나 오늘 여기서 자도 되죠?"

"상관없지만 병원 일은 괜찮을까?"

"병원은 이 동네에 머물기로 됐으니까 괜찮아요."

그날 밤 민자는 통신물 정리를 하는 내 옆에 누워 밤을 새워가며 얘기를 했다. 고학진은 수신을 마치자 저만큼서 코를 골기 시작했다. 안경희도 드러누운 채 얘기에 끼어들었다. 그러다가 민자는 방구석에 걸려 있는 내 방한모를 턱으로 가리키며

"저기 있는 게 태 동무 방한모지요? 저거 나 줘요. 머리가 추워 죽겠어. 대신요 이 만년필 드릴게."

하더니 무슨 병처럼 굵직하게 생긴 검은 만년필을 호주머니에서 꺼내놨다.

"그러지. 민자한텐 좀 크겠지만 아주 따뜻해서 좋아. 난 노상 방 안에 들어앉아 있으니까."

"아이 좋아라. 나 이거 태 동무 손으로 날 감싸주는 걸로 알고 쓸 테니까, 태 동무도 만년필 잘 간수해야 돼요."

"과장 동무! 저도 뭐 하나 줘요. 박 동무만 이뻐하지 말구요."

안경희가 새촘해서 농담 반 진담 반 항의했다. 나는 속으로 쓴웃음을 지었다.

그러나 저 함박눈이 퍼붓는 섬진강 강변길을 아스라이 사라져가던 그날, 그녀의 외로움의 표상 같던 뒷모습을 생각하면 가슴이 저리도록 이날의 재회가 반가웠고 좀 더 정다운 대화를 나눌 시간을 갖지 못한 것이 안타까웠다. 먼 훗날 소백산·지리산의 진중에서 아득히 이날의 해후를 생각하면 마치 꿈속에서 만나고 헤어졌던 것 같은 착각을 느낄 만큼 그것은 황망스러운 만남이며 헤어짐이었다.

새벽녘에야 나는 박민자에게 손을 잡힌 채 잠이 들었는데 한 시간도 못 돼서 요란한 총소리에 놀라 뛰어 일어났다. 용골산서부터 들어온 그 진저리 나는 총성이었다. 고학진도, 안경희도, 박민자도 한꺼번에 일어났다. 밖에 뛰어나가 상황을 살펴보니 히여터로 넘어가는 고개 일대에 어느 부대인가 산개(散開)해서 사격전이 벌어지고 있었다. 어제 히여터를 점령한 토벌군이 드디어 황계로 밀려들고 있는 것이었다. 적정은 매우 가까운 것 같았다.

박민자는 나의 방한모를 눌러쓰고 손을 흔들며 병원부대의 숙영지로 달려갔다. 우리는 미리 준비한 대로 안테나를 걷어 챙기고 무전기와 배터리를 나눠 지고는 일단 장군봉 사면으로 옮겨 앉아 상황을 살폈다.

방어선은 오래 지탱할 것 같지 않았다. 방어선이 무너지는 날에는 황계는 순식간에 유린되는 것이다. 나는 두 사람을 재촉해서 장군봉의 비탈을 기어오르기 시작했다. 무겁고 중요한 짐을 지고 있기 때문에 충분한 여유를 두고 대피해야 한다. 곧장 대수말로 철수하지 않은 것은 만일 적정이 사라지면 다시 황계로 내려갈 심산에서였다.

멀리 베트레 부락을 향해 병원부대가 느릿느릿 이동해 가는 것이 바라다보였다. 안경희가 너무 당황해서 엊저녁에 먹다 남은 쇠고기를 놔두고 왔다며 분해했다. 고학진도 입맛을 다셔가며 아까워했다. 쇠고기 잊고 온 것을 원통하게 여길 때는 그래도 속이 편한 때였다.

이윽고 방어선이 무너지면서 그 일부가 장군봉 사면으로 흩어져 올라왔다. 그 뒤를 좇듯이 철모를 쓴 토벌군의 모습이 능선에 나타났다. 엠원의 연발음이 들려오는 것으로 보아 그들은 국군 부대였다. 당시 전투경찰대의 기본 무기는 일제 99식이었기 때문에 총성만 들으면 군부대인지 경찰대인지 구별이 되었다.

분소의 세 사람은 장군봉 투구바위를 목표로 얼마를 더 올라가다가 어디서 밀려왔는지 부상병 한 무리가 웅성거리고 있는 것을 만나 그 속에 끼어들었다. 이들이 주고받는 말에서 회문봉이 함락되어 국군 부대가 장군봉으로 밀어닥치고 있다는 놀라운 소식을 알았다. 중부능선의 여성중대가 장군봉으로 밀려드는 공격군을 막으려다가 궤멸됐다는 소식도 들려왔다. 박영희는 어찌 됐을까? 떨어질 날이 없는 것처럼 믿었던 회문봉이 실함되다니……

기록에 의하면 이날 회문산을 포위 공격한 토벌군은 국군 제11사단과 2개 경찰 전투연대의 주력 1만여 병력이었으며, 장군봉을 공격한 것은 11사단 13연대 1대대와 20연대 일부 병력이었다. 회문·장군연봉은 그 높이나 크기가 서울의 북한산과 비슷하다. 바위 암벽이 없는 것을 제외하면 그 모양도 비슷하다. 그만한 병력이 덮쳤다면 공방전의 결과는 자명했다.

장군봉이 떨어지면 회문산의 모든 능선을 빼앗기는 것이다. 대수말의 사령부 트도 남아날 도리가 없었다. 아니 어쩌면 장군봉을 에워싸느라고 사령부 골짜기가 먼저 유린돼버렸을지도 몰랐다. 용골산에 외따로 떨어져 있는 독수리의 운명은 어찌 되었을까?

나는 어떤 영화의 한 장면을 보는 것처럼 '회문산 최후의 날'을 생각해봤다. 단 이틀 사이에 그 '최후의 날'은 실로 어이없이 온 것이다. 이제 우리가 가야 할 곳은 어디인가?

황계뜸을 점령한 토벌군은 아무런 저항도 받지 않고 개미 떼처럼 장군봉 사면을 기어오르기 시작했다. 우리와 함께 있던 부상병들이 웅성거리면서 그물에 밀리는 고기 떼처럼 정상으로 밀려 올라갔다. 그곳만이 아직도 건재한 최후의 대피처인 것이었다. 무겁게 찌푸렸던 하늘에서 비까지 후둑후둑 떨어지기 시작했다. 아직도 봄은 일러 섬뜩하도록 차가운 빗방울이었다.

나는 내가 해야 할 일을 머릿속에서 정리해봤다. 첫째로 나는 사령부 유일의 통신수단인 무전기와 무전사 고학진을 안전하게 보존해야 할 책임이 있었다. 그다음에는 어디서든 뉴스를 받아 사령부에 공급할 태세를 갖추고 있어야 할 것이다. 그러기 위해서는 현황을 알 수 없는 사령부 골짜기를 찾아 내려가는 것보다 우선은 아직 우군 수중에 있는 것이 확실한 투구바위 진지로 대피할 수밖에 없었다. 나는 대수말로 내려가는 대신 투구바위를 향해 올라가기로 작정했다. 통신기재와 배터리 4개는 상당한 중량이었다. 그것을 고학진과 내가 나눠 지고 살림도구와 세 사람 배낭을 포개 진 안경희의 손을 끌며 우리는 투구바위를 향해 비탈길을 기어올라갔다.

회문산 최후의 날

유탄이 가끔 바이올린의 고음같이 소리를 길게 끌며 귓전을 스쳐 갔다. 만일 저것이 한 방이라도 등에 진 무전기에 맞는다면 만사가 끝이다. 이 지경에 있어서도 나는 신문기자였다. 뉴스를 그리고 이 정경을…… 보도해야 한다. 어느 날인가는…… 이건 특종이다. 나만의 것이다. 실컷 보아두어야 한다. 나는 사방을 두리번거리며 숨을 헐떡였다.

투구바위의 정경은 한마디로 눈을 가리고 싶어질 만큼 처참했다. 사방에서 밀려온 수백 명의 전투원들이 눈에 핏발을 세우고 중부능선을 시퍼렇게 덮으며 밀려오는 국군 부대에 총탄과 수류탄을 퍼붓고 있었다. 전투원들의 발치에는 수많은 부상자들이 피를 쏟으며 신음하고 있었다. 여기저기 흥건히 고인 빗물이 피와 흙으로 뒤범벅이 되어 부상자고 전투원이고 이미 사람의 몰골이 아니었다. 바로 생지옥이었다. 초연과 피비린내가 코를 찔렀다.

우리가 올라선 서쪽 둘레는 아직은 완전한 사각(死角)이었다. 중상자들은 그리로 옮겨졌고 더러는 사지가 멀쩡한 전투원이 그 손바닥만 한 안전지대 속을 우왕좌왕하는 모습도 눈에 띄었다. 지휘관인 듯한 사람이 따발총을 들이대고 고함을 지르며 그 땡땡이꾼들을 동쪽 정면으로 몰아붙였다.

부상자 속에서 나는 언젠가 내가 지게에 실려 장군봉을 넘어올 때 만났던 홍안의 중대장 천 모를 발견했다. 그는 마치 도끼로 찍어놓은 것처럼 얼굴 반쪽이 문드러져 있었다.

"천 동무 아니오? 천 동무!"

그는 게슴츠레 눈을 뜨더니 나를 알아보겠다는 듯이 손끝을 들어 보였으나 입에서는 피거품이 계속 쏟아져 나오고 있었다(여담이지만 여러 해 후 나는 우연히 서울 방산시장에서 장사를 하고 있는 천을 보았다. 그 좋던 얼굴에 흉한 상처는 남아 있었지만 그는 죽지 않고 살아 있었던 것이다. 아마도 그때 부상포로가 되어 수용되었다가 풀려난 것일 것이다. 천은 알은 체를 하지 않았고 나도 모른 체 그냥 지나쳐버린 일이 있다).

우리 셋은 부상자들 틈에 끼어 다시 얼마 동안을 앉아 있었다. 이윽고 황계 방면에서 밀고 올라온 토벌군이 사정 내에 육박해와 그쪽에서도 교전이 시작됐다. 투구바위는 사면포위 속에 빠져버렸다. 이제 퇴로를 잃은 투구바위는 좀체로 실함되지 않을 것이었다. 탈출을 한다 해도 무거운 짐 때문에 뛰지를 못하는 우리로서는 해 저물기를 기다릴 수밖에 없었다. 비는 한참을 멎었다가는 가끔 생각난 듯이 한 줄기씩 퍼붓곤 했다.

물러설 곳이 없어진 투구바위의 방어군들은 물밀 듯 돌격해오는 공격군을 수류탄과 역돌격으로 물리치기를 수없이 되풀이하며 무서운 항전을 계속했다.

길고 긴 하루해가 다 가고 어둠이 깔리기 시작하자 방어군의 기세가 아연 높아졌다. 그 당시 토벌군은 빨치산과 야간전투를 벌인 예가 없었다. 어두워지면 일정 선에 물러나 방어태세를 갖추고 날 밝기를 기다렸다. 때를 맞추어 노령학원 골짜기, 황계 마을 방면 등에서 외각에 처져 있던 벼락·번개·카투사·땅끄·독수리 등 각 병단이 후면 공격을 시작하자 공격군 측에 눈에 뜨일 만한 동요가 일기 시작했다(이때 독수리는 엽운산 방면에 투입돼 교전 중 중대장과 소대장이 모조리 전사하는 궤멸적 손실을 입었다).

우리는 대수말 골짜기를 찾아 어둠 속을 더듬어 내려갔다. 사령부의 트들은 모두 무사했다. 통신사에서는 발전시설을 철거하고 모두 짐을 꾸려놓고 있다가 우리가 나타나자 환성을 올리며 반가워했다. 오랜만에 여섯 식구가 다시 한 자리에 모인 셈이지만 초막 안의 분위기는 그날의 날씨처럼 무겁고 침울했다. 오늘 하루는 그렇게 넘겼지만 밝는 날 또 하루를 지탱할 도리는 없을 것이 뻔했다. 오직 각일각 다가오는 운명을 기다리고 있을 수밖에는 없었다. 우리가 대수말에 돌아온 무렵부터 비는 다시 쏟아지기 시작했다.

저녁 10시경이나 됐을까? 사령부에 연락차 나갔던 지사장이 물귀신처럼 돼서 돌아오더니 침통한 표정을 지으며 그날 밤으로 전군이 회문산을 탈출한다는 사령부의 결정을 전했다.

전군을 둘로 나눠 하나는 소백산맥을 향해 동쪽으로 빠지고, 하나는 서쪽 변산반도(邊山半島)를 향해 동시에 출발한다는 것이었다.

도당 사령부는 소백산맥으로 가기 때문에 통신사는 그곳으로 따라가야 하며 기포·보위·벼락·땅끄·독수리 등이 주축이 된다. 변산반도 부대는 왜가리 동무가 지휘하며 전개·카투사가 주력이 된다고 했다.

문제는 걷지 못하는 부상자들이었다. 이들은 쌀 몇 줌씩을 주어 그날 밤 급조된 '비트(비밀 아지트)'에 남기고 간다는 것이었다. 걷게 되면 선을 찾아 복귀해오라는 것이지만 말하자면 죽이지 못해 버리고 가는 것이다. 사령부로서는 달리 방법이 없었을 것이다. 그러나 그날 밤의 급조

'비트'라는 것은 청솔가지를 꺾어 몸을 가리울 정도로 덮어주는 것뿐이었다.

찬비가 억수같이 퍼붓는데 그렇게 산 속에 버려진 빈사의 중상자들이 어떻게 살아난단 말인가? 베트레에서 발에 중상을 입었던 변도 이날 밤 회문산 어느 골짜기에 그렇게 버려졌다는 얘기를 나중에 듣고 가슴이 아팠다. 버려진 그들이나 버리고 가는 전우들이나 차라리 단숨에 절명하느니만 못하다고 생각했을 것이다.

소백산맥을 향한 행군 도중에 중상자가 생기면 언제나 그러한 급조 비트에 버리고 갔다. 허울좋은 생매장이었다. 후방이 없는 이동부대로서 도리가 없는 일이지만 비트는 우리에게 최대의 공포였으며, 그 때문에 전투원이 필요 이상으로 몸을 사리는 경향이 뚜렷했다. 그러나 몸을 가누지 못할 정도의 중상자는 그 자리에서 사살되기도 했지만 웬만한 부상자들은 일단 토벌군에 생포 수용되어 소정 심사를 거친 후 방면된 예가 많았던 것으로 안다. 당시 정부의 방침은 그처럼 관대했으나 사변 전 좌익계열에 대한 그 준엄했던 처결을 기억하고 있는 대원들은 아무도 그것을 상상조차 하지 못했고 생포는 곧 죽음이라고 믿고 있었다.

부대를 두 방향으로 가른 것은 물론 토벌군의 병력을 분산시키기 위한 작전이었겠지만 사실상 대단위 집단의 이동은 기술적으로도 난점이 있었다. 앞에서 말한 대로 빨치산의 행군대열은 오랜 경험에 의해 1열 종대 4보 간격을 원칙으로 했다. 그러니까 가령 5백 명의 대열이라면 대충 1킬로미터가 넘는 길이가 된다.

도저히 은밀 보장이나 민첩한 행동이 어려우며 기동성 있는 지휘가 불가능하다. 구전으로 명령을 전달할 경우 한 사람마다 3초씩 걸린다 해도 후미까지 전달되는데 8~9분이 걸리는 계산이 된다. 또 만일 지휘자의 위치에서 멀리 떨어진 대열 중간에서 급한 상황이 벌어진다면 수습할 도리가 없게 된다. 그러니까 기껏해야 2~3백 이상의 집단이동은 어렵다는 얘기가 된다. 한편 행동을 하면서 그때그때 식량을 조달 보급해야 하기 때문에 너무 많은 인원이면 보급상의 어려움도 따른다.

그렇게 해서 양분한 왜가리지대가 변산(혹은 정읍 산악지대)으로 보내진 데는 또 다른 이유가 있었던 듯하다. 소위 봉래 9곡으로 불리는 명승지를 낀 변산의 산들은 최고봉인 기상봉이라야 겨우 508미터, 그 밖에는 대개가 3~4백 미터 대의 아주 낮은 바위산들이고 그 범위도 넓지를 않아 빨치산이 정착할 수 있는 조건이 못 된다. 특히 이 산들은 전북 동부의 중첩한 다른 산군(山群)들과는 유명한 만경평야를 사이에 두고 멀리 서해 바닷가에 외따로 떨어져 있어 마치 육지의 낙도와 같은 형국을 이루고 있다. 강력한 토벌부대를 만나면 당장 섬멸을 면치 못할 이런 악조건 속에 왜 하필 보내졌는가? 그것은 소백산맥으로 빠지는 전북 사령부의 말하자면 사석(捨石)이 되어 항쟁할 대로 항쟁하다 소멸할 제물로 만든 것이 분명했다.

경찰 측 기록에 의하면 2월 9일 현재 회문산을 중심으로 한 주변의 빨치산 세력은 약 1,200명으로 추산되고 있었다. 이 시기의 경찰 집계는 대체로 중복과 과장이 많고 또 이 숫자에는 부근의 군당, 면당 등의 인원이 포함돼 있을 것이므로, 이날 밤 회문산을 탈출한 도당 사령부 직계부대는 동부(소백산맥) 약 4백, 서부(변산반도) 약 3백 정도였던 것으로 추정된다. 역시 한 개 집단으로는 너무 벅차 행동 가능한 최대한의 인원으로 양분했던 것 같다. 동서 양부대의 대열 편성은 대수말에서 진행되었다. 비는 계속 퍼부어 어둠은 칠흑 같았고, 마을 복판을 흐르는 냇물이 넘쳐 마을 안쪽이 바다를 이루었다. 이 때문에 대열을 식별할 수 없어 혼잡이 심했지만 그 대신 어둠과 빗소리 때문에 은밀 보장에는 맞춤이었다.

통신사 일행은 가능한 대로 방수포장한 무전기재와 발전기재를 나누어 지고 대수말의 어느 민가 마당에 서서 행군 서열을 기다렸다. 이때 나는 중환자들을 비트에 옮겨놓고 오는 위생대 사람을 만나 히여터의 병원 소식을 물어봤다. 병원도 동서 두 지대로 나뉘었다는 얘기였다.

"혹시 박민자라는 간호병을 모릅니까?"

"박민자 동무는 변산부대지요 아마."

"지금 그 부대가 어디 있습니까?"

"그쪽으로 가는 패는 좀 전에 출발했는데요."

변산부대로 갈렸다면 살아서 다시 만날 가망은 거의 없었다. 새벽의 그 황망스럽던 헤어짐이 영원한 이별이라니 너무나 어이없지 않은가! 뭔가 하고 싶은 말, 해야 할 말이 가슴에 가득한 것 같았다. 좇아가보자. 비와 어둠과 혼잡 때문에 대열이 잘 빠지지 않으니까, 혹시 잠시 만날 수 있을지도 모른다. 민자도 나를 찾고 있을 것이다. 그 큼직한 방한모를 쓰고 추위와 공포에 떨며 대열을 따라가고 있는 모습이 선했다. 나는 개울물 속을 허우적거리면서 변산부대의 뒤를 좇았다. 등에 진 발전기재의 무게가 몸의 자유를 빼앗아 몇 번이나 진흙탕 속에 곤두박질치고는 일어났다. 3~4분쯤을 그렇게 뛰면서 대열을 더듬었다.

"여기가 병원부대 아닙니까?"

"아니오."

또 뛰었다.

"여기가 위생대 아닙니까?"

"아니오."

"위생대는 어디쯤 됩니까?"

"글쎄요."

민자는 어디를 가고 있는가? 내가 여기서 너를 찾고 있다……. 결국 나는 걸음을 멈추고 그 자리에 우두커니 한참을 서 있다가 맥없이 돌아서고 말았다.

5. 덕유산의 먹구름

피로 물든 동천(東遷)의 길

1951년 3월 4일 자정－전선에서는 연합군이 다시 서울을 수복하고 38선을 향해 물밀 듯 올라가고 있던 그 무렵－회문산을 탈출하는 전북도당 유격사령부의 길고 긴 대열이 내리 퍼붓는 찬비와 어둠을 타고 미륵정이 계곡을 빠져나가고 있었다.

우리들 마음의 성채(城砦)이던 회문산. 꽃다운 젊은이들의 피와 살이 수없이 뿌려지고 묻힌 너 회문산아－먼 훗날 조국 분단의 비극이 끝나고 오늘의 싸움을 나제(羅濟)의 옛 얘기처럼 역사 속에 묻어버리는 날이 온다면 저 상봉 높이 금석의 기념비를 세우리라. 이곳은 약소민족의 설움이 엉켜 있는 곳. 수많은 젊음들이 조국 분단의 아픔을 몸부림치며 호곡하던 비극적 민족사의 현장이었다고…….

포위군과 대치하고 있던 장군봉의 수비병력이 마지막으로 미륵정이를 벗어날 즈음엔 비가 개이고 별이 보이기 시작했으나 토벌군 점령 하에 있는 회문연봉은 무인지경처럼 고요하기만 했다. 실로 완벽한 철수작전이었다. 만일 사령부의 참모들이 우유부단하여 몇 시간만 더 결단을 늦추었더라도 날이 밝는 것과 함께 회문산 일대는 아비규환의 피바다가 되고 말았을 것이다. 몇 시간 뒤에는 비트 사냥이 시작되고 마을이 불타는 정경이 벌어지겠지만, 동서 양부대의 2킬로미터에 가까운 대열이 기적 없이 회문산을 빠져나온 것은 기적이 아닐 수 없었다.

사령부의 대열은 섬진강을 건너 산과 들을 누비며 동으로 동으로 뻗어나갔다. 회문산을 벗어났다고 해서 안전한 것은 물론 아니었다. 토벌군은 충분한 기동력을 발휘할 수 있는 통신수단과 수송수단을 갖추고 있다. 날이 밝기 전에 적어도 전라 본선의 국도를 넘어 소백산 줄기에 들어서지 못하면 각종 후방부대와 아녀자들까지 거느린 1킬로미터의 행군대열이 의지할 곳 없는 야지에서 다시 대군의 포위망 속에 갇히게 될 것이었다.

나는 부근의 지리를 전혀 모르기 때문에 어디를 어떻게 가고 있는 것인지 통 짐작이 가지 않았지만 그럴수록 낙오는 곧 죽음이라고 생각하고 이를 악물고 걸었다. 대열은 질풍처럼 빠르게 뻗어 나아갔다. 그리하여 동이 틀 때까지 70리의 산길을 주파하고 전라 본선을 넘어 소백산맥의 지류이며 임실·장수 양군의 경계인 오봉산 기슭에 도착했다.

행군대열에는 그동안 빨치산들과 밀착해 살아온 회문산 주변 주민들 다수가 그야말로 남부여대하여 줄줄이 따라오고 있었다. 토벌군의 보복을 두려워해서였다. 경험도, 훈련도, 질서도 없는 그런 피난대열까지 낙오자 하나 없이 그만한 강행군을 견디어낸 것은 '잡히면 죽는다'는 생에 대한 집념 때문임은 물론이지만, 아무튼 놀라운 일이 아닐 수 없었다. 회문산에서 덕유산까지 1개월여에 걸친 이동에서 간부들은 자주 중국 공산당의 '대서천(大西遷)'을 예로 들어 대원들을 격려했다. 사실 남부여대한 그 대열은 중공당의 '대장정(大長征)'을 방불케 했으며 대장정 못지않은 고난의 행로가 바로 회문산을 떠난 그 시각부터 시작되었던 것이다. 회문산이 밤 사이에 텅 빈 것을 발견한 토벌군은 즉각 맹렬한 추격전을 벌여왔다.

그로부터 얼마 동안의 일은 항상 이동하고 있었고 항상 교전하고 있었기 때문에 일일이 기억할 수도 기록할 수도 없다. 수많은 돌탑으로 유명한 마이산(馬耳山) 금산사 경내를 어스름 달밤에 지나가면서 이국적인 풍경에 놀란 기억이 있으나 어떠한 경로로 그곳을 지나게 되었는지는 마치 꿈속에서 있었던 일처럼 도무지 기억에 없다. 지리에 대한 예비지식이 전혀 없는 생소한 고장이었기 때문에 다만 대열에 끼여 움직이고 있었을 뿐, 지금 그 행로를 더듬을 도리가 없다.

어느 야산에서 철 늦은 눈보라를 만나기도 했고, 모닥불을 피우고 있는 경찰대의 초소 옆을 숨을 죽여가며 빠져나간 일도 있었다. 어느 바위산에서 토벌대에 행군 측면을 급습당해 수십 길 되는 벼랑을 사태처럼 밀려 떨어지기도 하고, 어떤 때는 풍비박산이 되었다가 다시 모이기도 했다. 그사이 사상자는 자꾸만 늘어나고 전투 때마다 분산 낙오되어 행방이 없어지는 대원도 많았다.

통신사의 일행은 그 행군 중에도 머무는 곳마다 계간수를 막아 수력발전으로 전원을 보급하면서 통신발행을 계속했다. 아마도 그 통신은 세계 통신사상 가장 희귀한 통신이 되었을지도 모른다.

일반부대와는 거의 접촉이 없었기 때문에 우리는 알지 못했지만 이 시기에는 대열을 이탈하여 도주하는 대원도 간혹 있었던 것 같다. 신암리라는 야산에서 머물고 있던 어느 날, 이단오 기사와 함께 수력발전에 적합한 산간수를 찾으러 마을로 뻗은 어느 계곡을 더듬어 가다가 쏟아놓은 피가 아직도 굳지 않은 시체 한 구를 발견한 일이 있다. 총소리도 없었고 토벌대가 올라온 흔적도 없는데 이상한 일이라 생각하면서 시체를 기웃거리고 있는데 옆의 풀섶에서 전투대원 둘이 걸어 나오면서 우리들에게 들으라는 듯이 중얼거렸다.

"이 자식이 아마 뭘 얻어먹으려고 동네에 내려가다가 매복에 걸린 모양이지."

그 전투대원이 사라진 후 이 기사가 고개를 설레설레 흔들며 나를 쳐다봤다.

"몇 분만 더 나가면 아주 큰 마을인데 죽으려고 혼자 뭘 얻어먹으러 가."

그 시체는 탈주하려다가 초병의 총창에 피살된 것이거나 어떤 사유로 처단된 것이 분명했다.

사나흘 정도 머물렀던 신암리의 트도 토벌대의 습격을 받았고, 교전 끝에 밀려나 정착한 곳이 성수산(聖壽山, 1,059m)의 성수리 계곡이었다. 성수산의 제2봉은 흡사 장군봉 투구바위 모양으로 큰 바윗덩이를 이고 있어 모두들 '투구바위'라고 부르며 두고 온 회문산을 그리워했다.

성수산은 표고만은 1천 미터가 넘지만 당시는 나무가 거의 없는 벌거숭이 산이었다. 그리고 산 모양이 단순해서 깊은 골짜기나 둘러친 강물도 없어 요해(要害)로서는 회문산에 비길 바 못 되었다. 이 성수리 트도 며칠을 부지하지 못하고 다시 토벌군의 총탄에 쫓겨 뿔뿔이 분산된 채 이웃 팔공산(八公山, 1,150m)으로 옮겨 앉았다.

이때는 통신사의 일행도 흩어져버려 나는 혼자서 낯 모르는 비무장 대원(아마도 회문산 주변 부락민) 대여섯 명의 뒤를 따르다가 어느 능선에서 토벌군의 수색대를 만나게 됐다. 총 한 자루 없는 일행이었으니 도리 없이 낙엽을 뒤집어쓰고 마른 잡초 속에 엎드려 숨을 죽이고 있었다. 수색대는 마침 근처를 배회하던 다른 낙오자 한 무리를 발견하고 잠시 사격전을 벌인 끝에 그중 1명을 사살하고는 어디론가 사라져버렸다. 이때 동행한 비무장 일행 중에 갓난아이를 업은 젊은 여인 하나가 끼여 있었는데 수색대가 사라지고 모두들 다시 움직이기 시작하는 데도 그녀는 그냥 넋을 잃고 앉아 있었다. 여인은 아기가 울음소리를 낼까봐 목을 졸라 죽인 것이다. 전란 중에 태어나 이 산 저 산 끌려다니다가 한 평도 못 되는 공기를 마시고 어미의 손에 의해 죽임을 당한 가련한 목숨이여…….

십여 명으로 불어난 일행은 그 어린 주검과 사살된 전투대원의 시체에 흙을 덮어주고 팔공산으로 가는 가파른 사면을 내려갔다. 팔공산 동편 기슭에 조촐한 암자[신광사(信光寺)]가 있었다. 어느 때 창건한 절인지 이끼 긴 박석돌들이 고색창연하고 옥 같은 계류가 경내를 흐르고 있었다. 주승이 있는지 없는지 열어젖힌 대웅전에 퇴색한 금빛 부처님이 대자대비의 미소를 머금으며 지친 짐승 떼 같은 빨치산의 무리들을 뜰 아래 굽어보고 계셨다. 만일에 극락세계가 정말 있는 것이라면 조금 전 저 능선에서 숨진 죄 없는 어린 넋을 그리로 거두어주소서……. 나는 마음속으로 그렇게 되뇌었다.

미처 비상선도 정하지 않았지만 빠질 길이 그 길밖에 없었기 때문에 뿔뿔이 흩어졌던 대원 거의 모두가 그 절로 모여들었다. 대낮의 급습이었기 때문에 사상자가 상당히 많았다. 중상을 입고 피투성이가 된 대원 하나가 절 마당까지 업혀왔다가 곧 숨을 거두었다. 절 옆 잡목 숲에 그 시체를 묻고 있는데 도당 위원장 겸 유격사령관인 방준표가 막료 서너 명을 거느리고 다가오더니 침통한 표정을 지으며 작업하는 대원들에게 말했다.

"입을 것을 못 입고, 먹을 것을 못 먹고, 갖은 고생을 하다가 간 주검이다. 시체라도 잘 묻어줘라. 중국 공산당은 추위와 굶주림과 국민당군의 끊임없는 추격 속에서 8할의 동지를 잃으면서 남부여대, 2만 5천 리

장정을 해냈다. 오늘날 중국의 혁명을 성공시킨 정신적 바탕은 아직 청소(靑少)했던 중공당으로 하여금 그 고난의 대서천을 이루게 한 필승의 신념, 바로 그것이다. 우리가 오늘 고통스러운 동진(東進)을 계속하고 있지만 동무들의 피로 물들여진 이 길은 조국을 혁명으로 이끄는 영광스러운 길이 될 것이다. 우리에겐 빛나는 군기(軍旗)도 없고 화려한 열병식도 없지만 그러나 우리 앞에는 중국 공산당과 같은 위대하고 찬란한 승리가 약속되어 있는 것이다."

방준표는 대단한 선동 연설가였다. 해사한 얼굴에 홍조를 띠며 언제나 아주 간경하고 감동적인 언변으로 대원들의 심금을 찔렀다. 그의 곁에는 언제나 적성 동무를 비롯한 막료들과 약간의 호위병이 뒤따르고 있었으며, 아직 소녀티를 벗어나지 못한 젊은 여인 하나가 대원들에게는 알게 모르게 그를 수행하고 있었다. 그 여인은 드물게 보는 미인이었으나 매우 병약해서 때때로 사역병의 부축을 받으며, 어떤 때는 등에 업혀 대열을 따르고 있었다. 이 여인, 신단순(?)은 54년 1월 방준표와 함께 덕유산 비트에서 은신 중 토벌대가 들이닥치자 자폭함으로써 고달팠던 그 여로를 마친다.

방준표의 침소는 행군 중이라도 군막이 둘러쳐지고 파수병이 주변을 지켰다. 그 행군 중 나는 단 한 번 그의 숙소에 들어가본 일이 있다. 그 집은 지붕이 썩어 내려앉은 화전민의 산막이었는데, 방준표의 방은 무색포장으로 벽을 가리고 마치 새댁 방처럼 깨끗이 꾸며져 있었다. 에누리 없는 산중귀족이었다.

팔공산도 표고상으로는 꽤 높은 산이지만 당시는 역시 수목이 거의 없고 산세가 단조로울 뿐만 아니라 장수읍 등 큰 마을들이 너무 가까워 아지트로는 적합하지 않았다. 이 점은 성수산도 비슷했는데 도사령부는 무슨 이유에서인지 그날로 팔공산을 버리고 성수산으로 되돌아와 사근이골이라는 곳에 트를 잡고 십여 일을 거기서 머물렀다. 그때 사령부가 조금 더 동진해서 소백산맥 본줄기로 들어서지 않고 성수산 주변을 전전한 것은 아마도 보급사정 때문이었을 것이다. 산이 깊을수록 은폐하기는 좋겠지만 그에 비례해서 보급사정이 나빠지기 마련이며, 더구나 그때는 산촌의 식량사정이 가장 군색한 3월이었으니까.

성수산의 대열정비

사근이골에 트를 잡은 후, 한동안 극성스럽던 토벌군의 공격도 잠잠했다. 이 무렵, 이 지역을 담당했던 국군 제11사단이 제8사단과 임무교대를 하고 있었던 것이다.

여기서 도사령부는 대열을 27·36·478의 3개 부대로 개편했다. 이 중 27부대는 대부분이 비무장대원으로 편성된 보급전문 부대였고, 36부대는 독수리병단과 기포병단·보위병단이 기간이 된 전투부대, 478부대는 벼락병단과 땅꼬병단을 기간으로 한 전투부대였다. 각 부대의 병력은 150명 전후였다. 그동안 사망자와 이탈자가 있는 대신 부근의 군당·면당으로부터의 보충대원이 있었다. 그래서 각 병단의 내용이 많이 바뀌어 있었지만 벼락과 땅꼬가 중심이 된 478부대가 여전히 최강 부대로 꼽히고 있었다.

보급부대인 27부대는 자연 전투능력이 낮은 여성대원과 비교적 나이 많은 대원이 많았는데, 그 문화부 사령으로 고영곤 기자가 임명을 받으면서 나를 문화부 중대장으로 추천했다. 그때까지 우리는 전원(電源)을 자체조달하면서 비록 간략한 통신이지만 끊이지 않고 발행하고 있었다. 김 지사장은 적 후방에서 이처럼 통신을 발행해온 일은 아마 전례가 없을 거라면서 자랑을 하고 있었으나 사실은 이미 정상적인 통신업무를 계속할 단계는 아니었다. 고 기자나 나와 같은 편집요원은 더구나 할 일이 없어 통신기재를 운반하는 일이 고작이었다. 배터리에는 황산액이 충전돼 있기 때문에 여간 잘 포장을 해도 짊어지고 뛰면 그 액이 흘러 옷을 태우고 살갗까지 화상을 입었다. 그래서 사령부에 부탁해서 건장한 대원 몇을 지원받아 배터리를 운반케 했는데 그러고 보니 고 기자와 나는 하는 일 없이 덜레덜레 통신사 뒤를 따라다니는 그야말로 좌불안석의 신세가 된 것이다.

우리가 27부대로 떠나간 후 통신사는 해체나 다름없는 형편이 되었지만 수신업무만은 그후에도 꾸준히 계속됐다. 전북 사령부가 지리산으로 이동한 후에도 고학진 무전사와 이단오 기자는 반야봉 비트에 들어앉아 통신업무를 계속하다가 그로부터 2년 후에야 토벌대 수색대에게 비트를 습격받는다. 다만 고 기자와 나는 성수산의 부대 개편을 계기로 통신사와의 관계가 완전히 끊어진 셈이 됐다. 따라서 우리가 조선중앙통신사의 기자직을 떠난 날짜는 1951년 3월 하순의 어느 날이 되는 것이다.

27부대의 문화부 사령이 된 고영곤은 나를 문화부 중대장으로 임명하고 난 후 단 둘이 있는 자리에서 이렇게 말했다.

"니 동무래. 니거 공티사가 아니라 조직원(당원)이 아니면서 둥대장이 된 녜가 없디 안나. 내래 어거디로 우겨댔구먼. 그래도 둥대장이 좀 편하겠기 말디. 그러니끼니 우리 피차 잘 해보세나. 나도 든든하구먼."

그것은 사실이었다. 남북 노동당이 합당을 했다지만 남로당계는 상대적으로 불이익을 감수해야 하는 경우가 많았다. 47년 이래의 남로당은 지하조직이 돼서 당증 같은 것은 물론 없었고, 사변이 일어날 무렵에는 그 지하조직도 거의 와해됐기 때문에 조직선을 찾아 당원임을 인정받기가 매우 어려웠다(극히 까다로운 재심사를 받아야 했으며, 새 입당은 거의 받아들여지지도 않았다). 사변 당시 남한 점령지역의 중요 직위를 북로당계가 거의 모두 차지한 데는 남로당계의 그러한 핸디캡이 작용했었다. 나는 대답 대신 그냥 미소를 지어 보였지만 한 솥의 밥을 먹어오던 고영곤의 호의는 이해할 수 있었다.

아닌 게 아니라 문화부 중대장이 되면서 숙식 수준은 얼마큼 나아졌고 고영곤이 직속사령이니 마음도 한결 편했다. 함경도 출신인 북로계의 서(徐) 모라는 중대장과 나는 대원들 것에 비해 특별히 방풍이 잘된 초막에서 기거하면서 두 사람의 여성 연락병이 따로 '조직(취사)'해서 바치는 특별식을 들었다. '사업(전투나 보급투쟁 등)'을 나갈 때나 돌아왔을 때나 연락병들이 모든 시중을 들어주었다. 우선 식사를 얻거나 그릇을 씻기 위해 대원들 틈에서 아귀다툼을 하지 않아도 되는 것만도 큰 호강이었다.

당원인 서 중대장은 나보다도 더 편한 생활을 했다. 그는 이 핑계 저 핑계를 대고 보급투쟁까지 잘 나가질 않았다. 밤중에 험한 산길을 몇십 리 밖 부락까지 나가서 쌀가마를 지고 오는 일은 위험도 하거니와 신체적으로 여간 고역이 아니었기 때문이다. 중대장이 핑계가 많으니 문화부 중대장인 내가 거의 그 고역을 도맡아야 했다.

식량사정은 말이 아니어서 그 무렵 대원들에게는 쌀·보리·밀, 닥치는 대로 삶아대는 한 홉 정도의 밥이 지급됐고, 반찬은 언제나 각자가 지니고 다니는 소금뿐이었다. '당증(숟갈)' 하나씩을 들고 솥 둘레에 앉아 왼손바닥에 털어놓은 소금을 혀끝으로 핥아가며 밥을 먹는 것이다. 이 소금밥은 어느 도당·군당을 막론하고 남한유격대 전부에 공통되는 식사방식이었다. 동기(冬期) 공세 때는 그 소금마저 떨어져 며칠씩 맨 밥덩이를 삼킨 일도 있는데 상상 이상으로 고통스러웠다.

채소류는 더구나 입에 대볼 기회가 없었다. 북극의 에스키모 족은 야채를 먹지 않지만 초식동물의 날고기를 먹기 때문에 간접적으로 채식을 하는 셈이 되어 건강을 유지한다는 이론이 있다. 그러나 채식이 전통인 한국인에게는 영양상의 문제에 앞서 채소를 못 먹는 그 자체가 고통이었다. 그래서 보급투쟁 때 국물이 줄줄 흐르는 김치를 주머니에 넣고 다니며 씹는 대원도 있었다(비닐 종류는 구경하기 힘들던 시절이다). 그러면서도 정상 이상의 건강을 유지한 것을 보면 비타민이 어쩌고 하는 영양학자들의 말이 무색할 일이었다.

간부들만은 그래도 한두 가지의 반찬이 연락병들에 의해 마련됐고 식사의 양도 대원들보다는 넉넉했다. 나는 그런 '특별식'을 들면서 마음속에 항상 불안감을 느꼈기 때문에 어떤 기회에 고영곤 문화부 사령에게 그것이 공생공사하는 빨치산 사회에서 일종의 부조리가 아니겠느냐고 물어보았으나 그의 견해는 전혀 달랐다.

"거 무슨 소리디? 뎐사(사병)와 군관은 먹는 것부터 달라야 하디. 첫째는 간부의 위신을 디키기 위해서 기래야 하고, 둘째는 간부의 보존을 위해 그기 필요하단 말이디. 군관의 복색이 뎐사들과 다른 것은 식별하는 데 편리해서가 아니라 간부의 위엄을 세우기 위해서디만 니것도 마찬가디디. 닐본군의 장교복장이 좀 그럴듯했나. 금모루 계급장에 가죽장화를 신고 군도를 차고 군복의 천까지 달랐디. 그 위풍당당한 차림새를 보면 벌써 졸병과는 인종이 다른 것 같아 감히 넘볼 수가 없었디. 한데 말이디. 닐본군은 야전에서 급조 변소를 만들 때 땅바닥에 골을 길게 파고 거기에 줄줄이 웅크리구 앉아 용변을 보는 수가 있디 않나. 한

번은 등대장인 대위가 그렇게 까구 앉아 뒤를 보는 것을 보구 '거 장교도 별 수 없구먼' 하는 식으루 존경심이 일시에 사라져버리디 않갔나. 아무리 급해도 장교 변소는 따로 만들었어야 했던 거이디. 먹고 싸는 차이는 있디만 이티는 마찬가디디. 알갔나?"

"허 참……."

"그리구 간부 한 사람의 건강관리가 우리 투쟁에 얼마나 큰 영향을 미티는가? 간부 한 사람의 보존이 공화국을 위해서 얼마나 소중한 일인가 생각해보게나. 결코 호사나 차별이 아니란 말이디."

"글쎄? 조리가 설 듯도 하고 안 설 듯도 하네만 문화부 사령 동지 말씀이니 그쯤 접수해두기로 하겠네."

"니 사람 덩말이야. 그게 조국과 닌민을 위해 통성하는 길이라고 생각하고 되도록 잘 먹어두게나."

우리가 하는 일은 보급투쟁뿐이었다. 약해서 '보투', 대원들은 이것을 '사업'이라고 불렀다. 기동로가 있는 장수리 근방을 피하려니까 가까운 마을이래야 보통 왕복 오륙십 리 길은 걸어야 했다. 나는 지리를 전혀 모르니까 길잡이와 경비를 맡는 정찰대원 몇몇의 뒤를 무작정 따를 뿐이었다.

보급투쟁에도 몇 가지 요령이 필요했다. 사실상 빨치산의 손이 닿을 만한 산간부락에는 식량의 비축이 있을 리 없고 다소의 여유라도 있는 집에서는 야지에 있는 큰 부락에 소개(疏開)해놓든가 집 근처 산죽숲에, 혹은 구덩이를 파서 감춰 두었다. 부락민으로서는 그게 생명이니까 당연한 일이지만 빨치산도 먹어야 사니까 갖은 방법을 써서 그것을 찾아냈다. 여기에 요령이 필요했다.

부락민이 생각해낼 만한 은닉처는 대개가 비슷했다. 그곳을 재빨리 발견해서 두세 말 정도를 가마니에 꾸려 지고 미리 약속된 장소에 모이는 것이다. 세 말이면 쌀의 경우, 가마니 무게와 기타 장비를 포함해서 대충 30킬로그램가량 되니까 산길을 행동하는 데는 대개 그 정도가 한정이었다.

은닉처를 찾아내지 못해도 어느 집이든 양곡 한 톨 없다고는 할 수 없으니까 말막음으로 몇 됫박의 잡곡은 집 안에 남겨두기 마련이므로 약삭빠르게 여러 집을 찾아다니면 두어 말은 꾸릴 수 있었다. 빨치산이 자주 드나드는 마을은 양곡도 동이 날 뿐 아니라 은닉하는 요령도 능숙해졌다. 찾아내는 요령도 그에 따라 지능화됐지만 워낙 식량이 바닥이 나면 때로는 생각도 못할 엉뚱한 먼 부락을 '원정'하기도 했다.

명분이야 어떻든 그것은 멀쩡한 산적질이지만, 산적질은 그것대로 어떤 스릴과 수렵 취미 비슷한 것을 느끼게 한다. 모두가 철저하게 '정신무장'이 돼 있는 것은 아니며 적어도 습격하고 있는 동안만은 법이 없는 세상이니까 일종의 광폭성을 띠기 쉬웠다. 빨치산과 주민은 고기와 물의 관계여야 한다는 말을 자주 한다. 민심을 잃고 싶지는 않지만 생명을 부지하기 위해서는 '보급투쟁'을 안 할 수가 없고 마을 사람들로서는 자기 물건 강탈당하고 좋아할 까닭이 없으니 '물과 고기의 관계'가 유지될 도리가 없음은 물론이다.

그래서 간부들은 꼭 필요한 식량이나 피복 이외에는 마을 사람들에게 피해를 주지 않도록 단속을 했지만 그게 언제나 철저할 수는 없다. 다만 산간의 절이나 민가는 빨치산 생활에 도움은 될망정 소각해야 할 이유는 전혀 없었으니 빨치산이 방화를 일삼았다는 얘기는 이해할 수가 없다.

각설하고, 보급투쟁에서 위험을 느끼는 것은 마을에 들어갈 때나 들어가서가 아니라 짐을 지고 돌아오는 귀로의 매복이었다. 짐 때문에 행동도 부자유스럽지만 아무리 서둘러도 마을에 있는 동안에 경찰대가 출동해서 귀로를 차단할 만한 시간 여유가 생기기 때문이었다. 더구나 돌아오는 길은 아무래도 신체적으로 지쳐 있고 긴장도 풀려져 기강이나 대오가 느슨해지기 마련이었다. 이런 때 매복에 걸리면 수습할 도리가 없게 된다. 그래서 무장대원이 정찰 역할을 하면서 선도하지만 막상 기습을 당하면 그게 무슨 힘이 될 수가 없었다. 빨치산의 출입 루트는 대개 일정했으니까 경찰대가 매복만 한다면 보급투쟁을 봉쇄하는 것은 어렵지 않았을 터인데 내 경우는 그런 예를 보지 못했다.

귀로 차단은 고사하고 빨치산이 마을을 습격하고 있다는 상황을 알 만한 가까운 거리에서도 경찰대의 출동은 의외로 더디었다. 대개의 경우 빨치산들이 노략질을 마치고 마을을 떠난 후에야 말막음으로(?) 먼 데서 총소리를 내는 정도가 고작이었다. 설사 접근해오더라도 빨치산 측이 적당한 응사만 하고 있으면 악착같이 공격해오는 일은 거의 없었다. 그런 형편을 알고 있기 때문에 마을에 들어간 빨치산들은 유유히 작업을 마친 후 한 녘으로 총소리를 들으면서 밤참을 지어 먹기도 하고 교대로 잠까지 한숨씩 자고 떠나는 수도 있었다.

이 시기의 경찰대는 산악지대의 지서인 경우 의용경찰까지 합쳐 수십 명씩의 무장병력을 가지고 있었지만, 밤이면 돌로 튼튼하게 쌓아 올린 보루대에 들어가 자신들을 보호하는 데만 급급한 실정이었다. 빨치산들의 세가 아직 상당하던 때니까 상대적으로 산악지대의 경찰은 사기가 위축되어 있던 시기라고 볼 수 있다.

빨치산들이 할 짓을 다 하고 마을을 떠난 다음에는 경찰대가 들어와서 밥을 해주었느니, 식량을 제공했느니 이러쿵저러쿵 부락민을 들볶기 때문에 선량한 촌민들만 이래저래 고초를 겪게 돼 있었다. 당시 소백산맥 주변 주민들의 고통이 어떠했는가는 바로 이 무렵(51년 2월 10~11일) 일어났던 유명한 거창사건만 봐도 알 수 있다. 경남 거창군 신원면(神院面)에 공비토벌차 나갔던 국군 제11사단의 한동석(韓東錫) 대대가 젖먹이를 포함한 어린이 227명, 60세 이상 노인 180명과 대부분이 부녀자들인 마을 사람 663명을 '통비분자(通匪分子)'라 해서 모조리 기관총으로 학살한 사건이다. 이 사건은 후일 계엄사령부 민사부장 김종원(金宗元)이 국군 사병을 빨치산으로 위장시켜 국회 조사단의 접근을 방해한 사건 때문에 유명해졌다. 이 사건을 계기로 국회 조사단이 조사한 바에 의하면 조사단이 파악한 것만도 토벌대에 의한 무고한 양민 학살이 8,522명(경남 2,892명, 경북 2,200명, 전북 1,028명, 전남 524명, 제주 1,878명)에 달해 세인을 놀라게 했으니 당시 산간부락 주민의 고통과 공포가 어떠했으며, 아무리 전시하(戰時下)라 해도 사람의 목숨이 얼마나 경시됐던가를 짐작게 한다. 또한 그로부터 10년 후, 4·19혁명으로 해서 이승만정권이 무너지자 거창사건의 피살자 유가족들이 들고일어나 사건에 관련된 당시의 면장을 생화장한 끔찍한 사건이 있었으니 인명살상의 원한이 얼마나 뿌리깊은 것인가를 일깨워주는 교훈이 될 것이다.

빨치산과 여성

어느 날 밤 나는 대원들을 이끌고 한 번도 발을 들여놓은 일이 없는 장수읍 가까운 어느 마을에 보급투쟁을 나갔다. 읍이 가까운 관계인지 살림들이 제법 깔끔하고 유복해 보이는 마을이었다. 장수읍 쪽으로 무장대원을 배치하고 보급대원들이 흩어지는 것을 보고 나서 나는 혼자 마을 어귀에 있는 한 외딴집에 들어섰다.

마루에 올라서며 주인을 찾는 순간, 방 뒷문이 여닫히는 소리가 분명히 들렸다. 이상하다 싶어 급히 방문을 열어젖혔더니 인기척은 없고 분냄새만 확 끼쳐왔다. 젊은 집주인이 자다가 놀라 뒷문으로 도망친 것이 분명하기에 몸이라도 좀 녹이고 갈 양으로 성냥불을 켜서 마침 눈에 띈 호롱불에 붙여놓고 아랫목에 깔려 있는 이불 밑으로 발을 집어넣다가 깜짝 놀라 물러섰다. 이불 속에서 무엇인가 발에 집히는 것이 있었다.

나는 두어 발짝 물러서서 총을 겨누며 '일어서' 하고 소리쳤다. 그제야 부스스 이불깃이 들리며 얼굴을 내미는 것은 갓 스물이나 되었을까 싶은 여인이었다. 그러고 보니 머리맡에 놓인 베개가 신혼 방에서나 볼 수 있는 기다란 원앙침이고 방 단장이 분명히 새댁 방이었다. 하필 신혼부부의 침실에 뛰어든 것이다.

솔직히 말해서 죄책감에 앞서 슬그머니 호기심이 고개를 들었다. 머리만 내놓고 오들오들 떨고 있는 신부는 불빛으로 얼핏 보아 시골 여인답지 않게 땟물을 벗은 미인이었다.

"겁내지 말고 일어나 앉아요!"

그러나 신부는 일어나지를 않고 우물대고 있는데 가만 보니 발치로 발을 내밀어 벗어놓은 옷을 더듬고 있었다. 희고 포동포동한 종아리가 눈을 끌었다. 순간 짓궂은 생각이 들어 총끝으로 그 옷을 저만큼 밀어내버렸다. 그제야 여인은 할 수 없다는 듯이 상반신을 일으키며 입을 열었다.

"목숨만은 살려주시오, 잉."

"겁내지 마. 우린 사람 죽이는 사람이 아냐. 하여간 일어나요."

여인은 손으로 가슴을 가리며 일어나 앉았다. 속치마도 걸치지 않았던지 불룩한 우윳빛 젖가슴이 손가락 사이로 그대로 드러나 보였다. 나는 침을 꿀꺽 삼켰다.

"쥔은 어디 갔지?"

"마실 가서 아직 안 돌아왔어라우."

"뭐야? 금방 뒷문 여닫는 소릴 들었는데."

"……."

"뭐 도망갈 만한 일이 있나? 의용경찰 나가지?"

"아이구 아니라요."

"그런데 왜 도망을 가?"

시골의 젊은 청년이 어디고 소속하지 않고 배겨날 시절이 아니었다. 벽에 걸린 경찰 모표가 달린 전투모가 눈에 띄었다. 모처럼 비번이 되어 집에서 신부와 단꿈을 꾸던 참이었던 모양이다.

"저건 뭐야? 저 모자 말이야!"

순간 여인의 안색이 변하며 사시나무 떨듯 떨기 시작했다.

"쌀이구 옷이구 다 드릴 텡께 목숨만은 살려주시오, 잉. 할 수 없이 의용경찰은 나가지만 한 일은 통 없어라우. 살려주시오, 잉."

여인은 젖을 가리던 손까지 잊고 애원을 하기 시작했다. 그것을 보자 나는 호기심이 잔인성으로 돌변하는 것을 의식하면서 총 끝으로 이불을 걷어 젖혔다. 어쩌면 신부는 완전한 나체였다. 당황해서 속치마를 찾아 입을 겨를이 없었던 것이다. 신부는 손을 아랫배로 갖다 댔다. 희미한 호롱불 밑에서 그것은 넋을 잃을 만큼 자극적인 자태였다. 까닭 없이 부아가 치밀었다.

"언제 시집왔나?"

"두어 달 됐어라우."

"남편이 좋나?"

"……"

"지서엔 며칠만큼 나가나?"

"하루 걸러 나가라우."

"오늘은 비번이군. 몇 시에 돌아왔지?"

"좀 전에 돌아왔어라우."

"그럼 막 재미를 보던 참이군."

"……"

여인은 그런 경황에도 눈을 내리깔고 입을 빙긋했다. 망할 것 같으니…….

"좋아. 해치진 않을 테니 일어나봐."

"아이구 살려주시오, 잉. 물건이라면 뭐던지 다 드릴 텡게 몸만은……"

"해치진 않는다잖나. 일어서서 당신 손으로 이불을 개어봐."

"야?"

"이불 밑에 총이나 뭐 감춘 거 없어?"

"그런 거 없어라우."

그제야 여인은 다리를 꼬고 일어서서 이불을 접어 보이고는 다리를 웅크리고 어색하게 앉았다. 순간 아랫배의 검은 것이 보였다.

'나는 지금 이 여인을 마음대로 할 수 있다. 나는 법률의 힘이 미치지 않는 곳에 있다. 이 시간 현재 나는 생살여탈권을 가지고 있는 이 마을의 절대군주이다. 빨치산이라면 덮어놓고 사람 죽이는 것으로만 알고 있는 이 의용경찰의 아내가 아지트까지 찾아가서 고발할 까닭도 없다.'

나는 침을 꿀꺽 삼키며 공포에 떨고 있는 여인의 나신을 핥듯이 훑어봤다. 가슴이 두방망이질 쳤다. 그러나…….

'가만…… 너는 언제나 휴머니스트요, 높은 교양을 지닌 인격자처럼 행세해왔다. 그건 모두 기만이며 위선이었단 말인가? 너는 훌륭한 코뮤니스트가 되겠다고 다짐해왔다. 인민의 편임을 자부해왔다. 그러한 네가 잠시의 쾌락 때문에 인민을 짓밟고 야수의 영역으로 전락할 셈인가?'

나는 아무 말 않고 호롱불을 불어 끄고는 차가운 야기(夜氣) 속으로 나와 서서 커다랗게 심호흡을 했다. 그리고 별이 반짝이는 하늘을 쳐다봤다. 신비롭고 장엄한 밤하늘이었다. 인간의 가슴속의 도덕률만큼이나 그렇게……

차제에 빨치산의 이성관계에 대해서 잠시 언급하고자 한다. 공산사회의 다른 분야에서나 마찬가지로 빨치산에는 여자대원이 수월찮게 있었다. 좌익운동에 가담한 여성 중에는 외향적이고 활동적인, 쉽게 말해서 겁이 없는 여성들이 비교적 많았고 '순교적' 감상에 사로잡혀 있는 이른바 '열성 당원'이 적지 않았다. 좌익에 투신하고 있는 애인에 대한 사랑이 그렇게 만든 경우도 있었다.

특히 여성이 총을 드는 것을 별로 기이하게 여기지 않는 관념은 2차 세계대전 때 병력자원이 고갈된 소련이 다수의 여성 전투원을 동원한 유습인지도 모른다. 아무튼 '빨치산의 여성'은 상식처럼 인식되어왔고 그래서 빨치산을 다룬 드라마를 보면 대개가 인육이 난무하는 세계처럼 그려져 있다. 그러나 실상은 남녀 단 둘이 잠자리를 같이 한다 해도 정상 사회에서 생각하는 것처럼 이성관계가 생기는 것은 아니다.

특별히 '정신무장'이 잘 돼서 그렇다는 것이 아니라 심리적·육체적 조건이 자연 이성관념에서 멀어지게 하는 것이다. 남부군과 같은 순수 유격부대의 경우는 더욱 그랬다. 일정한 거점 없이 행군과 전투로 지고 새는 긴장과 불안의 나날이 계속되기 때문에 다른 잡념이 끼어들 여유가 없어지는 것이다. 훗날 내가 정상 사회로 돌아왔을 당초에는 전경대원들이 여자를 보고 희롱하는 것을 보고 이상하게 느꼈으며, 정상적인 이성관념이 되살아나는 데 반년쯤 걸렸던 것으로 기억한다. 여성대원의 경우 지방당 소속 대원은 모두 정상적인 '생리'를 갖고 있었으나 남부군의 여성대원은 거의 생리가 정지된 상태에 있었다는 얘기를 들은 적이 있다. 남녀 간에 일종의 정신적 성불구 상태가 되는 것이다.

다만 환경조건이나 부대의 분위기에 따라서는 그렇지 않은 경우도 있었던 것은 사실인 모양이다. 비교적 심신에 여유가 있는 도당, 군당의 고위간부들 중에는 이른바 산중처(山中妻)라는 것을 거느리고 다닌 예도 간혹 있었다. 하급자는 이성 간에 눈치만 좀 이상해도 엄청난 과오처럼 문책하면서 고위간부는 비판의 권역 밖에 있었으니 이것은 이론의 여지가 없는 부조리였다. 남부군의 경우도 이현상 하나에게만은 '시중을 드는' 여인이 한 사람 있었던 것으로 안다.

우리가 면당이라고 부르던 면 단위의 부역자 그룹 같은 경우는 좀 심한 예도 있었던 모양이다. 이들은 각종 연고자의 루트를 통해서 식량 따위를 공급받으면서 고정 트에 장기 잠복하는 경우가 많았다. 아무래도 전투부대보다 규율이 느슨하고 육체적 부담도, 생활의 변화도 적었다. 남녀가 하는 일 없이 한 구덩이에서 기거하다보니 성적 자극을 촉진시키는 기회도 많았을 것이다. 그래서 이성관계에 얽힌 갈등 같은 것도 생기고 했던 모양이다.

남부군에서는 그런 예조차 없었지만 지방부대에서는 남녀대원들 간에 눈치가 좀 이상하다 싶으면 그 한쪽을 엉뚱한 먼 곳으로 전속시켜 다시는 만날 기회가 없게 만들어버리는 것이 징계방법이었다. 말하자면 귀양을 보내버리는 것인데, 젊은 애인들이 그렇게 헤어지는 광경은 정말 비극적이었다고 한다. 그런데 이러한 이성관계의 엄격한 규제는 대체로 52년 여름까지의 일이고 그해 겨울부터, 특히 휴전협정이 성립돼서 산중에서 사멸할 운명을 의식한 무렵부터는 빨치산 세계의 이성관계는 거의 방임상태가 됐다고 한다. 깐깐하기로 유명했던 박영발 위원장의 방침 때문에 특히 남녀관계가 엄격했던 전남도당 부대의 경우에서조차 임신을 해서 낙태를 하려다가 생명을 잃은 여성까지 몇이 있었을 정도로 성 풍기가 문란해졌었다고 한다.

태평양전쟁 때 사이판이나 필리핀 같은 곳에서 궁지에 몰린 일본군 사병과 간호부들 사이에 거리낌없는 성의 향연이 베풀어졌던 기록을 본 적이 있다. 소위 '옥쇄'를 앞둔 상황에서 유부녀인 특지 간호원이 한 자리에서 십여 명의 병정에게 자진해서 몸을 열어준 실화까지 있었다. 그러한 절박한 극한 심리가 자포자기적으로 성적 욕망을 촉발시킬 수도 있었을 것이다. 순간적으로 '인격'이라는 허울이 벗겨지고 원시로 돌아가버리는 것이다. 그것을 묘사한 '빨치산의 수기'라는 것을 읽은 적이 있는데 그게 일반적인 상황은 아니었다. 마을 여성에 대한 강간 사례도 내가 들은 한에는 없었다. 역시 그 무렵 보급투쟁에서 어느 농가에 들어갔다가 나이 지긋한 아낙 두 사람을 만났는데 무엇을 잘못 생각했던지 "요 고샅 넷째 집에 젊은 각씨가 있어라우. 우리사 늙어 뿌렸승께……"라고 넌지시 말했다. 무슨 뜻인지 잠시 어리둥절하다가 그 고약한 이웃 인심에 기가 차서 욕을 해주고 나온 일이 있었다. 그러니까 그런 봉변을 당한 여인이 혹간 있었을는지도 모른다.

얘기가 빗나갔지만, 보급부대인 27부대에는 비교적 고령대원이 많아 나에게 적지 않은 심적 부담이 됐다. 고령자라고 해서 특별한 배려를 할 도리는 없었다. 당시 사령부 대열에는 '면당 위원장'이라는 애칭으로 불리던 열서너 살의 애가 하나 있었다. 그 애가 어째서 빨치산 대열을 따라다니게 되었는지는 모르지만 매우 영악한 소년이었으며 전 대원으로부터 대단한 귀염을 받고 있었다. 어느 때 방준표 사령관이 이 어린이를 보고 "그 녀석 면당 위원장감은 된다"고 했대서 그런 별명이 붙었다고 들었다. 이런 어린이까지도 행동상 배려를 하는 법이 없었다. 기한이나 강행군에 견디고 못 견디고는 각자의 체력 나름이지 누가 누구를 도울 수도, 도움을 받을 수도 없다. 결국 약한 자는 자연도태되고 심신이 강건한 자만이 살아남기 마련이었다. 지리산에서는 국군의 겨울공세를 만나면 한 자리에서 몇 명씩 얼어죽는 일까지 있었다. 오직 강한 자만이 그 기한을 견디고 살아남았던 것이다. 실로 에누리 없는 적자생존(適者生存)의 세계였다.

어느 날 비가 억수처럼 퍼붓는 속을 나는 백 명 가까운 대원을 거느리고 보급투쟁을 나갔다. 3월의 밤비는 얼음물처럼 차가웠다. 사근이골 뒤의 벼랑길을 십 리쯤 갔을 때였다. 마흔이 약간 넘어 보이는 매우 독실한 인상의 대원 하나가 그와 비슷한 연배의 또 한 사람과 길옆에 비껴 서서 나를 기다리고 있었다.

"중대장 동무, 배가 치밀고 신열이 나서 도저히 못 견디겠습니다. 옳지 못한 일인 줄 잘 압니다만 오늘 저녁만은 돌아가 쉬게 해주실 수 없겠습니까?"

옆의 대원이 거들었다.

"이 동무는 실은 낮부터 열이 대단했어요. 몸은 약해도 태만한 동무는 아닌데……."

입술이 파래서 오들오들 떨고 있는 품이 한눈에도 병자가 분명했다.

"그렇게 몸이 나쁘면서 왜 비까지 퍼붓는데 나왔어요. 진작 말을 할 일이지."

"사업을 태만해서는 안 되니까 웬만하면 견디어보려고 나왔습니다만 도저히 안 되겠어서…… 죄송합니다."

"돌아가 쉬시오. 옷을 잘 말려 입고."

"감사합니다. 중대장 동무."

중년의 그 대원은 뼈가 앙상한 손을 들어 어설픈 거수경례를 하고는 살았다는 듯이 길게 한숨을 쉬었다. 야윈 볼 위로 빗물이 줄줄이 흘렀다.

"동무 입산 전 직업이 뭐였지요?"

"예, 중학교 교원이었습니다."

"자제분이 있겠군요."

"예, 딸년 둘이 있는데 애비가 이렇게 됐으니 지금 어떻게 지내는지……."

그날 밤 나는 그 사내를 생각하며 사뭇 기분이 언짢았다. 이튿날 초막에서 잠을 자고 있는데 서 중대장이 옆에 앉아 엽초를 말아 피우면서 투덜댔다.

"문화부 중대장 동무는 도무지 맘이 약해서레 탈이우다."

"뭐 말이오?"

"보급투쟁에 가다가서리, 여르 좀 난다고 돌려보내서야 어떻게 사업하겠슴메."

"아아 어젯밤 그 대원…… 그 동무 사실 몸이 아주 나빴어요."

"저렇다니깐……요컨대 당성(黨性) 문제 아니갔슴메."

'이 사람, 자기는 맨날 이 핑계 저 핑계를 대고 쉬고 있으면서 그건 당성 문제와 상관이 없는 것인가?'

"마 혁명으로 쟁취하자며느 눈앞에서리 천 명, 만 명이가 피를 토하

고 죽는 거르 봐도 눈이 하나 까딱 말아야 한다느 교시르 모르오? 요는
가족주의르 경계해야 되겠다 그말 아닙메."

나는 "비당원이니까 할 수 없다"는 괄시를 받기 싫어서 그 이상 대꾸
를 않고 말았다.

검은 공포의 열병

어느 날 군부대의 공격이 시작됐다. 성수산 제1봉과 제2봉인 투구바
위를 잇는 곧은 능선은 수목이 거의 없기 때문에 478부대가 교전하는
모습이 건너편 사근이골에서 빤히 바라다보였다. 박격포탄이 한동안
작렬한 끝에 피아의 총소리가 콩 볶듯 들려왔다. 능선의 산병(散兵)이
곧 이곳저곳 무너지기 시작했다. 이미 회문산 시절의 용감하던 벼락병
단의 모습은 아니었다.

기나긴 집시의 대열은 그날 밤 다시 동진의 길을 떠났다. 장수읍 남
쪽 개정교 부근에서 남원으로 통하는 기동로를 넘어 사두봉(蛇頭峯,
1,014m)으로 건너뛴 후, 이제부터 본격적인 소백산맥 본류인 첩첩준령
을 넘고 넘어 사흘 만에 장안산(長安山, 1,236m)에 이르렀다. 이 행군에
서 토벌군은 끊임없이 대열의 서쪽 측면을 위협했고, 27부대는 멀리 경
상도 지경에까지 드나들며 보급을 댔으나, 예쯤 오면 지리를 아는 대원
도 드물어 보급사정은 갈수록 악화됐다.

장안산은 소백산맥 중의 큰 산이지만 서쪽으로 시오 리 거리에 장계
읍이 있어 그다지 좋은 입지조건이 못 됐다. 대열은 장안산에 올라 붙
는 토벌군과 교전하면서 한동안 건너편 백운산(白雲山, 1,279m) 사이의
십 리 골짜기를 전전했다.

백운산은 전라·경상의 양도 경계를 이루는 1천 미터대의 산줄기인

데 행정구역상으로는 그 대부분이 경남 함양군(咸陽郡)에 속해 있고 전북 장수군(長水郡)에 속하는 장안산과 U자형으로 쌍립하고 있어 그 사이에 맑은 냇물이 흐르는 십 리가량의 긴 골짜기를 이루고 있다. 전쟁 전에는 더러 두세 채의 산막촌이 있었으나 그 당시에는 완전한 무인지경이었고, 백운산 동북면은 첩첩으로 인적 없는 험산이 뻗쳐 있어 이 골짜기는 빨치산들에게는 별천지와 같은 안전지역이었다. 수림도 웬만큼 있었다. 광양 백운산이 전남부대의 주근거지였던 것처럼 이 장수 백운산은 그후 수시로 전북부대의 주근거지가 됐었다. 골짜기에는 가지 골짜기마다 물이 흘러 터빈을 돌릴 만한 적소가 도처에 있었다. 어느 날 수차를 설치하고 있는 무전기 기사 이단오를 만나 작업을 거들어준 일이 있는데, 그때 이 기사의 몰골이 회문산 시절에 비해 몰라볼 만큼 초췌한 것을 보고 피차 일반이라며 웃은 일이 있다. 소속은 달라졌지만 고영곤과 나는 그때까지도 기회 있을 때마다 부하대원을 보내어 통신사 일을 돕고 있었다.

백운산 트는 인적이 먼 만큼 보급이 어려웠다. 그 때문인지 혹은 그 무렵부터 유행하기 시작한 전염병 때문이었는지 사령부는 백운산에 오래 머무르지 않고 동북쪽으로 육십령재를 가로질러 덕유산(德裕山, 1,508m)으로 이동했다. 현재 국립공원으로 된 무주군의 덕유산(1,614m)이 아니고 그 남쪽의 제2봉인 소위 장수 덕유산(남덕유산)이다. 신라와 백제의 국경 관문이던 육십령재는 소백산맥을 넘어 영호남을 잇는, 예부터 유명한 재이고 도로가 뚫린 지금도 'ㄹ'자의 굴곡이 수없이 이어지는 험준한 령(嶺)이다. 또한 차량 통행이 빈번한 요로가 돼서 이 고개의 기동로를 넘을 때는 언제나 비상한 경계들을 했다. 반대로 이 재는 백운산과 덕유산에서 지척의 거리이므로 빨치산들이 통행차량을 매복

기습하는 데 매우 유리한 위치가 되는 셈이지만 군경의 초소는 한 곳도 없었던 것 같다.

이 시기, 즉 51년 4~5월에 걸쳐 우리 빨치산들을 엄습한 이름 모를 전염병은 나의 산중생활에 중대한 전환점을 만들었다. 나의 아마추어 적 상식으로는 법정 전염병인 파라티푸스가 아닌가 생각되었지만 사령 부에는 전문의사가 없었기 때문에 정확한 병명은 알 도리가 없었다.

십여 일가량 정신이 몽롱할 정도의 고열이 계속되고 심신이 완전히 탈진되는 점은 장티푸스와 비슷했지만, 장티푸스처럼 발진이 생기지 않고 증세가 가혹한 데 비해 사망률이 그리 높지 않았다. 그러나 같은 시기에 충북 속리산 주변에서 이와 비슷한 전염병을 만난 남부군 유격 대는 상당한 사망자를 냈다고 하니까 알 수 없는 일이다.

이 병은 회복기에 들면 식욕이 못 견딜 정도로 왕성해지는데 이때 과 식을 하면 영락없이 열이 재발했다. 또 병중에 기름기를 먹으면 열이 심해진다고도 했다. 요컨대 소화기능이 극도로 악화되는 것이다. 그래 서 회복기 환자에게는 철저한 절식(節食)을 시켰지만 환자들은 거의 미 친 사람처럼 되어 아는 대원을 찾아다니며 밥을 얻어먹고 닥치는 대로 산나물, 풀뿌리를 뜯어 먹었다. 그러다가 열을 재발, 삼발시키는데 이것 을 두 탕째, 삼 탕째라고 했다. 병이 완치된 후에도 상당 기간은 표정까 지 멍청하여 통 기운을 차리지 못했다.

이 전염병은 백운산 트에서 시작되어 덕유산으로 이동한 즈음에는 온 부대를 휩쓸어 삽시간에 거의 반 수 가까운 대원이 앓아 눕게 되었다.

장수 덕유산은 무주·장수·거창·함양의 4군 경계선이 부챗살처럼 모여 있는 소백산맥의 큰 마디인데 사령부는 그 전라도 쪽 측면에 트를 잡았다. 검은 바윗돌로 뒤덮인 소위 '흐른바위' 사면이었다.

여담이지만, 전북도 유격사령부는 그후 지리산에 이르기까지 경상·전라 도경을 전전했지만 절대로 전라북도 구역 밖으로 아지트를 옮긴 일이 없었다. 지리산에서도 전북 관내인 남원군 측면 외에는 정착하지 않았다. 이 점은 다른 도당이나 군당의 경우도 마찬가지여서 자기 지역 당 관할 구역 밖으로 이동하는 일이 거의 없었다. 충남북도당 유격부대 처럼 세력이 약하고 의지할 만한 큰 산이 없어 보급투쟁도 제대로 못해 도토리만 주워 먹는다고 '도토리부대'라는 별명이 붙었던 경우라도, 그 도당 사령부는 궤멸할 때까지 타도 관내로 피해 나가지를 않았다.

가령 같은 지리산이지만 경남도당 부대는 경남 관내인 천왕봉 동쪽 중산리골에서 대원사골에 걸친 일대를 근거지로 했고, 전북도당은 남원 관내인 배암사골·달궁골 언저리를 전전했고, 반야봉에서도 남원 측면에만 아지트를 잡았다. 전남도당은 칠갑산·유치산·백아산·광양 백운산 등지가 근거지였지만 지리산으로 이동할 때는 구례·광양 측면인 피아골·노고단 근방에만 드나들었다. 지역당이 아닌 남부군의 경우는 어디고 자유로이 행동했지만 주로 다른 도당의 주거점 밖인 세석을 중심으로 백무골·거림골·대성골을 가장 빈번히 이용했다.

만일 A도 부대가 어떤 사정으로 일시적으로 B도 관내로 이동했을 때는 B도 유격사령부에 그 사실을 알리고 연락을 받은 B도 사령부는 월경해온 A도 부대에, 지리에 밝은 안내원을 붙여주고 당면한 식량대책을 세워주기도 했으며, 혹은 보급투쟁 대상지를 지정해주었다. 이것은 타도 부대가 지리에 어둡다든가 우군끼리의 충돌을 피한다는 뜻도 있었고 텃세 같은 것도 있었겠지만 원래는 죽어도 자기 책임구역을 벗어나면 안 된다는 인식 때문이었다. 실제로 사변 초 자기 임지를 벗어나 도피한 도당 위원장은 모두 책벌됐었다.

각설하고, 우리가 덕유산에 정착한 당초에는 각 부대가 초막을 지을 여력도 없어 그냥 바위 사이에 흩어져 기거하고 있었다. 그렇게 하는 것이 결과적으로 이(蝨)로 인한 전염병 만연을 막는 데 도움이 되었을지도 모르지만 실상 그곳은 온통 바윗덩이로 덮여 있어서 초막을 세울 만한 공간도, 재료도, 인력도 없었다. 보급투쟁을 위해 야지로 내려가려면 역시 엉성한 바윗덩이 사이로 계간수가 흐르는 기나긴 골짜기를 오르내려야 했다. 그 바윗돌을 뛰고 넘고 하며 걷는 것은 상당한 고역이었다. 그래서 모두들 산신령의 지팡이 같은 기다란 작대기를 집고 다니는 것이 유행처럼 되었다. 이 흐른바위 아지트 한 녘에 티프스 환자 백여 명이 넝마처럼 널려서 노숙을 하며 앓고 있었다. 영화 〈벤허〉에 나오는 문둥이의 굴, 바로 그런 광경이었다.

약 같은 것이 있을 턱이 없고 따로 치료방법이 있는 것도 아니다. 깔개도 덮개도 없이 울퉁불퉁한 흐른바위 위에 그냥 버려진 채 자력으로 치유되기를 기다리는 것이다. 그렇게 앓다가 힘 있는 자는 회복되어 나가고 그렇지 못한 자는 죽어갈 뿐이었다. 신음 소리가 멎고 싸라기를 뒤집어쓴 것처럼 허연 이에 뒤덮여 있으면 숨이 끊어진 것이다.

열병 특유의 심한 갈증으로 혀가 말라붙지만 물 한 모금 떠다줄 사람이 있을 리 없었다. 전염이 겁이 나서 가까이 가려고도 하지 않지만 병자의 수가 늘어날수록 상대적으로 성한 사람의 수는 적어지고 부담은 많아지기 때문에 여유가 없었다. 병의 재발을 막기 위해 절식을 시킨다느니보다 성한 대원도 하루 몇 줌의 벼나 통밀을 배당받아서 각자가 돌로 껍질을 벗겨 먹고 연명하는 형편이었으니, 하는 일 없는 병자에게까지 돌아갈 식량은 없었던 것이다. 식량공급이 끊어지자 겨우 몸이라도 가눌 만한 회복기 환자는 바위틈을 기어다니며 풀뿌리를 캐먹기라도 했지만 병이 한창인 자는 며칠이고 생판으로 굶을 수밖에 없었다. 그것은 글자 그대로 생지옥이었으며 검은 공포가 먹구름처럼 온산을 뒤덮고 있었다.

기승을 부리던 전염병이 겨우 한 고비 지난 듯이 보일 무렵 해서 드디어 나에게도 차례가 돌아왔다. 어느 날 몸살 비슷한 근육통과 미열이 함께 느껴졌다. 과로에서 오는 몸살인가 했더니 이틀 사흘 지날수록 몸살기는 더해갔다. 급기야 무서운 고열이 엄습해왔다. 직무에 견디고 못견디고보다 전염병임이 분명해진 이상 대원들과 같이 기거할 수는 없었다. 나는 문화부 사령인 고영곤에게 중대를 떠나겠다고 보고를 하고 내 발로 그 넝마 밭에 들어가 환자들 사이에 끼였다. 불과 한 달 남짓한 나의 27부대 중대장 생활은 이렇게 해서 끝났다.

봄이라고는 하지만 고산의 밤은 매우 쌀쌀했다. 나는 몽롱한 정신을 가다듬으면서 낮에는 따스한 4월의 햇볕을 쪼이며 잠을 자고 밤이면 반짝이는 별들을 쳐다보며 갖가지 상념 속에 지새웠다.

두고 온 서울의 내 집, 젊음을 불태우던 평화 시절의 남녀 친구들, 그들과 거닐던 남산 약수터, 명동의 다방, '청탑'과 '오아시스'…… 장마당 같던 신문사의 마감시간, 6월 28일의 서울 거리, 회문산…… 그렇지, 박민자는 변산의 어느 산 속에서 죽지 않고 살아 있는지…….

어기찬 생명력과 죽음의 무서운 혈투가 대엿새 계속된 끝에 나는 마침내 고열의 고비를 넘겼다. 이때 사령부가 덕유산 중허리를 무주 쪽으로 십 리쯤 옮겨 앉았다. 제 힘으로 움직일 수 있는 병자는 그 뒤를 따랐다. 이 무렵 병자에게는 기강도 소속도 없었다. 그래도 사령부 뒤를 따라가는 것이 안전하다고 생각하는 사람은 제각기 뿔뿔이 대열 뒤를 따르는 것뿐이었다.

사령부가 옮겨 앉은 곳은 풀밭과 관목으로 된 양지바른 사면이었다. 흙과 물이 있는 것만도 여간 대견할 일이 아니었다. 진달래가 관목 사이에 수를 놓고 산새들이 지저귀었다. 나는 두 사람의 동료 환자와 함께 몸을 가릴 만한 엉성한 초막 하나를 장만했다. 언 땅이 풀리면서 초막 바닥이 질퍽거렸으나 마실 만한 물이 가까이 있어 갈증을 면할 수 있었다.

거자수라는 관목이 있었다. 가지를 잘라놓으면 맑은 수액이 뚝뚝 떨어지는데 해마다 철쭉 철이면 열리는 '지리산 약수제'의 약수가 바로 이것이다. 이 거자수 물이 열병에 좋다 해서 초막 근처의 관목 숲을 찾아다니며 그것을 받아 마셨다. 수액이 무척 많아서 그릇을 대놓으면 금세 가득 차곤 했다. 진달래꽃도 따 먹고 찔레 넝쿨의 새순도 벗겨 먹었다.

산촌에 살던 어린 시절, 어머니는 돌나물 김치를 자주 담가주셨다. 그 산뜻한 풋내가 나는 무척 좋았다. 어느 날 거자수를 찾아다니다가 양지바른 바위 위에 돌나물 한 무더기를 발견하고 그것을 따다 소금물에 담가보았다. 어머니가 밀가루 풀물에 돌나물을 담그는 것을 본 기억이 어슴프레 났지만 밀가루가 있을 리 없었다. 그래도 나의 돌나물 김치는 목이 메이도록 그리운 풋향기와 젊은 어머니의 추억을 못 견디게 불러일으켜주었다.

동료 환자 중의 한 사람은 스물을 갓 넘은 청년이었다. 그는 용골산 아래 월치에서 〈신라의 달밤〉을 부르다가 죽은 김이라는 청년과 모습까지 비슷했으며 언제나 양지 쪽에 앉아 그 무렵 빨치산 사이에 유행하던 〈아름다운 봄볕 아래서〉를 부르고 있었다. 전선에 나간 농민 병사의 망향(望鄕)을 노래한 그 멜로디는 북국의 노래답게 애절한 것이었다.

아름다운 봄볕 아래서   진달래와 함께 있으니
저 멀리 아지랑이에   그대 얼굴이 어린다.
목동의 피리소리에   울 밭 넘어 언덕 위에서
귀여운 아기 재우는   그대 얼굴이 어린다.
기다려라 나의 사랑아   이 싸움이 끝날 때까지

　우리 세 사람 중 누군가가 조그만 쇠기름덩이 하나를 갖고 있었다. 쇠기름은 '당증(순갈목)', 소금과 함께 빨치산이면 누구나 지니고 다니는 필수품의 하나였다. 총상·동상 무엇이든 쓰이는 유일한 약이었고 불을 켤 수도 있었다. 쇠고기의 기름기가 아니라 어쩌다 소를 잡아 국을 끓이면 국이 식으며 허옇게 엉겨서 뜬 기름을 뭉친 것으로 식용은 될 수 없고 공업원료로나 쓰이는 물건이다. 셋이서 그것을 끓여 허기를 채운 것이 탈이 되어 내림길에 들었던 열이 다시 도졌다. 소위 두 탕째를 한 것이다. 나는 다시 며칠 동안 고열로 신음해야 했다. 두 탕까지는 보통이고 심한 경우는 네 탕, 다섯 탕을 하다가 기진해서 죽는 그런 특성이 이 병에는 있었다.
　[이 책의 초판이 나온 후 필자는 당시 전남도당 의무과장이었던 의사 이 모 씨로부터 이 전염병에 관한 소상한 제보를 받았다. 그것은 재귀열(再歸熱)이라는 전염병이었으며, 한번 내렸던 열이 두 번, 세 번 다시 도지는 것이 특징이어서 재귀열이라는 병명이 붙었다는 것이다. 이가 전염원이고 고열과 함께 심한 고통을 수반하며 치유 후에도 한동안은 기운을 못 차려 토벌대가 접근하는 것을 보고도 비실비실하다가 맞아 죽는 자가 많았다고 한다. 이 전염병은 51년 2월경 전남부대에서 유행하기 시작하여 산맥을 타고 4월경에는 전북부대로 번져갔고 5월경에는 속리산의 남부군에까지 전염돼갔던 것이다. 전남부대에는

당시 3명의 의사가 있었으나 재귀열이 워낙 드문 병이어서 임상경험이 없어 정확한 진단을 내리지 못했으며, 특효약인 마파상주사약을 상당량 보유하고 있었으면서도 제때에 투약하지 않아 막대한 사망자를 냈었다고 한다. 전남에서는 이 병에 물을 마시면 안 된다고 해서 많은 환자들이 물도 못 마시고 고통 속에 죽어갔었다고 한다. 제보자인 이 씨는 이 병의 임상경험이 있었으나 당시 지리산에 파견 나가 있어 당초 백이산, 광양 백운산 등지에서 창궐하던 이 병을 모르고 있었다고 한다. 소백산맥을 북상하며 번져간 이 전염병으로 아마 1천 명 정도의 희생자가 있었던 것으로 추정된다. 아무튼 이 전염병은 빨치산들에게 엄청난 타격을 준 대사건이었다.]

신록의 백운산

5월로 접어든 어느 날, 걸을 수 있는 환자는 백운산으로 이동할 테니 모이라는 연락이 있었다. 백운산에 가면 보급 사정이 나아진다는 바람에 어지간한 환자는 백운산으로 가겠다고 나섰다.

그즈음 초기의 환자 중에는 이미 건강을 회복해서 대열로 돌아간 사람도 있었지만 대부분은 열이 내린 후에도 탈진한 체력을 회복 못 하고 바보처럼 흐느적거리며 먹을 것만 찾아다니고 있었다. 이 회복기 환자들의 조속한 대열 복귀는 당시 사령부의 최대 과제였다.

나도 두 동료 환자와 함께 백운산 이동대열 속에 끼였다. 열이 아주 가신 것은 아니었으나 사령부와 떨어지는 것이 불안해서였다. 그러나 부대가 모두 한꺼번에 이동하는 것은 아니었던 모양으로 우리는 걷는 것조차 힘겨운 반 폐인들만으로 한 대(隊)가 되어 야간 행군을 시작하게 됐다. 만일 이동 도중 토벌대를 만나면 어쩌나 싶었지만 그래도 어느 해 질 무렵 어두무레한 낙엽송 숲을 4보 간격을 엄격히 유지하며 줄줄이 뻗어가는 대열은 질서가 정연했으며 바람처럼 육십령재를 넘어 새벽녘에는 전원 무사히 백운산에 당도할 수 있었다.

얼마 전 덕유산으로 떠날 때는 나뭇가지들이 앙상하고 응달에는 드문드문 눈 무더기가 남아 있었는데, 날이 밝으면서 눈앞에 펼쳐진 백운산은 시퍼런 갈잎이 만산을 뒤덮어 눈이 부시도록 싱싱했다. 그 잠시 사이에 천지가 초봄에서 신록의 초여름으로 바뀌어 있는 것이 새삼 신비로웠다. 활엽수의 푸르름을 스쳐오는 훈풍은 재생하는 생명력과 마음의 평온을 느끼게 했다.

환자들은 그 녹음 사이를 누비며 장안산과의 골짜기에 있는 '환자 트'에 몇 사람씩 나눠 들었다. 골짜기는 대낮에도 태고처럼 고요했다. 36부대가 우리보다 앞서 백운산에 넘어와 있다는 말은 들었지만 골짜기는 깊고 녹음은 짙어 어디쯤에 있는지 짐작도 가지 않았다.

우리에게는 하루 한 홉 정도의 벼알이 배급되었다. 그것을 제각기 돌에 갈아서 껍질을 벗겨 삶아 먹는 것이다. 겨우 한두 줌의 쌀이라도 그런 석기시대 같은 방법으로 도정한다는 것은 상상 외로 힘이 드는 일이었다. 어디서 빈 병을 구해가지고 그 속에 벼알을 넣고 꼬챙이로 찧어서 껍질을 벗기는 사람도 있고, 벼알을 그대로 불에 볶아 먹는 게으름뱅이도 있었다.

보릿고개가 한창인 5월의 산촌에 식량이 있을 리 없으니 수많은 환자에게 그 정도나마 보급하는 것도 사령부로서는 큰일이었을 것이다. 환자들은 갖가지 산나물을 뜯어다가 죽을 쑤어 먹었는데, 워낙 어려서 시골을 떠난 나는 산나물에 대한 지식이 없어서 엉뚱한 잡초를 잘못 알고 삶아 먹어 동료 환자의 웃음거리가 되기도 했다.

이 환자 트에서 어느 날 나는 반가운 사람을 만났다. 서북풍이 스산하던 용골산에서 헤어진 후 소식을 알 수 없었던 문학청년 이성열이 환자 트에 실려 들어온 것이다. 모닥불을 쬐며 잠을 자다가 옷에 불이 붙어 허리서부터 아래에 중화상을 입은 것이다. 이성열은 나를 보자 손을 붙들고 눈물을 뚝뚝 떨어뜨리는데 목이 메어 있었다.

"대장 동무, 저는 인제 살아날 가망이 없어요. 덴 곳이 자꾸 썩어 문들어지는군요. 아픈 것은 참는다 쳐도 약 없이 어떻게 썩는 살이 낫겠어요. 죽기 전에 이렇게 동무를 만나니 형님을 뵌 것처럼 기쁘군요……."

"이 사람아, 그 정도의 화상으로 사람이 왜 죽나. 언젠가 회문산 안시내에서 린치당하는 거 봤지? 방아공이만 한 몽둥이로 개 패듯 해도 여간해 숨이 끊어지지 않던 거 말야. 사람의 목숨이란 모진 거야. 용기를 내."

"아뇨. 제가 다 압니다. 대장 동무는 꼭 살아서 돌아가주세요. 그래서 역사의 수레바퀴에 깔려 죽어간 우리들의 삶을 기록해주세요."

"……."

"약담봉에서 땅바닥에 엎드려 주고받던 말, 생각나시지요. 전 아직도 뭐가 뭔지 모르겠어요. 다만 스무 해의 생애가 이 백운산 골짜기에서 끝난다는 사실만이 확실할 뿐이에요. 대장 동무와 헤어진 후, 전 참 외로웠어요. 이걸 보세요."

그는 약담봉에서 펼쳐보던 문고판 『죽음의 승리』를 그때까지도 갖고 있었다. 그 책장에는 깨알 같은 글씨가 씌어져 있었다.

"그래서 일기를 썼지요, 매일 한 페이지씩 여백에다 말이에요. 누구에게 보일려고 쓴 건 아니지만 이걸 바깥 세상에 보내고 싶군요. 읽어보면 방황하는 젊은이의 고통을 이해해줄 사람도 있을지 모르지요. 아직 며칠은 더 쓸 수 있겠지요. 일기를……."

"성열 동문 서울에 애인이 있었나?"

"네. 애인이라고 할 수 있을지 모르지만…… 같은 클라스 메이트인데 우린 참 즐거웠어요. 다방에 앉아 문을 닫을 때까지 무슨 얘기가 그렇게 많았던지…… 결국 생각하는 방향이 달라 헤어졌지요. 그 애 아버지는 이승만의 충실한 공무원이었거든요. 전 공산당은 모르지만 인민의 나라가 돼야 한다고 믿었고, 이승만과 한민당이 정권을 잡는 것은 인민의 불행이라고 믿었었지요. 그 인민의 나라가 어떤 것인지, 이북이 과연 그러한 나라인지 그건 모르지요. 결국 뭐가 뭔지 모르면서 이대로 가버리는 거지요."

나는 스스로를 어찌할 수 없는 약소민족의 설움, 불행한 세대의 비애를 한 몸에 상징하는 증인을 보는 것 같았다. 마치 낯선 이국 땅에서 육친의 아우를 만난 것 같은 반갑고도 슬픈 그런 기분이었다.

그날부터 나는 그의 몫의 벼까지 함께 까서 나물 죽을 쑤어 먹었다. 일이 없을 때는 둘이서 인생을 말하고 사상과 예술을 얘기했다. 이른 장마철에 접어들었던지 매일처럼 음산한 비가 내렸다. 산죽으로 엉성하게 이은 지붕에서 주룩주룩 비가 샜고 초막 바닥에는 물이 고였다. 돌을 들여다놓고 그 위에 웅크리고 앉아 지붕 사이로 흘러드는 빗물을 맞으며 덜덜 떨며 밤을 지새우기도 했지만 우리의 대화는 계속됐다. 정상적인 눈으로 본다면 넝마를 걸친 꾀죄죄한 두 젊은이가 그렇게 앉아 예술이니, 혁명이니 하고 있는 꼴은 허리를 잡고 웃을 광경이었을 것이다.

"대장 동무. 계급혁명이라는 게 현실적으로 실현 가능한 것일까요? 그보다도 백 년 전의 마르크스의 말대로 계급이라는 게 가시적으로 실재한다고 봐야 할까요? 지금 우리 현실에서."

"계급이라는 사회적 현상은 인위적인 소산이지 자연적 소산은 아니니까 인위적으로 없앨 수 있다고 보는 것은 타당하지 않을까? 그런데 그게 실재하느냐 하는 의문은 어째서일까?"

"실제로 프롤레타리아트는 부르주아지이고자 하는 지향적 욕망으로 살고 있고 자신이 계급의식 같은 것은 느끼지 않고 있지 않나요. 부르주아는 또 사회보장의 확대로 프롤레타리아의 불만을 희석시키기 위해 애쓰고 있는 추세이고. 결국은 마르크스의 시대와 달리 아시아의 이 변두리 사회에서도 계급 대립이 아닌 계급 용해의 시대가 차츰 오는 것 같아서요."

"하기사 봉건적 신분사회와는 달리 누구든지 부르주아지로 부상할 수 있는 기회는 주어져 있고, 또 그 꿈 때문에 감각적으로 확연한 계급의 선을 긋기가 어렵다는 얘기는 할 수 있겠지. 다만 계급 교체의 현실적 수단은 균등하지 못한 게 사실 아닌가?"

"봉건사회에 있어서의 가령 조선왕조의 이성계의 군사 쿠데타 같은 것은 완연한 신분혁명이라고 볼 수 있지 않을까요?"

"그렇지, 고려의 무인정치하에서 실력을 배양한 중류 실무자계급이 무력으로 귀족계급을 타도하고 조선왕조의 지배계급으로 부상한 것은 완벽한 신분교체 혁명이라 볼 수 있겠지. 그러나 조선혁명은 인민에 대한 지배주체를 바꿨을 뿐 그 자체가 인민은 아니었고, 또 인민과는 무관했기 때문에 역사과정에서 큰 의미를 부여받지 못하는 거야. 또 인의(仁義)를 내세우는 유교국가이면서 같은 동족을 매매하고 수탈하는 노예제도를 인정하고 제도화한 것은 기막힌 모순이고 위선이지. 동양 삼국에도 예를 볼 수 없는 수치스러운 역사를 우리는 갖고 있는 셈이야. 안 그래?"

어느 날 이성열은 배낭 속에서 미제 수류탄 두 발을 꺼내 보이며 말했다.

"대장 동무, 제가 화상을 입을 때 말입니다. 가슴에 수류탄 두 개를 차고 있었는데 불이 허리 아래에서 그쳤기 때문에 이놈들이 터지질 않고 말았거든요. 그래서 아슬아슬하게 나를 폭사시키지 않고 만 이 두 발의 수류탄, 이게 무슨 의미가 꼭 있는 것만 같아요."

"성열 동문 여전하군. 그건 그냥 우연이야. 그 이상도 이하도 아니야. 언젠가 내가 얘기한 것처럼 우린 일단 바보가 돼야 해. 하기야 성열 동무만한 나이 땐 '인생이 무엇이냐?' 이런 고민도 해보지. 그래서 '죽음의 찬미'를 부르며 현해탄에 몸을 던진 소녀도 있었고, '인생은 무엇이냐'로 고민하다 게공(華嚴)폭포에서 투신자살한 일본의 한 고교생의 그 유명한 얘기도 있지 않나?"

"천하의 수재가 모인다는 도쿄 제일고등학교 학생 아니에요?"

"그렇지. 그런데 가만 생각해보면 이건 참 웃기는 얘기야. 인생이 무엇이냐? 실은 인생은 별게 아니었어. 인간이, 아니 인생이 어떤 목적이나 무슨 뜻을 가지고 태어났다는 생각은 인간의 교만이 만들어낸 일종의 미신이며 환각이야. 성열 동무는 세상에 태어날 때 무슨 목적을 의식하며 나왔나? 전혀 타의에 의한, 말하자면 우연의 소산이지. 그 인생이 죽는 것도 마찬가지. 전혀 타의에 의한 우연으로 어느 날 사라지는 거 아냐. 그 우연을 어떤 사람은 운명이라고도 하지만……"

"그건 너무 데카당스한……."

"아냐, 사람은 원래 군생동물이니까, 좀 고급스럽게 말하면 사회적 동물이니까 각기 자기가 의식하지 않는 사이에 역사 속에 미립자보다도 훨씬 더 작은 어떤 역할을 담당하고 있는 것만은 틀림없지. 구태여 말한다면 거기서 나는 자위를 얻고 싶어."

어느 날 뜻밖에도 소규모의 토벌군 수색대가 이 환자 트 근처에 나타났다. 36부대가 골짜기 어디쯤에 있는 것으로 막연히 알고 있었는데 어찌된 일인지 아무런 접촉도 없이 졸지에 들이닥친 것이다. 늘어선 환자 트는 수색대의 좋은 목표물이 아닐 수 없었다.

열병환자들은 중증이라 해도 몸은 움직일 수 있으니까 순식간에 거미새끼들처럼 뿔뿔이 흩어져 자취를 감추었으나 아랫도리를 못 쓰는 이성열은 그럴 수가 없었다. 나는 몇십 미터 떨어진 넝쿨 속까지 그를 질질 끌며 옮겨놓았다. 이성열은 흙빛이 된 얼굴로 수류탄의 핀을 뽑아 들고는 차라리 자폭하겠다고 보채댔다.

"수류탄이 남아 있던 의미는 바로 이거였군요."

"미친 소리 마. 자폭은 마지막 수단이야. 우리를 발견하거든, 내가 한 개를 던지며 동무를 업고 뛰어본다. 결국 아무래도 안 되겠다는 최후 순간이 오거든 동무와 나 둘이서 한 개를 사용하자. 총소리가 났으니까 36부대도 움직일 테고 수색대가 그리 오래 머물지는 못할 테니까."

수류탄 한 개씩을 나눠 들고 숨을 죽이며 기다리기를 몇 분, 수색대는 초막에 불을 지르고는 어디론가 사라지고 말았다. 수류탄 자폭은 절대절명에 빠진 빨치산이 간혹 선택하는 자결방법이었다. 대개는 생포를 피하는 수단이었지만 더러는 겁에 질려 한 이 행동이 제3자에게는 '당성'을 보인 용감한 행동으로 '오인'받았으니 아이러니가 아닐 수 없다.

우리는 그곳에서 약간 떨어진 사면에 더욱 엉성한 초막을 다시 엮었다. 그러는 사이에도 이성열의 몸이 하루하루 쇠잔해가는 것이 눈에 보였다. 그러나 끝내 그의 운명을 지켜보지 못하고 환자 트를 떠나야 할 날이 왔다. 완쾌된 환자들로 교도대를 조직해서 대열 복귀 전의 몸단련 겸 후방부의 가벼운 작업을 거들게 된 것이다.

이성열은 하늘이 무너지는 듯이 나와의 이별을 슬퍼했다. 그러나 내가 그를 도울 방법은 아무것도 없었다. 내가 그를 위해 할 수 있는 일은 그의 쾌차를 신에게 비는 것뿐이었다. 그러나 그때 나는 신이 있는지를 알지 못했으며 알았었다 해도 빨치산인 그는 신으로부터 버림받아야 할 존재였는지도 모른다.

환자들은 교도대에 들어가는 것을 대환영했다. 보급투쟁에서 돌아오는 대원을 만나면 가외 쌀을 얼마큼씩 얻어낼 수 있기 때문이었다. 2차 세계대전 때 나치스들은 수용소 안의 유태인들에게 '노동은 곧 자유'라고 했다지만 그 말이 이 경우만은 꼭 맞았다. 나도 27부대의 옛 부하 한 사람으로부터 쌀을 한 되가량이나 얻어 포식한 일이 있다. 엔간한 솥만큼이나 큰 냄비에 됫밥을 지어가지고 단숨에 게눈 감추듯 하면서 '사람의 양이란 대중없이 큰 것이로구나' 하고 스스로 감탄한 일이 있다.

이때도 일정한 초막 같은 것이 없어 제각기 바위 밑 나무 그늘, 혹은 풀밭에서 토끼잠을 잤는데, 왜 그렇게 단 것이 먹고 싶었던지 견딜 수가 없어 한 대원의 지혜를 빌려 '식혜'를 만들어 먹은 일이 있다. 어떻게 해서 입수한 조그만 단지 속에 밥을 씹어 넣어 며칠을 썩힌 후 물을 타 마셔보니 흡사 칼피스 같은 시고 단 맛이 그럴듯했다.

그러저러하는 사이에 나의 체력은 상당히 회복됐으나 찌든 병색은 좀처럼 지워지지 않았던 모양이다. 그 무렵부터 국군 토벌대가 백운산을 넘나들기 시작했는데, 하루는 교전 중인 전투대원들 뒤에 대피하고 있자니까 마침 방준표 사령관이 그곳을 지나가다가 걸음을 멈췄다.

"교도대 동무군."

"네"

"안색이 여전히 창백해. 빨리 회복돼야 할 텐데…… 큰일이야."

그때는 사령부 이하 전 부대가 백운산으로 이동해 있었다. 그후 지리산으로 옮겨 앉은 시기도 있었으나 대체로 종말까지 백운산·덕유산은 전북 유격사령부의 본거지로 되어 있었다. 고영곤 기자는 이 무렵 어느 전투부대의 사령이 되어 전투를 지휘하고 있었다. 고급간부 중에도 많은 손실이 생긴 증거였다. 어느 날 능선에서 전령을 띄워가며 작전지휘를 하고 있는 고영곤을 만났다. 빨치산들에게는 무선전화 같은 것은 없고, 큰 소리로 작전지휘를 할 수도 없으니까 몇 사람의 연락병을 대기시켜놓고 수시로 메모지에 명령사항을 적어 이곳저곳 전선소대에 띄워 보내는 식으로 전투지휘를 했다.

"어드래, 배고프디?"

그는 연락병이 들고 온 도시락을 나에게 나눠 주면서 토벌대의 산병이 얼씬거리는 전면 능선을 보며 중얼거렸다.

"데기랄, 야만인들한테 시달림을 받아야 하니 영 더러워 죽갔구만."

"야만인이라니?"

"아 데깐나 녁사(歷史)의 법틱을 모르는 새끼들이 야만인이디 뭐가."

"허, 그 깐나들은 우릴 보구 산돼지라고 한다대."

"산돼디…… 그렇디, 풀섶에서 자고 풀뿌릴 캐먹으니끼니 산돼지디. 맞아, 야만인하구 산돼디의 싸움이라. 거 그럴듯한데. 와핫핫."

고 사령은 전투부대 지휘관답게 호탕하게 한바탕 웃었다. 유탄이 서너 발 소리를 끌며 귀 옆을 스쳐갔다. 우리는 고개를 풀섶에 처박으며 마주보고 웃었다.

"그 로동신문 특파원이던 유 동무 알디? 그 깐나가 나 대신 27부대 문화부 사령이 됐디."

"그래?"

"사령부 따라다니며 달 먹구 달 디내다 요즘 고생 좀 하실 걸, 히히."

노동신문의 유 기자는 훗날 남원포로수용소에서 만난 일이 있다. 상당히 일찍 귀순했던 모양으로 그때는 말끔히 전향해서 빨치산 포로들에게 반공 강의를 하고 다니고 있었는데 나를 보더니 조그만 소리로 "그러니 어카갔나" 하면서 검은 안경테를 밀어 올리며 어색하게 웃어 보였다. 그는 이미 자유인이 되어 숙식도 기관원들과 같이 하고 있었다.

"그건 그렇고 고 동무. 전투 지휘해본 경험이 있었나?"

"니 동무 아다시피 내래 군사경험이래야 일제 때 징병에 걸려 목총 들고 2등병 노릇 몇 달 한 것밖에 더 있나. 종군기자 덕분에 떼떼권총 차고 별은 달았디만 가짜 군관 아니가? 군관복만 보구 뭘 좀 알겠거니 생각들 한 모양이디만 뭘 알갔어. 그러나 해보니끼니 거 뭐 별거 아니더군. 원래 조일전쟁(임진왜란) 때 권율 장군이니 뭐니, 명장들은 모두 문관 출신이었거든."

"하긴 그렇군."

"까놓구 말해서 우리 인민군대가 창설된 지 2년도 못 되는데 그 많은 왕별(장군)들이 다 어디서 튀어나왔어. 소련군대서 2등병만도 못한 마부하던 사람이 왕별을 달기두 하구. 히히. 그래도 앉혀놓으면 제 구실은 다 하거든."

"그러게 말이야."

"대전전투 땐 신문기자가 포로를 잡아서 군공메달까지 탄 일이 있디. 웬 녀석이 취재하러 가다가 깜둥이 낙오병을 만났거든. 혼비백산해서 '씨빌리언' 어쩌구 하면서 외쳐댔지만 선생 영어발음이 워낙 좋아서(?) 깜둥이가 그걸 못 알아듣구 별이 줄줄이 달린 군관복에 놀라 '오오 제

네랄!' 하면서 손을 번쩍 들더라는 거야. 일종의 만화다."

둘은 또 한바탕 웃고 헤어졌다.

구름을 타고 온 소식

그 무렵 나는 뜻밖에도 멀리 변산반도로부터 전해온 박민자의 소식을 들었다. 이 꿈같은 얘기를 하기 위해 빨치산의 선통신(線通信)에 관한 얘기를 할 필요가 있을 것 같다.

빨치산의 거점 간(間)의 연락은 소위 선(線)이라는 도보통신 수단에 의한다. 이 선에서 유래되어 부대를 낙오하든가 연락이 두절되면 '선이 끊어졌다', '선 떨어졌다'고 하고, 연락을 대든가 부대를 찾아가는 것을 '선을 댄다', '선을 받는다'고들 말한다.

이 통신 선에는 보통 두 가지가 있었다. 하루 거리쯤 되는 곳마다 유표한 바위나 큰 나무 같은 곳에 선점(線點)을 미리 약속해놓고 그곳을 접촉점으로 해서 릴레이식으로 몇 사람의 선요원이 통신문을 체전(遞傳)해가는 방법이 있고, 또 하나는 한 사람의 선요원이 거점에서 거점까지 장거리를 며칠 걸려 내왕하면서 통신을 전달하는 연락병식 방법이 있다.

이동하는 부대나 거점 간에는 장거리선과 점선을 절충하는 방법을 쓰게 된다. 즉 A 거점의 장거리 선요원이 지정된 선점까지 가서 B 거점의 선요원과 접촉하는 것이다. 이렇게 하면 양편의 거점이 아무리 바뀌어도 서로 접선하는 데 지장이 없게 된다. 또 '비상함(非常函)'이라는 방법을 이용하기도 한다. 간첩들이 이용한다는 '무인 포스트'와 같은 것이다. 미리 약속한 장소에 통신문을 묻어놓으면 다른 편의 선요원이 그것을 찾아가는 것이다. 아무리 졸지에 거점이 바뀌어도 이것으로써 연락이 끊어지는 일이 없기 때문에 '비상함'이다. 남부군에서는 이 비상함 방식을 비상선의 사전 약속 없이 분산된 대원들을 재집결시키는 장소를 알리는 데도 이용했다.

선은 매일이나 격일, 혹은 5일선, 10일선 등으로 작정하여 정기적으로 띄우는데, 선점에서 접촉하는 방법이 매우 신중했다. 미리 선착신호·도착신호·위험신호 등을 약속해서 예기치 않은 차질이 없도록 대비하는 것이다. 신호는 돌을 몇 개 나란히 놓는다든가, 나뭇가지를 꺾어 십(十)자로 놓는다든가 하는 표지 방법이 있고, 뻐꾸기 소리를 낸다든가, 손뼉을 몇 번 친다든가 하는 소리 방법이 있다. 남부군에서는 5 맞추기니, 6 맞추기니 하는 것도 있었다. 가령 5 맞추기로 약속돼 있을 때 한편에서 손뼉을 2번 치면 다른 편이 3번을, 1번 치면 4번으로 화답하는 것이다. 약속된 숫자를 모르면 대답할 수 없으니까 좀 더 신중한 방법이랄 수 있다.

선점에 먼저 도착한 선요원은 약속된 대로 돌이나 나뭇가지로 선착신호를 해놓고는 몸을 숨기고 기다린다. 후착한 다른 편 선요원이 그 표지를 확인하고 도착신호(가령 뻐꾸기 소리나 손뼉)를 하면 선착한 선요원이 나타나 연락문을 서로 교환하고 돌아가는 것이다. 이러한 신호는 서로 얼굴을 모르는 선요원끼리 착오가 없도록 하기 위한 이유도 있지만 위험에 대비한다는 뜻도 있다.

만일 가까이에 적정이 있다든가 선점이 탐지된 혐의가 있을 때는 선착요원은 약속된 위험신호를 해놓고 선을 끊어버린다. 후착요원은 그것을 보고 즉시 몸을 피하는 것이다. 도착신호가 약속과 다를 때는 숨어서 기다리던 선착요원이 나타나지 않고 그대로 선을 끊어버리게 된다. 폐기신호라는 것도 있다. 어떤 사정으로 선을 끊을 필요가 생겼을 때는 선장소에 미리 약속한 폐기신호를 해놓고 연락을 끊어버리는 것이다. 남부군에서는 비상선에서 재집결할 때에도 이러한 선후착 신호와 위험 신호를 사용했으며, 비상선을 시달할 때에는 반드시 그 신호방법도 알렸다. 또 남부군 사령부는 이런 도보 통신수단으로 남부 6도의 빨치산 부대들을 총지휘했으며 때로는 6개 도당 위원장 회의를 소집했다.

점선일 경우에는 필요에 따라 선을 끊어버릴 수가 있으므로 변절자가 생겼을 때 위험부담이 비교적 적고, 선요원이 적수에 잡힐 경우라도 선 한 토막이 끊어지니까 거점까지 파급되지 않는다. 또 이런 위험성을 고려해서 예비선을 따로 두는 이른바 복선식이라는 것도 있었다.

장거리 단일 선은 점선보다 신속하고 노출될 위험성이 적지만 만일 선요원이 도중 적수에 빠지든가 변절되는 날이면 일은 커진다. 따라서 어느 경우에나 신체조건, 사상성, 대담성, 치밀성, 지략지모, 지리의 정통여부 등을 두루 고려한 우수당원이 선요원으로 선발되기 마련이지만 그래도 만일 도착 예정시간에 많은 차이가 있을 때는 혐의를 받았다. 전쟁 전 야산대에서는 1시간 이상 지각한 선요원은 무조건 처단해버렸다고 한다.

장거리 선요원은 그 책임이 무겁고, 위험하고, 육체적 부담도 크지만 항상 단독 여행을 하기 때문에 자연 도중의 행동이 자유롭고 먹는 것도 부자유하지 않기 때문에 모두들 부러워했다.

어느 날, 나는 하는 일 없이 햇볕을 쬐며 이를 잡고 있는데 회문산 시절부터 잘 아는 송이라는 선요원이 찾아왔다. 장거리 선요원인 그는 우리로서는 감히 구경도 할 수 없는 궐련(卷煙)을 한 대 피워 물고는 나에게도 권하면서 들고 있는 칼빈 M2를 턱으로 가리키며,

"이거 하나 있으면 어딜 가도 밥 걱정은 없단 말시. 거 도깨비 방맹이

가 별거 아니시."

하고 자랑을 하면서 뜻밖의 말을 꺼냈던 것이다.

"이 동무, 서부(변산반도)로 간 박민자라는 간호병 동무를 아시제라?"

"그런데?"

"이번에 서부를 댕겨왔는디, 잉. 박 동무가 안부를 전하더란 말시."

"아니 박민자를 직접 만났어요?"

"하므. 내가 총사(총사령부)에서 선 달러 온 눈치를 알고, 이, 일부러 찾아와서 동무 소식을 묻더랑게."

"그래서요."

"그래 최근 만난 일은 없는디 열병 땀시 환자 트에 들어간 모양이더라 항께, 한숨을 요렇게 푸욱 쉬면서 한참 뭘 생각하더니만 요걸 싸주면서 전해달라쿠더만요."

그것은 여섯 알의 아스피린이었다. 티프스에 아스피린……. 그러나 격리된 이 사회에서는 사령관도 얻어 쓰기 어려운 귀중한 물건이었다. 아마도 그녀가 보낼 수 있는 최대의 선물이 아니겠는가. 나는 그 희고 둥근 여섯 개의 고체를 들여다보면서 어느새 눈시울이 뜨거워지는 것을 느꼈다.

"아무튼 무척 걱정을 하면서 몸조심하시라고 신신당부하더랑게. 동무 참 좋소, 잉. 부럽더랑게."

"……."

"뭐 전할 말 있음 요담 가는 길에 전해줄 모양잉게……."

"박민자는 괜찮던가요? 서부 형편은 어때요?"

"어딘들 별 수 있을 거시여. 거긴 워낙 야산지대가 돼서 적정이 대단하고 아마 사상자도 겁난(많은) 모양이시. 박 동무는 마 그때까진 별일 없었승게······."

어쨌든 박민자는 아직 살아 있었다. 나는 구름 아득히 서해 바다 변산반도와 소백산맥의 거리를 생각하면서 민자의 사랑스러운 웃는 얼굴을 그 구름 속에 그려봤다.

선요원에게 사용(私用)을 부탁한다는 것은 대단한 모험이었다. 나는 편지를 전하지 못하는 안타까움을 되씹으면서 박민자에게 그냥 안부를 되전하는 말을 부탁했다. 그러나 그것이 전달되었는지를 확인할 기회는 영영 오지 않았다. 내가 전북도당 예하를 아주 떠나게 된 것이다.

그 얼마 전부터 대원 간에 이상한 풍문이 떠돌았다. 이북에서 사단 규모의 강력한 유격부대가 태백·소백 연변을 휩쓸며 내려오고 있으니 머잖아 우리도 광범위한 '해방지구'를 확보하고 편히 쉴 수 있게 될 것이라느니, 이제 그 신규 부대와 교대해서 우리는 주저항선 후방에 들어가 쉬게 될 것이라느니 하는 얘기들이었다. 이 풍문은 어쨌든 침체할 대로 침체한 전북 유격대원들의 사기를 크게 진작시켰다.

그 유격사단은 장비가 좋고 모두가 일기당천(一騎當千)의 용사들이어서 대적하는 군경부대가 없으며, 시골 지서쯤은 백주에 당당히 쳐부숴버리고 지나간다는 등, 마치 신병(神兵)이라도 내려오는 듯이 얘기들을 하면서 그들이 하루빨리 백운산 주변에 당도하기를 암야의 광명처럼 기다렸다. 어느 날 그 전설적인 '상승부대'의 선봉대가 현실로 백운산에 나타나고 우리들 회복기의 환자 60여 명이 그 부대의 보충병력으로 전출하게 된 것이다. 당시 4백 가까이 되던 전북도당 사령부 부대 병력 중 근 3백이 전염병에 이환되었으나 대부분이 이미 대열 복귀하고 아직도 한창 열병을 앓고 있는 환자가 40~50명, 병은 나았으나 제대로 힘을 못 차리고 있는 어정쩡한 회복기 환자가 60여 명이었던 것이다.

상승부대의 선봉대가 도착했다는 소식을 듣고 그들이 묵고 있다는 사령부 트 근처에 가보았더니 산뜻한 국군 제복을 차려입고 똑같이 엠원을 든 청년들 몇이 보초를 서고 있었다. 그 깔끔하고 의연한 모습부터가 과연 지방 빨치산들과는 판이했다. 다만 고무신에 전선줄 감발을 하고 있는 것이 윗도리와 어울리지 않았으나 모두가 똑같이 그런 복색을 하고 있으니까 각양각색 잡다한 차림의 전북부대와는 비교가 안 될 만큼 규율이 서 보였다.

그때 이 '상승부대'-통칭을 '조선인민유격대 남부군 승리사단(朝鮮人民遊擊隊 南部軍 勝利師團)'이라 하던 부대-는 덕유산에 와 머물고 있었으며, 백운산에 온 선발대는 전북 사령부로부터 보충병력을 인수하러 온 연락원들이었다. 1951년 6월 10일 이른 아침, 전속명령을 받은 60여 명의 회복기 환자들이 사령부 트 앞에 집합했다. 더러 무장이 있던 대원도 모두 반납하라는 지시가 있어 전원이 배낭 하나만 짊어진 비무장들이었다. 방준표 사령관이 나와서 훈시를 했다.

"아직 몸도 성치 않은 동무들을 타 부대에 차출하는 것은 나로서도 가슴 아픈 일이다. 그러나 이것은 조선인민유격대 남부군 사령관 동지의 지시이며 조국전쟁을 승리로 이끄는 데 필요한 조치이다. 이는 바로 당과 인민의 명령이니 티끌만 한 감상도 허용될 수 없는 것이다. 여러 동무들이 전속되는 부대는 영광스러운 전통을 지닌 조선인민유격대의 정화(精華)이다. 아무쪼록 일층 분발해서 전북부대 출신의 영예를 고수해주기 바란다. 그리고 그 부대로 가면 보급사정도 여기보다는 나을 것이니 하루빨리 건강을 회복해서 대열에 참여하도록 각자 노력해야 한다. 오랫동안 고생들 많았다. 잘 가기 바란다."

우리들은 정든 전북유격대를 하직하고 10여 명의 승리사단 연락원들에게 이끌려 다시 육십령재를 넘어 덕유산으로 향했다.

그날도 비가 주룩주룩 내리고 있었다. 영양실조와 병색이 찌든 검누런 얼굴들…… 넝마 같은 옷에 후줄그레 비를 맞으며 그래도 상승부대에 전속된다는 기쁨을 안고 우리들은 걸음을 재촉했다.

승리사단의 연락원들은 선두에서 비에 젖은 풀섶을 헤쳐가며 즐거운 듯이 노래를 불렀다.

우리는 험한 싸움에서 자라난 용감한 강철의 빨치산
임진강으로부터 낙동강까지 우리 용사 나섰네
오대산으로부터 한라산까지 우리 용사 나섰네

6. 남한 빨치산 약사

'10월사건'에서 '4 · 3'까지

우리가 전속된 승리사단의 내력을 설명하기 위해 남한 빨치산의 연혁을 잠시 언급하고자 한다. 사실은 여러 기록 중 빨치산에 관한 것만큼 애매하고 각양각색인 것도 없다. 상당히 권위 있다는 문헌을 훑어봐도 전후가 모순되고 의심스러운 대목을 여러 곳 지적할 수 있는 형편이다. 빨치산의 내막에 관해 문서화된 기록이 남아 있을 리 없고, 포로의 심문 기록도 매우 부분적이며 사실오인이 많고, 사실을 총괄적으로 파악하고 있을 최고 간부급은 거의가 죽고 없어 증언할 도리가 없으며, 당시의 군경 측 기록조차 신빙도가 매우 약하기 때문이다. 따라서 지금은 각종 기록과 나의 견문을 상식 선에서 판단해서 적어 내려갈 수밖에 없다.

남한에서의 좌익 게릴라의 효시는 당시 남로당의 지령에 의한 1946년의 소위 10월사건에서 비롯된다. 46년 9월 24일, 대구 철도노조가 반미군정(反美軍政) 파업을 시작하자 10월 1~2일에 전평(좌익계 전국노동자평의회. 대한노총과 대립하던 단체) 지도하에 대구시 일원에서 대대적인 지원 데모가 벌어지고, 진압하는 군정 경찰 사이에 충돌이 일어나 시위 측에 100여 명, 경찰 측에 30명의 희생자가 발생했다. 주로 우익청년단원을 임시 임용한 3천여 명의 무장경찰이 투입돼 소요는 이틀 만에 일단

진압됐으나 그 여파는 삽시간에 서울을 비롯한 남한 전역에 번져갔다.

군정 경찰은 시위 가담 시민 3,782명을 체포하고 그중 322명이 군정 재판에서 사형 이하의 형을 선고받았다. 이때 경찰의 수배를 받게 된 좌익 동조자들이 태백·소백 주변 산악에 숨어들어 이른바 '야산대(野山隊)' 활동을 시작했다. 그러나 당초 그 수는 그리 많지 않았으며 연고선을 통해 식량을 조달하며 은신하는 정도의 매우 초보적이고 비조직적인 형태였다. 이들은 경찰의 눈을 피해 밤중에 제사참례를 하러 집에 다녀가기도 하고 선거 때는 유세장에서 야유도 하고 다녔다 하니 '빨치산 투쟁' 치고는 매우 '낭만적'인 편이었으나 가끔은 사회 불만분자들과 결탁해서 경찰관서를 습격하기도 했다.

이러한 산만하고 비조직적인 유격투쟁(?)이 조직적 투쟁으로 자리를 잡기 시작한 것은 48년의 소위 '2·7투쟁' 이후부터였다. 2·7투쟁도 대구의 10월사건이나 마찬가지로 소요 자체는 우발적인 충돌사건에서 시작됐다.

당시 남로당은 남한의 단독정부 수립 반대와 미·소 양군의 동시 철수, 노동법과 사회보장제 실시 등을 요구하는 총파업을 48년 2월 7일을 기해 단행할 것을 지령했다. 이 소위 '2·7투쟁'은 전국적으로 수십 건의 충돌사건을 유발했는데 그 대표적인 예가 밀양사건이었다. 당일 경남 밀양읍의 조선모직 종업원 130명(그중 여자 공원이 90명)이 파업을 시작하면서 가두로 진출하려는 것을 우익 청년단원들이 출동해서 저지하려 하자 쌍방 간에 일대 투석전(돌팔매 싸움)이 벌어졌고 뒤미쳐 경찰이 출동해서 공원 측을 모조리 체포한 데서 사건이 확산돼버렸다.

이날부터 동월 13일에 걸쳐 밀양과 삼랑진 일대의 각 면의 부락민들이 들고일어나 경찰지서와 우익청년단 사무실을 습격했고, 그로 인해

경찰관과 우익 인사 10명이 사망하는 사태가 벌어졌다. 부락민 측도 28명의 사망자를 냈는데, 급거 증원된 군정 경찰에 의해 부락민 18,478명이 체포되고 그중 2,290명이 재판에 회부됐다(『해방 20년사』, 1965년). 이 '2·7투쟁'으로 경찰의 수배를 받은 상당수의 삼남지방 청년들이 입산 도주해서 야산대에 합류하게 되는데, 이것을 계기로 남로당이 일본군에서 군사 경험을 가진 청년당원을 조직적으로 야산대에 투입하여 유격활동을 지도하게 하는 동시에 경상·전라 각도를 각 2~3개의 야산대 블록으로 나눠 블록마다 지구사령부를 두는 등 체계화하기 시작했다.

그러나 이때까지만 해도 남로당은 '인공' 수립이라는 정치 목적을 달성하기 위해 비폭력적인 정치활동을 위주로 하고 있었고, 야산대의 무장 자체도 보잘것없는 형편이어서 야산대는 그 정치활동의 보장 수단으로 이용하는 데 그치고 있었다. 그러니까 야산대가 조직적인 무장세력으로 성장하고 있었다고 해도 본격적인 무력투쟁의 단계로 들어선 것은 아니었다.

그러나 바다를 격한 제주도에서는 이런 당 중앙의 지향과는 달리 동년 4월 3일의 소위 '4·3사건'을 계기로 남로당 제주도당부 자체가 입산하여 전술적인 '유격투쟁' 단계로 들어서고 말았던 것이다. 당시 약 27만이던 도민의 거의 30%가 죽고, 가옥의 75%가 소실된 사상 유례없는 이 참극은 당초 다분히 사상 외적인 요인에서 발단됐다고 볼 수 있다.

불길은 47년의 3·1절 사건에서부터 붙기 시작했다. 미군정 당국은 좌익의 폭동설을 이유로 3·1절 행사를 위한 군중집회를 일체 금지시켰는데, 사실은 당시 남로당 중앙은 무기 휴회 중인 미·소 공동위원회의 재개 촉구 투쟁을 결부시켜 기념행사를 하도록 지령한 바는 있으나 폭동화까지는 예상하지 못했던 것이 사실인 것 같다. 군정 당국의 금지 명령에도 불구하고 제주시에서의 3·1절 기념집회는 대대적으로 감행 됐으며 이것을 저지하려는 경찰대와의 충돌에서 경찰 측의 발포로 시 민 7명이 사망하는 사태가 발생했다.

인심이 흉흉해지자 군정 당국은 육지로부터 경찰대를 대량 증원하 는 한편 서북청년단과 민족청년단 등 청년단원 약 700명을 치안유지차 도내에 투입했다. 이 청년단원들과 증원 경찰대의 거친 행동이 도민들 의 강한 반발을 사서 사태는 도리어 악화돼갔다. 당시 제주도에는 주민 들의 자율조직으로 자위대가 부락마다 구성돼 있었다. 이 자위대를 중 심으로 부락민들이 경찰지서와 청년단 사무소를 습격하는 사태가 전 도내에서 벌어졌고 그럴수록 경찰과 우익청년단의 행동은 더욱 거칠어 져 사태를 확대시켰다. 4·3사건 직후 당시 검찰청장 이인(李仁)이 "제 주도 사건은 고름이 제대로 든 것을 좌익계열이 바늘로 터뜨린 격"이라 고 평한 것이 당시의 사정을 잘 말해주고 있다.

여기에는 섬 사람들의 육지 사람들에 대한 배타의식도 크게 작용했 고, 해방과 함께 섬으로 돌아온 귀환동포(인구의 절반이나 됐었다)의 반 미사조도 작용했다. 이것이 남로당의 지향과 부합하여 좌경을 촉진시 켰다.

이런 정세 속에서 48년 4월 3일 남로당 제주도당 지령으로 일제 봉 기가 감행됐다. 자위대를 핵으로 한 무장대 약 500명과 여맹원·소년 단원 등 약 3,000여 명이 일시에 일어나 도내 15개 경찰지서 중 14개를 기습 점령하고, 제주 주둔 국방경비대 제9연대 일부 사병과 결탁한 일 단은 제주시의 감찰청과 경찰서를 습격 점령했다. 이로부터—정확히는

56년까지—피가 피를 부르는 미증유의 참극이 계속되고 상상도 할 수 없는 잔인한 살상극이 되풀이됐다.

격렬한 게릴라 투쟁은 대체로 만 1년 만인 49년 4월경에 끝나고 5월 15일에는 4·3 이후 설치됐던 국군의 '제주도지구 전투사령부'도 해체됐다. 7월 초에는 검거된 폭동 가담자 중 '개전의 정이 보이지 않는 자'에 대한 재판이 실시됐는데 350명에게 사형이 선고되고 1,650명이 7년에서 무기징역의 형을 언도받았다. 이런 대량 사형도 유례가 드물지만 징역형을 언도받은 사람도 대개는 죽고 말았다.

징역수들은 전원이 육지의 형무소로 이감됐는데, 그중 목포형무소에 수감됐던 복역수들은 49년 9월 14일의 탈옥사건(진부는 알 수 없으나 지리산에 본거를 둔 제2병단 유격대가 작용했다고 들었다)으로 탈옥수 353명이 보복 처형될 때 대부분이 휩쓸려 처형됐으며, 그 밖에 전국 각 형무소에 분산 수감된 자들도 거의가 6·25 초기 국군 후퇴 시 살해되었다.

다만 서울 서대문형무소의 수감자 기십 명만이 인민군이 들어오면서 석방됐는데 필자는 그해 6월 말경 서울시청 옆 플라타너스 가로수 그늘 아래 대부분이 여성인 제주도 출신 석방자들이 줄을 지어 앉아 쉬고 있는 것을 목격한 일이 있다. 그때까지도 푸른 수의를 그대로 걸치고 있는 그녀들은 하나같이 창백한 얼굴들을 하고 있었는데, 필자가 인터뷰를 청하는데도 무감동한 표정으로 입을 여는 사람이 별로 없었다. 그녀들도 결국은 고향 바닷가로 돌아갈 날은 없었을 것이다.

4·3 초기의 리더였던 김달삼은 6·25 전 '오대산 빨치산 대장'으로 남한에서도 화제의 대상이 됐던 존재였기 때문에 조금 더 그에 관해 상술하고자 한다. 그는 제주도 대정읍 태생으로 본명은 이승진(李勝進)이었다. 2차 세계대전 때 후쿠치야마[福知山] 육군예비사관학교를 나온

일군 소위였다. 조선공산당원이던 장인의 영향을 받아 해방 후 곧 좌익에 가담, 남로당 제주도당 책임자로 있었는데 4·3사건 때까지는 대정중학교(현재의 중고교) 교사로 재직하고 있었다. 4·3사건 때 도당 군사부장이 되어 빨치산 투쟁을 리드하게 되는데, 당시 모슬포 주둔 국방경비대 제9연대장 김익열(金益烈) 소령(후에 중장이 되었음)과 한라산 일주도로 근방에서 접촉한 기록이 있다. 그때는 서로 모르고 지냈지만 이 김익열 소령도 후쿠치야마 예비사관학교를 김달삼과 같은 시기에 나온 일군 장교였다.

그의 기록에 의하면 김달삼은 또렷한 표준말을 구사하는 미목수려한 청년이었으며 다른 대원들과 같이 있으면 '군계일학적(群鷄一鶴的)'으로 돋보이더라고 했으며, 좌익 운동가에 걸맞지 않게 상당히 다혈질의 젊은이였던 것 같다. 김달삼은 4·3사건이 일어난 지 4개월 후 이북 해주시에서 열린 '인민대표자대회'(48년 8월 21일～26일)에 참석하기 위해 소련 잠수함의 도움(?)으로 섬을 탈출했는데 그후 다시는 제주도 땅을 밟는 일이 없게 된다. '인민대표자대회'에서 그는 '대의원'으로 선출됐으며, 제주도 사태를 보고해서 대단한 갈채를 받았다.

그후 평양에 머물며 강동정치학원에서 수학한 후 49년 3월 약 300의 유격대를 이끌고 안동, 영덕 방면으로 침투, 게릴라 투쟁을 전개하는데, 이때 그의 이름이 서울의 신문 지상에 자주 올라 빨치산의 상징처럼 됐다. 그러나 군경토벌대의 극심한 압력으로 월북 도피를 기도하다가 50년 3월 정선군에서 사살된 것으로 기록에는 돼 있는데, 실제로는 이때는 월북에 성공했다가 6·25 초에 다시 동해안으로 침투, 부산으로 향하다가 전사한 것이 사실인 것 같다(후술). 북한 정권으로부터 국기훈장 1급에 서훈되고 사망 당시 28세였다.

김달삼이 제주도를 탈출한 후는 이덕구(李德九)가 군사부장이 되어 '인민해방군 사령'이란 거창한 이름으로 게릴라 투쟁을 지휘했는데, 그도 일본군 소위 출신이었다. 당시 김익열의 후임으로 국방경비대 9연대장이 됐던 장창국(張昌國, 예비역 대장)의 회고담에 의하면 이덕구는 부유층 출신으로 곱상한 얼굴에 부드러운 성품의 청년이었다고 한다.

그는 궤멸 단계에 있는 유격대를 지휘하며 항전을 계속하다가 부대가 지리멸렬되자 홀로 육지로의 탈출을 기도(지리산을 목적지로 했다고 함)하고 해변으로 내려와 있었는데, 49년 6월 7일, 밭에서 감자를 캐 먹다가 주민의 신고로 출동한 경찰대에 의해 사살됐다. 경찰은 그의 시체를 제주시 광덕정 앞에 세워놓고 지나가는 행인에게 대창으로 찌르게 했다 한다. 이때 이덕구의 나이 31세였다.

이덕구 사살 후 제주도의 토벌작전은 일단락되고 토벌사령부도 해체됐지만, 100여 명의 유격대 잔당이 김성규, 정권수 등의 지휘로 명맥을 유지하고 있다가 6·25가 일어나자 활동을 재개, 방송국·발전소 등을 공격하기도 했는데 56년에 마지막 5명이 사살됨으로써 실로 9년에 걸친 '한라산 유격대'는 완전히 자취를 감춘다.

제주도의 게릴라 투쟁은 이렇게 물거품처럼 끝났지만 그 여파는 실로 막대한 영향을 육지의 유격투쟁에 미치게 하였다. 즉 제주도 사태가 여수 14연대의 반란을 유발하고 이것이 남한 빨치산의 일대 전기를 몰고 오는 것이다.

지리산의 제2병단과 태백산의 제3병단

당시 국방경비대(국군의 전신)는 가히 좌익세력의 온상이었다. 모병(募兵) 시 신원조회 같은 것이 없었기 때문에 좌익사건에 관련된 일이 있었다 해도 얼마든지 경비대에 들어갈 수 있었고, 일단 경비대의 사병 신분이 되면 경찰에서는 손댈 수 없었다. 그뿐만 아니라 경비대의 사병 층은 사회적으로 불우한 계층의 청년들이 많았기 때문에 자연 경찰에 대한 반감이 컸다. 이것은 군과 경찰이 항상 대립하면서 군이 경찰의 우위에서 행세하던 군국주의 일본의 유풍이기도 했다.

그런 관계로 당시의 국방경비대 내에는 좌익 계열의 피신자들이 많았으며, 일부 지방에서는 남로당 도당부가 계획적으로 청년당원을 경비대 사병으로 투입하거나 부대 내에 세포조직을 만들기도 했다. 여수 주둔 14연대 내에도 이런 좌익계의 세포원들이 적지 않았기 때문에 동기나 명분만 있으면 언제든지 반란으로 내달을 수 있는 충분한 소지가 있었던 것이다. 사건의 개요는 이랬다.

48년 10월 20일 여수 14연대의 1개 대대가 제주도 토벌작전에 차출되어 여수항을 출발할 준비를 하고 있었는데, 그 전날인 19일 오후 8시경 연대 인사계 선임하사관 지창수(池昌洙)가 40명의 당 세포원들로 하여금 병기고와 탄약고를 장악하게 한 다음 비상나팔을 불어 출동부대인 제1대대를 집합하게 했다. 잠시 후 잔여 2개 대대의 전 병력도 연병장에 집합시킨 후 지창수는 제주도 출동 거부, 경찰 타도, 남북 통일을 위해 인민군으로 행동할 것 등을 선동하자 대부분의 사병은 환호로써 이에 호응했으며 반대하는 사병 3명은 즉석에서 사살됐다.

약 3,000명 정도의 동조자를 얻은 반란 부대는 지창수의 지휘로 여수 시내로 돌입하여 경찰관서를 습격하고 20일 미명까지는 여수 시내를 완전 장악했다. 뒤미쳐 여수 시내에 산재하던 좌익 단체원과 학생 등 600여 명이 반란부대에 합세하여 시내 중요기관을 모조리 접수했다. 이 무렵부터 반란부대의 총 지휘는 연대 대전차포 중대장인 중위

김지회(金智會)가 맡게 됐는데, 20일 오전 9시 30분 약 2개 대대 규모의 반란부대가 열차 편으로 순천을 향해 북상해 갔고, 순천에 있던 14연대의 2개 중대가 선임중대장 홍순석(洪淳錫) 중위 지휘로 반란군에 합류해버렸다(홍순석은 김지회와 같이 육사 3기 동기생이었다). 순천을 완전 장악한 반란부대는 3개 부대로 나눠 학구(鶴口)와 광양 및 벌교의 세 방향으로 분진(分進)했으며, 22일 아침까지는 광양·벌교·학구·구례·곡성 등을 모조리 점령했다.

국군은 반란군을 토벌하기 위해 10월 21일 광주에 전투사령부를 설치하고 인근 7개 대대를 동원, 반란군을 공격하는 동시에 여수·순천 일대에 계엄령을 선포했다. 출동 부대의 일부가 반란군에 합류해버리는 사건도 있었지만 토벌군은 전투사령관 송호성(宋虎聲)의 지휘로 10월 25일까지는 순천과 여수를 탈환하고 소탕전을 전개하기 시작했다.

이때 반란군 패잔병 약 1,000명이 광양 백운산과 지리산 화엄사골, 그리고 지리산 웅석봉(熊石峯) 등 산악지대로 숨어들었는데, 같은 해 말경에는 그 수가 350명 정도로 격감하고 있었다. 그리고 이듬해 49년 4월 9일 지리산 배암사골 반선(伴仙) 부락에서 김지회, 홍순석 등이 사살될 당시에는 다시 200명 정도로 줄어 있었다. 이 사건에서 반란군 측은 392명이 사살되고 2,298명이 투항 포로가 된 것으로 기록돼 있다.

이상이 국방경비대 14연대 반란사건의 개요이다. 반란이 여수·순천에 걸쳤으므로 여순반란사건이라 부르고 북에서는 '여순병란'이라는 왕조시대 같은 부정적 이미지의 호칭을 쓰고 있다.

여순사건은 막대한 인적, 물적 피해를 냈다. 여수·순천·보성·구례·광양 등 일대가 한때 '인공(人共)' 천지가 됐고, 지배자가 바뀔 때마다 좌우익의 상호 보복으로 피가 피를 씻는 살육이 되풀이되어 좀체로 씻기 어려운 응어리를 남겼다. 그뿐만 아니라 그 여파는 대구 주둔 부대의 소규모 반란을 유발하고 정부에 의한 대대적인 숙군(肅軍) 작업으로 연결되었다.

여순사건의 표면상 동기는 제주도로의 파병을 반대하기 위한 것으로 되어 있다. 그러나 사실은 제주도 유격대에 대한 토벌 압력을 다소나마 줄이기 위해 본토 일각에 말하자면 제2전선을 구축하려는 계획이 진행 중에 있었는데, 돌연한 파병 명령 때문에 봉기를 앞당긴 것이라는 설도 있다. 그리고 그 계획은 사병 중심으로 진행 중에 있었다고 볼 수 있다. 사건 발생의 초기에는 상사인 지창수가 주동이 되었고, 일반적으로 알려진 것과는 달리 김지회는 처음에 소극적인 자세를 취하다가 사병들의 반협박에 의해 총지휘를 맡게 되었다는 사실로서도 추정할 수 있다. 이런 사병 중심의 돌발적인 거사였기 때문에 치밀한 작전계획이 결여돼 있었고 그래서 단 5일 만에 박멸돼버리는 결과를 가져왔다.

물론 남로당 중앙의 사전 지시나 평양의 지령 같은 것은 없었음이 분명하다. 서울의 남로당 중앙당은 라디오의 뉴스 보도를 듣고 처음으로 사건이 터진 것을 알았다. 그리고 평양방송이 몇 시간 내에 이 사건을 보도했다고 하지만, 평양의 중앙통신은 남한의 통신사들이 전국의 지국들과 교신하는 것을 잡아가지고 지체 없이 평양방송으로 흘리는 일이 자주 있었으므로 그것이 평양 당국이 사건에 사전 개입했다는 증거는 되지 못한다. 이 사건에 편승해서 최초로 게릴라를 남파한 것이 한 달이나 지나서였던 것을 보아도 사전 정보는 없었음이 분명하다.

결과적으로 이 반란사건은 남로당이나 평양 당국으로서는 달갑지 않은 돌발사태였으며, 남로당이 그동안 애써 심어놓은 군부 내의 세포 조직을 깡그리 노출시켜 숙군 작업으로 뿌리를 뽑히고 마는 결정적 손해를 가져왔다. 반대로 국군으로서는 내부의 이질분자를 완전 색출·제거하고 커다란 위기에서 군을 재건하는 계기가 된 것이다. 만일 이 반란사건이 없었던들 6·25의 양상은 크게 달라졌을지도 모른다.

뒤에 말하겠지만 평양 당국은 처음부터 이 사건을 부정적 시각으로 보았으며, 후일 남로당 숙청 때는 박헌영 등이 미국의 사주를 받아 군부 내의 세포를 노출시키기 위해 일부러 사건을 꾸민 것이라고 뒤집어 씌우기도 했다.

경위야 어찌 됐건 남로당으로서는 이처럼 뿔뿔이 지리산 산악지대로 도피해 들어간 반란군의 잔여세력을 시급히 수습해서 유격대로 전력화(戰力化)할 필요가 있었다. 이때 남로당 간부부장이며 모스크바 유학차 월북 중 반(反)김일성파로 지목되어 다시 서울로 피신해왔던 이현상(李鉉相)이 자진해서 지리산에 들어갔다. 그가 이 반란군 잔여세력을 기간으로 부근의 야산대와 반란에 동조하다가 도피 중인 민간인을 규합해서 조직한 것이 세칭 '지리산 유격대'이며, 49년 7월부터는 그 공식 명칭이 제2병단이 된다. 남로당 중앙지도부는 제2병단의 유격전구가 형성되자 문화부장 김태준(金台俊, 45세), 시부(詩部) 유진오(兪鎭伍, 26세), 음악부 유호진(劉浩鎭, 21세), 영화부 홍순학(洪淳鶴, 29세) 등을 파견해서 유격대의 문화활동을 담당하게 하는데, 이것이 당시 유명한 '지리산 문화공작대 사건'이다. 후일 이들은 모두 체포되어 군사재판에서 사형을 선고받는다.

청년 시인 유진오는 48년에 『창(窓)』이라는 시집을 냈는데 그 후기에서 그는 이렇게 썼다. "시인이 되는 것은 바쁘지 않다. 먼저 철저한 민주주의자가 돼야겠다. 시는 그다음에 써도 충분하다. 시인은 누구보다도 먼저 진정한 민중의 소리를 전하는 사람이어야 할 것이다. 투철한 민주주의자가 된다는 것은 인민을 위한 전사(戰士)가 되는 것이다. 나의 시다운 시는 금후의 과제이다."라고 심정을 적어놓고 있는 것으로 보아 이 시집은 지리산으로 떠나면서 출간한 것으로 보인다. 물론 그는 '금후의 과제'인 시를 쓸 기회를 영영 갖지 못했다. 그는 일단 사형을 감면받았으나 대전형무소에서 복역 중인 6·25 초 국군후퇴 때 피살된 것으로 보인다.

편성 당시의 제2병단은 다음과 같은 편제였으며 병단장은 이현상이었고, 총세 약 500명이었던 것으로 추정된다. 그 밖의 인근 소단위 야산대도 통괄했다.

제5연대 (연대장 이영회, 李永檜) 동부 지리산
제6연대 (연대장 이현상, 李鉉相) 중부 지리산
제7연대 (연대장 박종하, 朴鐘夏) 광양 백운산
제8연대 (연대장 맹 모, 孟 모?) 조계산
제9연대 (연대장 장금모, 蔣琴模) 덕유산

제2병단은 뒤에 이야기할 제3병단과 함께 49년 9월 남로당의 모험적인 총공세 지령에 의해 궤멸적 타격을 입었다. 그리고 국군 호남지구 전투사령부[사령관 준장 송호성(宋虎聲)] 예하 제2여단[여단장 대령 원용덕(元容德)], 제5여단[여단장 중령 김백일(金百一)] 및 각 경찰기동대의 끊임없는 공격을 받으면서 간신히 명맥을 유지해왔다. 그러다가 6·25 남침으로 호남 일대가 인민군 점령하에 들어가면서 일단은 지상으로 나오는 '감격'을 맛보지만(이때 전북 일원의 잔존 야산대는 30명) 곧 낙동강

전선으로 재투입되었다. 송호성의 전투사령부는 후에 지리산지구 전투사령부[사령관 준장 정일권(丁一權)]로 개편 보강되었다.

한편 여순사건을 계기로 남한에서의 유격활동이 고조돼가자 평양당국은 그 지원책을 모색하게 되었다. 그들은 그 첫 시도로 군경의 관심이 호남지구에 집중되어 있는 틈을 타서 남로당 월북자 중 강동정치학원 출신 180명을 유격대로 편성해서 48년 11월 17일 오대산지구로 침투시켰다. 이후 약 6개월 동안 강동학원은 유격대 양성기관으로 바뀌어 49년 7월까지 약 600명의 유격대원을 주로 오대산지구에 투입했다. 그러나 그 대부분은 군경토벌대에 의해 포착, 섬멸되고 일부는 다시 북상 도주했다.

남한 빨치산이 '인민유격대'라는 이름 아래 체제를 정비하고 본격적인 유격투쟁 단계로 들어가는 것은 49년 8월부터였다. 같은 해 6월 30일 남북 노동당이 합당해서 조선노동당이 되는데, 이때 박헌영, 이승엽 등 남로계가 대남 정치공작과 유격투쟁을 전담하게 되었다. 이승엽은 유격대를 지구별로 3개 병단으로 통합 편성했는데, 오대산지구가 인민유격대 제1병단, 지리산지구가 앞서 말한 바와 같이 인민유격대 제2병단, 태백산지구를 인민유격대 제3병단으로 통합하여 체계화했다.

이 중 제1병단은 이호제(李昊濟)가 지휘하는 강동학원 출신 5개 중대 360명이 기간이 되는데, 49년 9월 태백산맥을 타고 남하 침투했다. 이호제는 고려대학 31회 졸업생으로 남조선 민청 위원장을 역임한 엘리트이며, 남하 전에는 잠시 강동학원의 원장으로도 있었던 사람이다. 정치위원 박치우(朴致佑, 남로계), 참모장 서철(徐哲, 북로계)이 모두 강동학원 교관 출신이었다. 이들은 인민군의 도움을 받아 38선을 넘어 중대단위(약 70명씩)로 남하하면서 지방 야산대를 흡수하며 도처에서 유격활동을 전개했다. 그러나 태백산지구에 이르렀을 무렵, 49년 12월 군경 합동의 대대적인 토벌공격을 만나 주력부대는 거의 소멸되고(약 75%가 사살) 그 일부는 북상 도주했으며, 나머지 100명가량이 계속 남하하여 뒤에 이야기할 제3병단에 합류했다.

제2병단은 앞서 말한 것처럼 이현상이 사령관인 지리산을 본거로 한 부대이며, 전쟁 전이나 전시를 통해 남한 빨치산의 핵을 이루었다.

제3병단은 앞서 말한 제주도 유격대 사령이었던 김달삼(당시에는 최고인민회의 대의원이 돼 있었다)을 사령관으로, 남도부(南道富), 나훈(羅勳), 성동구(成東九)를 부사령 겸 대대장으로 한 3백여 명의 부대였다.

남도부, 본명 하준수(河準洙)에 관해서는 앞으로 이야기할 기회가 있겠지만 당시는 해주 인민대표자회의에 참석차 월북했다가 대의원으로 선출되지는 못하고 강동학원에서 군사교관으로 있다가 제3병단의 간부로 남하하게 된 것이다. 그는 6·25 초에 김달삼과 함께 제7군단(일명 766부대)을 이끌고 동해안 주문진으로 상륙 침투해 왔다. 그는 이때 인민군 소장의 계급을 수여받았으며 (후에 중장으로 승진) 54년에 남한의 마지막 게릴라로 체포됨으로써 유명해졌다.

제3병단 300명은 49년 8월 안동·영덕지방으로 침투해 왔는데, 역시 전원이 강동학원 출신의 정예부대였고 통칭 '동해여단'이라고 했다. 49년 12월에 제1병단이 궤멸할 때 잔존병력 약 100명이 남하하여 제3병단과 합류했다. 대구 주둔 국군 제6연대의 탈주병 약 80명과 부근의 야산대를 흡수해서 한때 600명이 넘는 대세력을 이루었으며, 국군 제3사단 소속 17연대·22연대·25연대 등과 경찰기동대를 능동적으로 공격해서 교전을 벌이기도 했다. 그러나 거듭되는 교전으로 병력 감소가 극심해 50년 3월께는 불과 60명 정도의 소부대로 전락했다.

김달삼은 잔존 인원을 이끌고 월북철수를 기도하여 북상하다가 3월 21일 강원도 정선군 반론산(혹은 나랑천 부근)에서 국군 8사단 336부대에 포착돼 궤멸돼버렸다. 이때 김달삼·남도부 등은 몇십 명의 잔존인원을 이끌고 4월 3일께 월북에 성공했다. 그러나 제3병단 통칭 '동해여단'은 이로써 완전 소멸되고 말았다.

위에 적은 국군 6연대의 탈주병이라는 것은 48년 11월 2일, 여순사건의 연쇄작용으로 일어났던 대구 주둔 6연대 내의 소규모 불발 반란사건(선임하사관 곽종진, 일등상사 이정택 등 남로당 세포원이 주동)과 뒤이어 대대적으로 단행된 숙군 작업의 여파로 같은 해 12월 6일과 이듬해 1월 30일에 걸쳐 집단 탈영한 탈영병 등 80여 명의 국군 사병이 팔공산(八公山)·보현봉(普賢峯)·일월산(日月山) 등지로 입산 도주해 있다가 남하한 김달삼 부대에 흡수된 것이다.

이상이 6·25 전의 남한 유격대를 개관해본 것이다. 이 밖에도 옹진반도(38선 이남 지역)에 소규모의 유격활동이 있었다. 옹진반도 유격대는 해주에 있던 남로당의 전초적 거점 '제1 인쇄소'의 지원을 받아가면서 연백군(延白郡)당 간부인 이봉식의 책임하에 일차적으로 20명 정도의 소수부대로 편성됐던 부대이다. 청단(靑丹)지구의 미군 초소와 백산 경찰서를 습격하는 등 당시 38선의 충돌이 잦던 옹진반도 이남지구에서 교란활동을 했다. 그들은 이북에 유리하고 이남에 불리한 지리적 여건 때문에 가끔 이북으로 돌아가 휴식하기도 하면서 6·25가 일어날 때까지 세력을 보존하고 있었다. 이 기록 초기에 나오는 전북도당의 '곽동무'라는 소녀대원이 이 옹진반도 빨치산 출신이었다. 그녀는 걸핏하면 이북에 드나들었다고 하니 마치 빨치산의 연습장 같은 상황이었던 것 같다.

6·25와 전시(戰時) 빨치산들

앞에서 자주 말한 강동정치학원은 남한 빨치산사(史)에서 절대 빼놓을 수 없는 존재였다.

남로당이 이남에서 합법적 활동을 하던 시기에는 서울에 당학교가 있어 당원들의 단기 교육을 실시했다. 그러나 좌익정당이 비법화되고 탄압이 극심해지는 47년 9월경부터는 서울의 정치학원을 평안남도 강동군 승호면 입석리(지금은 평양시 승호구)의 탄광합숙소 자리로 옮기고 당원을 월북시켜서 3개월 정도의 단기 교육을 실시했다. 이것이 유명한 강동정치학원이다. 모든 것을 남로계가 운영하고 학생도 전원이 이남 출신인 좌익계 정당원으로 구성돼 있었다(남로당계뿐 아니라 근로인민당, 민족혁명당 등 좌파 당원도 입교했었다. 다만 중앙 간부의 일부는 이 학원을 거치지 않고 바로 모스크바의 고급 당학교에 유학시켰다).

남한에서의 탄압이 심해지면서 월북 당원이 급증해 학생 수가 한때 1,200명 정도까지 된 적도 있었으며, 그 약 3분의 1은 여학생이었다. 정치반과 군사반, 혼합반으로 구분돼 있었는데, 49년에 들어서면서 남한의 유격활동이 활발해지자 군사반이 위주가 되어 거의 유격대원 양성소로 바뀌고 있었다. 49년 9월의 소위 9월 공세 때 학생들이 집단적으로 남파돼 50년 초에는 폐교됐다. 49년 9월 현재의 학원장은 소련계의 박병율(朴秉律)이었고, 정치부 원장은 남로당계의 박치우(朴致佑), 군사부 원장은 북로계의 서철(徐哲)이었다. 서철은 70년 11월 당 5차대회에서 정치위원으로 선출됐고, 현재 당의 상위권 서열에 오르고 있는 것으로 알려지고 있다.

유격대원 양성기관으로는 이 밖에 49년 10월에 개교한 '회령 제3군관학교'(대장 오진우가 교장)와 남로당 경기도당이 장풍군(長豊郡) 영남

면에 설치했던 '인민유격대 훈련소'(1개월 단기 교육), 강원도의 '양양유
격대 훈련소'가 있었다.

강동학원 출신은 전시 빨치산에 있어서도 특별 취급을 받았고, 강동
학원 출신이라는 이름만으로도 각 도당의 일급 간부로 올랐었다.

6·25전쟁이 시작되고 남한의 대부분 지역이 일시 인민군 점령하에
들어가자 그때까지 겨우겨우 명맥을 유지하면서 남한에 남아 있던 유
일한 게릴라 집단인 지리산 제2병단은 비로소 지상으로 나왔다. 그들
은—아마도 되도록 빨리 인민군과 접촉하기 위해서—세를 규합하며 산
맥을 북상하여 인민군이 점령한 직후 무주읍에 나타났는데, 여기서 이
현상은 그로서는 이례적으로 무주읍민을 모아놓고 일대 대중연설을 한
흔적이 있다. 그들로서는 오랜 인고 끝에 맞이한 감격스러운 '해방'이었
을 것이다. 그러나 이들에게는 숨돌릴 사이도 없이 새로운 과업이 주어
져 낙동강전선 후방으로 전진(轉進)하게 되었다. 이때 2병단의 생존 인
원은 소속 5개 연대를 통틀어 200명이 채 못 됐던 것으로 추정된다.

전쟁이 일어나면서 김일성은 평양방송을 통해 남한 빨치산에게 연
합군 후방을 교란해서 인민군의 진격에 협조할 것을 되풀이 요구했다.
그에 호응해서 남한의 산악에 잠복해 있던 강정수(姜正秀)의 '동해안 유
격대'가 봉화군 일대에서 후퇴 중인 국군 부대를 습격했고, 경북도당
위원장 배철(裵哲)이 지휘하는 유격대는 7월 27일 대구 비행장을 강습
했으며, 8월 31일에는 영천군 화계면에서 미군 포진지를 공격해서 인
민군 1사단의 진격로를 열기도 했다.

이러한 후방 교란작전의 일환으로 제2병단은 함양, 거창, 합천을 거
쳐 낙동강 후방 깊숙이 침투하면서 연도의 좌익 청년 150명가량을 초

모(招募)해서 세력을 강화했다. 때로는 대구-부산 간 군용열차를 공격하고 혹은 경찰관서를 습격했다. 8월 10일에는 달성군에서 미군 통신부대를 기습하여 파괴했다. 8월 25일에는 창녕에서 150대의 트럭과 40대의 탱크를 가진 미군 기갑부대를 습격해서 트럭 30여 대를 파괴했고, 9월 6일에는 청도에서 미군 부대를 공격했다. 병단장 이현상은 이 기간 시종 부대와 행동을 같이했으며 대원들은 후일 이 기간을 '낙동강 시절'이라 부르면서 가끔 회고담을 늘어놓기도 했다.

한편 50년 3월 월북에 성공한 제3병단의 김달삼·남도부 등은 수십 명 남은 부대원을 양양(襄陽, 당시에는 이북이었음)의 유격대 훈련소에 대기시키고 평양으로 가서 박헌영, 이중업(李重業, 전 서울지도부 조직부장으로 49년 일단 체포됐다가 탈옥하고 월북), 인민군 문화부 사령관 김일(金一), 노동당 중앙당 제14호실(대남유격사업 지도부) 실장 조일명(趙一明, 후에 사형) 등과 남한에서의 유격투쟁 전개에 관해 토의했다.

그리고 6·25전쟁이 일어나기 직전인 6월 초순에 김달삼은 인민군 남하 때 호응하기 위한 유격대 조직의 임무를 띠고 간부요원 수 명과 함께 경북 청도군 운문산지구로 침투했다. 이때 남도부는 맹장염 수술 때문에 금화 적십자병원에 입원 가료 중이었는데, 6·25 직전 이승엽이 그를 소환해서 '남한유격대 총책'의 임무를 부여하고 전쟁 발발과 동시에 남한에 진격해서 유격활동을 전개하도록 지시했다.

남도부는 6월 20일 인민정찰국장과 함께 양양으로 가서 양양 유격대 훈련소에서 대기 중인 750명의 대원으로 제7군단(혹은 766부대)을 편성했다. 766부대라는 것은 구성 대원이 766명인 데서 붙여진 이름이라고 한다.

이 7군단에는 유격 간부 양성소인 회령 제3군관학교생 120명, 50년 3월에 김달삼 등의 월북을 지원하기 위해 편성됐던 김무현(金武顯) 부대 200여 명(이들은 50년 3월에 제3병단 잔존 인원의 구출을 위해 남파됐으나 국군에 의해 격퇴당하고 양양에 돌아와 있었다), 제1병단(이호제 부대)의 잔존 대원으로 부대가 궤멸되면서 월북 도피해 있던 대원, 그리고 남한 출신 최고의 대의원 20명 등이 포함돼 있었다.

제7군단은 6월 24일 야음(夜陰)에 영포구(榮浦口)에서 인민해군 상륙용주정에 분승하여 6월 25일 아침 9시경 주문진항에 상륙하고는 부산 돌입을 목표로 경남 신불산(神佛山)까지 남하했다. 김달삼은 도중 운문산에서 이 부대와 합류하고는 신불산 부근에서 부산지구에 침투할 계획으로 해로로 남하하다가 전사한 것으로 추정된다.

제7군단의 정치위원은 이승엽의 장인인 안기성이었고, 참모장은 '동해안 유격대장'인 강정수였다.

50년 9월 말 연합군의 북진과 인민군의 패퇴에 따라 남한의 유격전선은 급변했다. 인민군 전선사령부는 6개항의 긴급 지시를 내렸다. 그런데 그 가운데는 '①전세가 불리하여 후퇴한다, ②당을 비합법적인 지하당으로 개편한다…… ⑥입산 경험자 및 입산활동이 가능한 자는 입산시키고 기타 간부들은 일시 남강원도까지 후퇴한다' 등의 지시가 들어 있다(필자의 기억으로는 '모든 인민군 부대와 기관들은 편제를 유지한 채 춘천분지로 집결하라'는 항목이 있었던 것 같은데 기록에서는 그것을 찾을 수 없으니 필자의 착각일까?).

아무튼 다시 비합법 지역으로 들어가게 된 각 도당들은 도내 각 기관원, 민청·여맹원, 인민군 낙오병 등을 규합해서 도·군 단위의 유격대를 긴급히 구성했다. 전쟁 전에는 위에 적은 인민유격대 병단 이외에도 유명한 '가마골'을 중심으로 한 전남북 접경 산악지대를 위시해서 전국 도처에 소단위의 '야산대'가 활동하여 관할 경찰기동대나 청년단의 토벌 대상이 되고 있었다. 이 야산대의 경험자들이 급조 유격대의 기간이 되었고, 한때 그 수는 1만이 넘었다(어떤 기록에는 추산 2만 내지 15만). 그러나 원래가 피난 대열이나 다름없는 성격이었기 때문에 곧 투항, 도망 등 이탈자가 속출해서 겨울이 다가온 11월 말경에는 대충 5천 정도로 줄어 있었다고 짐작된다. 물론 누구도 그 정확한 숫자는 알 도리가 없다.

이 당시 각 도의 유격대 현황을 보면 다음과 같다.

■ 충남도당은 인민군이 패퇴하자 북로계의 도당 부위원장 유영기(兪英基)는 도당 간부 40여 명과 함께 북으로 도피하고, 도당 위원장 남충열[南忠烈, 본명은 박우헌(朴宇憲)]이 도당과 도인민위원회를 대둔산(大屯山)으로 옮기며 유격대를 편성했다. 사령부 밑에 백두산부대, 가야산부대, 한둔산(대둔산)부대, 압록강부대, 청천강부대, 대전부대, 대덕부대 등이 있었고 사령부 직속으로 통신대, 공병대, 정찰대 등이 있어 당초에는 총세가 약 1,000명에 달했다. 대덕, 논산, 공주군의 산간부락을 점거하고 있다가 12월 7일 거점을 대둔산 줄기인 운주로 옮겼다. 운주는 충남과의 접경지대이기는 해도 행정구역으로는 전북 완주군에 속한다. 도당이 본거지를 타도 관내로 옮긴 예는 매우 희귀한데 아마도 충남 관내에 의거할 만한 산악이 없었기 때문일 것이다. 계룡산이 유일한 큰 산이지만 독립된 산덩이이고 대전시가 너무 가까워 근거지가 될 수 없었을 것이다. 운주면에는 도당 학교도 있었고 50년 말 중공군이 남하할 때는 일부 부대를 천안 부근까지 보내 연결을 시도한 일도 있었다.

■ 전북도당은 이 기록에서 적은 대로 인민군이 후퇴하자 도당은 회

문산으로 옮기고 도인민위원회는 운장산으로 이전했다. 유격대 사령관은 도당 위원장인 방준표가, 부사령관은 도당 부위원장인 조병하가 맡았다. 조병하(북로계, 전 함북도당 조직부장)는 당초 도인민위원장이었는데 회문산 초기의 도당 부위원장 임종환(남로계, 전 서울시당 부위원장)과 교체된다. 회문산 때의 각 부대 이름이 문헌에 따라 여러 가지로 나오지만 이 기록에서 적은 필자의 기억이 정확할 것이다. 정치사령을 둘두고 군당을 분담케 했는데 제2정치사령이 정읍, 고창, 부안 군당과 그유격대를, 제1사령이 나머지 각 군의 군당과 유격대를 통괄했다. 당학교로는 노령학원이 있었다.

■ 전남도당은 백아산(白牙山)에 근거지를 두었고, 도당 유격대 사령관은 전쟁 전 도당 위원장이던 도당 부위원장 김선우(金善佑), 부사령관은 오금일(嗚今一)이었다. 도당 위원장 박영발(朴永發)의 방침에 의해유일하게 도당 위원장이 유격대 사령을 겸하지 않았다.

■ 경남도당은 지리산 하봉 근처에 근거지를 두고 초기에는 인민군 패잔병 집단인 303, 102 부대 등이 핵심 무력이었는데, 후에 '불꽃사단'이라는 유격부대를 편성했다. 사단장은 경남 도인민위원회의 부위원장이던 김의장(북로계, 전 청진시 인민위원장), 참모장은 노영호(盧永浩, 서울공대 중퇴)였다. 도당 위원장 남경우(南京佑)가 명목상의 도유격사령관이었다. 모든 도당이 그랬지만 수시로 부대 편제를 바꿨다.

■ 경북도당은 경북 동부 산악지대에서 활동을 계속하고 있던 남도부의 '동해여단'과는 별도로 도당 위원장 박종근(朴宗根)이 독자적인유격대를 편성해 활동하고 있었다.

■ 경상도 동부 산악지대에서 활동하던 남도부의 제7군단(동해여단, 팔공산부대, 남도부부대 등 여러 이름이 있었다)은 사변 초 영덕 부근까지

내려왔다가 후퇴하게 된 김무정의 인민군 제2군단의 낙오병 집단 길원 팔(吉元八)부대 약 700명이 합류함으로써 한때 큰 세력을 형성하고 있었다. 그러나 길원팔부대는 51년 2월, 원주까지 남하한 중공 지원군과 접촉하게 되어 북으로 복귀해버렸고 그 대신 51년 초에 안동 부근까지 정진, 침투했던 인민군 경보병 제10사단의 낙오병 약 100명이 합류하게 되어 필자가 남부군으로 전속될 무렵에는 400명 정도의 세력을 유지하고 있었던 것으로 안다. 이 부대는 부산지구의 공작 임무를 띠고 북으로부터 파견돼온 정지렴(鄭支濂)과 합작하여 51년 11월 30일 부산 조병창 방화에 성공했다 해서 이듬해 52년 2월 8일(인민군 창군일) 자유독립훈장 1급을 받았다(이 훈장은 빨치산 지휘관에게만 수여되며 51년 7월 7일에 제정됐다. 최고의 영예로 치는 '영웅칭호'는 전쟁이 일어난 직후인 50년 6월 30일 제정된 것이다. '영웅칭호'보다 더 큰 영예는 그것을 거듭 받는 '2중 영웅'이다. 이 무렵 군사에 관한 훈장으로는 간부에게는 '국기훈장' 1, 2, 3급, 사병에게는 '전사의 영예훈장' 1, 2, 3급 및 '군공메달'이 있었다).

이 밖에 인민군이 패퇴할 때인 50년 10월부터 약 3개월간 인민군 4군단·69여단 약 5,000명이 강원도 산악지대에 남아 송요찬의 수도사단과 50여 회에 걸쳐 교전한 기록이 있으나 이것은 유격전보다 정규전에 가까운 성격의 전투였던 것으로 보여진다.

한편 연합군의 북진에 따라 북한의 산악지대에서도 미처 후퇴하지 못한 당원과 기관원들에 의해 유격활동이 전개되고 있었다. 그러나 그 기간이 불과 2개월 남짓이었고, 다음의 '황해도당 유격대' 이외에는 그 규모도 작아 별다른 활동을 전개하지 못한 채 인민군의 진입을 보게 됐다.

■ 황해도당은 구월산에 본거를 두었기 때문에 '구월산유격대'라고

도 불렸다. 황해도당 노동부장 백재전이 총지휘를 했다. 처음에는 896명의 세력이었던 것이 50년 12월 중공군이 개입해서 '해방'이 가까워 오자 한때 2,386명으로까지 대원 수가 불어나 당당한 전력 단위를 형성했었다. 중대 소대에 이르기까지 정치위원을 배치해서 당이 모든 것을 통제했다.

남하하는 남부군

한편 전쟁이 일어나자 지리산에서 낙동강전선 유엔군 후방으로 전진하여 인민군 진격의 지원작전을 펼치고 있던 이현상의 제2병단은 9·28의 전세 역전(逆戰)을 맞아 다시 200여 명으로 줄어든 외로운 부대를 이끌고 연합군 진지 사이를 누비며 북상, 후퇴의 길에 올랐다. 천신만고 끝에 북강원도 세포군 후평리(洗浦郡 厚坪里)에 당도한 것이 10월 하순이었다.

후평에서는 6·25 초에 사법상 법무부의장 겸 서울시 인민위원장으로 서울에 내려와 있던 이승엽(李承燁)이 '조선인민유격대 총사령관'의 직책을 띠고 후퇴하는 패잔·낙오병, 기관원 등을 수습해서 유격대로 편성해 내려보내는 공작을 하고 있었다. 지금 생각하면 이승엽의 '조선인민유격대 총사령관'은 그가 사칭한 비공식 칭호였던 것 같다. 왜냐하면 지금 북한의 어떤 기록에도 그런 직책은 보이지 않으며 후일 남로당 숙청 군사재판에서 이때의 이승엽의 공작이 그의 죄과의 하나로 열거되고 있기 때문이다. 당시 남로당계 중추에 관여했던 사람도 이런 이승엽의 직함은 모르고 있었으며, 53년 8월에 지리산 빗점골에서 있었던 이현상을 단죄하는 5지구당 결정서(후술)에서도 이때의 이승엽의 공작을 반역행위로 규정하고 있다.

이승엽은 이때 이현상에게는 남한 6도 유격대를 군사적으로 통괄할 책임을 맡기고, 여운철(呂運徹, 보성전문학교 출신)에게는 정치적 책임을 맡기면서 반전(反轉)하여 다시 남하할 것을 명령한다. 이승엽, 이현상, 여운철은 모두 경성 콤클럽 시절부터의 동료이다. 그러나 그 경력은 매우 달랐다. 이승엽이 일제시대 전향과 타협의 굴절된 경력을 가진 데 비해 이현상은 그 가혹한 일제 탄압하에서도 일체의 전향이나 타협을 몰랐고, 이승엽이 지금 평양에서 김일성정권의 각료의 반열에 올라 있는 데 비해 이현상은 김일성을 거부하여 자진해서 남한 빨치산에 투신한 터였다. 그러니까 이현상으로서는 동료 이승엽의 휘하에서 그의 지시명령을 받아야 하는 것이 그리 유쾌하지는 않았을 것이지만 사세부득이 남한에서의 투쟁을 포기하고 북으로 대피 중이던 그에게 남한으로의 반전이 크게 불만스럽지는 않았을 것이다.

어쨌든 이현상은 남한 유격대의 통일적 지도라는 임무를 띠고 유격대를 다시 편성했다. 연합군의 급한 추격을 받아 공황상태에 빠진 각종 패잔 대열의 혼란은 극에 달해 서로의 불신과 의견대립으로, 더러는 동지끼리의 살상극까지 있었다고 한다. 그런 혼란 속에서 이현상은 제2병단 당시의 구대원(그때까지도 여순사건의 관련 사병들이 상당수 남아 있었다)을 기간으로 해서 후퇴 중이던 의용군 출신 낙오병, 그리고 부근의 당원과 민간인을 지원 형식으로 포섭해서 대열을 재정비 보강하고 50년 11월 9일 북진하는 연합군의 물결을 거슬러 다시 남하의 길에 올랐다. 공식 명칭은 '조선인민유격대 독립 제4지대'였고, 후평 출발 당시의 통칭은 '남반부 인민유격대'였다. 편제는 승리사단(약 300명), 인민여단(약 150명), 혁명지대(약 100명)의 3개 부대 외에 사령부 직속의 당정대(黨政隊) 약 100명 등 약 650명의 세력이었다. 이 중 적어도 승리사단은 정치부 간부를 제외하고는 전원이 남한 출신 청년들로 돼 있었다.

'독립 제4지대'의 '독립'이라는 호칭은 노동당의 각 도당, 군당에 소속된 지역당 유격대와 구분하기 위한 이름이었다. 지역당은 일정 지역의 당 활동을 책임지며 명목뿐이지만 그 지역의 인민위원회를 지배한다. 지역당 유격대는 당연히 그 지역당 위원장의 명령을 받으며 직접 당위원장이나 부위원장이 유격대 사령을 겸했다. 지역당 유격대는 그 지방 출신의 당원·민청원·여맹원 등이 기간이 되고, 9·28 패퇴 때의 낙오병과 미처 피신하지 못한 좌익 기관원을 포섭해서 무력을 형성하고 있었다.

드문 예이지만 낙오병 가운데는 일정 지역당에 속하지 않고 임의로 무리를 지어 독자적인 유격활동을 계속한 소집단도 있었지만 얼마 후에는 모두가 어떤 지역당을 선택해서 그 산하로 들어갔다. 그러나 독립 지대는 조선인민유격대 총사령부에 직속한 순수 군사조직으로 일정한 책임구역을 갖지 않는 것이 달랐다. 이러한 소속 관계는 후일 남한을 통일된 유격대 조직으로 개편하는 데 문제가 되었다. 당과 유격대 간의 통수체제 관계는 앞으로 남북노동당 간의 충성 문제 등 여러 모로 미묘한 갈등을 낳게 되었던 것이다.

이현상의 '남반부 인민유격대'는 그 무렵 대구를 향해 안동 부근까지 산맥을 타고 쐐기를 박으며 정진했던 인민군 경보병 제10사단과 앞서거니 뒤서거니 하며 12월 말경에는 단양지구 소백산 언저리에 당도하여 겨울을 보낸다. 여기서 미군 부대를 공격하기도 하고 문경 경찰서를 습격하기도 하며, 수안보 연풍 일대에서 활발한 유격활동을 전개했다. 이 시기는 주저항선이 원주·제천 방면을 오르내리던 때라 그 일대의 연합군 병력 밀도가 대단했던 시기이다. 교통로와 이동부대에 대한 기습전이 수없이 되풀이됐다.

이 무렵 연합군 측 기록에 보이는 유명한 전투로는 단양지구전투(실제로는 문경지구)가 있다. '남부군단 3,000명이 주요 보급선인 죽령국도를 10여 일간에 걸쳐 점거·차단하며 동로지서 등을 공격한' 사건이다.

후평을 출발할 때 수류탄 몇 개에 몽둥이를 든 비무장 대원이 절반을 차지했던 '남부군 유격대'는 그렇게 연합군 후방을 기습 교란하며 내려오는 동안, 전원이 미식(美式) 장비로 무장하고 미군 군복을 차려 입게끔 했다. 연풍 부근에서는 다수의 미군 포로를 잡은 일도 있고, 군경 포로를 포섭해서 대원으로 편입시킨 예도 있었다고 한다. 미군 포로를 무한정 끌고 다닐 수도 없어 놓아 보냈더니 그들 때문에 행동 방향이 드러나 항공기로부터 네이팜탄 공격을 받고 사상자를 낸 일도 있었다고 들었다.

일반 지역당 유격대와는 달리 이들의 목적은 후방 깊숙이 침투해서 교통로를 위협하고 적의 기지와 대열을 기습하는 정진대의 역할을 하는 데에 있었다. 이러한 게릴라 전법은 사변 초기 미군을 상대로 큰 효과를 거두어 대전전투 때 미 24사단은 한국군의 근접까지도 기피하는 노이로제 현상을 보였었다.

수안보 시절에 '남반부 유격대'는 '조선인민유격대 남부군'으로 이름을 바꿨다. 보통 '남부군'이라고 불렀다. 이후 토벌군 측은 이 특정 부대의 고유명을 남한 빨치산의 범칭으로 착각하기도 하고 까닭없이 '단'자를 덧붙여 '남부군단'이라고 부르기도 했다. 현재도 남한의 모든 기록에는 '남부군단'으로 기술돼 있지만 '남부군단'을 자칭한 적은 없었다.

필자가 훗날 조사관의 신문을 받을 때 '남부군'이라는 말을 썼더니 "인마, 그게 남부군단 아냐?" 하며 '남부군단'이라고 적기에 구태여 반박할 필요도 없어 가만히 있었다. 아마 이런 연유로 해서 '남부군단'이 고정돼버린 모양이다. '이현상부대'니, '나팔부대'니 하는 별칭도 있었다. '나팔부대'는 이 부대에 일군 군용 나팔이 하나 있어 가끔 불어댄 데서 생긴 별명일 것이다. 붉은 술이 달린 이 놋쇠 나팔은 어떤 참모가 배낭 뒤에 매달고 다녔었는데, 뒤에 나오는 가회전투 무렵부터는 잃어버렸는지 보이지 않았다.

잠시 이야기가 빗나가지만, 남부군이 소백산 주변에서 유격전을 벌이고 있던 50년 12월, 당시 압록강 한·만 국경 언저리를 전전하고 있던 인민군 최고사령부는 사령관 김일성과 총참모장 남일(南日)의 이름으로 '유격지대 개편에 관한' 지령문을 각지 유격대에 시달했다. 중공 지원군 개입에 따른 인민군의 재차 남진에 호응해서 제2전선의 역할을 담당케 하기 위해 남한 각지의 유격부대에 당 활동을 2차적으로 하고 군사활동만을 위주로 하는 '지대'로 개편하라는 취지의 지시를 내린 것이다. 이 명령은 50년 12월과 51년 1월 및 3월, 세 차례에 걸쳐 전파로 발송됐지만 남한 산 중에서는 전파 통신수단의 미비로 그것을 접수한 부대가 하나도 없었던 것 같다. 앞서 말한 대로 전북부대는 조선중앙통신 전북지사를 통신과로 개편하여 수신수단만은 갖고 있었다. 그러나 12월에는 전원(電源)이 고갈되었고 3월에는 이동 중이었기 때문에 그것을 수신할 수 없었다. 2월 중에는 필자 자신이 통신을 관장하고 있었으나 아마도 수신 누락으로 그것을 접수하지 못했던 것 같다. 최고사령부에서는 마지막 수단으로 이 지대 개편 명령을 구두로 전달하기 위해 '423부대'(출동 날짜를 딴 듯)라는 소규모 유격조를 조직해서 51년 4월 23일 남파 침투케 했다. 그러나 가까스로 충북 속리산에 이르러 충북도당 부위원장 송명현(宋明鉉)과 만나고 다시 지리산에 당도해 '남부군'

에 통달한 것이 51년 10월경이었다. 남부군은 그 무렵 후평 출발 당시 이승엽의 지시에 의해 각 지구 유격부대의 사단 편제를 겨우 마친 상태였고, 시기적으로도 인민군은 이미 재차 후퇴해서 현재의 휴전선 부근을 오르내리던 때여서 명령을 내린 취지의 실효를 잃게 되었다. 그뿐만 아니라 뒤미처 국군의 대규모 토벌을 만남으로써 이 지대 개편은 이듬해 52년 1월 말경에야 본래의 명령과는 다른 각도에서 이루어지게 되었다.

이때의 인민군 최고사령부가 지시한 지대 개편 요령은 대략 다음과 같은 것이었다.

제1지대: 태백산지구에서 활동하는 유격대로 편성.

제2지대: 충남북의 유격대와 원주지방의 '홍사민연대'로 편성하고 속리산, 영동 부근, 계룡산에 각 거점을 설정한다.

제3지대: 남도부부대와 경북도당의 박종근부대 및 일원산·보현봉 일대에서 활동하는 유격대들로 구성한다.

제4지대: 이현상을 지대장, 김선우(전남도 부위원장)를 정치위원으로 해서 지리산, 덕유산, 운장산에 각 거점을 설정한다.

제5지대: 길원팔을 지대장으로 하고 남경우(경남도당 위원장)를 정치위원으로 해서 경남북 유격대와 청도 유격대로 편성, 운문산과 관용산에 거점을 확보하고 울산에서 부산, 마산, 산청에 이르는 지구를 활동구역으로 한다(앞서 말한 바와 같이 명령이 시달됐을 무렵에는 길원팔은 이미 북상하고 없었다).

제6지대: 무주, 옥천, 영동, 보은, 금산 등의 각 군 유격대로 편성하고 같은 지역을 활동구역으로 한다.

이 명령문을 보면 현지 실정을 도외시한 최고사령부의 탁상공론이 놀라울 정도이다.

이 인민군 최고사령관 김일성의 12월 지령에 앞서 '조선인민유격대 총사령관' 이승엽은 그 나름의 독립지대 구상을 서두르고 있었다.

50년 11월 독립 4지대를 남하시킨 이승엽은 뒤이어 독립 제1지대를 편성해서 51년 1월 하순 오대산지구로 침투시켰다. 1지대는 그의 심복인 김응빈[金應彬, 일명 현우(玄友), 6·25 때 서울시당 위원장]을 지대장으로, 박승원(朴承源, 6·25 때 경기도 인민위원장, 역시 남로계)을 정치위원으로 하고, 이승엽이 직접 조직한 유격 제1, 제2, 제3여단 약 1,000명으로 편성했는데, 대원은 모두 서울·경기 출신 청년들이었다. 이 부대는 남하 후 얼마 안 되어 국군 부대의 일격을 받아 대부분이 사살되고 일부는 북상 도주했다.

50년 9월 29일에 춘천에서, 패퇴하는 의용군을 중심으로 조직한 '제929부대'(편성 날짜를 딴 것) 약 300명을 제6지대로 개편해서 윤상칠을 지대장으로 하여 51년 1월 중순에 남하시켰는데, 국군의 압력에 견디지 못하고 3월 말경 월북 복귀해버렸다. 이승엽은 51년 5월 인민군의 진격을 이용해서 이들을 재차 남진시켰다. 마태식(馬太植)이 지대장, 이창문(李昌文)이 정치위원이었다. 이들은 천신만고 끝에 그해 7월 속리산에 이르렀으나 국군 토벌대를 만나 지대장 이하 간부들 대부분이 사살되고 부대는 분산돼버렸다. 분산된 일부가 가까스로 대둔산에 이르러 충남도당과 연결, 도당 위원장 남충열을 지대장으로 해서 제6지대를 다시 구성했다.

이러한 남한 유격대의 일을 전담하기 위해 51년 4월에 인민군 최고사령부 작전국 직속으로 유격 지도처, 일명 526군부대(6·25를 거꾸로 한 것)라는 것을 설치했다. 그 처장은 이승엽의 직계이며 전쟁 전 경북 도책이었던 배철(전쟁 초기 유격대장을 겸함)이었다. 그리고 남한 각 지대와 연락하기 위해 전선지대(前線地帶)인 강원도 화양군(華陽郡)에 동부연락소(소장은 뒤에 나오는 10지대장 맹종호)를, 황해도 김천군에 서부연락소(소장은 이윤형)를 두었다(배철과 맹종호는 후일 남로당 숙청 때 유격대를 양성해서 '무력에 의한 정부 전복 음모'를 꾀했다 해서 사형에 처해졌다).

유격지도처(526군부대)는 남한 출신 청년들을 모아 평남 중화군에 재편 제1지대를, 황해도 옹진에 제2지대를, 황해도 남연백에 제9지대를, 황해도 연안(延安)에 제10지대를 각각 편성하여 훈련하고 있었다. 그러나 주저항선의 병력 밀도가 워낙 대단해서 휴전 때까지 남하 침투시키지 못하고 말았다.

결국 후방침투에 성공한 것은 제4지대인 남부군뿐이었다. 이들 지대 중 가장 강력했던 것은 약 400명의 월북청년들로 구성한 제10지대였는데 지대장은 유격지도처 동부 연락소장 맹종호(孟鐘鎬, 6·25 때 서울 중구 당위원장), 정치위원은 역시 남로계의 유원식(柳原植)이었다(휴전 직후의 남로당 숙청공판 때 연락부 부부장 윤순달은 검사의 신문에 대해 "제10지대의 인원이 1,300명이던 것을 정부 전복을 위한 무장폭동에 동원하려고 2,000명으로 증원했다"고 진술한 것으로 공표됐었다. 그러나 이는 사실과 다르며 400명 정도의 병력이었다는 것이 진실인 것 같다).

이 밖에 52년 중반에 평남 중화군 용연면에 '중화훈련소'(일명 홍현기부대)가 있었고, 강동군 시족면에 '시족훈련소'가 있었다. 이는 노동당 연락부가 52년 하반기부터 유격 소조 활동과 지구당 사업 지원을 위해 남파시키고자 유격대를 양성했던 기관인데, 남파하는 대로 주저항선 근방에서 사살되고 말아, 적어도 6차 이상 남파시켰으나 후방침투에 성공한 예는 한 번도 없었다.

고독한 '공화국 영웅' 이현상

1951년 8월 31일 노동당 중앙위원회 정치위원회는 '94호 결정서'를 통해 남한 지역의 유격대와 지하당 간부를 양성하는 1,000명 규모의 간부훈련소를 설치할 것을 밝혔다. 이 결정에 따라 노동당 연락부는 51년 10월 초순 황해도 서흥군 율리면 오동리 산골짜기에 '금강정치학원'이라는 것을 만들었다. 남한 침투와 유격훈련에 적합한 장소로 전선이 가깝고 산골짜기가 깊은 이곳을 택한 것이다.

교사는 공습을 고려해서 모두 반토굴식으로 만들었고, 누구도 전체적인 상황을 파악하지 못하도록 직경 10킬로미터나 되는 지역에 서로 보이지 않도록 점점이 배치했었다고 한다. 이승엽은 당시 노동당 중앙당 연락부를 대남공작의 거점으로 하고 이 금강학원을 조종하고 있었다. 그는 자기의 심복이며 인민유격대 제1지대장이던 김응빈을 원장으로, 송을수(宋乙洙, 전 서울정치학원장)를 정치부 원장으로, 이인동(李仁同, 당중앙위원, 전 남조선 전평 부위원장)을 후방부 원장으로, 임호(林虎, 전 6지대 대열참모)를 군사부 주임으로 배치하고 연락부 간부과 과원을 각 지방에 파견해서 남한 출신자들을 찾아내서는 이 학원에 집결시켰다.

훈련기간은 피교육자의 경력과 지식 수준을 참작해서 1개월, 3개월, 6개월의 3개 반으로 편성했고, 1기 입원생은 약 900명이었는데 장차 4,000명을 목표로 규모를 확장하고 있었다고 한다. 이 금강학원은 52년 3월 해체되고 학생들은 천마군 탑동리에 신설된 중앙당학교 제1분교에 재수용됐다. 52년 3월 5일 스탈린이 사망한 직후에 취해진 조처였다. 이 중앙당 분교에서의 학습은 중앙당에서 파견한 지도원이 남로계

학생들의 '사상경향'을 재검토하는 것이 주임무였다. 더 정확히 말해서 박헌영, 이승엽 일파로부터 받은 사상적 영향을 검토하고 그것을 제거하는 동시에 어떤 증거를 들춰내자는 것이었다.

이 중앙당 분교에는 금강학원의 간부들과 1급 학생(중앙 간부), 2급 학생(도당급 간부), 3급 학생(군당급 간부)들까지 모조리 수용돼 있었으니, 말하자면 월북한 남로계 및 남한 출신들이 거의 모두 집결돼 있었던 것이다. 이들은 휴전이 체결되고 이승엽 일파에 대한 군사재판이 끝난 53년 8월 중순까지 그곳에 '격리 수용'된 채 있었다. 간부들의 도주와 학생대의 반발을 막기 위함이었음은 물론이다. 8월 이후 이들은 재심사를 거쳐 대부분은 노동직장이나 사무직장으로 보내고 일부는 대학으로 진학시켰으며, 약 50명은 대남공작 요원과 간부 양성을 목적으로 하는 송도(개성) 정치경제대학에 입교시켰다.

대체로 전쟁기간 중 박헌영과 이승엽이 한 역할은 대남공작, 즉 남한의 유격투쟁과 지하당을 총괄하는 일이었다. 이승엽은 이를 위해 중앙당 연락부를 거점으로 여러 루트를 통해 남한 출신 청년을 중심으로 한 유격대를 대대적으로 양성하고 있었던 것이다.

이러한 병력들은 김일성보다는 박헌영, 이승엽에 충성하고 그의 명령에 움직이는 '남로당계 군사력'이었던 것이 사실이다. 이승엽의 진의는 무엇이었을까? 지금에 와서는 이 역시 영구미제의 수수께끼이지만 그것이 김일성을 위한 무력이 아니었던 것만은 확실하다. 당시 이승엽은 서울에서의 후퇴를 질서 있게 조직했다 해서 김일성으로부터 '발군의 조직 공훈자'로 격찬받고 있었기 때문에 그것이 가능했을 것이다. 그러나 김일성은 결코 어수룩하지 않았다.

전선이 가열하던 51년 중반까지는 표면화된 아무 일도 없었지만 51

년 6월 미·소 간에 휴전협정 개시의 합의를 보고 9월에 들어서 휴전 성립의 가능성이 보이기 시작하자 남한 빨치산의 군사적 효용가치는 크게 저하되고 남로당계에 대한 탄압이 서서히 준비되었다.

51년 11월, 부수상이며 제2인자인 소련파의 거물 허가이(許哥怡)가 의문의 자살을 한 사건이 발생했는데, 그의 '자살'이 김일성으로부터 남로당계를 두둔한다 해서 심한 문책을 받은 때문이었다는 것이 공공연한 비밀로 유포되었다.

52년 12월 15일의 노동당 중앙위원회에서는 남로당계에 대한 공격이 거의 노골적으로 표면화됐다. 53년 7월 27일 휴전이 이루어지자 그 사흘 뒤인 7월 30일 '발군의 조직 공훈자' 이승엽 일파는 체포되었다. 다시 사흘 후인 8월 3일에는 초연도 가시지 않은 속에서 군사법정이 열려 이승엽을 비롯해서 그의 심복이었던 중앙당 연락부장 겸 유격지도처장 배철, 동 부부장 박승원, 유격사업 지도부 실장 조일명, 독립 제10지대장 맹종호 등 10명이 사형대로 보내지고, 연락부부장 윤순달(尹淳達) 등은 15년의 장기형을 받았다. 이승엽의 꿈은 글자 그대로 무산되었다.

물론 이것들은 추후의 일이고 이승엽의 남진 명령을 받은 제4지대 남부군은 50년 겨울 현재 일체의 정보에서 차단된 가운데 북풍한설이 휘몰아치는 소백산맥을 가고 있었다.

이현상은 이때 만 50세의 중년이었다. 대한제국의 명맥이 경각에 달렸던 1905년 그는 충남(당시는 전북) 금산군 군북면 외부리(錦山郡 郡北面 外釜里)의 명문인 전주 이씨 진사 이면배(李勉培)의 4남으로 태어났다. 고창고보를 거쳐 서울 중앙고보로 전학한 그는 그곳을 중퇴하고 보성전문 법과에 진학하게 되는데, 고보(지금의 고등학교) 시절에 이미 국권은 군국주의 일본의 손에 넘어가 있었다.

그는 자연스럽게 공산주의 운동에 뛰어들었고, 1925년에는 박헌영(朴憲永) 밑에서 김상룡(金三龍) 등과 더불어 조선공산당 결성에 참여하면서 공청(共靑)의 핵심으로 부상한다. 러시아에서 볼셰비키 혁명이 성공한 지 8년 뒤의 일이다.

1928년 조공당(별칭 ML당)이 일본 경찰의 발본색원적 탄압으로 붕괴되고, 그 명맥마저 소멸되자 박헌영을 정점으로 이관술(李觀述), 권오직(權伍稷) 등과 함께 '경성 코뮤니스트 클럽(약칭 경성 콤클럽)'을 만들기도 했다. 2차 세계대전 말기 일제 경찰의 발악적 탄압이 시작되어 동료 공산주의자들의 투옥과 전향이 속출하자 출옥 중이던 그는 한때 덕유산으로 은신하기도 했다.

해방과 함께 그는 지상으로 나와 조공당 재건에 참여했으며, 그것이 남로당으로 개편된 후엔 간부부장이라는 요직에 올랐다. 남한에서 공산당 활동이 비합법화되자 동료 당원들은 뒤를 이어 월북 도피했다. 그러나 그는 북한 정권의 요직에 참여한 동료들을 외면하고는 48년 11월 겨울이 휘몰아쳐오는 지리산으로 들어갔다. 그리고 5년 후 그 지리산에서 파란 많은 생애를 마친다. 북한 정권은 53년 2월 5일 이현상에게 '공화국 영웅'의 칭호를 수여했다. 히틀러가 롬멜 장군에게 '국장'의 영전을 내린 고사를 연상케 하는 서훈이었다.

남한 빨치산의 상징으로 일컬어지는 이현상……. 그는 그가 남긴 수다한 '전설'과는 달리 현대사에서 가장 고독한 사람 중의 하나였다—그가 대표한 남한 빨치산의 운명처럼 지구상 모든 것으로부터 버림받은 채 이루지 못할 아집 속에 죽어갔고, 그 주검조차 모든 것으로부터 버림받은 비극적인 인물이었다—고 나는 생각한다.

원래가 과묵했던 그가 더구나 그때의 환경 속에서 어떤 반권적(反權的) 언동을 내색한 적은 물론 없었을 것이다. 방랑객처럼 산맥을 표류하다 전남유격대의 총탄에 쓰러진 남해여단장(이청송), 그 사람처럼 지금에 와서는 모든 것이 수수께끼일 뿐이다. 그러나 한 가지 분명한 것은 그가 외로운 방랑자였다는 것이며 그것을 추정할 수 있는 몇 가지 객관적 사실들은 있다.

1925년 조선공산당 창립 멤버의 한 사람이었던 이현상에게는 해방과 더불어 재건된 '조선공산당'과 그 후신인 남로당을 정통으로 믿고 그렇게 주장할 근거가 있었다. 당시에도 서울은 모든 정치세력의 중심지였다. 45년 8월, 박헌영을 비롯한 기라성 같은 공산주의자들이 서울에서 조선공산당을 재건할 때(당시는 합법) 38선 이북은 정치적 공백지대였다. 평양의 현준혁(玄俊赫)과 김태준(金台俊), 함흥의 오기섭(嗚琪燮), 흥남의 주영하(朱寧河), 원산의 이주하(李舟河) 등 몇몇이 그 지방의 공산주의자를 대표하고 있었지만 그들도 모두 박헌영의 동지이거나 그의 영향하에 있던 사람들이었고, 그 밖에는 거의가 소련군 진주에 편승한 출세주의자 내지 시리(時利) 영합파들이었다.

이강국(李康國, 후일 북에서 사형), 임화(林和, 후일 북에서 사형) 등은 박헌영의 지시를 받고 평양으로 갔고, 김태준(후일 남에서 사형), 이주하(후일 남에서 사형)는 박헌영을 찾아 월남했다. 이들 당시의 소장 공산주의자들은 거의 모두가 중농 이상 지주계급의 자제들이고, 일제 때 경성제국대학을 비롯한 최고 학부를 나온 인텔리들이었다. 따라서 그들이 말하는 이른바 기본성분(노동자)은 아니었다(조봉암은 조공당 발기인 180명 중 8할 이상이 '양반'이었다고 표현하고 있다). 그러니까 원칙대로 말한다면 그들은 이론적인 공산주의자는 될 수 있을지 몰라도 생리적인 공산주의자는 될 수 없었으며, 기본 출신인 교조주의자들 눈에는 감상적인 휴머니스트이며 사회개량주의자로 비쳤을 것이다. 어쨌든 박헌영은 남북을 통한 하나의 공산주의 체계를 만들고자 하였다. 아직 이들에겐 '분단'의 실감이 없었다.

정확히 말하면 일제하의 공산주의 운동은 독립운동의 한 형태였으니까, 소련과 공산주의자들이 북한에 진주한 소련군을 '해방군'으로, 남한에 진주한 미군을 '침략자'로 간주한 것과는 대조적으로 국내파 공산주의자들은 양국군 모두를 '해방군'으로 보는 인식의 차이가 있었다.

말살된 '정통'

북한의 공산주의자들 가운데 해방이 되자 가장 먼저 활동을 시작한 것은 현준혁이었다. 현은 공산주의자이면서 정치적으로는 '자산계급성 민주주의 혁명'이라는 것을 내세우며 민족주의자 조만식(曹晩植)을 '북조선 임시정치위원회'의 위원장으로 추대했다. 현의 주장은 쉽게 말해서, 현 단계에서는 당장 정치적 능력이 없는 노동자나 빈농, 고용농민(머슴)이 정치권력을 장악할 것이 아니라 유능한 식견과 경륜을 가진 인사들이 초당파적으로 정치세력을 형성해서 독립국가 창건과 후진성 극복을 추진해야 한다는 것이었다.

이것은 소위 '경제적 사회주의, 정치적 민주주의'를 표방했던 박헌영의 주장과 어느 면에서 상통하는 것이다. 그리고 이승만, 김성수, 김병로, 조만식 등 우익 인사 및 여운형, 김규식 등 중간파 인사와 함께 소위 '조선인민공화국'에 참가했던 장안파(長安派)를 포함한 국내파 공산주의자들의 암묵적 합의였다고 보아도 좋을 것이다.

현준혁으로 대표되는 북한의 국내파 공산주의자들이 내세운 발상은 그 시점에서 나름대로 이유가 있었다고 볼 수 있으나 소련군 무력을 등에 업은 소련파의 눈에 그것은 받아들일 수 없는 이단이었고, 그 괴리는 메울 수 없는 것으로 보였을 것이다.

한편 소련군 진주와 함께 평양에 들어온 로마넨코 사령부(로마넨코 소장을 장으로 하는 정치사령부)는 김일성(소련군 임시 계급 소좌, 당시 34세), 남일(南日, 소련군 대위, 당시 32세) 등 소련군 군인 군속인 조선인 볼셰비키(소련공산당) 당원 43명을 대동하고 돌아왔다. 이들이 소위 '빨치산파'를 포함한 '소련파'의 주류인데, 이들은 우선 9월 28일 대낮 평양 거리에서 현준혁을 살해함으로써 화근을 없애버렸다. 이 일격으로 연안파(延安派, 중공파)를 제외한 이북의 좌익은 대부분 소련파로 쏠려들었다.

뒤이어 10월 10일 평양의 '조선공산당 북조선 분국'이 창립되었다. 이것은 1국 1당이라는 코민테른의 원칙(정확히는 한 나라에는 하나의 공산당만이 코민테른의 지부가 될 수 있다는 규약 제2조)을 내세운 오기섭을 위시한 국내파의 주장을 당시만 해도 국내에 별다른 기반을 갖고 있지 않았던 소련파와 연안파가 수용하지 않을 수 없게 된 데서 이루어진 것이다.

어쨌든 그것은 서울에 재건된 조선공산당의 정통을 인정한 것이 되었다. 그러나 소련파는 소련 군정의 힘을 빌려 오기섭 등 국내파의 반발을 누르고, 12월 18일 '북조선 분국'을 '북조선공산당'으로 이름을 바꾸고 독립된 중앙당 기구를 만들기 시작했다. 당이 곧 정권인 체제하에서는 독립된 두 개의 당은 그대로 독립된 두 개의 정부, 즉 두 개의 국가를 의미하기 때문에 중요한 의미를 갖는다.

46년 7월 28일 평양에서 그 북조선공산당과 '신민당'을 합당하여 '북조선노동당'이 창립되었다. 한편 북로당 창당에 뒤이어 46년 11월 23일 서울의 조선공산당은 좌익계 군소정당을 흡수해서 '남조선노동당'을 만들었다. 그들에게는 북로당을 '분국(分局)'시하는 시각이 여전했으나 47년 남한에서 공산당이 불법화되자 박헌영, 이승엽 등 당 중앙의 대부분이 평양으로 도피하고 많은 당원들이 도피처를 찾아 월북했다. 남한에 잔류한 지하조직도 계속 파괴되어 48년 상반기까지는 거의 마비 상태에 빠지고 말았다. 그리고 그에 대치되는 것이 남한에서의 무력항쟁, 즉 빨치산 투쟁이었다. 유랑민 신세가 된 월북 남로당원들은 '실지 회복'을 꿈꾸며 강동학원 등에서 게릴라 훈련을 받고 계속해서 남파됐으며, 그 영수급은 48년 8월 북한 정권이 수립되자 일부가 그 각료급으로 올라섰다. 월북자들은 그들이 설 땅, 살 땅이 거기밖에 없었고, 북한의 당과 정권이 그들 일부를 등용한 것은 당시 무시할 수 없었던 남로당의 지하세력 때문이었다. 그 지하세력의 무력이 바로 빨치산이었던 것이다.

이 무렵 이현상은 북을 마다하고 남을 찾아갔다. 지리산을 찾아간 것이다. 빨치산의 운명을 남로당의 운명과 동일시했던 것이리라. 아마도 그 빨치산을 기간으로 그가 '조공당' 이래 정통임을 믿는 남로당을 재건해서 어쩌면 그를 기반으로 남조선을 '해방'하고 다시 그를 주축으로 어느 날엔가 북한까지를 통일하려는 이룰 수 없는 꿈을 떨쳐버리지 못했는지도 모른다.

'죄상'이 된 남한 빨치산

49년 6월 남북 로동당이 합당해서 '조선로동당'이 되었다. 김일성이 위원장이 되고 국내파의 박헌영과 소련파의 허가이가 부위원장이 됐다. 그러나 정확히는 합당이 아니라 남로당이 북로당에 흡수되어 소멸되고 만 것이었다. 사실상 남로당으로서는 합당을 위한 공식 결의도, 절차도 없었다. 본가가 분가에 흡수돼버린 꼴이 됐지만 그렇다고 본가의 전통이 분가에 넘어간 것도 아니었다.

현재 조선로동당의 창립기념일은 10월 10일이다. 남북 합당에 의한 조선로동당의 창립일은 6월 모일인데 왜 10월 10일이 되었는가? 북조선공산당의 창립일은 12월 17일이니 그것도 아니다. 북로당의 창립일이 10월 10일(정확히는 10∼13일)인 것이다. '분국'이 된 날을 창당일로 한 것은 그 모체인 조선공산당의 존재를 부인한 것이라고 보아야 한다. 1960년 평양에서 열린 조선로동당 창립 15주년 기념식의 보고문에서는 "조선공산당의 조직적 기초의 전통은 오직 김일성에 의해 수립됐다"라고 돼 있으니 1925년 4월에 창립된 조선공산당과 45년 8월 서울에 재건된 조선공산당은 '없었던 것'으로 돼버렸고, 따라서 남로당의 정통성도 완전 부인되고 만 것이다.

이미 적은 바와 같이 정전협정이 체결되자 남로계 간부들에 대한 대대적인 체포령이 내렸다(박헌영의 재판은 모스크바의 개입으로 지연되어 2년 4개월 후인 55년 12월 15일에 사형이 언도됐다). 남로계 간부들에 대한 '죄상'은 '무력(유격대)에 의한 국가변란 음모'였기 때문에 당시 북에 있던 유격대 관련 수뇌부들이 1차적인 숙청 대상이 됐다. 심지어 여순사건까지도 군부 내의 당 비밀조직을 노출시키기 위해 박헌영과 이승엽이 '공모'해서 짐짓 꾸민 것으로 만들어졌다. 공표된 '남로당계 공판기록'에 의하면 이승엽 등은 순순이, 아니 적극적으로 '반란음모'를 시인한 것으로 돼 있다. 그는 "미군정의 지령을 받고 무장폭동을 준비했고, 금강학원을 통해 유격대를 증강해서 미군의 원산 상륙을 계기로 정권을 전복하려 했다. 내가 그 총사령이었는데 그 이유는 내 사상적 근본이 나빴던 때문이다"라고 진술한 것으로 돼 있다. 이것은 너무나 부자연스러운 것이다. 사실은 이승엽이 펄펄 뛰면서 너무나 억울하니 기소사실을 당의 토의에 붙여달라고 요구했으나 재판부가 모조리 기각해버렸다는 것이 진상일 것이다.

김일성에 대한 박헌영 일파, 즉 남로당계의 '반란'은 '미국 간첩 운운'의 대목을 제외하고는 전혀 상상할 수 없는 일은 아니다. 전전(戰前)이나 전시(戰時)를 통해 수많은 남한의 좌익 청년들이 때로는 체포를 피해, 때로는 '지상낙원'을 동경해서 월북했지만 실향민이 된 그들의 현실은 가혹했다. 그들은 박헌영을 비롯한 남로계 간부들을 의지해서 모여들었고, 박헌영은 이북에 있으면서도 여전히 월북 남한 청년들의 보스일 수밖에 없었다. 그래서 김일성대학의 남한계 학생들이 '박헌영 만세'를 부른 사건도 일어났고, 남로당계 숙청 때 이원조(李源朝)의 '죄상'에 '박헌영에게 드리는 헌시'를 쓴 사실, '박헌영선집'을 발간하려 했던 사실 등이 열거되기도 한 것이다. 결국 남로계 숙청의 죄목은 '패즉역적(敗卽逆賊)'이었다고 할 수 있다. 국내파를 대표하는 남로당계가 제1차적 제거 대상이 된 것은 그들이 소련파나 중공파와 같은 배후의 힘을 갖지 못하는 고독한 존재였기 때문이다. 소련파에게는 소련이라는 강대한 정치적 배경이 있었고, 중공파는 인민군대의 주력과 핵심 간부를 차지하고 있었으며 중공지원군이라는 절대적인 배경을 가지고 있었다. 그러나 남한이라는 기반이 미군정과 이승만정권에 의해 소멸되고, 전쟁에 의한 재기의 기회도 사라져버린 국내파는 뿌리 없는 망명정객의 존재에 불과했다. 그러나 김일성에게는 장차 만일 전국적인 자유선거가 실시될 경우, 이 가장 만만한 국내파가 가장 강력한 라이벌이

될 것이라는 의구심이 있었을 것이다. 김일성은 우선 그 의구심을 불식하는 데 성공했다. 중공파와 소련파의 협력이 있었기 때문이다. 그러나 50년대가 넘어가기 전에 그 중공파도 뿌리를 뽑혔고, 60년대에는 소련파도 도태되어 김일성의 절대왕국이 성립됐다. 트로츠키와 부하린을 차례차례 타도한 스탈린식 구도가 그대로 적용된 것이다.

빨치산이라는 배경이 사라지고 일체의 발언권을 상실한 국내파(남로당계)는 참으로 어이없게 소멸되고 말았다. 그러나 아득히 전선 후방의 산악을 가고 있는 빨치산 대열 속에서 그것을 상상했던 사람은 아무도 없었을 것이다. 아니 이현상만은 그것을 예측했었을지도 모른다. 하지만 예측했다 해도 그가 갈 길은 산맥 이외에는 없었다. 이현상이 사살된 53년 현재 그는 북에서도 남에서도 버림받은 천애의 고아가 돼 있었다. 방향감각을 상실했을 그를 기다리는 것은 오직 죽음뿐이었다. 이승엽을 비롯한 그의 동료들이 평양에서 사형대의 이슬이 되는 바로 그 시각에 이현상은 지리산 빗점골에서 박영발(전남도당 위원장) 등 교조주의자들에 의해 단죄되고 뒤이어 수수께끼의 총탄에 쓰러진다. '미국 간첩운운'의 누명을 쓰고 형장의 이슬이 되느니보다는 빨치산 수령으로 최후를 마친 것이 소년 시절부터 공산주의 운동에 뛰어들어 평생을 그 길로 살아온 그로서는 오히려 소망스러운 일이었는지도 모른다. 어차피 그는 비운의 인물이었던 것이다.

"북은 소련에서 온 43인 그룹이 망치고, 남은 미국물 좀 마시고 왔다는 몇몇이 망치고 있다." 이것이 나와 극히 허물없이 지내던 북로계 당원이 어느 날 은근히 중얼거리던 얘기였다. 문화공작원이었던 한 여성은 "한번은 어떤 파티에서 박헌영과 춤을 추게 됐는데 그때 박이 '동문 지금 행복하오?' 하고 조그맣게 속삭이더라"라고 했다. '지금'이라는 뜻이 춤을 추고 있는 그 시간을 말하는 것이 아니라 '지금의 사회'라는 뜻으로 해석됐는데, 잘못하면 큰일 날 것 같아 일체 함구하고 말았다는 얘기를 어떤 기회에 직접 내게 했었다.

전쟁이 터졌다. 이제는 모두 같은 전선에 설 수밖에 없었다. 어쨌든 이현상은 남한 빨치산의 총수로 재등장했다. '빨치산 대장＝이현상'이라는 등식이 생기고 그는 점차 '전설화'돼갔다. 나는 훗날 토벌 군경들 혹은 지리산 주변 주민들 사이에서 이현상이 축지법을 쓰느니 몇 길 담장을 훌훌 뛰어넘느니 하고 무슨 신통력을 가진 사람처럼 전해지고 있는 것을 알고 놀랐다. 그는 그냥 중후한 인상을 주는 평범한 중키의 사나이였다. 깡마른 체구에 어딘가 날카롭고 신경질적인 인상을 풍기던 이승엽과는 매우 대조적으로, 그냥 묵직하고 과묵한 중년 신사일 뿐이었다.

그는 모든 남부군 대원들로부터 지극한 흠앙(欽仰)을 받고 있었으며, 그의 한마디 한마디는 언제나 절대적인 신의 계시(啓示)처럼 대원들에게 받아들여지고 있었다. 누구도 듣는 데서나 안 듣는 데서나 그의 이름은커녕 직함조차 부르는 법이 없고 그저 '선생님'이었다. 그래서 그가 사용했던 노상명(盧常明), 혹은 노명선(산중에서 사용)이라는 가명조차 아는 대원이 거의 없었다. 보급투쟁 때, 마을에서 무슨 귀한 음식을 얻으면 자기 굶주림은 잊고 '선생님께 갖다 드려야 한다'면서 싸 갖고 오는 대원을 흔히 볼 수 있었다. 이현상을 그림자처럼 따라다니는 하(河)라는 여인이 있었다. 모두들 무언중에 그녀를 이현상의 '애인'으로 알고 있었다. 아무튼 이현상의 헌신적 숭배자의 한 사람인 것만은 분명한 하 여인이 하루는 이런 얘기를 하면서 눈시울을 붉혔다.

"낙동강 후방에서 싸울 때 말이에요. 야습 나갔다 새벽녘에 전리품을 듬뿍 지고 아지트에 돌아올라치면 선생님이 달려 나와 손들을 붙드시며, 내게 권한이 있다면 동무들의 가슴에 훈장을 주렁주렁 달아주고 싶구나 하시는 거예요. 그 말씀만 들어도 밤새의 피로가 한꺼번에 가시는 것 같았지요."

말단 대원이던 나로서는 그와 대화할 기회는 거의 없었지만, 진회색 인조털을 입힌 반코트를 입고 눈보라 치는 산마루에 서서 첩첩 연봉을 바라보고 있던 이현상의 어딘가 우수에 잠긴 듯하던 옆모습은 지금도 선명한 인상을 남기고 있다.

송치골의 6개 도당 회의

아직 눈이 희끗희끗 남아 있는 문경새재 산악지대를 넘어 2월 중순 속리산(俗離山, 1,057m)에 당도한 남부군은 여기서 충북도당 유격대 약 200명과 만나게 되었다. 그런데 이때의 일화는 두고두고 남부군 내에서 얘깃거리가 됐다. 남부군은 처음에 천왕봉 부근에서 충북부대를 만났는데, 일제히 미군 군복을 차려입고 있는 남부군 부대를 국군 토벌대로 오인한 충북부대가 계속 도망을 치는 바람에 그들과 연결을 짓는 데 애를 먹었다는 것이다. 당시 충북도당 부대는 6도 빨치산 중 제일 약세이며 보급투쟁도 제대로 못 하고 산중에서 도토리만 주워 먹고 산다 해서 충남부대와 함께 '도토리부대'라는 달갑지 않은 별명을 갖고 있었다.

이때 남부군 3개 부대는 갑오년 동학군의 집결지였던 보은군(報恩郡) 마로면 갈평(葛坪)이라는 산마을에서 근 한 달을 머물면서 예의 전염병을 만나기도 하고 청주시(淸州市)를 습격하기도 했는데, 이 '갈평

(또는 관평) 시절'이 남부군의 전성시대이다. 속리산에서 청주시를 드나
든 그 엄청난 행동 반경은 당시 남부군의 기세를 짐작게 한다. 청주시
습격전은 남한 빨치산이 도청 소재지급 도시를 공격해서 일시적이나마
점거한 유일한 예가 된다(50년 10월 춘천시를 공격한 예가 있지만 그것은
최고사령부의 긴급지시에 의해 춘천분지에 집결했던 패잔 인민군 부대에 의한
것이지 빨치산 활동은 아니었다). 그래서 지휘자인 김흥복(金興福)은 그 공
로로 '영웅칭호'를 받았다는 소문이 있었지만 최고사령부와는 통신이
단절된 상태에서의 얘기니까 공식적인 서훈은 아니었을 것이다.

이 작전은 51년 4월 26일 밤, 승리사단 흥복부대와 관일부대에서 선
발된 48명의 결사대를 흥복부대장 김흥복이 직접 지휘하고 감행한 작
전이었다. 충북부대원의 향도를 받은 습격대는 5명씩 8개 조로 나뉘어
청주시 부근 야산에 진출해 있다가 해가 지는 것을 기다려 석교동 양관
(石橋洞 洋館)의 CAC 본부에서 회의 중이던 군·관(軍·官) 수뇌부를 습
격하고, 뒤이어 도청, 경찰서, 형무소, 은행 등 주요 기관을 일시에 점령
파괴하고 수감 중이던 좌익계 죄수들을 탈취한 후 상당산(上黨山)으로
철수, 당일 중으로 속리산까지 장구 귀대한 것이다. 탈옥수들은 극히 일
부를 제외하고는 습격대의 걸음을 따르지 못해 낙오 혹은 자수하여 모
두 도로 수감됐다. 끝까지 습격대를 따라온 몇 명은 대원으로 편입되어
남부군과 운명을 같이했다.

남부군은 전북부대보다 보급 사정이 좋은 것이 오히려 탈이 됐었던
지 전염병 환자의 재탕 삼탕율이 많아 다수의 대원이 사망했다고 한다.
60명가량이 죽었다는 말도 있고 백여 명이 희생됐다는 말도 있었다. 청
주시 습격 후 토벌공세가 치열해지고 전염병으로 많은 대원을 잃게 된
남부군은 속리산을 떠나 다시 남하의 길에 올랐다. 영동(永同) 부근에서

경부선 열차 통행을 위협하다가 충청·경상·전라 3도 접경인 민주지산 (民周之山, 1,242m)에 정착한 것이 철쭉꽃이 한창인 5월 중순이었다.

의기충천하던 남부군 부대도 거듭되는 격전과 유행병으로 엄청난 병력손실을 보았다. 게다가 마침 대구를 향해 쐐기를 박으며 내려가던 인민군 10사가 연합군의 맹공과 보급의 곤란으로 안동 부근에서 기도를 포기하고 되돌아갔다는 소식이 전해졌다. 그뿐만 아니라 토벌대의 공세가 갈수록 드세어지니 기진맥진해서 민주지산에 이르렀을 즈음에는 일단 이북으로 철수했다가 재기를 기하자는 의논이 분분했다고 한다. 이 점은 일정한 책임구역을 가진 지역당 유격대와 사정이 다른 것이다.

후평을 출발할 때 700명을 헤아리던 세력이 이 즈음에는 400명 정도로 줄어 있었다. 대원 약 300명으로 처음부터 병력 수가 제일 많던 승리사단이 160~170명 정도, 인민여단이 약 100명, 혁명지대가 약 60~70명이었던 것으로 안다. 승리사단은 덕유산에서 우리 보충대를 흡수해서 200명이 넘는 세력이 되었는데, '사단'이라는 호칭 때문에 사단 규모의 병력이 내려오는 것처럼 전북부대 내에 소문이 돌았던 것이다.

이북으로 철수하자는 의논이 일었을 때 이것을 반대하고 계속 남진을 주장한 것이 이현상이었다.

"북으로 가야만 사는 것이 아니라 지리산까지 가면 거기서도 살 길이 열린다. 남으로 가자."

일제 말기부터 이미 두 차례나 입산한 경험이 있는 이현상에게 지리산은 하나의 성지(聖地)였던 것이다. 이 이현상의 결단은 대원들에게 그대로 신의 계시이며 절대적인 신앙이었다.

"남으로 가면 산다. 이건 선생님의 말씀이다."

나도 전속된 초기에 구(舊)대원들의 그런 얘기를 듣고, 보지도 못한 지리산을 '약속의 땅'처럼 꿈에 그려보곤 했었다. 그러나 이때 이현상의 가슴속을 왕래한 것은 보다 높은 차원의 상념이었는지도 모른다. 민주지산에서 인민여단과 혁명지대(당시 이들을 승리사단과 구별하여 '연합부대'라 불렀다)는 가야산(伽耶山, 1,430m) 방면으로 전진(轉進)하고 승리사단만 단독으로 남하를 계속하여 안성장(安城場) 지경령(地境嶺) 상봉(현재 국립공원으로 되어 있는 무주 덕유산 정상부) 등지에서 상주 주둔(후에 경남 함양으로 이동), 태백산지구 경찰 전투사령부[약칭 '태전사' 사령관 이성우(李成雨) 경무관] 예하 207경찰연대를 기간으로 하는 전투경찰부대와 격전을 벌이면서 무주 덕유산(1,614m)에 이르러 '송치골'이라는 데 거점을 잡았다.

　이 송치골은 남한 유격전 사상 매우 중요한 계기를 이룬 곳이다. 51년 5월 하순경 이 송치골에서 이현상 주재하에 처음으로 '남한 6도 도당 위원장 회의'가 열려 남한 전역에 대한 유기적인 빨치산 조직체계를 형성하고 투쟁방안이 협의되었던 것이다. 내 운명에도 영향을 미쳤던 전북부대의 잉여병력 차출이나 훗날 지리산에서 있었던 경남도당으로부터의 남부군에 대한 간부요원 차출이 모두 이 송치골 회의에서 결정된 것이다. 소위 '6개 도당 위원장 회의'는 그후에도 지리산 주변에서 3번쯤 더 소집된 적이 있었다.

　당시의 도당 위원장(괄호 안은 부위원장)은 다음과 같다. 사변 초에 노동당 중앙당에서 임명된 그대로의 체제가 유지돼 있었고 대부분이 남한 출신들이지만 당시는 남북 노동당이 합당한 후이기 때문에 남로당계와 북로당계의 표면상의 구별은 없었다.

충북도당 위원장 이성경(정해수)

충남도당 위원장 남충렬(유영기)(남충렬의 본명은 박우헌)

전북도당 위원장 방준표(조병하)

전남도당 위원장 박영발(김선우)(박영발은 일명 박현석)

경북도당 위원장 박종근(이영삼)

경남도당 위원장 남경우(김삼홍)(김삼홍의 본명은 김병인)

이들은 모두가 30~40대의 장년들이었는데, '송치골 회의'에는 거의 모든 도당 위원장이 직접 참석했었다고 들었다.

이현상은 '송치골 회의'에서 남한 빨치산의 공식적인 총수가 되었고, 각 도 유격부대는 차츰 사단편제로 개편되어 이현상이 사령관인 '남부군 사령부'의 지휘하에 들게 되었다. 들은 바로는 '송치골 회의'에서는 각 도당 위원장과 이현상 사이에 주도권을 둘러싸고 일대 격론이 벌어졌었다고 한다. 그러니까 남한 전역에서의 이현상의 권위는 그때까지만 해도 절대적인 것은 아니었고, 그가 남한 빨치산의 총수로 '추대'된 것도 북의 지시에 의한 것은 아니고 이승엽에 의한 남로계의 공작이었던 것으로 보여진다.

가장 격렬하게 이현상에 대립한 것은 전남도당 위원장인 박영발[일명 박현석(朴玄錫)]이었다고 한다. 경북 봉화 출신인 그는 일제 때부터 건축토목 노동자로 일해온 진짜 '기본계급 출신'이었다. 해방 후 전평 산하의 토건노조 위원장, 전평 서울시평의회 조직부장, 남로당 서울시당 노동부부장, 남로당 중앙당 노동부 지도원을 거쳐 월북했다. 박헌영의 추천으로 모스크바의 고급 당학교에서 6개월 과정을 마쳤으며, 공산주의 이론으로는 이현상을 능가하는 자였다(후술).

이른바 '도까다' 출신답게 고집도 매우 세웠던 모양으로 끝내 이 결정에 불복하고 독자노선을 걸었다. 이 결정에 의한 사단 개편은 대체로 4개월 후인 이 해 9월경까지 완료됐는데, 전남부대만은 끝내 사단편제를 거부하고 이현상의 휘하에 들지 않았다.

6개 도당 회의의 결정사항은 다음과 같았다.
(1) 당 과업 수행에 있어서 군사에 관한 제반 문제는 군사부장이 운영할 것이며, 당은 정치사업에 치중하여 지방당 재건에 전념한다.
(2) 군사부는 각 병단을 통합하여 '사단'으로 개편하며 군사행동으로 남반부 장악에 주력한다.
(3) 비합법투쟁이 계속되는 상황에서 이탈 배반자가 속출하고 있으므로 사상 교양에 더욱 힘쓴다.
(4) 6개 도당은 군사적 유일체제를 보장하기 위해 지리산에 총 거점을 설치한다.
(5) 비무장 인원을 모두 무장시킬 것이며, 그에 소요되는 무기는 승리사단이 보장한다.
(6) 가급적 약탈(보급투쟁)을 삼가고 민심수습에 노력한다.

요컨대 당 사업과 군사행동을 분리해서 당 사업은 여운철이 지도하는 '남부 지도부'가 통일적으로 지도하고 군사행동은 장차 지리산에 설치할 이현상의 남부군 사령부 지휘하에 체계적이고 일원적으로 해나간다는 것이다. 민심수습을 위해서는 가령 타구역에서의 보급투쟁은 그 구역 당의 지시를 받도록 했다.

당이 군과 정권기관의 우위에 서는 체제하에서의 노동당의 도당 위원장은 대한민국 정당의 도당 책임자와는 그 권위나 권능, 성격이 전혀 달랐다. '도당 아바이'라는 그 애칭이 상징하듯 일개 도의 수령으로서 그 힘과 책임이 막강했다. 더구나 당시의 도당 위원장(혹은 부위원장)은 그 도의 유격대 사령관을 겸하고 있어 글자 그대로 생사여탈권을 한 손에 쥐고 있었다. 또한 모두가 모스크바 유학 경력이 있고 상당한 '투쟁경력'을 가진 엘리트들이어서 그 카리스마가 대단했으니 호락호락할 리가 없었다. 그들은 모두가 남한 출신이면서 북상 후퇴할 기회를 스스로 포기하고 자기 위치를 지키며 유격투쟁을 전개하다가 끝내 자기 임지인 산중에서 최후를 마친다. 임지를 버리고 북상 도피한 도당 위원장들이 출당(黜黨)의 책벌을 받은 사실은 앞서 말한 바와 같다. 다만 북로계의 임춘추(88년 4월 27일 사망) 같은 사람은 그후 복당돼서 실력자로 부상한 것은 잘 알려진 사실이다. '송치골 회의'가 주도권 다툼으로 난항한 이유가 그 무렵 속리산에 당도했던 6지대와 어떤 경로로 접촉한 박영발이, 이현상이 당 중앙이 파견한 공식적인 남한유격대 총책이 아니라는 사실을 알았기 때문이라는 설이 있다. 사실상 50년 12월의 김일성에 의한 '유격대 개편에 관한 지령문'에서는 이현상의 4지대는 지리산·덕유산을 거점으로 한 유격활동을 지시했을 뿐이며, 정치위원도 이승엽이 파견한 여운철이 아니라 전남도당 부위원장 김선우로 돼 있다. 원래 박영발이나 전북도당 위원장 방준표는 경상도 출신으로 박헌영의 주선에 의해 모스크바로 유학한 남로계 당원들이지만, 이들 해방 이후 부상한 기본 출신 엘리트 그룹은 친김일성 성향이 강한 교조주의자들이었으며, 대체로 중류 이상의 집안에서 태어나 일제하에서 고등교육을 받은 조공당 이래의 국내파 공산주의자들(남로당의 핵심들)과는 그 성분이 판이할 뿐만 아니라 도리어 그들 구당원들을 '감상적 인텔리젠

트'라고 경시하고 있던 흔적이 있다. '송치골 회의'에서는 당 기관과 유격부대의 계통관계 등 미묘한 문제도 있었다. 하지만 후일 남로당 숙청 재판과 때를 맞추어 지리산 산중에서 박영발 등이 이현상을 단죄할 때 그 책벌 이유 중에 이 덕유산에서의 이현상의 총수추대가 열거된 것을 보면 송치골 회의에서의 갈등이 단순한 헤게모니 쟁탈전이 아니라 이현상을 거세하기 위한 평양 당국의 밀명이 이미 박영발 등에게 내려진 결과였다는 개연성이 충분하다.

아무튼 이러한 경위를 거친 끝에 도당 위원장들은 결국 이현상의 권위에 굴복하고 그의 지휘하에 들게 된 것이었다. 송치골 이후 이현상은 승리사단과 함께 행동하고 있었지만 언제나 사령부 요원으로 된 당정대(黨政隊)와 30여 명의 호위대만을 거느리고 사단과는 약간 거리를 두고 숙영이나 행동을 하고 있었기 때문에 신편입 대원인 우리는 훨씬 후까지 그의 존재를 모르고 있었다.

7. 소백산맥의 여름

평지 · 명덕의 공방전

승리사단이 숙영 중인 남덕유산 서남 사면은 경사가 심하고 붉은 흙이 드러난 곳이 돼서 빗물이 솔밭 사이를 개울처럼 흐르고 있었고 매우 미끄러웠다. 전북부대에서 전속되어 온 우리들 60여 명이 그 속에 앉아 부대 배치를 기다리고 있는 동안 하나같이 깔끔한 군복 차림의 구대원들이, 넝마 같은 옷을 걸치고 생쥐처럼 물에 젖은 우리들을 호기심에 찬 눈으로 힐끗힐끗 쳐다보며 지나갔다. 얼굴빛까지 병색이 찌들어 창백했으니 그 초라한 품이 가관이었을 것이다. 그러나 구대원들의 눈은 하나같이 부드러웠고 신병을 맞는 첫날의 고참들처럼 친절했다.

우리 보충병들은 아무런 심사도 없이 15명 정도로 나뉘어 각 구분대(區分隊)로 배치됐다. 그러니까 개인적인 경력이나 전북에서의 직위는 전혀 불문하고 똑같이 평대원으로 보충된 것이다. 당시 승리사단은 40명 정도를 단위로 하여 서울, 대구, 전주, 여수의 4개 구분대로 편성돼 있었는데 우리가 보충됨으로써 각 구분대원이 50~60명으로 불어난 것이다.

구분대는 보통 '부대'라고 불렀고 부대장은 '연대장'이라고 불렀다. 정규 인민군에서 구분대라면 연대 규모의 전투 단위를 가리키기 때문이다. 나는 서울부대(구분대)로 배치됐다. 서울 출신이라서가 아니다.

이 구분대명은 단순한 호칭일 뿐 그 도시와 무슨 관련이 있는 것은 아니었다. 다만 서울, 대구 같은 대도시명과 나란히 '여수'를 갖다 붙인 것은 이 병단의 발상지가 여수 14연대라는 것을 기념하기 위해서였을 것이다. 서울부대의 연대장은 김금일(金今一)이라는 14연대 사병 출신인 전남 사투리가 아주 심한 사내였다. 그때까지도 남부군의 군사 간부에는 반란 14연대의 잔당 출신이 많았다.

승리사단의 사단장 김흥복(金興福)도 14연대 하사관 출신인 20대의 청년이었다. 강인하면서도 쾌활한 이 미남형 젊은이에 대해서는 다시 말할 기회가 있을 것이다. 당초 승리사단장은 이진범(李眞範)이라는 사람이었고, 그 밑에 김흥복과 송관일(宋貫一)이 부대장인 '흥복부대'와 '관일부대'가 있었다. 그러나 민주지산에서 4개 구분대로 개편되면서 김흥복이 사단장으로 승진된 것으로 안다.

서울부대의 김금일 연대장이 우리들 15명의 보충대원에게 처음 한 훈시는 세수를 하라는 것이었다. 보충대원들은 그때 세수라는 것을 통하지 않고 살았다.

"요즘 장마철이겠다, 물은 얼마라도 있승께 자주 세수들을 하란 말시. 가위도 있승께 거 꼴사나운 턱수염도 가끔 깎고 말시. 동무들한테도 곧 무장이 지급되겠지만 용모가 어지러우면 정신이 느슨해져서 전투력에 영향이 있을 뿐 아니라, 만일 적중에서 전사하는 경우가 있더래도 군경 아이들한테 산짐승 같은 인상을 주어서야 쓰갔느냐 이 말시. 마 옛날에는 수염이 텁수룩해야 호걸이라 했는디 지금은 깎은 서방님처럼 말쑥해야 진짜 용사란 말시."

아닌 게 아니라 용모와 전투력은 언제나 정비례했다. 사기 저상(沮喪)한 빨치산 부대는 차림새나 용모가 어지럽고, 모습부터 깔끔한 부대는 전투도 강했다. 물론 결과가 원인이 되고 원인이 결과가 되는 것이 겠지만. 사실상 전북부대, 특히 환자부대의 몰골은 거지 떼나 다름이 없었다.

남부군과 전북부대는 그 내력이 다른 만큼 언어 관습까지가 매우 달랐다. 전북부대를 비롯한 지역 빨치산 부대는 당 기관의 연장이기 때문에 당에서 쓰는 좀 특이한 표현을 사용했으나 남부군 부대는 원래가 반란 국군 부대가 기간이었기 때문에 그렇지가 않았다. 가령 전북부대에서는 밥 짓는 것을 '식사조직'한다고 하고 전투나 보급투쟁 나가는 것을 '사업'하러 간다고 하는 식으로 도나캐나 '조직'이나 '사업'을 붙여 댔지만 남부군에는 그런 용어가 없었다. 그래서 당초에는 얘기하는 것만 들어도 구대원인지 보충대원인지 알 수 있었다. 식사는 취사당번이 공동으로 하고 전북부대처럼 상하 간에 질량의 차별이 없는 대신 규율면에서의 상하관계는 지극히 엄격해서 마치 정규군의 내무반 같은 인상이었다.

남부군이 전북부대로부터 비무장 대원을 차출받은 것은 '송치골 회의'의 결정에 의해서 이들을 무장시켜 속리산 이래의 퇴세를 만회해보려는 안간힘이었음은 물론이다. 이 무렵 각 지방 유격대들은 무기와 탄약의 결핍으로 다수의 비무장 인원을 안고 있어서 그것이 큰 부담이었으나 남부군은 이 거추장스러운 것을 받아들여 전력화할 수 있는 여유가 있었던 것이다.

승리사단 구대원들의 말에 의하면 이들이 태백산맥을 내려오는 동안, 전원이 무장하고도 남아 중간중간에 비장(秘藏)하고 온 노획병기와 탄약이 막대한 양이라는 것이었다. 우군 후방의 보급 없이 적의 장비로 적에게 피해를 주면서 눈사람식으로 자신의 전력을 늘려나가는 빨치산

투쟁의 특색을 당시의 남부군은 제대로 살리고 있었다.

부대 배치를 받은 며칠 후 우리 신규대원들은 백운산에 왔던 연락원들에게 인솔되어 무주 덕유산에 비장해둔 무기 탄약을 가지러 갔다. 남덕유에서 북덕유까지 능선따라 16킬로미터 남짓, 북덕유산 상봉 바로 아래 남면 골짜기, 우거진 풀숲 속에 백여 자루의 각종 총기와 탄약이 묻혀 있었다. 그 총기들은 바로 얼마 전 '상봉전투'에서 전투경찰 대대 병력을 섬멸하다시피 했을 때 노획한 것이라면서 구대원인 연락요원은 그날의 전투 상황을 설명했다.

골짜기에는 나무가 거의 없고 잡초가 허리를 가릴 만치 무성했는데 그 잡초 속에 매복해 있다가—현재의 구천동 백련사로부터 등산로를 따라—줄을 잇고 올라오는 전경대를 역사면(逆斜面) 공격으로 급습해서 수십 명을 사살하고 포로도 다수를 잡았는데, 분산 도주한 나머지도 무장을 버리고 간 것이 많아 노획무기가 그렇게 많았다는 얘기였다[이때의 토벌대는 전경 207연대의 대대병력이었고, 전사자는 약 100명이었다. 얼마 전 나는 구천동을 거쳐 지금은 국립공원인 덕유산 제1봉을 등반한 일이 있다. 골짜기의 잡초는 다름없이 무성했지만 그곳이 수십 년 전 선혈로 얼룩졌던 고전장(古戰場)이라는 것을 아는 등산객은 물론 아무도 없었다].

포로들에게는 남부군이 늘 하던 대로 다시 경찰에 들어가지 않겠다는 각서(?)를 받고 노자를 주어 돌려보냈으며, 부상자는 응급치료를 해서 가마니로 들것을 꾸려 다른 포로들에게 메고 가게 했다는 얘기였다. 이때 남부군은 청주시 습격 때 얻은 상당한 액수의 돈을 가지고 있었던 것이다. 포로를 무작정 끌고 다닐 수도 없는 형편이기도 했지만 포로가 생기면 호되게 위협만 주고 그 자리에서 방면하는 여유를 당시의 남부군은 갖고 있었다.

이와 같이 해서 우리들 보충대원도 무장을 갖추게 된 얼마 후(51년 7월 15일), 육십령재의 전라북도 어귀인 장수군 명덕분지에 대한 공략전이 벌어졌다. 명덕분지는 북으로 덕유산 제2봉, 동남쪽은 1천 미터대의 소백산 줄기가 둘러쳐져 있고, 서쪽으로 백화산(白華山, 850m)과 깃대봉 930고지 사이에 장계읍(長溪邑)으로 빠지는 협로(국도) 하나가 뚫려 있는 전형적인 산간 분지이다. 그리고 그 안에 명덕·오동·삼봉의 3개 리가 들어 있는, 면적과 인구가 상당한 곳이다.

전주시로부터 경남 안의읍으로 넘어가는 중요 교통로가 분지를 가로지르고 있어 빨치산 측으로는 경찰 응원대가 대거 밀어닥칠 것을 각오해야 했지만, 군경 측으로는 잠시도 방치할 수 없는 교통상의 요충을 점거당하는 셈이 된다. 지금은 이 국도가 말끔히 포장되고 거리도 다소 가까워진 듯이 느껴지지만 당시는 자갈이 깔린 험로였다.

상황에 앞서 보충대원들만 따로 정렬을 하고 김홍복 사단장의 훈시를 들었다. 어딘가 여성적인 풍모를 지닌 이 20대의 사단장은 입가에 미소를 띠며 이런 말을 했다.

"이번 작전에 동무들은 직접 참가하지 않는다. 몸들도 아직 그렇고 하니 이번에는 각기 자기 구분대를 따라다니며 승리사단이 싸움을 어떻게 하는가를 한번 봐두기 바란다."

이 시기의 승리사단은 대개의 경우 당당히 백주 공격을 했다. 백주 공격이라지만 산 속에서 졸지에 마을을 들이치니 기습은 역시 기습이고, 당장은 응원 경찰대가 달려올 시간적 여유가 없었다. 그날도 아침을 든든히 먹고 구분대별로 정렬을 하고 있는데 난데없이 총성 한발이 울렸다.

"오발!"

"오발!"

적습으로 오인하지 않도록 즉각 이렇게 외치는 것이다. 몸집이 작은 대원 하나가 차려 자세로 어깨를 움츠리고 서서 구분대장의 기합을 받았다.

"너 실탄 2백 발 알지?"

"옛."

오발 한 번 하면 다음 전투 때 무슨 수를 써서라도 실탄 2백 발을 빼앗아와야 하는 것이 승리사단의 불문율이었다. 그러자니 무리를 하다가 맞아 죽는 수도 생기지만 전북부대의 즉결처분보다는 합리적일지도 몰랐다. 오발한 대원은 몇 명 안 되는 청주형무소 출신(국군 죄수) 대원이었는데 안색이 노상 창백해 뵈는 스물 남짓의 청년이었다. 구대원들이 킬킬대며 놀려댔다.

"자아식 되게 까불더니만 인제 녹았다."

명덕전투에는 승리사단 지휘하에 다음과 같이 모두 5백여 명이 동원된 큰 작전이었다.

720부대	약 70명
315부대	약 40명
붉은별부대	약 60명
인(印)부대	약 60명
무주군당 유격대	약 50명
장수군당 유격대	약 50명

720부대는 전북도당이 남부군과 협동작전을 하기 위해 새로 편성한

부대였다. 이 부대는 남부군의 전투를 거들어주는 대신 노획무기를 나눠 받아 전북 사령부에 보내는 것이 임무였다. 지리산 어귀까지 남부군을 따라다니며 이삭 줍듯이 무기와 탄약을 얻어서 전북부대에 보내곤 하다가 8월 말경 돌아왔다.

315부대는 자생적인 독립 유격대인 지리산 102부대의 일부인데, 무슨 연유에서인지 이때 덕유산 주변에 와 있다가 승리사단을 추종하게 되었다. 소속 도당부가 따로 없었기 때문에 후일 102부대 주력과 함께 남부군에 흡수되어 운명을 같이했다.

이 부대는 사변 초 마산전선에서 후퇴하다가 서부 경남 산악지대에 머물며 독자적인 유격 활동을 해온 인민군 6사단[사단장 방호산(方虎山), 중공계]의 패잔병들이다. 거의 중공군 임표(林彪, 린뱌오) 장군 휘하로 중국 혁명전에 참가한 경험이 있는 동북의용군 출신들이어서 쉬운 말로 '8로군 출신'들이라고 했다(동북의용군은 만주에 거주하는 조선인들로 구성된 중국 해방군 제4야전군 제164, 제166사를 기간으로 한 부대이다. 중국 혁명 때 중공군의 선두에서 강남 지방까지 진격해서 중공군 중 최강 부대로 알려졌으며 6·25 직전에 북한으로 소환돼 와서 인민군 제5, 제6, 제7사단의 주력으로 편입됐다).

8로군이라면 일제 때부터 중공군의 최강 부대로 알려졌었기 때문에 전설적인 일화들이 많이 남아 있고, 315부대 대원들도 '8로군 출신'이라고 불리는 데 큰 긍지를 갖는 것 같았다. 이들은 한 사람 한 사람이 모두 기계체조 선수처럼 날래어 트럭에 뛰어 타고 뛰어내린다는 소문이 돌았으며, 특히 박격포를 잘 다룬다고 했다. 아무튼 인원은 적었으나 하나같이 표한(慓悍)하고 전투에 익숙했다.

여담이지만 315라든가 720이라든가 하는 부대 호칭은 노름판에서 말하는 가보(아홉 끗) 숫자를 붙인 것이다. 위에서 말한 전북의 27부대, 36부대, 478부대도 모두 합해서 끗수가 9로 되는 가보 숫자를 딴 것이며 478은 숫제 노름판 식으로 '새칠팔'이라고 부르고 있었다. 과학적이니 진보적이니 하는 말을 좋아하는 이들이, 특히 빨치산 세계에서 그런 러키 넘버를 즐겨 쓴 것은 재미있는 일이다.

붉은별부대와 인부대는 둘 다 충남도당 소속 부대인데, '송치골 회의' 결과 남한 빨치산의 전력 증강을 위해 역시 전북 720과 같은 임무를 띠고 남부군을 추종해 온 것이다. 붉은별부대는 8월 초순 가회(佳會) 전투 후 이탈하여 돌아가버리고, 인부대도 8월 20일 시천·삼장전투 후 충남으로 돌아갔다.

무주·장수의 두 군당 부대는 이 작전에서 승리사단에 합세한 후 각기 자기 지역으로 돌아갔다. 개개 군당 부대들은 자기 지역 부근 전투에서 향도 역할을 담당하지만 타구역에 그리 오래 머무르지는 않았다.

서울부대 보충병 15명은 꼭 일본군의 고참 준위 같은 인상을 주는 나이 지긋한 고참병 한 사람에게 인솔되어 멀찌감치 부대 뒤를 따라 야지로 내려갔다. 전투는 서울부대 구대원 30여 명이 깃대봉 기슭인 평지 마을 언덕 위의 경찰 보루대를 에워싸는 데서 시작됐다. 뗏장을 쌓아 올려 두세 길 높이의 경주 첨성대 모양으로 만든 보루대에서 수비병력이 경기관총을 쏘며 응전하자, 고요하고 한가롭던 초여름의 산마을이 삽시간에 뇌성벽력으로 진동했다. 탄환이 2백 미터쯤 뒤꼍에서 대기하고 있는 우리 근처에도 날아왔다. 엉겁결에 보충병 두엇이 뛰려고 하자 인솔자인 고참병이 소리를 질러 잡아 앉혔다.

"야! 뛰면 네가 탄알보다 더 빨리 갈 성싶어? 개밥 되기 싫거든 돌무더기에 대가리 쑤셔박고 구경이나 하란 말야."

남부군 대원들은 경찰 총에 맞아 죽는 것을 '개밥 된다'고 했다. 남부군에는 이런 익살스러운 은어들이 많았다.

백 미터쯤 떨어진 밭두덕(밭둑)을 의지하고 10여 명의 구대원들이 엄호 사격을 하는 사이에 보루대가 있는 언덕 밑으로 바짝 붙어 선 돌격조 중에서 아침에 오발을 한 대원이 뛰어나오더니 원숭이처럼 보루대에 기어오르기 시작했다. 보루대의 총안(銃眼) 구멍이 너무 높고 벽이 두꺼워서 보루대 안에서는 바로 아래가 보이지 않는 모양이었다. 총안에 손이 닿는 데까지 기어오른 그 대원이 수류탄 두 개를 연거푸 까 넣고 뛰어내렸다. 요란한 폭음이 몇 번 울리면서 총소리가 뚝 그쳤다. 총안으로부터 푸른 기가 도는 흙먼지가 조용히 흘러나왔다. 그 순간 일제히 언덕을 기어오른 돌격조가 함성을 지르며 보루대로 육박하자 보루대 출입구에서 수비대원들이 총 끝에 맨 흰 수건을 내흔들었다. 돌격조가 재빨리 보루대를 에워쌌다.

"무기를 버리고 천천히 손들고 나와! 한 줄로."

"뛰는 놈은 쏜다."

그사이 불과 5분 남짓, 실로 어이없이 싸움이 끝나버린 것이다. 멀리 돌무더기 뒤에서 서커스 구경하듯 그 광경을 지켜보고 있던 보충대원들도 일제히 일어나 보루대로 다가갔다. 보충대원들은 그 보루대를 혼자서 제압하다시피 한 오발한 대원의 날래고 담대한 행동에 혀를 내두르며 "우리도 빨리 저렇게 싸울 수 있게 돼야지" 하고 다짐했다.

경찰과 빨치산의 정전회담

포로가 된 30명가량의 경찰관(당시의 경찰 발표로는 피랍 경찰관 28명)들은 두 줄로 늘어서서 사단 정치부원들로부터 간단한 '심사'를 받고 다시 경찰에 들어가지 않겠다는 '서약서'를 쓴 후 장계읍 쪽으로 풀려났다. 서너 명의 부상자는 가마니를 뜯어서 만든 들것에 실려 그들 손으로 운반돼 갔다. 방면하기에 앞서 사단 정치위원 이봉갑(李奉甲)이 엄포를 놓았다.

"여기 주소하고 이름을 적어놓았으니까 만일 다시 반동짓을 한다는 정보가 있으면 지방 당원을 시켜 즉시 처단하겠다. 그땐 용서 없다. 너희들 뒤를 우리 조직원이 노상 감시하고 있다는 것을 잊지 말아라. 알겠나?"

"여부가 있습디어."

"아이고, 인젠 하라 해도 다신 경찰 노릇 안 할 것이오. 그저 감사하오."

죽는 줄만 알았던 수비 경찰대원들은 연신 굽신거리며 부상자를 실은 들것을 떠메고 장계읍 쪽으로 사라졌다. 이 수비대원들을 통해서 그당시 관계자들 사이에 화젯거리가 됐던 경찰과 빨치산의 회담이 제안됐다. 빨치산 측이 회담 장소로 지정한 곳은 장계읍으로 빠지는 국도 중간쯤에 있는 변전소 옆의 외딴집, 시간은 이튿날 아침 8시, 쌍방 무장 없이 나온다는 조건이었다고 한다.

서울부대가 평지 마을의 보루대를 공격할 무렵에는 명덕분지를 둘러싼 고지의 요소요소는 이미 빨치산들에 의해 장악돼 있었다. 깃대봉 능선을 전북 720과 장수부대가, 육십령재 일대는 그 밖의 연합부대가 방어선을 펴고 외부로부터 오는 응원부대에 대비하고 있었다.

육십령재 쪽에서는 안의(安義) 방면에서 재빨리 달려온 응원 경찰부대와 교전하는 총소리가 간헐적으로 들려왔으나 빨치산 장악하에 있는 명덕분지의 여러 마을들은 평시와 다름없이 매우 평온했다. 서울부대 보충대원들은 어느 큼지막한 민가의 대청마루에서 인솔자인 고참대원으로부터 미식 자동소총의 분해 결합을 교육받은 후 각기 자유행동을 허락받았다.

나는 혼자서 가게가 늘어서 있는 신작로를 천천히 거닐어봤다. 대낮에 이런 사람들의 마을을 걸어보는 것은 전주시 이래 근 1년 만의 일이었다. 마치 꿈을 꾸고 있는 것 같았다. 어디선가 오르간 소리가 들려왔다. 아이들의 합창 소리도 들렸다. 초등학교가 열려 있었다. 교원 출신이라는 서울부대 구대원 한 사람이 엠원을 어깨에 걸친 채 오르간으로 아이들에게 '아침은 빛나라 이 강산'(북의 국가)을 가르치고 있는 것을 젊은 여교사가 저만큼 서서 웃으며 바라보고 있었다. 구대원은 차림새에 어울리지 않게 오르간이 매우 익숙했고, 그렇게 오르간 앞에 앉아 있던 지난날을 회상하는 듯 어깨를 좌우로 들썩들썩하는 초등학교 교사 특유의 제스처까지 해가며 건반을 누르고 있었다.

빨간 우체통이 길가 담벼락에 붙어 있었다. 옆의 담배가게에서 우표도 팔고 있었다. 집에 소식을 전할 수 있는 천재일우의 기회일는지도 몰랐다. 우리가 점령하기 전부터 집어넣은 편지도 있을 테고 설마하니 빨치산이 자기 집에 편지를 띄웠으리라고야 생각하겠는가. 봉투 한 장쯤은 아까 그 여교사에게 부탁하면 얻을 수 있겠지. 아니 우리가 떠나간 얼마 후 부쳐달라고 부탁하면 더욱 안전하겠지……. 그러나 잘못하면 집안 식구에게 엉뚱한 후환을 만들어줄지도 몰랐다. 그리고 도대체 그때 나는 내 집이 어디에 있는지도 몰랐다. 편지를 단념하면서 생각해보니 그 빨간 우체통 속에 글을 적어 넣으면 몇백 리 밖까지 전달된다는 사실이 도무지 정말 같지 않았다.

다음에 나는 마을을 뒤지고 다니는 후방부의 뒤를 따라가봤다. 특무장들이 식량을 '징발'할 때는 '지불증'이라는 것을 써주었다. 언제, 무엇을, 얼마만큼 징발하는데 '해방', 즉 인민군이 다시 들어왔을 때, 이 증명서를 가져오면 정당한 보상을 하겠다는 메모 같은 것을 써서 군사칭호와 사인을 해주는 것이다. 물건을 빼앗긴 부락민은 울며 겨자 먹기로 그 증명서나마 받아서 소중히 간수하고 있었다. 다만 보통 보급투쟁 때 그런 '지불증'을 써준 예는 없었다.

그날 저녁은 양념을 제대로 한 고깃국에 흰 쌀밥을 배가 터지도록 먹었는데, 밤에는 또 찰떡이 간식으로 배급됐다. 많이들 먹고 어서 힘들을 차리라는 고참병의 말과 함께. 이튿날 아침 8시 장계읍으로 가는 길가 외딴 집에서 경찰과 빨치산 사이의 기상천외의 '회담'이 시작됐을 무렵에는 초등학교 게양대에 인공기까지 펄럭이고 아이들은 여느 때와 같이 재잘거리며 등교하고 있었다. 이날의 회담 광경을 나는 훗날, 빨치산 측 대표로 나갔던 이봉갑으로부터 자세히 들었다. 빨치산 대표 일행이 약속한 장소로 나가자 곧이어 금테모자를 쓴 경찰 간부를 장으로 한 경찰 측 일행이 나타났다. 가벼운 인사를 교환한 후 빨치산 측이 준비해 간 돼지고기와 막걸리를 내놓으니까 경찰 간부가 잔을 받으면서

"이럴 줄 알았으면 과자나 뭐 단 것을 좀 사올 걸 그랬네요. 산에선 단 것이 귀할 텐데……."

꽤 담대해 보이는 사나이였다고 한다. 술이 두어 순배 오간 후 경찰 간부가 먼저 허두를 꺼냈다.

"하고 싶다는 말씀을 들읍시다."

"간단히 말씀 드려서 어제 우리가 점령한 명덕분지 3개 리를 해방지구로 인정해달라는 겁니다."

"해방지구요?"

"바꿔 말하면 현재 우리 측이 방어선을 치고 있는 구역 내에 대해서

공격을 말아 달라 이겁니다. 그 대신……."

"그래서요?"

"우리는 어느 기간 동안 이 구역 내에 정착하고 다른 곳에 대한 공격을 일체 하지 않겠다, 이 말입니다. 당신들은 많은 병력을 동원할 수 있겠지만 우리도 당신네들을 괴롭힐 만한 무력을 갖고 있습니다. 그러니 피차 공연한 피를 더 이상 흘리지 않도록 하자는 겁니다."

"정전을 하자는 말씀이군요."

"그렇지요. 일정한 군사분계선을 두고 말입니다. 무력으로 우리를 섬멸한다는 것은 불가능합니다. 당신네들에게도 이것이 더 이상 희생을 내지 않는 유일한 해결방법이 되리라 생각합니다. 어떻습니까?"

"알겠습니다. 그렇지만 38선만도 다시 없는 비극인데 여기 또 하나의 38선을 만들자는 말입니까. 아무튼 이것은 나 혼자 결정할 수 없는 문제니까 돌아가서 상사에게 당신들의 뜻을 정확히 보고하겠습니다. 그리고 회답을 드리지요."

"시한을 정합시다."

"그래야지요. 오늘 정오까지로 합시다. 정오까지 이곳에 회답을 보내지 않으면 '노'입니다. 어떻습니까?"

"좋습니다. 좋은 결과를 기대합니다."

이 '정전회담'에는 약간의 여화가 있다. 경찰 측 기록에 의하면 이날 이봉갑이 경감급 간부로 생각한 경찰 측 대표는 장수경찰서 경무계의 박원희라는 경사가 금테두리 복장을 하고 나갔던 것이며, 수행 경찰관으로 행세한 사람이 실은 205연대의 정보참모인 모 경감이었다는 것이다(어떤 기록에는 박원 경위와 이한섭 경사). 반대로 경찰 측은 이봉갑을 이현상으로 잘못 알고 "이현상이 좀 더 나이 지긋한 사람인 줄 알았는데……" 하고 의아하게 생각했었다고 한다. 이때 이봉갑은 25～26세의 청년이었다. '수염이 허연' 이현상과 방준표도 대표로 나왔었다는 경찰 측 관계자의 직접 수기가 있으나 믿기 어렵다.

각설하고, 빨치산 측의 이 터무니없는 요구가 받아들여질 리 없었음은 물론이다. 다만 그렇게 해서 총성이 중단된 몇 시간 동안에 승리사단은 마을 사람들을 총동원해서 막대한 양의 보급물자를 덕유산으로 실어 나르고 있었다.

시간을 번 것은 토벌군 측도 마찬가지였다. 그동안 함양에 있던 207경찰연대와 남원에 주류 중인 지리산지구 경찰전투 사령부[약칭 '지전사', 사령관 신상묵(辛相默) 경무관] 휘하 205경찰연대를 동서 양편에서 투입하여 골칫거리인 승리사단을 차제에 포착 섬멸할 태세를 갖추었다 (이 '지전사'의 203, 205연대와 '태전사'의 207, 209연대는 52년 여름 국군 107예비사단과 함께 서남지구 경비사령부 약칭 '서경사'를 구성한다).

약정 시간인 정오가 되자 장계읍 쪽에서 직사포탄이 깃대봉 930고지에 날아들면서 전투경찰대의 일제공격이 시작됐다. 육십령재 쪽에서도 격렬한 전투가 벌어졌다. 먼저 전북 720이 맡고 있는 930고지가 뚫려 분지 내에 총탄이 날아들기 시작했다. 원래 지대가 높아 930고지라해도 그리 대단한 산은 아니었다. 경찰대가 능선을 넘어오는 것이 빤히 바라다보였다. 일부 병력이 대항하고 있는 사이에 승리사단 연합부대의 주력은 남아 있는 징발식량을 질 수 있는 대로 짊어지고 개미 행렬처럼 덕유산 골짜기로 흘러들어 갔다. 미처 운반하지 못하는 식량, 된장단지 따위는 산기슭의 넝쿨 속에 가랑잎으로 덮어 숨겨놓았다.

잔뜩 집중된 경찰병력은 기세가 대단했다. 후퇴하는 빨치산 부대를 추격하여 그때까지 한 번도 올라붙은 적이 없는 덕유산 주봉에까지 진출해 왔다. 그러나 일단 산에 올라선 승리사단의 구대원들은 여유만만하게 '장백산 굽이굽이'를 합창하며 토벌군의 부아를 돋우었다. 안색이 변해 있는 것은 보충대원들뿐 구대원들은 마치 오락회라도 하는 것처럼 노래들을 부르며 토벌군을 놀려댔다. 구분대별로 이 산마루 저 등성이로 흩어져 다니며 큰 소리로 합창을 하다가는 졸지에 급사격을 한바탕 퍼붓고는 재빨리 자리를 옮기곤 하는 것이었다. 온산을 누비며 토벌대와 숨바꼭질을 하는 꼴이었다.

서울부대는 사단본부와 함께 있었다. 사단 작전참모 문춘(文春)이 쌍안경에서 눈을 떼고 시계를 힐끗 보더니 사단장을 돌아다보며 말했다.

"인제 한 시간쯤 있으면 내려가겠구먼. 내려가는 놈을 한번 혼을 내줄까요?"

"매복한다? 글쎄……."

사단장이 잠시 생각하더니 빙그레 웃으며 대답했다.

"마 오늘은 전사(戰士, 兵) 동무들도 새벽부터 피곤할 테니까 곱게 돌려보내지."

얼마 후 해가 기울자 문춘의 말대로 토벌대는 줄줄이 산을 내려가버렸다. 밤은 빨치산의 영역인 것이다.

토벌대가 산을 내려간 직후부터 빨치산에 대한 포격이 시작되더니 간단없이 한 이틀 계속됐다. 엄청난 양(量)이었다. 그러나 직사포는 소리만 요란할 뿐 사각(死角)에 있는 빨치산들에게는 별 위협효과를 주지 못했다. 절구통 같은 105밀리 곡사포탄이 괴상한 바람소리를 내며 능선을 넘어오는 것에 기분이 언짢았으나 그것도 넓은 산 아무 데나 대고 때리는 것이기 때문에 실질적인 피해는 없었다. 그후로도 우리는 항공기와 박격포의 공격을 수없이 받았지만 소수 인원으로 분산하여 행동하는 빨치산이 포격이나 폭격으로 입는 피해는 기실 극히 미미한 것이었다. 덕유산에 대한 이틀간의 치열한 포격도 사실은 빨치산의 재차 내습을 봉쇄하기 위한 위협사격이었을 것이고, 빨치산도 그것을 알고 있었기 때문에 전혀 개의하는 기색이 없었다.

(이 명덕전투에서는 쌍방 간에 인명피해는 거의 없었던 것으로 기억하는데 – 적어도 승리사단에는 사상자가 없었다 – 이 전투가 있은 10일 후인 51년 7월 24일자《동아일보》에 실린 경찰 발표 기사를 보면 "공비들이 정전을 애원해 왔으나 일축하고 강력한 소탕전을 전개하여 납치됐던 경찰관 28명을 구출하고 공비 69명을 사살했다"는 요지로 돼 있다. 그것은 당시의 보도가 얼마나 더디고 경찰 발표문의 정확도가 어느 정도였던가를 엿보게 한다. 이런 발표를 자꾸만 집계하다보니 빨치산 사살수가 인민군 총수를 상회하는 기현상이 생기게 된 것 같다.)

보충대원의 첫 전투

평지·명덕서 승리사단과 공동작전을 벌였던 각 부대들은 작전이 끝나자 어디론가 가버리고 보이지 않게 됐다. 남부군은 큰 작전이 있을 때마다 연락을 해서 인근의 군소 부대들을 불러모았지만 작전이 끝나면 곧 뿔뿔이 흩어져 별개 행동을 취했다. 공격전에는 병력이 많을수록 좋지만 평상시의 행동은 수가 적을수록 유리하기 때문이었다. 이것도 말하자면 '이령화정 이정화령(以零化整 以整化零)'의 원칙인 것이다.

며칠 후 승리사단은 육십령재를 거쳐 함양 땅 기백산(箕白山, 1,331m)으로 이동했다. 이때 대열은 육십령재의 국도를 십 리쯤 행군했다. 행동을 신속히 하기 위해서였겠지만 사실은 이때 나는 산길보다 신작로가 훨씬 걷기 힘들다는 것을 느꼈다. 실로 오랜만에 평탄한 길을 걸으니 어쩐지 다리를 헛디디는 것 같아 힘이 들 뿐만 아니라, 몸이 앞으로 나가는 것 같질 않았다. 산길처럼 변화가 없어 속도감이 나지 않는 까닭도 있었겠지만 몸의 구조가 점차 야성화돼가는 징조가 아닌가 싶었다.

기백산은 소백산맥이 덕유산에서 거창(居昌) 쪽으로 갈려나가는 지산맥 중의 웅봉이며 계곡들이 매우 수려한 산이다. 승리사단은 기백산 중허리에서 돌연 함양군 서하(西下)지서를 습격했다. 이때도 역시 백주의 공격이었는데, 보충병들은 여전히 전투에 내세우지 않아 우리는 총소리를 들으면서 어느 암자의 돌담 밑에서 낮잠을 자며 기다렸다. 암자 앞뜰에는 새빨간 맨드라미가 피어 있고 찌는 듯한 풀 냄새에 숨이 막힐 것 같던 무더운 여름날이었다는 것이 왜 그런지 지금도 강한 인상으로 남아 있다.

싸움이 끝나자 일단 천왕봉(기백산 주봉) 부근으로 철수한 승리사단은 인근 산촌을 배회하다가 다시 백전(栢田)지서를 포위했는데, 이때는 공격은 하지 않고 며칠을 신경전만 벌였다. 그러다가 백운산을 넘어 장안산 십리골짜기로 들어선 것이 7월 20일께였다.

승리사단은 얼마 전 내가 들었던 환자 트 가까운 곳에서 며칠을 노숙했다. 나는 이성열의 일이 궁금해서 그 환자 트를 찾아가봤으나 환자 트는 텅 비어 있어 이성열의 소식은 알 길이 없었다. 선요원인 송은 그간 네댓 번은 변산을 다녀왔을 테지만 전북부대가 어디 있는지는 짐작조차 가지 않았다.

백운산에서 나는 남부군 전사로서 처음으로 전투에 참가하는 경험을 가졌다. 나는 이른바 '용감성'에 대한 개인차가 사실은 대단한 것이 아니라고 생각한다. 그러나 한 개인이 조건 여하에 따라 용감해지고 비열해지는 폭은 대단히 심한 것 같다. 쫄 병아리란 말이 있지만 승승장

구할 때는 거칠 것 없어 뵈던 용사가 일단 패퇴하기 시작하면 쥐 소리에도 놀라 도망치는 겁쟁이가 돼버린다. 자신이 가진 힘을 의식할 여유까지 없어지는 것이다. 이러한 극심한 '용감성'의 기복은 민족성이 느긋하지 못한 한국인이나 일본인이 특히 현저한 것 같다.

반대의 경우도 마찬가지다. 말할 수 없이 비열하던 병사가 어떤 기회에 자신의 능력을 발견한 후부터 갑자기 용감한 병사로 바뀌어버리는 예는 허다하다. 집단인 경우도 마찬가지다. 같은 한국인이 무작위적으로 모인 부대인데 특별히 용감한 병사만 모인 부대나 겁쟁이만 모인 부대가 따로 있을 턱이 없는 것이다.

쫓기기만 하던 전북부대 내에서도 가장 사기가 말이 아니던 회복환자 그룹이 승리사단에 전속되어 구대원들의 자신만만한 싸움 솜씨를 보고 듣는 사이 어느덧 전투에 자신을 갖게 되고 차츰 용감한 전사로 바뀌어갔다. 그 첫 번째 실험대가 된 것이 계남(溪南)지서의 보루대였다.

장수군 계남면 궁들벌판은 백운·장안 두 산에서 장계읍으로 들어서는 길목의 요충이어서 강력한 경찰대의 초소가 있었다. 백운산 무령공재에서는 돌로 쌓아 올린 이 경찰초소의 두 보루대가 아득히 바라다보였다. 보충대원들은 기간요원인 구대원들에게 인솔되어 무령공재 부근에서 문춘 참모로부터 전투요령을 지시받았다.

"적의 응원병력을 제외한다면 개개 초소의 고정병력은 대단할 것이 없다. 언제나 우리보다 훨씬 적다. 이것을 노리는 것이다. 그러니까 신속히, 적의 원군이 도착하기 전에 초소를 점령해버려야 한다. 전투가 오래 끌 가능성이 있을 때는 일부 병력을 외곽에 배치해서 응원 병력을 저지해야 한다는 것은 동무들도 잘 알 것이다. 하지만 오늘은 동무들 신입대원의 교육을 위해 외곽방어 없이 신속히 보루대를 점령하고 돌아온다. 포로가 생기면 끌고 와라. 그러나 일부러 포로를 만들 필요는 없다. 대항하면 모두 사살해도 좋다. 보루대를 폭파할 수 있으면 더욱 좋다. 방망이 수류탄이 몇 개 있으니까 한번 해봐라."

두레박만 한 대전차용 수류탄은 방망이 같은 자루가 달려 있기 때문에 방망이 수류탄이라고 불렀는데, 이것은 탱크에 뛰어들어 캐터필러 사이에 집어넣는 육박공격용이다. 그러나 돌담에 대해서는 파괴효과가 적었다[여담이지만 당시 인민군에는 보루대의 총안 같은 것을 공격할 수 있는 보병용 투척병기가 없었다. 무반동포나 수류탄 투척기 같은 것을 당시 국군은 사용하고 있었던 것으로 아는데, 인민군은 소련군으로부터 인계받은 구일본군 압수 무기 속에 척탄통(擲彈筒) 같은 것이 꽤 있었을 터인데도 그것도 사용하지 않았다. 구경 5센티미터의 이 구식무기는 중량 10킬로그램, 유효거리 6백 미터로 휴대하기가 간편해 유격전, 특히 보루대 같은 화점 공격에 매우 적합한 병기인데 우리는 그것을 구경할 수 없었다].

"되도록 노출되지 않을 만큼 접근했다가 일단 공격을 시작하면 단숨에 보루대까지 달린다. 숨이 끊어질 때까지 뛴다. 이것이 요령이다."

어둠이 깔려올 무렵, 궁들로 뻗은 지능선을 2킬로미터쯤 나아간 곳의 솔밭 속까지 진출한 우리는 조장 격인 기간병 1명씩을 포함한 9개의 돌격조를 편성했다. 그곳서부터 보루대까지 1킬로미터 거리는 논밭이 계속되는 평지였다. 문춘 참모가 보루대를 가리키며 설명했다.

"봐라, 거리는 대충 천 미터 정도다. 논밭이 돼서 아마 4~5분쯤 걸릴 거다. 지그재그로 뛰면 조금 더 걸릴지도 모른다. 아까 말한 대로 요령은 숨이 끊어질 때까지 뛰는 것뿐이다. 위험한 것은 2백 미터쯤 접근해서부터다. 정규군 같았으면 지형지물을 이용해서 포복전진을 해야겠지만 그러다간 오도 가도 못하게 된다. 시간이 없다. 요는 그 2백 미터를 얼마나 빨리 뛰는가에 성패가 달려 있다, 이 말이다. 초소에는 무선전화가 있을 테니까 장계읍에서 응원군이 달려오는 데 20분이면 충분하다. 철수시간도 있어야 하니까 보루대를 점령하는 시간은 최대로 10분 이내여야 한다. 공격 개시는 새벽 4시다. 막 동이 트기 시작하는 이 시각이 수비병들의 긴장이 가장 느슨해지는 때이고, 공격 측은 목표물이 잘 보이지만 수비 측은 가늠쇠가 잘 보이지 않아 조준사격을 못 하는, 공격에 가장 유리한 시각이 되는 것이다. 그때까진 보초만 남기고 모두 자는 거다."

이 문춘이라는 사람은 광산 노동자 출신이라는 말이 있었지만 자세한 전력은 모른다. 다만 그는 노동자 출신이라고는 믿어지지 않을 만큼 문무 전반에 걸쳐 매우 해박한 지식을 갖고 있었다. 후일 어떤 기회에 그와 그림에 관한 얘기를 나눈 일이 있는데, 그의 서양미술에 대한 조예가 대단한 데 놀란 일이 있다. 당시 30을 약간 넘어 보였으나 지위의 상하 없이 서글서글하고 차분한 인상을 주는 호남아였다.

짧은 여름밤이 지나고 동이 트는 새벽 4시, 소리 없이 정렬한 9개의 종대는 문춘의 신호와 함께 논밭 사이를 줄을 긋듯이 돌진했다. 어지간히 익숙해진 몸이지만 금세 숨이 콱콱 막히며 심장이 터질 듯이 뛰었다. 5백 미터쯤 뛰었을 때 보루대에서 기관총 사격이 시작됐다. 픽픽하는 짧은 금속성 소리가 귓전을 계속 스쳐갔다. 그러나 각 조는 지그재그를 그으며 바람에 빨려들 듯 순식간에 보루대 밑을 에워쌌다.

수비병들이 수류탄을 계속 굴러 떨어뜨렸다. 폭음이 진동했다. 보루대의 전화연락을 기다릴 것도 없이 이 폭음과 총성은 새벽공기를 뚫고 머잖은 장계읍까지 진동하고 있겠지 하는 불안감이 스쳐갔다. 내가 속한 돌격조가 담당한 보루대는 개울물을 해자(垓字) 삼아 방죽 위에 서 있었다. 나는 수류탄을 피해 그 방죽 밑으로 뛰어들었다. 대원 몇이 뒤따라 개울로 뛰어들며 방죽에 몸을 붙였다. 위를 쳐다보니 대원 하나가 수류탄을 들고 보루대에 기어 붙었다. 그러나 미처 총안(銃眼)까지 손이 닿기 전에 보루대에서 굴린 수류탄이 발밑에서 터지면서 그 용감한 대원은 악 소리를 지르며 굴러 떨어졌다.

조장 하나가 엠원을 휘두르며 방죽 밑에 숨어 있는 대원을 방죽 위로 몰아 올렸다. 얼핏 보니 보루대는 돌과 시멘트 콘크리트로 되어 있어 발을 붙일 방책이 없어 보였다. 그렇다고 보루대에서 떨어져 있으면 기관총탄이 우박처럼 날아오기 때문에 보루대에서 사각이 되는 보루대 바로 밑이 오히려 안전할 것 같아 그쪽으로 바짝 다가선 순간 폭음과 함께 정강이에 화끈한 아픔이 왔다. 다시 방죽 밑으로 뛰어들며 바지를 걷어보니 정강이에 1센티미터가량의 열상이 나 있고 피가 주르르 흐르고 있었다. 회문산에서 상처가 덧나 혼이 난 경험도 있고 해서 개울물로 상처 근처를 대충 씻고 더러운 대로 속내의 자락을 뜯어 단단히 졸라맨 후, 다시 방죽 위로 올라가 40~50미터쯤 떨어진 논두렁에 의지해서 사격을 하고 있는 대원들 사이로 뛰어들었다.

대원들이 총안에 대고 계속 사격을 가하고 있기 때문에 수비병은 얼굴을 들고 조준사격을 못 하고 총구만 내밀고 맹목사격을 하고 있으니 별 효과가 없고 우리 측 사격도 보루대의 시멘트 조각만 뜯어내고 있을 뿐이었다. 쌍방이 아무 효과 없는 사격전을 몇 분 계속하고 있을 때, 돌연 "와!" 소리가 나며 다른 보루대에 붙었던 조원들이 일제히 웅성대며 움직이기 시작하는 기색이었다. 전투복의 수비경찰들이 거미 떼처럼 흩어져 논밭으로 뛰는 것이 보였다. 거의 동시에 장계읍 쪽 국도 부근에서 총성이 요란스럽게 울리며 붉은 신호탄이 계속 작렬했다. 응원병력이 들이닥친 것이다.

"철수다. 철수!"

공격부대는 번갈아 엄호사격을 하며 바람처럼 솔밭 능선으로 철수했다. 아직도 날은 완전히 밝지 않고 있었다.

이것이 그리 '용감'하지 못했던 나의 남부군 전사로서의 첫 전투였다. 이날의 전투에서 보충병들이 얻은 것은 자신들의 힘만으로 보루대를－일부나마－제압했다는 자신감이었다. 전투라는 것은 결국 먼저 겁을 먹고 도망하는 편이 지는 것이라는 교훈도 얻은 셈이었다. 그리고 중일전쟁 때의 작가, 히노 요시헤이(火野葦平)는 명작 『보리와 병정』에서 "전쟁이란 걷는 것이었다"라고 썼지만 기동력이 발달한 오늘날에도 빨치산에게는 여전히 "전쟁이란 걷는 것"일 뿐만 아니라 "뛰는 것"이었구나 하는 것이 남부군 보충병인 내가 그날 받은 느낌이었다. 어쨌든 이때부터 보충대원들도 구대원과 구별없이 전열에 참가하게 되고 하나둘씩 '소모'되어갔다.

인민여단과 혁명지대

이튿날 승리사단은 백운산을 아주 떠났다. 당시 백운산은 전북 유격사령부의 본거지였다. 병약한 몸으로 낯선 타부대에 보내졌던 우리들에게는 야속한 생각도 없지 않았지만 수많은 정든 사람들과 수많은 추억이 남아 있는 전북부대를 영원히 이별하는 감회는 매우 착잡했다. 그러나 구대원들은 마치 애인을 만나러 가는 소녀들처럼 들떠 있었다. 목적지는 기백산 북쪽 기슭 거창 땅의 무명 골짜기, 거기서 두 달 전 철쭉꽃이 만발하던 민주지산에서 헤어졌던 인민여단, 혁명지대와 다시 합류하게 되어 있는 것이다.

때는 이미 한여름에 접어들어 소백준령을 넘고 넘어 이동하는 긴긴 대열은 땀에 젖어 미역을 감은 듯했다. 모두가 겨우내 걸쳐온 동복차림 그대로였다. 그냥 동복이 아니라 그것만 걸치고 눈 속에서 뒹굴고 자고 하던 투박한 겨울차림으로 폭양의 산악을 달리는 것이니 더운 정도가 아니었다. 그러나 산악지대에서는 밤낮의 일교차가 심해서 이슬을 맞으며 노숙하자면 두꺼운 옷을 아주 벗어버릴 수도 없었다.

몸은 그렇게 고통스러워도 녹음 우거진 산맥을 걷는다는 것은 안전하고 유쾌한 일이었다. 승리사단에 전속된 이래 굶주림 같은 것은 몰랐고 토벌대의 공포도 잊었다.

다시 한번 백전지서와 서하지서를 위협하며 기백산 허리를 동쪽으로 크게 돌아 이틀 만에 맑은 시냇물이 흐르는 위천면(渭川面) 어느 무명 골짜기에 도착한 승리사단은 잡목 숲에 은신하고 시간을 기다렸다. 중간중간에 선요원의 접촉이 있었겠지만 그들의 시간 행동은 시곗바늘 같았다. 약속된 시각이 되자 저편 숲 사이에 서너 명의 정찰병이 얼씬거리더니 곧 녹음 속으로 자취를 감췄다. 그리고 잠시 후 갈잎으로 위장한 본대 대열이 벨트 컨베이어가 돌아가듯 정확한 4보 간격으로 점선을 그으며 속속 개울가로 내려왔다.

승리사단 구대원들이 "와!" 소리를 지르며 달려가 서로 얼싸안고 흔들고 돌고 어쩔 줄을 몰라했다.

"선생님이다!"

"선생님이 오셨다!"

호위대원에 둘러싸인 중년의 한 사나이가 만면에 인자한 웃음을 띠며 서 있는 것을 본 여단과 지대 대원들의 흥분은 자못 절정에 달한 듯했다.

"선생님!"

"선생님!"

마치 승리팀의 주장을 맞이하는 학생들처럼 우루루 몰려와 그 사나이를 둘러싸고 만세를 터뜨렸다. 이것이 내가 처음으로 본 남부군 사령관 이현상이었다. 기록들에 의하면 소백산맥 주변 마을 사람들의 견문담이라 해서 이후에도 이 전설적인 사나이의 이름이 자꾸 오르내리지만 이현상은 그 이튿날 남부군 부대와 함께 소백산맥을 떠난 후, 다시 돌아온 일이 없었다.

이때 315부대가 승리사단과 동행하고 있었으니까 당시 남한 빨치산의 최대, 최강이라 할 5백여의 대병력이 그 골짜기에 집결한 셈이었다.

골짜기 어귀 산등성이에 보초가 배치되고 교대로 시냇물에 들어가 목욕을 했다. 더위도 더위려니와 실로 9개월 만의 목욕이니 그 상쾌함이란 말로 표현하기 어려웠다. 온몸에 덧게비를 이룬 때를 밀어내니 살갗을 한꺼풀 벗겨낸 것 같았다. 여자대원들도 조금 떨어진 물 아래에 모여 목욕을 했다. 대부분이 스무 살을 약간 넘은 정도의 처녀들이었지만 몇 달 만에 옥 같은 물 속에 몸을 담그는 유혹이 부끄러움을 잊게 한 것이다. 녹음 우거진 계곡에 난데없는 나체촌이 출현한 것이었다. 쨍쨍 내리쬐는 태양 아래 수백의 남녀가 나체가 되어 와글거리니 그것도 장관이었다.

어느 '빨치산의 수기'를 보니까 남녀 빨치산이 매일 목욕, 빨래를 하며 치정극을 벌이는 타잔 영화 같은 장면이 묘사돼 있는데 우리로서는 그건 상상도 못 할 일이었다. 옥 같은 계류가 흐르는 산골짜기를 땀투성이가 되어 헤매 다니면서도 그해 여름 목물을 해본 것은 이때 단 한 번뿐이었다. 아무리 적정이 없는 때라도 옷을 벗거나 총을 손에서 멀리

하는 따위는 잠시도 허용되지 않았다. 아무튼 겨울의 혹한보다는 나을 지 몰라도 삼복 더위에 목물 못 하는 고통도 견디기 어려운 일이었다.

나는 그곳에서 서캐와 땀과 기름때가 덧게비를 이룬 겨울 내의를 벗 어 던지고 겉옷인 미군 작업복을 빨아 말려 홑겹차림이 되었다.

철따라 옷을 갈아입는다는 것도 빨치산에게는 여간 큰 문제가 아니 었다. 빨치산도 사람인 이상 추위와 더위의 공세에서 벗어날 수는 없었 다. 오히려 정상생활보다 더 완전한 철옷이 필요했다. 그렇다고 농촌에 서 쉽게 구할 수 있는 중의적삼으로 다닐 수도 없다. 지금처럼 작업복 한두 벌쯤 어느 농가에나 있는 시절이 아니었다.

천상 전투에서 노획하거나 전사한 토벌군 시체에서 벗겨낸 피복을 하나둘씩 바꿔 입는 수밖에 없는데, 그러다보니 말단대원까지 여름군 복 차림이 될 때쯤에는 찬바람이 불기 시작하고 그래서 다시 겨울차림 을 갖추다보면 추위가 닥쳐올 때까지 여름군복으로 견디는 말단대원도 볼 수 있었다. 어쩌다 반코트나 파카 같은 좋은 방한복을 얻어 입고 다 니던 사람은 돌아오는 겨울까지 그것을 지고 다닐 수도 없으니까 유표 (有標)한 바위 밑 같은 곳에 비장해놓고 간다. 그러나 집시처럼 흘러 다 니는 빨치산이 그 겨울옷을 다시 찾아 입을 가망은 거의 없었다. 그날도 여러 사람이 버리기엔 아까운 겨울차림을 부근 바위 밑 같은 데 묻어두 고 있었지만 남부군이 그 골짜기를 다시 찾을 기회는 영원히 없었다.

목욕을 하고 나서 저녁식사 때까지는 민주지산 이후의 무용담들을 서로 교환하느라고 떠들썩했다. 남부군 간부들 중에는 문인 · 학자 · 예 술인 등 소위 지식인이 많이 끼어 있었다. 이들이 그 얼마 전(51년 7월 12일) 가야산 해인사를 습격했을 때의 얘기를 나누고 있었는데, 고려대 장경판(소위 팔만대장경)의 보존 상태가 어떠니, 그래 가지고 불이라도 나면 어쩔 셈인지 모르겠다느니 하며 얘기들을 하고 있는 것을 보고, 같은 문화유산을 아끼고 자랑으로 아는 사람들끼리 피를 흘리는 '동족 상잔의 비극'을 새삼스레 실감하는 느낌이었다.

여단과 지대가 해인사를 습격했을 때는 마침 기우제(祈雨祭)가 열리고 있어 합천군수와 경찰서장이 참석하느라고 백 명 가까운 경찰 기동대가 배치돼 있었다고 한다. 여단과 지대는 피실격허(避實擊虛)의 원칙에 따라 저녁에 이들이 철수하는 것을 기다려 절을 포위했다. 이때 해인사에는 의용경찰을 포함해서 여남은 무장경찰이 남아 있었는데 저항 없이 어디론가 도망쳐버렸다. 당시 해인사에 부설돼 있던 해인대학의 학생 60명가량과 요양객·관광객 등 수십 명이 머물러 있었는데 별로 적의를 나타내지는 않기에 보급투쟁을 마친 후 이들 중 젊은 사람들에게 '입산'해서 함께 '투쟁'할 것을 권해봤으나 이러저러한 구실을 붙여 한 사람도 호응하는 사람이 없어 그냥 아지프로(선전선동)만 하고 돌아왔다고 한다. 하긴 요양객이나 관광객들이 빨치산을 따라나설 까닭이 없는 일이었다. 그때만 해도 지원자는 받아들였으나 사상성을 알 수 없는 청년들을 위험도를 무릅쓰고 강제 초모(招募)할 만큼 병력 부족이 절실하지는 않았던 것이다.

남부군은 그날 저녁 해 질 무렵에 그곳을 떴다. 날새기 전에 백 리가량 되는 어느 목적지에 닿기 위해 야지를 강행군하겠으니 단단히 준비를 갖추라는 지시가 전달됐다. 그날 밤의 걷는 속도는 처음부터 뜀박질이었다. 2보 간격으로 단축한 대열이 마을과 마을, 혹은 기동로를 뱀처럼 누비며 달렸다. 잠든 마을 사람들이 어쩌다 인기척에 놀라 깨더라도 5백 미터의 긴 대열은 벌써 다음 마을로 사라져버리고 없었다. 짧은 여름밤을 이렇게 돌풍처럼 달려 동이 트기 전에 이름 모를 어느 산마을에 닿았다. 물론 한 사람의 낙오자도 없었다. 그날 밤 남부군은 위천(渭川)·마리(馬利)·안의(安義)의 3면을 종관(從貫)하고 산청군 생초(生草)면과 거창사건으로 유명한 신원(新院)면의 접경인 철마산(鐵馬山, 780m) 기슭에 출현했던 것이다.

거기서 질풍처럼 마을을 둘러싼 남부군은 외부와의 연락로를 봉쇄해놓고 새벽잠에 취해 있는 마을 사람들을 깨워 아침밥을 짓게 했다. 아침을 먹는 사이에 소나기가 퍼붓기 시작해서 은밀 행동을 더욱 용이하게 했다.

식사를 마치자 한층 거세진 빗속을 뚫고 다시 행군을 시작, 산허리 하나를 돌더니 어느 동산 아래서 정지했다. 참모들과 연대장들이 모이고 연락병들이 부산하게 오가더니 구분대는 다시 움직이기 시작했다. 동산을 또 한 구비 돌자 저만큼 나무 한 그루 없는 3~4백 미터 길이의 언덕이 나타났다. 언덕의 높이는 40~50미터쯤, 마치 토성을 쌓아 놓은 것처럼 쪽 곧은 일(一)자능선이었다. 그 언덕 위에 돌로 쌓은 보루대 4개가 50미터쯤 간격을 두고 나란히 서 있었다.

비가 싸악 걷혔다. 어느 부대인지 벌써 언덕 마구리에 올라붙은 한 무리가 맨 가장자리 보루대를 향해 분산 육박하고 있었다. 서울부대도 언덕 정면을 각개약진으로 기어올라갔다. 언덕 위에서 총소리와 수류탄 터지는 소리가 요란하더니 공격군의 뜻 모를 고함 소리가 들려왔다. 내가 언덕마루에 뛰어올랐을 때는 반대편 사면을 수십 명의 경찰병력이 뿔뿔이 흩어져 뛰어내리고 있고 그것을 어느 부대인가가 언덕마루에 서서 저격하고 있었다. 뒤미쳐 가마니로 급조한 들것을 든 대원 몇이 달려오더니 유혈이 낭자한 서너 명의 부상대원을 싣고 동산 북쪽으로 내려갔다. 그쪽에도 꽤 큰 부락이 있었다.

부상대원 중 두엇은 얼핏 보기에도 대단한 중상 같았는데 마을에 닿기도 전에 절명했다는 말이 들려왔다. 그러나 경찰 측은 후퇴가 워낙 빨랐던 때문인지 한 사람의 사상자도 눈에 띄지 않았고, 다만 경기, 탄약, 수류탄, 536 무선전화기(당시 연합군이 가장 많이 사용한 워키토키) 등속이 어지럽게 버려져 있었다.

다소나마 대항을 한 것은 여단이 올라붙은 가장자리의 보루대 하나뿐 나머지는 거의 응전 없이 그대로 풍비박산돼버린 것이다. 보루대는 매우 견고했고 무전도 있으니까 조금만 버티면 응원군이 내달아 올 터인데 납득하기 어려운 후퇴였다. 혹은 백 리나 먼 곳에서 불의의 급습을 한 것이 경찰병력을 혼비백산케 만들었는지도 모른다.

빨치산과 돈

남부군은 그 여름 거창에서 하동까지 서부 경남 일대를 좌충우돌 남하하면서 정규군도 삼가는 방색(防塞)에 대한 백주공격을 거리낌없이 감행했다. 각종 구경의 박격포 정도는 가지고 있었으나 포탄의 보급관계인지 언제나 소화기와 수류탄에 의한 백병전투였다. 토벌대 측은 유무선 통신수단과 차량을 갖고 있고 정보망도 갖추고 있었을 테니까 수십 일을 두고 야지에서 그렇게 행동한 남부군의 움직임을 어군탐지기처럼 투시하고 있었을 것이다. 당시 그 방면에는 3개 연대의 전투경찰대와 수천의 경찰기동대 및 의용경찰대가 있었고, 더구나 그 일대는 비상계엄으로 서슬이 시퍼렇던 시절이다(50년 7월 8일에 전남북을 제외한 남한 전역에 비상계엄이 선포되어 정일권 소장이 계엄사령관이 되었고, 51년 12월 1일에는 공비소탕과 후방 치안 확보를 위해 비상계엄이 전남·북 일원에 시행되어 이종찬 소장이 계엄사령관이 되었다. 수천의 무장 게릴라가 출몰하고 있었는데도 51년 말까지 호남 일대에 계엄령이 시행되고 있지 않았다는 사실은 한편 놀라운 일이기도 하다).

당시 서부 경남에서 가장 유력한 무장집단은 남부군과 경남도당 유격대였고, 나머지는 군당 단위의 소부대가 전 도내에서 분산 행동하고 있는 것뿐이었다. 그중 경남도당 유격대는 동부 지리산 주변을 본거지로 하고 있었고, 야지에서 행동한 것은 남부군뿐이었다. 강세라고는 하지만 남부군은 보급사단이 전무한 기백 명의 무장집단에 불과했으니 잡으려 들면 잡지 못할 상황이 아니었으며 적어도 행동봉쇄쯤은 어렵지 않았을 것이다. 그런데 남부군은 어디를 다니며 무슨 짓을 해도 거의 거칠 것이 없었으니 무슨 까닭이었을까? 나는 토벌군 측의 사기가 저조했고 적을 모르고 자신의 역량을 몰랐던 것이 그 원인이었다고 생각한다.

당시 전투경찰대는 일반 행정경찰 중에서 할당제로 차출되었다. 징계 삼아 전투경찰로 전보된 경우도 있었다고 한다. 어쨌든 일정한 복무기간을 마치면 일반 경찰로 돌아갈 수 있다는 희망 하나로 종군하고 있는 실정이었으니 소위 '사상적으로' 무장돼 있다는, 그리고 죽기 아니면 살기라는 심경에 있는 빨치산과는 사기 면에서 차이가 있었다고 봐야 할 것이다. 한편 당시 토벌대 측에서는 '남부군단' 혹은 '이현상부대'라 부르던 남부군 3개 부대의 전력을 지나치게 과대평가하고 있었던 것 같다. 마치 신통력이나 가진 것처럼 엄청나게 과장된 구전(口傳)에 지레 겁을 먹고 부딪치기만 하면 변변히 싸워보지도 않고 쉽게 무너져 버렸던 것이 아닌가 짐작되는 것이다. 말하자면 지피지기(知彼知己)를 못 했던 것이다.

사실 남부군은 일반 지역당 부대에 비하면 분명히 강세이기는 했지만 불의의 습격을 받으면 맥없이 풍비박산이 되기도 했다. 다만 적정이 없어지면 즉각 재정비되는 복원력을 가지고 있어 대열이 흐트러지는 일은 결코 없었다. 이것이 남부군을 불사신처럼 오인케 한 요인이 되었는지도 모른다.

철마산전투가 있은 얼마 후 황석산(黃石山, 1,190m) 주변을 배회하고 있을 때의 일이다. 조그만 야산 기슭에서 저녁밥을 먹고 나서 뿔뿔이 휴식 중에 있던 남부군은 병력 미상의 토벌부대의 급습을 받았다. 시간은 어둑어둑할 무렵이었고 부근에는 의지할 만한 고지가 없었다.

이때 나는 대열에서 약간 떨어진 밭두렁 밑에서 용변을 보고 있었는데 그 반대 방향에서 별안간 뇌성벽력이 떨어지는 듯한 총소리가 일어났다. 급히 구분대의 위치로 뛰어 돌아갔을 때는 이미 대열이 무질서하게 무너지고 있었다. 당장 뭐가 뭔지 판단이 서지 않아 어리둥절하고 있는데 김금일 연대장의 다급한 목소리가 들려왔다.

"어, 이 동무! 정 동무하구 이 박 동무 좀 부축하라구! 빨리!"

연대장 발아래 박이라는 대원이 죽은 듯이 쓰러져 있었다. 정일영이라는 대원과 둘이서 박의 양 어깨를 떠메고 흩어지는 대열 속에 끼어 논밭 사이를 달렸다. 박은 유혈이 낭자해서 이미 기지사경이었다. 타이어에서 바람이 새는 것 같은 이상한 소리를 내며 호흡을 하고 있었으나 이미 의식은 없었다. 그를 떠멘 정일영과 나는 어디서부터인가 끼어든 강이라는 대원과 4인 일행이 되어 본대와 떨어져 방향 없이 야지를 헤매고 있었다. 별조차 보이지 않아 통 동서남북을 가릴 수 없었다.

얼마 동안을 그렇게 헤맨 끝에 우리는 제법 울창한 낙엽송 숲에 들어섰다. 일단 다리를 펴고 앉아 숨을 돌리면서 기척을 살펴봤으나 바람소리 이외에는 아무것도 들리지 않았다. 박은 피를 너무 많이 흘려 거의 절명상태에 있었지만 그냥 풀섶에 뉘어놓는 수밖에는 그를 도울 아무 방법이 없었다. 우리는 매우 지쳐 있었고 어디로 가야 할지도 몰랐기 때문에 날이 밝으면 지형을 살펴 행동하기로 하고 우선 잠을 자기 시작했다. 그런데 날이 새면서 잠을 깬 우리는 지형을 살펴보고 당황했다. 그 낙엽송 숲은 들판의 외떨어진 조그만 언덕이었던 것이다. 눈으로 보아 십 리쯤 되는 곳에 산줄기가 보였다. 산줄기와는 반대 방향으로 죽어라 뛰었던 것이다. 지리를 통 모르니 그 산이 무슨 산인지도 알 수 없고, 이미 밝은 대낮에 세 사람만으로 그 산줄기까지 십 리 벌판을 건널 자신도 없었다. 박은 아침에 잠을 깨보니 이미 죽어 있었다. 아무튼 셋이서 나무꼬챙이로 땅을 파서 묻어주었다.

　해가 들판에 퍼지자 농부들이 드문드문 나타났으나 다행히 낙엽송 숲으로 접근하는 사람은 없었다. 우리는 도리 없이 그 숲 속에 갇혀 하루해를 보냈다. 물을 마시러 나다니지도 못하고 쫄쫄 굶고 앉아 잡담과 낮잠으로 시간을 보내며 해가 지기만을 기다렸다. 이때 나는 한가한 김에 오랜만에 배낭 정리를 하다가 전주서부터 지니고 온 백 원짜리 지폐 몇 장이 물과 땀에 절어 엉겨붙은 채 배낭 구석에 남아 있는 것을 발견했다. 그 돈은 인민군 남침 때 한국은행에 보관 중이던 미발행 지폐를 그대로 뿌린 것이어서 그 무렵에는 이미 통용이 금지된 휴지 조각이었으나 내가 그것을 알 까닭이 없었다. 돈을 써본 지가 까마득하고 도대체 돈이 소용없는 생활이었지만 그렇다고 내버릴 수도 없어 한 장 한 장 펴 널어 말리다가 잠이 들어버렸다. 사실은 지난밤에 충치를 앓던 이가 몹시 쑤셔서 바윗돌을 붙잡고 아픔을 참느라고 자는 둥 마는 둥 했었다. 아스피린 몇 알만 있어도 모면할 수 있는 아픔을 참느라고 바윗돌 하나를 뽑아놓다시피 했었다. 그런데 얼마 후 잠을 깨어 배낭을 챙기다가 보니 펴 말려놓은 지폐가 보이지 않았다. 바람에 날아간 것 같지는 않았다. 가만히 눈치를 보니 정일영이 집어넣은 것이 분명했다. 산 속에서 돈을 쓸 기회도 없어 돈에 대한 관념이 희미할 정도였는데 그래도 돈이라고 집어넣은 게 우스워 나는 물어보지도 않고 말았는데, 정은 그 돈을 지닌 채 한 달 후 덕산전투에서 죽고 말았다. 그가 남긴 배낭에 그 지폐가 그대로 들어 있었다.

그날 저녁 우리 일행은 근방을 지나가던 인민여단 정찰대를 만나 본대를 찾아 돌아올 수 있었다.

얘기가 빗나가지만 돈이라면 나도 그 무렵 약간의 돈을 얻어본 일이 있었다. 얼마 후 가회(佳會)전투 때, 같은 분대의 박기서(朴基緖)라는 구대원이 전사한 경찰관의 시체에서 얼마큼의 돈을 뒤져내가지고 그중 몇백 원을 나에게 나눠 준 것이다. 그러나 박기서도 그 돈을 써보지 못하고 그해 겨울 지리산에서 얼어 죽고 말았다. '돈과 빨치산'에는 무슨 징크스 같은 것이 있는 느낌이었다. 다만 내가 박기서로부터 얻었던 몇백 원인가의 돈은 후일 내가 포로가 되어 호송될 때 호송전경이 엿 몇 가락을 사서 같이 나눠 먹었다. 기구한 운명의 돈이었다.

나는 이 박기서에 대해서 잊을 수 없는 기억들을 갖고 있다. 우선 그는 남부군 내에서 유일한 동향 사람이었다. 분대장이던 그가 어느 날 정찰을 나가며 나를 동행하도록 지명했다. 그때 어느 산비탈에서 쉬면서 서로 얘기를 나누다보니 고향이 같다는 것을 알게 되었으며, 그 이후는 나에게 많은 친절을 베풀어주었다. 내게 돈을 나눠 준 것도 그러한 친절의 하나였던 것이다.

박기서는 바보스러울 만치 충직하기만한 젊은이였다. 그런 만큼 '요령'이라는 것을 통 몰라 까다로운 소대장으로부터 무진 구박을 받았다. 구박이 아니라 학대라는 말이 어울릴 정도였다. 박기서는 의용군 출신으로 그때 나이 25~26세가량이었고 소대장은 스물을 갓 넘어 뵈는 작달막한 키에 깜찍한 인상을 주는 사내였다. 행동이 거칠어 쉽게 말해서 불량스러운 고등학생 같은 인상이었다. 최라는 성의 그 소대장은 걸핏하면 박기서를 불러 세우고 따귀를 갈겼다. 분대장이니, 동무니 하는 호칭을 붙이는 법도 없었다. "야! 박기서!" 하면 박은 오뚜기처럼 그 앞에 달려가 차려 자세를 했다. 꼬투리를 잡을 건덕지가 없으면,

"너 이 새끼, 왜 상을 찌푸리고 있어? 뭐가 불만이야!"

하면서 때리기까지 했다. 밥 먹는 것을 괜히 불러다가 한 시간씩 벌을 세우기도 하고 뜀박질도 시켰다. 정찰이니 뭐 위험하고 힘드는 일은 또 골라서 박기서를 시켰다. 그래도 박은 그저 묵묵히 순종했다. 최가 스무 살 나이에 소대장을 하고 있었던 것은 소년병으로 지원 입대한 14연대 출신이었기 때문이다. 그래서 당시 일본 육군의 내무반 풍습이 그대로 남아 있던 시절에 신병으로 단련을 받은 최에게는 '기합'에 대한 나쁜 인식이 전혀 없었던 것이다. 최는 소대원에게 '기합'을 넣을 때도 꼭 분대장인 박을 시켜 때리게 했다. 조금이라도 사정을 두는 기색이 있으면 분대원들 앞에서 주먹뺨을 갈겨댔다.

"이 새끼야! 따귀는 이렇게 때리는 거야."

바로 옛날 일본군에서 본 그것이었다. 보고 있는 내가 주먹이 불끈 쥐어지는 경우가 허다했는데도 박기서는 묵묵히 당하고만 있었다. 마치 쥔 병아리 모양 최의 시선만 가도 움찔했다. 물론 하극상은 조직이 용납하지 않는다. 그래서 한번은 둘이만 있는 자리에서 내가 말했다.

"분대장 동무, 이번에 전투가 있으면 무슨 수를 써서라도 놈을 해치

웁시다. 내가 거들 테니까."

"이 동무, 난 살아서 고향에 돌아가야겠어. 집엔 부모가 계시고 아내가 있어. 돌아가기 위해선 모든 걸 참아야지 어떡하겠어."

그러나 그도, 최 소대장도 결국은 지리산을 벗어나지는 못했다.

남부군의 상·하급자 간의 관계는 옛날 일본군의 그것과 흡사했다. '기합을 넣는다', '군대엔 이유가 없다', '군대는 요령이다', '군대는 밥그릇 수가 말한다', '구두에 발을 맞춰라' 등등 지금도 군 내무반에는 옛날 일본군의 문자가 그대로 남아 있는 것이 허다한데, 항차 해방 6년 만인 당시의 일이다. 일군의 풍습이 국방경비대에 이어지고, 14연대를 거쳐 남부군에 전해 내려온 것이다. 하급자는 상급자의 모든 시중을 들어야 했고 상급자의 권위는 절대적이며 불가침이었다. 다만 최 소대장의 경우는 좀 유별난 경우였지만.

동무여! 저기가 달뜨기다

철마산에서 일전하여 백운산 동쪽 황석산에 옮겨 앉은 남부군은 얼마 후 다시 남계천(藍溪川)을 건너 거창·함양·산청 3군 접경인 덕갈산(德葛山, 660m)으로 옮겨갔다. 여기서 다시 지산맥을 따라 철마 보록(保錄, 797m)의 연봉을 거쳐 생초지서를 위협한 후, 8월 10일경 합천군 황매산(黃梅山, 1,104m)에 이르렀다.

한 달가량의 이 행군에서 나는 총 한 자루의 말단 전사로 기쁘고 쓰린 갖가지 경험을 다했다. 더위는 갈수록 기승을 부렸다. 수통 같은 '사치스러운' 장비를 가진 사람은 아무도 없었다. 날이면 날마다 찌는 듯한 불볕 속을 무거운 짐을 지고 가파른 산악을 오르내린다는 것도 고역이 아닐 수 없지만 그보다는 소금자루처럼 된 의복을 걸친 채 모기가 앵앵거리는 풀섶 밭에서 밤을 새운다는 것은 더욱 고역이었다. 배낭과 신발은 젖었거나 말랐거나 노상 몸에 붙이고 살아야 했기 때문에 살갗은 땀띠 정도가 아니라 숫제 썩는 냄새를 풍겼다. 그러면서도 며칠씩 비가 내리면 산 속의 밤은 턱이 떨릴 정도로 추웠다. 나무들 사이로 흘러 떨어지는 빗방울을 맞으며 자고 새면 온몸이 허옇게 부풀어오르곤 했다.

수면부족도 견딜 수 없는 고통 중의 하나였다. 졸음만큼은 의지의 힘으로도 막아내기 어려웠다. 덕갈산에서 혼자 보초를 서면서 토벌대가 올라오는 것을 지켜보고 있다가 깜박 잠이 들어버린 일도 있었다. 정찰대로 보이는 5~6명의 무장경찰대가 바로 산밑에 나타나 쉬고 있었다. 대단한 적세도 아니기에 행동방향이 분명해지면 보고해야지 생각하면서 지켜보고 있으려니까 한참 만에 담배를 끄며 일어서더니 어슬렁어슬렁 내가 있는 쪽을 향해 올라오기 시작했다. 그때 깜빡 잠이 들어버린 것이다. 직선거리 약 3백 미터쯤 돼 보였다. 잠시 후 잠을 깼는데 요행히 경찰대는 딴 곳으로 가고 보이지 않았다.

수마(睡魔)란 그렇게 상상외로 무서운 것이었다. 남원수용소에서 만난 군관복의 한 사내는 보급투쟁 때, 다리목에서 기다리다가 깜빡 잠이 들었는데 누가 몸을 흔드는 바람에 깨보니 손발이 꽁꽁 묶여 있고 구경꾼들이 빙 둘러싸고 보고 있는데 해가 중천에 높아 새때가 넘어 있더라고 하며 껄껄 웃고 있었다. 보초선에는 가끔 간부순찰이 있었는데 졸고 있는 보초를 발견하면 살짝 다가와 총을 채어갔다.

보초가 졸면 즉결처분한다는 말은 전북부대에서부터 들어왔지만 남부군에서는 그렇게까지는 하지 않았지만 호된 '기합'을 받아야 했다. 그래서 졸더라도 총은 꼭 끼고 졸았다. 나도 두어 번 구분대장에게 총을 뺏길 뻔했지만 얼굴에 그림자가 드리우는 순간 반사적으로 잠이 깨어 위기를 모면하곤 했다. 빨치산의 보초가 졸기 쉬운 것은 노상 야간 행동을 하기 때문에 자연 수면부족이 심해지는 탓도 있었지만 정규군과는 달리 보초가 서 있지를 못하고 앉거나 엎드려 있어야 하는 경우가 많기 때문에 저도 모르게 잠이 들어버리는 것이다.

식사는 극단적으로 불규칙할 수밖에 없었다. 가끔 마을에서 밥을 지어 먹을 기회가 있었는데 그럴 때는 돼지를 잡아 그 철기에 흔한 애호박, 풋고추 등을 듬뿍 넣어 매운탕을 끓여서 먹었다. 마당에 멍석을 깔고 소대별로 둘러앉아 "여름 돼지는 잘해야 본전이라지?" 어쩌구 하며 땀을 뻘뻘 흘리면서 그야말로 푸짐한 영양보충을 했다. 그 지방 산간부락에서는 돼지우리 위가 뒷간으로 되어 있어 돼지가 인분 떨어지는 것을 그대로 받아먹도록 해놓고 있어, 가뜩이나 돼지고기를 안 먹던 나는 처음에는 몹시 비위에 거슬렸으나 얼마 후에는 비곗덩이까지 없어서 못 먹을 정도로 돼버렸다.

그 대신 단경기(端境期)가 돼서 양곡은 몹시 귀했다. 산맥을 이동할 때는 몇 끼씩 굶는 것은 보통이고 껍질도 까지 않은 통밀을 씹으면서 허기를 채우기도 했다. 때가 삼복 무렵인 데다 이와 같은 악식과 기복이 심한 식사를 계속한 탓인지 나는 그즈음 위장을 망치고 심한 각기병까지 겹쳐 말할 수 없는 고생을 하게 되었다. 또 채소나 날고기를 잘 씻지도 않고 닥치는 대로 먹은 관계로 뒤를 보면 회충, 요충 등 기생충이 있는 대로 섞여 나왔다. 그렇다고 달리 대책이 있을 리도 없었는데, 훗날 포로생활을 하면서 휘발유를 한 컵 얻어 먹었더니 모조리 퇴치된 모양이었다. 기생충 퇴치에는 휘발유가 제일이라는 말을 산에서 들은 적이 있었기 때문이다.

남부군은 이동 도중 전투가 시작되면 짊어진 짐들을 모두 병자나 당번 대원에게 맡겨놓고 가벼운 차림으로 나서는 것이 상례였다. 남하 도중 가장 격렬하고 또 '성공적'인 전투였던 8월 10일경의 가회지서 습격전 때, 나는 마침 배탈 때문에 그 짐 맡는 소임을 담당하게 되어 항공기까지 출동한 그 격렬한 전투를 나무 그늘에 앉아 서부영화 보듯 구경했다. 전투가 끝난 후 내려가보니 피비린내가 진동하는 속에 10여 구의 경찰 전사체가 뒹굴어 있고 거의 백 명은 됨직한 전투경찰들이 포로가 되어 늘어서 있었다(경찰 측 기록 56명). 내가 목격한 가운데 가장 많은 수의 포로였는데, 예에 따라 '서약'을 시킨 후 모두 방면한 것으로 안다. 경찰 측의 대비가 상당했던 만큼 무기, 식량, 피복 등의 노획도 많았다.

가회전투에는 전북 720부대, 충남 인부대와 붉은별부대, 315부대와 산청·함양 군당 유격대 등이 합세하고 남부군 3개 부대가 주력이 되어 습격부대 총세가 7백을 넘었었다. 이 7백 명이 상하 남녀 구별 없이 60밀리 포탄 2개씩을 나눠 졌는데도 포탄더미는 줄지 않아 폭파해 버리고 가는 판국이었다. 피복도 남부군의 대부분이 새 단장을 할 만큼은 있었다. 이 밖에 수류탄 5~6개씩, 쌀 두세 말씩을 나눠 졌고, 엠원 총탄도 휴대할 수 있는 데까지 휴대했는데 총 수량이 30만 발이었다고 들었다. 아무튼 이 전리품으로 남부군을 비롯해서 전북·경남·충남 3도 유격대의 전력이 크게 신장된 것은 사실이었다. 이 작전에는 국군 제1비행단의 엄호 출격까지 있어 빨치산 연합부대는 잔여 물자를 불태워버리고 황급히 황매산으로 철수하고 말았다.

각자 50킬로그램가량이나 되는 짐을 진 기다란 대열이 전암산(傳岩山)을 거쳐 입석이라는 마을에 자리를 잡은 것이 8월 13일이었다. 이 행군 도중 추격하는 경찰 부대와의 소전투에서 남부군은 총참모장 박종하(朴鐘夏, 제2병단 시절 7연대장)를 잃었다(가회전투에서 이미 중상을 입었다가 이때 죽었다는 말도 있다). 제2병단 당시 백운산지구의 대장이었고 낙동강에서 '2중 영웅'(영웅칭호를 두 번 거듭 받는 것)이라는 최고 영예를 얻었다는 이 청년은 이 무렵 '강사령(姜司令)'이라는 별명으로 불리고 있었다. 남부군에 전속된 지 얼마 되지 않았던 나는 이 '강사령'이 그런 '2중 영웅'이라는 것까지는 몰랐고, 다만 훤칠한 키에 살갗이 유달리 흰 대단한 미남이었고, 마치 전투를 '즐기는 듯' 언제나 웃는 낯으로 가벼운 농담을 일삼던 일, 한번은 어디서 얻었던지 말을 타고 달리며 싱글거리던 기억 등이 아슴푸레 남아 있을 뿐이다.

박종하의 죽음은 매우 충격적이었던 모양으로 이례적으로 이현상이 직접 전 대원을 모아놓고 침통한 어조로 추도의 말을 했으며 여성대원들은 흐느끼며 울고 있었다. 훗날 남부군이 지리산에서 부대를 개편할 때 그를 기념해 '박종하부대'라는 부대명을 붙이기도 했다.

이때 입석 마을에 들어서기 직전 어느 개울가에서 자전거를 타고 지나가던 경찰 간부(경위) 한 명이 붙잡혔다. 7백이나 되는 빨치산의 대군이 며칠째 그 근방을 이동하고 있는데 그처럼 정보에 어두웠는지, 모 경찰서의 보안주임이라는 이 불행한 경찰관은 금테두리 모자에 자전거를 타고 콧노래를 부르면서 빨치산 대열 가운데로 뛰어들었던 것이다. 이 청년은 남부군 정치부의 심사를 받은 후, 다른 전투포로와는 달리 이례적으로 입석 마을 뒷동산에서 총살된 것으로 안다.

입석은 산청읍이 그리 멀지 않은 야지(野地) 마을이었는데 워낙 대병력으로 부푼 연합부대는 그곳에서 유유히 며칠을 묵으며 영양과 휴식을 취하고 8·15 날에는 기념식을 가졌다. 8월 16일, 연합부대는 마을 뒷산을 넘어 다시 서쪽으로 길을 떠났다. 이날 오후, 시퍼런 강줄기가 내려다보이는 어느 산모롱이를 돌아섰을 때였다. 앞서 가던 문춘 참모가 걸음을 멈추고 한참 정면을 바라보고 있더니 뒤를 돌아다보며 떨리는 목소리로 소리쳤다.

"동무들! 저기가 달뜨기요. 이제 우리는 지리산에 당도한 것이요!"

눈이 시원하도록 검푸른 녹음에 뒤덮인 거산이 바로 강 건너 저편에 있었다. 달뜨기는 그 옛날 여순사건의 패잔병들이 처음으로 들어섰던 지리산의 초입으로, 남부군은 기나긴 여로를 마치고 종착지인 지리산에 들어선 것이다. 제2병단 이래 3년여의 그 멀고 험난했던 길이 이제 다시 그 출발점으로 돌아온 것이다.

1천4백의 눈동자가 일시에 그 시퍼런 연봉을 응시하며 "아아!" 하는 탄성이 조용히 일었다. 여순 이래의 구대원들이 마치 고향을 그리워하듯 입버릇처럼 되뇌이던 달뜨기……. 이현상이 '지리산에 가면 살 길이 열린다'고 했던 빨치산의 메카, 대지리산에 우리는 마침내 당도한 것이다.

나는 형언하기 어려운 감회에 젖으며 말없이 서 있는 녹음의 산덩이를 넋을 잃고 바라보았다.

'지리산아, 이제 너는 내게 어떤 운명을 가져다주려느냐…….'

8. 지리산 아흔아홉 골

시천 · 삼장의 결사대

경호강(鏡湖江)을 건너 웅석봉(熊石峯, 1,099m) 어느 골짜기에 들어선 연합부대는 거기서 하룻밤을 노숙하며 지리산 거림(巨林)골과 대원사(大源寺)골, 중산리(中山里)골 어귀인 시천(矢川) · 삼장(三莊) 두 면의 경찰 방색을 일시에 격파할 작전을 준비했다. 48년 늦가을 14연대 반란군 패잔병들이 처음으로 정착했던 웅석봉은 이미 지리산괴(山塊) 중의 한 봉우리이다.

이 봉우리에서 남쪽으로 흘러내려간 감투봉과 이방산의 산줄기가 덕천강(德川江)과 맞닥뜨리는 곳에 시천면 소재지인 덕산(德山)이라는 꽤 큰 장거리가 있고, 그 서쪽으로 십 리쯤 상거(相距)한 곳에 삼장면 소재지인 대포리가 있다. 이 두 개의 면 소재지는 지리산의 중요 출입구를 가로막는 요충이어서 경찰대의 견고한 보루대가 있고, 덕산에서 거림골 쪽으로 오 리쯤 다가선 원리 부근에 덕산의 외곽방어를 위한 경찰대의 경비초소가 있었다. 이 3개의 화점(火點)은 서로 거리가 가까울 뿐만 아니라 수비대의 인원 장비가 모두 상당했다.

따라서 빨치산 측에서도 전례 없이 신중한 작전준비를 하고 있었다. 이때는 충남 붉은별부대가 가회전투 후 이탈해서 돌아가고, 대신 1백 명 규모의 경남 815부대가 새로 합세해서 총 세가 7백을 훨씬 넘어 있었다. 이 작전의 주임참모는 승리사단의 문춘이 담당하고 있었다.

전투 서열은 가장 중심부가 되는 덕산리 공격을 승리사단 주력 약 150명이, 대포리를 여단과 지대 약 200명이, 원리초소를 기타 연합부대 150여 명이 담당했으며, 외곽방어로는 군경 응원부대가 공격해올 단성(丹城) 쪽의 동부능선에 승리사단 1개 구분대 약 50명이 배치되고 덕천강 건너에서 하동군 옥종면으로 통하는 외공 마을 고개에 이르는 남부 측면에 경남 815부대와 산청군당 50여 명이 배치되어 작전지역 일대를 봉쇄했다.

승리사단 중에서도 우리 서울부대가 덕산리 서부능선에서 시천지 서의 보루대를 공격하는 가장 어려운 임무를 담당하게 됐다. 그날 저녁 서울부대장 김금일은 구분대원을 모아놓고 덕산리의 지형을 대충 설명하고 나서 보루대에 돌격로를 열 결사대를 조직하겠으니 각 분대에서 1명씩을 선발하라고 지시했다.

결사대 지원자를 모집했으나 서로 얼굴을 쳐다보면서 선뜻 손을 드는 사람이 없었는데 얼떨결에 내가 제일 먼저 손을 든 꼴이 돼버렸다. 최 소대장이 나를 힐끗 보더니 눈을 돌려, 고개를 떨구고 있는 분대장 박기서를 쏘아봤다. 그러자 박은 움찔하면서 반사적으로 손을 쳐들었다.

"좋아! 이번 돌격조는 신대원으로는 좀 무리야. 구분대에서는 박기서가 결사대로 나간다."

최 소대장은 두말할 여유도 없이 결정을 지어버렸다.

실은 내가 손을 든 것은 일종의 착오 때문이었지만 화선입당(火線入黨)에 대한 기대도 약간은 있었다. 착오라는 것은 옛날 일본군에서처럼 결사대를 뽑을 때 형식적으로나마 일단 전원이 지원을 해서 선발자의 재량에 맡기는 것이려니 생각했던 것인데, 남부군에서는 지원을 강요하지는 않고 다소 쑥스럽더라도 손을 안 들어버리면 그것으로 그만이었다.

인민군에서는 전투의 공훈으로 노동당 입당을 허용받는 '화선입당'이라는 특례조치가 있었다. 대원 누구나 당원이 되고자 하지만 그리 쉽게 입당이 되는 것은 아니며 더구나 화선입당은 커다란 영예였던 것이다. 신분제도가 엄격하던 조선시대 『경국대전』을 보면 서얼이나 중인이 전장에서 세운 공훈으로 신분이 높아지는 제도가 있는데 그와 흡사한 제도이다. 기왕 빨치산 생활을 할 바에는 당원이 되어 괄시를 면해야지 하는 생각이 항상 있었다. 다만 남부군은 순수 유격대인 관계로 도당이나 군당 부대처럼 당원, 비당원의 차별이 거의 없기는 했다. 당시 남부군의 당원 비율은 2할 정도였고 대부분은 비당원이었다.

나로서는 결사대로 나간다 해서 맞아 죽을 공산이 커진다는 생각은 전혀 없었다. 그런데 소대장은 구태여 박기서를 결사대로 몰아냈고 박기서는 풀이 죽어 도수장에 끌려가는 소의 형국을 하고 돌격조에 끼여 나갔다.

공격은 기습전이 아니라 당당한 정면 역공(力攻, 힘으로 밀어붙이는 것)이었다. 웅석봉 골짜기에 집결했던 연합부대는 새벽 2시경부터 각기 전투위치를 향해 출발했다. 서울부대가 진출한 덕산리 서북능선은 잔솔이 드문드문 있고 붉은 흙이 드러나 있는 조그만 언덕이었다. 날이 새면서 등성 너머를 보니 경찰보루대가 뜻밖에 가까운 곳에 내려다보이고, 컴컴한 총안 구멍에서 가끔 중기관총이 불을 뿜어댔다. 어림잡아 3백 미터쯤 되는 것 같았다.

덕산 장터 마을 전체를 팔뚝만 한 굵기의 말목울타리로 둘러치고 서쪽 가장자리에 있는 보루대 둘레에는 또 한 겹의 울타리를 둘러쳐 돌격조가 접근할 도리가 없게 돼 있었다. 2중 울타리 사이와 그 바같은 풀 한 포기 없이 말끔히 치워져 있고, 돌로 쌓아 올린 보루대의 총안으로 각종 자동화기가 노려보고 있으니 말목울타리를 파괴하지 않고는 아무리 어두운 밤이라도 근접할 도리가 없었다. 보루대를 쌓은 돌은 커다란 바윗돌들이어서 어지간한 충격으로는 끄떡도 안 할 만큼 견고했다.

그날은 서로 대치한 채 심심찮게 기총사격이나 서로 주고받으면서 하루해를 보냈다. 뙤약볕이 내리쬐자 나무 그늘 하나 없는 산등성은 못 견디게 더웠다. 총성 사이사이로 기름을 짜는 듯한 매미 소리가 마을 쪽에서 들려왔다.

해가 지고 어둠이 깔려오자 결사대가 울타리를 뜯어 돌격로를 열기 위해 포복으로 접근했다. 그러나 보루대에서 조명탄을 쏘아 올리며 집중사격하는 바람에 두번 세번 실패하고 물러났다가 새벽녘에야 겨우 말목 서너 개를 뽑는 데 성공했다. 나머지 구분대원은 돌격로가 뚫리면 일시에 보루대로 돌격하기 위해 울타리 가까운 언덕 밑까지 전진해서 대기하고 있었으나 뽑힌 말목 언저리에다 대고 집중사격을 하는 바람에 두어 명의 부상자만 내고 그대로 후퇴하고 말았다.

날이 밝자 다시 쌍방이 간헐적인 사격응수만 하면서 또 하루해를 보냈다. 이방산 골짜기 후방부에서 져다 주는 소쿠리밥을 땀을 뻘뻘 흘리며 퍼먹고는 교대로 밤새 못 잔 잠을 잤다. 울타리의 구멍은 어느새 말끔히 수리되어 있었다.

이튿날 밤 결사대 조장인 한 모라는 훈련지도원과 김희숙이라는 여자대원의 2인조가 기적적으로 2중 울타리를 모두 뚫고 보루대까지 침투하는 데 성공했다. 김희숙은 보루대 안에 들어가 졸고 있는 수비대원이 벗어놓은 신발까지 바꿔 신고 오는 대담성을 보였으나 수류탄을 까

넣으려다 발각되어 허벅지에 관통상을 입은 채 가까스로 기어서 도망쳐 왔고, 훈련지도원은 죽었는지 잡혔는지 돌아오질 않았다. 이들이 뚫은 돌격로도 겨우 말목 두어 개를 뽑아놓은 정도여서 구분대원은 돌입할 기회를 얻지 못했다.

이즈음 삼장지서와 원리초소가 이미 점령됐다는 소식이 전해져서 사단장 김흥복이 노발대발 불호령을 내렸다.

"승리사단이 전투에서 남에게 뒤진 전례가 없다. 도대체 이게 무슨 망신인가! 즉시 전원이 결사 돌입해서 이 밤 안으로 점령해버려라. 연락병! 남 포수를 불러라. 민가가 너무 가까워서 안 하려 했는데 안 되겠다. 몇 발 때려야겠다."

중국혁명전 때 김무정(金武亭) 장군 밑에서 박격포를 다뤘다는 남 포수라는 별명의 대원은 조준대 없는 박격포를 가지고 달리는 자동차를 명중시킨다는 박격포의 명수였다.

사단장의 명을 받은 남 포수는 81밀리 박격포를 서부능선으로 메고 와 보루대에 연거푸 여남은 발을 발사했다. 그렇게 가까운 거리인데도 포탄은 거의 어김없이 보루대에 명중했고, 그 충격으로 보루대 일각이 무너지면서 수비대원들이 흩어져 도망쳤다. 동시에 구분대원이 일제히 함성을 지르며 원리 쪽 도로 입구를 막아놓은 울타리문을 쓰러뜨리고 덕산장터로 쇄도했다.

아직 날이 완전히 밝지 않았기 때문에 이때 보루대 부근에서 구대원 하나가 우군 총에 맞아 죽는 사고가 일어났다. 총을 쏜 것은 여자 간호병이었으며, 상황으로 보아 완연한 실수였다. 이 간호병은 전투에서 노획한 약제를 갖고 다녔는데, 심심하면 포도당 주사약을 달걀 깨먹듯 톡톡 깨 먹으며 간부대원에게도 바쳤다. 윗사람에게 아첨을 잘하는 대신 평대원 취급은 엉망이어서 많은 미움을 사고 있었다. 그러나 아첨 덕분인지 낙동강 이래의 구대원을 경솔한 발포로 죽였으면서도 아무런 문책도 받지 않았다.

북쪽 능선에 있던 다른 구분대들도 거의 같은 시각에 말목울타리를 부수고 장터에 난입했다. 백 명이 넘는 수비경찰대가 덕천 강물로 뛰어들어 건너편으로 달아나는 것을 돌입부대가 강가에서 저격하고 있었다. 강 건너 624고지에 배치 중인 경남 815의 일부가 강을 건넌 경찰대에게 사격을 가하는 소리가 콩 볶듯 울려왔다.

그 대신 대구부대가 방어하고 있는 동부 능선에서는 단성 방면에서 지원 나온 전투경찰대가 쏘는 박격포 소리가 우레처럼 쉴새없이 울려오고 있어 장마철에 방죽이 금세 무너져 내릴 듯한 불안감도 없지 않았다. 날이 밝으면서 서울부대는 그 포격 소리를 들으며 장바닥을 뒤지기 시작했다. 이때 나는 어느 싸전인 듯이 보이는 가게 안에 커다란 궤짝이 놓여 있는 것을 발견하고 뚜껑을 열어보니 피투성이가 된 시체가 들어 있어 기겁을 한 일이 있다.

어느 골목에서 무엇을 어적어적 씹으며 나오는 박기서를 만났는데, 그는 봉창에서 과자 한 움큼을 꺼내 나를 주며 시커멓게 그을린 얼굴로 흰 이빨을 드러내면서 히쭉 웃었다.

"보루대 틈새에 방망이 수류탄을 넣고 터뜨려봤는데 그게 바람만 세지 파괴력은 별로 없더군. 헌데 탄알도 많은데 박격포는 왜 그렇게 뜸을 들이다 쏘지? 참."

그 땅콩껍질 모양의 싸구려 과자는 말로 표현하기 어려울 만큼 맛있었다. 북쪽에서 돌입한 구분대원들이 육중한 타이어 바퀴가 달린 미제 122밀리 곡사포를 끌고 왔다. 이 대형포는 공격 첫날 밤 결사대가 잠입해서 중요 부분을 대전차 수류탄으로 파괴하여 사용 불능케 만들었다고 한다. 이 곡사포는 덕산을 철수할 때 곡점 쪽으로 끌고 가다가 길가 논바닥에 밀쳐버리고 말았다.

전날 밤 보루대에 잠입했던 결사대 조장 한 모는 다리에 부상을 입고 생포되어 보루대에 묶여 있다가 구출됐다. 돌연한 포격에 놀란 수비경찰들이 황망히 도망치느라고 버려두고 간 것이었다. 구사일생으로 살아난 한 모는 그러나 간부당원으로서 자결하지 않고 생포되었다는 '과오' 때문에 그날 중으로 총살됐다. 이튿날 내가 거림골로 들어갈 때 길 옆 풀섶에서 시체 썩는 냄새가 몹시 풍기고 있었는데, 그곳이 훈련지도원 한 모를 총살한 곳이라고 누군가가 말했다.

지도원이라면 참모와 동격인 고급간부이며, 특히 한 모는 결사대장으로 선발될 만큼 유능하고 모범적인 당원이었다. 그리고 그의 경우는 적중에서 저항불능의 중상을 입고 생포된, 말하자면 불가항력이라고도 할 수 있는 터인데, 아직 부상으로 신음하고 있는 사람을 그대로 처형한다는 것은 납득할 수 없었다. 일단 적수(敵手)에 넘어갔던 대원은 이유여하를 불문하고 처단해버리는 것이 빨치산의 불문율이었다. 다만 이때 생포됐던 한 모는 경찰대에 자기 소속을 밝히지 않았던 것이 확실하다. 이 기록을 쓰는 과정에서 안 일이지만 당시의 경찰 발표문에 습격 부대명이 제대로 파악되어 있지 않기 때문이다.

금계산의 방어전

덕산을 점령한 서울부대는 단성에 접한 동부능선의 방어를 대구부대와 교대하라는 명령을 받고 아침도 못 먹은 채 고지로 올라갔다. 덕산에서 동쪽으로 시오 리쯤에 자리한 단성면 소재지는 당시 전투경찰

연대의 거점이었다. 덕산전투가 예상외로 며칠씩 끌었기 때문에 대병력이 공격해올 것은 당연했다.

덕산 동편에는 수양산(首陽山)으로부터 금계산(金鷄山) 402고지에 이르는 3킬로미터가량의 산줄기가 덕천강까지 성벽처럼 흐르고 그 산줄기 마구리와 덕천 사이에 단성으로부터 덕산에 이르는 도로가 통해 있었다. 서울부대가 그 능선의 방어를 교대하면서 우리 박기서 분대는 도로가 내려다보이는 능선 마구리에 배치됐다. 응원부대의 진입로 목을 지키는 정면에 최 소대장이 배치한 것이다.

그때 분대원은 박기서 이하 6명이었다. 이 6명은 나 하나를 제외하고는 그해 겨울 지리산에서 모두 최후를 마치게 된다.

우리가 방어선에 도착했을 때도 전투경찰대의 박격포 공격은 매우 치열했다. 능선 일대가 마치 불도저로 갈아엎어놓은 것처럼 돼 있었다. 교대하는 대구부대원들이 아침부터 이 고지에만 포탄이 3백 발 이상 떨어졌다면서 남부군 박격포는 엿 바꿔 먹었느냐고 투덜대고 있었다.

능선에서는 산 아래가 보이지 않기 때문에 적 측으로 30미터쯤 내려선 비탈에 돌로 제비집 같은 개인호를 만들어 대원 한 사람씩 그 속에 들어가 있었다. 교대하기 위해 그 개인호에 내려갈 때는 일단 온몸이 적 측에 노출돼야 하고 호 속에 뛰어든 후로는 전후좌우로 꼼짝할 수가 없었다. 식사까지도 주먹밥을 공처럼 던져주는 것을 받아먹어야 했다.

단성 쪽으로 면한 비탈은 경사가 상당히 급하고 검은 흐른바위가 깔려 있어 경찰대 측이 기어 붙기에 불리한 지형이었다. 그래서 포격만 계속해대고 있는 모양인데 방어 측의 개인호가 워낙 드문드문하기 때문에 그토록 포탄세례를 받았어도 그때까지 별 피해가 없었다.

이틀 전에 이 능선의 보초가 처음으로 적정을 발견했을 때, 미처 본대에 보고할 여유가 없어 긴급신호로 엠원 8발을 적 측에다 대고 연달아 쏘았는데 경찰대 측이 상황을 오인했던지 그대로 후퇴해버린 일이 있었다. 그 보초는 후에 '중대 병력의 적을 혼자서 격퇴한 용감한 전사'라 해서 '전사의 영예훈장' 1급을 받았고, 덕산전투 수훈 1등으로 기록에 남기라는 특명까지 있었다.

나의 개인호 왼쪽에는 황석산에서 돈을 훔쳐 넣었던 정일영이 들어 있었다. 그는 호 속에 고개를 파묻은 채 손만 내밀고 사격을 하고 있었다. 같은 전사 신분에 좀 주제넘은 것 같았지만 보다 못해 몇 번 충고를 했다.

"정 동무, 조준사격을 해야지. 그러다간 적이 올라붙어."

그러나 그는 돌아다보고 겸연쩍게 웃을 뿐 여전히 손만 내밀고 맹목사격을 계속했다.

이날 우리 전면에 붙은 전투경찰 병력은 5백 정도로 보았으니까 인원 수로는 100대 1의 공방전이 된 계산이지만 경찰대의 화력은 기실 대단한 것이 못 되었다. 차폐물이 전혀 없는 바위투성이의 사면이 돼서 비록 수는 적지만 이편에서 정확한 저격만 하고 있으면 사면을 올라오는 데 적잖은 희생을 각오해야 할 형편이었다. 그래서인지 가끔 지휘관이 "돌격!" 소리를 외치며 금방 돌진해올 것처럼 엄포를 놓았으나 위에서 사격을 퍼부으면 그대로 가라앉아버리곤 했다. 그럭저럭 시간이나 끌자는 것이지 절실한 전의 같은 것은 보이지 않았다.

그래서 나는 별로 공포를 느끼지 않고 얼씬거리는 경찰병을 향해 한 발 한 발 신중한 조준 사격을 계속했다. 그러다가 정일영의 호를 힐끗 보니 정은 머리뿐 아니라 손까지 호 속에 떨어뜨리고 웅크리고 있었다. 그의 호는 내 호에서 비스듬히 아래쪽에 있었기 때문에 머리를 수셔 박고 있는 것이 잘 보였다. 이 친구가 전투 중에 무슨 낮잠인가 싶어 불렀다.

"정 동무! 어이 정 동무!"

그러나 반응이 없었다. 가만히 보니 이미 죽어 있는 것이었다. 쌓아 올린 돌 사이로 탄환이 새어들어온 것일까? 사람이 죽는다는 것이 저렇게 허무한 것인가 하는 생각이 새삼스레 들었다.

그날 저녁 그의 시체를 거두었을 때, 수첩 갈피에 한 장의 명함판 사진이 끼여 있는 것을 발견했다. 여학생 모습의 소녀와 어느 건물 앞에 서서 껄껄 웃고 있는 스냅사진이었다. 그에게도 태어난 이후 오늘까지 갖가지 과거와 지기(知己)가 있었을 것이다. 시험공부로 밤을 새우기도 하고, 소풍도 가고, 애인과의 즐거운 시간도, 슬픈 이별도 있었을 것이다. 그 모든 것이 오늘 이 금계산 돌밭에서 끝나버린 것이다.

그럭저럭 기나긴 하루해가 가고 어둠이 깔려오기 시작했을 때, 능선 위에 있던 소대장이 내려와 곧 철수를 하겠으니 집합하라고 일렀다. 그런데 이게 어찌된 일인가. 일어서려 하니 오금이 펴지질 않아 꼼짝달싹할 수 없었다.

앞에서도 적었지만 얼마 전부터 나는 심한 각기병을 앓고 있었다. 행군에는 남에게 뒤진 적이 없는 터인데 다리가 천근처럼 무거워 대열을 따라가기조차 힘겨울 정도로 중증이 돼 있었다. 정강이를 엄지손가락으로 누르면 썩은 사과처럼 손톱까지 쑥쑥 들어갈 정도로 부기가 심했다. 그것이 좁은 호 속에 온종일 쪼그리고 앉아 있던 관계로 오금이 굳어버려 펴지질를 않는 것이다.

총을 지팡이 삼아 가까스로 일어나 대원 한 사람과 함께 정일영의 시체를 돌로 덮어준 후 기다시피하며 능선까지 올라갔다. 언제나처럼 적진에다 대고 일제사격을 가한 후 어둠을 타고 산을 내려갔다. 오금은 간신히 폈지만 아랫도리가 거의 감각을 느낄 수 없을 만큼 부자유스러웠다.

덕산에 내려가보니 사단의 주력은 이미 출발하고 없었다. 허둥지둥 그 뒤를 쫓는데, 의족(義足)이나 다름없는 다리를 허공을 짚듯 옮겨놓으며 걷자니 도저히 그 빠른 대열을 따라갈 수가 없었다. 다리는 빨치산의 생명이다. 이미 우리 구분대는 맨 후미에 처져 있으니 거기서 낙오한다는 것은 그대로 죽음을 뜻했다. 몸이 달 대로 달아 있는데 최 소대장의 성화가 또 대단했다.

"야! 너 죽고 싶냐? 뭐, 걸을 수가 없어? 각기고 뭐고 양쪽 다리를 번갈아 내밀면 가는 거 아닌가? 어물어물하면 한 방 갈기고 갈 테다."

나는 그의 눈에서 정말로 살기를 느꼈다. 낙오하면 토벌대보다도 아군 총에 먼저 죽는다. 유럽의 군대에서는 베리베리(각기병)는 '전쟁병'이라 해서 전상자와 같이 1등 증(症)으로 취급하는 일종의 전쟁부산물이다. 더구나 좁은 개인 호에 종일 쪼그리고 앉았던 관계로 오금이 굳어져버린 것인데도 도와줄 생각은 고사하고 이렇게 박절할 수가 있는가?……

마침 김금일 연대장이 그 꼴을 보고 뒤의 대원에게 내 짐을 져주도록 해서 나는 지팡이에 매달려 몸을 뒤틀 듯하며 이를 악물고 다리를 옮겨놓았다.

이 무렵의 국내 신문을 보면 대개 사건 10여 일 후에 간략한 경찰 발표문만을 싣고 있어 당시의 보도통제가 엄격했음을 말해주고 있다. 또 타블로이드판을 내던 때라 지면 관계로 그 경찰발표문도 실려 있는 것이 극히 드물었다. 그 속에 이 '시천·삼장전투'에 관한 것이 나와 있다.

사건 10일 후인 9월 2일자 《동아일보》에 경남경찰국장 이 모 씨의 담화문 형식으로 보도된 기사 내용을 보면 이례적으로 전과나 피해상황에 대한 언급은 없고 '불꽃부대'와 '청주와 해인사를 습격한 부대'가 시천·삼장을 습격했다고 되어 있다.

'불꽃부대'는 경남 815부대를 가리킨 모양이고 '청주와 해인사를 습격한 부대'는 승리사단과 인민여단·혁명지대, 즉 남부군을 가리킨 것인데 '남부군단' 혹은 '이현상부대'와 이들과는 별개의 것으로 알고 있었던 것 같다.

이어서 기사는 "8월 24일 시천을 완전 탈환한 경찰전투대는 지리멸렬되어 백운산, 함양·하동 등 방면으로 도주하는 적을 계속 추격, 퇴로를 차단 중"이라고 되어 있다[재미있는 것은 이 기사에서 시천(矢川)을 '야천'으로 적고 있는 것이다. '야'는 화살의 일본말이니 그 기사를 쓴 신문기자 혹은 경찰관이 국어와 일본어의 구별을 그때까지도 제대로 하지 못하고 있었던 것이다. 해방된 지 얼마 안 된 그때의 시대상의 일면이 엿보여 흥미롭다].

곡점 개울가에서 밤을 새운 이튿날은 아침부터 비가 퍼붓기 시작했다. 나는 짓궂은 소대장으로부터 취사당번을 하명받고 무거운 다리를 끌며 땔나무를 구하러 다녔으나 부근에 탈 만한 나무는 약삭빠른 다른 소대의 취사당번들이 다 거둬가버리고 없었다. 할 수 없이 물에 젖은 약간의 검불과 청솔가지를 가지고 불을 지피려 했으나, 내리 퍼붓는 빗속에서 젖은 청솔가지에 불이 붙을 리 없다. 천신만고 끝에 끓다 만 생쌀밥을 해가니 소대장이 입에 못 담을 욕설을 하며 꾸짖어댔다.

대원들은 광목으로 만든 천막을 치고 있었으나 빗물이 옆으로 들이치고 위에서 새고 하여 노천이나 다름없었다. 그나마 좁은 천막 안은 발을 들여놓을 여지도 없어 나는 개울가 자갈밭에 웅크리고 앉아 비를 그대로 맞고 있을 수밖에 없었다. 멀지 않은 곳에 분교장으로 보이는 학교 건물이 한 채 있었으나 화재를 염려해서 대원들을 들어오지 못하게 했다(이 건물은 신천초등학교의 일부로 최근까지 남아 있었다). 8월 하순이면 해수욕장도 폐장이 될 무렵이다. 더구나 산이 깊고 냇물가가 돼서 제법 선선한 터에 찬비를 맞으면서 앉아 있자니 턱이 덜덜 떨릴 지경이었다.

이즈음 나는 지나친 폭식과, 악식과 더위 때문에 심한 위장병까지 앓고 있었다. 조금만 먹어도 헛배가 불러 몸을 가누기가 거북했으며 숫제 식욕이 전혀 없었다. 솔직히 말해서 앞이 캄캄하고 그저 죽고만 싶은 심정이었다. 그 꼴이 어찌나 처참했던지 김금일 연대장이 사단본부에 가서 의논을 한 결과 나를 부상환자들의 '부첨'이란 명목으로 환자 트에 들어가도록 조치를 해주었다. 부첨(附添)이란 '쓰키소이'라는 일본어를 직역한 말인 모양인데 환자들의 시중을 드는 소임이다. 많은 환자들을 환자 트에 남길 때에는 병약자나 위생병을 '부첨'으로 붙여놓는 것이 관례였다.

지금 생각하면 비교적 강건한 체질인 내가 같은 조건 밑에서 남달리 이 병 저 병을 앓았던 것은 내 운명이 억센 때문이었는지도 모른다. 왜냐하면 내가 환자 트에서 밥데기 노릇을 하고 있는 동안 나의 구분대는 계속되는 야지공격으로 대원의 거의 3분의 1을 잃었으며, 또 이 환자 트에서 승리사단 정치위원 이봉갑을 알게 됨으로써 신상에 중대 전기가 오게 되어 그 가혹한 겨울을 얼어 죽든가 맞아 죽지 않고 넘기는 결과가 되었기 때문이다.

덕산전투에서 승리사단이 입은 피해는 전사 및 사고사 6명, 부상 12명이었다. 그날 오후 나는 대여섯 명의 호송대원들과 함께 그 12명의 부상 환자들을 데리고 거림골로 올라갔다. 호송대원들은 환자 트에서 쓸 쌀과 소금 그리고 들것을 메고 환자 트 설영에 적합한 장소를 물색하며 한없이 골짜기를 거슬러 올라갔다.

대(大)지리산과 빨치산의 운명

지금은 국립공원 제1호로 해마다 수만 명의 젊은이들이 능선을 메우고 있는 지리산이지만 당시는 빨치산과 어쩌다 군경 토벌대만이 발을 들여놓을 수 있던 비경(秘境) 중의 비경이었다. 여기서 나는 여순사건 이래 5년여의 게릴라투쟁에서 피아 간 젊은이들이 수없이 많은 피를 뿌리게 한 빨치산의 메카 대(大)지리산에 대해 기록하고 넘어가고자 한다.

널리 알려져 있다시피 지리산의 주봉은 남한 제1봉인 해발 1,915미터의 천왕봉이다. 그러나 천왕봉은 표고가 제일 높을 뿐, 섬진·경호 양강에 둘러싸인 직경 약 30킬로미터의 지리산괴라 불리는 산덩이의 맨 가장자리에 위치한 한 봉우리일 뿐이다. 이 봉우리의 원이름이 지리산이며 고서에는 '地理山'이라고 표기돼 있다.

천왕봉에서 서쪽으로 장터목(1,760m)·잔돌고원(세석평전, 細石平田, 1,682m)·벽소령(碧宵嶺)·반야봉(般若峯, 1,751m)·임걸령(1,423m)·노고단(老姑壇, 1,507m)·종석대(鐘石台, 1,357m)에 이르는 50여 킬로미터의 산줄기가 지리산괴의 등뼈 격인 지리산맥이다.

이 주산맥에서 남북으로 여러 가닥의 지산맥이 뻗어 나가 있는데 지산맥이라 해도 모두 천 미터대의 큰 산줄기이다. 지산맥에는 또 여러 가닥의 자기능선이 톱니모양으로 뻗쳐 있다. 이 산줄기 사이에 끼인 골짜기가 흔히 아흔아홉 골이라 할 만큼 무수하다. 지리산 자체는 소위 육산이지만 이 골짜기들에는 대개 옥 같은 계류가 흐르고 그 계류로 해서 노출된 기암들이 절경을 이루고 있다. 골짜기는 그 길이가 10킬로미터를 넘는 것이 여러 개 있어 대지리산다운 장관을 이룬다.

빨치산들은 이 중에서도 주로 주산맥으로 통하는 골짜기를 아지트로 이용했다. 산역 전체의 면적이 제주도와 비슷한 지리산괴는 전라남북도와 경상남도의 3도, 함양·산청·하동·구례·남원 등 5군에 걸쳐 있고 주산맥이 그 경계선으로 되어 있기 때문에 등성이 하나만 넘으면 엉뚱한 타 관내로 들어설 수 있다. 토벌군이 차량을 이용한다 해도 직경 30여 킬로미터의 원주(圓周)를 돌아야 하기 때문에 등성이를 넘는 빨치산보다 빠를 수가 없는 것이다.

지리산의 산세가 이토록 복잡하지만 제2병단 이래의 구대원들은 자기 집 마당처럼 지리를 잘 알고 있기 때문에 신출귀몰하는 그 기동력은 놀라운 것이었다. 나 자신도 그럭저럭 지리산의 어느 산굽이, 발 들여놓지 않은 곳이 없지만, 원래 산이나 골짜기는 들어서는 길목이나 바라보는 각도에 따라 전혀 다르게 보이는 수가 있어 일단 산 속에 파묻혀버리면 흔히 다니는 루트 외에는 어디가 어딘지 막막할 때가 많았다. 대개가 밤길인 데다 길로만 다니는 것이 아니기 때문에 더욱 그랬다.

그런데도 행동 중 적으로부터 불의의 습격을 만나 풍비박산이 되었다가도 결국은 서로 선을 찾아 일정 지점에 모여드는 것은 신기할 정도였다. 더구나 멀리 팔공산·일월산·계룡산·유치산 같은 데서 선을 달아 연결을 지어 오는 것은 생각할수록 기막힌 '요술'이었다.

그렇다고 해서 지리산이 빨치산에게 반드시 금성철벽일 수는 없었다. 지금처럼 교통수단이 발달하고 인구가 조밀하지 않던 그 당시만 해도 북한의 전문가들은 남한 빨치산의 최대 수명을 2년으로 보았다는데 이것은 결과적으로 사실이었으며 그럴 만한 충분한 이유가 있었다.

원래 게릴라 활동에는 아랍의 게릴라들처럼 도시를 무대로 정치적인 효과를 주목적으로 삼는 것과 산야를 무대로 군사적 목적을 주안으로 하는 것이 있다. 후자의 경우는 전시, 또는 어떤 군사적 투쟁 목적을 위해 적의 후방을 위협하고, 치안을 교란하고, 병력을 견제하고, 지휘부를 습격하고, 교통 통신을 마비시키고, 시설을 파괴하는 등의 활동을 한다. 볼셰비키 혁명 당시의 시베리아 빨치산, 만주의 항일빨치산, 월남의 베트콩, 체 게바라로 대표되는 라틴 아메리카의 게릴라 등 공산계 빨치산 외에도 2차 세계대전 중의 프랑스나 필리핀의 점령군에 대한 저항 운동 등이 후자의 저명한 예라는 것은 잘 알려진 사실이다. 그런데 이러한 게릴라 투쟁이 성립되기 위해서는 몇 가지 필수요건이 있다. 그 필수요건이 남한에는 거의 없는 것이다.

첫째로 근거지가 될 공간이 있어야 한다.

시베리아나 동북 만주나 월남·남미·필리핀처럼 인구가 적고 교통이 불편하고 지형이 복잡하며 산림이 울창해야 근거지를 확보할 수 있음은 물론이다. 그런데 남한의 경우 인구밀도가 세계 제2위, 어디를 가도 인가가 보이지 않는 곳이 없다. 지리산이 넓다 해도 겨우 반경 15킬로미터의 원 속에 갇혀 있는 셈이며 동서남북 어느 방향이고 반나절만 걸으면 인가가 계속되는 야지로 나가게 된다. 근거지를 확보할 공간이 없는 것이다.

한편 지리산도 극히 일부를 제외하고는 우리나라 어느 산이나 마찬가지로 울창하다고 할 만한 수림이 없다. 지금은 당시에 비해 산림의 상태가 좀 나아졌다고는 하지만 그것도 여름 한철 얘기지 낙엽이 지고 눈이 내리기 시작하면 사람 몇이 은신할 만한 곳도 별로 없다. 더구나 표고 1,500미터 근처부터는 아고산(亞高山) 지대가 돼서 큰 나무가 자라지 않는다. 또 지리산은 거의 전역이 육산이 돼서 드라마나 소설에 나오는 것처럼 사람이 기거할 만한 천연동굴은 하나도 없다. 설사 동굴이 있다 해도 퇴로가 없는 굴 속에 아지트를 차린다는 것은 빨치산으로서는 상식 밖의 일이다. 그러니까 겨울에 대규모 토벌작전이 시작되면 항상 토벌군의 진지 사이를 누비며 요리조리 이동하고 있어야 한다. 한 곳에 숨어 있을 도리가 없는 것이다. 51년 12월부터 52년 3월에 걸쳐 지리산지구에 투입된 군경합동 토벌부대는 3개 사단 4만여의 병력이었다. 그 대군이 주요 능선과 골짜기를 점령하고 들어서니 넓다는 지리산이 밤이면 토벌군의 모닥불로 크리스마스 트리처럼 장식돼버렸다. 능선을 따라 모닥불이 초파일의 연등 행렬처럼 점선을 그으며 늘어선 광경은 참으로 장관이었다. 빨치산이 어디 발붙일 곳이 없을 것 같은데 그래도 그 틈새에서 살아남는 것은 오직 상상을 절(絶)하는 인내력과 지리에 밝은 덕분이다.

꽃과 녹음과 단풍으로 뒤덮이는 봄부터 가을까지의 지리산은 신비의 세계이다. 그러나 봄이 늦고 가을이 일러 평지 같으면 이미 초여름 문턱에 들어설 5월 하순께에 가서야 철쭉꽃이 만발하고, 9월 중순이면 벌써 잔돌고원(세석평전)의 관목들이 붉게 물들기 시작한다. 이윽고 겨울이 오면 지리산은 그 면모를 일변하여 공포의 산으로 바뀐다. 변덕스러운 날씨는 하루에도 몇 차례씩 돌변하며, 눈은 내리는 대로 쌓이기만 하여 지형에 따라서는 2미터가 넘는 적설을 이루어 이듬해 5월에 들어서야 녹는다.

기온은 표고 200미터에 1도씩 낮아지기 때문에 주능선 일대는 영하 20도를 오르내리는 추위가 겨우내 계속된다. 북면의 골짜기들은 언제나 10~20미터의 설한풍이 내리쳐 인간의 침입을 거부한다. 그러한 속을 빨치산들은 부실한 장비를 가지고 불도 못 피우며 때로는 10여 일을 먹지 않고 자지 않고 이 골짜기 저 산마루를 이동하면서, 그래도 대부분은 살아남는다. 아마도 그것은 인간이 겪을 수 있는 고통의 극한일 것이다.

다음은 보급수단이다.

베트콩이 30년의 밀림생활을 견디어낸 것은 월맹이라는 보급원이 있었고 보급을 감당할 지배지역을 갖고 있었기 때문이다. 시베리아나 동북 만주의 빨치산들도 일정한 '해방지구'를 갖고 있었고, 끝없는 밀림 속 안전지대에 산채를 마련하고 가끔 장구 출격했다가는 근거지로 돌아와 몇 달씩 휴식으로 지냈다. 날이면 날마다 전투로 지고 새는 그런 각박한 조건은 아니었다. 시베리아 빨치산은 트럭으로 보급물자를 운반해 들였다 하며, 만주 빨치산들은 화전에 농사까지 지으며 살았다. 이들은 또 소련령으로부터의 보급도 가능했고 소련령으로 피신도 할 수 있었다. 그러니까 장기 항전을 계속할 수 있었던 것이며, 남한 빨치산과 같은 극한적인 고통은 겪지 않았던 것이다. 그 근거지와 보급수단이 일본 관동군에 의해 소멸되고 소련령으로의 대피도 불가능하게 되자 일시에 쇠잔해버렸던 것이다.

북한과의 왕래가 단절된 상태에서 남한 빨치산의 보급수단은 전투에서의 노획이나 산악지대 주민으로부터 약탈하는 것에 의존할 수밖에 없었기 때문에 세력이 약화되면 보급의 길이 막히고 보급이 어려우니까 더욱 약화되는 악순환을 거듭하면서 남한 빨치산은 가속적으로 소멸되어갈 수밖에 없었던 것이다. 특히 의약품은 약탈대상조차 없어 대수롭잖은 부상자가 죽어갔고, 동상 환자들이 폐인이 되어갔다. 한편으로 보급투쟁이라는 식량약탈은 산악지대 주민의 원망의 표적이 되어 급기야 자신들의 생존기반을 잃어 그 운명을 재촉하는 결과가 되었다.

다음은 주민들의 지지협력이다

빨치산과 주민은 물과 고기의 관계이어야 한다는 말이 있듯이 주민의 지지와 협력은 빨치산 존립의 필수요건으로 꼽힌다. 동북 만주의 독립군에게는 항일 중국인과 재만 동포의 은밀한 협력이 있었다. 국내로부터의 자금지원도 적지 않았다. 돈이 지원수단이 될 수 있었다는 것부터가 그 여유 있는 활동조건을 말해준다. 돈이 있었다 해도 그것으로 식량이나 군수물자를 구득할 조건이 남한에는 없다.

베트콩에게도 상당수 주민의 지지가 있었고, 프랑스나 필리핀의 레지스탕스에 대한 주민의 협력은 소설이나 영화에서 우리가 흔히 봐왔다. 유격전의 상징처럼 일컬어지는 게바라가 쿠바혁명에서 치른 최대의 전투는 정부군 초소병력 50명을 80명의 게릴라 대원으로 공격한 세라·마에스토라산의 전투였다. 2만의 정부군을 붕괴시킨 것은 게바라와 카스트로의 보잘것없는 무력이 아니라 바티스타 정권으로부터 이반된 민심이 그들에 대한 지지협력으로 바뀐 까닭이었다.

중국 공산혁명의 승리도 그와 비슷한 경위로 해서 이루어졌다고 볼 수 있다. 당시 부패의 상징이던 국민당군이 들어오면 대문을 닫아걸던 주민들이 8로군이 들어오면 대문을 활짝 열고 맞이했다는 그 사실만으로도 중국 대륙의 혁명은 피할 수 없는 귀추였음을 알 수 있다. 중국 혁명전에 참가했던 315부대의 8로군 출신 대원의 말에 의하면 그들은 마을에 들 때 생나무에 말을 매지 않고, 주인 식구가 사는 안채에는 들어가지 않았다고 한다. '농민의 나무'가 말고삐에 손상되지 않도록 말은 돌이나 기둥에 맸고, 군대의 군인이 인민이라는 것을 분명히 하기 위해 잠은 반드시 마당에서 잤다고 한다. 그러한 군대를 국민당군의 신식무기는 당할 수 없었던 것이다.

남한 빨치산에는 정신무장도, 객관적 조건들도 그럴 수가 없었다. 설득보다는 위협이 앞섰다. 그것은 빨치산이나 토벌대나 마찬가지였다. 당시 남부군 부대는 보급투쟁 등으로 마을에 내려갈 때 으레 '인민성을 제고하라'는 훈시를 했다. '인민은 우리의 주인이니 인민의 거처인 안방에는 들어가지 마라. 식량은 빼앗지 말고 설득해서 얻어라. 꼭 필요한 물건 아니면 손을 대지 말고 불필요한 폐를 끼치지 말라'는 것이다. 그러나 중국 해방군처럼 '해방지구'를 갖지 못했고 언제나 추위와 굶주림에 떨어야 했던 우리에게는 '인민성'을 발휘할 여유가 없었다. 훈시는 언제나 공염불에 그치고 말았다. 당시의 산악지대 농민들에겐 사상이나 사회제도는 관심 밖이었다고 할 수 있다. 오직 양편의 보복이 두렵고 기한의 공포에서 '해방'되기 위해 하루빨리 전란이 종식되기만을 고대하는 것이 산간부락 사람들의 소망의 전부처럼 보였다. 이것이 김일성에 의해 남로당의 중대한 오산으로 지적됐음은 잘 알려진 사실이다.

주민의 협력이 없는 한 정보나 필수품 구득은 불가능하며, 그야말로 물 없는 고기의 운명이 될 수밖에 없다. 그러니까 북한의 전문가가 예견했듯이 남한 빨치산은 처음부터 한정된 운명을 가진 소모품적 성격이었으며, 말라붙은 늪 속의 고기 떼처럼 조만간 사멸된 운명을 지니면서 죽는 날까지 극한적인 고통을 견디며, 살기 위한 안간힘을 그치지 않는 것이 그들의 실체였던 것이다.

거림골 환자 트

곡점에서 왼편으로 흘러오는 물줄기를 따라 시오 리쯤 골짜기를 거슬러 올라가면 거림(巨林)이라는 조그만 산마을이 나선다. 당시에는 마을은 불타 없어져버리고 다 쓰러져가는 빈집 한 채가 메밀밭 속에 외따로 남아 있었다. 여기서 물줄기는 또 두 갈래로 갈라진다. 우리 환자 트 일행은 그중 오른쪽 물줄기를 따라 다시 오 리쯤 골짜기를 올라가서 숲 사이에 자리를 잡았다.

물줄기 가까이는 사람 통행이 있을 위험성이 있으니까 계류가 보이지 않는 지형을 고르다보니 바위 사이에서 10여 명의 용수는 될 만한 석간수가 솟고 있어 그 근방에 산죽과 억새를 베어 'ㅅ'자 초막 두 개를 엮었다.

호송대는 그 작업을 마친 후, 지고 온 소금과 쌀을 근처 바위 사이에 감춰 놓고 본대로 돌아갔다. 이 환자 트가 노출되어 습격을 받으면 저항능력이 없으니 앉아서 당할 도리밖에 없었다. 그래서 가장 안전하다고 생각되는 위치에 지형지물을 이용해서 발견되지 않게끔 교묘히 만들어놓을 뿐 아니라 그 소재지는 비트(비밀 아지트)라는 말 그대로 엄비에 붙여졌다. 그래도 훗날에는 환자 트가 피습되는 일이 종종 생겼지만 당시만 해도 환자 트는 거의 안전지대라 해도 좋았다.

나는 호송대장으로부터 사단본부와 연락하는 방법을 전달받았다. 거림 마을터 메밀밭가에 늙은 감나무 한 그루가 서 있었는데, 매 홀숫날 정오경에 그 감나무 가지에 헝겊 조각을 매달아놓고 기다리면 사단의 선요원이 나타날 것이라는 것이었다. 사단에서 환자 트에 통신문을 보낼 때도 선요원이 헝겊 신호로 우리를 찾게 되니까 이편에서 일이 없더라도 이틀에 한 번씩은 선(線) 자리가 보이는 메밀밭 근처에 나가봐야 한다. 물론 선요원 자신은 우리 환자 트의 위치를 모른다.

환자 트에 든 덕산전투의 부상자는 사단 정치위원에서 말단 전사까지, 부상도 물론 각양이었지만 치명적인 중상자는 없었다. 정치위원 이봉갑은 자신의 권총 오발로 발뒤꿈치를 다쳐 보행을 못 하는 정도였고, 가장 심한 부상이 박격포탄의 폭풍으로 팔뚝에 화상과 파열상을 입은 분대장급 대원이었다.

환자 트는 우군 부대까지도 서로 비밀로 하는 터이지만 며칠 후 조그만 등성이 너머에 인민여단과 혁명지대의 환자 트가 만들어져 있는 것을 우연히 알게 되어 거기 부첨으로 와 있는 위생병에게 치료를 받으러 다니는 환자도 있었다.

하는 일이 없어서인지 여기서도 자나깨나 노래만 부르고 있는 전북 출신 대원이 하나 있었다. 아직 어린 티가 가시지 않은 고등학생 정도의 소년병이었는데, 곡목이 노상 '앵두나무 우물가에' 하나뿐이었다. 북한 출신인 이봉갑이 싱글벙글 웃으며

"야, 노래 한번 불러봐."

하면 정색을 하고 차려 자세로

"앵두나무 우물가에 동네 처녀 바람났네."

하고 뽑아대는 바람에 폭소가 터지곤 했다.

환자 트에는 이봉갑의 권총 외에는 내가 지니고 있는 엠원소총이 단한 자루 있었다. 낮에는 보행에 지장이 없는 환자들이 교대로 그 총을 들고 시냇물이 내려다보이는 언덕까지 나가 망을 봤다. 이 앵두나무 소년은 부상도 비교적 가벼웠지만 나이 탓으로 가장 만만하게 보여서 남의 갑절로 보초를 내보냈다. 그러나 언덕 위 나무그늘에 앉아 골짜기를 내려다보며 낮은 소리로 연신 노래를 부르고 있는 그는 노상 즐거운 표정이었다.

초막을 두 개 만든 것은 여자 환자가 있어서가 아니라 정치위원 이봉갑 때문이었다. 정치위원은 사단장과 동격인 고위간부이기 때문에 환

자 트에서도 특별한 처우를 받았다. 그는 원산시 민청 위원장을 지낸, 당시 25~26세의 청년이었는데 미남인 데다 언변이 좋고 이론이 밝았다. 그는 한마디로 얼음장과 불덩이를 함께 지닌 듯한 성격의 사나이였다. 한번은 환자 트의 양곡관리를 소홀하게 했다 해서 나에게 준열한 추궁을 했다.

어느날 무서운 태풍이 밀림을 뒤흔들고 지나갔다. 초막이 뒤집히는 소동이었다. 이때 바위 사이에 비장한 쌀가마에 빗물이 스며들어 일부가 변질한 것을 모르고 있었던 것이다. 젖은 쌀을 발견해서 먼저 소비하지 않은 것이 실수였다.

"이 쌀은 인민의 땀의 결정이며 동지들의 피와 죽음의 대가다. 한 톨이라도 소홀히 할 수 없다. 그런데 비가 새어 들어간 것을 모르고 썩히다니……. 동무 어떻게 책임을 질 텐가?"

표정부터가 평소에 다정하게 잡담을 주고받을 때와는 딴 사람이었다. 나는 그에게서 전형적인 당원의 이미지를 보는 것 같았다. 사단에서는 내가 감히 어울려 담소할 처지가 아니지만 환자 트에서 얼굴을 맞대고 지내는 동안 심심하면 나를 불러 한담을 나누었다.

어느 날 그는 무슨 얘기 끝에 이렇게 약속했다.

"도기관(道機關)의 과장이면 중성(中星) 두 개(중좌)를 다는데…… 아무튼 동무같이 특수한 기능이 있는 사람을 말단 전사로 두는 것은 우리 대열의 손실이오. 다음에 내가 원대복귀하거든 정치부로 소환해서 동무의 능력을 살리도록 하겠소."

얼마 후 그는 그 약속을 실행했을 뿐만 아니라 그후로도 음양으로 내게 힘이 돼주었다.

환자 중에 화학을 전공했다는 30대의 청년이 있었다. 일제 때 일본의

'아지노모토'(조미료, 구루타민산 소다의 원조회사)의 기술자로 있었다는 이 청년은 가끔 '아지노모토'의 제조과정을 재미있게 얘기했다. 한번은 이봉갑이 이 아지노모토 청년을 불러 얘기를 시켰다. 이봉갑으로서는 심심파적으로 물어본 것이지만 청년은 가뭄에 물을 만난 듯 눈을 반짝이며 금세 생기가 넘쳤다. 당시로서는 드문 자기 전공지식을 이해해주는 사람을 만났다고 생각한 것이다.

"그게 뭐 뱀 가루로 만든다면서?"

당시는 그런 루머가 있었다. 청년은 일일이 화학방정식을 들어가며 얼굴이 벌개져서 열심히 설명을 했다. 이봉갑에게는 까다로운 화학기호에 대한 지식이 없었다.

"그래 그래 알았어. 아니 알 듯 모를 듯해. 어쨌든 공화국에서 많은 일을 할 일꾼이 되겠군. 한데 혁명완수 때까지는 덮어둬. 산 속에서 소금밥 먹으며 들어봤자 군침만 돋우게 하니까."

아지노모토 청년은 실망스러운 얼굴을 하고 물러갔다.

결사대로 한 지도원과 함께 보루대 안까지 잠입했다가 허벅지에 관통상을 입은 김희숙은 스물 서너 살의 여장부였다. 상당한 중상이었으나 간담이 센 여성이어서 일 주일쯤 후에는 지팡이에 매달려 걸어다녔다. 이 아가씨는 간덩이만 큰 것이 아니라 입이 걸어서 상스러운 욕을 썩 잘했다. 그녀가 적진에다 대고 간드러진 목소리로 욕을 퍼붓기 시작하면 기가 차서인지 적진이 조용해지곤 했다. 욕으로 응수해도 이 아가씨를 당하지 못했다. 그 육두문자에 걸맞지 않게 목소리는 매우 예뻤다. "여자가 무슨 입이 그렇게 걸쩍하냐?"라고 하면 "이 문둥아, 나가 고향이 순천인디, 순천이 조선의 욕고장이랑 거 모른당가이." 하며 도리어 자랑을 했다. 가무잡잡하고 예쁘달 수는 없지만 이목구비가 또렷해서 이른바 야성미 같은 것을 느끼게 하는 여성이었다. 그녀는 원대복귀 직후의 부대 개편에서 대대장이 되어 남자대원들을 거느리고 전투를 지휘했으며 국기훈장의 서훈까지 받았는데, 이듬해 정월에 전사하고 말았다.

간덩이는 그렇게 커도 역시 처녀여서 동료환자들이 "넓적다릴 맞았으니 망정이지 조금만 더 위로 빗나갔더라면 시집 다 갈 뻔했네." 하고 놀려대면, "지랄하네, 오사할 것" 하면서도 얼굴이 빨개지곤 했다. 어느 날은 노란 가을꽃 한 송이를 머리에 꽂고 도토리를 엮어 목걸이를 하고 금단추 몇 개를 부로치처럼 가슴에 달고는 "어때?" 하며 좋아하는 것을 보고 나는 어쩐지 창연한 마음을 금할 수 없었다.

그녀는 동료들의 해진 옷을 꿰매주기도 하고 다리를 질질 끌고 와서는 내 밥 짓는 것을 거들어주는 등 상냥한 일면도 보였다. 하루는 바람이 심해서 밥이 고루 끓지 않아 애를 먹고 있는 것을 보고 끓지 않는 곳에 꼬챙이로 구멍을 뚫어 고루 끓게 하는 '비법'을 가르쳐주고는 씽긋 웃으며 물었다.

"이 동무. 각씨 이쁘제라?"

"나 아직 장가 안 갔어."

"음마 음마, 그 나이에 아직 장가도 못 갔으까이."

"못 간 게 아니라 안 갔다니까."

"못 갔승께 안 간거제, 문딩아. 그럼은 애인은 있겄제라?"

"글쎄?"

"애인이 밥데기 노릇하는 거 보면 어쩌까이."

"김 동문 결신결신하는 거 봐서 나중에 시집가면 신랑한테 밥 안 시킬래?"

"음마 음마 이 바보야. 신랑한테 왜 밥을 시켜라. 엄니한테도 안 시켰는디."

"아버지 어머니 계신가?"

"압지는 반란사건 때 청년단한테 맞아 죽어뿌고, 오빠알라 요참에 보도연맹이라고 끌려가서 죽어뿌고, 엄니도 복날 개 패듯이 매타작 당하고 누어 지내제라. 시방."

"거 안됐군."

"나가 나중에 울 압지 끌고 간 놈 잡으면 배때지를 '우라가에(낡은 옷의 안팎을 뒤집어 재생한다는 일본말)'할 참이제라."

그러나 그녀 자신이 결국 지리산을 벗어나지 못했던 것이다.

환자 트 초기에 내 위장병은 극도로 악화되어 물만 마셔도 헛배가 불러 거북했다. 열흘 쯤 곡기를 끊다보니 가뜩이나 각기 때문에 무디어진 다리에 힘이 빠져 돌부리에만 걸려도 나가자빠지곤 했다. 다래 몇 개를 따 먹고 토사를 만나 혼이 난 일도 있었다. 밥은 하루 두 번씩 지었다. 지팡이를 끌고 다니며 땔나무를 해다가 조그만 양은 솥 두 개에 열두 사람 몫 밥을 짓는다는 것이 그때의 나로서는 무척 고된 작업이었다. 열흘쯤 지난 후부터는 하나둘씩 몸이 나아진 환자들이 땔나무를 해다 주어 크게 부담을 덜었지만.

호송대가 날라다 준 식량은 쌀과 소금뿐이었기 때문에 보통은 뜨물에 소금을 탄 소금국을 끓였다. 그 근처에는 머루나 다래도 흔치 않았고 원래 가을 산에는 산나물도 별게 없는 법이다. 깊은 산 속에서 나무뿌리나 열매를 따 먹고 살았다는 신선 같은 얘기들을 하지만 그건 얘기일 뿐 실제로는 단 한 끼도 배를 채울 만한 먹을거리를 찾을 수 없는 것이 깊은 산이다. 이틀에 한 번씩 홀숫날에는 지팡이에 매달려 거림 마을터에 내려가 사단의 통신문을 기다렸으나 보름이 지날 때까지 아무런 소식이 없었다.

어느 날 그렇게 선을 대러 내려갔다가 메밀순을 나물로 먹을 수 있다는 얘기가 생각나서 한아름 뜯어다가 삶아서 소금으로 무쳐내봤다. 그런데 이것을 먹은 사람이 모두 중독을 일으켜 전신에 가려움증이 생기고 나물을 무친 나는 손가락 끝이 저려들어 혼이 난 일이 있다. 그후로는 이름 모를 버섯이나 산나물은 일체 쓰지 않고 뿌연 소금국만 끓여댔다. 지리산에는 산나물과 혼동하기 쉬운 독초가 백여 종이나 있다니까 소금국이 제일 안전하다고 생각한 것이다. 그래도 손바닥의 소금을 핥아가며 밥을 먹는 것보다는 진수성찬이라고 모두들 좋아했다.

어느 날 이 적막한 골짜기에 난데없이 총성 두 발이 울려왔다. 중환자는 즉시 부근 칡넝쿨 속에 대피시키고 경환자들로 수색대를 만들어 골짜기를 정찰해봤으나 인적을 발견할 수 없었다. 어쨌든 그날 밤부터는 야간에도 보초를 내세워 경계를 강화하는 한편 부근에는 대밭이 없기 때문에 죽창 대신 각자가 나뭇가지로 창을 만들어 만일의 사태에 대비했다. 선을 대러 내려갈 때도 이봉갑의 권총을 빌려 들고 갔다.

그러던 어느 날 밤 나는 우연히 골짜기 맞은편 숲 속에서 희미한 불빛을 발견했다. 아군의 아지트가 있을 리도 없고 물론 인가가 있을 곳도 아니었다. 아무튼 이편에서 불빛이 보인 이상 저쪽에서도 우리가 보였을 것이었다. 이튿날 경환자 두 명과 함께 의문의 불빛을 수색하러 나가봤다.

밤에 불빛이 보인 자리를 잘 겨냥해놓았으나 맞은편 사면은 숲과 넝쿨이 우거져 뜻밖에 찾기가 힘들었다. 가까스로 바위에 교묘히 가리워진 귀틀집 두 채를 발견했는데, 거기에는 어린아이까지 거느린 아낙네

두 식구가 살고 있었다. 부역자의 가족이 솔가해서 숨어살고 있는 은신처였던 것이다. 같이 갔던 김희숙은 아버지를 잃은 자기 집 식구 같다면서 어린아이를 안아 올리며 반가워했다.

굵직한 나무토막을 사각으로 쌓아 올리고 토막 틈새에는 진흙을 발라 방풍을 했는데, 그 진흙에도 나무껍질에도 이끼가 끼어 마치 옛날 얘기에 나오는 포수의 산막 같았다. 그래도 사람 사는 집이라고 절구, 맷돌 등 살림 도구가 갖추어져 있었다.

오랜만에 어린아이가 딸린 일반인 가족을 보니 어쩐지 신기하기도 하고, 그런 심산유곡에서 사회와 격리된 채 살아가는 그들이 뭔가 행복해 보이기도 했다. 다만 그렇게 자라난 아이들이 장차 어떻게 성장할 것인가? 자꾸만 사람 눈을 피해 살다보면 '타잔'이나 '늑대소년'처럼은 안 되더라도 문명이라는 것을 모르는 현대의 원시인이 돼버리지나 않을까…….

환자 트에는 다소 식량의 여유가 있었기 때문에 우리는 그후 절구통을 빌려 흰떡을 만들어 먹기도 하고 약간의 된장과 쌀을 바꿔 먹기도 했다. 그리고 이 두 집에 17~18세 된 소년 둘이 있었는데 이봉갑의 권유로 남부군에 입대해서 결국 남부군과 운명을 같이했다. 말하자면 이 두 집은 우리에게 발견되어 조그만 빨치산 후배지의 역할을 했던 것이다.

잔돌고원(세석평전)의 산막

우리 환자 트에서 정면으로 높이 바라보이는 산마루가 잔돌고원이라고 어느 구대원 환자가 말했다. 한자로 써서 세석평전(細石平田)이다. 때로는 구름이 피어오르고 때로는 노을 지는 그 광경이 무척 아름답고 신비스러웠다. 고개를 들면 언제나 바라다보이는 그 산마루의 빛깔이

하루하루 노랗게 변해갔다. 9월도 중순을 넘어 어느덧 고원은 가을이 짙어진 것이다.

초막의 밤도 제법 차가워지고 풀벌레의 울음소리가 새삼 향수를 일깨워주었다. 취사용으로 쓰던 석간수가 하루하루 줄어들더니 급기야 끊어지고 말았다. 우리는 식수를 찾아 개울 가까이로 초막을 옮겼다. 그동안의 상황으로 보아 개울 가까이도 별로 위험할 것 같지 않았기 때문이다. 옥 같은 물이 흐르는 개울가 바위 위가 우리의 얘기터가 되었다.

그 무렵 어느 날 나는 선을 달러 거림에 내려갔다가 산전의 밭일을 하러 왔다가 점심을 먹고 있는 농부들을 만났다. 농부들이 별로 놀라워하는 기색도 없이 "욕보요." 하고 웃음 섞인 인사를 했다. 그런데 꽁보리밥을 고추장 한 가지로 비벼 먹고 있는 그 점심이 몹시 먹음직스럽고 오랜만에 식욕을 느끼게 했다. 농부들의 권으로 그 보리밥을 몇 술 얻어먹었는데 이것이 기적을 나타낸 것이다. 바로 그날 저녁부터 입맛이 되살아나며 웬만큼 먹어도 배에 가스가 차지 않게 되었다.

기후의 변화 때문이었던지 그 보리밥의 효능인지 아무튼 그 완강하던 위장병이 그날부터 썰물 빠지듯 사라지기 시작했다. 일 주일쯤 지나는 사이 나는 완전히 건강을 되찾았으며 각기 증세도 어느 사이엔가 없어졌다. 환자들도 그동안 몇 사람 완쾌되어 '부침'이 따로 필요 없게 됐다. 이렇게 되니 까닭 없이 환자 트에 머물러 있을 수도 없어 이봉갑에게 원대복귀를 청했더니 식사는 환자가 자체 해결하기로 하고 완전 회복된 환자 세 사람과 같이 원대로 돌아가도록 조치해주었다.

다음 날 선요원과 접선이 되어 앵두나무 소년과 김희숙, 그리고 또한 사람의 환자와 일행 넷이 정든 거림골 환자 트를 뒤로하고 선요원의 뒤를 따라 원대복귀의 길을 떠나게 됐다. 한마디로 거림골이라 하지만 이십 리가 넘는 골짜기가 두 가닥으로 갈라져 있고 다시 수많은 가지가 뻗어 있기 때문에 그후 수없이 거림골을 드나들게 되지만 그 환자 트자리와 귀틀집을 다시 볼 기회는 없었다.

사단이 현재 어디쯤에 머물러 있고 그곳을 어떻게 가는지 우리들은 알 까닭이 없었다. 다만 말만 듣던 대지리산을 이제부터 내 발로 답사한다는 생각에 가벼운 흥분을 느끼며 선요원의 뒤를 따랐다. 우선 거림에서 북쪽으로 나 있는 가파른 숲 속 길을 꾸불꾸불 몇 시간을 오르니 앞이 확 트이며 잔돌고원이 나타났다. 선요원과 접선한 것이 오후 새때였기 때문에 잔돌고원에 올라섰을 때는 이미 해가 뉘엿뉘엿 저물고 있었다.

조석으로 올려다보며 나를 신비감에 젖게 하던 해발 1천7백 미터대의 그 산마루는 직경 2킬로미터가 넘는 완만한 경사의 벌판이었다. 일제시대 때 이곳에 비행장을 닦으려 했었다는 선요원의 말이 있었지만, 붉게 물든 관목 숲이 눈길 아득히 펼쳐진 광활한 고원 풍경은 정말 장관이었다. 이 고원의 늦봄의 철쭉 바다가 명물이라지만, 평지에는 아직도 녹음이 짙은 그 무렵, 온 고원을 뒤덮은 황적색의 단풍 바다는 눈을 의심할 만큼 더욱 아름다웠다.

고원 한복판을 흐르는 한 줄기 시냇가에 단풍잎에 파묻혀 보일 듯 말듯 토막집 한 채가 있었다. 약재를 캐는 50대의 중년부부가 사는 산막이었다. 우리는 그 집에 하룻밤 묵기를 청했다.

주인 내외는 사람이 그리웠던지 반갑게 맞아주며 비어 있는 토방을 치우고 군불까지 지펴주었다. 휴대한 쌀을 내주니 산채나물을 곁들인 밥상이 들어왔다. 오랜만에 상을 받쳐 찬 있는 밥을 먹고 뜨뜻한 구들에 다리를 펴고 누우니 세상에 부러울 것이 없는 기분이었다. 어둠이 덮쳐오자 고원은 태고로 돌아간 듯 바람소리만 남았다. 낙엽이 지고 눈보라 치는 밤이면 이 산막은 얼마나 적막할까? 그날 밤 호롱불을 가운데놓고 주인과 나그네는 산과 약초 얘기로 시간 가는 줄 몰랐다. 이 고원에서 약초를 캐며 20여 년을 살아왔다는 주인 내외의 산 생활 이야기는 신비롭고, 재미있고, 무궁무진했다. 내가 위장병으로 고생한 얘기를 하니까 주인은 백각록(白角鹿)이라는 나무뿌리를 내보이며 그게 위장병에 특효약이라고 했다. 전에는 그것 한 뿌리를 갖고 마을에 내려가면 쌀한 말을 바꿀 수 있었다고 했다. 산막의 분위기가 그렇고 해서 주인의 얘기를 듣고 있자니 그게 정말 영약 같은 생각이 들었다. 환약으로 만든것이 있다기에 나는 가회전투에서 얻은 돈 가운데 얼마를 주고 창호지봉투에 든 그 환약 3봉지를 샀다. 한 봉지는 내가 쓰고 나머지는 노상위장병으로 고생하시던 어머니께 갖다 드릴 날이 있을까 해서였다.

내 위장병은 거의 나아 있었기 때문에 그 '영약'이 효험이 있는지 없는지 모르면서 며칠 먹다 말았지만 환약 봉지는 내 배낭 속에서 한 겨울을 보내다가 결국 어떤 연유로 해서 잃어버리게 된다.

이튿날 아침 세수를 하러 시냇가에 내려갔을 때, 돌과 단풍과 가을물이 조화된 청렬(淸洌)한 아름다움은 표현할 말이 도저히 없었다. 고원의 산막에서의 그 하룻밤은 두고두고 잊혀지지 않을 만큼 인상적이었는데, 그해 겨울 국군의 대규모 작전이 있은 후 그곳을 지나게 된 선요원이 들러봤더니 산막은 불타 없어지고 주인 내외는 시체가 되어 눈속에 묻혀 있었다고 했다(이 시냇가의 산막 자리는 세석평전 동남 구석에 있는 음양샘에서 다시 얼마만큼을 내려가 거림골과의 갈림길 표지판이 서 있는부근이었던 것 같다. 필자는 연전의 산행길에 그곳을 지나간 일이 있는데, 산막자리에는 흙더미 하나 남아 있지 않고 넝쿨과 잡초만이 무성해 삼십여 년 전의 그날 밤 일이 신기루 속의 기억 같았다).

고원을 벗어나 주능선을 서쪽으로 8킬로미터쯤 가니 우뚝한 봉우리 하나가 나섰다. 꽃대봉(1,426m)이라는 그 이름은 여순사건 이후 제2병단 빨치산들이 그 봉우리를 뒤덮은 꽃밭이 무척이나 아름다워 그렇게 불러왔다고 했다(그런데 어떤 경로로 해서인지 이 이름이 정착되어 지금 몇몇 등산지도에는 '꽃대봉'의 이름이 나와 있다).

철쭉의 일종인 꽃대나무는 어른 팔뚝만 한 굵기의 가지들이 하늘을 향해 꼿꼿이 뻗어 있고 그 키가 한 길을 넘었다. 꽃철을 기다리지 않아도 겨울이면 온 봉우리를 뒤덮고 빽빽이 들어찬 꽃대나무들이 빙화(氷花)의 바다를 이루었다. 마치 산호숲 같은 그 장관은 아름답다기보다는 장엄하고 환상적이었다.

꽃대봉을 내려서서 얼마를 가자니까 허리까지 파묻히는 억새풀이 파도를 이룬 사이에 고갯마루가 나섰다. 처음에 나는 경상도 사투리를 쓰는 선요원의 말을 잘못 듣고 고개 이름을 '백설령'으로 알고 웅장한 맛이 과연 어울리는 이름이로구나 생각했다. 그러나 나중에 알고 보니 그게 바로 지리산맥을 가로질러 곶감으로 유명한 함양땅 마천에서 하동땅 화개장으로 넘어가는 벽소령(壁宵嶺)이었다. '푸른 저녁'이라는 운치 있는 이름의 이 고개는 당시 사람 통행이 없어 잡초만이 무성했다.

고갯마루 가까이 커다란 바윗덩이가 보이자 선요원은 우리를 억새 숲 속에 기다리게 하고 그 바위 가까이에 가서 손뼉신호를 했다. 뒤이어 다음 코스의 선요원이 억새 숲 속에서 모습을 나타냈다. 연결이 이루어지자 거림골의 선요원은 오던 길을 혼자서 되돌아갔다. 그는 사단의 위치도, 환자 트의 위치도 몰랐다.

우리는 제2의 선요원을 따라 다시 서쪽으로 10킬로미터쯤을 걸어간 후, 명선봉(일명 지보봉, 1,586m) 부근에서 서북쪽으로 뻗은 지능선을 타기 시작했다. 얼마를 가자니까 물소리가 들리기 시작하면서 숲이 우거진 은은한 골짜기가 나타났다. 전북 남원군에 속한 백암사(白岩寺)골이라는 깊고 아름다운 계곡이었다. 계류를 따라 얼마를 내려가니 산죽을 덮은 초막 하나가 바른편 숲 속에 보였다. 그것은 전북도당 사령부가 초소로 쓰던 초막이었다. 전북 사령부는 언제부터인가 그 계류 맞은편 사면에 아지트를 잡고 옮겨와 있었다.

마침 선요원이 무슨 사정에서인지 아직 해가 남아있는데도 그곳에서 묵겠다고 하는 바람에 나는 5개월 만에, 백운산서 헤어진 전북 사령부를 다시 방문할 기회를 얻었다. 가슴을 설레며 시냇물을 건너 잡목 숲을 얼마만큼 오르니 꽤 급한 사면에 지붕 없는 노천 트가 층층이 들어서 있고 낯익은 사람들의 얼굴이 여기저기 눈에 띄었다. 다만 총사령부 부대가 돼서 그랬던지 전세용을 비롯한 독수리병단 당시의 얼굴들은 하나도 보이지 않았다.

마침 고영곤 기자가 그의 애인이라고 소문난 '목동 동무'라는 애칭의 아가씨와 같이 있다가 반갑게 맞아주었다. 통신사의 고학진 무전사와 이단오 기사가 반야봉 부근 비밀 트에 들어가 통신업무를 계속하고 있다는 소식을 들은 것은 이때였다. 산중의 다섯 달은 정상 사회의 다섯 해에 해당되는 기간이다. 그동안 지난 얘기를 나누다보니 어느새 해가 저물어 '목동'이 차려다 주는 저녁을 얻어먹고 그날 밤 숙소인 건너편 초소 자리로 돌아왔을 때는 풀벌레 소리가 요란했다.

이것이 내가 고 기자를 본 마지막이 됐다. 그로부터 넉 달 후, 성수산에서 군 토벌대와 교전 끝에 전사해버린 것이다(후술).

고영곤에게는 '고스케'라는 별명이 있었다. 그게 러시아 사람을 가리키는 '로스케'에서 나온 것인지, 아니면 좀 유별난 들창코인 그의 풍모가 일본인 같다고 해서 '고스케'라는 일본풍의 별명이 붙여진 것인지는 알 수 없으나 어쨌든 입산 전부터 나와 한솥밥을 먹으며 고락을 함께 해온 그의 죽음은 많은 감회를 남겨주었다.

'목동'(실명은 김춘삼, 당시 22세)은 김일성대학생으로 50년 여름 후일 남부군의 정치위원이 되는 김일성대학 교수 차일평에게 인솔되어 호남 방면에 공작차 파견됐던 터였다. 날씬한 몸매에 글을 잘 쓰는 문학소녀였고, 글씨도 잘 써 후일―회문산 당시의 안경희처럼―통신과의 필경사로 일하며 후진 필경사를 양성하기도 했다. 그래서 언제나 손바닥만 한 등사원지용 줄판(가리방)과 철필을 지니고 다녔다고 (후일) 술회했다. 그녀는 함경북도 경성(鏡城) 근교 농촌 태생인데, 원래 황해도 신천(信川)이 고향이며 독립운동가로 두만강변을 표랑하던 아버지가 경성서 결혼하고 정착하여 낳은 또순이 아가씨였다. 아명이 '방울'이었다는데 방울처럼 영악하고 날렵하여 대원들 사이에 인기가 있었다.

그녀는 《전북로동신문》 발간요원으로 430호까지를 발행하다 53년 12월 덕유산에서 군 수색대의 습격을 받게 된다(후술). 지리산 당시 남부군이 그녀를 문화공작요원으로 차출할 것을 요청한 일이 있었으나 남부군에 비협조적이었던 방준표가 전북부대에서 절대 필요한 일꾼이라며 거절한 일이 있었다고 한다.

그날 밤 숙소인 초막에는 어느 도당에서 연락차 왔다는 선객 한 사람이 있었다. 인민군에서 후방부 연대장을 지냈다는 심한 함북 사투리의 그 사나이는 그때까지도 별 두 개에 금딱지가 찬란한 견장을 달고 있었다.

그날 밤은 마른 풀 위에 둘러앉아 이 중년의 사내가 일제 때 독립군을 따라다니며 두만강을 넘나들던 얘기를 듣느라고 또 시간 가는 줄 모르고 지냈다. 어디까지가 사실인지는 모르지만 자칭 갑산파(甲山派)라는 그 사내의 스릴 있고 허풍스러운 얘기는 포복절도할 만했다[갑산파라는 것은 함북 갑산을 중심으로 한 항일 독립운동 그룹이며 '보천보사건'으로 유명하다. 김일성도 근원은 이 갑산파계인데, 해방 후 박금철(朴金喆)·이효순(李孝淳) 등을 대표 인물로 하여 은연중 세력을 형성하고 있었으나 67년에 모두 숙청되어 뿌리가 없어졌다].

"왜놈으 경찰에 잽혀 재판을 받는데 말이우다. 내 죄목이가 열 몇 가진가 되는데 그거르 죄다 욀 수 있어야지비. 검사란 놈이가 제 죄목두 모른다고서리 지라르 치겠지비. 치안유지법인가 하는 거까지는 아는데 뭐 나무를 찍어 트르 만들었다구 산림법 위반이구, 소르 잡아 먹었다구 도살법 위반이구, 총으르 개지구 다녔다구 총포화약법 위반이라 이렇게 지저분 하게서리 여르 몇 가지니, 내 이 돌대가리 개지구 욀 재간이 있어야지비. 왓하하. 동무들 뭐 술 같은 거 없겠지비? 있을 택이 없지……. 이런 때 꼬량주 한 병 통째루 쭈욱…… 아이구."

이튿날 아침 우리가 식사를 마치고 출발할 때까지 이 호걸풍의 만주 사나이는 태평스럽게 드르릉드르릉 코를 골고 있었다.

논골의 부대 개편

배암사골의 계류를 따라 4~5킬로미터 내려간 들돌골에서 우리는 부근 환자 트에서 원대복귀하는 운봉(雲峯)전투의 부상자 5~6명을 만났다. 이들은 처음부터 경상자들이었던지 모두 무장을 갖추고 있었다. 운봉전투는 우리가 환자 트에 들어간 직후에 있었던, 남부군이 크게 손실을 입은 전투였다.

우리는 그들을 향도하고 온 제3의 선요원에게 인계되어 그 대열에 합류했다. 그 일행 중에는 덕산전투 때 처단된 한 모 대신 훈련지도원이 된 주성일이라는 전북 출신 대원이 있었다. 2병단 이래의 구대원이 수두룩한데 구태여 주성일을 지도원으로 발탁한 것은 보충대원도 잘만하면 간부직에 오를 수 있다는 것을 보이기 위한 정책적 의미가 있었을 것이다.

전북이 고향인 주성일은 부자연스러운 함경도 사투리를 써가며 합류된 일행을 지휘했다. 아무튼 그때까지도 어렵게만 보이던 구대원들이 지도원 동무, 지도원 동무 하며 떠받드는 것이 약간 어색하게 보였다. 일행 중에 인민군 전사 출신으로 일제 때 '노가다판(공사판)'을 따라다녔다는 중년의 사내가 있었다. 그는 내 뒤에서 걸음을 걸으며 거침없이 지껄여댔다.

"이거 출출해서 못 견디겠는 걸. 일제 땐 하루 노동을 마치고 '함바'에 돌아오면 술이 없나 계집이 없나, 마 한 잔 쓰윽 하고 계집 무르팍 베고 누어 젓가락 장단이나 치면 피로가 단번에 풀렸지. 이건 어디 색주가 한 군데가 있나, 일 실컷 하고 돌아와도 맨날 회의뿐이니…… 노동자 농민의 나라니 뭐니 하지만 사실 우리 노동자는 그때가 좋았어. 그게 아마 소화 십삼 년도지? 평원선 철도 닦을 때……."

어쩌구 하며 아찔한 정도의 '반동적'인 얘기를 커다란 소리로 해대는 것이었다. 콧노래를 불러도 하필 "오동동 추야에 달이 동동 밝은데……" 하며 타령 가락을 늘어지게 불러댔다. 싱거운 녀석은 어느 세상에나 있는가보다 생각하고 있는데 주성일 훈련지도원이 그예 상을 찌푸리며 주의를 줬다.

"저 동문 교양 좀 받아야겠다이. 사상성이 도무지 돼먹지 않았다이."

"성분으로 말한다면야 우리야 출생 성분, 출신 성분 모두 알짜 노동자 출신이지. 기본 출신이라는 거지."

"기본 출신이 맨날 술하고 계집타령임메?"

"허어, 지도원 동무 계집 싫어하시우?"

훈련지도원은 못마땅한 듯 입을 다물고 말았다. 노가다 사나이에게는 조그만 저항이었을지도 모른다. 김희숙이 조그만 소리로

"잡것, 계집이 뭐시당가. 되게 교양 없재라. 그자?"

하고 나를 돌아다봤다. 사람의 동류의식이라는 것은 묘해서 거림골 환자 트 출신의 네 사람은 합류 후에도 무의식중에 한 군데 몰려다니고 있었다.

다시 4~5킬로미터 내려가 짜래골이라는 데서 일행은 나무 그늘에 자리를 잡고 휴식에 들어갔다. 남부군 부대가 그리로 오기로 되어 있다는 것이었다.

저녁때가 거의 다 돼서 물 건너 잡목 숲 사이에 정찰대를 선두로 단풍잎으로 위장한 행군대열이 나타났다. 검게 탄 얼굴들이 정확한 간격을 유지하며 힘찬 발걸음으로 뒤를 이어 시냇물을 건너왔다. 치유 환자 일행은 제각기 소속부대를 찾아 흩어졌다.

서울부대의 김금일 연대장은 이때 부상으로 어느 환자 트에 들어가고 민청 지도원인 연(延) 모라는 젊은이가 임시로 구분대를 지휘하고 있었다. 그에게 신고를 하고 소대 위치를 찾아가보니 12명이던 소대원이 7명밖에 없었다. 정일영을 덕산에서 잃어 5명이 돼 있던 나의 분대는 박기서와 또 한 사람만이 남아 있었다. 둘이 죽은 것이다.

"모두 죽었어……."

박기서가 쓸쓸히 웃으며 말했다.

"이 동무는 재수가 좋았어. 그동안 운봉·마천·하동, 빙 돌아가며 쉴 새없이 전투였어. 고생들 했지."

"서울부대는 마천서 녹았어. 글쎄 중기관총을 걸어놓고 휘둘러대는 토치카에 무턱대고 돌격하라니 남아나겠어? 연대장은 부상하고 최 소대장은 그때 죽구, 거기서 단번에 반타작해버렸지 뭘."

단 하나 남은 분대원이 은근히 불평을 털어놓았다.

마천(馬川)은 만수천(萬壽川)변에 있는 면 소재지로 지금은 가장 유명한 등반로가 되어 있는 백무(百巫)·칠선(七仙)·한신 계곡 등 저명 계곡의 어귀가 되는 요충 중의 요충이다. 그래서 마을은 작지만 당시 견고한 보루대와 다수의 전경대가 이곳을 수비하고 있었다. 이 마천 습격전에서 특히 선봉 돌격대가 된 서울부대는 거의 궤멸하다시피 됐으나 끝내 보루대를 점령하지 못하고 말았다. 정규전에서도 하지 않는 백주 역공을 서슴지 않던 남부군의 전술적 오류를 그대로 들어낸 일전이었다.

그러나 남부군이 가장 큰 타격을 입은 것은 만만히 보고 달려든 운봉(雲峯) 습격전이었다. 운봉은 군경 토벌부대의 총지휘부가 있는 남원에 인접해 있어 207경찰연대를 비롯한 경찰 대(大)병력이 대비하고 있었다. 지형적으로도 운봉은 산악 중에 있으면서 그 자체는 완전한 야지이며 남원서 함양으로 통하는 주요 기동로의 요충이다. 만만히 볼 곳이 아니었다.

남부군은 예에 따라 남원군당 유격대 등 전북 산하의 인근 빨치산 부대를 총집결시켰다. 남원군당 부대는 당시 세력 좋기로 이름나 있던 부대이다. 그러나 결국 운봉을 점령하지는 못하면서 막대한 병력손실만 입었다. 경찰 측 발표에 의하면 "공비 사살 165명"으로 되어 있는데, 이 숫자를 그대로 믿기는 어려우나 남녀 빨치산의 유기시체가 30여 구에 달했다는 것만으로도 그 피해상황이 격심했음을 엿볼 수 있다. 아무튼 이 시기 남부군의 지리산 주변 작전에서 빨치산 측이 가장 심한 타격을 입은 것이 이 운봉전이었던 것만은 사실이다.

다만 남부군은 대개의 경우 그 지방 유격대를 공격 전면에 내세우는 것이 상례였으므로 병력손실은 전북부대가 더 심했을 것으로 짐작된다.

뒤이은 하동읍 공격전에서는 통행하는 트럭을 빼앗아 타고 지서의 바리케이드를 밀어젖히며 읍내 일각까지 돌입하여 한때 하동읍을 진동시켰으나 수비병력의 강력한 반격을 받아 그대로 퇴각하고 말았다.

결국 이때(51년 9월) 동북부 지리산 주변 전투에서 남부군은 아무런 소득도 없이 60명의 전사자와 거의 같은 수의 부상자를 냈다. 그러고 보니 기백산 당시 5백을 헤아리던 총세가 짜래골에 돌아왔을 때는 3백 정도로 줄어 있었다. 많은 부상자들이 그후 환자 트를 거쳐 부대에 복귀해 왔지만 그래도 1할이 넘는 핵심 전투원을 일시에 잃은 것은 남부군 전력에 결정적 타격이 되었다. 그것은 동계작전을 맞으며 세력이 기하급수적으로 쇠잔해가는 중요원인이 됐다.

병력손실보다 더 큰 손실은 쌍방의 사기에 미친 영향이었다. 특히 운봉에서의 참패는 상승을 자랑하던 남부군의 사기에 대단한 영향을 주었으며, 상대적으로 남부군을 불사신처럼 생각했던 전경대원에게 '별게 아니었다'는 인식을 주어 자신감과 사기를 크게 북돋는 결과가 된 것이다.

청주시 습격의 '성공' 요인은 완벽한 기습에 있었다. 그런데 민주지산 이후의 여러 전투에서는 게릴라전의 원칙을 벗어난 무모하고 무의미한 공격을 일삼았기 때문에 성과는 적고 피해만 컸다 해서 고위간부

간에 적잖은 비판거리가 되었다고 들었다. 병법에 성(城)을 공격하는 것은 하지하(下之下)의 책(策)이라고 했는데, 적을 마음대로 선택할 수 있는 유격전에서 하필 적의 강력한 거점만을 골라서 공격한 남부군의 전술은 자멸을 자초한 졸책임이 분명했다.

16세기 일본의 상승장군 도쿠가와 이에야스는 전쟁에서 이기는 비결은 '이길 만한 전쟁만 하는 것'이라고 했다고 한다. 그런데 남부군은 '이기지 못할 전투'만 골라서 한 셈이었다. 그해 8·15 기념일에 김일성이 남한 빨치산에게 내린 과업은 궤멸상태에 있는 공군력을 대신해서 후방을 교란하고 군사시설을 파괴하는 일이었다. 교통로를 습격·파괴하여 수송을 마비시키고, 적의 지휘부를 기습하여 통수계통을 교란하라는 등 구체적인 명령이 있었다. 그러니까 산악 주변의 경찰방색을 공격하는 것은 당시 유격전의 궁극목적이 될 수 없었던 것이다. 만일 그때 남부군 5백 병력이 열 명, 스무 명씩 수십 개의 소조(小組)로 나뉘어 그 독특한 게릴라전을 폈더라면 어떻게 됐을까? 가령 당시 4~5천은 됐을 남부군 휘하 각 지방 유격부대가 수백 개의 소조가 되어 남한 전역에 걸쳐 그러한 파괴활동을 전개했더라면…… 물론 전멸될 소조도 적지 않았겠지만.

'남한 전역은 수습할 수 없는 혼란에 빠지고 교통수단의 마비는 물론 주서항선의 전투력에도 막대한 영향을 주었을 것이 확실하다. 그것이 바로 전시 게릴라의 본연의 형태가 아니었을까?'

이상한 일이지만 당시 빨치산들은 전통적으로 패잔 일본군의 전술사상을 그대로 답습하고 있었다. 적의 전력을 까닭없이 낮춰 보며 자기편의 정신력 우위, 야습과 돌격전에 대한 근거 없는 우세를 믿는 일본 군대의 미신적 전통이 그대로 살아 있었음이 분명했다. 가령 전북 4중대 당시 최 중대장이 20명의 무장병력으로 청웅에 들어온 2백 명의 군경부대를 몰아내려던 일(전술) 같은 것이 그 한 예이다. 정신력의 만능을 믿고 야습이나 돌격전이 자신들만의 전매특허처럼 생각했던 것이다. 그러나 그런 허세나 미신적 전술사상이 얼마나 허황된 것인가를 빨치산들은 마침내 깨닫게 된 것이다.

이야기의 순서가 바뀌지만 노동당 정치위원회는 52년 중반기에 가서야 이런 전술적 과오를 깨닫고 '111호 결정'[재산(在山) 지구당들이 도시로 내려와 민중 속에 당 기반을 확보하라는 명령]에서 유격투쟁과 지구당 사업의 결함을 지적하고 있다. 이 결정은 52년 중반기와 하반기에 가서야 그 일부가 집행됐지만 그중 빨치산 투쟁에 관한 대목을 우선 적어보면 이런 것이 있다.

(1) 각 지구당에서는 중앙과의 연락을 갖기 위한 사업을 진행시키지 못했기 때문에 중앙의 결정이 제때에 전달되지 못했다.

(2) 각 유격대가 대부대로 집결하여 참호를 파고 수일간에 걸친 진지전을 전개하는 경향이 있다.

현지 부대들은 이 지적을 접수하고 부대를 모두 중대 단위의 소조로 개편하여 조장의 이름을 따서 '안소부대'니, '박소부대'니 하고 부르며 소조 단위의 게릴라 활동을 하게 했으니 비로소 유격전 본연의 형태로 돌아간 것이지만 이때는 이미 각 유격부대들이 궤멸상태에 빠져 있어 실효를 거두지는 못했다.

짜래골에 집결한 남부군은 논골(남원군 산내면)로 옮겨 앉아 거기서 남파 후 두 번째의 부대 개편을 했다. 즉 승리사단은 81사단으로 개칭되고 혁명지대와 인민여단은 덕유산 이래 남부군과 행동을 같이해온

315부대 및 그 본대인 102부대를 흡수해서 92사단이 되었다. '팔십일 사단'이 아니라 '팔일사단'이고, '구이사단'이다. 92사단에 흡수된 102 부대는 앞에서 말한 바와 같이 50년 여름 마산전선에서 후퇴하다 서부 경남 산악지대에서 독자적인 유격활동을 해온 인민군 6사단 60밀리 박 격포중대의 패잔병 집단이다.

이 무렵에는 정규군식 편제는 없어지고 가끔 군관복을 입고 있는 간 부가 있기는 했으나 체제나 복식이 완전 빨치산화되고 있었다(여담이지 만 이 102의 모대인 인민군 6사는 102 같은 일부 병력의 낙오는 있었지만 사단 주력은 거의 완벽하게 편제를 유지한 채 산맥을 타고 북상 퇴각한 유일한 인민 군 사단이었고, 사단장 봉호산은 별오리대회에서 김일성으로부터 '발군의 유 공장군'이라는 특별찬사를 받았다).

새로 개편된 81사단은 승리사단장이던 김흥복이 그대로 유임됐기 때문에 나의 경우, 이름만 81사단으로 바뀌었을 뿐 이 개편으로 달라진 것은 아무것도 없었다. 다만 연합부대는 이 개편으로 92사단이 되면서 내용 면에서도 많은 변화가 있었던 것이다.

이 사단 개편은 앞에서 말한 바와 같이 덕유산 '송치골 회의'의 결정 에 의한 것으로 남한 6도 빨치산 부대의 일원적인 통수체제를 조직하 기 위한 것이었다. 구체적으로는 각 도당에 소속된 유격부대를 일제히 두 자리 숫자의 사단 호칭으로 통합정리하고 종래의 남부군 지휘부를 그 위에 놓아 '조선인민 유격대 남부군 ○○사단'이라 부르게 한 것이 다. 물론 이현상이 남부군 사령관이 되어 모든 빨치산 사단들을 총괄하 게 되었고, 각 도의 군사책임자 한두 사람씩이 남부군 부사령관으로 격 상됐다('관'이라는 관료적인 호칭을 중공군에서는 쓰지 않았으나 인민군이나 빨치산들은 즐겨 사용했으니 우리나라 전통의 청환심리 때문이었던지, 어쨌든 좀 기이한 느낌이다).

이에 따라 충남도당 산하 빨치산 570명가량을 68사단으로 개편해서 충남도당 조직부부장인 고판수(高判洙)가 사단장이 되었다. 이 고판수는 도당 내 당적 서열은 낮지만 강동정치학원과 회령 제3군관학교를 졸업하고 사변 전에 충남지방으로 침투해 있던 유격전의 전문가였다. 도당 위원장 남충렬이 명목상의 유격대 사령관을 겸할 때보다는 능률적이었을 것이다. 전북 북부지방의 빨치산 약 700명으로 45사단(402, 403, 404연대)을 만들고 전북 남부지방에 산재하던 각 부대를 46사단으로 통합개편했다. 45사단장은 전 제1전구 사령관 김명권(金明權)이었다.

경남부대는 803 · 805 · 808 · 815부대 등으로 나뉘어져 '독립 8지대'를 자칭하고 있었다. 이영회(李永檜), 차만리(車万里) 등이 지휘하고 있었는데, 통합해서 57사단이 되었고 이영회가 사단장이 되었다. 57사단은 장차 남부군과 가장 긴밀하게 협동하게 되는데, 지리적 관계도 있었겠지만 사단장인 이영회가 원래 여수 14연대 출신으로 반란사건 후 한때 이현상의 제2병단 휘하 제5연대장을 지낸 연고도 작용했을 것으로 추정된다. '송치골 회의' 때부터 사단 개편을 반대했던 전남도와 동해안이 주무대이던 경북도는 결국 사단 개편을 하지 않고 말았다.

한편 등사판으로 산중신문을 발행하던 부대들이 있었는데 그 이름이 제각각이던 것을 남부군이 발행하던 '승리의 길'이라는 제호로 통일했다. 그래서 81사단은 '지리산 승리의 길', 92사단은 '덕유산 승리의 길', 전북은 '운장산 승리의 길', 경남은 '백운산 승리의 길'로 각각 개제(改題)했다. 다만 사단 개편을 거부하던 전남도당 유격대도 신문만은 '백아산 승리의 길'로 개제 발행한 것을 필자가 확인했으나 전북도당은 전주시에서 발행하던 '전북노동신문'의 제호를 그대로 사용하여 430호까지를 덕유산 비트에서 발행했다. 요컨대 '군'의 통제력이 그리 철저하지는 못했던 것 같다.

이 사단 개편으로 상호 정보교환 등 약간의 편의는 있었을지 모르나 실제 군사 면에서 활용된 것은 후일 악양(岳陽)작전 때 군명령(개편 후로는 남부군을 일반적으로 '군'이라고 불렀다)으로 46 · 57 · 68 · 81 · 92사단이 동원된 단 한 번뿐이다(46사단과 68사단은 동원 중 궤멸).

남부군은 체제상으로는 남한 빨치산의 총지휘부가 되었으나 실제로는 전과 다름없이 81 · 92 양 사단만을 직접 지휘했고 다른 지방사단들은 거의 독자적인 활동을 계속했다. 원거리로 인한 통신수단의 불편과 항상 객관적 정세에 따라 임기응변해야 하는 유격전의 특수성 때문에 체계적인 활동은 사실상 불가능했던 것이다. 악양작전 때의 사단 동원도 이름만 달라졌을 뿐 종전에 큰 작전 때마다 인근 부대를 불러모으던 그것과 다를 것이 없었다. 이 이후 81 · 92사단은 다른 도당 부대와 구별하기 위해 '군직속 기동사단'이라고 불렸다.

병력은 사단마다 일정치 않았으나 81 · 92사단은 각 150명 정도의 규모였으니 아마도 사상 최소의 미니 사단이었을 것이다. 그러나 150명이라면 빨치산치고 여전히 '유력부대'인 것은 틀림없었다. 다만 장차 초모(招募)사업으로 1개 사단을 1천 명 정도로 증강할 작정으로 처음부터 그 상부기구를 머리통만 큰 기형아로 만들어놓았다. 그리고 체력이 허약한 치유환자와 여성대원이 비율적으로 많아 대단한 전력은 기대하기 어려운 실정이었다(『한국동란사』에는 이 무렵, 즉 51년 12월 현재 남부군 81 · 92사단에 20대 전후의 여성대원이 약 170명 있었던 것으로 파악돼 있으나 남부군에는 원래 다른 부대에 비해 여성대원의 수가 많지 않았다. 전투부대에 여성대원을 잘 내세우지 않아 상대적으로 사망률이 낮았기 때문에 그 비율이 갈수록 높아지기는 했지만 전체 대원의 수를 감안할 때 그런 숫자가 나올 도리는 없는 것이다).

사단병력을 1천 명 정도로 증강하기 위해서는 마을 청년들을 설득해서 대원으로 편입하는 초모사업(招募事業)을 시도했는데, 미리 그 초급지휘자를 양성하기 위해 52년 1월 거림골에 당학교를 만들기도 했다.

이 당학교는 장차 초장(哨長, 중국해방군 편제로 중대장에 해당)으로 임명하기 위한 군사간부 양성소였는데, 1개월 기한으로 학생 수는 각 연대에서 선발·파견하는 게 10명 정도였다. 당학교의 초막에는 특별히 간단한 온돌장치까지 만들었는데, 1기생이 입교한 후 보름쯤 해서 군의 토벌작전이 치열해지자 각각 원대로 복귀시키고 학교는 폐쇄됐다. 그 보름간도 매일처럼 근처에서 교전하는 총성이 들려와 교육다운 교육은 하지 못했다고 한다.

이때 남부군 사령부의 편제는 대강 다음과 같았다.

당시 군정치위원은 김일성대학의 사학과 교수였던 평안도 출신의 차일평(車一平)이라는 36세의 사나이였는데, 학자답지 않게 유격전에 일가견이 있다고 했다. 그는 50년 여름에 김일성대학 여학생 50여 명을 인솔하고 호남지방에 문화공작차 내려왔다가 인민군 후퇴 시 산맥을 타고 북상도피하다가 도중에 남부군과 만나 합류하게 된 터였다. 차일평은 비교적 일찍 탈락하고 후임으로 좀 더 나이 지긋하고 큰 키에 얼굴이 가무잡잡한, 우리가 '남 선생'이라고 부르던 중년 남자가 정치위원이 되었다. 일견 감정량이 풍부한 사람이었다. 이승엽이 후평에서 파견한 남로계의 여운철이 이 '남 선생'일지도 모르지만 확증은 없다.

군참모장은 하는 말로 보아 14연대 출신 같았는데, 약간 촌스러운 풍모에 독실한 인상을 풍기는 30대의 사나이였다. 군의부장은 일제 때 평양의전을 나왔다는 30대의 의사였으며, 그 밑에 준의(准醫, 간호장)라고 부르던 스무 살 안팎의 소녀와 위생병 두엇이 있었다.

빨치산 사회에서는 극히 일부 외에는 간부들의 인적 사항을 모르는 것이 보통이었다. 심지어는 정치부원과 참모를 구별하지 못하는 대원까지 있었다. 그렇기 때문에 군사령부 구성원에 대한 나의 기억도 이 정도를 넘지 못한다.

이 밖에 중앙당과 인민군의 고위간부 몇 사람이 일정한 직책 없이 객원 격으로 사령부 멤버로 따라다니고 있었다. 그중에는 인민군 부사단장이었다는 20대의 젊은 장성과 조복애라는 중년 여성 및 강동정치학원 출신이라는 젊은 여성 등이 있었다. 조복애는 원래가 지리산 아래인 하동군 옥종면의 천석꾼 집 딸로 태어나 일본서 여자대학까지 나온 인텔리였으며 성분개조를 한다고 막노동자와 결혼을 했을 정도의 철저한 코뮤니스트였다. 땅딸막한 몸매에 그때는 병색으로 찌든 얼굴을 하고 있었다. 농담을 잘해서 대원들을 곧잘 웃겼지만 때로는 냉혹할 만큼 여자대원들의 사상성을 다그쳐, '무서운 아줌마'로 통하고 있었다.

조복애는 남부군 궤멸 후 밀선을 타고 일본으로 도피했다가 지하당 조직의 임무를 띠고 다시 입국, 체포되어 현재 장기형을 언도받고 복역 중이라는 풍문이 있지만 사실 여부는 알 수 없다.

얘기가 빗나가지만 빨치산이 변장을 하고 마을이나 도시에 내려가 무슨 공작을 하는 추리소설 같은 얘기는 사실은 거의 불가능한 일이며 그런 예는 들은 일도 없었다. 왜냐하면 변장을 하려면 의상을 비롯한 장비가 있어야 하고 그것을 장만하자면 일반사회 속에 조직이 있어야 하는데, 적어도 남부군에는 그런 조직의 뿌리가 없었다. 설사 그런 장비가 마련됐다 해도 머리서부터 얼굴, 체취까지가 일반인과는 워낙 다르고 사회실정을 통 모르기 때문에 일반인 행세를 하기는 어려웠을 것이다.

다만 그해 겨울 거제도 포로수용소를 탈출한 인민군 포로 연락원이 지리산으로 남부군을 찾아왔었다는 이야기가 있었으므로 혹시 그러한 선으로 해서 이 여성이 일본에 밀항했을 가능성은 있었을지 모른다.

다음에 기동사단, 즉 81·92사단의 편제는 다음과 같았다. 81사단에는 801, 802, 803연대, 92사단에는 903, 904, 907연대가 있었는데, 연대의 규모는 40명 정도로 되어 있었고, 덕유산 당시의 소대장 이상의 각급 간부들은 거의가 소멸되어 이 무렵에는 대개 새 얼굴로 바뀌어 있었다.

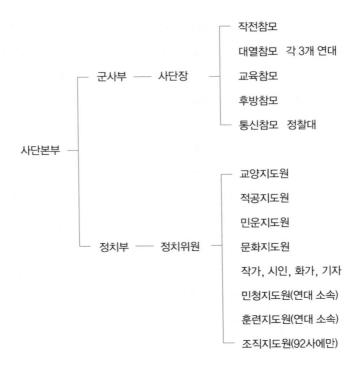

피아골의 축제

동북부 주변 작전에서 큰 타격을 입었지만 그 무렵까지 남부군의 사기는 사뭇 왕성했다. 논골에서 개편을 마친 후 남부군은 직속 기동사단(81·92사단)을 거느리고 다시 행동을 일으켜 보름가량에 걸친 서남부 지리산 주변 작전의 길에 올랐다. 우선 배암사골을 거슬러 올라가 주능선을 넘어 남쪽 기슭인 하동군 화개면의 의신이라는 마을에서 며칠을 숙영했다.

얼마 후 토벌군이 소각할 때까지 의신은 지리산 남면의 마지막 유인 부락(有人部落)이었다. 그보다 훨씬 오지에 서너 집뜸의 빗점·삼점 두

산촌이 있었지만 당시는 소각되어 흔적도 남아 있지 않았다.

우리에게는 오랜만의, 그리고 그것이 마지막이 된 민가에서의 숙영이었다. 때마침 곶감을 깎아 말리는 계절이 돼서 집집마다 반쯤 말린 곶감꼬치가 처마에 주렁주렁 매달려 있었다. 산중에서 가장 먹고 싶은 것이 단것인데, 이 설마른 곶감은 유일한 감미의 보급원이 되었으며 그 달고 연한 맛이 참으로 천하일미였다.

한번은 논 가운데 쌓아놓은 볏가리 속에 곶감꼬치를 여러 접 숨겨놓은 것을 발견했는데, 숨겨놓은 '죄' 때문에 주인이 나서지 못하는 것을 기화로 해서 대원들이 거의 반을 들어먹어버렸다. 설마른 곶감은 소화가 잘 되지 않아서 대원들은 악취가 심한 방귀를 연신 터트려댔다.

이 무렵 경찰대가 단독으로 주능선 깊숙이 침투해오는 일은 없었으나 주능선으로 들어서는 골짜기 어귀에는 마을마다 다수의 의용경찰을 동원하여 빨치산의 출몰을 봉쇄하고 있었다. 그래서 이때의 서부 지리산 일주 때에도 경찰수비대와의 소전투는 수시로 있었다. 다만 개개 초소의 몇십 명 병력 가지고는 약화되었다고 해도 남부군 주력부대를 대적할 도리가 없었다.

의신 부락에 들어갈 때에도 외곽능선을 지키는 경찰대와 조그만 전투가 있었는데, 이 전투에서 경찰관 6명이 포로가 됐다. 그런데 때마침 가을철 환절기가 돼서 간부들이 포로들의 속내의까지 몽땅 벗겨 입는 바람에 팬티 한 장의 벌거숭이들이 벌벌 떨며 늘어서 있는 진풍경이 벌어졌었다.

남부군 기동사단은 며칠 후 800고지 능선을 넘어 범왕골에 들어서면서 면 소재지인 화개장(花開場)을 급습했다. 이때 내가 소속한 대대는 외곽능선에 배치되어 직접 공격에 참가하지는 않았는데, 습격부대가 약국 하나를 털어 매약(賣藥) 다수를 입수했다는 말을 들었다.

이튿날 전라·경상의 도계인 풀무잔등을 넘은 기동사단은 피아골에서 하룻밤을 숙영했다. 그 무렵까지도 일본 구주대학(규슈 대학)·동북대학(도호쿠 대학) 등의 '연습림'이라는 표지판이 그대로 남아 있고 수림이 제법 울창했다. 〈피아골〉이라는 빨치산을 소재로 한 영화 때문에 이 골짜기가 유명해졌지만 이 골짜기를 근거지로 삼았던 도 단위 이상의 빨치산 부대는 없었다. 골이 깊기 때문에 전남도당의 당학교와 병원(환자부대)이 자리잡고 있었을 뿐이다.

피아골에서 이현상으로부터 상훈을 수여하는 식이 거행됐다. 이현상은 남하 당시 남한 빨치산에게 무공훈장을 수여하는 권한을 위임받고 있었던 것으로 들었는데, 사실은 중앙과의 연락이 두절된 상태에서 빨치산 대원들의 사기를 북돋기 위해 단위 사령관이 그때그때 수시로 상훈을 수여하는 비공식 행사를 가졌다는 말도 있다. 3백여 대원이 도열한 가운데 하나하나 호명을 해가며 간부들에게는 '국기훈장' 2·3급이, 대원들에게는 '전사의 영예훈장' 1·2·3급이 수여되었으나 위장병으로 환자 트에서 갓나온 나에게는 '군공 메달' 하나 차례가 오지 않았다.

상훈 수여라지만 훈장 실물을 달아주는 것은 물론 아니고, 이러저러한 훈장을 상신하기로 했다는 뜻을 전하는 의식을 하는 것이었다. 이러한 상훈 수여식은 그후에도 대규모 작전이 끝날 때마다 몇 번 있었지만 훈장을 준 사람도, 받은 사람도, 그 기록도 모두 없어졌으니 그 수여식은 영원한 부도(不渡)로 그치고 만 셈이다.

그날 밤 피아골에서는 춤의 축제가 벌어졌다. 풀밭에 모닥불을 피워 놓고 그 둘레를 돌며 '카투샤의 노래'와 박수에 맞춰, 남녀 대원들이 러시아식 포크 댄스를 추며 흥을 돋우었다. 피어오르는 불빛을 받아 더욱 괴이하게 보이는 몰골들의 남녀가 발을 굴러가며 춤을 추는 광경은 소름이 끼치도록 야성적이면서도 흥겨웠다.

최문희라는 문화지도원이 각색 연출한 〈엉터리 곡성군수〉라는 코미디 촌극도 공연되었다. 뇌물을 주고 발령을 받은 두 사람의 곡성군수가 서로 자기가 진짜라고 우기며 다투는 풍자극인데, 하필 '곡성군수'로 한 것은 며칠 후에 벌어질 곡성전투의 예고였는지도 모른다.

피아골에서 기동사단은 또 한 가지 조그만 경사를 만났다. 그것은 8월 초 가회전투 때 합천 황매산에 비트를 만들어 남겨놓고 온 중상자 3명이 완쾌되어 2백 리 길을 수소문해서 부대에 복귀해온 것이다. 워낙 원거리가 돼서 통신선(通信線)도 없었을 터인데 '낫거든 지리산으로 오라'는 말 한 마디를 근거로 용케도 이동하는 원대를 찾아 돌아온 것은 신통하기 그지없었다. 더구나 당시의 황매산은 수목이 거의 없는 민둥산이었는데 가회전투 후 수색전이 대단했을 텐데도 노출되지 않고 두 달씩이나 잠복할 수 있었던 것이 신기했다. 같은 구분대에 있던 전우들은 물론 사단장 이하 고위간부들이 이들 셋을 얼싸안고 눈물을 흘리며 반가워했다.

이러한 치유환자의 극적인 원거리 귀환은 얼마 후 달궁골 숙영 때도 있었다. 곡성전투 때 부근 야산에 남겨놓고 온 부상자 1명이 한 달 만에 다 나아 산을 넘고 강을 건너 천신만고 끝에 원대복귀해서 크게 칭송을 받은 일이 있었다.

그러나 피아골에서 가장 실질적인 '경사'를 만난 것은 군공 메달 하나 타지 못한 나였다. 거림골 환자 트에서 그후 원대복귀해온 사단정치위원 이봉갑이 나를 정치부로 소환해서 진중신문 《지리산 승리의 길》의 편집과 전사(戰史) 편찬의 책임자로 임명하고 지도원과 동등한 처우를 해준 것이다.

'승리의 길'은 단순한 보도기관이라기보다는 혁명기 러시아의 '이스크라(불꽃)'를 본 딴 것이었다. '이스크라'는 당 활동을 이론적으로 지도하는 기관이었다. 그러니까 이론적으로 약한 내가 감당하기에는 너무나 무거운 짐이었다. 그러나 지역당 유격대처럼 일정한 근거지가 없이 나의 배낭 속에서 이 골짜기 저 산마루를 유전(流轉)해야 했던 《지리산 승리의 길》은 한 번도 발간되는 일 없이 끝나버리고 말았다.

빨치산의 '정치부'라면 어딘가 정보기관 같은 음산한 인상을 풍기지만 사실은 앞의 편성표에서 보는 것처럼 일종의 정훈(政訓)기관 같은 것이었다. 이런 인상을 피하기 위해선지 당시 인민군에서는 '문화부'라는 명칭을 사용했고(50년 말에 정치부로 개칭) 일부 도당 부대들도 '문화부 사령'이니, '문화부 중대장'이니 하는 직책을 두었음은 전북에서 보아온 바와 같다.

원래 정치부 또는 정치위원이라는 제도는 혁명기 소비에트 군대에서 비롯된 것이다. 투항한 제정 러시아군을 졸지에 붉은 군대로 개편하자니 사상적으로 개조되지 않은 사병을 정치적으로 계도하고 독찰할 직책을 갖는 당원을 배치할 필요가 있었던 것이다. 모든 인사는 물론 작전명령까지 그 부대 정치위원의 승인 없으면 효력을 갖지 못하는 체제였다.

중국 공산군도 처음부터 이 제도를 채택하여 당이 군의 우위에 서는 체제하에서 정치위원(중공에서는 정치주임)은 당을 대표해서 그 부대를 통제했다. 그러니까 가령 대위가(국민당군 출신 등) 비당원이고 중위가 당원이며 정치주임일 경우 대위는 군사적으로 지휘 명령하지만 당적으로는 그 부대 당위원장인 그 중위의 지시와 감독을 받아야 한다. 이 경우 물론 당이 우위이고 대위는 일종의 군사 기술자일 뿐인 것이다. 주은래(周恩來, 저우언라이), 등소평(鄧小平, 덩샤오핑) 등 후일 당 중앙의 요직을 차지한 사람은 모두 사단 또는 군단의 정치주임 출신이었다. 남한 빨치산의 경우는 그 특수성 때문에 정규군의 정치부와는 달리 그냥 구색을 갖추는 존재에 불과했으나 그래도 군사부 지휘관이 모두 남로당계인 데 비해 정치위원은 모두가 '사회주의 교양'이 있다는 북로계가 차지하고 있었다.

내가 전속될 당시의 81사단 정치부 멤버를 보면 정치위원인 이봉갑 밑에 교양지도원으로 평안도 사투리의 백홍규, 적공(敵工)지도원으로 함경도 사투리의 박 모, 민운(民運)지도원으로 영남 사투리의 성 모라는 사람이 일하고 있었다. 문화지도원 최문희는 평양 출신의 여인이었고, 월북작가 이동규, 평양 출신의 시인 이명재, 전남 출신의 화가 양수아, 신문과 전사를 담당하게 된 나까지 모두 9명이었다. 이 중 최문희만은 여자대원 15명으로 된 문화공작대를 이끌고 따로 행동했다. 정치위원도 물론 별개의 트를 사용해서 사실상 7명이 기거를 같이 하는 정치부의 한 식구가 되었다.

교양지도원 백은 경성고공[구제(舊制) 서울대 공대의 전신] 출신으로 김일성대학의 통계역학 강사로 있던 독학(篤學)의 청년이었다. 단편적인 전황 뉴스를 기초로 대원들에게 시사강좌를 하는 것이 주된 과업이었다. 민운지도원은 '민중운동'이 담당인데, 어느 도의 직업동맹 위원장이었다고 들었다. 말 많은 직맹의 도위원장으로 올라설 만큼 소탈한 외모에 어울리지 않게 이론이 밝고 지식이 해박한 40세에 가까운 경상도 사내였다. 적공지도원 박 모는 그냥 노동자의 티가 가시지 않은 순박한 사람이었다. 적공은 '적진 와해공작'의 줄인 말인데, '적공'과는 거리가 먼 인상의 30대 사람이었다.

　문화지도원 최문희는 동작이 활달하고 격정적인 인상의 20대 여인이었다. 평양에서는 오페라 카르멘에서 카르멘 역을 맡았던 유명한 오페라 가수이며 '공훈배우'였다고 한다. 그녀는 등사판으로 '50곡집', '20곡집' 등 가사집을 만들어 대원들에게 배부하고 틈틈이 노래 공부를 시키고 있었다. 우리는 이 기억력 좋은 여인으로부터 주로 소련 것을 번역한 군가와 가요를 수십 가지 배웠다. 노래 공부도 중요한 과업 중의 하나였다.

　작가 이동규는 희곡「낙랑공주와 호동왕자」로 남한에서도 약간 이름이 알려졌던 카프작가이다. 월북 후 문예총(북조선 문화예술총동맹)의 서기장으로 있었고, 사변 당시에는 교원대학 교수였다. 당시 실제 나이는 40여 세였지만 50이 넘어 보이는 외모 덕에 모두 동무라 부르지 않고 '이 선생'이라고 존대했다. 문예총의 직위로는 내각의 부상급(차관급)에 해당된다는 말을 가끔 약간 불만스러운 어조로 말하고 있었다(사실 그가 북한인이었다면 사령부의 객원 대우는 받았을 것이다).

　침식을 같이 하다보니 나와는 좋은 말벗이 되었다. 보기에도 약질인 그는 행군대열을 따르는 것만도 큰 고역으로 보였다. 군의 2차 공세 때 안경을 잃어버린 후로는 심한 근시 때문에 두 팔을 헤엄치듯이 내저으며 걷는 바람에 젊은 대원들이 보기만 하면 웃어댔다.

　52년 2월 남부군이 거림골 무기고 트라는 데 머물고 있을 때 화가 양수아가 연필로 이동규의 얼굴을 스케치해서 '이 선생의 빨치산 모습'이라는 제목을 달아 그에게 주었다. 그는 좋은 기념품이 생겼다면서 그것을 배낭에 넣고 다녔다. 그런데 그해 5월, 내가 남원수용소에 있을 때 205경찰연대의 정보과장이 환자 트에서 사살된 시체의 배낭 속에 들어 있었다면서 보여준 그림이 바로 그것이었다. 죽은 그 빨치산은 동상으로 발이 거의 썩어 없어져버렸더라고 했다.

그는 경남부대 당시 산중에서 몇 편의 시를 남겼다. 문외한인 내가 봐도 별 대단한 작품은 못 되는 듯 싶지만 불운했던 한 작가의 처참한 죽음을 회상하며 그의 절필이 된 시와 노래 한 편씩을 여기 기록하고자 한다.

〈내 고향〉

높은 산 저 너머 푸른 하늘 우러르면
구름 밖 멀리 내 고향이 아득하다.
삿부시 눈 감으면 떠오르는 마을 모습
두툼한 볏짚 지붕 위에 박꽃 피고
버드나무 강둑 사이로 시냇물 흐르는
다정하고도 평화스런 마을, 아아 그러나 지금……(이하 생략)

〈지리산 유격대의 노래〉

지리산 첩첩산악 손아귀에 거머잡고
험악한 태산준령 평지같이 넘나드네.
지동치듯 부는 바람 우리 호통 외치고
깊은 골에 흐르는 물 승리를 노래한다.
 (후렴)
우리는 용감한 지리산 빨치산
최후의 승리 위해 목숨 걸고 싸운다.

이동규와 최문희·이명재 등은 원래 50년 여름 경남지방에 문화공작 요원으로 내려왔다가 인민군 후퇴 때 경남도당 유격대에 투신한 터였다. 최문희의 경우는 이때 당중앙 간부부 제2부부장인 강규찬과 강의 처인 전남여맹 위원장 고진희 등과 함께 북상을 기도하다가 무주 덕유산 밑 월성리에서 경남도당 유격대를 만나 합류하게 되었다고 한다(강규찬은 4·3사건 때 제주도당책이었고, 고진희는 부녀부장이었다. 이들은 48년 8월 21일 해주에서 열린 '남조선 인민대표자회의'에 참석하기 위해 김달삼과 함께 제주도 진입을 기다리고 있었던 것이다. 후일 강규찬은 전사하고 고진희는 일단 생포된 후 구례경찰서 유치장에서 자결했다).

이동규 등은 경남도당 부대에서 문화공작 일꾼으로 있다가 시천·삼장전투 직후(그러니까 내가 거림골 환자 트에 있을 때) 지리산 주능선 연하천에서 남부 6개 도당 회의가 열렸을 때 남부군으로 소환돼온 터였다. 그러니까 남부군에 대해서는 나보다도 더 생소했다. 당시 경남도당 유격대는 지리산 동북쪽을 비롯한 서부 경남 산악지대를 근거지로 하고 있었기 때문에 마산전선에서 패퇴하는 인민군 낙오병과 문화공작원 등을 흡수하기 쉬운 위치에 있었던 것이고 그래서 군사부도 경남도당 부대가 가장 강대했던 것이다.

당시 20대의 '신진 시인' 이명재는 그냥 쾌활한 인상의 젊은이였고 시인으로서의 자질은 대단한 것 같지 않았다. 일본 제국미술학교 출신인 양수아는 매우 유능한 화가였다. 과업 때문이기도 했지만 그는 그런 생활 속에서도 도화지와 그림물감 등을 잘 간수하고 다녔다. 한번은 정치위원의 지시로 내가 구상하고 그가 그림을 그려 몇 편의 그림극(일본의 가미시바이)을 만들어 마을에 내려갈 때 마을 사람들에게 구경시킨 일도 있었다. 그는 또 기억력이 유별나서 일본의 장편 검객 소설 『미야

모토 무사시』를 처음부터 끝까지 외고 있어 심심할 땐 그것으로 시간을 잊게 했다.

이들 정치부원 중에서도 백홍규와 양수아는 나와 연배가 비슷하고 말도 잘 어울려 무척 친밀한 친구가 됐다. 중부 사람인 내게는 백이 심한 평안도 사투리로 양의 심한 전라도 사투리와 농담을 주고받는 것을 듣고 있노라면 저절로 웃음이 나오고 재미있었다. 성격이 서로 특징적이면서도 사이가 좋았다.

양은 '호남인'의 개땅쇠라는 별칭에 대해 이런 해석을 하고 있었다. "남도에는 유달리 만석꾼, 천석꾼이 많다. 그것은 남도가 농토가 넓고 비옥해서 대지주가 생겨날 여건이 있었기 때문이다. 남도에 요리나 예술이 발달한 것은 그런 지주계급이 많았기 때문이다. 대지주가 많다는 것은 그만큼 농노계급이 많다는 의미가 된다. 상대적으로 소수의 큰 부자와 '한'이 많은 다수의 극빈자가 있을 수밖에 없었다. 개화기가 되면서 극빈자들은 도시를 찾아 타향으로 흘러갔고 그들은 살기 위해 체면이나 술수를 가리지 않았다. 그래서 그 강인한 생활력 때문에 '개땅쇠'란 말이 생겼고 호남인에 대한 인식을 그르치기도 했다. 그것을 불식하는 방법은 결국 혁명적 토지개혁과 사회주의 경제밖엔 없다."라고.

각설하고, 정치부원들은 무장은 갖추고 있었지만 직접 공격전투에 나가는 일은 없었다. 그렇다고 이렇다 할 '문화공작'을 하는 것도 아니었다. 한두 번 대원들에게 '마을 인민에게 보내는 편지'라는 것을 쓰게 해서 보급투쟁 때 뿌린 것 외에는 노래공부나 교양강좌 그리고 그림극 정도가 우리가 한 '문화공작'의 전부였다. '민중운동'이니 '적진 와해공작' 같은 것은 시도해볼 여유도 없었다. 겨울철로 접어들면서 보초선 순찰, 대열 수습, 일부 전투의 지휘 등 군사적인 역할이 오히려 주된 과업이 되었다.

하는 일이야 어떻든 정치부원들은 식구가 단출하고 소위 '문화인'들이 돼서 서로 쉽게 어울렸을 뿐만 아니라 전투대에 비해 일신도 매우 편했다. 우선 아침저녁으로 필요한 땔나무 사역에 나가지 않는 것만 해도 혜택이었다. 각 연대에서는 장거리 행군 끝에 설영지(設營地)에 들면 우선 자기 연대 일은 젖혀놓고 사단본부의 막사를 세워야 했고 땔나무 준비를 해 바쳐야 했다. 밝은 낮이면 그래도 낫지만 도착이 늦었을 때는 설영준비하랴, 어둠 속을 더듬으며 땔나무를 하랴, 전사들의 고역은 여간 아니었다. 정치부로 전속된 그날 저녁 화톳불을 쬐며 잡담을 나누고 있는데, 전투대의 사역병들이 땔나무를 한 아름씩 해다 부려놓고 가는 것을 보고 있으려니 솔직히 말해서 무슨 출세라도 한 기분과 미안한 마음이 교차되었다.

그러나 이러한 호강도 잠깐이었다. 국군의 동계(겨울)작전이 시작되고부터는 연대의 병력이 워낙 모자라고 숙영지 이동이 빈번해져서 정치부나 참모부나 설영 문제는 자체 해결할 수밖에 없게 된 것이다. 전투도 능동적인 습격전보다 습격을 당하는 쪽이 많아짐에 따라 전투원과 비전투원의 구별은 차츰 희미해져갔다.

9. 노호(怒號)하는 설원(雪原)

달궁(達宮)골의 가을

기동사단은 피아골에서 노고단(老姑壇)으로 올라 하룻밤을 고원의 별장터에서 묵었다. 당시의 노고단은 빨치산의 근거지를 없앤다는 명목으로 나무를 모두 베어버려 관목 하나 없는 무참한 모습이었다. 일제 때 외국인 선교사들이 피서지로 지은 별장터와 극장터가 남아 있고, 집터 사이를 잇는 박석 통로와 수로 등이 잡초 속에 묻혀 있었다.

그 무렵 서양 사람들은 등(藤)의자를 장치한 지게를 타고 서쪽 마산면에서 올라오는 산길로 해서 이 1천5백 고지를 오르내렸다고 한다. 삐쩍 마른 농군이 뙤약볕 아래에서 땀으로 미역을 감으며 지고 가는 지게 위 등의자에 걸터앉아 피둥피둥 살찐 코쟁이들이 부채질을 하며 산천 구경을 하고 있는 것을 상상해보니 아무래도 그리 보기 좋은 풍경은 아니었을 것 같다.

남부군은 노고단 밑 어느 골짜기에 자리를 잡고 마산면 쪽으로 두어 번 보급투쟁을 나갔다. 구례읍이 가까운 들판의 마을들이었지만 경찰대와의 충돌은 한 번도 없었다. 이때 어느 집에 들어갔다가 여러 날 전에 나온 신문지 한 장을 얻어 보았다. 당시에는 농촌에서 신문지를 구경하는 일이 거의 없었다. 1년여 만에 신문 지면을 보니 하도 신기해서 봉창에 쑤셔 넣고 다니며 심심하면 꺼내 다시 읽어보았다. 특히 한자

(漢字)가 무척 눈에 설었다.

남부군 사령부가 지리산 서북쪽 언저리에서 보급투쟁을 해가며 며칠을 머물렀던 것은 다시 한번 야지 습격을 하기 위한 준비였던 것 같다. 기동사단은 어느 날 종석대 부근 어느 골짜기에서 돌연 곡성(谷城)을 향해 멀리 출격했다. 이 무렵 전라남도 유격부대는 멀리 남해안 불갑산(佛甲山)에서부터 유치산(有治山), 화학산(華鶴山), 백아산(白雅山), 그리고 지리산에 인접한 광양 백운산 등지에 분산되어 움직이고 있었는데, 그 백아산부대를 향도로 하여 곡성읍과 부근 지서를 공격하고 4일 만에 지리산 서북릉 고리봉(1,244m) 부근으로 돌아온 것이었다.

남부군이 군청 소재지를 습격한 마지막 작전이 된 이 전투에서 나는 81사단 정치부의 일원으로 훨씬 후방에서 대기하게 되어 상황을 직접 목격할 기회는 없었다. 지금 당시의 군경 측 기록과 내가 견문한 기억을 종합해보면 다음과 같다.

9월 30일 밤 자정(경찰 기록 23시 30분)에 기동사단과 전남부대의 연합부대 약 5백 명이 곡성읍을 기습, 이튿날 새벽까지 곡성읍 일원과 인접 오곡(梧谷)지서를 점령하는 데 일단 성공하고 읍내를 지나는 전라선 철도를 상당 구간 폭파하기도 했다. 그러나 경찰서에는 의용경찰과 읍내 청장년 수백 명이 농성하여 완강한 저항을 계속했다. 그래서 미처 제압하지 못하고 있는 사이에 지리산지구 경찰 전투사령부의 203경찰 연대와 전남경찰국 기동대의 대병력이 들이닥쳐 외곽방어를 담당하고 있던 남부군 부대와 신월리(新月里) 강변에서 치열한 교전이 벌어졌다. 기습이라고는 하지만 5백 명이나 되는 빨치산의 대부대가 며칠 새 야지(野地)를 거치며 이동했으니까 계획이 노출되지 않았을 리 없고 토벌대의 대군이 이미 출동을 시작하고 있었던 것이다.

이에 빨치산 측은 경찰서의 포위를 풀고 퇴각을 시작, 추격하는 경찰 전투대와 팔랑개비식 공방전을 해가며 구례 평야를 가로지르고 산맥을 넘어 고리봉 능선으로 철수해왔다. 철수 때의 전투로는 통명산(通明山)에서의 교전이 가장 치열했는데, 이때 무슨 까닭이었던지 나이 여남은밖에 안 돼 뵈는 앳된 소년 하나가 토벌경찰대에 끼어 있는 것을 본 남부군과 전남부대 대원들이 약속이라도 한 듯 일제히 사격을 멈춘 조그만 에피소드가 있었다. 곡성전투에서 경찰 측 전사자는 24명, 부상 17명으로 기록돼 있다. 빨치산 측 피해도 비슷해서 사상자 도합 60명 정도, 경찰서 공격을 담당한 전남사단의 출혈이 가장 심했음은 물론이다.

경찰 측이 발표한 것은 '공비 사살 506명'으로 되어 있는데, 습격부대의 총수가 약 5백 명이었으니까 이것은 너무 과장된 숫자이다. 그런데 육군본부 간행 『공비 토벌사』에 기재된 군부 측의 보고는 "곡성을 습격한 적의 세력은 6~7백 명이고 적의 손실은 약 1백 명이며, 이 공비부대는 10월 10일 달궁골로 이동했다"라고 작전 후의 동정까지 비슷하게 파악하고 있다. 다만 남부군이 달궁골로 잠적한 것은 고리봉 귀환 직후니까 10월 4일경이 된다.

기동사단은 삼성재 무넘이고개 부근에서 추격해온 전경부대와 마주쳐 사격전을 벌인 후 세걸산(世傑山) 밑, 달궁골에 들어가 보름 가까운 장기 숙영을 했다. 지금은 종석대 시암재까지 도로가 통하고 마을도 여러 개가 있지만 심원골 · 하점골 · 달궁골 · 오얏골의 긴 골짜기는 당시 완전한 무인지경이었으며, 서북으로 남원벌과의 사이를 만복대에서 세걸산 · 덕두산에 이르는 1천2백 미터대의 서북릉이 병풍처럼 가로막고 있어 하나의 별천지를 이루고 있었다.

달궁골의 장기 숙영은 장기간에 걸친 행려(行旅)의 피로를 풀고 전사들에게 휴식을 주기 위한 것이라고 했지만 기백 명 한정된 병력으로 전투 때마다 치러야 하는 약간 명씩의 손실이 가랑비에 옷 젖는 식으로 어느새 전 남부군의 세력을 기울게 만드는 어리석음을 범하고 있었던 것이다.

어찌 됐든 달궁골의 생활은 전 대원에게 즐겁고 평안한 나날이었다. 보급투쟁을 몇 번 나다닌 외에는 별다른 사역도 없고, 전북부대가 초소망을 펴고 있는 고리봉 정령재 쪽에서 가끔 총소리가 들려오기는 했으나 설영지까지 번져오는 일은 없었다. 나 자신은 이야기가 어울리는 친구들과 기거를 같이하면서 상·하급자의 구속 같은 것도 느낄 일이 없어 마음만은 문명사회에 살고 있는 기분이었다. 열흘 남짓한 달궁골 숙영이 무척 긴 기간이었던 것처럼 기억되는 것은 이처럼 평온하고 드물게 변화가 없던 기간이었기 때문인 것 같다.

춥지도 덥지도 않은 10월의 날씨는 쾌적했고 하늘은 매일 푸르기만 했다. 달궁이라는 이름은 옛날 읍락국가 시절에 어느 소국의 왕궁이 있었던 데서 유래된 이름으로 보이는데, 이곳은 심산유곡답지 않게 골짜기가 제법 넓고 개울물을 따라 목장에 알맞을 법한 수백 평의 초지가 있었다. 남부군 기동사단은 그 풀밭 위에 여남은 개의 광목 천막을 나란히 치고 숙영했다. 평화시절 같았으면 등반대의 캠프촌쯤으로 보였을 것이다.

여기서 나는 이봉갑의 보증으로 정식 입당절차를 밟고 조선노동당원이 됐다. 이른바 '화선입당'이다. 요식대로 자서전을 쓰고 심사도 받았다. 사단 정치위원의 보증과 추천이고 같은 클럽인 적공지도원인가 누군가가 심사를 했으니 그야말로 요식뿐이었다. 아무튼 이제 비당원으로서의 차별과 괄시를 모면하게 된 것이다.

대원들에게는 백홍규 교양지도원의 '시사강좌'와 최문희 문화지도원의 노래공부가 매일 일정 시간 실시됐다. 백홍규는 각 연대를 돌며 '10월혁명 기념일'에 발표된 김일성의 「10월혁명과 조선 인민의 민족해방 투쟁」이라는 논설과 《해방 후 조선》이라는 팸플릿의 해설을 했고, 「밴프리트의 10월 공세는 실패했다」는 제목의 시사강좌를 했다. 밴프리트 장군(유엔군 사령관)의 이름을 나는 이때 백홍규로부터 처음 들었다. 백이 가지고 있는 자료들은 아주 최근의 것이었다. 그것은 반야봉 밑 어느 비트에서 고학진 무전사가 받아내어 전북도당이 발행하고 있는 《중앙통신》이 틀림없는 것 같았다. 백홍규는 대원들의 학습태도가 매우 진지하다고 강좌를 마치고 돌아올 때마다 만족해하고 있었다. 그러나 나중에 대원들에게 들으니 졸음을 참느라고 혼이 났다고 했다.

나는 이곳에서 《지리산 승리의 길》의 창간호를 내보려고 원고 정리를 서둘렀으나 종이와 인쇄수단을 얻지 못해 결국 불발로 끝나고 말았다. 다만 다른 지방사단의 《승리의 길》 몇 가지를 입수해서 전사의 자료로 보관하고 다녔다. 전남부대의 《백아산 승리의 길》이 가장 체제가 잘돼 있었다는 기억만이 남아 있다.

보급투쟁은 운봉, 주천(朱川) 방면과 산내면 분지의 마을들로 몇 차례 다녔다. 주천 방면으로 가자면 1,200미터대의 서북릉을 넘어야 했고 언제나 강력한 경찰대의 요격을 받아 부상자를 내고 때로는 사망자를 냈다. 산내면 쪽은 길이 좀 멀고 농가의 식량 비축이 워낙 없었지만 그 대신 적정이 대단치 않고 우마차가 다닐 만한 임도가 있어(지금은 훌륭한 포장도로로 확장돼 있다) 신체적으로는 편한 코스였다. 그 길 도중에 배암사골과 갈라지는 합수점에 반선이라는 조그만 마을터가 있었다. 지금은 국립공원 사무소와 유락시설, 기념박물관(대부분은 빨치산과는 관계 없는 간첩 장비들을 진열해놓은) 등이 있지만 당시에는 집터의 돌담 무더기만이 몇 군데 산재해 있었다.

한번은 보급투쟁에서 돌아오다가 그 마을터에서 쉬고 있는데, 군 참모장이 마침 옆에 있다가 여순사건 때의 추억담을 얘기하기 시작했다. 사건 주동자인 김지회·홍순석 두 중위가 마을 사람의 신고를 받고 급습해온 군토벌대에 의해 그 마을에서 사살된 것이다. 기록에 의하면 49년 4월 9일 새벽 3시의 일이고 반란군 측은 사망 17명, 생포 7명의 타격을 이때 입었다. 홍순석은 즉사했으나 김지회는 중상을 입고도 그곳에서 7백 미터쯤 떨어진 연장(延章)골짜기 숲 속까지 기어가서 절명하는 바람에 토벌대는 도피한 것으로 판단하고 한동안 수색전을 폈었다. 김지회와 함께 있던 그의 애인 조경순(趙庚順)은 일단 그 자리를 탈출했는데 사흘 후 달궁골에서 김지회를 찾는 수색조에 걸려 잔당 1명과 함께 생포돼 그해 9월 서울 수색형장에서 총살됨으로써 김지회의 곁으로 갔다. 그때 나이 20세의 제주도 출신 비바리였던 조경순은 광주도립병원 간호원으로 있으면서 입원 중인 김지회 중위와 만나 서로 사랑하는 사이가 되었고 짧은 사랑의 역정을 지리산에서 끝맺었던 것이다.

사랑하는 사람을 따라 지리산까지 들어간 그녀는 빨간 스웨터를 입고 다니는 것이 토벌대의 눈길을 끌어 '붉은 스웨터의 여두목'이라는 엽기적 제목으로 신문에 오르내리기도 했다. 나는 이 비운의 여인이 49년 9월, 9명의 다른 좌익계 피고와 함께 간단한 사실심리 끝에 모조리 사형을 선고받은 군법회의(재판장은 원용덕 장군)를 방청했었다. 그날 재판이 끝나 형무소로 돌아가는데 조경순이 결박 때문에 트럭에 잘 오르지 못하자 지리산 문화공작대 사건(전술)으로 그날 같이 사형선고를 받고 돌아가던 26세의 시인 유진오가 뒤에서 그녀의 궁둥이를 밀어줬다.

조경순은 트럭에 오르면서 유진오를 돌아다보고 수줍게 웃어 보였다. 그때의 창백하던 유진오의 얼굴과 불그레 상기된 조경순의 앳된 모습이 한동안 망막에서 지워지지 않았다. 그 비운의 연인들의 마지막 장소가 그곳이라고 들었을 때 뭔가 감상(感傷)이 솟구치는 것을 금할 수 없었다. 허물어진 돌담 옆에 늙은 감나무 한 그루가 앙상한 가지 끝에 홍시 서너 개를 달고 서 있었다. 입산 이태째의 겨울이 다가오고 있었다.

남부군 사령부는 달궁골에서 네 번째의 도당 위원장 회의를 소집했고, 10월혁명 기념일에는 가까운 전남, 전북, 경남 3도 유격사단의 씨름선수들을 모아 사단 대항 씨름대회를 열었다. 그날은 소를 잡아 잔치를 벌이고 성대한 오락회도 가졌으며 시작(詩作)대회도 열렸다.

이러는 동안에도 서북릉에 배치된 전북사단의 초소 병력과 남원 방면에서 올라붙는 전투경찰대 사이에 이따금씩 교전이 벌어지고 있었다. 당시 남원은 지리산지구 경찰 전투사령부가 있는 토벌군의 본거지였다. 10월 중순 어느 날, 그 서북릉에 전투경찰대의 대규모 공격이 시작되었다. 치열한 포격과 함께 전폭기의 공중 공격이 병행됐다. 배암사골에 본거를 두고 있던 전북도 유격사단은 이 서북릉 방어전에서 대단한 손실을 입었다.

기동사단은 총소리를 뒤로 들으며 그날로 달궁골을 떠나 다시 이 골짜기 저 골짜기를 전전하기 시작했다. 거의 하루 걸러 아지트를 바꾸고 동북부 지리산 일대를 떠돌아다니며 때때로 보급투쟁을 해서 양도를 이어가면서 한 달여를 보냈다. 그동안 영원사(靈源寺)골·백무(百巫)골·칠선(七仙)골·벽송사(碧松寺)골·조개골·대원사(大源寺)골·중산리(中山里)골·거림(巨林)골·청내(淸內)골·대성(大成)골·삼점(三店)골·빗점(櫛店)골·목동골 등등을 유전(流轉)한 끝에 횡천강(橫川江) 상류가 되는 학동골(鶴洞)에 자리를 잡은 것이 11월 하순이었다. 학동골은 이웃 청학(靑鶴)이골과 더불어 상투 틀고 댕기 딴 유사 종교꾼들이 모여 사는 곳으로 유명하다. 하지만 총칼 앞에는 유사종교도 소용이 없었던지 전쟁이 일어나자 모두 야지로 피신하여 당시에는 한 사람의 그림자도, 빈집 한 채도 없었다.

이 기간 동안 우리는 보급투쟁 때의 소전투 외에는 능동적인 공격전을 벌인 일도 없고, 수시로 근거지를 이동한 때문인지 토벌군의 공격을 받은 일도 없었다. 그 대신 토벌군의 포화보다 더 무서운 동장군(冬將軍)이 소리 없이 다가오고 있었다. 그사이 지리연봉에는 눈이 내리고 북풍이 몰아쳐 산상의 밤 기온은 매일처럼 영하로 떨어졌다. 눈 속의 행군, 눈 속의 숙영이 계속되면서 "태백산맥에 눈 날린다. 총을 메어라 출진이다."라는 〈빨치산의 노래〉[임화(林和) 작사]의 비장조(悲壯調)가 실감을 느끼게 했다.

남부군은 독특한 난방법으로 혹한의 밤을 견디었다. 연대마다 두어 개씩, 여자대원들이 손바느질로 만든 광목천 천막을 갖고 다녔는데, 이 천막을 칠 자리에 길다랗게 골을 파고 그 속에 모닥불을 피운다. 행군 중 체온 때문에 눈이 녹아 발싸개는 물론 바짓가랑이까지 으레 물구덩이가 되기 때문에 모닥불가에 둘러앉아 그것을 말렸다. 불이 어지간히 타고 나면 커다란 돌을 주어다가 골 속에 가득 채우는데, 돌이 달구어져서 밤중까지 식지 않았다. 그 위에 광목 천막을 치고 양편에서 돌 위에 발을 올려놓고 두 줄로 누워 자는 것이다.

정치부 트에서는 모두 담요 한 장씩은 가지고 있었기 때문에 두셋이 한 겹은 깔고 한 겹은 덮고 하면 맨땅 위이지만 발의 훈기 때문에 과히 추운 줄 모르고 잘 수 있었다. 바짝 붙어서 자기 때문에 서로의 체온으로 좌우는 따뜻했다. 그래서 맨 가장자리에 눕지 않으려고 기를을 썼다. 가장자리는 한쪽이 빌 뿐 아니라 천막 입구가 되니까 눈바람이 들이치기 때문이다. 출입구가 되니까 순찰을 교대할 때 으레 한 번씩 걷어채이게 되는 것도 곤란했다.

온종일 눈 속의 행군을 하다가 모닥불에 발을 말리고 물에 젖은 발싸개를 바싹 말려 다시 감고 나면 표현하기 어려울 만큼 개운했다. 그러나 이것도 12월의 대토벌작전을 만나기 전까지의 얘기다. 군작전이 시작되면 불을 피울 수도 없거니와 노상 눈이 무릎을 넘는 고지나 북변 골짜기에서 행동하게 되기 때문에 골을 팔 도리도 없고 돌을 구할 방법도 없으며 우선 천막 말뚝을 박을 수가 없다. 숫제 천막을 잃어먹지 않은 연대가 드물 지경이 되었다. 도리 없이 눈을 발로 다지고 그 위에 청솔 가지를 꺾어 깔고 누워 자는 것이 고작이었다. 단단히 얼고 다져진 눈은 그렇게 밤새 깔고 자도 녹지를 않았다.

월동준비와 초모사업(招募事業)

밤이면 정치부에서는 '간부 순찰'을 나갔다. 한 사람씩 교대로 보초선을 돌아보는 것이다. 한참 단잠을 자다 깨어서 눈바람이 몰아치는 보초선으로 나가는 것도 고역이긴 하지만, 뽀송뽀송하게 마른 발을 다시 적시는 것이 더욱 싫었다. 그 대신 순찰을 마치고 돌아와 뜨뜻한 돌구들에 다리를 올려놓고 사람 훈기 속에 끼어 누우면, 광목천 한 겹 밖이 눈바람 치는 첩첩산중이라는 것이 거짓말인 것처럼 아늑했다.

영하 20도를 오르내리는 한밤중, 눈 속에 발을 파묻고 몇 시간씩 견뎌야 하는 보초들의 고통은 상상을 절한다. 보초들은 수시로 나타나는 정치부의 순찰을 무척 두려워했다. 그들은 모두 정치부라는 낱말에 은

연한 위압감을 갖고 있었다. 그래도 가끔은 졸고 있는 보초를 발견한다. 잠이 올 수 없는 혹한 속에서 존다는 것은 수마가 한계점에 와 있다는 증거이다. 그러나 보초 한 사람의 실수는 자신을 포함한 전 숙영부대의 생명과 직결되는 문제이며, 어쩌면 보초 자신이 그에 앞서 얼어 죽을 위험성도 있으니 그냥 보아 넘길 수가 없었다. 잠이 달아나도록 놀라게 해놓고 와야 하는데 그런 때는 나 자신의 마음도 결코 편하지 않았다.

며칠씩 눈 속을 헤매다가 검은 흙과 마른 풀이 보이는 양지를 딛는다는 것은 여간 즐거운 일이 아니었다. 땅 속에서 그냥 따뜻한 온기가 스며 나오는 것 같았다. 11월 하순에 우리가 정착한 학동골 트는 그러한 남향받이 사면의 집터 자리였다.

정찰대가 빈번히 출동하고 57사단의 연락병이 오갔으나 우리는 무엇이 벌어지는지도 모르고 따사로운 양지에 모여 앉아 어디서 흘러들어오는지 판문점에서 진행 중인 휴전회담의 단편적인 뉴스를 가지고 자신들의 운명에 관해 희비 엇갈린 의견들을 교환하고 있었다.

51년 6월 30일, 그러니까 승리사단이 덕유산에 머물고 있던 그 무렵에 개성에서 막을 연 휴전회담은 판문점으로 자리를 옮겨 우리가 학동골에 들어섰던 11월 27일에는 잠정 접촉선을 합의하는 단계에까지 이르렀던 것이다.

빨치산들도 자신의 운명에 대해 다시 한번 생각하지 않을 수 없었다. 어떤 사람은 휴전이 성립되면 유격대들은 협정에 의해 안전하게 북으로 귀환할 수 있게 될 것이라면서 '인민'의 환호 속에 꽃다발에 묻혀 평양 거리를 행진하는 자신의 '영웅적인' 모습을 상상하고 있었다. 이들은 이렇게 주장했다.

우리는 국제법상의 교전단체인 '인민군 총사령부'가 편성 파견한 어엿한 전투 집단이다. 적 후방에 대한 공중 공격이나 공정대(공수부대) 투입이 위법이 아닌 것처럼 적 후방에서 싸웠다 해서 범죄행위가 될 수는 없다. 낙오병은 저항을 할 수 없다는 전쟁법규는 없으니 50년 여름의 패퇴 중 입산한 자도 어엿한 전투원이다. 그러니까 전쟁이 끝나면 당당히 철수할 수 있는 것이다. 우리는 이미 여러 개의 무공훈장을 탔고 돌아가면 '영웅'이 될 것이다. 어느 집회에서나 주석단에 높이 앉아 군중을 내려다보는 빛나는 '공화국 영웅'이 되는 것이다.

그러나 많은 대원들은 비관론, 아니 절망론을 생각했다. 무공훈장은 고사하고 '별오리대회'에서 직접 김일성으로부터 '발군의 조직 공훈자'로 칭송받은 조선인민유격대 사령관 이승엽이 정전과 함께 사형대의 이슬이 되고 '유격대'가 그 죄상의 하나로 열거되리라고는 상상도 못했고, 남한 빨치산이 그 정전회담에서 거론조차 안 된 채 버려진다고야 짐작할 리 없었지만…….

'유격대는 어디까지나 비공식 전력이다. 제복이 없는 군대는 정규적인 군대가 아니니까 교전단체가 아니고 범죄단체로 간주될 것이다. 전쟁이 계속되는 한 언젠가는 조중(朝中) 동맹군이 이 지역까지 쳐 내려올 날이 반드시 있을 것이다. 그 날이야말로 승리의 날이며 통일의 날이다. 그날 우리는 적 후방에서 그 장구한 세월을 사투해온 빨치산 영웅으로서 영광의 날을 맞이하게 될 것이다. 그러나 정전이 성립되면 파멸이다. 국군은 주전선의 여력을 후방에 돌려 대병력으로써 우리를 섬멸하려 들 것이다. 항전하면 사살이 있을 뿐이고 잡히면 총살이 있을 뿐이다. 어차피 우리는 남한의 산중에서 사멸하고 말 것이다. 그러니까 정전이 되면 우리는 마지막이다.'

차마 이 절망감을 입으로 나타내는 사람은 없었지만 그 서곡은 현실로 우리 앞에 다가오고 있었다. 그때 이미 잠정 접촉선 합의로 생긴 소강상태를 이용해서 11월 25일에는 남원에 백선엽(白善燁) 야전군사령부가 들어서고 동부전선에 있던 수도사단과 8사단, 그리고 서남지구 전투사령부 예하 5개 경찰연대, 국군 2개 예비연대 및 사천(泗川) 비행장을 기지로 한 제1전투비행단까지를 포함한 대병력이 지리산지구를 향해 속속 집결하고 있었던 것이다.

남부군 사령부가 그러한 사태까지를 파악하고 있었는지는 의문이지만 당연히 예상되는 군경토벌대의 동계 공세에 대한 대비책을 서두르고 있었던 것은 확실하다.

이때 남부군이 당면한 과제는 월동물자의 확보와 현저히 줄어든 병력의 보충 문제였다. 그중에서도 월동준비는 혹한을 앞둔 빨치산 부대의 사활 문제가 아닐 수 없었다. 그때까지도 많은 전사들이 여름 차림 그대로였고 식량의 비축도 전혀 없었다. 군경부대의 대공세를 만나 산중에 봉쇄되었을 때 얼어 죽고 굶어 죽지 않기 위한 대비가 시급했던 것이다. 적어도 피복 문제는 각자가 자신의 것을 해결해야 한다. 그래서 월동준비는 전사들에게 하나의 유행어가 됐다. "동무, 월동준비 좀 했어? 난 방한모 하나 했지." 이런 식이다. 행군 길에 인분이 있으면 밟지 말라고 뒷사람에게 일러줄 때도 "월똥 준비!" 하고 익살들을 부렸다.

병력 보충은 기술적으로 더욱 어려운 과제였다. '초모사업'이라고 해서 보급투쟁 때 짐을 지워 데려온 마을 청년들을 강제로 연대에 편입시켜 끌고 다녔으나 결국 아무런 보탬도 되지 않았다. 수적으로도 대단한 것이 아니었지만 그야말로 운수가 사나워 아닌 밤중에 난데없이 끌려나온 이들에게 사기나 의욕이 있을 까닭이 없었다. 그러니 전투 능력은 말할 것도 없고 우선 육체적으로 견디지를 못해 곧 탈락되고 말았으며, 항상 그들의 도주를 감시해야 하는 2중 부담만이 따랐다.

며칠 후 시작된 악양(岳陽)전투에서는 40명이나 되는 마을 청년들을 초모병으로 강제 편입시켰으나 12월 군작전이 끝날 무렵에는 한 사람도 남지 않고 달아나버리고 말았다. 우선 대열이 분산되면 제각기 비상선으로 모여야 하는데, 도망갈 기회만 엿보고 있는 터에 제 발로 비상선을 찾아 돌아올 바보가 있을 까닭이 없었다.

81사단에도 달궁골 당시 편입시킨 10여 명의 초모병이 있었다. 교양지도원과 적공지도원이 이들을 '교육'시키느라고 애를 쓰고 있었으나 총칼이 무서우니까 자세를 구부정하게 하고 알아듣는 시늉들을 하고 있지만 속으로는 도망갈 궁리만 하고 있는 이들에게 볼셰비키 혁명이나 레닌사상이 씨가 먹힐 턱이 없었다. 농지개혁을 들먹이고 계급의식을 고쳐시킨다고 해도 당장 얼어 죽고 맞아 죽는 판에 그런 데 관심 둘 까닭도 없었다.

이들에겐 급식도 일반대원들보다는 좀 낫게 지급했으며 대개 두꺼운 솜옷들을 입고 있어 방한 차비도 일반대원들보다 나은 편이었다. 그러나 불과 며칠을 못 가서 전신에 심한 동상을 일으켰으며 굶주림에 지쳐 떨어졌다. 산비탈을 달리는 지구력은 더구나 일반대원을 따르지 못했다. 비록 조식(粗食)과 중노동이 몸에 밴 농군 초군들이지만, 졸지에 빨치산 생활에 적응하기는 어려웠던 것이다.

이 무렵 나는 자신의 몸에 거짓말 같은 변화가 나타나고 있는 것을 깨닫고 사람의 육체란 단련 여하에 따라 상상할 수 없는 능력을 나타내는 것이로구나 하고 혼자서 놀란 일이 있다. 무거운 짐까지 지고 가파른 산비탈을 아무리 달려도 숨이 가쁘거나 다리가 아프다는 것을 느끼지 않게 된 것이다. 굶는 것도 하루 이틀 굶어서는 아무렇지도 않았다. 그러면서도 밤잠 안 자며 가파른 산과 골짜기를 뛰어다녔으니, 칼로리나 에너지를 따지기에는 계산이 불가능한 일이다. 가난하나마 따뜻한 구들에서 편안하게 살던 마을 청년들을 졸지에 이 야생동물 같은 대열 속에 끼워 넣었으니 지탱할 도리가 없는 것은 당연했다.

견디다 못한 '초모병'들은 징징 울면서 돌려보내달라고 애원했다. 빨치산들은 "당신이 좋든 싫든 일단 입산해서 우리와 행동을 같이해온 이상, 내려가면 틀림없이 중벌을 받게 될 거요. 살고 싶거든 집에 돌아갈 생각은 아예 마시오. 죽으나 사나 이제 우린 동지가 된 거니까." 하고 위협했다.

그래도 동상이 너무 심해 도저히 대열을 따라갈 수 없는 '초모병'은 집에 돌려보내준다고 속여서 후미진 곳에 끌고 가 총창으로 처단해버렸다. 물론 기밀보장을 위해서였다. 그러니까 이 시기에 빨치산들에게 끌려가 돌아오지 않은 청년은 모두가 초모병이 되어 폐사(弊死)했거나 처단된 것이다. 다만 아주 드문 예이지만 이런 속에서도 끝내 빨치산 대열을 따라다니다가 전사하거나 토벌대에 생포된 유별난 '초모병'도 더러는 있었던 것으로 안다.

학동골에서 어느 날 나는 이봉갑 정치위원의 부름을 받았다. 그는 사단장 김홍복과 한 막사를 쓰고 있었는데, 그 무렵에는 매일처럼 날이 밝은 즉시 천막을 걷고 짐을 꾸려 언제라도 대피할 수 있는 태세를 갖추고 있었기 때문에 낮에는 막사가 없었다. 이봉갑은 막사 자리에서 볕을 쐬며 사단장과 한담을 나누고 있다가 나에게 옆에 앉으라고 땅바닥을 가리켰다.

"다름이 아니라 이건 아직 기밀이지만 수일 내로 이 산 너머 악양을 습격하기로 됐고, 다른 도당 부대까지 동원한, 마, 대규모 작전이오."

"네."

"그래서 동무에게 과업을 주겠는데 출격에 즈음해서 전체 대원에게 읽어줄 격문을 하나 써달라 이 말이오. 이번 작전의 목적은 제2전선의 강화와 월동준비 이 두 가지인데 첫째로 이 작전 취지를 고취하자는 것이오."

"알겠습니다."

"대열 보전을 위해서 월동준비가 시급하다는 것은 누구나 다 아는 일이지만, 좀 더 적극적으로 말해서 제2전선의 강화를 위한 전력의 유지와 제고(提高)를 위해 긴급히 요청되는 과제란 말이오. 그동안 지리산을 일주하면서 대상자를 물색했는데 결국 악양을 공격하기로 결정을 본 것이오. 아직은 기밀이지만……."

"네."

"요즘, 정전회담이 어떠니 국방군의 겨울철 대공세가 곧 있을 거라느니 해서 걱정하는 대원들이 더러 있는 모양인데 그건 빨치산 투쟁의 취지를 모르기 때문이오. 이제 정전회담이 진척됨에 따라 서로 유리한 정전선을 확보하기 위해 격전이 벌어질 것이 틀림없소. 그 주저항선의 적 병력을 하나라도 더 많이 후방으로 돌리게 하는 것이 우리의 당면 과업이란 말이오. 사단 병력의 적을 지리산에 붙들어 매면 우리는 1개 사단의 역할을 하는 것이 되며 군단 병력을 끌어들이면 1개 군단의 구실을 하는 것이 아니오? 그러니 적 병력이 많이 몰려오면 많이 몰려올수록 우리에게 유리하다, 이 말이오. 걱정할 일이 아니다, 그거요……."

"……."

"남부군의 총세가 고작 2~3백이니 설사 우리가 전멸을 한다 해도 충분히 타산이 맞는 싸움이 되는 것이오. 말하자면 우리는 이겨도 이기고 져도 이기는 유리한 투쟁을 하고 있는 것이란 말이오. 이걸 보시오."

이봉갑은 유인물 한 장을 내보였다. 달궁골에서도 본 적이 있는 고학진 무전사가 받아낸 것이 분명한 《중앙통신》(제호는 《전북로동신문》)이었다.

"김일성 수상 동지께서도 적 후방에서 활동 중인 영용한 빨치산들은 투쟁역량을 일층 강화해서 적의 참모부를 습격하고 도로와 교량을 파괴하고 군사 수송을 위협하는 과업을 더욱 과감히 하라는 메시지를 보내셨소. 솔직히 말해서 우리 인민 공군은 미국 공군에 비해 매우 약세하오. 우리가 그 약세를 대신하는 역할도 할 수 있단 말이오."

옆에서 싱글싱글 웃는 낯으로 듣고 있던 김홍복 사단장이 연락병을 찾으며 일어섰다.

"일개 면 소재지를 공격하는 것이지만 그 의의는 이렇게 크단 말이오. 이제야말로 최후의 피 한 방울까지 조국과 인민에게 바칠 때가 온 것이오. 듣기만 해도 피가 철철 끓어오르는 명문을 한번 만드시오."

당시의 신문 기사를 보면 그 김일성의 메시지에 호응해서인지 10월 들어 빨치산들의 후방 교통 교란작전이 부쩍 가열되어 사단 병력의 군경이 교통로 경비를 위해 고정 배치되는 사태에 이르고 있다. 특히 열차 습격과 철도 파괴가 뒤를 이었다.

10월 1일 남부군의 곡성읍 습격 때도 곡성역 주변의 철도를 상당 구간 폭파하고 돌아왔는데, 그후로 10월 17일에는 옥천 부근에서 경부선 열차가 피습되어 사상자 다수를 냈고, 19일에는 전라선 남원 부근에서 탄약을 수송하던 군용열차가 습격을 받았다. 24일에는 경부선 물금역 근처에서 열차가 피습되어 역시 '사상자 다수'를 냈고, 11월 5일에는 전라선 오류·임실 간에서 열차가 피습되어 호송경찰 16명이 전사했다. 11월 9일 전라선 오수역이 피습, 전소되고, 14일에는 추풍령 영동역 부근에서 경부선 열차가 피습되었으며, 같은 날 순천·광주 간의 춘양 부근에서 경전 서부선 열차가 습격을 받았다.

군경 측에서는 경비 병력을 실은 무개화차 하나를 기관차 앞에 달아 열차 습격에 대비했으나 그것은 병력의 희생만 가중시켰을 뿐 대책은 못 됐다. 철도뿐만 아니라 이 기간에는 도로 주행 차량에 대한 습격사건도 도처에서 빈발했다. 분명히 '인민 공군'의 약세를 대신해서 수송을 위협하는 역할을 수행하려고 했던 것 같다.

어머니 곁에서 편안히 쉬어라

프랑스의 명장 작슨 원수는 전쟁에서 가장 필요한 요소는 돈이라고 했다. 군대를 유지하고 전투를 수행하기 위해서는 무기와 탄약은 물론 양곡(糧穀), 연료, 피복, 의료(醫療), 심지어 담배와 술, 급료에 이르기까지 막대한 자금이 소요되는 것이다. 돈이 없으면 전쟁은 하지 못한다. 그러나 단 하나 예외가 있다. 빨치산은 완전히 무(無)에서 유(有)를 낳는 군사력이다. 쌀 한 톨, 탄약 한 알의 보급도 이들은 받지 않는다. 이들에게는 주저항선을 움직일 만한 힘은 없다. 그러나 적 후방의 싸움은 치안의 혼란과 산업상의 피해까지도 따른다. 요컨대 완전히 '타산이 맞는' 전술이 될지도 모른다. 그러나 빨치산 자신이 지불해야 하는 인간의 상식을 초월한 처절한 그 대가(代價)는 어떻게 할 것인가?

당시 주저항선에 배치되었던 국군 병력은 9개 사단이었다. 지리산에 전용된 2개 사단에 5개 경찰연대와 2개 예비연대를 합치면 그 숫자는 전국 군의 3분의 1에 필적하게 된다. 이 시기 지리산을 포함한 소백산 지구의 빨치산 총세는 1,500~1,600명 정도로 추정된다. 그러니까 이봉갑의 말대로 그들은 제2전선의 역할을 그 나름대로 수행했다고도 할 수 있다. 그러나 그해 겨울 처참한 기한 속에 낙엽처럼 쓰러져간 그 수많은 생명들에게 무슨 영광이 있었던가? 그 방대한 북한의『조선통사』26권에서 남한 빨치산에 관한 기재는 단 한 줄도 찾을 수 없다. 그들은 완전히 버려지고 망각되었을 뿐이다.

1차 군작전에서 남부군은 때로 국군 부대의 허점을 역습하여 적잖은 출혈을 강요하기도 했는데, 2차 작전에서는 토벌군의 포위망을 뚫기 위해 돌파 작전을 하는 것이 고작이었고, 3차 작전에서는 군 진지의 틈새를 찾아 분산 도피하는 단계로 급속히 소멸돼갔던 것이다.

11월 27일 저녁, 학동골에는 악양으로 출격하는 남부군 1개 군단 (57·81·92사단)이 전투 채비를 하고 정연히 늘어서서 군 정치위원의 훈시를 듣고 있었다. 호화 1개 군단이지만 사령부와 사단본부 요원, 교도대(환자와 상이대원)를 빼면 전투요원 3백 명을 넘지 않는 유사 이래의 미니 군단이다.

다음에 이봉갑이 나서서 소리를 높여 격문을 낭독했다. 내가 초안한 그 격문을 그는 매우 마음에 들어 하고 있었지만 대원들은 아무런 감동도 보이지 않았다. 군 참모장의 작전 지시가 하달되고 '아침은 빛나라'를 합창하여 충성을 다짐한 후, 부대는 한줄 한줄 악양분지를 향해 어둠이 깃든 산맥 속으로 빨려 들어갔다.

밤사이 악양분지를 포위한 각 사단은 동이 트면서 일제히 공격을 개시했다. 지리산 주능선 영신봉(靈神峯, 1,624m) 부근에서 남쪽으로 내리뻗은 남부릉이 삼신산(三神山, 1,353m)에서 동서 두 가닥으로 갈라져 섬진강에 이르는 사이에 악양분지가 펼쳐진다. 서쪽으로 형제봉(兄弟峯, 1,115m)을 중심으로 1천 미터대의 산줄기가 구례·화개장 사이에 벽을 이루고, 동으로는 구재봉(鳩在峯, 768m)을 중심으로 7백 미터대의 능선이 하동·청암 사이를 가로막고 있으며, 섬진강 건너 광양 백운산(光陽白雲山, 1,218m)이 남쪽으로 듬직한 모습을 보이고 있다.

밤사이 81사단은 구재봉 능선에 92사단은 형제봉 능선에 진출하여 악양분지를 차단하고 57사단이 소재지 마을에 들어가 경찰대의 보루대를 포위했다.

이날 아침 산과 들에는 허옇게 서리가 깔려 고무신을 신은 발등이 얼어붙는 것 같았다. 81사단 지휘부는 구재봉 중턱에 자리잡고 아래위에서 벌어지는 공방전을 관전했다. 구재봉 정상에는 802연대가 바위를 의지하고 하동 방면에서 재빨리 내원한, 분명히 국군 부대로 보이는 공격군과 대치하고 있었다. 횡천강(橫川江)변에 포진한 공격군은 심한 포격을 퍼부으며 온종일 파상적인 돌격을 가해오고 있었다. 분지 저편 형제봉 능선의 92사단 역시 구례, 광양 방면에서 급거 출동한 군경부대와 격전을 벌이고 있고, 구재봉 바로 아래에서는 57사단이 박격포 사격까지 하면서 수비대를 포위, 공격하고 있었다. 결사대가 두꺼운 솜이불을 뒤집어쓰고 기관총좌에 육박하여 수류탄 투척을 시도해보기도 했다(이 솜이불 작전은 전북부대에서도 가끔 시도했다). 그러나 농성 중인 경찰수비대는 압도적인 원군이 내도한 데 힘을 얻었는지 완강한 저항을 계속하여 수그러들 기미가 보이지 않았다.

전투는 일진일퇴하면서 하루해가 저물고 밤이 됐다. 신호탄이 아래위에서 꽃밭을 이루었다. 그사이 교도대를 비롯한 비전투 요원들은 분지 내의 마을들에서 식량을 거둬 북쪽 청학이골로 실어 나르고 있었다. 그런 대치상태가 나흘 동안 계속되고 빨치산 쪽은 목적한 대로 상당량의 월동대책 식량을 확보할 수 있었다.

12월 2일, 날이 밝으면서 군참모로부터 후퇴 명령이 하달됐다. 만 5

일 간에 걸친 전투에서 악양지서를 제압하지 못한 채 빨치산들은 썰물 빠지듯 북쪽을 향해 퇴각하기 시작한 것이다. 김홍복 사단장이 정치부원들에게 말했다.

"본격적인 군작전이라는 게 분명해졌어. 지금 우린 국방군 사단 병력에 포위돼 있어. 시각을 다투어 철수해야겠는데 병력이 달리니 정치부 동무들이 수고 좀 해줘야겠어. 각 연대에 철수 명령을 전달해달라 이 말이오. 두 시간 내로 청학이골로 집합하라고…….."

나는 구재봉 정상의 802연대에 대한 연락을 맡고 가파른 사면을 달려 올라갔다. 정상의 참상은 한마디로 생지옥이었다. 연대라야 겨우 30여 명의 병력이 연꽃 모양으로 솟아 있는 바위 몇 개를 의지하고 시퍼렇게 사면을 기어오르는 국군 부대를 맞고 있었다. 포탄 자국이 어지러운 속에 5~6구의 시체가 그대로 뒹굴고 있고, 피투성이가 된 부상자들이 수류탄을 던지며 필사의 응전을 하고 있었다. 성한 대원은 몇 명 안 되는 것처럼 보였다.

"철수하라고? 걷지 못하는 중상자가 셋이나 되고 국방군이 저렇게 눈앞에까지 와 있는데 어떻게 무슨 수로……."

구면인 연대장이 허탈한 듯이 말했다.

"하여간 2연대가 맨 뒤로 처졌으니까 빨리 빠지지 않으면 우리만 고립돼. 전멸이야. 연대장 동무, 이렇게 하지. 걷지 못하는 부상자는 성한 대원 하나씩 붙여서 먼저 떠나보내고 조금 후에 내가 걸을 수 있는 부상자를 수습해서 뒤따라 갈 테니 연대장 동문 한 십 분 후에 나머지를 두 조로 나눠 교대로 엄호하면서 빠져나오도록 말이야."

몇 분 후에 나는 제 발로 걸을 수 있는 부상자 너덧 명을 끌고 구재봉 정상을 이탈하여 사각이 되는 서쪽 사면을 따라 걸음을 재촉했다. 청학이골까지 이십 리 산길을 걸어야 하는데 부상자들의 걸음은 지지부진해서 금세라도 추격하는 토벌대에게 뒷덜미를 잡힐 것 같아 초조하고 불안했다. 이따금 능선을 철수해오는 다른 연대원들을 만났으나 우리를 거들떠보지도 않고 바쁜 걸음으로 북쪽으로 향해 사라지곤 했다.

부상자 중에 서울부대 당시 같은 중대에 있던 경상도 청년이 있었는데 목이 타서 죽겠다며 눈을 집어달라고 졸라댔다. 자기 혼자는 몸을 구부리지 못하는 것이었다. 출혈이 심하면 갈증이 나기 마련이지만, 의학적인 근거가 있는지는 몰라도 물을 마시면 출혈이 멎지 않는다 해서 빨치산들은 부상자에게 절대 물을 못 마시게 했다.

"내사 마 물이나 실컷 먹고 죽을란다. 사정 좀 봐도고."

그 청년이 보채는 것을 억지로 떠밀고 가는데, 다른 부상자 하나가 어느새 눈뭉치를 만들어 들고 어적어적 씹고 있었다. 나는 아무 말 않고 그것을 빼앗아 팽개쳤다. 그는 핏발선 눈으로 원망스러운 듯 나를 쳐다봤다.

"놔둬요. 죽어도 내가 죽는 거 아니요?"

그러자 물이나 실컷 먹고 죽겠다던 경상도 청년이 내달아 윽박질렀다.

"이놈아야. 무슨 말을 그렇구노. 빨치산은 인민의 무력 안카나. 니 목숨이믄 니 맘대로 할 끼가? 니가 어제 오늘 들어온 초모병이가? 나또 시방 목이 타 죽을 지경이지만 안 참고 있나."

눈덩이를 빼앗긴 부상자는 시무룩하니 고개를 떨구고 말없이 따라왔다.

청학이골에 이르러 보니 이틀 동안에 그곳까지 운반해놓은 쌀가마가 수북이 쌓여 있었다. 사령부의 후방부장이 그것을 빈 가마니에 두세 말씩 묶어, 짐 없이 오는 대원에게 나눠 지게 하고 있었다. 부상자는 여성대원들이 따로 수습해서 호송하고 있었다.

　나는 부상자들을 인계한 후 쌀가마니를 하나 받아 지고 학동으로 넘어가는, 바람벽에 Z자를 수없이 그은 듯, 한없이 먼 고갯길을 뚜벅뚜벅 걸어 올라갔다. 고개 마루에 이르러 보니 지고 끌고 무질서한 대열이 학동골로 향하고 있었다. 지친 걸음으로 대오도, 순서도 없이 삼삼오오 피난민 떼 같은 행렬이었다.

　이들이 학동골 트 자리에 짐을 풀어놓고 물개 떼들처럼 여기저기 흩어져 숨을 돌리고 있는데 별안간 박격포탄이 날아들기 시작했다. 80밀리 포탄이 속사포처럼 쏟아지면서 학동골은 삽시간에 아비규환의 수라장이 되고 말았다. 원래 학동골은 국군 부대가 공격해온 횡천강의 상류 골짜기가 돼서 국군 진격로의 길목으로 뛰어든 꼴이 되었던 것이다.

　전사와 참모와 부상자들이 뒤범벅이 된 무질서한 대열이 비로 쓸 듯 북쪽 삼신봉을 향해 흩어져 올라갔다. 초모병으로 삼기 위해 짐을 지워 데리고 온 마을 사람들이 갈가마귀 떼처럼 흩어져 달아나고, 끌고 온 소들이 방향 없이 뛰어다니고 있었다. 벗어 던진 쌀가마니가 여기저기 어지럽게 나뒹굴어 있었다.

　작은 몸집의 전사 하나가 비스듬히 쓰러져 있었다. 폭풍에 얼굴가죽이 벗겨져 피범벅이 된 살덩이에 두 눈알이 튀어나온 괴물 같은 형국을 하고 가냘프게 외치고 있었다.

　"대장 동무…… 간호병 동무……."

　하지만 아무도 거들떠보는 사람이 없었다. 늘어뜨린 뒷머리와 들고 있는 칼빈총으로 겨우 소녀대원임을 짐작할 수 있었다. 피투성이가 된 악양전투의 부상자들이 땅바닥을 기듯 대열 뒤를 따르고 있었으나 부축해주는 이는 하나도 없었다. 그야말로 각자도생(各自圖生), 말할 수 없는 혼란이었다. 아무리 유능한 지휘자라도 단 공황상태에 빠져버린 대열을 수습하기란 불가능하다.

다리 한 짝이 파편에 잘린 앳된 얼굴의 대원이 피를 쏟으며 신음하고 있었다. 이미 의식이 없는 듯이 보였다. 권총을 찬 간부 한 사람이 문득 멈춰 서더니 소년을 껴안았다. 소년은 무슨 환각을 느꼈던지 그의 가슴에 얼굴을 파묻으며 기어들어갈 듯한 목소리로 중얼거렸다.

"어머이요. 어머이……."

"그래 어머이한테 가거라. 가서 편안히 쉬어라. 인제 네가 할 일은 다 했다."

대장은 한 손으로 소년을 끌어안은 채 권총을 빼어 들었다. 소년의 머리에 권총을 대고 방아쇠를 당겼다. 옆눈으로 그것을 보며 나는 대열이 흩어져 올라가는 방향으로 무턱대고 뛰었다.

국군 부대는 잠시만에 학동골을 점령하고는 남부릉으로 추격해 올라왔다. 그러나 빨치산들은 그보다 훨씬 빠르게 거림골을 향해 바람처럼 행적을 감추고 말았다.

이것이 남부군의 면 소재지급 취락에 대한 마지막 공격이 된 악양습격전의 전말이다. 뜻하지 않은(?) 강력한 군부대의 공세를 만나 사상자만 많이 내고, 학동골까지 져 올려온 월동대비 식량의 태반을 되뺏겨버린 '적자싸움'이 그 결산이었다.

악양에서 남부군을 강타한 군부대는 수도사단의 주력이었다. 지금 생각해보면 남부군 지휘부는 국군 부대가 지리산을 향해 집결하고 있다는 정보를 어느 정도 알고 있었지 않았나 싶다. 그것은 남부군이 경남 57사단 외에 전북 46사단과 충남 68사단에까지 이 악양작전에 병력 동원을 명령한 흔적이 있기 때문이다. 만일 그 명령이 실현되었더라면 남한 빨치산의 최대 동원 세력과 백(白) 야전군의 일대 회전이 악양분지에서 벌어졌을 것이지만, 충남 68사단의 차출부대 약 70명은 지리산 외곽 법화산(法華山, 992m)에서 국군 부대와 충돌, 궤멸되어버렸고, 전북 46사단의 지원부대인 909연대 약 200명은 산청군 수분리에서 군부대에 포착되어 추격을 받다가 12월 2일 천왕봉 북쪽 쑥밭재 부근에서 궤멸, 분산되어버렸던 것이다.

물론 이들이 고스란히 참집(參集)했었더라도 악양전투의 양상은 별로 달라진 것이 없었을 테지만.

명선봉의 설야

거림골에는 여순사건 때 반란군이 무기를 비장했대서 '무기고 트'라고 불리는 아지트 자리가 있어 남부군이 비상선으로 자주 이용했다. 그곳에 집결한 남부군은 대열 수습을 마치고 숙영 준비를 시작했다. 광목 천막은 거의 잃어버렸기 때문에 그날 저녁은 초막을 엮기 시작했다. 아무 연장도 없이 눈에 파묻혀 얼음이 엉켜 붙은 산죽을 잘라다가 칡넝쿨을 걷어 초막을 엮는 일은 매우 힘든 작업이었다.

날이 어두워서야 겨우 그 어려운 작업을 대충 마쳤을 즈음에 출발 명령이 떨어졌다. 전사들에게는 편제가 곧 힘이었다. 뿔뿔이 철수하고 있는 무질서한 상태에서 불의의 급습을 만나 일단 지리멸렬됐지만, 대열 정비를 마친 순간부터 '남부군다운' 질서와 전의를 회복하고 있었다. 기동을 못 하는 부상자는 미처 마무리도 못 한 산죽 초막에 남겨놓고 이미 자정이 가까운 암흑의 산맥을 또다시 오르기 시작했다.

남부릉을 넘고 대성골을 가로질러 의신 부락 외곽능선에 이르렀을 때는 새벽이 가까워오고 있었다. 참모부가 이날 밤 왜 돌연히 행동을 일으켰는지는 알 수 없었다. 혹은 가까이에 적정이 나타났다는 정찰대의 보고가 있어선지도 모르지만 마지막 유인부락인 의신에도 당연히 토벌군의 전방 지휘소 같은 것이 있을 것이었다. 외곽능선 초소에 대한 새벽의 기습전이 감행됐다. 전사들은 벌써 사흘 밤을 새운 셈이지만 기습전은 성공하여 외곽능선의 경비병력을 잠시 만에 몰아내고 의신 마을에 들어가 군부대가 갖다놓은 양곡으로 아침식사를 할 수 있었다.

이 조그만 전투에서 홍 모라는 소년 전사의 분전이 있었다. 홍은 능선의 기관총좌 때문에 공격이 정체되고 있는 것을 보고 포복으로 기어올라 기총 사수를 발로 걷어차면서 '경기'를 끌어안고 사면을 내리 굴러온 것이다. 후에 나는 문춘 참모의 당부를 받고 이 담대한 소년의 '분전기'를 덕산 금계산 고지의 '용감한 보초' 얘기와 함께 전사 자료에 자세히 수록했다. 사실은 이날 홍 소년이 탈취한 것은 경기관총이 아니고 15연발의 BAR자동총이었는데, 문춘이 '선생님께도 경기라고 보고했고 그게 그거니까 경기라고 써달라'고 해서 기록에는 경기라고 썼던 것이다.

의신에서 아침을 마치고 주능선 방향으로 이동한 남부군 기동사단은 그날 저녁 해 질 무렵에 벽소령 밑 삼점 마을터에서 숙영 준비를 하고 있는 국군의 중대 병력을 또다시 기습했다. 그곳은 원래 서너 집의 주막거리였다는데 집은 물론 흔적도 없고 흡사 퇴색한 초가지붕처럼 생긴 검푸른 바윗덩이가 몇 개 있어, 밤눈에는 꼭 초가집 몇 채가 있는 것처럼 보였다. 그 바윗덩이 언저리에서 숙영 준비를 하다가 기습을 당한 군부대는 불과 몇 분 응전을 하다가 흩어져 달아나버리고 말았다. 후에 의신 마을 사람들에게서 들은 바로는 그때 군부대가 30여 구의 전사 시체를 거두어갔다는 것이었으나 마을 사람들의 얘기는 으레 과장이 심하니 사실 여부는 알 수 없었다. 막사 설영 중에 돌연히 당한 기습이니 상당한 희생은 있었을 것이다. 기동사단 측은 별 피해가 없었으나 군부대가 흩어지자 즉시 이동을 시작하여 주능선 쪽으로 잠적해버렸다.

우리가 명선봉 부근에 올라섰을 때는 어둠이 깔려오고 있었다. 겨우 숨을 돌리고 있는데 정찰기 한 대가 날아오더니 우리 위를 몇 번 선회하며 기초소사를 가하고 사라졌다. 능선에는 눈이 깊었으나 이미 어둑어둑했고 솔밭 사이였기 때문에 우리가 노출되지는 않았을 텐데 지상 연락 때문인지 탄착이 매우 정확하여 머리 위의 솔가지가 부스러져 우수수 떨어졌다.

항공기가 돌아가자 뒤이어 솔밭 사이로 총탄이 날아오기 시작했다. 빨치산의 발이 아무리 빠르더라도 무선전화를 이용하는 군부대의 촉각을 벗어날 수는 없으니 군 추격대에 포착당한 것이 분명했다. 총소리는 봉우리에 산울림하고 날은 이미 어두워 토벌군이 공격해오는 방향조차 판별하기 어려웠다.

나는 조그만 오목지를 발견하고 그 속에 엎드려 사격자세를 취한 채 가만히 상황을 살펴봤다. 아무리 봐도 총탄은 사면에서 날아오는 듯 느껴졌다. 전투대원들은 솔밭에 흩어져 동·서·남, 세 방향을 향해 맹목사격을 해댔다. 예광탄의 탄도가 희미한 월명(月明) 속을 이리저리 선을 그으며 지나갔다. 날아오는 것이 적탄인지 아군의 탄인지조차 분명치 않은 혼전이었다.

잠시 후 부대는 배암사골로 뻗어 내린 지능선을 향해 은밀히 빠지기 시작했다. 뒤이어 총성이 멎자 능선은 일시에 바다 속처럼 고요해졌다. 생물이라고는 있을 성싶지 않은 태고와 같은 정적 속에 산맥과 어둠과 바람소리만이 남았다. 사람 사는 마을과 도시에서는 젊은 연인들의 사랑의 입김이 무르익고, 어린이는 따스한 아랫목에서 깊은 잠에 빠져 있을 그 시각에 1,600고지에서 벌어진 죽음의 싸움은 믿어지지 않는 꿈얘기처럼 끝나고 말았다.

얼마 후 남부군은 길을 멈추고 숙영에 들어갔다. 숙영이라야 청솔가지를 꺾어 눈 위에 깔고 그대로 눕는 것이지만 사흘째 잠을 못 잔 대원들은 시장기와 추위를 잊고 곧 깊은 잠에 빠졌다. 그러나 나는 다리를 뻗을 사이도 없이 사단장의 부름을 받고 달려가야 했다.

이날 저녁 명선봉전투에서 서울부대 당시 연대장 대리로 있던 연 지도원이 중상을 입고, 대원 둘이 부상을 입었다. 나는 사단장으로부터 이 부상자 셋을 배암사골에 있는 운봉전투 때의 환자 트에 데려다주고 오라는 명령을 받았다. 그 환자 트의 위치를 아는 대원 한 사람에게 연 지도원을 떠메게 하고 일행 다섯이 어두운 산비탈을 더듬어 배암사골을 내려갔다.

한마디로 배암사골이라 하지만 지리산 아흔아홉 골 중에서도 골이 길기로는 피아골 오십 리 다음가는 긴 골짜기이다. 더구나 대낮에도 찾기 어려운 비트를 어두운 밤중에 찾아내기란 그리 쉬운 일이 아니었다. 바른편 지능선 쪽으로 비슷비슷한 가지골짜기가 수없이 나타났다. 한 시간쯤 계곡을 따라 내려간 후부터는 길을 안다는 대원이 앞장서 그 가지골짜기를 서너 곳이나 더듬어 올라갔다가는 내려왔다.

"동무가 안다더니 알긴 정말 아는 거야? 아이구 쏟아져!(상처의 통증이 심하다는 뜻)"

대원은 그 추위에 비지땀을 흘리고 있고 연 지도원은 그 등 위에서 신음 소리를 내며 고통을 호소했다.

"긍께, 그게 나가 부상을 입고 그 환자 트에 들어갔을 적엔 의식이 거

반 없었응께 도무지 긴가민가 싶으요."

"나올 때도 몰라? 원대복귀할 때 말야."

"나올 때사 물론 알았지만서두 그땐 낙엽이 지기 전인디 시방은 눈 알라 덮여 있응께 거기가 거기 같아 밤눈에 도무지 어사무사하요. 지도 원 동무."

"그럼 왜 안다고 나섰어! 사람 잡을라고."

"나가 가겠다고 나섰간디요? 대대장 동무가 뱀사골 환자 트서 나온 사람 있느냐 쿠기에 그냥 대답한 거뿐이지라요. 아이구 나도 죽겠어라."

다른 부상자도 눈에 미끄러지고 돌뿌리를 헛디뎌 몇 번씩 곤두박질을 치며 비명을 질렀다. 부상도 부상이지만 악양 이후 사나흘 동안을 거의 먹지도 자지도 못해 지쳐버린 것이다.

그럭저럭 한 시간가량을 더 내려갔을 때, 전방에서 풀섶 헤치는 사람 기척이 났다. 우리 일행이 걸음을 멈추자 저편의 인기척도 뚝 그쳤다. 그러니 산짐승은 분명 아니었다. 부상자들도 신음 소리를 그치고 조용해졌다. 이런 곳에 적정이 있을 것 같지 않기에 총을 내리 들며 수하(誰何)를 해봤다.

"누구!"

아무 응답이 없다. 약간 사이를 두고 두 번째 수하를 했다.

"누구! 군호 대라!"

그제야 다시 인기척이 나면서 낮은 목소리로 되물어왔다.

"동무요? 우린 먼 데서 온 사람이오."

국군은 '암호'이고 인민군은 '군호'라고 하기 때문에 판별이 간 것이다. 먼 데서 왔기 때문에 그날의 '군호'를 모른다는 뜻이다.

"먼 데라니? 군사 칭호를 대시오."

"대둔산서 선 달러 온 사람이오."

"대둔산?"

"예, 충남도당이오. 동무들 소속은 어디오?"

"우린 남부군 사령부요."

"옛? 남부군요!"

이들 중 한 사람은 충남사단의 정치위원이었는데, 도당 위원장의 특명으로 부대를 이끌고 남부군에 합세하러 오다가 며칠 전 마천 법화산에서 군부대와 맞닥들여 부대는 풍비박산이 되고 겨우 9명의 대원을 수습해서 남부군을 찾아오는 길이라고 했다. 대원들이 워낙 지리를 모를 경우에는 비상선도 소용이 없는 것이다. 하여간 넓은 지리산에서 그것도 한밤중에 우연히 찾고 있는 남부군 사령부 사람을 만났으니 뛸 듯이 반가워할 수밖에 없었다.

"동무들, 지리산이 처음인가요?"

"예, 지리산에 밝은 간부가 몇이 있었는데 법화산서 선이 떨어져버리고 우린 모두 초행이지요. 실은 아주 막막하던 참이지요. 동무들 못 만났음 큰 고생할 뻔했어요."

"고생보담도 지금 지리산 일대에 군작전이 시작돼 야단입니다. 낮엔 절대로 선을 못 대요. 하마터면 큰일 날 뻔했군요."

"말 마시오. 우리도 법화산서 아주 경을 치고 오는 길이오. 대원들이 모두 초행이라 동서남북을 헤아리지 못하니 수습할 도리가 있어야지요. 70명 대원이 이 꼴이 됐지요. 헌데 사령관 동지는 별고 없으시지요?"

이 무렵 남부군은 이미 이름만 남은 허수아비 부대였으나 지방 부대에서는 아직도 남부군을 불사신처럼 인식하고 있었고, 대원들 자신도 남부군 직속부대라는 데 은연한 긍지를 갖고 있었다. 충남대원들은 이제야 살았다는 듯이 목청까지 높였다.

"충남 형편은 어때요?"

"도토리부대라면 다 아시는 것 아니요. 형편없시다. 정말 도토리만
한 열흘 계속해 먹으니까 못 견디겠더군. 헌데 동무들 콩 필요없소?"

"콩이라니요?"

충남대원은 싱글싱글 웃으며

"실은 아까 저 바위 밑에서 쉬다가 우연히 콩가마를 하나 발견해서
나눠 넣고 있던 참이오. 이거 모처럼 얻어걸린다는 게 도토리 아니면
콩이니 순전히 다람쥐 신세지 뭐야. 앗 핫."

그중 한 사람을 따라가보니 과연 노란 콩이 두어 말가량 든 가마니가
있었다. 우리 일행은 우선 그 콩을 한 움큼씩 씹어 허기를 채웠다. 생콩
인데도 고소하기만 하지 콩 비린내가 전혀 나지 않았다. 사람의 미각도
대중이 안 된다는 생각이 들었다.

이 9명의 충남대원들은 그후 92사단에 편입되어 이듬해 3월경까지
서너 명이 살아남아 있었고 정치위원은 얼마 후부터 보이지 않았다.

우리가 찾던 환자 트는 거기서도 얼마큼 더 내려간 가지골짜기 중턱
에 있었다. 어느 방향에서도 잘 눈에 띄지 않게 교묘하게 만들어진 산
죽 초막이었다. 달궁골 당시 보급투쟁에서 다쳤다는 환자 셋이 불안스
러운 듯 상황을 물어봤다.

"저 아래 전북사단도 당하고 있는지 아래위서 종일 총소리니 이거
불안해서 원……. 낮엔 교대로 보초를 서고는 있지만 노출되는 날이면
박살이지 별 수 있나. 사령부서 온 김에 난 원대복귀해야겠어."

아무리 교묘하게 만들어진 비트라도 산을 이 잡듯 뒤진다면 노출되
지 않을 수 없고, 겨울산은 더구나 위험성이 많을 수밖에 없었다. 환자

들은 담요로 불빛을 가리며 우리가 싸 가지고 간 콩을 삶으면서 제각기 전우들의 소식을 물어대더니 세 사람 중 둘이 나를 따라 부대로 돌아가겠다고 나섰다. 모두가 보행에 지장이 없을 만큼 치유가 돼 있었으나 새 환자를 위해 한 사람은 남아 있으라고 내가 설득을 한 것이다.

다른 부대원을 비트까지 달고 오지 못하는 관례에 따라 그 자리에서 기다리고 있게 한 충남대원들은 도중에 합류하게 하여 일행 14명이 명선봉 아래 숙영지까지 돌아왔을 때는 날이 완전히 밝아 있었다. 그런데 사단은 어디론가 이동하고 청솔가지 발자국들만이 어수선하게 남아 있었다.

울부짖는 1,800고지

뒤떨어진 낙오자나 후속 부대를 위해 부대가 이동한 방향을 알리는 신호가 있었다. 가령 나뭇가지를 두세 곳에 꺾어놓든가, 땅바닥에 자연스럽게 떨어뜨려놓는 것이다. 이 두세 개의 표지를 연결한 선이 화살표가 되는 것이다. 그 방향으로 가다가 갈림길이 있으면 또 방향 표시를 해놓는다. 여름에는 활엽수의 잔가지를 꺾어놓으면 금세 잎이 시들어 눈에 띄게 된다. 관심 없는 사람은 모르고 지나칠 정도의 가벼운 표지지만 그것으로 선·후발 부대 간의 연결이 차질 없이 취해졌다.

남부군에서는 이것을 '포인트'라고 했다. 물론 기차를 유도하는 철도의 포인트에서 나온 말이다. 표지 대신 사람을 한둘 남겨놓을 때에도 "포인트 한 사람 세워 둬" 하는 식으로 말했다.

한편, 고지에는 거의 언제나 바람이 있어 눈을 날리기 때문에 발자국이 얼마나 묵은 것인지 얼핏 식별하기 어려웠다. 또 빨치산들은 계속해서 앞의 발자국을 따라 딛기 때문에 지나간 인원수를 짐작하기 어려웠다. 이것은 거의 습관적으로 지켜지고 있어서 백 명이 지나간 자국이나 서넛이 지나간 자국이나 거의 같았다. 능선이나 계곡에는 으레 토벌군의 발자국이 요란하게 남아 있고 그것이 눈가루로 덮여 있기 때문에 조심해 보지 않으면 어느 편 것인지도 잘 알 수 없었다. 빨치산들 자신은 사냥개처럼 그것들을 잘 가려냈다.

날이 밝았으나 이번에는 일행 14명이 모두 건장한 전투원들이라 사면을 경계하며 포인트를 따라 빗점골 개울가에서 쉬고 있는 기동사단의 위치를 쉽게 찾아갈 수 있었다.

남부군 기동사단은 빗점골 북녘 숲 속을 흐르는 냇물가 얼음 구덩이에 잠복해 있었다. 수량이 꽤 많은 계류였다. 누가 생각해도 그런 곳에 3백 가까운 사람이 들어 있으리라고는 상상도 못 할 엉뚱한 곳이며, 물소리 때문에 어지간한 말소리는 묻혀버리는 그런 곳이었다. 그곳에서 남부군은 숨을 죽이고 이틀 밤낮을 버티었다. 행적을 뚝 끊어버린 것이다.

그동안 유념 좋은 사람은 몰래 챙겨 갖고 있던 생쌀을 살금살금 씹기도 했지만 대부분은 꼬박 굶고 있었다. 몸도 크게 못 놀리고 돌부처처럼 그렇게 장시간을 앉아 있자니 손발은 말할 것도 없고 전신이 얼어붙는 것 같았다. 마치 도를 닦는 고행승의 무리와 같은 광경이었다.

날이 저물면 토벌군 초소의 모닥불이 능선을 따라 방사형의 점선을 그었고, 단위 부대의 숙영지로 보이는 이 골짜기 저 골짜기가 불바다를 이루어 대지리산이 축제의 거리처럼 돼버렸다. 그것은 정말 장관이었다. 참모들은 그 불빛을 보고, 앉아서 토벌군 초소의 틈새를 찾아냈다. 어두운 곳이 빨치산의 영역이다. 토벌군과 우리는 정확히 밝음과 어둠의 대립이었다.

이틀이 지나자 토벌군의 주목이 흐려진 틈을 타서 남부군은 몇 줄기

산과 계곡을 넘어 거림골 어느 골짜기로 돌아왔다. 정찰대가 무기고 트의 비장 식량을 가지러 갔으나 식량은 이미 토벌군에게 발견되어 흔적도 없고, 초막 속에 남겨졌던 악양전의 부상환자는 전멸됐다는 보고가 들어왔다.

남부군은 다시 중산리골로 이동한 후 천왕봉을 오르기 시작했다. 토벌군이 배치되지 않은 간격을 찾아 대피하는 것이다. 천왕봉과 반야봉, 그리고 칠선골·백무골 등 험하고 응달진 북변 골짜기는 그 겨우내 토벌군 초소가 별로 배치되지 않던 '구멍'이었다. 눈이 깊고 바람이 세차서 겨울철엔 짐승조차 찾지 않는 골짜기이기 때문이며, 그래서 그곳은 항상 빨치산이 즐겨 찾는 은신처가 되었던 것이다.

지금은 등산객의 발길이 잦지만 당시의 천왕봉 부근은 빨치산만이 드나드는 그야말로 금단의 지역이며 비경 중의 비경이었다. 중산리 등반구에서 정상까지 9킬로미터, 가파르고 지루한 산길이 계속되고 법계사(法界寺)서부터는 눈에 덮인 바위벽도 있었지만 기동사단은 눈길을 헤치며 단 몇 시간 만에 천왕봉 정상에 올라섰다.

여순사건 때 불타 없어졌다는 법계사 절마당을 지나올 때 반란군 출신으로 보이는 어느 대원이 하던 얘기로는 법계사는 원래 부자 절이 돼서 가을이면 시량(柴糧)이 곳간에 가득 찼다는 것이었다. 그런데 한번 눈이 내리기 시작하면 길이 막혀 이듬해 해동될 때까지 바깥세상과의 왕래는 일체 끊어지고 중들은 뜨뜻한 구들에 앉아 떡이요, 엿이요 해서 먹는 것으로 긴 겨울을 보냈다는 것이다. 트랜지스터 라디오 같은 것은 없던 시절이다. 세상이 몇 번 뒤바뀌어도 알 턱 없이 운무 속의 하계를 내려다보며 한가로이 그 겨울을 보냈을 중들의 생활이 얼마나 평화스러웠을까?

산악인이 정상을 정복했을 때의 감격과 흥분, 그것은 그 상황의 우리에게도 마찬가지였다. 천왕봉의 장관 역시 그때도 다를 리 없다. 누구도 오르지 못하는 그 시절, 눈에 묻혀 적막한 정상을 딛고 섰을 순간의 감회와 눈앞에 펼쳐진 장관은 한층 더 했을는지도 모른다.

동남쪽으로 일망천리 산과 들과 강줄기가 지도 모형처럼 내려다보이고, 아득히 남해 바다가 운무 속에 가물거리는 그 광경을 바라보며 전 대원이 잠시 말을 잊었다. 누군가 "밤이면 진주의 불빛이 저만큼 보이는데……" 하고 중얼거렸다.

기십 평의 바위로 된 정상 한 녘에 쌓다 만 콘크리트 벽이 남아 있었다. 일제 때 산장을 지으려다 만 자리라고 누군가가 말했다(이 산장의 흔적은 지금은 보이지 않는다).

대열은 통천문을 내려와 제석봉을 거쳐 장터목을 향해 북변길을 전진했다. 지형 관계인지, 바람 때문인지 적설이 어깨까지 차서 행군은 지지부진했다. 선두의 대원이 등으로 눈을 밀어 사람 하나가 빠져나갈 만한 길을 뚫으며 나아갔다. 선두를 자꾸만 교대했다.

해가 떨어지자 눈바람이 지동(地動) 같은 소리를 내며 불어왔다. 사람도, 배낭도, 총도 하얀 눈덩이가 되어 눈 굴속을 느릿느릿 나아갔다. 사단장도, 전사도, 참모도 똑같은 눈사람이 되어 천천히 나아갔다. 어둠에 덮인 1,800고지에는 적정도 없지만, 있어도 서로 교전할 방법이 없다. 이미 적과 적이 아니라 압도적인 자연 앞에 대치하는 인간과 인간이 있을 뿐이다.

눈바람의 장막은 고함 소리까지 차단해주었다. 안전하달 수는 있지만 그렇다고 숙영할 도리는 없었다. 그대로 움직여 나아갈 뿐이다. 눈을 씹으며 눈 속에서 지새운 지가 며칠째인가? 누군가가 〈빨치산의 노래〉

를 부르기 시작했다. 몇 사람이 화창했다. 화창 소리는 눈바람 속에 차츰 커져갔다.

> 참고 견디는 고향 마을 만나러 가자, 출진이다.
> 고난에 찬 산중에서도 승리의 날을 믿었노라.
> 높은 산을 넘어넘어 눈에 묻혀 사라진 길을 열고
> 빨치산이 영(嶺)을 내린다……

그것은 노래가 아니라 울부짖음이었다.

걸으면서 잠을 잤다. 꿈을 꾸었다. 꿈속에는 고향 집의 따뜻한 온돌방과 김이 무럭무럭 나는 떡국상을 둘러싼 식구들의 웃는 얼굴이 보인다. 명동 청탑다방에서 혜영이와 같이 시뻘겋게 달아오른 난롯가에 앉아 커피를 마신다. 향긋한 커피의 향기…… 아아 '한잔의 커피' 그 망상은 얼마나 잔인하게 나를 괴롭혔던가?

잠을 깨면 천둥소리 같은 눈보라의 울부짖음과, 어둠과, 허기와, 뼈를 찌르는 추위가 몸을 휘감아왔다. 어느 것이 꿈이고 어느 것이 현실인가? 이 어둠이, 이 추위가, 이 허기가 꿈일지도 모른다.

나는 마음속으로 자꾸만 외쳐댔다. 나는 강철의 빨치산이다. 나는 영예로운 조선노동당원이다. 당성은 초인간적인 힘을 불러일으켜준다. 그러니까 당원에겐 불가능이 없다. 나는 당원이다. 나는 당원이다.

그날 밤 남부군은 백무골 어느 곳, 숯굴 자리가 모여 있는 곳에서 숯굴 속의 눈을 걷어내고 잠을 잤다. 백무골과 칠선골에는 헌 숯굴 자리와 목기막(木器幕) 자리가 많이 있었다. 지붕들은 물론 흔적도 없고 대접 꼴로 파놓은 서너 평의 구덩이도 거의 메워져 있었지만 그래도 눈을 퍼내고 들어앉으면 평지보다는 바람막이가 돼서 한결 아늑했다. 상황이 허락하면 옛날 군사들이 이용했다는 움불을 피웠다. 오목지 바닥에다 불을 피우는 것이다. 광목 천막이 있을 때는 움불을 피우고 나서 그 위에다 천막을 걸치면 한동안은 방 안처럼 훈훈했다.

목기막이라는 것은 평화 시절 지리산 명물이던 나무 그릇을 만들던 산막이다. 거목을 운반하는 번거로움을 피해 목기장이들은 이른 봄에 목기를 깎을 나무를 잘라 제자리에서 마르게 해놓았다가 늦가을부터 이듬해 봄까지 목기막에 들어앉아 목기를 다듬는 것이다. 흙구덩이를 파고 지붕을 덮은 모양은 신석기 시대의 수혈주거지(竪穴住居地), 바로 그대로였던 것 같다. 눈에 띄는 것이 모두 땔감이니까 불을 펑펑 피워대기 때문에 목기막 안은 언제나 웃통을 벗고 일을 할 정도로 훈훈했었다고 한다.

눈에 갇힌 심산유곡에서 짐승 울음소리와 바람소리만을 벗삼아 기나긴 겨울철을 보냈을 목기 가족들…… 깊은 밤엔 모닥불에 밤을 구어 먹으며 옛날 얘기의 꽃을 피우기도 했겠지. 세상과 격리된 이 석기시대의 움막집 속에서도 젊은 내외들에게는 원초와 같은 사랑이 있었겠지. 몇천 년 인간이 쌓아온 문명이라는 것이 과연 얼마만큼 인간을 행복하게 만들었단 말인가?……

전단(傳單)과 '메불'담배

능선을 장식하던 토벌군의 모닥불이 어느 날(12월 15일) 일시에 꺼졌다. 군의 1차 작전이 끝나고 지리산에 평화(?)가 찾아온 것이다. 악양전 이후 만 보름째 되는 날이었다.

기록에 의하면 호남지구 공비 토벌작전을 목적으로 백선엽 야전군

사령부가 지리산 아래 남원에서 발족한 것은 51년 11월 15일이었다. 예하 수도사단(사단장 송요찬 준장)은 사단본부를 순천에, C.P.(전방 지휘소)를 지리산 서북 관문인 구례에 두었으며, 8사단은 본부를 전주시에, C.P.를 지리산 북쪽 관문인 남원에, 군경 혼성부대인 서남지구 전투사령부는 지리산 동남면에 포진하고 12월 1일을 기해 일제히 소탕전을 개시했다. 공교롭게도 남부군이 악양분지를 습격한 바로 그날이 된다. 백전사(白戰司)의 제1기 작전은 12월 15일까지 보름 동안 계속됐으며 4만의 전 병력이 지리산에 집중 투입됐다.

이때 지리산에 본거를 두고 있던 빨치산 부대는 남부군 기동사단 외에 경남도당 사령부가 천왕봉 동북쪽 써리봉 일대에, 문장산으로 이동 중이던 전북도당 사령부의 일부가 배암사골 반야봉 산록에 있었고, 전남도당 부대의 본거가 광양 백운산에 머물고 있었다. 배암사골의 전북부대는 국군 8사단의 일격으로 궤멸돼버렸다.

이때 전 중앙민청 부위원장이며 전북도당의 정치부 최고책임자였던 오원식[嗚元植, 32세 대장 오진우(嗚振宇)의 아들이라는 말이 있었다]이 생포됐는데, 그는 산중처인 최순자라는 여인과 대원 25명을 거느리고 투항, 귀순했다고 한다. 오원식은 그후 육군본부에서 선전공작원으로 이용당하고 있었는데, 동료 포로들의 심한 힐난을 받자 다시 마음을 고쳐먹고 52년 6월 수용 중인 건물에 방화하고 자결을 기도하다가 군사재판에 회부되어 사형을 언도받고 대구형무소에서 집행된 것으로 안다. 산중처인 최순자는 이때 무기징역을 언도받았으나 옥중에서 오원식의 아들을 낳았고, 그후 사면되어 사회에 복귀했다. 또한 남부군 92사단 정치위원인 차일평(車一平, 36세)도 이때 생포됐다. 차일평의 귀순은 사안이 너무나 중대해서 일체 비밀에 부쳐졌으며, 나중에 항공기에서 뿌리는 그의 귀순권고문을 보고 비로소 그의 투항을 알았다. 차일평은 귀순 후 군 정보공작에 협력한 것으로 알려졌는데, 얼마 후 일본을 경유, 이북으로 탈출했다는 미확인 풍문이 있었다.

평소 당성이 가장 강한 것처럼 보였던 북로계의 거물급 정치부 간부들이 제일 먼저 투항·귀순한 사실은 상당히 아이러니컬한 일이다. 이에 비해 모두가 유격대 사령관을 겸하고 있던 도당 위원장 전부와 대부분이 남로계인 군사부계 지휘자는 항쟁 끝에 산중에서 최후를 마친 사실은 무엇을 시사하는 것일까? 공산체제하에서 득세한 이론가들의 허구성, 출세주의자들의 가장된 충성의 실체를 드러낸 것이라고 볼 수는 없을까? 그렇다면 죽음을 무릅쓴 전투원들의 정열의 실체는 무엇이었을까? 그것은 사상과 이념보다는 '한'이요 감정이요 복수의 집념이 아니었을까?

광양 백운산의 전남부대도 이때 수도사단의 강타를 받아 도인민위원장인 김정수(경찰 기록에는 김재근)가 사살당하는 타격을 입었다. 이때 전남도 당학교의 교장으로 있던 통칭 '공주 동무'의 공주는 왕녀라는 뜻의 공주가 아니라 그녀가 공주(公州) 태생으로 공주여자사범학교를 나온 여성이어서 붙여진 애칭이며 경찰 기록에는 이공주(李公周, 29세)로 되어 있다. 공주는 키가 늘씬하고 이목구비가 시원한 미인형의 여인이었다. 전북도당 군사부장이며 45사단장이었던 김명곤의 조카딸로 전해지고 있는데, 해방 당시 사리원에서 교직에 있다가 모스크바 당학교에 유학하고 강동정치학원의 강사를 지낸 당당한 엘리트 당원이었다. 공주는 입산 당초 전북도당 사령부에 있었는데 산중에서 임신한 사실이 드러나 방준표가 심한 비판을 하고, 같은 지리산에서도 전북총사와 멀리 떨어진 외딴 골짜기에 엉성한 트를 짓고 그 속에 버려버렸다고 한다. 이때 방준표는 공주의 콜트 권총을 빼앗고 수류탄 한 개만 지니게 하고는 식량보급도 하지 않았다고 한다. 결국 자결해버리라는 뜻이었던 것이다. 방준표는 공주에게서 빼앗은 그 소형 권총을 자기의 산중처인 신단순에게 주었는데, 이것이 여성대원들 간에 조그만 말썽이 되었다고 한다. 보급도 없이 홀로 버려진 공주는 그후 전남도당 부대를 만나 전남부대에 합류하게 되는데, 통명산전투에서 저항 없이 생포된다. 이때 공주는 해산해서 사내아이를 데리고 있었는데, 군사재판 때 "무기를 가지고 있었으면서 왜 저항하지 않았느냐?"라는 재판관의 질문에 "아기 때문에……"라고 흐느끼며 진술했다고 한다.

공주가 낳은 아들이 누구의 자식인가 하는 데는 구구한 억측이 많았다. 전북도 인민위원장 김진백(金鎭百)이라는 풍문도 있었으나, 전주가 고향이며 작은 키에 심한 돋보기안경을 사용하던 김진백은 유명한 한말의 지사 박영효 후작의 아들 박정양(만주국 고관)의 사위로 영어에 능통한 인텔리였으며 원만한 인격자여서 그런 가능성은 거의 없다는 뒷말이 있었다. 전북도당 부위원장 임종환(林鍾煥, 전 남로당 서울시당 부위원장이며 오대산 빨치산 대장 김달삼의 후계자)이라는 말도 있었으나 그것도 물론 불분명하다. 어쨌든 공주는 산에서 아들을 낳고 수용소에서 길렀다. 9월 28일 낳았다 해서 '구이팔'이라는 이름이 붙여진 아주 예쁘장한 사내아이였다고 한다. 후일 광주수용소에서 '구이팔'은 아장아장 걸어다니며 재롱을 부려 같은 캠프의 여자포로들의 눈물을 자아내게 했다고 한다. 공주는 어느 날 옆에서 기거하던 한석자라는 소녀 포로(당시 19세)를 담요 속으로 불러 "나는 이제 사형당할 것이 확실하니 저 어린 것을 잘 돌봐줘요"라고 속삭이며 부탁하더라고 한다(한석자 씨의 증언).

공주는 옥중에서 돌이 지난 구이팔에게 젖을 물리며 지냈다. 모유 이

외에는 달리 아기의 먹이를 구할 방법이 없기도 했겠지만 아마 죽음을 목전에 둔 어머니로서의 애끓는 사랑으로 그러했을 것이다. 공주의 사형이 집행되던 날도 그녀는 아기에게 젖을 물리고 있다가 간수에게 끌려나갔으며, 같은 방의 여자 포로들은 간수가 억지로 떼어놓은 구이팔을 달래며 울음바다를 이루었다고 한다. 그렇게 천애의 고아가 된 구이팔은 관할 102헌병대(대장은 송인섭 대위)의 한 장교가 얻어다 기르게 됐다는 애화를 남기고 있다.

당시 백전사가 발표한 1기 작전에서의 공비 사살수는 1,263명으로 돼 있는데, 국방부 정훈국 전사편찬위원회가 4286년(1953년) 4월 20일 발간한 『한국전란 2년지』에는 사살 1,387명(생포 1,379, 귀순 162)으로 되어 있고, 1954년 3월 30일 육군본부 정훈감실이 펴낸 『공비토벌사』에는 사살 756명으로 되어 있다. 필자는 당시 지리산지구 유격대의 실세로 보아 『공비토벌사』의 숫자가 가장 근접하지 않을까 생각한다. 하지만 사살 숫자가 이처럼 기록마다 들쑥날쑥해서 실제를 파악하기 어려운 것은 '빨치산은 시체를 버리고 가는 법이 없다'는 그야말로 근거 없는 '전설' 때문에 '전과를 확인할 수 없다'는 인식이 있어 말단 부대에서 약간씩 과장한 전과보고를 그대로 집계한 까닭이 아닌가 싶다(경찰 발표는 너무나 차이가 심해 일단 논외로 쳤다).

공군의 공비토벌작전과 관련해서는 12월 1일 강릉기지의 전폭기대를 사천기지로 옮겨 동 26일까지 지리산에 엄호 출격을 한 것으로 돼 있는데 전과에 대한 기재는 없다. 다만 이 해 7월 18일부터 8월 31일까지 사이에 지리산지구에 68회 출격해서 사살 477명, 아지트 파괴 162개소의 전과를 올렸다는 보고가 있는데 이 전과의 확인 경위도 알 수 없다. 빨치산의 아지트라는 게 폭격의 대상이 될 만한 것이 아니었기 때문이다.

한편 당시 군 당국의 정보 판단도 매우 부정확했던 것 같다. 가장 근접하다고 보여지는 『공비토벌사』에서조차 남부군의 사단 81D, 92D 등 정규사단의 부호로 표시하고 있는데, 상술한 바와 같이 그 실태는 중대 병력에 불과했다. 그리고 57사단을 '인민군 57사단의 잔당 부대'로 기록하고 있는데 이것도 물론 사실과 다르다. 편제에 있어서도 81사단장 김흥복을 전북도당 위원장 방준표의 휘하로 그려놓고 있는 등 정보상의 혼선이 적지 않다. 포로가 된 대원이 군 당국의 발표대로라면 1천 5백 명에 달하는데도 이와 같이 적정에 어두웠던 것은 개개의 빨치산 대원이 자기 주변 이외의 일에 대해서는 아주 캄캄했었다는 사실을 입증하는 것이라 생각된다.

토벌군이 철수한 산중에는 여러 가지 유기물(遺棄物)이 남겨져 있었다. 우선 온 산에 거미줄처럼 깔아놓은 야전용 전화선을 그대로 버리고 갔기 때문에 우리는 이것을 거둬다가 칡넝쿨 대신 천막이나 초막의 결속용으로 썼고, 몇 가닥을 꼬아 총이나 배낭의 멜빵을 만들었으며 특히 고무신의 감발은 전원이 이것을 사용했다.

토벌군의 진지 자리를 찾아보면 흘리고 간 소총탄을 얼마라도 주울 수 있었다. 마치 비바람 친 이튿날 아침 이삭 밤 줍듯이 풀섶 사이에 노란 엠원탄이 수없이 떨어져 있었다. 흘린 것이 아니라 차고 다니기가 무거워서인지 탄대째 고스란히 버리고 간 경우도 흔히 있었다. 한번은 총탄 수백 발을 풀섶에 쌓아놓고 그 속에 '끝까지 잘 싸우시오'라는 '격

려 편지'를 묻어놓고 간 것을 발견한 일도 있었다. 물론 군인 중 좌익 동
조자가 한 것이다. 지금으로서는 상상도 못할 일이다.

이 밖에 전사 시체에서 얻어지는 탄약도 적지 않아 남부군은 중경기
등 공용화기까지는 몰라도 개인화기의 탄약 부족으로 고통을 받아본
일은 거의 없었다. 원래 빨치산은 맹목사격으로 화망(火網)을 구성하는
일이 없기 때문에 탄약 소비가 그리 많지를 않았다. 후일 내가 군 검찰
관의 심문을 받을 때, 탄약의 보급 방법을 묻기에 이와 같이 사실을 진
술했으나 믿어주지를 않았다.

군 작전이 한번 끝나고 나면 항공기가 뿌리고 간 투항 권고 삐라가
온 산을 하얗게 덮다시피 했다. 기록에 의하면 그해 겨울 백전사가 지
리산에 뿌린 전단의 수는 1기 작전 때 3백22만 장, 2기 작전 때 5백37만
장, 3기 작전 때 1백33만 3천 장, 도합 1천만 장이었다. 이 정도 뿌리면
산이 온통 하얗게 돼버리는 것이다.

백선엽·송요찬 등 사단장 명의로 된 투항 권고 삐라는 그림과 글이
각양각색이어서 흥미로웠고, 전사(戰史)의 한 자료가 될 것 같아 나는
그 한두 장씩을 골고루 주워 모아 전사 기록에 철해두었다. 그 가운데
는 독 안에 든 쥐를 국군이 총으로 겨누고 있는 만화에 '너희들은 독 안
에 든 쥐다. 빨리 투항하면 살 수 있다'라는 글이 들어 있는 것, 한 식구
가 단란하게 밥상에 둘러앉아 있는 그림 옆에 '그리운 너의 가족의 곁
으로 돌아가라. 투항하면 생명을 보장한다'라고 되어 있는 것, 투항자의
사진과 함께 그의 감상문을 실은 것들이 있었다. '한 장이면 몇 사람이
라도 통할 수 있다'고 단서가 붙어 있는 '귀순증'이라는 증명서 모양의
삐라도 있었다.

때로는 항공기에서 투항한 빨치산의 목소리로 '좋은 대우를 받고 있

으니 걱정 말고 손들고 나오라'는 내용의 공중 방송을 하기도 했다. 한 번은 전북도당의 '지리산 의과대학' 학생이었다는 젊은 여자 목소리의 방송이 있었다. 약 하나, 의사 한 사람 없는 전북도당에서 그런 거창한 이름의 엉터리 기구를 만든 것을 고소(苦笑)하면서 박민자의 추억에 잠겨본 일도 있었다.

이 삐라들의 효과가 얼마만큼 있었는지는 측량하기 어려우나, 나 자신은 권고 내용을 전적으로 믿지는 않았지만 '잡혀도 그냥 즉결 처단하지는 않는가보구나' 하는 느낌을 받았다.

남부군에서는, 우설(雨雪)에 견디도록 두꺼운 모조지로 된 이 삐라를 주워다가 담배 마는 데 쓰거나, 뒤지용으로, 연락문이나 기록 용지, 불 쏘시개, 여성대원의 생리용으로까지 다양하게 이용했기 때문에 '귀순증' 같은 것을 주어 갖고 다닌다고 이상하게 생각하는 일은 없었다.

용변 후의 뒤지로 여름에는 갈잎을, 겨울에는 모두 이 삐라 조각을 썼는데 실은 빨치산 생활에서 용변 문제는 의외로 큰 골칫거리였다. 대열은 일정 간격을 유지하고 쏜살처럼 내닫는데, 뒤를 보고 있다가는 낙오될 것은 물론 자칫하면 목숨까지 잃는다. 깊은 눈 속을 한 줄로 뚫고 갈 때는 뒤를 보기 위해 열 밖으로 비껴 설 도리도 없었다. 눈이 허리까지 차면 우선 웅크리고 앉기도 쉽질 않았다. 방한과 전투행동을 위해 옷가지는 언제나 단단하게 잡아매고 다닐 뿐 아니라 배낭과 총을 메고 있기 때문에 바지를 내렸다 추켰다 하기도 거북했다. 물론 산중이라 해서 은밀보장상 언제 아무 데서나 용변을 볼 수 있는 것도 아니었다. 만일 설사라도 만나는 날이면 정말 큰일이었다. 아마 여성대원들의 고통은 더욱 심했을 것이다.

담배는 어쩌다 농가에서 잎담배를 입수할 때도 있지만 그것이 떨어지면 마른 단풍잎을 부수어서 삐라 종이로 말아 피웠다. 이것을 '메불' 이라고 불렀다. 옛날 1930년대에 총독부 전매국에서 만들던 '메불(단 풍)'이라는 담배가 있었기 때문에 익살스럽게 그렇게 부른 것이다. 단 풍잎도 아무 데나 있지는 않기 때문에 쌈지에 넣고 다니며 피웠다. 담 배는 필수품이 아니니까 그쯤 되면 끊어도 될 법한데 그렇지가 않았다. 눈 속에서 며칠씩 상황이 계속될 때는 단풍잎도 동이 나서,

"야, 메불 한 대 줘."

"자아식, 너도 좀 따갖고 다니며 피워."

하고 핀잔을 들으며 얻어 피우고 있었다.

겨울산의 꽃

북변의 눈 깊은 골짜기에서 토벌군의 철수를 확인한 남부군은 그날 로 주능선을 넘어 남향한 거림골 언저리에 트를 잡고 가끔 보급투쟁을 나다니며 날을 보냈다. 이 무렵 남부군 기동사단의 병력은 악양전 이래 의 손실로 또다시 크게 줄어 사령부의 당정대를 합해 250명을 약간 넘 을 정도였다. 기백산 합류 당시에 비하면 특히 전투원의 손실은 7할에 가까웠다.

10여 일의 휴식과 보급으로 그런 대로 기운을 되찾은 기동사단은 다 시 행동을 시작했다. 눈에 묻힌 잔돌고원 관목 숲 속에서 52년 새해를 맞은 기동사단은 어디론지 주간 행군을 계속하다가 어둠이 깃들 무렵 구곡산(九谷山, 961m) 기슭, 내대리 부근에서 경남부대와 협동하에 경 찰초소 병력을 공격하여 새해의 첫 전투를 치렀다. 급강하 폭격 같은 이 기습전에서 경찰초소 병력은 상당한 피해를 입었다.

그 이튿날 어느 넓은 골짜기(중산리골?)를 주간 행동하던 우리 대열

은 무스탕기 편대의 돌연한 공격을 받았다. 무스탕기가 지리산에 네이팜탄 공격을 시작한 것이 그 며칠 후인 1월 9일부터로 기록되어 있다. 토벌군 진지 사이를 누비고 다니는 빨치산에게 네이팜탄이 얼마만한 효과를 보였는지는 의문이지만 이날 폭로된 지형에서 미처 피할 사이도 없이 당한 총폭격은 상당히 위력적이었다.

약 10여 분간, 폭탄이 떨어질 때마다 머리통만 한 돌들이 치솟았다가 내리 때리고 그 뒤를 기총탄이 우박처럼 쓸고 지나갔다. 이 공격에서 남부군은 속리산 이후 처음으로 몇 명의 공습피해를 입었다. 이때 사령부의 객원인 인민군 부사단장이었다는 20대의 장군도 낙석으로 허리를 크게 다쳐 며칠을 호위대원에게 업혀 다녀야 했다.

산중에서 우리는 군의 대규모 작전이 정확히 15일씩의 기한으로 몇 번 되풀이된 것으로 알았다. 군의 본격적 공세가 시작되고 15일이면 매번 일단은 지리산에서 철수한 것을 확인할 수 있었던 것이다. 그러나 군의 기록을 보면 토벌작전은 4기에 걸쳐 실시되었고, 매 기는 거의 간격 없이 계속된 것으로 되어 있다.

제1기는 51년 12월 1일부터 15일까지 지리산을 집중 공격했고, 제2기는 12월 19일부터 52년 1월 3일에 걸쳐 전북의 회문산·운장산지구와 삼도봉(민주지산) 및 전남의 백아산·광양 백운산·황학산지구를 전·후기로 나누어 집중 소탕했다. 이 작전기간 중에도 지리산지구에는 국군 2개 연대와 군경 혼성부대인 서전사(西戰司)의 병력이 토벌작전을 계속한 것으로 되어 있다.

제3기는 1월 9일부터 1월 31일까지인데, 이 작전기간 중에는 지리산과 여타 지역의 잔존 빨치산에 대한 소탕전을 실시했고, 제4기인 2월 4일부터 2월 27일까지는 역시 지리산과 인접지역의 잔존세력을 소탕하는 것과 경남 신불산(神佛山)지구에 대한 공격을 병행한 것으로 되어 있다.

그러니까 남부군이 정월 초에 맞닥뜨렸던 토벌군 부대는 서전사의 병력이나 지리산에 계속 주류한 2개 국군연대의 일부였을 것이다. 아무튼 군의 대규모 공격이라는 느낌은 없었다. 중산리골에서 치열한 공중공격을 받은 후 기동사단은 다시 남부릉으로 돌아와 삼신봉 언저리를 전전했던 것으로 기억한다. 어느 날 흐른바위 사면에서 취사 중이던 81사단은 갑자기 심한 포격을 받았다. 105밀리와 80밀리 대형 박격포탄이 진남방 10시 방향에서 일시에 봇물이 터지듯 날아들었다. 발사음과 작렬음이 2초쯤 사이를 두고 묘한 리듬을 이루며 골짜기를 진동했다.

음차로 보아 토벌대의 위치는 700미터를 넘지 않는 것 같았다. 골짜기는 삽시간에 수라장이 됐다. 비명 소리가 여기저기서 일어나는 와중에 그래도 끓다 만 밥솥을 배낭에 챙겨 넣으며 뛰기도 하고 골짜기 아래를 향해 기관총을 난사하는 대원도 있었다. 바윗조각이 부스러져 튀어 오르기도 했다. 황급히 배낭과 총을 챙겨 지며 부대가 흩어져 올라가는 방향을 돌아다본 순간 귓전에서 굉음이 들렸던 것 같았으나 나는 의식을 잃었던 모양이다. 불과 몇 초였을 것이다.

정신을 차리고 보니 손에 들었던 엠원 총이 잡히질 않고 왼쪽 어깨와 팔이 피투성이가 돼 있었다. 팔을 휘둘러봤으나 아무 이상이 없고 대신 머리에 심한 통증이 느껴졌다. 포탄 파편인지, 바윗조각인지가 왼쪽 머리를 스쳐 살점이 떨어지고 피는 거기서 나는 것이었다. 다행히 두개골 뼈까지는 미치지 않았다는 것을 자각하며 얼핏 보니 바로 옆에 대원 하나가 피투성이가 돼 쓰러져 있는 것이 보였다. 이미 숨이 끊어져 있었다. 급한 대로 그 시체의 옷을 찢어 머리를 동여맸는데 백설 위에 뿌려진 피가 그사이에 얼어붙어 꽃가루처럼 선명했다.

나는 엠원보다는 한결 가벼운 그 대원의 99식 소총을 주워 들고 비틀거리며 부대가 사라진 방향을 찾았다. 포성은 멎어 있었다. 거짓말 같은 고요 속에 기어들어가는 듯한 신음 소리가 들렸다. 우선 전신이 노출되는 바위 무더기를 피해 나무 밑을 찾으려고 몇 발자국 옮겨놓고 있는데, 바위 그늘에 대원 한 사람이 비스듬히 누워 있는 것이 보였다. 작은 몸집으로 보아 여자대원이 분명한데 아랫도리가 피범벅이 돼 있었다. 지난 늦여름 거림골 환자 트에서 알게 됐던 순천이 고향이라는 김희숙이었다. 입이 건 그녀는 그 당시 대대장급의 간부로 있었다.

김희숙은 게슴츠레한 눈을 뜨며 알아보겠다는 듯이 입가에 약간 미소를 지어 보였다.

"정신 차려, 희숙 동무! 일어나봐!"

출혈이 심해 창백해진 얼굴로 그녀는 남의 말 하듯 말했다.

"틀렸구만이라, 다리가 없어져 뿌렸지라. 어쩌까이, 동무도 피가……."

그녀는 내 피 묻은 머리띠를 향해 더듬듯이 한쪽 손을 내밀었다. 여전히 예쁜 목소리였고, 여전히 금단추 부로치 두 개가 피 묻은 가슴께에서 빛나고 있었다. 잡아준 손이 얼음장처럼 차가웠다.

"그럼 안 돼, 엄니 만나야지…… 정신 차려! 난 괜찮아……."

"그랴, 엄니 만나야제라. 압지도, 오빠도…… 오사육실할……."

김희숙은 이렇게 스물네 살의 한 맺힌 생애를 겨울산에서 마쳤다. '혁명'은 그녀에게 무엇이었는가? 그녀에게 전쟁은 복수의 집념이었고 '투쟁'은 한풀이였다. 나는 이제 욕조차 잃어버린 그녀의 주검 위에 가랑잎 한 아름을 덮어주고 다시 걸음을 재촉했다. 그녀의 작은 시신이나마 토벌대의 손에 의해 더는 오욕되지 않기를 염원하면서…….

나는 앞서 간 발자국을 더듬으며 무거운 발걸음으로 남부릉을 북쪽으로 오르면서 삶과 죽음의 불가사의를 생각했다.

　'당원은 운명이라는 비과학적 현상을 믿어서는 안 된다. 그러나 앞뒤 사람이 박살이 나는 사이에서 나만이 살아남은 이런 우연을 뭐라고 설명해야 옳은가? 사람은 그에게 주어진 사명이 다할 때까지 죽지 않는다는 리빙스턴의 말이 만일 옳다면, 내게는 뭔가 해야 할 일이 남아 있는 것일까? 그래서 어떤 절대적인 힘이 나의 생명을 보호해주고 있는 것일까? 그렇다면 나는 결코 죽지 않을 것이다…….'

　그날 저녁 주능선 덕평봉 부근에서 나는 설영 중인 사단을 만났다. 정치부를 찾아가니 모두들 내가 낙오하지 않고 뒤따라온 것을 대견해하며, 보행에 지장이 없는 부상을 '다행'이라고 기뻐해주었다. 다리에 입는 부상은 그대로 죽음을 의미했기 때문이다. 공기가 맑은 고지 생활 덕분이었던지 내 머리의 부상은 보름쯤 대열을 따라다니는 동안에 흉터만을 남기고 완전히 나아 있었다.

　이튿날 남부군 기동사단은 눈이 깊게 쌓인 북편 골짜기로 이동했다. 평상시에는 양지바른 남쪽 골짜기에 정착해 있다가 군 공세가 시작되면 생활 조건이 나쁜 북쪽 골짜기를 찾아 은신하는 것이 관례처럼 돼 있었다. 그래도 부상한 상처의 통증이 얼마큼은 고통을 주었기 때문인지 다음 며칠 동안의 경로는 기억이 매우 몽롱했다. 아무튼 한신골(?)에서는 큰 폭포수 밑에서 물소리를 방패 삼아 하룻밤을 새우기도 하고 곰이나 산돼지의 집으로 보이는, 나뭇가지를 통발처럼 둥글게 엮어놓은 산짐승 집이 대여섯 개 군집돼 있는 숲 속에서 잠을 자기도 했다.

　멀리 정찰 나갔던 정찰대가 밤중에 숲 사이를 가다가 국군 초병 몇이 슬리핑백 속에 들어가 잠을 자고 있는 것을 발견하고 M2로 갈기고 왔다는 얘기를 들은 일도 있다.

처형된 정찰대장

그 무렵 정찰대의 고생은 형용키 어려울 만큼 혹독했다. 부대가 행군을 마치고 설영에 들어갈 때는 정찰대는 주변 능선의 적정유무를 살피기 위해 숨돌릴 사이도 없이 다시 떠나야 했다. 주변 능선이라지만 1천 미터가 넘는 고지들이다. 능선 말고도 설영지 2~3킬로미터 주변의 상황을 살펴야 했다. 그들이 밤새 눈 속을 헤매다가 돌아오면 부대가 곧 다시 이동하는 경우도 많았다. 그러니 며칠씩 눈 붙일 사이가 없게 되었다. 남이 쉴 때 걸어야 하니 육체적 부담도 다른 대원들보다 훨씬 더 심했다. 온 부대가 굶고 있는 판에 정찰대라고 따로 급식이 있을 수도 없었다. 굶고, 걷고, 잠 못 자고, 전투하고, 몸 녹일 틈도 없는 4중, 5중의 고통이 매일처럼 계속되었다. 참으로 사람이 감당할 한계를 훨씬 넘는 가혹한 근무였었다.

벽송사골에서 숙영 중인 어느 날 그 정찰대장이 처형되는 끔찍한 사건이 일어났다. 어느 아침, 전원 집합의 명령이 있었다. 정찰대장이 전선줄로 결박되어 끌려 나왔다. 참모장이 그의 '죄상'을 전원에게 고시하면서 토론을 요구했다.

정찰 도중 어느 면당 비트에 기어들어가 밥을 얻어먹고 잠을 잤다는 것이 그 '죄상'이었다. 전에도 언급한 적이 있지만 면당 비트라는 것은 인근의 부역자들이 은신하고 있는 비밀 아지트였다. 인원이 적고 부근 마을에 연고지가 있어 은밀히 보급을 받아가며 은신하고 있는 것이니까 아지트의 방한 시설이나 식량 준비가 비교적 갖추어져 있는 경우가 많았다. 나다니지를 않으니까 종적이 잘 드러나지를 않았다. 쉽게 말해서 짐승의 겨울잠이나 마찬가지다.

정찰대장에게 해명의 기회가 주어졌다. 그의 말에 의하면 계곡을 탐색 중 우연히 면당 트를 발견했기에 '상황을 물어보려고' 들러봤다는 것이다. 면당원들이 수고한다면서 뜨뜻한 호박범벅을 내놓았는데 사날 굶었던 끝이라 참을 수가 없어 몇 술 얻어먹었다는 것인데 이것이 실수였다. 잔뜩 얼어붙은 몸이 뜨뜻한 구들에 앉아 있는 것만도 노곤하던 차에 허기진 배에 무엇이 들어가니 일시에 나른해지면서 졸음이 퍼부어 저도 모르게 잠에 빠져버렸다는 것이다. 며칠 동안 밤을 새운 끝이라 일단 잠이 드니 정신을 잃고 몇 시간을 내쳐 자버린 것이다.

해명이 끝나자 동행했던 정찰대원 한 사람이 나서서 대장의 말을 반박했다.

"비트를 발견했을 때 나는 우리 행동이 노출될 염려가 있으니까 그냥 지나치자고 했습니다. 그런데 대장 동무가 '뭐 좀 얻어먹고 가자'면서 억지로 끌고 들어간 것입니다. 음식을 얻어먹고 나서는 곧 출발했어야 할 텐데, 이번에도 대장 동무가 '제기랄, 사람이 며칠 씩 안 자고 사나. 정찰대라고 무슨 죄졌어? 뜨뜻한 데서 한숨 자고 가자.' 이렇게 된 것입니다. 당시 대장 동무의 말을 거역할 수가 없었다고는 해도 임무의 중대성을 잊고 같이 잠을 잔 것은 마지막 피 한 방울까지 당과 인민에게 바치라는 수령 동지의 교시를 망각한 처사였습니다. 엄숙히 자기비판을 하면서 다시는 이런 과오를 되풀이하지 않을 것을 당과 수령 앞에 맹서합니다."

와들와들 떨고 서 있던 정찰대장이 발버둥치면서 비명을 질렀다.

"아이구 저놈이 사람잡는다! 몸 좀 녹이고 가자 했지 내가 언제 불평을 했어!"

정찰대원은 차마 대장 얼굴을 직시하지 못하고 얼굴이 벌개지며 고개를 떨구었다. 이때 전북 출신으로 유일한 지도원인 '열성당원' 주성일이 손을 번쩍 들고 토론을 청했다. 여전히 부자연스러운 함경도 사투리를 써가며 팔뚝을 번쩍번쩍 쳐들면서 정찰대장을 공박했다.

"정찰대장의 과오는 지금 정찰대원 동무의 자기비판으로서리 충부이 증명됐수다. 조국 전쟁으 중대한 국면에서 전체 애국 인민이가 피를 흘리면서리 미 제국주의 침략자들과 그 앞잡이 리승만 도당으르 상대로 용감히 싸우고 있는 이 마당에, 이 우리 영예로운 빠르찌사니 대열에 불평과 분열을 조성시키고 임무에 태만했던 점은 도저히 용서받을 수 없는 중대 과오라 생각하우다. 따라서 정찰대장으르 즉시 총살에 처하는 것이 옳다고 주장하는 바이우다."

"옳소!" 소리가 겨우 한두 마디 나왔다. 모두들 워낙 오랫동안 같이 고생해온 처지라 선뜻 '옳소' 소리가 나오지 않는 것이었다. 그러자 또 한 사람 토론자가 나섰다.

"함부로 남의 비트에 들르지 말라는 지시를 우리는 여러 번 받아왔습니다. 정찰대장은 그 지시를 어기고 면당 비트에 들어갔을 뿐만 아니라 밥을 얻어먹고 잠까지 잤습니다. 시장하기는 사령관 선생님 이하 전체 대원이 마찬가지입니다. 정찰대가 네 시간이나 늦었기 때문에 사령부는 중대한 차질을 빚었고, 심지어 생포된 것이 아닌가 해서 즉시 아지트를 옮길 의논까지 나왔던 것입니다. 이뿐만 아니라 정찰대장은 부하들 앞에서 상급자를 비방하고 불평을 일삼아 대열의 분열을 은근히 선동, 조성한 것이 대원의 증언으로 확연합니다. 정찰대장이 그간 우리 대열에 이바지한 공로를 애석하게 생각합니다만 그러나 이번의 과오가 작전과 군기에 미친 중대성을 생각할 때 나는 주성일 동무의 토론에 적극 찬동하지 않을 수 없는 것입니다."

"옳소!" 소리가 좀 더 많이 나왔다. 물론 토론이야 어찌 됐든 사령부가 그를 처단키로 하고 결박까지 지은 이상 다시 살려놓을 수는 없는 일이다. 빨치산의 징벌 방법은 사형 이외에는 있을 수 없고 토론은 오직 다른 대원에 대한 경고의 의미밖엔 없다. 사령관의 사형 선고가 내려지고 정찰대장은 사색이 된 채 산모퉁이 저편으로 끌려갔다.

그는 정찰대장이라는 중책을 맡길 만큼 매우 성실하고 모범적인 당원이었으며, 낙동강 이래 군공도 적지 않아 최고 무공훈장까지 받은 중견간부였다. 그러한 그가 나흘 굶은 끝에 호박죽 한 그릇 얻어먹은 잘못으로 동지의 총창의 이슬이 되어 눈 속에 버려진 것은 매우 충격적인 사건이었다. 그러나 사실은 그에게 탈출할 눈치가 보였기 때문에 앞질러 처단한 것이라는 뒷얘기도 떠돌았다. 어쨌든 그의 죽음은 그후의 나의 행동에도 많은 정신적 제약을 주었으니 사령부의 의도는 충분히 달성되었는지도 모른다.

일반 대대와 직접 접촉이 적었던 나로서는 대원이 탈출했다는 얘기는 한 번도 들은 적이 없었다. 탈출은 탈출 그것으로 그치는 것이 아니라 동료 대원의 사기에도 큰 영향을 미칠 것은 물론이니까 설사 탈출사건이 발생했더라도 다른 대원에게는 극비에 붙여졌을 것이다. 탈출할 생각만 있다면 기회는 얼마든지 있었다. 가령 마을에 보급투쟁 나갔을 때, 어두운 밤중의 일이니까 슬그머니 눈에 띄지 않는 곳에 가서 잠시 숨어 있기만 하면 되는 것이다. 대원 한두 명을 찾자고 날이 샐 때까지 부대가 야지에 머물 수도 없는 일이다.

사실 지방사단에는 탈출사건이 빈발해서 이 시기 지휘부가 큰 골치를 앓았다는 얘기를 후일 들은 적이 있다. 군 기록에도 작전 때마다 많은 투항 귀순자가 있었던 것으로 되어 있다. 어떤 지방사단에서는 특정 대원의 목숨을 보전케 하기 위해 지휘부에서 일부러 하산 귀순시킨 예도 있었다고 한다. 소위 '위장 귀순'이 아니라 전투력은 없고 그냥 짐스럽기만 한 상이자, 병약자, 혹은 여성대원을 선발해서 도당 위원장 묵인 하에 투항케 하는 것이다. 몇몇 고위간부의 산중처로 알려진 여인의 구명을 위해서 그 고위간부가 강제 하산시킨 예도 있었던 모양이다. 죽음의 벽을 사이에 두고 말하자면 '단장의 생이별'을 한 셈이다.

다만 남부군의 경우는 적어도 이 시기까지는 대원들 간에 동요 같은 것은 없었다. 대부분의 대원은 '선 떨어지면 죽는다'고 굳게 믿고 있었으며, 특히 2차 군작전 때 대성골에서 결박된 채 사살된 시체가 발견된 일이 있은 후로는 이탈은 곧 죽음이라는 생각들이 더욱 굳어졌다. 그러나 당시 한국 정부는 빨치산 포로들에게 믿기 어려울 만큼 관대했다. 군사법정은 양민 학살의 혐의가 없는 한 극형을 가하지 않았으며, 기껏해야 몇 년의 유기징역을 과하던가 혹은 그대로 석방 사면해버렸다. 『한국전란 2년지』에 의하면 한국 정부는 52년 3월 12일부터 20일 사이에 수용 중에 있던 빨치산 포로 약 4,000명을 심사 끝에 방면한 것으로 되어 있다. '남녀노소의 게릴라'라는 표현으로 보아 이 중에는 소위 통비분자로 몰린 산악지대 주민도 상당수 포함돼 있는 것으로 추측되지만, 사변 전 빨치산 포로는 물론 빨치산과 내통한 혐의만 있어도 무조건 즉결처분하던 시절에 비하면 놀랄 만큼 관대한 처분이었던 것이다.

이러한 사실이 빨치산 사회에 정확히 알려졌더라면 아마도 훨씬 더 많은 투항자가 생겼을 것이지만 그때까지만 해도 대부분의 대원은 귀순 권고 삐라의 문면을 읽으면서도 사변 전의 가혹했던 보복의 기억을 뿌리치지 못하고 있었다. 그러나 정부의 그러한 대담한 포로정책이 나중에는 많은 성과를 거두어 빨치산의 붕괴를 촉진시키고 피아의 많은 생명을 구해낸 것만은 부인할 수 없는 사실이다.

상황이 다소 뜸해지자 기동사단은 백무골을 전전하면서 가까운 마천 방면의 소부락들을 드나들며 보급투쟁으로 전력 회복을 꾀하면서 날을 보냈다. '둥구 마천 아가씨는 고동시 깎다가 다 늙는다'고 민요에도 나오는 곶감의 명산지이다(둥구는 마천의 이웃 마을, 고동시는 곶감에 쓰는 감).

마을로 나가자면 남천강 상류를 건너야 하는데 깊이는 무릎을 적실 정도였으나 산협에서 흘러내리는 급류가 돼서 여간해 얼지 않는 대신 지독히 차가웠다. 옷을 적시면 뒤가 곤란하니까 남녀 모두 바지를 벗고 건너는데 물에 들어서는 순간 다리가 마비되는 것처럼 저려오며 곧 감각을 잃었다. 그 대신 건너고 나서 물을 닦고 바지를 걸치면 탕에서 나온 것처럼 살갗이 따스했다. 여성대원들은 차마 속바지까지는 안 벗지만 가끔 발을 헛디뎌 몽땅 물 속에 빠져버려 민가에 들어가 옷을 말려 입고 나오는 대원도 있었다.

한번은 김흥복 사단장이 얇은 얼음을 딛다가 물에 빠져버렸는데, 입고 있던 군복 외투자락이 순간적으로 얼어붙어 허리서부터 아래가 나팔처럼 벌어진 채 숙어들지를 않아 애를 먹었다. 어지간히 추웠던 것이다.

이 마을 위쪽에 아주 깊고 좁은 여울목이 있고 양 녘 바위에 걸쳐놓은 통나무다리가 있었다. 근처에 경찰초소가 있어 밤이면 이 다리를 마을 쪽으로 걷어 올려놓았다. 그래서 마을에 들어갈 때는 훨씬 아래쪽에서 벗고 건너지만 돌아올 때는 경찰초소를 봉쇄해놓고 그 통나무다리를 걸치고 돌아왔다. 모두 건넌 후에는 다리를 반대쪽으로 걷어 올려놓고 떠나기 때문에 경찰대가 추격을 할 수 없게 됐었다.

이 경찰초소와의 소전투에서 가끔 사상자가 났다. 어느 날 밤 중대장급의 간부 한 사람이 머리에 관통상을 입고 즉사했을 때 김흥복 사단장이 혀를 차며 중얼거렸다.

"그 동무 낙동강으로, 소백산으로 고생도 참 많이 했지. 그런 동지를 쌀 몇 말과 바꾸다니 기가 막히는 군. 가랑비에 옷 젖는다고 이렇게 시나브로 하나둘씩 잃는 게 잠깐 큰 숫자가 된단 말야."

아닌 게 아니라 대수롭잖은 소전투에서 표 안 나게 줄어드는 대원의 수가 그럭저럭 적지 않았다. 두세 명이면 벌써 1%가 주는 셈이니 괄시할 수 없는 숫자였다.

10. 궤멸하는 남부군

백무골의 집단 동사

앞서 말한 바와 같이 백전사의 서남지구 토벌작전은 51년 12월 1일부터 시작해서 이듬해 3월까지 4기에 걸쳐 간단없이 계속된 것으로 되어 있으나 무슨 까닭인지 기록마다 작전기간이 다르고 해체 일자까지 상당한 차이가 있다. 그러나 적어도 남부군 부대와 접촉한 작전기간은 매 기 정확히 15일간이었고, 그 작전기간 사이에는 상당한 공백기간이 있어 그동안 숨을 돌리고 대열 정비를 하고 했던 것이다. 그러니까 여기서 1차, 2차라고 표현한 작전기간도 내가 직접 겪었던 남부군과의 매 15일의 접촉 기간을 말하는 것이다. 물론 그 작전기간 사이에도 부분적인 군경부대와의 충돌은 있었다. 김희숙이 전사한 흐른바위 사면에서의 포격도 그런 부분적인 공격이었지 15일 기간의 일제 공격은 아니었음이 분명했다.

52년 1월 상순 어느 날 남부군 기동사단은 토벌군의 공격이 뜸한 틈을 타서 백무골에서 양지바른 거림골 무기고 트 자리로 넘어와 거림골과 청내골을 전전하면서 보급투쟁을 나다녔다. 가장 가까운 내외공(內外公) 마을을 특히 자주 드나들었다. 그러나 내외공은 면 소재지인 덕산 장터가 가까운 관계인지, 빨치산 출입이 빈번한 때문인지, 마을 사람들의 식량 소재가 매우 철저해서 우리는 하루 한 끼를 대기가 어려웠다.

그러니 예비 식량 같은 것은 한 줌도 없는 상태에서 우리는 대대적인 제2차 군작전을 맞이하게 되었다.

대소한의 추위가 몰아쳐온 정월 10일께 어느 날, 거림골 어귀에 배치된 초소에서 국군 수색대와 최초의 충돌이 있었다. 미처 체력 회복도 제대로 못 한 기동사단은 즉시 행동을 시작해 우여곡절 끝에 다시 주능선을 넘어 백무골로 숨어들었다. 마천 방면으로 보급투쟁을 시도했으나 철저한 토벌군의 봉쇄선 때문에 한 번도 성공하지 못하고 고스란히 굶은 채 토벌대의 간격을 누비며 백무골 이곳, 저곳을 옮겨 다녔다. 백무골도 12킬로미터가 되는 큰 골짜기 외에도 크고 작은 가지골짜기가 여러 가닥 있었다.

남부군 사령부 부대는 백무골에서 대열을 둘로 나눠 행동하게 됐다. 인원이 적을수록 기동성이 있고 노출될 위험성이 적을 뿐 아니라 이목을 분산시킬 수 있고 만일의 경우라도 남부군이 한꺼번에 전멸할 위험성을 적게 하는 등 여러 가지 목적이 있었던 것이다. 사실상 2백 명이 넘는 부대가 일렬 종대로 토벌군의 진지 사이를 누비고 다닌다는 것은 기술적으로도 어려운 일이었다.

92사단이 별동대가 돼서 배암사골 방면으로 먼저 떠났다. 백무골의 '남부군단'이 배암사골로 이동한 것처럼 위장한 것이다. 이 무렵 81사단보다는 102사단을 흡수한 92사단이 다소 병력이 많았던 것으로 기억한다[이때 이현상 이하 남부군 수뇌수는 81사단과 같이 행동한 것으로 나는 기억한다. 그런데 훨씬 후에 이현상 등이 92사단과 같이 행동했었다는 이설(異說)을 들은 일이 있다. 그것은 북로계이던 92사단의 한 여성으로부터 우연한 기회에 들은 얘기인데 내가 이 별것도 아닌 일에 관심을 갖는 이유는 남부군 수뇌부가 92사단과 같이 있었다고 기억하는 그 여성의 설명 때문이다. 즉 92사단에는 북로계의 중요 간부들이 많았기 때문에 그들과 군 수뇌부를 보전하기 위해 남한 출신의 '잡동사니들'이 주력인 81사단을 토벌대가 들끓는 남면으로 보내 희생양으로 삼으려 했었다는 것이다. 아닌 게 아니라 그때 81사단은 토벌대의 밀도가 엄청난 남면 능선으로 보내져 거의 궤멸적 타격을 입었으나 비교적 토벌대의 배치가 적던 북면의 능선과 골짜기를 전전했던 92사단은 상대적으로 손해가 적었었다. 그러나 81사단의 전신인 승리사단은 후평 이래 남부군의 중심세력이었고 남하 도중에도 군 수뇌부는 대개 승리사단과 행동을 같이해왔기 때문에, 혹은 그 후의 어떤 작전에서 수뇌부가 92사단과 행동을 같이한 일은 있을지 몰라도 2차 작전 때까지는 81사단을 제물로 삼으려 했었다는 얘기는 그 당시 북로계 간부들의 의식의 저변을 드러내는 것으로, 그럴 수도 있는 일이다].

작전 7일째의 저녁(1월 18일?) 81사단을 주축으로 하는 지대가 백무골 어느 개울가에서 숙영 준비를 하고 있는데 마천 쪽 어귀에 강력한 적정이 나타나 골짜기를 향해 올라오고 있다는 정찰대의 급보가 날아들었다. 부랴부랴 천막을 걷으며 이동 준비를 서두르는데 어쩌다 보니 정치부 천막 짐이 내 차지가 돼버렸다. 불빛을 가리느라고 천막 안에서 불을 피웠기 때문에 천막 지붕에 내린 눈이 녹아 한 아름이나 되는 광목천이 물에 적신 것처럼 됐었다.

그것이 접어 매는 사이에 얼어붙어 커다란 얼음덩이가 돼버렸다. 저 보니 아마 50킬로그램은 될 성싶었으나 나눠 질 수도 없는 짐이니 할 수 없이 그대로 짊어지고 대열에 끼었다.

110여 명의 남부군 주력부대는 설명(雪明) 속을 소리 없이 주능선을 향해 움직여 갔다. 처음에는 나무꾼의 소로길 같은 것이 있었으나 얼마 후부터는 그냥 숲 속을 헤치며 눈비탈을 뻗어 올라갔다. 아마 장터목과 세석의 중간쯤 되는 방향이었을 것이다. 두어 시간을 그렇게 올라가 능선이 멀잖은 것처럼 보였을 때 대열이 뚝 멎으며 전달이 내려왔다.

"뒤로 전달, ○○연대 앞으로."

"뒤로 전달, ○○연대 앞으로."

전달이 내려가면서 남의 대열 사이에 처져 있던 ○○연대 대원들이 앞으로 빠져 올라갔다.

대열 중간에서는 선두의 사정을 알 도리가 없다. 다만 전투가 시작되는가보다 생각하면서 기다리고 있을 뿐이다. 그러나 아무 기척이 없이 한 시간가량을 정지해 있던 대열이 "뒤로 돌아"의 전달이 오면서 오던 길로 되내려가기 시작했다. 마천 쪽에서 적정이라는데 어쩔 셈인가 하고 불안하게 생각하면서 오던 길을 한 시간쯤 내려갔을 때 또 행진이 멎었다.

참모들이 대열 옆을 비껴 앞으로 달려 내려갔다. 그러나 한 시간쯤 후 대열은 다시 뒤돌아 능선 쪽으로 오르기 시작했다. 그러고는 아까 행군이 멎었던 그 근방에 이르자 대열이 다시 정지했다. 그러는 동안에 시간은 새벽이 가까워진 것 같았다.

한마디로 백무골 깊은 골짜기와 주능선 8부께 사이를 밤새 오르락내리락한 것이다. 아마도 능선에 토벌군 진지가 있어 돌파하든가 비껴나갈 자신은 서지 않고 되내려 가다보니 마천 쪽으로 올라오는 적정도 만만치 않아 이러지도 저러지도 못 하고 우왕좌왕했던 모양이지만 남부군 지휘부가 이처럼 갈팡질팡 결단력 없는 행동을 한 예는 전에도, 후에도 없었다.

이 백무골은 이웃 칠선골과 더불어 겨울철 등반으로는 최악의 조건을 갖춘 계곡이라 해서 에베레스트 원정대가 등반훈련을 한 일도 있는 곳이다(74년 1월). 전문적인 장비와 준비 없이는 접근하기 어려운 곳이다. 대원들은 허기와 피로 때문에 지칠 대로 지쳐 있었다. 세 번째 능선 쪽으로 올라갈 때는 걷다 말고 비실비실 길옆으로 쓰러져버린 대원도 있었다. 뒤의 대원이 잡아 일으켜보니 벌써 숨이 끊어져 있었다는 얘기가 대열을 통해 흘러나왔다. 체력을 있는 대로 다 소모해버리고 다 탄 촛불처럼 꺼져버린 것이다.

나는 이날 밤 김흥복 사단장의 불사신 같던 모습을 잊을 수 없다. 그는 가뜩이나 걷기 어려운 대열 밖의 눈 속을 이리저리 앞뒤로 뛰어다니며 대원들을 격려했다. 싱글싱글 웃는 표정을 잃지 않으면서…….

"낙오하면 개밥 된다. 능선만 넘으면 거림골에 비장해둔 쌀을 퍼다가 김이 무럭무럭 나는 밥을 해 먹인다. 개밥 되면 못 얻어먹어. 기운들을 내란 말야!"

앞뒤로 뛰어다녔으니 걸음만도 대원들의 갑절은 걸은 셈이다. 실로 초인적인 강인한 힘과 정신력의 소유자였으며, 유능한 참모이자 지휘관이기도 했다. 그는 어떠한 위급을 당해도 결코 당황하는 기색을 보이는 법이 없고 언제나 그야말로 태산처럼 믿음직스러웠다. 어두운 밤중에 보초선을 돌파할 때는 일부러 "보초! 보초!" 하고 불러보며 보초의 위치를 확인할 정도로 담대하기도 했다. 그가 만일 때와 길을 바로 만났다면 전사에 이름을 남길 만한 명장이 되었을지도 모른다.

세 번째 8부 능선께에 이르렀을 무렵에 드디어 동이 트기 시작했다. 커다란 바위 밑에 약간 움푹한 곳이 있어 전원이 거기 모여 대기하고 있었다. 약 30분쯤 지났을 때 참모장이 불을 피워도 좋다고 허가했다. 능선의 토벌군 초소는 날이 밝으면 철수하는 것이 보통이었다.

모두들 불안한 생각을 하면서도 서너 곳에 모닥불을 피우고 둘러앉았다. 그런데 이때 이변이 일어났다. 모닥불가에 앉아 있던 대원 몇이 스르르 쓰러지며 숨을 거두어버린 것이다. 마치 졸음이 와서 옆으로 눕는 것처럼 보였다. 긴장이 풀리면서 밤새의 피로가 한꺼번에 엄습해온 때문인지, 혹은 잔뜩 언 끝에 불을 쬔 것이 나빴든지, 어쨌든 한 자리에서 6명의 젊은이가 잠들 듯 조용히 숨을 거두는 기막힌 광경을 보게 된 것이다. 행군 중 지쳐 죽은 대원까지 7명이 그날 밤 백무골에서 소리 없이 최후를 마쳤다.

그중에 나의 유일한 동향인이던 박기서가 끼어 있었다. 박기서는 그 무렵 어느 전투에서 부상을 입고 환자 트에 들어가 있다가 얼마 전에 원대복귀하여 아직 몸이 부실한 터였다. 가뜩이나 까만 얼굴이 피골이 상접해서 몰라볼 만큼 수척해 있었다. 최 소대장에게 갖은 굴욕을 당하면서도 고향에 돌아가겠다는 일념으로 묵묵히 걸어오던 멀고 험난한 여로를 여기서 끝막은 것이다. 그의 죽음으로 서울부대 당시의 우리 분대원 중 생존자는 나 하나가 되었다.

훗날 나는 우연한 기회에 고향에서 박기서의 젊은 아내를 만난 일이 있다.

"6·25 때 의용군으로 나가서 소식이 없는데 거제도수용소에도 가봤으나 찾을 수 없었어요. 혹은 북으로 넘어갔는지, 아무튼 어딘가에 살아 있을 것만 같아요……."

젊은 아내의 이 말을 듣고도 나는 차마 그의 비참한 최후를 전해줄 용기가 없었다. 그녀는 지금도 시골 여인답게 남편이 살아 돌아올 날을 기다리며 살고 있을 것이다.

모닥불을 쬐고 있는 대열에 얼마 후, 능선을 넘을 테니 단단히 준비하라는 지시가 내렸다. 곧이어 대열은 연줄이 풀리듯 줄을 이루며 능선을 향해 쏜살같이 뻗어 나갔다. 주능선에 올라선 순간 나는 부지중에 눈을 감고 얼굴을 두 손으로 가렸다. 마치 수십 마력의 펌프를 졸지에 얼굴에 들이댄 것처럼 숨이 콱 막히며 모래 섞인 강풍이 얼굴을 후려 때린 것이다. 눈 덮인 산마루에 모래가 날아올 리 없지만 그때 감각으로는 분명 모래로 얻어맞은 느낌이었다. 후일에야 그것이 모래가 아니라 나뭇가지나 풀잎에 맺혀 있던 얼음 부스러기라는 것을 알았지만.

능선의 눈 위에는 국군의 방한화 자국이 어지럽게 흩어져 있고 아직도 불기가 남아 있는 숯불 무더기가 점점이 흩어져 있었다. 대열은 순식간에 능선을 넘어서 중산리골로 내달았다. 중산리골서 얼마 동안 숨을 죽이고 상황을 살피고 있다가 다시 지능선을 몇 개 넘어 거림골 무기고 트에 당도한 것이 해가 질 무렵이었다.

빨치산들은 박쥐와 같은 야행성 생태를 갖게 된다. 밝은 낮에는 적정이 있든 없든 노상 형용키 어려운 불안감에 싸여 있지만 일단 해가 떨어지면 내 세상 만난 듯 용기가 되살아난다. 어둠이라는 장막은 강철의 방패처럼 믿음직스럽고 '밝음의 두려움'을 씻어내주었다.

무기고 트에는 전날 엮어놓은 산죽 초막이 눈에 파묻힌 채 거의 그대로 남아 있었다. 얼음이 엉겨 붙은 푸른 산죽은 웬만해서는 타지를 않아 소각을 모면한 것이다. '김이 무럭무럭 나는 흰쌀밥'은 처음부터 알고 속은 꿈이었지만 초막의 눈을 치우고 어둠 속에 다리를 펴고 누우니 산죽의 냉기는 냉장고 속처럼 썰렁했지만 새벽부터의 긴장이 눈 녹듯 사라지며 졸음이 왔다. 그러나 어찌 짐작했으랴! 남부군 발족 이래 최대의 시련이 그날 밤 닥쳐올 줄을······.

남부군 최악의 날

전투대는 어떤 경우든 설영지 도착과 동시에 사주(四周) 능선에 초소 망을 배치한다. 어둠이 짙어갈 무렵, 낮에 우리가 행동해온 능선의 초소에서 적정이 나타났다는 급보가 왔다. 우리 행적을 추적하고 있는 것이다. 즉각 출발 명령이 내려졌다. 사주 능선의 초소에 철수 명령을 전하는 연락병이 뛰어가는 일방, 부대는 세석평전을 향해 행군을 시작했다. 초병들은 '포인트'를 따라 부대를 뒤좇아왔다.

세석평전의 서쪽 가장자리이자 대성골의 막다른 끝이 되는 칠성봉 아래에 이르렀을 때 대열은 수를 알 수 없는 국군 부대의 포위 공격을 받게 됐다. 동·남·북, 세 방향으로부터 신호탄이 부챗살처럼 집중됐다. 이때 지대의 주력인 81사단의 전투원은 3개 연대 도합 70명가량이었다. 때마침 달은 교교하게 밝아 눈 덮인 1,600고지는 달세계처럼 처연했다. 산이 무너지는 듯한 포화 소리, 교차되는 예광탄, 수류탄의 작렬음, 피아의 함성 소리가 한 시간 가까이 고원의 밤공기를 뒤흔드는 동안 사령부와 81사단의 본부 요원들은 두어 길 되는 바위 벼랑 밑에서 예비대 격으로 대기하고 있었다.

피투성이가 된 부상자 몇이 바위 밑으로 실려 내려왔다. 그들을 부축해온 대열 참모가 비통한 표정으로 말했다.

"전우의 시체를 방패로 싸운다는 말이 있지만 지금 정말로 동무들의 시체를 방패로 싸우고 있어. 의신에서 경기를 노획한 홍 동무도 죽었어. 전신에 대여섯 군데나 총상을 입어 도저히 움직일 도리는 없구, 그냥 있다가는 생포될 수밖에 없구 하니까 자기 총으로 자결해버렸어. 앞으로 한참은 더 버티겠지만 그 담엔 어떡하지?"

탈출구는 바위 벼랑 밑을 따라 대성골을 이루는 계곡밖에 없었다. 이

옥고 본부 요원이 계곡을 따라 후퇴하기 시작하면서 전투대도 걷지 못하는 부상자는 버려둔 채 계곡으로 철수해 내려왔다. 참모장이 민운지도원을 불러 맨 뒤에 남아 후미를 단속하라고 일렀다.

잠시 후 총성이 멎고 정적이 왔다. 깎아지른 협곡을 이제 90여 명으로 줄어든 남부군 주력이 소리 없이 내려가고 있었다. 대열 순서는 뒤죽박죽이었다. 이대로 계속 두어 시간 더 내려가면 화개천변의 야지가 나올 테고, 거기에는 필시 토벌군의 기지가 있을 것이었다. 부대는 어디로 가는 것일까? 불안감에 싸여 한 시간쯤 걸었을 때 돌연 협곡을 버리고 바른편 벼랑을 오르기 시작했다.

깎아지른 벼랑을 'ㄹ'자를 그리며 기어올라가는 것이다. 의표를 찌른 행군 방향이었다. 산허리에 이르렀을 즈음부터 비탈은 다소 완만해졌으나 대열은 가다가 서고 가다가 서고 지지부진했다. 능선 8부께에 이르렀을 때 대열이 아주 정지되며 '○○연대 앞으로'라는 전달이 왔다. 지칠 대로 지쳤을 전투대원들이 그래도 대열 이곳저곳에서 빠져나와 앞으로 달려나갔다. 보초선을 강행 돌파하려는 것으로 짐작되었으나 아무리 기다려도 총성은 일어나지 않고 대열도 움직이지 않았다.

무작정 시간이 흘렀다. 대원들은 앉은 자리에서 거지반 졸고 있었다. 어느덧 날이 훤히 밝아왔다. 깜박깜박 졸고 있던 나는 돌연 대열이 움직이는 것을 의식하고 정신이 번쩍 들며 일어났다. 대원은 차례차례 잠을 깨서는 뒤를 따랐다. 별안간 앞의 대원이 뛰기 시작했다. 나도 따라서 뛰었다.

능선에 올라섰을 때 눈 위에 피투성이가 된 빨치산의 시체가 하나 뒹굴고 있었다. 10미터쯤 떨어져 또 하나의 시체가 보였다. 국군의 시체 같았다. 몇 시간 전부터 총소리는커녕 말소리 하나 들리지 않는 판토마

임이 계속됐는데 저 시체는 무엇일까? 이상하게 생각하면서 나는 능선을 넘어 저편 사면을 뛰어 내려갔다. 명령을 받은 한 대원이 보초를 찌르려고 접근하다가 격투가 벌어져 서로 중상을 입고 쓰러져 죽은 것이라는 것을 미처 생각지 못한 것이다.

이미 날은 완전히 밝아 있었다. 앞선 대원들은 스키를 타듯 반은 미끄러지며 줄줄이 급사면을 달려 내려가고 있었다. 내가 벼랑을 중간쯤 내려갔을 때, 문춘 참모가 옆에 비껴 서서 앞뒤를 보고 있다가 나를 불러 세웠다.

"편집지도원 동무, 좀 이상해. 대열이 중간에 끊어진 모양이야."

발을 멈추고 돌아다보니 아닌 게 아니라 내 뒤에는 서너 사람의 대원이 따라오고 있을 뿐이었다. 내 위치는 대열 중간쯤이었다고 생각되는데…….

"어느 놈이 졸다가 대열을 끊어먹은 모양인데 어쩐다? 지도원 동무가 한번 연락을 취해줘야겠어. 한 사람 데리고."

나는 내 뒤를 따라오던 대원 한 사람을 데리고 다시 능선으로 달려 올라갔다. 시체가 뒹굴고 있는 위치까지 올라갔으나 아무 기척이 없었다. 보초가 살해된 후 꽤 시간이 흘렀으니까 보초 교대나 수색대가 곧 나타날지도 모른다. 내 서너 사람 뒤에서 대열이 끊어졌다면 대성골 쪽으로 3백 미터는 더 내려가야 연결이 된다. 지금 문춘이 기다리고 있는 위치에서 5백~6백 미터 거리가 된다. 그 한가운데 그것도 곧 수색대가 나타날지도 모르는 능선 바로 위에 지금 서 있다고 생각하니 왈칵 불안한 생각이 들었다.

일렬 행군에서 정지 중, 어느 한 사람이 잠이 깊이 들어 앞사람이 전진한 것을 모르고 있으면 그 뒤부터는 줄줄이 아무것도 모르고 졸든가 기다리고 있기 마련이다. 여간해 없는 일이지만 워낙 지쳐들 있으니까 내버려두면 온종일이라도 내처 자버릴 수가 있다. 천상 넘어가서 선을 대고 와야 한다. 그러나 그사이 토벌군이 능선을 차단해버리면 어떻게 된다? 같이 온 대원도 생각은 마찬가지였던지 불안한 얼굴로 초조하게 말했다.

"정치부 동무, 빨리 돌아갑시다. 인제부터 대성골 쪽으로 내려갔다가 는 오도가도 못 하게 될 게 뻔해요. 여기서 우물쭈물하다가 사령부까지 어디로 떠버리면 우린 영 외톨이가 될 테고……."

이때 능선 위쪽에서 왁자지껄 인기척이 나더니 총성이 네댓 발 울리 며 탄알이 귓전을 스쳐갔다.

"수색대다."

순간 우리 두 사람은 용수철 튀듯 서쪽 사면으로 몸을 날리며 단숨에 비탈길을 내리굴렀다.

이렇게 해서 대성골에 남겨지게 된 대원은, 대열 후미를 단속하라는 명령을 받고 뒤에 처졌던 성 민운지도원 이하 20여 명이었다. 이날 토 벌군의 중포위에 빠진 이들 20여 명은 뿔뿔이 흩어져 탈출을 시도하다 가 혹은 사살되고 혹은 행방불명이 되어 한 사람도 돌아오지 못했다. 그중 몇 사람은 전선줄로 결박된 채 반쯤 타다 만 시체로 나중에 발견 되어 우리에게 큰 충격을 주기도 했다. 그러나 당시 토벌군은 빨치산 1 명을 생포하면 3일씩의 특별휴가를 주었기 때문에 사병들이 까닭 없이 빨치산 포로를 사살하는 예는 여간해 없었던 것으로 안다. 그 시체들은 아마도 움직일 수 없는 정도의 중상자들이었을 것으로 짐작된다. 엄청 나게 큰 미군 장화를 덜그럭거리며 끌고 다니던 촌부자(村夫子) 타입의 민운지도원도 시커멓게 그을린 시체로 발견됐다.

나는 서너 명의 행군 위치의 차이로 또 한 번 아슬아슬하게 죽음의 손에서 벗어났던 것이다. 이날 밤 대열 후미 가까이에 위치했던 문화지도원 최문희는 그때까지 남아 있던 세 사람의 문화공작대원과 함께 대열을 비껴서 쉬고 있다가 지쳐 있었던 것이다. 얼마 후 어렴풋이 총소리를 들으며 잠에서 깨어났을 때는 날이 훤히 밝아 있고 대열은 보이지 않았다. 그녀들은 왜 자기들만이 외따로 남겨져 있는지조차 알 수가 없었다. 선이 떨어진 것만은 분명했다.

여성들만인 4인의 낙오병은 이때부터 방향 없이 눈 속을 헤매기 시작했다. 이틀이 지났을 때, 최문희는 뒷모습이 눈에 익은 남자대원 하나가 무엇을 생각하는 듯 총을 어깨에 걸친 채 쪼그려 앉아 있는 것을 발견하고 반가운 마음에 '○○ 동무!' 하고 달려갔다. 그러나 그것은 앉은 채로 죽어 있는 시체였고, 며칠이 지났는지 무슨 산짐승이 배 언저리를 뜯어 먹어 처참한 몰골이 되어 있었다. 조그만 모닥불 자국이 그 앞에 있었다. 총이 그대로 있는 것으로 보아 사살된 것은 아니고 선을 찾아 헤매다가 지쳐 죽은 낙오병이 분명했다.

1월 20일 아침, 그녀들은 '낙동강! 낙동강!' 하고 외치는 워키토키의 대화 소리를 들었고, 뒤이어 20여 명의 국군 토벌대가 접근해오는 것을 보았다. 그녀들은 모두가 걷기 어려울 정도의 심한 동상에 걸려 있었고 이미 움직일 기력조차 잃고 있었다. 최문희는 3명의 대원을 나꿔채며 산죽 숲에 엎드리게 했다.

대원 중에 김홍복 사단장의 취사병을 겸하고 있던 원자라는 처녀가 있었다. 그녀는 선이 닿으면 '사단장 동무'의 밥을 지어드려야 한다면서 그때까지 취사도구를 짊어지고 있었다. 그 원자가 별안간 발작을 일으키듯 선뜻 일어서며 총을 겨냥한 그 순간 토벌대의 엠원이 불을 뿜고, 그녀는 허벅지를 움켜쥔 채 나가 쓰러졌다.

"손 들엇! 총을 버리고 일어섯!"

살기 띤 병정들이 넋을 잃고 주저앉은 그녀들에게 소리쳤다. 셋은 손을 들며 비실비실 일어섰다. 허벅지에 총상을 입은 원자만이 일어서질 못했다.

"못 걷겠냐, 넌?"

"난 못 걸어요."

순간 토벌대의 엠원이 다시 불을 뿜으며 원자는 앉은 그대로 픽 하고 쓰러졌다. '사단장의 취사도구'가 든 배낭을 적시며 붉은 피가 눈 위에 흘러내렸다.

"지도원 동무, 나도 같이 가…… 동무들 나 좀 도와줘!"

원자는 다시 한번 고개를 들며 기어들어가는 목소리로 단말마의 비명을 외쳤다.

1차 군작전 이후 이미 11명의 대원이 탈락한 최문희 문화공작대는 이날 나머지 4명마저 '실종'됨으로써 완전히 흔적이 없어졌다.

우리 둘이 구르다시피 사면을 뛰어내려선 곳은 벽소령 및 삼점골의 한 구석이었다. 참모장 이하 전원이 한 자리에 모여 앉아 쉬고 있다가 내가 전말을 보고하자, 군 정치위원과 참모장이 잠시 무슨 상의를 하고 나더니 곧 다시 행군을 시작했다. 행군서열은 정찰대, 호위대, 본부요원, 교도대, 전투대대의 순이었다. 이 무렵 정찰대와 호위대는 줄고 줄어 각각 5~6명밖에 남아 있지 않았다.

대열은 삼점골의 어느 나지막한 산모롱이를 돌아 빗점골 쪽으로 향하고 있었다. 이미 완전히 굶은 지가 8일째였으며 눈을 붙여보지 못한 지도 사흘이 되었다. 모두가 기진맥진한 상태였으나 그런 대로 4보 간격을 유지하며 묵묵히 기계처럼 걷고 있었다. 그 근방은 이미 야지에 가깝고 남향받이가 돼서 눈이 여기저기 희끗희끗 남아 있을 정도였으며 햇살이 겨울날답지 않게 따스했다.

전우의 죽음과 쌀 한 줌

늘어진 대열이 산모롱이에 U자형으로 걸쳐 있을 즈음이었다. 내 바로 뒤 20미터쯤 되는 거리에서 별안간 총소리가 울리며 날카로운 고함소리가 들려왔다.

"손 들엇!"

얼핏 돌아다보니 방한모를 쓴 국군 병사 여남은 명이 엠원 총을 겨누고 서 있는 앞에 어느 여자대원 하나가 두 손을 쳐들고 있는 것이 비쳤다. 토벌군의 수색대, 그게 아니면 행동 중인 군부대의 선두와 마주친 것이다.

그 순간, 수색대의 앞쪽은 앞으로 뒤쪽은 뒤로 몸을 날리며 산죽 속으로 흩어졌다. 나는 엎어지면서 행군 방향으로 40~50미터쯤을 포복해 갔다. 거기 30명가량의 대원이 커다란 바위 몇 개를 의지해서 전투태세를 갖추고 있었다. 뒤졌던 대원이 40명가량 될 터인데 오던 길을 되돌아 도주하는지 그쪽에서 요란한 총소리가 한바탕 들려오더니 곧 잠잠해졌다.

이렇게 해서 남부군 주력부대는 다시 두동강이 나고 사령관 이현상 이하 주요 간부 거의 전원이 겨우 10여 명의 전투원과 함께 삼점골 어느 산모롱이 완만한 사면에서 토벌군의 4면 포위에 빠지게 된 것이다.

우리 약 30명이 확보하고 있는 백여 평의 경사지는 메밀 같은 것을 갈던 밭자리로 보였는데 큼직한 바윗덩이가 듬성듬성한 사이로 말라붙은 잡초와 붉은 흙이 여기저기 드러나 있었다.

시간은 겨우 아침 8시경, 해가 저물려면 까마득한데, 이 하루를 이중 포위 속에서 지칠 대로 지친 소수 병력으로 버티어낼 도리가 있을까? 한때 소백산맥 일대를 진동시키던 남한 최강의 유격부대, 여순 이래의 전통을 과시하며 6도 빨치산 부대를 호령하던 남부군 사령부가 마침내 풍전등화의 운명 앞에 서게 된 것이다.

동강이 난 곳이 우리 정치부 대열 중간이었기 때문에 이 30명 중에는 행군 선두에 섰던 정찰대와 호위대, 이현상을 비롯하여 군 정치위원, 군 참모장, 군의부장, 기요과장 그리고 준의 동무라고 부르던 간호병, 그 밖에 사령부의 객원인 당과 군의 고위간부 몇 사람 등, 군사령부 식구가 빠짐없이 있었고, 81사단 측으로는 김홍복 사단장과 문춘 참모, 정치부의 적공지도원과 작가 이동규 등이 있었다. 적공지도원은 언제부터인가 함경도 사투리의 박 모 대신 역시 함경도 사람인 장 모로 바뀌어 있었다. 나에게는 생소한 사람이었다. 이봉갑을 비롯한 나머지 정치부 멤버들은 동강이 난 뒤쪽으로 떨어져나가버렸다.

이처럼 비전투요원이 대부분이고 무장도 빈약한 우리 30여 명은 아래위에서 육박해오는 토벌군을 향해 서로 등을 마주대는 것같이 원진을 짜고 교전에 들어갔다. 그야말로 독 안에 든 쥐꼴이었다.

이때 군 참모장이 토벌군으로부터 노획한 536 무선전화기를 갖고 있었다. 그는 원래 국방경비대 출신이기 때문에 토벌군의 통신방법을 잘 알고 있었다. 536으로 포위부대의 통화를 엿듣고 있던 참모장은 허허 웃으며 이현상을 돌아다봤다.

"이거 야단났습니다. 남부군단 수뇌부가 몽땅 포위돼 있으니 생포하라고 지시를 하며 야단들인데요. 아까 전사 두엇이 잡히는 것 같더니…… 허, 참."

이현상은 대답 없이 그냥 미소만 지어 보였다. 원래가 과묵한 사람이었다. 참모장은 전화기의 스위치를 누르고

"여기는 독수리 여기는 독수리, 솔개미 들어라 솔개미 들어라 오바. 우군끼리 충돌하고 있다. 공격을 중지하라. 사격을 중지하라. 산돼지는 ○○×× 지점으로 도주하고 있다. 즉시 추격하라, 오바." 하고 서너 번 되풀이하더니 반응이 시원치 않았던지 "쳇 건전지도 다 갔군" 하면서 스위치를 꺼버렸다.

나는 호위대원 두 사람과 같이 바윗덩이 하나를 의지하고 북쪽으로 향한 약 30미터 정면을 담당했다. 전면에는 무릎 높이의 산죽이 덮여 있고 저만큼 소나무가 드문드문 서 있었다. 생포할 양으로 그랬던지 토벌군은 40~50미터 앞을 얼씬거리면서도 왈칵 돌진해오지를 않았다. 그러다가 가끔 '돌격!' 소리를 지르기도 하고 두셋이 산발적으로 산죽밭을 기어 접근해오기도 했다.

나는 그때 삼신산에서 부상할 때 주워들었던 속칭 US 99식이라고 하던 일제 단발총을 그대로 갖고 있었다. 총기는 얼마라도 여유가 있어 마음대로 선택해 가질 수 있었으나(무게가 가벼운 칼빈총만은 위력이 약하기 때문에 여성대원 외에는 못 갖게 했다) 항상 눈비를 맞혀야 하고 기름 손질을 못 하는 형편이라 연발총은 고장을 일으키기 쉬워 오히려 불안했다. 99식은 태평양전쟁 말기에 만든 가늠자도 없는 조제품인 데다 엠원탄이 맞도록 구경을 개조한(그래서 US 99식이다) 엉터리 총이었지만 워낙 단순한 총기인 만큼 격침이라도 부러지지 않는 한 고장 날 곳이 없고, 중학생 시절부터 손에 익은 터가 돼서 사격에도 약간의 자신이 있었다. 그러나 그날 나의 99식의 명중률은 완전히 제로였다.

50미터 전방에 소대장급으로 보이는 지휘관 하나가 뻣뻣이 선 채 지휘를 하고 있는 것이 눈에 띄었다. 나는 제식대로 정확한 겨냥을 하고 방아쇠를 당겼다. 그러나 그 장교는 자기가 저격당하고 있는 것조차 모르는 듯 선 자세 그대로 병사들을 꾸짖고 있었다. 나는 다섯 발이나 연거푸 조준사격을 했다. 그러나 그는 단 한 번 날쌔게 엎드려 자세를 취하더니 곧 다시 일어났을 뿐이었다. 결국 나의 US 99식은 완전히 멍텅구리였던 것이다.

가끔 포복 접근해오는 병사에게 옆의 호위대원이 수류탄을 던졌다. 그는 엠원 총을 갖고 있었으나 탄약을 아끼느라 그런지 거의 사격을 하는 것 같지 않았다. 다만 바위 너머가 잘 보이지 않아 불안했던지 혹은 토벌군의 접근을 위협하기 위함인지 남이 갖고 있는 수류탄까지 빼앗아 심심하면 한 개씩 던졌다. 그 바람에 수류탄도 거의 동이 날 즈음 그에게도 마지막 순간이 오고야 말았다. 바위 너머를 힐끗 넘겨다보는 듯하더니 그대로 미끄러지듯 쓰러져버린 것이다. 총탄이 정통으로 이마를 뚫어버린 것이었다.

그러자 또 하나의 호위대원이 나를 힐끗 쳐다보더니 쓰러진 호위대원의 배낭을 뒤지기 시작했다. "이 동무가 쌀이나 뭘 좀 갖고 있는 눈치였어." 이윽고 그는 배낭 바닥에서 두어 숟갈가량이나 들었을 쌀주머니를 찾아내고는 나를 쳐다보고 겸연쩍은 듯 씽긋 웃어 보였다. "이 동무가 가끔 뭘 어적어적 하더니만 이것 봐, 유념은 좋은 녀석이야." 그는 낟알 여남은 개를 손바닥에 덜어 나에게 주고는 나머지를 입 안에 털어 넣었다. 나는 아직도 검붉은 피가 흐르고 있는 주검과 몇 초 전까지는 그 주검의 것이던 생명의 낟알을 어적어적 씹으며 적 측을 보고 있는 호위대원의 야위고 검게 전 옆얼굴을 번갈아 바라보았다. 그에게는 한 사람 동지의 죽음보다는 한 줌의 낟알이 생겼다는 사실이 더 중요한 문제였을지도 모른다.

죽은 호위대원의 넝마 같은 의복 위로 하얀 이가 줄줄이 기어 나오기 시작했다. 텁수룩한 수염 사이를, 쑥대 같은 머리 속에서도 금세 싸레기를 뒤집어쓴 것처럼 이들이 스멀거리며 기어 나왔다. 그것을 보고 있으려니까 '나는 죽지 않는다'는 나의 '미신'이 어느덧 흔들리기 시작하는 것을 의식했다. 참모장이 잔뜩 긴장한 얼굴을 하고 우리한테로 다가왔다.

"곧 총공격이 들어온다. 한 구석이라도 뚫리면 몰살이다. 잘 막아라. 중요문서가 있으면 지금 내놔라. 한데 모아 가지고 있다가 사불여의하면 소각한다."

그러고는 빠르게 다른 대원 쪽으로 기어갔다. 536으로 무엇을 들은 것이다. 이른바 '옥쇄(玉碎)'를 각오한 말투였다. 돌아다보니 정치위원, 군의부장 할 것 없이 전원이 권총을 뽑아 들고 각기 전투 위치를 지키고 있었다. 나는 99식 소총을 버리고 전사한 호위대원의 엠원과 탄띠를 주워 들었다. 유념 좋은 사나이답게 2백 발이 넘는 탄약을 남기고 있었다.

이윽고 사방의 포위군이 일제히 맹사격과 수류탄 투척을 하면서 포위를 압축해왔다. 내 전면에도 수십 명의 국군 병사가 함성을 지르며 바위를 향해 돌진해왔다.

나는 단 한 개 남은 수류탄의 핀을 뽑아들고 초를 쟀다. 선두에 선 병사의 얼굴이 눈앞에 확 확대되는 것을 의식하면서 그것을 굴렸다. 바위 너머에서 굉음이 나는 순간 나는 총구를 내밀고 마구 쏘아댔다. 사격이 아니라 노리쇠를 당기고 격발하고 장전하고를 기계처럼 되풀이하는 것이다. 미제 자동소총을 갖고 있는 옆의 대원도 바위 사이로 총구만 내밀고 미친 듯이 쏘아대고 있었다.

헐벗은 '공화국의 발'

시간은 수십 초에 불과했다. 내 옆에는 아직 초연 냄새가 가시지 않은 노란 탄피가 수북이 쌓여 있었다. 그 잠깐 사이에 죽은 호위대원이 걸치고 있던 탄대 하나를 절반가량 쏴버린 것이다.

정신을 차리고 보니 토벌군은 아까 위치에 돌아가 있었다. 급격한 연속사격의 반동으로 어깨 언저리가 뻐근했다. 눈썹 위가 뜨끔뜨끔하기에 손을 대보니 피가 나오고 있었다. 총탄에 부스러진 바윗조각이 스쳐간 것 같았다.

돌연 거짓말 같은 정적이 왔다. 매미 소리 같은 것이 들리는 것 같았다. 겨울산에 매미가 있을 리 없다. 너무나 엄청난 소리가, 너무나 엄청난 고요로 돌변한 데서 오는 환청일 게다. 나는 '메불' 한 대를 말아 물고 부싯돌을 그으며 아래쪽을 보았다. 여기저기 두세 명씩 바위에 붙어 둥그런 원진을 이루고 있는 잡다한 신분의 대원들이 혹은 전면을 보고 혹은 담배를 피우고 있었으나 거짓말처럼 모두 정연했다.

나의 좌측 30~40미터 거리에 '준의 동무'가 혼자서 조그만 바윗덩이에 기대어 전면을 응시하고 있었다. 가무잡잡한 얼굴에 가냘픈 몸매를 한 이 스물이 안 돼 보이는 소녀는 그날 폭 20미터가량의 자기 전면을 수류탄 몇 개와 칼빈을 가지고 잘 지켜냈다 해서 그날 저녁 이현상 사령관으로부터 특별한 찬사를 받는 '영광'을 입었다.

나는 바위에 기대어 '메불'을 피우며 하늘을 쳐다봤다. 겨울의 지리산으로는 보기 드문 푸른 하늘이었다. 해는 정오를 약간 넘어선 것처럼 보였다.

절망의 순간은 일단 넘겼지만 앞으로 일몰까지는 많은 시간이 남아 있다. 토벌군은 우리가 남한 빨치산의 총본부인 남부군 수뇌부라는 것을 알고 있다. 무제한 증원도 가능하다. 생포하기 위해 가스 공격을 해올지도 모른다. 첩첩이 둘러싼 대병력 앞에 우리는 절해(絶海)의 난파선만도 못한 존재이다. 나는 조용히 죽음이라는 것을 생각했다. 지난 어느 때보다도 가까이에서 죽음의 존재를 실감했다.

'사람은 죽음에 직면하면 신을 찾는다고 한다. 인간이 너무나 무력한 존재라는 것을 깨달았을 때 초인간적인 절대의 힘에 매달리고 싶어지는 것이리라. 그러나 내 앞에 현존하는 절대의 힘이란 총에 맞으면 죽는다는 인과의 법칙뿐이다. 나에게 신이 없기 때문일까? 신은 과연 초인간적인 존재인가? 분명한 것은 역사의 유일한 주인공은 인간이라는 사실이다. 역사를 창조하고 움직이는 동력도 인간이다. 그 과정에서 신은 인간에 의해 창조됐다. 신이 인간을 만든 것이 아니라 인간이 신을 만든 것이다. 신에게서 인간의 힘 이상의 무엇을 기대한단 말인가? 그는 오직 결과만을 자신의 뜻인 양 위장할 뿐 책임을 져야 할 게 아닌가. 그것마저도 신의 뜻이라고 강변할 텐가? 그러니까 나는 당신을 믿지 않는다. 역사적으로 신의 이름 아래 저질러진 그 숱한 잔학과, 억압과, 착취와 기만, 갈등, 전쟁과 무지의 강요를, 행보다는 불행을 더 많이 인류에게 가져다준 당신을 나는 존경하지 않는다……'

전투에 임할 때마다 내게는 하나의 신조가 있었다. 고대 중국의 철학자는 '진인사 대천명(盡人事 待天命)'이라는 말을 남겼다. 할 수 있는 최선을 다하고 나머지는 '천명', 즉 '우연'에 맡기라는 것이다. 언제나 총격전을 교환할 때 나는 지형지물을 최대한으로 이용하고 최대한으로 효과 있는 사격을 하기 위해 몸을 아끼지 않았다. 내 노력이 부족해서 죽는다면 그건 차라리 자살이다. 할 짓을 다 했는데도 '우연'이 나를 버린다면 도리 없지 않은가. 다만 불안이 있다면 내가 할 수 있는 노력을 다했는가 하는 걱정뿐이다. 따라서 포격이나 폭격을 당할 때는 오히려 마음이 편안했다. 내가 할 수 있는 대책은 최대한으로 지형지물을 이용하여 은폐하고 가만히 기다리는 것뿐이니까. 나머지는 '우연'이 판가름 해줄 영역이다. '우연'은 내 힘이 닿지 않은 곳에 있다. 더 이상 머리를 쓸 필요도 걱정할 일도 없는 것이다.

나는 내가 할 수 있는 더 이상의 방책이 없는가 생각해봤다. 없다. 그러면 되지 않았는가.

나는 내가 지니고 있던 백여 발의 총탄을 엠원에 맞게끔 8발씩 케이스에 채우는 작업을 시작했다. 그것이 막 끝났을 때 공격 제2파가 들어왔다. 이제 제3파, 4파가 또 밀어닥칠 것이다. 나는 실탄을 아껴 써야겠다고 생각했다. 엠원을 반자동 장치로 바꾸고 한발 한발 간헐적인 사격을 계속했다. 그렇게 제2파도 무난히 물리쳤다. 나는 또 '메불'을 말아붙였다.

'대체 사람은 죽기 직전까지는 살아 있으니까 죽음이 어떤 것인지 모른다. 죽은 순간부터는 죽었으니까 죽음이 무엇인지 모른다. 모르는 것을 미리 두려워할 필요는 없지 않은가? 아니 죽는 순간까지는 분명히 살아 있는 것이니 사람은 영원히 죽음을 모른다. 아직 당하지도 않은 죽음을 미리 두려워할 필요가 없지 않은가?'

믿을 수 없는 정적이 또 한동안 계속됐다. 권총을 빼어 든 고위간부들이 참모장을 둘러싸고 무슨 의논을 하고 있는 것이 보였다. 돌파구를 찾아보자는 것일까? 그러나 토벌군의 포위망은 허술한 곳이 전혀 없다. 이 메밀밭 진지를 버리는 순간, 전원이 순식간에 사살될 것이 뻔하다. 간부들이 자기 위치로 돌아갔다. 김흥복이 여전히 싱글싱글 웃는 낯으로 소리를 보내왔다.

"어때, 할 만해? 인제 두어 순배만 견디면 어두워질 게구먼."

'나는 이 2년간 수없이 죽을 고비를 넘겼다. 회문산 베트레에서도 그랬고 얼마 전 남부릉에서만 해도 그랬다. 만일 그때 죽은 셈 치면 다음부터는 덤으로 산 것이 된다. 덤이라는 것은 본디 본전이 아니니까 버려도 아까울 것이 없다.

사람은 조만간 누구든지 죽는다. 먼저 가고 뒤에 가고 그 차이는 영겁이 흐르는 세월 속에서 실로 아무것도 아니다. 세조도, 단종도, 한명회도 지금은 다만 평등한 고인일 뿐이다.'

나는 이상하게 마음이 가라앉으며 공포가 차츰 엷어지는 것을 의식했다.

포위군은 또 두어 번 맹렬한 공격을 시도했다. 그러나 끝내 이 한 줌도 못 되는 빈사의 무리를 제압하지 못하고 어느덧 해가 기울었다. 궁지에 몰린 쥐가 고양이를 물려 든다는 식의 발악적 저항이 주효했는지도 모른다. 이윽고 어둠이 깔려오기 시작하자 포위군은 썰물 빠지듯 어느샌가 자취를 감추고 말았다.

해가 지자 날씨도 음산해졌다. 눈이 희끗희끗 남은 싸늘한 산죽 숲속에 토벌군 병사의 유기 시체 3구가 뒹굴고 있었고 다른 저편에도 시체 4구가 유기되어 있었다. 떠메고 간 사상자가 또 다소간 있을 것이니 4명의 사망자를 낸 빨치산 쪽이 피해는 오히려 적은 셈이었다. 남부군 측에는 걷지 못할 정도의 부상자는 없었다. 그러나 중상 못지 않은 피해를 입은 이가 하나 있었다. 작가 이동규가 아침에 산죽밭을 기다가 안경을 잃어버린 것이다. 그는 심한 근시여서 안경이 없으면 봉사나 다름이 없었다. 그날 이후 이동규는 야간 행군이나 비탈길을 급행군할 때는 두 손을 앞으로 내저으며 주정꾼같이 허우적거리며 걸었다.

토벌군이 철수한 것을 확인한 순간, 몇몇 대원이 국군 병사의 시체를 향해 한꺼번에 돌진했다. 옷가지를 벗겨 입기 위해서이다. 시체들은 순식간에 벌거숭이가 됐다. 가장 먼저 쟁탈의 표적이 되는 것은 장화였다.

그때 토벌군은 설중행동을 위해 모두 검은 고무장화를 신고 있었으며, 웬만한 남부군 간부들도 국군 시체에서 벗긴 고무장화를 신고 있었다. 발싸개감도 없는 형편에 고무장화는 다시없는 귀중품이었다. 고무신발로 눈 속을 행군하는 고통보다도 설영지에서 땔나무를 하거나 순찰을 나갈 때, 기껏 말려 감은 발싸개를 다시 눈에 적시는 것이 매우 괴로웠는데 고무장화를 신으면 그런 불편이 없어 우선 좋았다. 다만 눈 속을 걸으면 안팎의 온도 차이 때문에 장화 속에 이슬이 고이는 것이 탈이라고들 말하고 있었다.

방한장갑도 인기 품목의 하나였다. 손이 얼어붙으면 동상도 무섭지만 우선 급할 때 사격을 할 수 없게 된다. 그리고 벼랑길을 갈 때는 돌부리나 나뭇가지를 잡으며 걷게 되기 때문에 손을 보호하는 데 장갑이 필요했다. 빨치산들은 담요자락이나 적당한 천으로 벙어리 장갑을 만들어 끼고 있었는데, 눈에 덮인 나뭇가지를 휘어잡으며 가다보면 장갑이 눈덩어리가 되고, 손가락도 목도 없는 토시자루 같은 장갑이니 손이 쑥 빠져버리기 일쑤였다. 어두운 비탈길을 급행군하는 판에 빠져나간 장갑을 찾아내기가 쉽지 않고 새로 만들자니 재료도, 시간도 만만치 않은 것이다.

한데 그러한 장화나 장갑이 내 차례까지는 도저히 돌아오지 않았다. 나는 발이 좀 큰 편이어서 발에 맞는 고무신도 구하기가 어려웠다. 그래서 그때 나는 바닥이 종잇장처럼 닳아빠진 고무신을 코를 째서 걸치고 있었다.

얘기가 뒤바뀌지만 그날 밤 행군에서 비탈길을 걷는 사이 째놓은 고무신 코가 자꾸만 벌어져 결국 고무신이 두 조각이 나버렸다. 그나마 고무신 조각이 없으니 발싸개가 붙어 있을 까닭이 없다. 하는 수 없이 맨발로 행군을 하는데 발바닥은 굳은살이 겹겹이 박혀 있고 발등은 얼어붙어 이미 감각이 없으니 대열을 따르는 데는 큰 고통이 없었지만 날이 샌 연후에 보니 나뭇가지 돌부리에 걸려 발이 온통 피투성이가 돼 있었다. 이때 길옆에 비껴 서서 대열을 지켜보고 있던 군 정치위원이 내 발을 보더니 혀를 차며 야단을 쳤다.

"동무, 그 꼴이 뭐요. 그 발이 뉘기의 발인데 그렇게 함부로 다루오. 그 발은 공화국의 발이오. 즉시 담요자락을 뜯어서 발을 싸시오."

"발싸개가 붙어 있지 않습니다."

"붙어 있도록 묶으오. 그 발의 주인인 인민의 명령이오."

반야봉의 설한풍

어둠이 깃들자 외로운 남부군 수뇌부대는 빗점골을 향해 이동을 시작했다. 다시 눈과 얼음 속의 행군이었다.

빗점골 합수 내에서 계속을 따라 주능선을 넘어선 후 토끼봉(1,572m) 부근에서 배암사골로 향한 지능선을 탔다. 토끼봉까지의 길은 지금도 지리산 중 가장 험악한 곳으로 등산로는 물론 약초 캐는 심마니조차 범접하지 못한다는 비경 중의 비경이다. 그처럼 길이 험하고 앞을 경계하며 가는 탓도 있지만 워낙 체력이 한계점에 이른 관계로 행군 속도는 매우 지지부진했다.

지능선 중간에서 반야봉 쪽으로 뻗어 있는 가지능선으로 방향을 바꾸었을 무렵에는 날이 완전히 밝아 있었다. 공포의 낮이 또 찾아온 것이다.

소나무가 듬성듬성한 가지능선을 약간 내려가다가 일행은 소휴식에 들어갔다. 잠 한숨 못잔 지가 나흘이 넘었으니 앉기만 하면 까무러치듯 졸음이 밀려왔다. 별로 말을 하는 사람도 없었다. 소나무 사이로 새어드는 햇볕에 몸을 녹이며 묵묵히 담배를 피우기도 하고 소나무에 기대어 눈을 붙이는 사람도 있었다.

이때 능선 위쪽에서 사람 소리가 들려왔다. 사람 소리는 점점 커지더니

"여기다! 발자국이 이리로 갔다!"

하는 소리가 또렷하게 들려왔다. 졸고 있던 나는 그 순간 정신이 번쩍 들어 어깨에서 총을 내려 들었다. 참모장이 긴장한 얼굴로 급히 다가왔다.

"선생님 모시고 곧 출발할 텐데 누군가 두엇이 남아서 여길 막아줘야겠어. 한 시간가량 말야."

'누군가'라고 했지만 그곳에는 나와 호위대원 둘이 앉아 있었다. 세 사람이 남으라는 얘기다.

"제가 남지요."

"옳지, 그렇게 좀 해줘. 거 호위대 동무들하고 말야. 반야봉 쪽으로 빠질 테니까 한 시간쯤 있다가 폭포수골 쪽으로 뒤쫓아오면 돼."

도마뱀이 꼬리를 떼어내버리고 도망치는 것처럼 세 사람을 방패로 남겨놓고 일행은 가지능선을 타고 순식간에 자취를 감춰버렸다.

호위대원 한 사람은 어제 삼점골에서 같이 싸우던 자동소총의 사나이였고 한 사람은 BAR를 메고 있었다. 우리는 곧 소나무를 의지하고 소리 나는 쪽을 향해 사격자세를 취했다.

"이리 와! 여기다, 여기!" 하는 소리가 바로 코앞에서 나더니 방한모의 턱끈을 덜레덜레 떨어뜨린 국군 병사의 얼굴이 눈앞에 불쑥 나타났다. 호위대원 하나가 돌연 소리를 질렀다.

"야! 이 개새끼야! 내려와."

순간 그 병사는 곤두박질을 치듯 엎어지더니 그대로 기척이 없어졌다. 포복으로 달아난 모양이었다. 본대에 보고해서 곧 다시 공격해올 것이라 짐작하고 우리는 전신의 신경을 곤두세우며 기다렸다.

거의 반시간가량을 돌처럼 그렇게 엎드려 있었으나 다시는 아무런 기척이 없었다. BAR의 호위대원이 일어나 앉더니 단풍잎을 말아 부싯돌을 그어댔다. 나도 따라서 일어나 앉아 쌈지에서 단풍잎을 꺼내며 무심코 베암사골 쪽을 내려다보다가 문득 손을 멈췄다. 적어도 2백은 넘을 듯한 국군 부대가 골짜기를 걸어 올라오는 것이 보였던 것이다. 꼭 우리 쪽을 향해 오는 것처럼 느껴졌다. 셋은 그 국군 부대가 행군하는 모습을 한참 지켜보다가 상의를 시작했다.

"어때? 이제 한 시간은 되잖았어?"

"글쎄 한 시간도 한 시간이지만 저것들이 이리로 붙어오면 한 시간 따지고 있겠어."

"이리로 올라오면야 오히려 다행이지. 우리 세 사람쯤이야 어떻게든 못 빠져나가겠어. 저 애들이 폭포수골 쪽으로 추격하는 것이면 문제지."

세 사람은 결국 좀 더 토벌대의 움직이는 방향을 확인한 후 본대를 추급하기로 의견을 모으고 다시 30분가량을 기다렸다. 만일 남부군의 뒤를 쫓는 눈치가 보이면 앞질러 능선을 내려가 골짜기에 매복해 있다가 한바탕 유도사격을 해놓고 산허리를 돌아 본대를 추급하기로 작정한 것이다. 그렇게만 해놓으면 선뜻 폭포수골로 들어서지는 못하리라 생각한 것이다.

그러나 산허리에 가리워 보이지 않게 된 군부대는 아무리 기다려도 다시 나타나지 않았다. 결국 아무 일도 없이 우리는 본대를 뒤쫓기 위해 능선을 내려갔다.

배암사골을 흐르는 계류의 지맥을 따라 반야봉 자락으로 깊숙이 들어간 어느 벼랑 밑에서 휴식 중인 20여 명의 남부군 및 81사단 수뇌부대 일행을 우리는 곧 찾아낼 수 있었다. 그 언저리는 남부군이 한 번도 아지트를 잡아본 일이 없는 곳이고, 그 무렵까지는 토벌군의 주목도 가장 허술했다. 일행은 두어 곳에 불을 피워놓고 둘러앉아 쬐고 있었다. 나는 참모장에게 귀착 보고를 하고 나서 이동규 등이 둘러앉아 있는 모닥불가에 끼어들었다.

그런데 이때 얼굴을 벌겋게 하고 불을 쬐고 있던 적공지도원 장 모가 나를 힐끗 보더니 반가운 기색을 하며 말했다.

"어, 동무 자르 되었소. 지금 저 고지에 초병이르 배치했는데서리 뉘기 간부가 한 사람 올라가 있어야겠다 이 말입메. 동무 곧 좀 올라가 보우다."

앞에서도 언급했지만 승리사단 당시부터 같이 있던 적공지도원은 어느 전투에선가 부상 탈락하고 이 함경도 사나이는 얼마 전 보임되어 온 터여서 낯이 선 사이였다. 아무튼 나는 그 명령조의 말투에 슬그머니 부아가 치미는 것을 참으며 대꾸도 않고 불가에 다가앉았다.

"동무, 내 말이 앙이 듣기오?"

적공지도원이 정색을 하고 비지 같은 눈곱이 낀 두 눈을 부릅떴다. 내가 정식 지도원이 아니기 때문에 상급자 행세를 하려 드는 것 같아 더욱 아니꼬운 생각이 들었다.

"동무가 뭔데 나한테 명령이야?"

나도 언성을 높였다.

"내 말이 앙이오. 이이거 참모장 동무 지시입메. 동무, 명령에 불복종할 참이오?"

"참모장 동무가 꼭 나한테 올라가라 그랬단 말야? 난 자진해서 뒤에 남아 적을 막고 있다가 이제 막 돌아왔어. 그동안 불 쬐고 쉬고 있던 동무는 왜 고지에 못 올라가?"

"이거 보오. 난 발이가 동상이 앙이오. 정치부에서 뉘기 빨리 앙이 올라가면 전사 동무가 조브르까봐서리 그러는 거 앙이오. 이 선생은 저 꼴이고 천상 동무밖엔 뉘기 있습메. 인제 알 만하오?"

"지금 발이 성한 사람이 어디 있어? 내 발을 봐. 동문 신발이나 성하잖어. 어쨌든 난 못 가. 불 좀 쬐야겠어."

"부르 쬐야겠다?"

"그래."

"이이거 영 사상이 글러먹었당이."

"뭐가 어째? 사상이 글러먹은 놈이 빨치산 하고 있어? 이 새끼."

그러자 적공지도원이 눈에 불을 켜며 칼빈총을 잡고 일어섰다. 나도 벌떡 일어서며 엠원의 놀이쇠를 철컥 당겼다. 그 순간은 눈에 보이는 것이 없었다. 저쪽 모닥불가에 앉아 있던 군 정치위원이 뛰어오면서 호령을 했다.

"이게 무슨 짓들이야! 이 새끼들 며칠 굶더니 환장을 했군!"

"앙이 정치위원 동무, 참모장이 지시로 이 동무 보고서리 고지 초소에 올라가라는데, 못 가겠다, 부르 쬐야겠다 이렇게 마, 반항조로 나오지 안캇습메, 이이거 내 참."

"동무, 그랬소?"

"네. 그렇지만 저는 지금 뒤에 처졌다 막 돌아왔습니다. 그런데 장 동무는 먼저 와서 불을 쬐고 있었고……."

"마 요컨대 몸이 고달프다, 불공평하다 그 말이 아니오?"

"……."

적공지도원이 거 보라는 듯이 말했다.

"앙이 이 시기에 몸이 좀 고단하다, 불공평하다 그러니 근무 못 하겠다, 그런 말 하게 됐습메? 이이거 문제르 제기해야겠당이. 이러다간 우리 이 대열으 질서가 엉망이 되겠당이."

군 정치위원의 노기 찬 시선을 의식하면서 나는 입을 다물고 말았다.

'참자. 몸의 고통만 좀 더 참으면 그만 아닌가. 이미 고지에 올라가 떨고 있는 대원도 있으니까.'

초소는 일행이 쉬고 있는 벼랑 위 음산한 바위봉이었다. 나는 그날 아침 군 정치위원의 지시로 담요자락을 뜯어 발싸개를 하고 있었다. 체온으로 물구덩이가 된 그 발싸개를 다시 감고 전선줄로 동여맨 후 총을 들고 일어섰다.

사람이 시장기가 지나치면 대수롭지 않은 일에 신경질을 부리고 다투게 된다. 실상 대수롭지 않은 일이었을지도 모른다. 그러나 이날의 조그만 충돌은 그후 여러 모로 여파를 몰고 왔다. 군 공세가 끝난 며칠 후 사단본부 간부회의를 마치고 나오던 사단 정치위원 이봉갑이 나를 넌지시 부르더니 이렇게 묻는 것이었다.

"동무, 반야봉에서 적공지도원과 무슨 언쟁을 했소?"

그때의 경위를 대충 얘기했더니 이봉갑은 고개를 끄덕이며 말했다.

"아무튼 동무에게 과오가 있었다는 것으로 돼 있으니까 조심하오. 근무에 더욱 열성을 보이고 말이지."

아마 내가 꾀를 부리고 명령에 항거한 것처럼 돼버린 모양이었다. 세상에 이런 경우 없는 사회도 있을까. 나는 창자가 뒤집히는 것 같은 분노를, 그러나 꾹 참고 내색하지는 않았다. 벽송사골에서 총창의 이슬이된 정찰대장의 모습이 떠올랐기 때문이다.

지옥의 신음 소리

사방이 트인 벼랑 위는 벼랑 밑에 비해 딴 세상처럼 바람이 거세고 아득히 눈에 묻힌 골짜기들과 첩첩 연봉이 황량하게 내려다보였다. 초소에는 두 명의 전사가 담요를 쓰고 앉아 반야봉으로 들어서는 골짜기어귀를 경계하고 있었다.

내 차례가 되어 혼자 바위 위에 나가 앉아 있으려니까 천상천하에 혼자만이 있는 듯한 고독감이 조용히 몸을 조여왔다. 상념은 시간과 공간을 뛰어넘어 한없이 펼쳐져갔다. 그 28년의 여로의 끝이 바로 이 지리산 반야봉, 바람 찬 어느 벼랑 위라는 사실이 도무지 현실 같지를 않았다.

멀리 능선 위를 토벌군의 소부대가 이동하는 모습이 가끔 보였으나 이쪽 골짜기로 접근하지는 않았다. 이윽고 해가 떨어지며 토벌군의 모닥불이 능선에 점선을 이루기 시작할 무렵에 초소를 철수하라는 연락이 올라왔다.

벼랑 밑에 내려와보니 뜻밖에 구수한 흰죽 냄새가 풍겨왔다. 그동안 참모장의 지시로 정찰대원 한 사람이 배암사골의 어느 환자 트를 찾아가 쌀 한 되박을 얻어왔다는 것이었다. 멀건 흰죽이 한 식기씩 배급됐다. 밥풀 한알 한알이 금세 살이 되고 피가 되는 신선(神仙)의 묘약처럼느껴졌으나 열흘 가까이 주린 창자에 멀건 죽 한 식기는 실상 허기와허탈감만 더하게 했을 뿐이었다.

그런 대로 식사가 끝나자 일행은 배암사골로 흐르는 계류의 얼음을 딛고 골짜기로 내려갔다. 산곡 간의 계류는 잘 얼지를 않고 얼어도 그 표면에는 물기가 서려 있는 것이 보통이다. 일행은 감쪽같이 흔적을 남기지 않고 2킬로미터가량을 내려와 냇가의 산죽숲 속으로 숨어들었다. 여간 숙달한 수색대가 아니면 사령부 일행은 반야봉 골짜기에서 하늘로 증발해버린 것으로밖에는 보이지 않았을 것이다.

허리 높이는 되는 산죽숲 속에 잠복한 채 일행은 만 3일을 화석처럼 움직이지 않고 버티었다. 나는 주머니에 약간 남은 소금을 이따금 혀끝으로 핥고는 눈을 씹으며 그 지루한 사흘을 보냈다.

날짜를 헤아려보니 군작전이 시작된 지 13~14일이 경과했다. 하루이틀만 더 견디면 토벌군은 철수할 것이다. 그날 밤 나는 군 참모장의 명령으로 정찰대원 한 명과 함께 배암사골을 탐색하러 나갔다. 대성골과 삼점골에서 분산된 대원의 일부가 배암사골로 넘어와 있을지도 모르니 찾아보라는 것이었다.

두 사람의 탐색조는 사방 인기척을 살피며 차근차근 배암사골을 더듬어 내려갔다. 도중에 한 달 전 내가 명선봉전투의 부상자 셋을 호송했던 환자 트를 찾아가봤더니 아닌 게 아니라 삼점골에서 분산된 대원 둘이 환자 세 명과 같이 있었다. 이들은 돌아올 때 동행하기로 하고 계속 십 리가량을 더 내려가 정이남골 합천내에 이르렀을 때, 개울가에서 5~6명의 사람 그림자를 발견했다. 그러나 이들은 남원군당 유격대의 대원들이었다.

이들은 동면(東面)에 있던 군부대가 철수를 시작했다는 정보를 듣고 야산지대로 식량을 구하러 가는 길이라고 했다. 모두가 조금도 지친 기색이 없었다. 전북부대 소식을 물었더니 고개를 설레설레 흔들었다.

"말 마시오이. 총사(전북도 총사령부)는 오래전에 백운산으로 빠진 모양인디, 일차 때 벌써 반타작해버리고 손들고 나간 동무도 겁난(많은) 모양이오, 잉."

"그럼 이쪽으로 남부군의 별동대가 와 있었을 텐데 혹시 모릅니까? 선 떨어진 동무도 더러 있을 것 같고……."

"글쎄요. 사실은 우린 군작전이 시작되면서 곧바로 분산해서 야산에 내려가 있다가 엊그제 돌아왔응게 작전 중의 상황은 잘 모르요, 이. 남부군은 어떠요? 남부군은 무력이 좋응께…… 참 수고가 많소, 잉."

남원군당 대원들은 잎담배를 한 움큼 꺼내 우리에게 주고는 물 아래로 내려가버렸다. 군당 부대들은 군작전이 시작되면 분산해서 작전구역 밖으로 나가 야산지대에 숨어들어버리기 때문에 토벌군이 포착하기 어려웠다. 그만큼 지리와 정보에 밝고 몸이 가벼웠다.

돌아오는 길에 우리는 아까 환자 트에서 기다리게 한 두 대원의 안내로 또 하나의 환자 트를 찾아냈다. 두 사람은 삼점골에서 분산되어 선이 떨어진 후, 무턱대고 주능선을 넘어와 한참을 헤매다가 우연히 그 환자 트를 발견했는데 모양만 남아 있는 텅 빈 무인 트여서 식량을 얻기 위해 다시 골짜기를 더듬어 내려간 끝에 아까 그 환자 트를 발견하게 된 것이다. 그 무인 트 가까이에 갔을 때 무슨 지동 소리 같은 것이 은은히 들려왔는데, 막상 환자 트에 이르러 보니 그것은 선 떨어진 대원들이 자면서 내는 신음 소리였다.

달빛에 드러난 트 안의 정경은 바로 생지옥이었다. 두어 평 됨직한 다 찌부러진 산죽초막 속에 10여 명의 대원이 어지럽게 누워 있는데, 하나같이 피골이 상접해서 사람 형상이 아닌데 금세 숨이 끊어질 듯 신음 소리를 내고 있었다. 깨어 있던 대원이 나머지를 모두 깨우자 신음 소리가 싹 그쳤다. 잠결에 의식 없이 내는 소리였던 것이다. 깨어 있던 대원은 불침번으로 있던 하급간부 같았다.

"사단에서 선 달러 왔다. 일어나 출발 준비다."

"아이구, 내일 중엔 찾아 돌아갈 테니 오늘 밤은 좀 재워줘요."

"발가락이 모두 떨어져나가 걸을 수가 없어요. 밤길은 도저히 못 가요."

주섬주섬 발싸개를 단속하는 대원도 두셋 있었지만 대부분은 기진해서 일어서지를 못하고 애원을 했다. 정도의 차이는 있으나 모두 중증의 동상을 일으켜 손발이 말을 듣지 않는 것이었다. 동상 부위의 아픔은 마치 집게로 생살을 찝어대는 듯한 무서운 아픔이다. 그 지독한 아픔 때문에 부식 중에 신음 소리를 내고 있었던 것이다.

발싸개를 단속하고 난 하급간부는 야단을 치기 시작했다. 서울부대 당시의 최 소대장을 연상케 하는 말투였다.

"날이 밝으면 누가 업어다 준다더냐. 사단에서 선 달러 왔으면 가야지 무슨 이유가 그렇게 많아. 어서들 못 일어나!"

"일어나야겠는데 다리를 가눌 수가 없어요."

"야! 그놈 엄살 한번 대단하다. 열흘쯤 굶었다고 다리를 못 가눠? 곰은 겨우내 굶고도 잘만 뛰더라."

"그게 아니라 동상이 워낙 심해요."

"그러니까 뛰지도 못하는 놈이 밝은 대낮에 개밥 되고 싶단 말이야 뭐야. 밤길이 백 번 낫지. 살고 싶거든 잔말 말고 일어나!"

"전 동상이 아니라 총상 자리가 곪느라고 신열이 이렇게⋯⋯."

"허, 남은 얼어 죽겠다는데 열이 펄펄 나면 좀 좋아. 동문 내가 부축해주지. 어서 일어나봐."

나는 보다 못해 그 간부대원을 뜯어말렸다.

"동무, 발들이 그래 가지고는 야간행동은 좀 무리겠어. 사령부도 지금 산죽밭에 잠복해 있는 상태니까 움직이지 못하는 동무들은 하루 이틀 더 있다가 국방군이 철수하거든 거림골로 집결하기로 하고 우선 걸을 수 있는 동무만 같이 가도록 합시다."

거림골 무기고 트가 비상선으로 되어 있었다. 따라가겠다고 나선 대원은 셋이었다. 아래 환자 트에서 원대복귀하겠다는 치유환자가 하나 있어 도합 6명의 대원을 수습해서 날 밝기 전에 사령부 일행이 있는 산죽밭으로 돌아왔다.

삼점골에서 뒤로 떨어져나갔던 약 40명의 대원은 산발적인 교전을 계속하면서 주능선 쪽으로 밀려 올라가다가 두어 차례 강습을 받고는 마침내 뿔뿔이 분산돼버렸다고 했다. 그중에서도 강인하고 지리에 밝은 일부가 주능선을 넘어 배암사골로 빠져나와 골짜기를 방황하다가 빈 환자 트를 발견하고 삼삼오오 그곳에 모여들어 은신하고 있었던 것이다. 그러니까 이들도 다른 대원들의 소식은 통 몰랐다.

산 자가 먹은 죽은 자의 밥

날이 새면서 정찰 나갔던 대원이 돌아와 능선에 토벌군의 모습이 보이지 않는다고 보고했다. 이제 도로 30여 명이 된 사령부 일행은 즉시 산죽밭을 나와 능선으로 올라갔다.

능선에는 아직 벌겋게 살아 있는 숯불더미가 이곳저곳에 남아 있었다. 토벌군이 철수한 것이 분명한데도 숯불이 너무나 성성해서 마음이 꺼림칙했다. 우리는 그 불을 쬐면서 부근을 살폈다. 흘리고 간 소총탄은 여전히 많았으나 먹을 것이라고는 밥풀 하나 눈에 띄지 않았다.

대열이 주능선을 넘어 빗점골로 향한 험한 길을 기백 미터 내려갔을 때, 우리는 실로 끔찍한 광경을 보게 됐다. 일행 중 누구도 알지 못하는 환자 트가 발견되었는데 트 입구에 시체 3구가 나뒹굴고 있었다. 눈이 덮인 꼴로 봐서는 사살된 지 꽤 여러 날이 된 모양인데 눈 속에 묻혀 있던 관계로 금세 죽은 사람처럼 조금도 상하지 않고 그대로였다.

식사 중에 급습을 당한 모양으로 셋이 다 입에 밥을 물고 있고 밥이 담긴 냄비가 근처에 뒹굴어 있었다. 밥도 얼기는 했으나 상한 것 같지는 않았다. 대원 한 사람이 그 밥을 손으로 움켜 입에 넣자 일제히 벌떼처럼 달려들어 눈 속에 흩어진 밥알까지 하나도 남기지 않고 순식간에 주워 먹어버렸다.

그다음에는 시체의 입술에 묻은 밥알까지 말끔히 거둬 먹어버렸다. 그 광경을 물끄러미 보고 있던 참모장이 조용히 물었다.

"잘 봐, 어디 대원이지? 시체가 말야."

"글쎄요, 우리 대원은 아닌 것 같습니다. 57사단 트가 아닐까요?"

"57사단이 왜 여기다…… 전북도당이겠지?"

"아니야, 이거 92사단 대원들입니다. 이게 여단에 있던 송 뭐라는 동무 아닙니까?"

밥풀을 뜯어 먹던 대원 하나가 시체 얼굴에 덮인 눈을 손으로 쓸어 보이며 말했다.

"그렇군, 맞았어. 이 근처에 92사단 환자 트가 있었을 거야. 대강이라도 묻어줘."

잠시 후 일행은 다시 길을 떠났다. 그런데 10분도 못 되어 우리는 또 하나의 참혹한 광경을 보게 됐다. 모닥불을 피운 흔적이 있고 그 언저리에 5구의 빨치산 시체가 뒹굴고 있었다. 삼점골에서 분산된 40여 명 중의 일부였다. 그중에는 대대장급의 간부 한 명과 여성대원도 한 사람

섞여 있었다. 다 해진 고무신발을 전선줄로 칭칭 동여맨 채 쓰러져 있는 여성대원의 조그만 시체가 더욱 비참하게 보였다.

모두들 말없이 그 광경을 들여다보고 있는데 이현상이 창연한 어조로 입을 열었다.

"아마도 이 동무들은 대대장이 불을 피워도 좋다니까 마음 놓고 불을 피우다 이 꼴을 당했을 거다. 간부를 태산처럼 믿기 때문이지. 지휘관은 항상 백분의 일의 가능성에 대해서도 대비할 줄 알아야 하는 건데…… 결국 대대장 한 사람의 실책으로 이 여러 대원을 죽인 거다. 미국을 다 준다 해도 바꿀 수 없는 공화국의 보배들을 말이다. 그래서 간부의 책임은 말할 수 없이 크고 무겁다는 것이 아닌가……."

그 이현상도 얼마 후 바로 그 근방에서 최후를 마칠 운명에 있었다는 것을 짐작한 사람은 물론 아무도 없었다.

일행은 또 그 시체들을 간단히 덮어준 후 빗점골을 내려갔다. 빗점골 합수내 가까이를 지나갈 때 숲 속에서 "아이구!" 소리를 지르며 한 사나이가 튀어나왔다. 화가 양수아였다. 양수아는 삼점골 분산 후 외톨이가 되어 산 속을 방황하며 그동안을 보냈다면서 반가운 눈물을 뚝뚝 흘리며 대열에 끼어들었다.

사실은 그에게는 그동안 말 못 할 비화가 있었다. 삼점골을 내려오면서 가장 허물없이 지내던 나에게 귀띔해준 비화란 이런 것이었다.

"이 동무, 이거 좀 이상한 얘기 같지만 그동안 포로를 한 놈 잡았었어."

"선 떨어진 낙오병이 포로를 잡아?"

"그러게 말야. 일종의 만화지. 실은 삼점골에서 분산됐을 때 어쩌다 보니 2연대의 유진 동무하고 동행이 돼버렸어. 둘이서 빗점골로 넘어와 넝쿨 속에 숨어 있었지. 이틀 사흘 지나니 배가 고파 못 견디겠더군.

한둘이서야 어딜 못 다니나. 둘이서 보투(보급투쟁)를 나갔지."

"배짱들 좋군, 둘이면 2인조 강도지 보투는 뭐야."

"사흘 굶으면 뭐라잖나. 돈은 필요없구 배나 채우자는 게 강도와 다른 점이지. 아무튼 의신 부락에서 시오 리쯤 더 내려가니까 제법 큰 마을이 있더군. 맨 가장자리 집에 살살 기어들어갔는데 사랑방에 불이 켜져 있어 문틈으로 들여다보니까 어랍쇼, 국방군 졸병 하나가 옷을 벗고 이를 잡고 있지 않나. 나중에 알았지만 그 동네가 바로 토벌군 대대본부야."

"섶을 지고 불로 뛰어들었군."

"뉘 아니래. '앗 뜨거라' 하고 달아나려다 문뜩 보니 윗목에 밥상이 놓여 있더군. 총은 저만큼 벽에 걸쳐 있고. 밥상을 보니 눈이 뒤집히더군. 에라 모르겠다, 졸지에 문을 차고 뛰어들며 '손들엇!' 하고 총을 들이댔지. 생전 이발을 했나, 세수를 했나 좀 험상궂게 보였겠어? 덜덜 떨며 손을 드는 놈을 뒤로 결박해놓고 우선 밥상을 쓸어먹고는 마루에 있던 쌀자루까지 지워가지고 빗점까지 몰고 왔지."

"세상에 재수없는 녀석이군."

"그렇지도 않아, 들어봐. 세 사람의 기묘한 생활이 시작됐지. 서로 집안 얘기까지 하구 말야. 그런데 제일 곤란한 게 잠을 잘 수 없는 거야. 생각해보게. 그놈이 포로라는 것은 무기가 우리한테 있기 때문이야. 굶은 우리가 기운으로 그놈을 당하겠나, 소리 한번 지르면 당장 국방군이 달려올 테고…… 깜박 졸다 총만 그놈 손에 넘어가면 그 순간 이쪽이 포로 아닌가. 첨에 당장 처단해버렸으면 모르지만 이틀이나 지나니까 그게 안 돼. 얘기를 해보니 아주 순진한 농군애야. 눈이 멀뚱멀뚱하니 앉아 있는 놈을 어떻게 때려 죽여. 총소릴 낼 수도 없고. 놔보내자니 당장 이쪽이 당할 뿐만 아니라 놔보내자는 말을 누가 먼저 꺼낼 수 있어?"

"엉뚱한 짐을 만들었군."

"그런데 밤에 그놈이 자고 있는 사이에 유 동무가 넌즈시 하는 말이 자기가 까버릴 테니 맡겨달라는 거야. 그러더니만 따발총을 척 둘러메며, 야! 일어나 이리 나와! 하고 그놈을 앞세우고 삼점골 쪽 산모퉁이로 돌아가더군. 뒤이어 빵빵 총소리가 들려왔는데 암만 기다려도 유가 돌아오질 않아. 이상하다 싶어 뒤쫓아가봤는데 유도, 포로도 보이지 않더라 이말이야."

"도망갔군."

"그렇지. 포로를 살려 갖고 앞세우고 가면 유리할 거라 생각한 거지. 이번에는 그 포로 녀석이 또 빨치산 포로를 잡아 갖고 갔으니 그놈도 상을 탔을 테고. 그러니 이건 이 동무니까 얘기지 상부에 보고도 못 할 사건이야."

"사실은 양 동무가 재수가 좋은 거야. 기왕에 탈주할 바에는 양 동무까지 드르륵 해버리고 그 총까지 들고 가면 더 유리할 게 아닌가. 동무까지 속이고 도망간 건 약은 것 같으면서 실은 유진이가 순진한 거지."

"예끼, 이 사람아, 끔찍한 소리 마."

일행이 삼점골에서 하룻밤을 쉬고 이튿날 아침 의신 마을터 가까이 갔을 때, 또 하나의 반가운 사람을 만났다. 폐허가 된 마을터에 검은 사람 그림자가 얼씬거리는 것을 발견하고 일행은 걸음을 멈췄다. 당시에는 경찰관도 카키색 군복을 입고 있었기 때문에 군경이 아닌 것만은 확실했다.

우리가 접근하자 폐허를 서성거리던 검정 옷의 사나이는 깜짝 놀라 일단 도망치려는 자세를 취하다가 다시 몸을 돌려 이쪽을 살펴보고 있

더니 "어이!" 하고 외마디 소리를 지르며 달려왔다. 교양지도원 백홍규
였다. 그 무렵 그는 어디서 얻어 입었던지 검정색 라사지 작업복을 입
고 있었다.

백홍규는 이 사람 저 사람을 부둥켜안고 콧물을 훌쩍거리며 목을 놓
아 울어댔다. 백이야말로 삼점골 이래 완전 외톨이가 되어 그간 의신
부락 근처에 잠복하고 있었던 것이다. 길목에서 튀어나온 사람이 모두
정치부원이라는 것이 이상했지만, 아무튼 이봉갑 정치위원을 제외하고
는 정치부 멤버 전원이 손상 없이 모여든 것이다.

"춥고 배고픈 것도 그러티만 데일 외로와 둑갔더구만. 턴상턴하 나
홀로니 니거 덩말…… 낮엔 산죽밭에 터박혀 있다가 밤에 빈 집터에 내
레와 움터에서 씨레기 쪼가리 같은 거이 주어서 씹으며 견뎠디. 니거
덩말……."

그는 매우 쇠약해서 지팡이를 끌며 걸음을 걷는데 궁둥이의 살이 빠
져 두 다리가 뒤틀리는 것 같았다. 양수아가 조그만 소리로 놀려댔다.

"똑같이 선이 떨어져도 나처럼 잘 먹고 잘 지낸 사람도 있는데, 아이
구 머저리 같은……."

궁둥이가 뒤틀린 사람은 실은 양수아를 뺀 전원이었다.

11. 인간이 사는 세계로

비장한 '승리의 노래'

의신에서 대성골을 거쳐 거림골로 넘어가던 일행은 어느 나지막한 언덕길에서 초소 교대를 가는 듯한 전투경찰대 10여 명과 마주쳤다. 우리는 언덕 위를 가고 있었고 경찰대는 언덕 밑의 임도를 오고 있었기 때문에 그들은 우리를 발견하지 못했다. 일행은 숨을 죽이고 엎드려서 참모장의 지시를 기다렸다.

경찰대는 우리 앞 불과 10여 미터 거리로 다가왔다. 따발총 하나만 갖고도 순식간에 전멸시킬 수 있을 것 같았으나 참모장은 대원들이 너무 지쳐 있다고 생각해서인지 아무 말 않고 그냥 지나가게 해버렸다. 전경들은 손끝이 닿을 만한 거리에 수십 정의 총구가 자기들을 노리고 있는 줄은 모르고 총을 목도로 멘 채 한가로이 잡담을 주고받으며 우리 앞을 지나갔다. 지나간 후에도 뒤를 돌아다보는 날에는 부득이 사살할 양으로 총구들을 겨누고 지켜보고 있었으나 전경대는 한참 만에 산모롱이를 돌아 보이지 않게 됐다. 만일 참모장의 마음이 조금만 달라졌어도, 혹은 전경대 중 한 사람이 우연히 고개를 돌렸어도 그들은 순식간에 주검이 되었을 것이다. 삶과 죽음이 참으로 종이 한 장 차이였다.

그날 일행 30여 명은 거림골 무기고 트에 돌아와 십여 일 만에 다리를 펴고 잠을 잤다. 이튿날부터 분산됐던 대원들이 삼삼오오 모여들었다. 92사단도 돌아와 합류했다. 92사단 생존자의 말에 의하면, 이때 92사단도 꼬박 13일을 굶었으며 그들도 적지 않은 사상자를 냈다지만, 81사단처럼 궤멸적 타격은 입지 않았었다. 정찰대가 대성골 일대를 수색해서 민운지도원 일행이 전멸한 사실을 확인하고 돌아왔다. 결박된 채 사살된 시체를 발견한 것은 대원들에게 적지 않은 충격이었다.

그때 우리는 알지 못했지만 남부군은 후평 이래 남한 빨치산의 정치적 총책으로 이현상과 더불어 남부군을 지도하던 여운철을 이 작전 중 잃었다. 치안국장을 대리해서 지리산지구 경찰전투대를 지휘하던 최치환(崔致煥, 훗날 국회의원을 지냈음) 부대에 의해 1월 15일 사살됐는데, 그의 죽음은 같은 자리에서 생포된 이현상의 전속부관 고성균에 의해 확인되었으며, 그가 지니고 있던 방대한 문건으로 해서 남부군과 도당 간의 갈등 등 남한 빨치산 내부의 전모가 토벌 당국에 알려졌었다. 가무잡잡한 얼굴에 키가 훤칠하게 크고, 다감하고 격정적인 성격이 대원들에게 많은 감동과 친근감을 주었던, 우리가 남 선생이라고 불렀던 경성 콤클럽 이래의 투사 여운철도 이렇게 지리산에서 최후를 마쳤던 것이다.

이 작전에서 81사단을 주력으로 한 남부군 수뇌부를 궤멸시킨 것은 수도사단이었고, 92사단에 타격을 준 것은 국군 제8사단이었다. 『공비토벌사』에는 이 기간의 전과를 남부군단 주력 193명을 사살(한 곳에는 353명 사살)이라고 기록하고 있다. 나의 추정으로는 사망 약 80명으로 생각되는데(왜냐하면 당시 남부군 총세가 250명 정도에 불과했기 때문에 2~3백 명의 사살자 수가 나올 수 없고, 대충 3분의 1인, 80명 정도로 보는 것이 타당할 것 같다), 어쨌든 토벌군 측에서 몇백이라는 추정 숫자가 나올 만큼 그 타격이 컸던 것은 사실이었다.

이 작전 기간 동안의 『한국전란 2년지』의 기록은 『공비토벌사』와도 많은 차이가 있지만 그대로 옮겨보면 다음과 같다.

52. 1. 13. 지리산지구 서방고지에서 탈출을 기도하는 잔비를 포착, 325명을 사살.

　　　　　(주: 서방고지라면 81사, 92사, 전북부대 잔류 인원, 전남부대 일부 등이 모두 포함되는데, 그 숫자야 어떻든 이날부터 강력 공세를 시작한 듯 계속해서 전과기록이 보인다)

　1. 15. 서남지구 전역에 걸쳐 잔비 270명을 사살.

　1. 19. 지리산지구 공비 소탕작전에서 18, 19 양일간에 사살 589명, 생포 237명.

　1. 23. 지리산지구 공비 토벌작전 계속, 146명을 사살 또는 생포.

　　　　　(주: 이 19, 23 양일간의 발표는 남부군을 대상으로 한 것이 분명한 듯)

　1. 30. 서남지구 일대의 적세 현저히 감소.

　　　　　(주: 이날 이후 작전상황 기록이 한동안 뜸해진다. 이것으로 이때의 군작전이 나의 기억대로 대충 1월 10일에서 1월 25일에 걸쳤던 것을 추정할 수 있다)

　'2차 군작전'에서 남부군은 지리산을 고수한 유일한 빨치산 부대였다. 지리산은 제2병단 이래 그들의 신앙이었다. 그 신앙 때문에 분산 도주하는 이정화령(以整化零)의 길을 마다했는지도 모른다. 남한 빨치산의 총수로서의 영예를 지키려 했는지도 모른다. 그러나 굶주리고 지친 남부군 2백여 명은 토벌군 대병력 앞에 버마재비의 도끼만도 못한 존재였다.

이 작전에서 남부군 기동사단은 80여 명의 사망자 외에 중증 동상환자를 포함하여 거의 같은 수의 부상자를 내는 궤멸적 타격을 입었다. 사망자라고 생각한 대원 중에는 상당수의 투항자도 섞여 있었을 것이다. 대열 속의 일원일 때 전사들은 에누리 없이 용감하고 강인했다. 그러나 선을 잃고 홀로 눈 속을 헤맬 때, 그들은 무서운 외로움과 함께 자신의 운명을 조용히 생각해보게 된다. 추위와 굶주림과 그 견딜 수 없는 외로움은 마침내 산을 버리고 인간이 사는 세계로 그를 향하게 하는 것이다.

지난 여름 102부대를 흡수해서 한때 6백을 넘어섰던 이 '정예부대'는 이제 부상자와 중증 동상자가 반을 넘는 1백여 명의 군소 부대로 전락해버렸다. 장비의 손실도 물론 많았다. 이 무렵 공용화기로는 겨우 60밀리 박격포 1문과 소련제 중기 1문, 경기 4정을 보유하고 있었으나 탄약 부족과 고장으로 사용 가능한 것은 소련제 경기관총 1정뿐이었다. 독수리병단 당시 나의 소대가 가졌던 화력만도 못한, 허울만의 '군'이요 '사단'이 돼버린 것이다.

이즈음 남부군에서는 '간부 보존사업'이라는 말을 자주 썼다. '공화국'을 위해 유능한 간부 당원을 보존시키는 것은 중요한 빨치산 과업 중의 하나라는 이론이었다. 사실상 정치부나 참모부 기타 본부요원의 피해율은 전투대에 비해 엄청나게 적었다. 또한 여성대원의 소모율이 상대적으로 적기 때문에 전체적으로 그 비중이 커졌다.

결국 남부군은 본부요원과, 여성대원과, 부상자와, 중증 동상자, 그리고 교도대원(부상 치유자)이 7할을 넘어 유격부대로서의 능력을 상실한 패잔 집단으로 전락해 있었던 것이다.

전력 회복을 위해서라기보다는 당장 명맥 유지를 위해서 급선무는 식량 구득(求得)과 동상 치료 문제였다.

동상은 우리에게 토벌군의 포화보다도 더 크고 무서운 피해를 주었다. 이미 발가락 전체가 자주색으로 변색하여 썩어들어가기 시작한 대원, 손가락까지 변색한 대원이 적지 않았다. 자칫하면 남부군 전원이 폐인이 될 판이니 무엇보다도 다급한 문제가 아닐 수 없었다. 그러나 약품이라고는 아무것도 없으니 군의관인들 무슨 대책이 나올 도리가 없었다. 다만 냉수 마사지를 하라는 것이 고작이었다. 얼음 같은 물 속에 발을 담그고 손으로 주무르는 것이다. 효과는 알 수 없었지만 다른 방책이 없으니 모두들 뼈를 저미는 듯한 심한 아픔을 참으며 틈틈이 이 냉수 마사지를 했다.

'의약품'은 쇠기름과 소금이 전부였다. 이 해 3월 초 후방부장이 어디서 났는지 미화 36달러를 갖고, 어느 군당조직을 통해 다이아찡 등을 사들이겠다고 말하고 있었으나 이것이 성공했다 해도 그야말로 홍로점설(紅爐點雪)에 지나지 않았을 것이다.

동상보다도 더 다급한 문제는 식량보급이었다. 누구나 없이 적어도 10일 이상을 고스란히 굶으며 불면불휴의 격동을 해왔다. 거림골에 집결한 거의 전원이 빈사의 중환자 같은 모습들이었다. 우선 급한 대로 가까운 내외공 마을에 나가 잡곡 몇 되라도 구해와야 했다.

그런데 정찰대가 탐색한 바로는 거림골 어귀인 곡점 뒷산 언저리에 강력한 경찰부대가 봉쇄선을 펴고 있다는 것이었다. 내가 마침 참모부 막사에서 무슨 기록에 관한 얘기를 하고 있는데 정찰조장이 그런 보고를 하러 들어왔다.

참모들이 난처한 듯이 서로 얼굴을 마주봤다. 참모장이 정찰조장에게 물었다.

"적정은 경찰대가 틀림없나?"

"틀림없습니다. 보초가 99식을 가지고 있었습니다."

이 무렵 99식 소총으로 무장하고 있는 것은 지방경찰의 기동대와 전투경찰연대 일부 병력뿐이었다. 국군의 기본 화기는 엠원 소총이었다.

"흠…… 약 칠팔십이라 그랬겠다."

"네. 백 명은 좀 못 되는 것 같았습니다."

"능선에 초소가 있고……."

"네. 주력은 길가 산기슭에 설영하고 있습니다."

참모장은 담배를 말던 손을 잠시 멈춘 뒤 말했다.

"좋아! 격파한다. 대열 참모!"

대열 참모가 자세를 바로하고 쳐다봤다.

"출동 가능한 전투원을 점검해보시오, 지금 곧."

대열 참모가 나가자 참모장은 시계를 힐끗 보며 후방 참모를 불렀다.

"배암사골에서 갖고 온 쌀이 조금 남았다고 했지요?"

"네."

"얼마나?"

"몇 홉 안 됩니다. 한두 끼 선생님이나 끓여드릴 수 있을는지……."

"지금부터 간부 이하 전대원의 배낭을 점검해서 쌀 한 톨이라도 주워 모아보시오. 물론 시래기 조각이나 아무거나 있는 대로 몽땅."

"네."

"얼마가 되던 그걸로 죽을 쑤시오. 쇠기름 덩어리, 소금, 하여튼 목구멍에 넘어갈 수 있는 물건은 다 쓸어 넣고…… 한 시간 이내에."

"알겠습니다."

참모장은 문춘을 돌아다보고 씩 웃었다.

"작전참모 동무가 수고 좀 하시오. 내가 나머지 몽땅 데리고 2선을 치고 있을 테니까."

"네. 해봅시다."

"목적은 보투니까 적이 후퇴하거든 뒤쫓진 말고, 곧장 내외공으로 들어가는 거요."

"알겠습니다."

"어쩌겠소, 한번 해보는 거지. 내 선생님한테 보고하고 올 테니까 정찰조장 데리고 잘 연구해보시오."

그로부터 약 한 시간 후, 겨우겨우 몸을 가눌 수 있는 남녀 대원 40명 가량이 집합했다. 뜨물국 같은 멀건 죽이 한 모금씩 그들에게 배급됐다. 남부군의 마지막 쌀 한 톨, 소금 한 알까지 긁어모은 비장한 향연이었다.

이윽고 땅거미가 지면서 눈발이 날리기 시작했다. 40명의 야습대가 문춘 참모 지휘하에 사령관 이현상 앞에 도열했다. 나머지 대원이 그들을 환송하기 위해 나와 섰다.

"우리 남부군의 운명이…… 영예로운 전통을 가진 조선인민유격대 남부군의 흥망이 오늘 밤 여러 동무들의 손에 달렸소. 부탁하오."

사령관이 목이 메이는 듯 짤막한 훈시를 했다. 일찍이 볼 수 없었던 비장한 분위기가 조용히 감돌았다. 이들이 봉쇄선을 뚫고 얼마간의 식량을 구해오는 데 성공한다면 남부군은 다시 소생하여 전력을 회복할 수 있겠지만 만일 실패한다면 속절없이 눈 속에 갇혀 얼어 죽고 굶어 죽을 수밖에 없는 것이다. 이제 남부군이 가진 마지막 전력인 40여 명을 그 도박에 몽땅 걸어보는 것이다. 야습대가 행군을 시작하자 잔류 대원들 속에서 나직한 합창 소리가 일어났다.

용사들 가는 길, 승리의 깃발 휘날려 나부끼노라.

우리의 조국은 민주의 성채, 지키자 인민의 자유를……

사령관 이현상이 눈시울을 벌겋게 하고 눈발 속으로 사라져가는 야습대의 뒷모습을 보고 있다가 억지웃음을 지으며 누구에게랄 것도 없이 중얼거렸다.

"어째 '승리의 노래'가 용장하질 못하고 비장하군……. 이제 봄이 머잖았어. 해동이 되고 잎이 피면 야산에 내려가 초모사업을 해서 재기할 수 있게 된다. 그땐 동무들 흰 쌀밥에 소도 잡아서 실컷 먹게 하구 푹 쉬도록 할 테다. 약을 구해다 동상도 말끔히 치료하구 말야. 눈은 오지만 봄은 인제 머잖다……."

기억하는 이 없는 고혼(孤魂)들

야습대가 출발하자 곧 남은 전원에게 비상이 내려졌다. 짐을 챙겨 지고 집합하자 참모장은 본부요원, 부상자, 동상환자를 총동원하여 아지트 어귀인 골짜기 요소요소에 전투 배치했다. 야습대가 만일 실패해서 아지트까지 추격받을 경우에 대비하는 것이다. 눈은 소리 없이 내리고 만뢰(萬籟)가 고요한 속에 물소리만 단조로이 들려왔다.

한 시간, 두 시간……. 급기야 대쪽을 두드리는 것 같은 총소리가 아득히 들려왔다. 그러나 총소리는 잠시 만에 끝나고 다시 정적이 왔다. 참모장은 최고위간부 몇과 보행불능한 중환자를 제외한 잔여 인원 30여 명을 몽땅 지휘하여 아지트를 출발했다. 야습대의 귀로를 엄호하기 위해서였다.

엄호대는 곡점 못 미쳐 길가에서 기다리고 있는, 선혈이 낭자한 야습

대의 부상자 둘을 발견하고 보급투쟁에 따라가기 어려운 동상환자들을
붙여 아지트로 호송시켰다. 환자가 환자를 떠메고 가는 꼴은 흡사 2인3
각 경주 같은 광경이었다.

이날 밤 야습대는 그야말로 사력을 다해서 봉쇄선의 경찰대를 몰아
내고 외공 마을에 들어가 쌀과 잡곡 두 가마니가량을 거둬가지고 돌아
왔다. 침울했던 아지트에 금세 생기가 돌았다. 이리하여 남부군은 기지
사경에서 다시 소생하게 되었다.

이튿날 서훈식이 거행되었다. 전사자와 생존자, 거의 전원에게 각급
무공훈장이 수여됐다. 그 자리에서 81사단의 청년 시인 이명재가 〈굴복
할 줄 모르는 사람들〉이라는 자작시를 낭독했다.

> 피로 얼룩진 산마루에 잎이 피고
> 초연이 흐르던 골짝에 눈이 내리고
> 그렇게 천백 해를 거듭할 때까지
> 지리산아 다시금 새겨라.
> 천백 배의 적과 맞서 굴복할 줄 모르던
> 용사들의 이름을

이날이 52년 1월 28일, 상훈 수여를 마친 남부군은 그 자리에서 다시
부대 개편을 했다. 개편이라기보다 체제와 이름을 바꾼 것이다. 50년
가을, 후평을 출발할 때 '인민유격대 총사령관' 이승엽으로부터 부여받
았던 공식 호칭인 '독립 제4지대'로 돌아간 것이다. 사단 호칭은 이날로
폐지되고 81사단이 '김지회부대', 92사단이 '박종하부대'로 각각 개칭
됐다. 전사한 소위 '빨치산 영웅'들의 이름을 기념한 것이다(김지회는 여

순사건의 총 지휘자, 박종하는 가회전투 때 죽은 남부군 총참모장이다). 내 군 사칭호도 따라서 '조선인민유격대 독립 제4지대 김지회부대 정치부'로 바뀌었다.

지방사단들도 점차 '지대'로 이름을 바꾸고 남부군과의 형식적인 종속관계는 해소됐다. 독립 제4지대는 이로써 김지회, 박종하 두 부대만을 거느린 옛날의 남부군으로 돌아간 것이다. 다만 남부군이라는 통칭은 그후에도 자타 간에 관습적으로 쓰였고, 부대명은 '지회부대', '종하부대'로 약칭됐다.

이미 이 수기의 앞에서 언급했듯이 이 지대 개편은 50년 12월 인민군 최고사령부가 중공군 개입에 즈음해서 남반부 빨치산에게 당 사업을 제쳐놓고 유격투쟁에 전념하여 인민군 재차 남침에 협력하라는 취지로 내린 지령문에 의한 것이었다. 그것이 통신수단의 불비로 지리산의 남부군에게 통달된 것이 51년 10월경이었는데, 이때는 이미 당 활동과 군사활동을 분리한 사단편제가 시행되고 있었으며, 인민군의 남하도 도중에서 제지되어 협력의 효과적인 방법이 없어져버렸고, 특히 군 공세가 치열해져서 사단마다 부대를 개편할 여유도 없어서 52년 1월 말에야 그 명령이 형식적으로 집행된 것이다. 개편의 내용도 최고사령부의 지시와는 많이 달랐다. 지시대로 지역별로 지대를 만든 것이 아니라 도당 단위로 다음과 같은 지대 편성을 했고, 수뇌부가 궤멸하고 만 충북의 2지대와 전남의 5지대는 형식적인 지대 개편도 하지 못하고 말았다.

2지대 충북도당(미개편)
3지대 경북도당

4지대 남부군부대
5지대 전남도당(미개편)
6지대 충남도당
7지대 전북도당
8지대 경남도당

그런데 이 무렵에는 전선의 사정이 또 달라졌다. 51년 중반에 접어들며 전선은 38선 부근에서 교착상태가 되고 인민군은 이때부터 '방어'에 주력하는 장기전 태세를 취하기 시작했다. 한편 7월 10일부터는 개성에서 휴전회담이 시작되기도 해서 최고사령부는 또다시 유격대에 대한 전술방향을 바꾸지 않을 수 없게 된 것이다. 즉 주저항선에 대한 제2전선 역할에 전념하도록 지령했던 것을 장기적 안목에서 당 사업을 위주로 하는 지구당 체제로 개편하라는 명령을 다시 내리게 된 것이다. 이 명령은 51년 8월 31일 중앙 정치위원회에서의 결정서에 의한 것인데, 이 시점에서는 50년 12월의 '지대 개편에 관한' 지령문도 아직 현지 부대에 통달되지 않은 상태였고, 다시 이 51년 8월의 결정서가 현지에서 집행되는 것은 52년 5월경이 돼서였다. 왕조시대의 전쟁에서도 볼 수 없는 기가 찰 통신속도였던 것이다.

전기한 바와 같이 52년 1월 10일부터 동월 30일까지의 두 번째 군작전은 지리산지구에 약 1개 사단 규모의 토벌군이 배치되고 나머지 병력은 소백산맥·노령산맥 및 지리산 주변 산악에서 광범위하게 토벌작전을 진행했다. 따라서 이 작전에서는 전라남·북도와 경상남도의 3도 유격부대가 모두 섬멸적인 타격을 입었다.

전북도 사령부 부대는 군의 1차 작전이 지리산에 집중하자 그 압력을 피해 일부 병력만을 배암사골에 남겨두고 주력을 노령산맥의 운장산(雲長山)으로 뺐다. 50년 가을에 북부 사령부가 설치됐던 완주군 내의 산이다. 그런데 2차 군작전에서 작전구역이 노령산맥 등에 미치게 되자 지형이 협소하고 단순한 운장산이 대부대의 거점으로 부적당하다고 판단하고 주력부대를 다시 지리산으로 이동시켰다. 이때 방준표를 비롯한 사령부 요원 극소수는 운장산에 그대로 머물러 잠복하고 있었다. 사령부가 몽땅 지리산으로 이동하고 운장산이 텅 빈 것처럼 위장한 것이다. 학소 동무(회문산 당시 땅끄병단장)의 총지휘로 지리산으로 이동 중이던 전북 주력부대는 성수산에 이르러 강력한 군 토벌대의 매복에 걸려 섬멸적인 타격을 입었다. 시체가 골짜기를 메우고 선혈이 개울을 이루었다고 한다. '중앙통신' 동료기자였던 고영곤이 권총으로 응전하다가 전사한 것이 이때였다. 이 전투에서 다수 생포자가 생겼고 가까스로 탈출한 일부 병력은 뿔뿔이 지리산으로 가서 재집결했다.

얘기가 뒤바뀌지만 이렇게 집결한 지리산의 전북부대 잔여세력은 52년 3월 백야전사의 마지막 공격(후술)이 끝나자 다시 운장산으로 거점을 옮겼는데, 이때 '목동' 등《전북로동신문》('중앙통신' 전북지사 변신)의 출간요원은 배암사골 비트에 그대로 남아 신문발행을 계속했다. 이 무렵 통신사의 통신기재는 모두 사용불능 상태가 돼 있었고, 보급투쟁 때 입수한 라디오 한 대를 이단오 기사와 단파수신이 가능하도록 개조하여 평양발신 모스를 잡아 신문을 발행했었다고 한다. 53년 12월 1일, 국군 제5사단(사단장 박병권 준장)의 동계작전이 시작되자 다시 출간요원을 두 파트로 나눠 고학진, 이단오 등 무전요원은 배암사골 비트에 그대로 머물고, '목동' 등 출간요원 11명은 덕유산으로 이동하여 비트에서 신문발행을 계속했다고 한다. 여기서《전북로동신문》을 통산 430호까지 발행했는데, 12월 14일 새벽, 마침내 토벌대 수색대의 습격을 받아 주필 노 모(순창군당 위원장이며 노령학원장이었던 노영환?)는 사살되고 나머지는 뿔뿔이 분산됐다. 정확히 말하면 필자가 관계했던 '조선중앙통신' 전북지사의 실체는 이날로써 끝난 셈이다. 무기를 지니지 않았던 '목동'은 이틀 동안을 혼자 산중을 헤매다가 숨어 있는 것이 수색대에게 발견되어 생포된다.

동북부 지리산을 주근거지로 하던 경남부대는 천왕봉 동편 써리봉에서 사령부를 급습당해 도당 위원장 남경우(南庚佑)를 비롯한 도당 간부 거의 전원이 사살됐다.

충청도 출신으로 당시 32세의 청년이던 경남도당 위원장 남경우는 모스크바 고급 당학교를 나온 엘리트 당원으로 나이에 비해 이례적으로 발탁된 사람이었다. 이 경남도당 수뇌부가 써리봉에서 궤멸되기 며칠 전에, 함경도 사람으로 '이 아바이'라는 애칭으로 불렸던(모든 경남대원이 '이 아바이'라는 통칭밖에 모르고 있었다) 경남도 인민위원장의 호위병이 아지트에 수류탄을 투척하고 탈주한 사건이 있었다. 이때 '이 아바이'는 용무차 도당 위원장의 트에 가 있었기 때문에 트에 남아 있던 연락병만 애꿎게 폭사했는데, 결국 이 탈주병의 제보에 의해 도당 사령부가 토벌대의 기습을 받아 남경우와 '이 아바이'를 비롯한 도당 수뇌부 전원이 몰살당하는 운명을 맞게 된 것이다. 다만 남경우만은 1월 18일 대성골에서 교전 중 전사하는 것을 목격했다는 증인도 있다.

거림골에서 그후 한동안 평온한 트 생활이 계속됐다. 환자 트에 은신해 있던 부상자와 중증 동상환자들도 하나둘씩 원대복귀해왔다. 가위

하나를 돌려가면서 이발도 하고 수염도 대충 깎았다. 이를 소탕하기 위해 의복의 증기소독도 했다. 그러나 모두가 단벌치기니까 한 껍질씩 교대로 벗어서 증기소독을 해봐야 아무 소용이 없었다. 어쨌든 소금밥이나마 낟알이 뱃속에 들어가고 잠을 제대로 자며 휴식을 취하니까 며칠 새에 껍질을 벗듯 건강을 회복하고 상처들도 급속히 치유돼갔다. 동상 걸린 발에 냉수마사지도 열심히 계속했다.

나는 비로소 체계적인 전사 편찬작업에 착수했다. 틈틈이 참모와 지도원, 혹은 전사들을 찾아다니며 소백산 이후의 주요 전투 기록을 정리했다. 토벌군의 투항 권고 삐라, 이곳저곳 바위에 페인트로 적혀 있는 투항 권고문도 하나의 자료로 수집 기록했고, 특출한 개인의 무공담도 기록했다. 불과 몇 달 전의 기록을 정리하는 데도 들어야 할 증언을 듣지 못하는 경우가 많았다. 기록할 만한 '용사'들의 대부분은 이미 죽어서 말이 없었기 때문이다. 이 모든 기록과 자료들은 얼마 후 모두 내 손에서 떠나고 지금은 기억조차 거의 사라졌다.

양수아가 이동규의 '빨치산 모습'을 그려준 것도 이때였다. 이동규는 "강철은 불 속에서 단련된다"는 '혁명적인' 작품을 구상했고, 이명재 시인은 남부군을 주제로 한 장편 서사시를 쓰고 있었다. 머잖은 해동의 날을 기다리면서…….

힘을 회복한 4지대는 멀리 하동군 청암면과 옥종면(玉宗面)의 마을들에 보급투쟁을 나다녔다. 이미 산간부락에서는 한 되의 식량도 기대할 수 없게 되었기 때문이다. 옥종면은 덕천강 유역의 평야지대이며, 마을이 잇닿아 있고 교통도 편리한 곳인데도 경찰대의 강한 방해를 받아본 일이 통 없었다. 거림골에서는 왕복 백 리가 넘는 원거리이며, 특히 덕산에 가까운 신작로를 상당 구간 거쳐야 했지만 이상할 만큼 매복이

나 습격을 당한 일이 없었다. 옥종에 침입하고 있을 때 기동력을 이용할 수 있는 경찰대가 내외공 마을 근처 야산에 매복해 있다가 귀로를 습격했다면 뿔뿔이 짐을 지고 지쳐 돌아오는 빨치산들은 단번에 궤멸되고 말았을 것이다. 그 넓고 험한 지리산에서는 그토록 가열한 토벌전을 전개하면서 막상 그 몇십 분의 일의 힘으로 4지대를 완전 섬멸할 수 있는 기회를 간과하는 이유를 이해할 수 없었다.

그런 사정을 알기 때문에 마을에 들어가면 매번 밤참까지 해먹으며 능장을 부렸다. 왕복길이 워낙 멀고 짐이 무거워 허기를 느끼기도 했지만 먹고 오는 것만큼 등짐을 더는 것이라 생각하고 뒷밥들을 해먹었다.

때는 아직 2월도 초순이었지만 혹한의 산마루의 기온에 익은 때문인지 행군 길에 소휴식을 하노라면 옷깃에 스며드는 찬바람이 봄을 느끼게 했다. 곡점 못 미쳐 길가 논바닥에 썩어 문들어진 시체 두 구가 뒹굴고 있었다. 입고 있는 옷가지로 봐서 빨치산의 시체가 분명했지만 4지대 대원은 아니었다. 둘이 나란히 쓰러져 있는 꼴로 봐서는 총살된 시체 같기도 했다. 보급투쟁 나다닐 때마다 눈에 띄는 그 시체가 봄기운 때문인지 급속도로 부패하고 까마귀 떼까지 쪼아먹어 며칠 새에 앙상한 해골이 돼버렸다. 입고 있는 넝마 같은 옷은 그대로 있고 눈언저리가 움푹하게 파인 두개골이 그 위에 붙어 있는 꼴이 매우 흉측스러웠다.

그 연고 없는 해골을 치워주는 사람이 있을 리 없다. 죽고 죽이는 극한상황 속에서 국군조차 전우의 시체를 버리고 가는 일이 허다했는데, 항차 빨치산이 동지의 주검을 고이 묻어주는 예는 매우 드물었다. 대개는 그대로 버려두거나 잘해야 흙이나 잔돌을 한 겹 덮어주는 것이 고작이었다. "빨치산은 자기 편 시체는 반드시 떠메고 간다"는 군경들 사이에서 떠돌던 '전설'은 그냥 '전설'일 뿐이었다.

아무튼 나는 그 시체 옆을 지나갈 때 회문산 이래 죽어간 수많은 전우들을 생각했다. 그들도 이름 없는 산마루와 골짜기에서 저렇게 썩어 문들어져 흉측한 해골이 되어 있겠지…… 부모형제도 사랑하던 그리고 사랑받던 사람도 모르는 무주고혼(無主孤魂)이 되어.

날아가는 까마귀야 시체 보고 울지 마라
몸은 비록 죽었으나 혁명 정신 살아 있다.
만리장성 무주고혼 홀로 섰는 나무 밑에……

이렇게 시작되는 〈조선 의용군의 노래〉를 나는 조용히 입 속에서 읊조려보곤 했다. 그 무참한 해골의 위치에 나를 바꾸어 놓아보면서, 그들이 소박하게 염원하던, 가난 때문에 받는 수모와 설움이 없는 세상이 설사 오더라도 그들은 영원히 기억하는 이 없는 길가의 돌일 뿐인 것이다.

4지대는 다시 눈 덮인 주능선을 넘어 백무골로 이동했다. 백무골에서 다시 만수천변의 야산들을 이곳저곳 전전했다. 유목민이 목초를 찾아 초원을 유랑하듯, 보급투쟁의 대상지를 찾아 끝없이 아지트를 옮기는 것이다.

옥종으로의 왕복 길에서 마른 땅을 디뎌본 이후로는 눈 속의 생활이 진저리 나도록 싫었다. 눈과 얼음 위에서 산 지 두 달 만에 곡점 부근 신작로에서 처음으로 흙바닥을 보고 발을 내딛었을 때는 신비감마저 들었다. 백무골에서 벽송사골로 이동하던 날, 내려갈수록 눈이 엷어지고 급기야 뽀송뽀송한 흙바닥을 딛게 되었을 때, 그 포근하고 폭신하던 감촉을 나는 지금도 기억한다. 그것은 아득히 잊었던 동화의 세계로 찾아

들어가는 것 같은 그리움이며 감격이었다. 그것은 한발 한발 봄을 향해 걸어가는 것 같은 기쁨이며 희망이었다.

눈 깊은 북변의 골짜기에서 마을에 보급투쟁을 나갈 때면, 비록 어두운 밤길이었지만 흙을 밟을 수 있다는 희망 때문에 언제나 가슴이 설렜다.

봄이 오는 만수천(万壽川)

창암산(窓岩山) 기슭의 검은 돌로 뒤덮인 사면, 벽송사골의 어느 높은 언덕 위, 송대골의 어떤 양지바른 묵밭 자리-이렇게 아지트를 옮기며 4지대는 만수천변의 마을들에 보급투쟁을 나다녔다. 어떤 때는 멀리 휴천면(休川面) 깊숙이까지 드나들기도 했다.

등짐을 지고 느릿느릿 산 어귀에 돌아올 때는 언제나 햇살이 퍼질 무렵이었다. 시냇가에는 철 이른 버들강아지가 부풀어 있고, 저만큼 바라보이는 마을의 초가 지붕들이 어딘가 한가로웠다. 이미 야산지대인데도 아지트의 잔류 인원이 아침을 준비하는 연기가 뿌옇게 피어오르고 있어 내가 지금 빨치산의 산채로 돌아가고 있다는 사실을 자칫 잊게 했다.

연기를 그렇게 피워댄다는 것은 빨치산 생활에서 상식 밖의 일이었다. 대원들은 지휘부를 신통력의 소유자처럼 믿고 있었고, 그래서 지휘부의 제지가 없으니 별 일 없겠지 하고 피워대는 것이었다. 이상하리만치 토벌군의 도전도 없었지만 날씨가 풀리면서 대원들의 기강이 느슨해진 증거이기도 했다.

만수천변에는 그렇게 봄의 입김이 완연했지만 지리산의 2월은 아직도 겨울의 영역이었다. 숙영지는 여전히 눈 속이었고, 밤중에 보초선에 순찰을 나갈라치면 눈바람이 제법 매서웠다. 어느 날 밤 나는 순찰에서 돌아오는 길에 지대본부 막사 가까이에서 여자대원 몇이 수수무성기

(수수가루로 만든 경단에 팥고물을 묻힌 떡)를 찌고 있는 것을 보았다. 너무나 어울리지 않는 광경이었다. 나는 떡을 무척 좋아하는 터라 발걸음이 저절로 멎었다.

"냄새가 사람 죽이네. 동무들 밤참이오?"

"어머나, 우리가 어떻게 떡을 다 해먹어요. 선생님이 떡을 좋아하시길래 팥이 생긴 김에 조금 만들어드리려고요."

나는 군침을 삼키며 돌아섰다. 막사에 돌아와 돌구들에 발을 얹고 누웠으나 그 김이 서리는 수수무성기가 자꾸만 눈에 어려 "승리의 날이 오거든 수수무성기를 한번 실컷 먹어봐야지" 하는 망상을 하다가 잠이 들어버린 일이 있다.

이 무렵 나는 가벼운 늑간 신경통으로 고통을 받았다. 산이라면 사람이 누울 자리쯤 얼마라도 있을 것 같지만 실제는 그 넓은 산에 사람 하나가 다리를 펴고 반듯이 누울 자리란 거의 없다. 다소라도 비탈지거나 돌이 박혀 있어 편안히 누울 자리가 드물며, 더구나 수십 명이 모여서 숙영할 수 있는 공간은 여간해서 찾을 수 없다. 이처럼 잠자리가 고르지 못한 까닭인지, 언 땅바닥에서 자는 때문인지 혹은 찜질이 과해서인지 아무튼 갈비뼈 사이가 뜨끔뜨끔 쑤셔서 견딜 수가 없었다. 그러나 밖으로 드러나 보이는 병이 아니기 때문에 꾀를 부린다는 오해를 받을까봐 말도 못 하고 참고 있었다. 그러다가 보급투쟁에서 등짐을 지고 급경사를 오르는 것만은 견디기 어려워 이봉갑 정치위원에게 사정을 얘기해봤다. 이봉갑은 뜻밖에 아무 탓도 하지 않으며 이런 말을 했다.

"아픈 것도 도리가 없으니까 더 덧나지 않게 보투를 얼마 동안 빠져보도록 하시오. 그리고 이건 딴 얘기지만 이 기회에 말해두겠소. 동무가 요즈음 백홍규 동무하고 무척 친밀하게 지내는데 그건 좋지만 가끔 보면 말이 좀 지나친 것 같다 이 말이오. 간부의 위신도 있으니까 이봐 저 봐 하고 마구 부르는 건 삼가는 게 좋겠소."

이봉갑의 말에는 악의가 없었다. 그러나 나는 그 말의 뉘앙스에서 북한 출신인 백과 남한 출신인 나 사이에 메우지 못할 홈이 있는 것을 느꼈다. 반야봉에서 적공지도원과 다툴 때도, 그 다툼을 보는 고위간부들의 편파적인 눈에서도 그런 간격을 의식했었다. 내게도 어느 면에서 엘리트 의식이 있고 자존심이 있으니까 그런 차별적인 냄새는 견딜 수 없었다. 이것은 아마도 남한 출신 대원들의 공통된 감정이었을 것이다.

그러나 남한 출신 대원들, 다시 말해서 남로당계 당원들은 공연한 열등의식을 갖고 북한 출신 대원들에게 까닭 없이 비굴했으며, 심지어 되지 않는 북한 사투리를 흉내 내는 대원까지 더러 있었다. 이것은 정치부계의 주요 간부직을 거의 북한계가 독차지하고 있는 것과도 무관하지 않았다. 또 그것은 북한계 대원이 화려한 당적 이력을 갖고 있었기 때문이니 반드시 편파적 인사라고는 할 수 없었다.

그러나 문제는 북한 지역에 살고 있었기 때문에 그런 간부직에 오를 수 있는 경력을 갖게 됐고, 공산당 비합법 지역인 남한에 살고 있었기 때문에 그렇지 못했다는 것뿐이지 우월감을 가질 이유도, 비굴할 이유도 없었다.

당시는 매월 4일과 19일이 당(黨)의 날이어서 이날 당 세포회의가 열렸다. 어느 날 당회의에서 6·25 초기 남한 점령지역에서의 정치공작의 성과를 주제로 토론한 일이 있었다. 이때 나는 마음을 도사려 먹으며 다음과 같은 비판을 해봤다.

"가장 큰 과오는 식량대책의 불비와 일부 북한 출신 공작원의 조국전쟁의 취지를 망각한 그릇된 사고방식이었다고 생각합니다. 여러 가지 이유가 있었겠지만 아무튼 식량문제를 제때에 해결하지 못해, 서울 시민을 기아에 빠뜨리게 한 일은 민심 이탈의 큰 원인이 됐습니다. 일부 북한 출신 공작원의 경우, 관료주의적 작풍으로 행세했고, 마치 정복자가 피정복자를 대하는 것 같은 우월감을 풍겨온 사실도 남반부 인민의 인식을 나쁘게 한 적잖은 원인이 되었다고 생각합니다."

물론 이 말을 그대로 받아들이는 당원은 없었다. 적공지도원은 아니 꼽다는 표정을 지으며 반박했다.

"동문 6·25라는 날짜가 어떻게 나왔는지르 모르오? 조국전쟁의 문제가 토론됐을 때 수령 동지가 '보리가 패야지', 이렇게 말씀하신 데서 즉, 남반부의 보리 수확기인 6월 하순이라는 날짜가 나온 거 앙이요. 사실상 미국놈으 개입이 없었다면 보리가 나도는 사이에 전쟁이 끝났을 것 앙이요. 또 평양에느 충분한 비축식량이 준비돼 있던 것을 내가 자르 알고 있소. 이게 그놈으 미국 항공 때문으 수송수단이 마비돼서리 서울 시민으르 굶게 만든 거 아닙메. 그러니까 남반부 인민이가 고생한 것은 미군 때문이란 말이 앙이 되오? 원망하려면 미국을 원망해야지비.

정치공작 일꾼으로 말한다며느 나느, 마 일부이긴 하지마느 남반부 출신 당원의 자세가 매우 나빴었다고 생각하오. 사회주의적 교양으르 받지 못한 채 졸지에 해방으 맞이한 데다 과거 비합법시대에 받은 고통이 심해서리 그 감정이 터져나와 필요 이상으 분풀이를 한다든가, 쓸데없는 아첨도 거들고 해서리 민심으 이탈시키는 행동을 많이 한 것은 사실 아닙메."

적공지도원은 이봉갑으로부터 6·25를 북한이 도발한 것처럼 말한 것은 잘못이고, 남북 당원 간의 종파작용을 유도하는 발언은 삼가라는 비판을 받고 입을 다물어버렸다.

내가 말하고 싶었던 것은, 전쟁 전 남로계 당원들의 지하투쟁은 북로계 당원들이 언필칭 내세우는 사회주의 사업보다 몇 곱절 더 고통스러운 것이었다는 사실이었다. 북로당이 그 사회주의 건설이라는 것을 할 때, 남로당원은 미 군정과 싸웠고 이승만 정권과 싸우면서 참으로 많은 희생을 치러야 했다. 북에서는 당에 충성하는 것이 입신의 길이요 영달의 방법이 되었지만 남에서는 멸망과 희생일 뿐이었다. 만일 이 조건을 바꾸어놓았다면 북한의 많은 열성 당원이 과연 얼마나 열성 당원으로 남았을까? 우선 4지대의 상층부를 도맡고 있는 북로당계 대원들부터 어떠했을까? 9·28 당시 남한이 비합법 지대가 되었을 때, 그때까지 큰 소리치던 일부 북한 출신 당원들의 당황망조하는 꼴은 가관이었다. 지하투쟁의 경험이 없는 온상 속의 당원들이었기 때문이다. 다만 여기서 부연해두고 싶은 것은 북한 정권 수뇌부에서부터 빨치산 지휘부에 이르기까지 은연중에 감돌던 남북 노동당계 사이의 알력이 전사들과 하급 지휘관들 사이에서는 거의 존재하지 않았다는 사실이다. 거기엔 오직 피로써 맺어진 전우애만이 있었다는 것이 나의 솔직한 느낌이었다.

각설하고, 4지대가 송대골로 이동했을 무렵에는 2월도 다 가고, 골 깊은 지리산하에도 춘색이 완연했다. 설영지로 잡은 묵밭터는 남향받이가 돼서 언 땅이 녹아 질퍽거렸지만 밭둑에는 국수뎅이가 파릇파릇 돋아나고, 보급투쟁에서 돌아와 진 땅 위에 가마니를 두세 겹씩 깔고 낮잠을 잘라치면 햇볕이 비단이불처럼 따사로웠다. 고개를 들어 멀리 자감색(紫紺色) 안개 속에 잠긴 지리연봉을 바라보면 그 속에서의 한 겨울이 꿈만 같았다.

하루하루가 행복의 극치였다. 굶주리는 일이 없고 잠을 실컷 잘 수 있고, 그 무서운 추위도 총포 소리도 없었다. 맨땅 위에서 잘 수 있는 것만도 얼마나 '행복'한가? 그러나 그런 복에 겨운 날들이 언제까지나 계속될 수는 없었다.

3월로 막 접어든 어느 날 점심 무렵에 난데없는 토벌군의 백주 공격을 받은 것이다. 전날 밤 보급투쟁으로 밤샘을 했기 때문에 대부분의 대원들이 볕을 쬐며 낮잠을 즐기고 있는데 언덕 위의 초소가 졸지에 습격을 받아 총격전이 벌어졌다. 설영지 자체가 평지나 다름없는 낮은 언덕의 사면이었기 때문에 언덕 위라야 2백 미터도 안 되는 거리였다.

모두들 놀라 뛰어 일어나 재빨리 짐을 챙겨 지고 초소와 반대편인 언덕 아래에 있는 집터 자리로 몰려들었다. 그러나 그쪽에서도 총탄이 날아오기 시작했다. 감쪽같이 포위된 것이다. 놀라운 일로는 토벌대는 철모를 쓴 국군 부대였다. 또다시 군경 합동의 대규모 토벌작전이 시작된 것이다.

"지회부대, 이리로!"

"종하부대, 여기다 여기!"

개편 당시 김지회, 박종하 양 부대는 연대를 통합하여 각 2개의 편대로 편성돼 있었다. 요란한 총소리 속을 참모와 편대장들이 소리소리 지르며 전투 배치를 서둘렀다. 곧 네댓 명의 초소 병력이 무너져 내려오면서 총탄이 아래위에서 날아들었다. 그 혼란 속을 재빨리 집터 자리에 집결한 전투편대가 일시에 반격을 시작하자 포위망의 일각이 흩어지며 돌파구가 뚫렸다. 가까스로 포위망을 탈출한 4지대는 그대로 급행군을 계속해서 백무골 깊숙이 잠적해버렸다.

백무골에는 겨울이 그대로 남아 있었다. 눈과 얼음과 기아(飢餓)가 우리를 기다리고 있었다. 눈을 씹으며 숨을 죽이고 이틀을 지새운 뒤 해질 무렵, 어느 응달진 솔밭 속에서 4지대는 부대를 네 개의 임시 편대로 나누었다. 1, 2월 작전 때 대열이 자주 분단된 경험에 비추어 잠복이나 행동에 유리하도록 병력을 아주 세분해버린 것이다.

이 무렵 각 편대의 병력은 15~16명 정도에 불과했다. 본부요원과 교도대원이 전투 편대원과 비슷한 숫자였으니 4지대의 총세는 140명 정도였다고 추산된다. 양 부대 4개 편대에 본부요원 교도대원들을 나눠 붙여서 30~40명의 임시 편대 4개를 만들고 참모들이 하나씩 붙어서 그 지휘자가 됐다. 지대장 이현상을 비롯한 지대 수뇌부는 박종하부대의 어느 편대가 기간이 된 임시 편대와 함께 단독 행동을 하게 되었다.

내가 속하게 된 임시 편대는 김지회부대의 한 편대를 기간으로 해서 교도대원 약 10명, 여성대원 6~7명, 김지회부대 정치부의 이봉갑·백홍규·이동규 그리고 나까지 4명 등 모두 35~36명으로 편성되었고 지휘자도 문춘 참모였다. 그렇게 많은 전투를 치렀는데도 보행이 어려운 불구자는 없었다. 어지간한 중상자는 죽어버리고 말았기 때문이다. 군 작전의 공백기간이 길었기 때문에 환자 트에 들어갔던 대원은 그동안 모두 원대복귀하였고, 아직 다소 몸이 부자유하다던가 건강이 완전 회복되지 않은 복귀자들이 교도대에 편입되어 있었다. 그러니까 여차할 때는 35명 전원이 전투원이 되어 약간의 초소 병력은 배제하고 나갈 수 있는 전력 단위는 되는 셈이었다.

비참한 것은 바로 직전에 생겨난 4명의 중환자들이었다. 백무골 근처에도 환자 트가 두어 곳 있었으나 모두 노출, 혹은 폐쇄돼버렸고 먼 곳의 환자 트까지 옮겨갈 형편도 못 됐다. 하는 수 없이 걷지 못하는 중환자 넷을 눈 속에 버려두고 떠나게 되었다.

"편대가 적당한 데 정착하면 곧 선을 내려보낼 테니까 며칠만 견디고 기다리는 거다. 꼭 데리러 올 테니. 그동안 참고 견뎌라!"

이것이 떠나는 지휘부가 이들에게 남겨준 마지막 말이었다.

노병의 죽음

버려두고 가는 중환자들 중에 독수리병단 시절부터 전우이며, 승리 사단에 전속될 때도 같이 왔고, 서울부대에도 함께 배치된, 나와는 아주 인연이 깊었던 청년이 있었다. 그때 스물셋이던 김영이라는 이 젊은이는 가냘픈 몸매에 어딘지 모르게 백운산 환자 트에서 헤어진 이성열과 비슷한 인상을 주었기 때문에 내가 특별한 관심을 가졌고 그도 나에게 남달리 친밀하게 대해왔다.

연세대학 국문과를 수석으로 다녔다는 그의 재질을 아깝게 생각한 이명재 시인이 그를 정치부로 소환하려 했으나 "나는 일개 전사로 일하고 싶습니다"라며 거절한 일도 있을 만큼 몸은 가냘렸으나 속은 야무진데가 있는 청년이었다. 그 김영이 그날 저녁 편대가 막 출발하려들자 절망과 오한으로 몸을 덜덜 떨며 내게로 다가오더니 눈물을 주룩주룩 흘리는 것이었다.

"인제 난 죽는가봐요. 어쩌면 좋지요?"

"……."

나는 무어라 대답할 말을 찾지 못했다. 그때 김영은 총상이나 동상이 아니고 무슨 열병을 심히 앓고 있었다. 뒤미쳐 토벌대가 들이닥칠 것이 뻔하지만, 그렇지 않더라도 몸을 가누지 못할 만큼 중병을 앓고 있는 그가 돌봐주는 이도 없이 이 음산한 얼음 구덩이 속에서 며칠을 더 살아 견딜 것인가? 입에 발린 위로나 형식적인 격려의 말 같은 것은 도저히 입에서 나오질 않았다. 나는 뒤통수를 잡아끄는 것 같은 괴로움을 참으면서 아무 말 없이 그를 외면하고 대열을 따라갈 수밖에 없었다.

십여 년 후, 나는 어느 월간 잡지가 공모한 논픽션 당선 작품 「벽과 인간」이 김영의 옥중수기라는 것을 발견하고 그가 생존해 있다는 것을 알았다. 그의 문학청년다운 아름다운 글을 읽으면서 사람의 목숨이 모질다는 것을 새삼스레 느꼈었다.

눈 속에 버려진 4명의 중환자들은 편대들이 떠나간 얼마 후에야 즉 결처분의 공포에서 벗어났다. 기밀보장을 위해 편대가 떠나면서 자기들을 사살해버릴 것으로 생각했던 것이다. 나는 전혀 상상도 못 했던 일이지만 김영이 "인제 나는 죽는가봐요" 하며 눈물을 흘린 것은 그런 뜻에서였던 것이다.

'그렇다면 선을 달러 와준다는 말도 사실이겠지……'

그들은 지대가 자기들을 데리러 올 날을 기다리며 그 근방에서 눈 속에 웅크리고 앉아 다시 나흘을 기다렸다. 자리를 옮기면 지대가 선을 댈 수 없을 것이라는 생각도 있었지만 원래가 걷지도 못하는 중태인데다 꼬박 며칠을 굶었으니 고개를 가눌 기력도 없었던 것이다. 숨만 아직 끊어지지 않은 송장들이었다.

닷새째 되던 날 아침, 기어이 토벌대가 들이닥쳤다. 그들 중 두 명은 서로 끌어안고 수류탄 한 개를 터뜨려 그 자리에서 자폭하고 말았다. 이들과 약간 떨어진 위치에 있던 김영과 또 한 사람은 그럴 사이도 없이 토벌대의 총부리에 둘러싸여 손을 들고 말았다.

몸수색이 끝나고 수색대 본부에 끌려가게 됐으나 한 명의 환자는 거의 기지사경이 되어 운신을 못 할 형편이었다. 그는 기어들어갈 듯한 목소리로 애소했다.

"도저히 움직일 수가 없습니다."

"그래? 너는?"

김영은 살고 싶었다. 그는 힘을 주어 대답했다.

"걸을 수 있습니다."

"그럼 걸어! 앞만 보구."

김영이 몇 발짝 걸었을 때 뒤에서 총소리가 울렸다. 이렇게 해서 백무골에 버려진 4명의 환자 중 김영만이 살아남게 되었다.

우리 임시 편대-문춘편대라고 불러두자-는 그날 밤 주능선을 넘었다. 인원이 단출한 탓으로 주능선 촛대봉 언저리를 무난히 넘어 날 샐 무렵에 거림골로 내려서는 남쪽 사면에 이르렀다. 거기서 일행은 잠시 휴식을 하며 전방을 정찰했다. 눈이 얼룩진 골짜기와 능선들이 아침 햇살을 받아 선명한 음영을 이루며 눈 아래 아득히 펼쳐져 있었다. 그 속에 수만 병력이 그물을 치고 있다는 것이 도저히 믿어지지 않는 평화롭고 아름다운 풍경이었다.

편대장 문춘이 쌍안경으로 사방을 둘러보고 있는 사이에 이봉갑이 눈 위에 드러누워 코를 골기 시작했다. 누군가 킬킬거리며 손가락질을 하기에 보니까 이봉갑의 검게 전 권총 케이스가 사타구니 사이에서 코를 골 때마다 들먹들먹하는 꼴이 흡사 남자의 무엇 같았다. 모두들 소리를 죽이고 한바탕 웃었다. 모두가 처녀인 여성대원들이 영문을 몰라 어리둥절하는 꼴이 우스워 또 한바탕 폭소가 터졌다. 그 판국에 그런 웃음이 나오는 것 자체가 우스운 일이었으나 어쨌든 긴장과 불안감이 잠시 풀리는 것 같았다.

편대는 세석에서 뻗은 지능선을 따라 거림골을 향해 내려가기 시작했다. 인원이 적어 행동은 빨랐으나 정찰대를 앞세울 형편은 못 되어 문춘이 앞장을 서서 주위를 살피며 조심조심 지능선을 내려가다가 거림골 어느 골짜기로 흘러내린 나지막한 산등성이로 꺾어져 들어갔다. 목적지가 어딘지 몰랐다. 그냥 문춘의 뒤만 따르는 것이었다.

그 가지능선으로 꺾어져 백 미터쯤 내려갔을 때, 돌연 선두 대열이 좌우로 흩어지며 엎드려 자세를 취했다.

"적정이다!"

뒤따른 대원들도 재빨리 지형지물에 몸을 은폐했다. 그 순간 아래쪽에서 요란한 총성이 울려왔다. 대원들도 제각기 응사를 시작했다. 처음에는 방한모를 쓴 국군 병사 여남은 명이 등성이를 타고 올라오는 것이 보였는데 뒤미처 그 수가 자꾸만 불어났다. 거리는 약 2백 미터. 칼빈을 든 장교 하나가 뻣뻣이 선 채 병사들에게 큰 소리로 호통을 치는 것이 보였다. 앞으로 나아가지 않는다고 병사들을 몰아대는 모양이었다.

문춘이 저만큼 떨어진 바위 뒤에서 감탄을 했다.

"그놈 참 대담한 놈이군. 적이지만 됐어, 그만하면……."

10여 분 동안 치열한 사격전이 계속됐다. 낮은 등성이가 돼서 눈도 별로 없고, 햇살이 따사로웠다. 내가 의지한 바윗덩이에는 또 한 사람, 승리사단 시절 서울부대 연대장이던 김금일이 붙어 있었다. 그는 하동전투 이래 두 번 부상을 입어 그때도 환자 트에서 갓 나와 교도대에 끼여 대열을 따르고 있었다.

김금일은 두어 번 권총을 들어 전면을 사격하더니 흥미 없다는 듯이 바위에 등을 대고 앉아 기지개를 폈다.

"거 날씨 한번 좋다. 봄이군……."

도무지 어처구니가 없었다.

"이 판에 봄이구 뭐구 왜 사격을 안 해요."

"권총 가지구 사격이 되나. 탄알도 없구. 한숨 늘어지게 잤음 좋겠군."

"허, 참."

"날씨가 풀리니까 나른한 게 자꾸 졸음이 와. 동무, 담배 없어? 한 대 줘."

"없어요."

나는 공연히 얄미운 생각이 들어 퉁명스럽게 대답했다. 김금일은

"이 동무, 맘 변했어."

하더니 허리춤에서 담배 쌈지를 꺼내 전단 종이로 말아 붙였다.

"쳇, 담밸 가지고 있으면서 남보구 달래?"

김금일은 아무 대꾸도 하지 않았다. 쌈지를 꺼내는 게 귀찮아서였을까? 담배도 아닌 단풍잎을 왜 그랬던지 모를 일이다. 나는 전면을 향해 천천히 조준사격을 하면서, 김이 무안해서 대꾸를 않는 줄만 알았다. 그러다가 얼핏 보니 그의 앉은 자세가 좀 이상했다.

"김 동무, 김금일 동무! 어이 연대장 동무!"

그래도 대답이 없었다. 가만히 보니 김금일은 담배를 떨어뜨린 채 이미 죽어 있었다. 피 한 방울 나는 곳이 없어 어디를 맞았는지도 알 수 없었다. 꼭 금계산에서 죽은 정일영의 죽음처럼 소리도, 흔적도 없는 죽음이었다. 어디를 맞으면 그런 주검이 되는지…….

여순사건 이래 헤아릴 수 없는 많은 전투를 치렀고 최고 무공훈장에 연대장까지 지냈던 반란 14연대의 '노병', 김금일의 최후 치고는 너무나 어이없는 죽음이었다(이 책의 초판이 나온 후 김금일에 관한 제보가 있었다. 그는 전남 영산포의 부농 집안 출신이었으며 위로 두 명의 형이 있다. 신체 건장하고 중학 시절 축구선수였다. 여수 14연대의 사병으로 있었는데, 가족들은 그가 여순사건 때 전사한 것으로 알고 있었다. 그러니까 그는 50년 여름 일

단 지상으로 나온 후에도 가족에게 알릴 경황도 없이 낙동강 후방으로 전진했던 것이다).

교전이 길어짐에 따라 토벌대는 자꾸만 증원 병력을 동원, 사주(四周) 공격의 태세로 나왔다. 지능선 방향에도 적정이 나타났다. 조그만 등성이 중간에 갇힌 우리 30여 명을 향해 아래위에서 수백의 토벌군이 협공을 시작한 것이다.

문춘이 백홍규 교양지도원에게, 교도대원을 데리고 위서부터 내려오는 군부대를 저지하라고 지시했다. 백은 대부분이 불구자와 병약자인 교도대원 8명을 이끌고 위쪽 정면의 새로운 '적'과 대치하여 교전을 시작했다. 그러나 시간이 지날수록 포위망은 굳어지고 탈출길이 막힐 것은 뻔했다.

내가 김금일의 죽음을 안 직후, 마침내 편대는 등성이 우측 사면으로 이동하기 시작했다. 이동이 아니라 유일한 틈새를 찾아 도주하기 시작한 것이다. 아무런 지시도 전달도 없이 서로 눈치껏 알아차리고 뒤를 따르는 것이다. 사격을 하다 무심코 옆을 보니 대원이 두엇밖에 남아 있지 않았다. 섬뜩한 생각이 들었다.

이때 백홍규 이하 교도대원은 20미터쯤 떨어진 곳에서 반대편의 국군 부대와 대치하고 있었기 때문에 내 눈에 띄지 않았고, 그들도 등뒤에서 편대가 탈출하는 것을 모르고 있었다. 담대한 문춘도 이때만은 편대 주력이 탈출하는 기색을 보이지 않기 위해 교도대를 희생시키려 했던 것이다.

나는 문춘이 막 탈출 대열의 후미를 따르려 하는 것을 발견하고 달려가 김금일의 전사를 보고했다.

"뭐! 금일이가 죽었어?"

문춘은 황급히 되돌아오더니 김금일의 몸을 뒤져 권총과 수첩 등을 거두어 봉창에 쑤셔 넣고는 빨리 뒤따라오라고 손짓했다. 이때는 이미 능선 전면에서는 문춘과 나, 둘만이 남아 있었다.

다행히 토벌군은 우리가 탈출한 것을 눈치 채지 못하고 아까의 위치에서 맹목 사격만 계속하고 있었다. 교도대가 아직 위쪽을 향해 사격을 하고 있었고, 자신의 사격 소리가 요란해서 이편 사격이 중단된 것을 몰랐을지도 모른다.

문춘과 나는 쏜살처럼 우측 사면을 내달렸다. 달리면서 골짜기를 내려다보니 시냇가에 천막들이 늘어서 있고 병정들이 소리를 지르며 이리 뛰고 저리 뛰고 야단들이었다. "저쪽으로 간다! 저기 저기! 두 놈이다!"라고 우리를 가리키며 소리치는 병정도 있었다. 몰이꾼에게 몰린 노루꼴이었다. 양손에 양동이를 든 채 올려다보고 있는 취사병의 모습도 보였다. 정찰 없이 행동하다가 토벌군의 설영지로 뛰어든 것이다.

편대원들은 약속도 없이 뿔뿔이 뛰어가고 있었지만 아래위가 토벌군이니 빠지는 길은 천상 언덕 중턱의 외길밖에 없었다. 곧 앞서가는 대원 서넛의 뒤를 따라갔다. 그중 한 대원이 편대의 취사도구가 든 커다란 배낭을 메고 덜그럭거리며 뛰고 있었다. 문춘이 뛰면서 벗어 던지라고 손짓했다. 30여 명의 밥을 끓일 냄비 등속은 몽땅 그 자리에 버려졌다.

야산의 춘설

이윽고 산줄기의 끝에 다다랐다. 눈앞의 골짜기를 건너야 장터목 쪽으로 이어지는 능선으로 붙을 수 있는데 골짜기로 내려갔다가는 몰살, 죽음을 못 면할 것 같았다. 마치 막다른 골목에 갇힌 형국이었다. 이때 우리가 걸음을 멈춘 발 아래에서 "여기, 여기" 하는 조그만 소리가 들려왔다. 우리보다 앞선 서너 명이 거기 산죽숲 속에 숨어 있었다. 우리도 그 산죽숲으로 파묻혀 들어갔다. 이렇게 해서 합류한 9명이 산죽숲 속에서 총을 겨누고 숨을 죽인 채 몇 시간을 잠복해 있었다.

머리 위 기십 미터밖에 안 되는 산등성이를 군인들이 가끔 바쁜 걸음으로 오고갔다. 일렬 종대의 다리들이 부챗살 펴듯 어지럽게 움직여 가는 것이 하늘을 배경으로 그림자처럼 보였다. 수색대다. 가끔 몇 발씩 총성이 울려오는 것은, 덮어놓고 산죽 무더기에다 대고 위협사격을 가하는 소리이다. 단 한 발의 총성과 함께 '으악!' 하는 단말마의 비명이 들려왔다. 뒤이어 군인들의 왁자지껄하는 소리도 들려왔다. 외따로 산죽숲에 숨어 있던 편대원 하나가 발각되어 사살되는 소리 같았다.

이 무렵, 능선 위에 고립된 백홍규 이하 9명의 교도대는 앞뒤에서 협공을 받고 풍비박산이 되어 있었다. 더러는 죽고, 더러는 생포되고 몇은 도망쳤다. 백홍규는 교도대를 독려하며 분전을 하다가 문득 자기 혼자만이 남아 있는 것을 발견했다. 그는 사격을 멈추고 바위틈에 몸을 숨겼다. 이상하게 주변이 조용했다. 얼마 동안을 그렇게 숨을 죽이고 있는 사이에 점차 긴장이 풀리며 발이 몹시 시린 것을 의식했다. 발싸개가 흠뻑 젖어 있었다.

볕이 따사로웠다. 그는 발싸개를 풀어 말리며 꾸벅꾸벅 졸기 시작했다. 이때 눈앞에서 무엇이 번쩍하며 "손들엇!" 하는 소리가 귀청을 때렸다. 국군 병사 셋이 세 방향에서 엠원총을 들이대고 있었다. 백홍규는 천천히 일어서며 손을 들었다. 장교 한 사람이 달려왔다.

"소속 직위는?"

"조선인민유격대 남부군 사령부 교양지도원이오."

"남부군단, 그게 4지대지?"

"그렇소."

"부대는 어디로 갔나?"

"모르오. 나 혼자 선이 떨어져 있었으니까."

산죽숲의 일행 중에 작가 이동규의 모습이 보였다. 유일한 정치부 동료였다. 그는 안경 없는 눈을 지긋이 감고 명상에 잠겨 있었다. 나는 가만히 그의 손을 잡아당겨보았다. 그는 실눈을 뜨며 입가에 빙그레 미소를 지어 보였다. 그 옆에 처녀대원 백이 무릎 사이에 세운 칼빈 M2를 끌어안듯이 하고 졸고 있었다. 소녀답게 불그레 상기된 옆얼굴에 은빛 솜털이 안쓰러웠다.

죽음은 지금 종이 한 장 저편에 있다. 수색대 병사들 중 누군가가 우연히 눈길을 이쪽으로 돌린다면 아홉 사람의 운명은 끝이 나는 것이다. 그 '우연'을 누가 막으랴. 누가 예측하랴. 나는 1초 앞의 일은 생각지 않기로 했다. 그 '우연'을 좌우할 수 있는 힘은 우리에게 없는 것이니까.

몇십 분이 흘렀는지 수색대의 움직임이 보이지 않게 됐다. 문춘을 선두로 일행은 대담하게도 계곡을 건너뛰어 맞은편 산기슭에 옮겨 앉는데 성공했다. 주능선으로 곧장 이어지는 지능선에 붙었으니 인제 당장 발견된다 해도 겁날 것이 없다. 일행의 얼굴에 생기가 되살아났다. 그곳에서는 토벌군의 설영지가 바로 눈 아래 내려다보였다. 우리는 설영지의 토벌군이 움직이는 것을 구경하며 무언부동(無言不動)의 잠복을 계속했다. 이윽고 해가 넘어가고 땅거미가 지기 시작했다.

그날 밤 문춘의 선도로 골짜기와 산줄기를 몇 번이나 넘고 건너 남부릉 삼신산 기슭에 이르러 숲 사이에 다리를 뻗고 눈을 붙였다. 거림골을 빠져나오면서 편대원 네댓 명을 기적적으로 만나 일행은 14명이 되었다. 이날 밤 행군에서 이동규는 서너 번이나 낙오를 해서 일행을 기다리게도 하고 유일한 정치부 동료인 내가 되돌아가서 찾아오기도 했다. 이미 대열을 따라오기가 힘겨울 정도로 심신이 쇠약하고 동상이 심했던 것이다.

날이 밝으면서 우리는 각자 휴대식기로 맨감나무를 때서 눈을 녹여 소금국을 만들어 마시고는 다시 해 지기를 기다리며 잠을 실컷 잤다. 밤이 되자 문춘편대 14명은 하동군 청암면의 야산지대로 내려가 주산(主山, 831m) 기슭의 조그만 마을 뒤 바위틈에 자리를 잡았다. 이곳도 넓은 의미에서는 지리산의 일부가 되겠지만 군의 지리산 작전은 주능선을 중심으로 하고 있기 때문에 그 작전구역을 벗어난 마을들이 잇닿은 야산지대는 오히려 안전했다. 대개 먹을 것 때문에 흔적을 나타내게 되는데, 열흘쯤 맹물로 견딜 작정하고 적당한 야산에 푹 파묻혀 있으면 노출될 염려가 거의 없었던 것이다. 마을이 가까울수록 주목이 허술해서 더더욱 안전했다.

우리가 자리 잡은 바위틈은 14명이 허리를 펴고 누울 형편은 못 되어, 앉고 기대고 하며 잠을 잤다. 민가가 바로 가까이 있었지만 소곤소곤 한담들을 나누며 무료한 시간을 달랬다. 모두가 각각 출신지가 다르고 서로 특이한 경력들을 갖고 있기 때문에 화제의 씨는 무궁무진했다.

3월 중순께인데도 가끔 함박눈이 내렸고, 내리는 대로 녹아버리기 때문에 잠자리에 물이 고여 처치 곤란했다. 그래서 눈이 내릴 때는 위에다 담요로 천막까지 쳤다. 노출된다 해도 한꺼번에 대병력이 밀어닥칠 가능성은 없고, 14명이면 웬만한 경찰대는 격퇴할 수 있다. 그리고 나서 또 자리를 옮기면 그만이라는 배짱들이었다. 그때 생각으로는 이 정도의 인원이면 어딘들 못 가랴 싶었다. 마을 사이를 누벼 이북까지도 무난히 갈 수 있다고 생각했었다. 다만 명분 없이 올라갔다가는 투쟁을 포기하고 도피해왔다고 책벌을 받을까봐 그런 시도를 하지 않았을 뿐이었다.

송대골에서 기습을 당했을 때 급한 대로 총과 배낭만 들고 빠져나왔기 때문에 백무골 이래 1주일을 우리는 눈과 소금만으로 살아왔다. 그래서 형세가 다소 안정되니까 이번에는 허기를 채울 방도를 궁리했다. 결국 한두 명의 대원을 아주 엉뚱하게 먼 마을로 잠입시켜 가능하면 주인 모르게 얼마만큼의 식량을 털어오게 하기로 했다. 강도가 절도로 전락한 것이다.

비교적 팔다리가 성한 대원 둘이 밤을 타서 백여 리나 되는 마을까지 나가 한 말가량의 쌀을 구해왔다. 개가 짖어대는 바람에 절도질을 포기하고 총을 들이대고 빼앗아왔다는 것이었다. 만일을 위해 불가불 아지트를 옮겨야 했다.

우리는 다시 산 하나를 넘어 반천리(反川里) 고운동의 어느 야산으로 옮겨 앉았다. 나무 한 그루 없는 민둥산이었으나, 당시 반천은 빈집조차 남지 않은 무인지대였다. 그곳은 세 방향이 가로 막혀 눈에 잘 띄지 않을 법한 곳이었다. 양지바른 산허리에 밭자리 같은 기십 평의 평지가 있어 우리는 그곳에서 오랜만에 배불리 먹고 넉넉하게 다리를 펴고 잠을 잤다.

그곳에 옮겨 앉은 지 이틀 후가 되는 3월 14일, 나는 박 모, 한 모라는 두 대원과 함께 편대장 문춘으로부터 작전 지시를 받게 됐다. 거림골에 들어가서 전날 분산된 편대원을 수습해오라는 것이었다.

"그때 이봉갑 동무까지 스물한 명이 선이 떨어져버렸는데 알다시피 무기고 트가 비상선이 돼서 아직도 그 언저리에서 어물거리고 있는 대원이 있을지도 모르니 잘 좀 찾아봐서 한 사람이라도 달고 오도록 하시오."

"이리로 옵니까?"

"그렇지. 혹시 우리가 이동하게 되면 포인트를 해놓고 갈 테지만 여의치 않을 때는 어디서 기다리고 있다가 애들 작전이 끝나는 대로 무기고 트로 오시오. 너무 많이 떨어져버렸어."

"네."

"그리고 만일 적정이 있어 이동할 때는 위험 신호를 해놓고 갈 테니까…… 이 자리에 나뭇가지로 열십자를 해놓을 테니까. 아, 그리고 뭐 중요한 문서나 무거운 짐 같은 게 있거든 맡겨놓고 가라구. 적 중에 들어가는 거니까 되도록 경장을 하란 말이지. 쌀 두어 끼분 줄 테니까 그 것만 갖고……."

행동에 편하도록 하라는 것보다 사살되던가 생포됐을 경우를 예상해서 하는 말 같았다. 나는 배낭을 정리해서 그동안 수집했던 전사자료 기록 등과 그때까지 지니고 다녔던, 세석산막에서 얻은 백각록 환약봉지를 모두 누군가에게 맡겨놓았다.

이때 문춘이 내 작업복 윗도리의 포키트(주머니) 언저리가 해진 것을 보더니 여성대원 백에게 꿰매주라고 일렀다. 백은 내 윗도리를 뒤적이며 몇 군데 해진 곳을 단정하게 꿰매주었다.

"자 됐지요? 돌아서봐요, 바지는 괜찮나?"

나는 실은 훑치는 백의 하얀 손끝을 들여다보고 있다가 별안간 불길한 예감 같은 것을 느꼈다. 토벌군의 거점으로 돼 있는 거림골 주변으로 들어가는 것은 사지에 들어가는 것이나 마찬가지였다. 옷을 꿰매주라는 문춘의 전에 없던 지시도 그렇고, 옛날 일본의 무사들이 죽음을 당하러 나갈 때 그 아내가 입혀주던 죽음의 의상, 즉 살아 있는 사람이 입는 수의를 지금 내가 걸치고 있는 것이 아닐까 하는 생각이 문득 들었던 것이다.

3인의 수색조

문춘의 지시는 매우 세심했으나 한 가지 중대한 미스가 있었다. 비록 세 사람의 단출한 일행이지만 체계를 세워주지 않은 점이다. 책임자가 누구라는 것을 명백히 해주었더라면, 지휘자의 명령에 불복종한다는 것은 상상도 못 할 일이었고, 조장이 된 사람은 책임상 불실한 행동을 하지 못하는 것이다.

정규군 같았으면 언제나 서열이 분명하지만 빨치산에게는 선·후임을 가릴 기준이 없다. 빨치산에게는 중공군의 조직처럼 직책은 있으나 계급은 없다. 그 직책이라는 것도 상부에서 지명하기 나름인 것이다. 그래도 대개의 경우는 상식적인 선에서 서열이 구별되지만 우리 세 사람의 경우는 그렇지가 않았다. 박도, 한도 그때는 이미 드문 존재가 된 낙동강 이래의 구대원이었고, 나도 말석이나마 정치부의 일원이니 누가 누구에게 지시할 형편이 못 됐다. 세 사람은 그냥 세 사람일 뿐, 조직은 아니었던 것이다.

해가 이슥할 무렵에 세 사람의 수색조는 고운동의 트를 하직하고 거림골로 향했다.

거림골과 대성골을 가르는 남부릉이 삼신산에서 반천을 향해 갈라져 내려오다가 곡점 부근 신작로와 병행해서 흐른 나지막한 가지능선이 있다. 중간이 'ㄴ'자로 꺾여져 있는 이 이름 없는 산줄기를 편의상

ㄴ능선의 동쪽, 즉 신작로에 면한 가파른 사면에는 약간의 나무와 산죽밭, 넝쿨 등이 있지만 등성이와 서쪽 사면은 관목 한 그루 없는 완전한 벌거숭이 산이었다.

그날 밤 우리 셋은 묵묵히 걸음을 옮겨 우선 ㄴ능선 등성이까지 와서는 서북쪽 거림 방면을 관찰해봤다. 언제나와 같이 토벌군의 모닥불이 바다를 이루고 있었다.

"홍길동이도 아니고 무슨 재주로 저길 들어간다?"

"물에 빠진 사람 건지려다 같이 물귀신 되는 꼴이지, 까딱하면."

"문춘이 하필 왜 우릴 지명했을까? 제기랄."

"여자들하고 노인네 빼면 천상 우리밖에 더 있나, 하긴."

셋은 능선에 서서 그 광경을 바라보며 한동안 실없는 소리를 주고받다가 하루만 더 형편을 보자는 데 의견을 모으고 산을 내려왔다. 이 결정이 우리 세 사람의 운명의 갈림길이 될 줄은 물론 아무도 몰랐다.

뚜렷한 책임자가 있었더라면 이런 일은 결코 없었을 것이다. 조직체 속에서 기계의 한 부속품처럼 움직일 때 사람은 자기 의사나 능력 이상의 힘을 발휘한다. 가령 행군할 때 각 대원은 긴 체인의 조인트 한 토막에 불과하기 때문에 그 고통스러운 행군을 견디어내지만 각자 자기의 의사만으로 그 고역을 치르라면 어떠할까? 그런 의미에서 우리 셋은 하나의 부분이 아니라 각자일 뿐이었다.

세 사람은 어슬렁어슬렁 어두운 골짜기를 더듬어 내려갔다. 조그만 마을터가 나오고 빈집 한 채가 있었다. 소각대상도 안 됐을 정도이니 초가 지붕이 썩어 내려앉은 글자 그대로의 폐옥이었지만, 뒤꼍에는 시퍼런 대숲 한 무리가 있어 사람 살던 곳임을 말해주고 있었다. 그야말로 귀신, 도깨비라도 나올 듯한 음산한 외딴 폐옥이지만, 실로 오랜만에 평평한 흙바닥에 누워보니 비단요를 깐 것처럼 따스하고 푹신했다. 여차하면 대숲에 뛰어들어가 종적을 감출 수도 있으니 걱정이 없었다. 세 사람은 불침번도 없이 그대로 깊은 잠에 빠졌다.

이튿날 깨어보니 해가 중천에 높았다. 세 사람은 깜짝 놀라 일단 대숲 속으로 뛰어들어 발싸개를 고치면서 사면을 살펴봤다. 어차피 어두워야 행동을 할 수 있겠지만 그 폐옥 근처에 있는 것이 어쩐지 불안해서 다시 살금살금 ㄴ능선으로 올라갔다. 등성이 가까운 곳에 조그만 오목지가 있어 그 속에 웅크리고 앉아 잡담을 나누며 밤이 되기를 기다렸다.

눈이 펑펑 쏟아지기 시작했다. 박이 조그만 광목천을 가지고 있어서 총대를 기둥 삼아 오목지에 천막을 쳤다. 눈이나 비가 내리고 있으면 시계가 좁아지기 때문에 마음이 놓였다. 세 사람은 그 속에서 한 움큼씩 남은 쌀을 모아 밥을 끓여 먹고는 한담을 나누다 또 잠을 자버렸다. 밤이 됐으나 누구도 지시받은 대로 거림골에 들어가자고 말을 꺼내는 사람이 없었다. 처음에는 가끔 능선에 올라가 서북쪽을 관망해보기도 했으나 나중에는 그것도 집어치우고 말았다. 또 아침이 왔다. 나는 이 기간 동안에 여러 가지 상상을 해보았다.

'벌써 거림골에 두세 번은 다녀왔어야 할 이 시각에 아직 ㄴ능선 언저리에서 낮잠만 자고 있었다는 것이 드러나면 영락없이 총살이다. 두 사람도 물론 그쯤은 생각하고 있을 것이다. 죽기 싫으면 편대에 돌아가지 말아야 하고, 편대에 돌아가지 않는다면 길은 딱 두 가지밖에 없다. 토벌군에 투항하던가 산돼지가 돼버리는 것이다(산돼지란 귀대도, 투항도 않고 줄 떨어진 연처럼 산야를 떠돌아다니며 지내는 신세를 말한다).'

'산돼지'는 필경은 굶어 죽든가, 토벌군과 빨치산 어느 한쪽에 맞아 죽고 말 운명이다. 용케 산을 빠져나와 어느 먼 곳에 가서 숨어 산다 해도 소위 망실공비(亡失共匪)라는 이름으로 수배 대상이 되어 어둠에서 어둠으로 유랑하다가 필경은 체포되고 마는 운명이다.

설사 그 '산돼지'가 돼버린다 해도, 혹은 살아남을 수 있을지도 모르는 투항의 길을 택한다 해도 어느 누가 그 말을 먼저 입 밖에 낼 수는 없다. 다만 박과 한, 두 사람끼리는 그런 말을 서로 털어놓을 수 있을 만했다. 낙동강 이래 동고동락해온 두 사람과 나와는 친밀도가 아무래도 다르다. 세 사람은 정확히 말해서 둘과 하나인 것이다. 그들끼리 무슨 합의를 본다면 첫째로 방해물이 되는 것은 나다. 그렇지 않아도 내가 정치부에 있다는 것이 그들에게 께끄름한 인상을 주고 있을지도 모른다. 그러니 나를 처치하려들지도 모른다.

의심은 암귀(暗鬼)를 낳는다는 말이 있다. 그러려니 하고 보니까 가끔 둘이서 수상한 눈짓을 하는 것도 같았다.

'그렇다면 내가 당하기 전에 선수를 쳐야지, 둘이 자고 있을 때 한이 갖고 있는 따발총을 나꿔채서 드르륵 해버리면 끝이 난다. 그렇게 되면 사정은 약간 달라진다. 편대에 돌아가도 토벌대에 포위되어 두 사람이 전사하고 나만 가까스로 빠져나왔다면 지체된 해명이 될 수 있다. 투항을 해도, 두 사람이 반대해서 사살하고 왔다면서 총기까지 들고 가면 적어도 즉결처분은 면하겠지…….'

상상은 자꾸만 꼬리를 물어 자칫하면 나는 그것을 실행에 옮길 뻔했다. 그러나 두 사람이 잠을 깨서 셋이서 도란도란 얘기를 나누다보면 그들은 역시 다정한 전우에 불과했다. 그뿐만 아니라 내가 정치부에 있대선지 나에게 불필요한 해명을 하려고 들 만치 그들은 순진했다. 공연한 망상을 해본 것이 내심 죄스럽고 나 자신이 짐승만도 못한 악덕한처럼 느껴졌다.

"이거 봐, 사람이 이러고서도 살았다 할 게 있어?"

박이 동상으로 포도알처럼 검푸르게 변색해 진물이 질질 흐르는 발을 내보이면서 해명인지 푸념인지 분명치 않게 중얼거렸다.

"이 동무, 사실 나는 다리가 성하니까 걷기는 하지만 발은 내 발이 아니야. 복상써서 아래는 통 감각이 없어. 거림골에 들어갔다가 뛰게 되는 날이면 난 죽는 거야. 반드시 비겁하거나 몸을 사릴래서만은 아니야. 너무나 억울해, 이대로 죽는 게……."

"……."

"이렇게 조용히 누워 생각해보면 참 숱한 전투를 치렀지. 정말 많은 동무들이 죽었어. 그래도 죽지 않고 살아온 난데, 인제 동무들의 총창으로 죽을 수도 없어…… 그렇지, 내가 당성이 약한 때문일까?"

떨어져 나간 한 개의 나사

한도 따라서 한숨을 쉬었다.

"이 동무, 어때? 남부군도 이젠 다 된 거라고 봐야지."

"그쯤 돼버렸어. 이번 작전이 끝나면 한 50 정도로 줄겠지. 기백산 때의 1할이야. 9할이 죽든지 행불이 돼버린 셈이지……."

나는 의식적으로 그들의 말에 영합했다. 죽으나 사나, 이들과는 일련탁생(一蓮托生)의 운명인 것이다. 되도록 거리감을 없애고 싶었다.

"그 1할도 거지반 부상환자, 동상환자 아닌가. 사기는 말이 아니고……."

"맞아. 후평서 내려올 땐 참 세가 좋았지. 몽둥이만 들고도 막 돌격들을 했으니까. 그때 동무들은 거의 죽고 없어. 이놈 저놈 얼굴을 생각하면 내가 지금 살아 있는 게 거짓말 같애."

"도대체 북에선 뭘 하는 거야. 우리가 다 죽어도 모른 체하긴가?"

"항공력이 있어야 보급이라도 하지. 북에선들 어쩌겠어."

"보급을 못 하면 소환만이라도 해주면 갈 사람은 갈 게 아닌가."

"바로 그거야. 어때, 우리 셋이서 북으로 넘어가버릴까? 인제 갈 데가 없잖아."

"갈 수 있을 것 같애? 이런 발을 해갖고. 또 설사 갈 수 있다 해도 명분이 없잖아. 투쟁을 포기하구 왔다구 총살당할지도 몰라."

"대체 이 이상 어떻게 투쟁을 하란 말인가. 인제 몸둥아리까지 썩어 들어가고 있으니 이만 하면 사람이 할 수 있는 짓은 다한 게 아닌가. 안 그래?"

박과 한이 주고받는 말이다. 서로 마음이 통하는 것을 의식하게 되자 불평이 공공연히 튀어나왔다. 다만 이상하게도 간부들에 대한 불평은 한 마디도 없었고, 차마 투항을 비치는 사람도 없었다. 물론 북한 당국이 우리의 운명에 대해 조그만 관심도 갖고 있지 않다는 것을 그때 우리가 알 까닭이 없었다.

"그러니 벌써 사흘쨴데 언제까지 이러구 있을 수도 없구 어떡하지……."

"천상 돌아가서 거짓말하는 수밖에 없잖아."

"뭐라고 거짓말을?"

"거림골에서 적중에 갇혀 오도가도 못 하고 있다가 간신히 빠져나왔다구."

"그게 통할까? 까딱 잘못하면 총창 신세야"

"그럼 어쩌나, 셋이 말만 잘 맞추면 안 통할 것도 없을 거야"

궁리궁리 끝에 결국 셋은 거짓말 보고를 하기로 하고 말이 어긋나지 않도록 단단히 짜고는 슬금슬금 고운동 야산을 찾아 돌아갔다. 그런데 편대가 있던 자리에 이르러 보니 사람의 그림자는 물론 위험 신호도, 포인트 표지도 눈에 띄지 않았다.

"어디로 갔을까?"

세 사람은 그 자리에 앉아 담배를 한 대씩 피우고 나서 어쨌든 ㄴ능선으로 되돌아가기로 했다. 사실은 그 이틀 전에 군작전이 끝나 문춘 이하 11명은 거림골로 돌아간 것이었다. 그동안 가끔 능선 위에 올라가 살펴만 봤어도 토벌군이 철수한 것을 알 수 있었을 터인데 오목지에 들어앉아 객담과 잠으로 세월을 보냈으니 상황이 달라진 것조차 모르고 있었던 것이다. 그러니 만일 문춘 일행을 만나 거짓 보고를 했더라도 일은 무사치 않았을 것이다.

우리가 토벌군의 제3차 작전이라고 생각했던 이 시기의 토벌 상황이 몇 가지 기록에 나와 있다. 그에 의하면 이때의 작전은 3월 1일부터 15일간 계속된 것으로 보이며 전에 비해 발표된 전과 숫자가 매우 적은 것이 눈에 띈다. 빨치산의 잔존 세력이 미미해서 그런 숫자밖에 나올 수 없었던 것 같다. 발표 숫자가 기록마다 다르기 때문에 일단 그대로 옮겨놓는다.

  52. 3. 16. 경남경찰군 발표. 3월 1일부터 3월 15일에 걸친 경남 서
          부지구 토벌전에서 사살 100명의 전과를 올림(후에 3월 중
          종합과 교전 129회, 사살 377, 생포 귀순 50이라고 발표).
    3. 17. 지리산지구 경찰 전투사령부 발표. 지리산지구에서 공비
          사살 21, 생포 귀순 21(이하 『한국전란 2년지』에서).

3. 1. 서남지구 산악지대 공비 소탕전에서 사살 16, 생포 3.

3. 4. 서남지구에서 사살 8, 생포 17, 귀순 3.

3. 5. 경찰 당국 발표. 서남지구 공비 소탕전에서 283명 사살, 15명 생포.

3. 7. 지리산지구 토벌작전 본격화. 8개소에서 57명 사살, 24명 생포.

3. 8. 지리산지구 군토벌작전 3일째, 5명 사살.

3. 9. 지리산지구 경찰대 전과. 사살 43명, 생포 4명.

3. 11. 국방부 보도과 발표. 지리산지구 잔비 완전 격멸. 12월 1일부터 3월 9일까지의 100일간의 전과 종합, 사살 귀순 19,345명. 3월 10일 현재 잔비 약 1,200명.

우리 3인의 '수색조'는 여우에 홀린 것처럼 영문도 모른 채 어슬렁어슬렁 산허리를 걷고 있었다. 그런데 ㄴ능선 기슭에 이르렀을 때, 저만큼 솔밭 사이에서 뿌연 연기가 피어오르는 것이 보였다. 문춘 일행이라면 저렇게 연기를 피워대지는 않을 텐데 이상하다 생각하면서 슬금슬금 다가가보니 이게 웬 일인가. 한눈에 2백 명은 됨직한 전투경찰대가 웅성거리고 있는 것이 아닌가.

거의 동시에 그편에서도 우리를 발견하고 이쪽을 보며 뭐라고 외치는 소리가 들렸다. 셋은 기겁을 하고 능선에 기어오르면서 등성이를 따라 남부릉 방향으로 뛰기 시작했다. 경찰 측도 놀랐을 것이다. 아침에 출동 준비를 하고 있는데 난데없이 빨치산 셋이 나타나 기웃거리고 있었으니까.

세 사람 중 내 위치가 맨 뒤였다. 뛰면서 생각해보니 관목 하나 없는 산등성이를 그대로 뛰다가는 아무리 빨라도 경찰대의 저격을 피할 도리가 없을 것 같았다. 그 대신 앞서가는 두 사람과 떨어져 산죽과 넝쿨이 제법 있는 바른쪽 사면으로 뛰어들면 추격하는 경찰대는 두 사람에게만 주의를 쏟을 것이니 행적을 감추는 데 유리할 것 같았다. 또 바른편 사면은 경찰대가 행동하고 있는 도로에 면한 좁고 가파른 언덕배기가 돼서 설마하니 그쪽으로 도망치리라고는 생각지 않을 것이라는 계산도 있었다.

순간적으로 그렇게 판단한 나는 등성이길을 살짝 비껴 산죽이 깔린 바른쪽 벼랑으로 뛰어들었다. 내가 산죽밭으로 몸을 날린 것과 거의 동시에 총소리가 탕탕 울리며 발자국 소리가 들이닥쳤다.

"저기다. 저기!"

"배낭을 벗어 던졌다!"

"세 놈 같았는데?"

"아냐, 두 놈이야."

이런 소리가 뒤미처 들리며 내 앞 10여 미터 거리를 경찰대가 줄을 잇고 올라가는 것이 산죽 사이로 보였다. 위쪽으로 눈들을 쏟고 뛰기 때문에 발밑은 보이지 않는 것이다. 산죽은 허리 높이였고 응달이 돼서 바닥에는 눈이 남아 있었다. 눈 위에 앉아 있으니 궁둥이가 축축해졌다. 경찰대가 다 지나간 것을 확인한 후 배낭을 벗어 깔고 앉아 총의 방아쇠에 손가락을 걸고 조용히 기다렸다. 능선을 올라간 경찰대가 도로 내려올 때는 아래를 보고 걷게 되기 때문에 발견될 가능성이 있었다. 바로 아래가 도로이니 그렇다고 옮겨 앉을 형편도 못 됐다. 만일 발견되는 순간에는 서너 발 급사격을 퍼붓고 그들이 멈칫하는 순간 벼랑을 굴러내리기로 작정하고 있었다. 아무리 호담(虎膽)한 사람이라도 졸지에 발밑에서 총성이 울리면 일단은 흩어지기 마련이다. 그런 연후의 일은 생각지도 않았고 생각해봐야 무슨 묘책이 나올 도리도 없었다.

총소리가 상당히 먼 산마루 쪽에서 들려오고 근방은 한동안 고요했다. 내가 숨어 있는 곳에서 벼랑을 따라 40~50미터쯤 떨어진 저쪽에 무슨 넝쿨 한 무더기가 있고 그 넝쿨 속에서 분명히 인기척이 있었다. 무엇이 움직이는 것을 본 듯도 했다. 아마도 부근에 비트를 가진 면당원이 총소리에 놀라 숨어든 것이리라 생각하고 소리를 죽여 "동무, 동무" 하고 불러봤다. 인기척이 뚝 그쳤다. 산죽 위로 살그머니 고개를 내밀어보았으나 그래도 아무런 반응이 없었다.

두어 시간을 그렇게 기다리고 있으려니까 왁자지껄하는 소리가 들리며 경찰대가 내려오기 시작했다. 땀이 배는 손으로 총대를 단단히 쥐고 숨을 죽이며 내려가는 대열이 끝나는 것을 기다렸다. 일렬 종대의 다리가 어지럽게 교차되며 눈앞을 지나갔다. 이윽고 발소리가 점점 멀어지더니 다시 고요가 왔다.

"휴우……."

나는 한숨을 크게 내쉬고는 '메불'을 한 대 말아 물며 부싯돌을 그었다.

얼마 후 땅거미가 지기 시작했다. 나는 산죽밭을 나와 세 사람이 이틀을 지내던 산주름의 오목지를 찾아 올라갔다. 위기가 지나간 순간부터 지능선 쪽으로 도망친 두 사람을 만나고 싶었다. 두어 시간가량을 오목지에 앉아 혹시나 하고 기다려보았으나 그들이 돌아올 리가 없었다. 비상선을 약속한 바도 없으니 이제 두 사람과 만날 방도가 없다. 별안간 무서운 고독감이 몸을 조여왔다. 지금 이 시간, 내가 마음 놓고 만날 수 있는 사람은 세상에 그들 둘밖에 없었다.

'녀석들 지금쯤 어느 골짜기에 누워서 내 얘기를 하고 있겠지. 아마 잡히거나 죽은 걸로 생각하고 있을지도 몰라. 아니 둘 중 하나쯤은 아까 맞아 죽었을지도 모르지. 두 사람과 만날 도리가 없다면 이제부터 나 혼자의 판단으로 행동할 수밖에 없다. 자, 이제 나는 어디로 가야 하나…….'

나는 아침에 경찰대를 발견했던 능선 기슭을 향해 터벅터벅 걸어 내려갔다. 거기에는 허옇게 마른 억새숲이 있었다. 억새는 키가 허리를 가리울 만했다.

하여간 하룻밤 자고 나서 생각해보자.

억새를 쓰러뜨려서 깔고 누워 잠을 청했다. 누워서 밤하늘을 쳐다보니 별이 찬란했다. 얼음장처럼 차가운 별빛이었다. '천지간에 나 홀로'라는 외로움이 지긋이 몸을 감싸오면서 한편으로는 내 행동을 내 마음대로 할 수 있다는 해방감 같은 것이 어렴풋이 있었다. 육중한 기계의 나사 하나가 떨어져 나와 제 마음대로 굴러다닐 수 있게 된 것이다. 그러면서도 깊은 밤 지리산 산중에 혼자 누워 갈 곳을 생각하고 있는 내 모습이 스스로 처량하기도 했다.

얼마나 잤을까……. 억새풀이 술렁거리는 소리에 퍼뜩 잠을 깼다. 풀섶 스치는 소리에도 소스라쳐 깨고, 잠을 깨면 곧 총으로 손이 가는 슬픈 버릇에 쓸쓸한 웃음이 나왔다. 총만이 믿음이며, 생명이며, 나의 전부였던 것이다.

누운 자세 그대로 가만히 귀를 기울였다. 바람은 아니었다. 억새 숲을 헤치며 무엇이 지나가는 소리가 분명했다. 나는 총을 들고 벌떡 일어서며 "누구!" 하고 짧게 수하했다. 억새를 스치던 소리가 뚝 멎었다. 짐승 같았으면 달아나지 멎을 리가 없다.

"누구!" 역시 대답이 없다. 낮에 ㄴ능선에 숨어 있던 면당원일까. 어쨌든 그도 내가 만나도 좋은 인간의 하나이다. 반가웠다.

"동무요? 난 남부군이오. 안심하고 이리로 오시오. 우리 얘기나 합시다."

그래도 응답이 없다. 제기랄, 저렇게 겁이 많아서야……. 나는 총을 안고 도로 누웠다. 잠시 후 억새를 헤치는 소리가 나더니 급히 어디론가 사라졌다. 역시 무슨 짐승이었을까. 깊은 골에서 살던 곰이 사람 싸움 등쌀에 야산으로 피난을 온 것일까? 나는 다시 잠을 청했다.

자유…… 어머니

이튿날 동이 트면서 나는 잠을 깼다. 3월의 산 속의 밤은 아직도 0도를 오르내리는 추위였지만 잘 마른 억새잎이 어찌나 포근한지 깊은 단잠을 잘 수 있었다. 늦잠을 자면 어쩌랴 걱정했으나 혼자라는 잠재의식이 날이 새는 것과 함께 잠을 깨게 한 것이다.

나 혼자의 하루가 비로소 시작되었다. 나는 커다랗게 기지개를 켜고 나서 터벅터벅 ㄴ능선으로 올라갔다. 박과 한이 와 있을 리는 없었지만 혹시나 하고 다시 한번 그 오목지를 살펴보고 난 후, 어제 몸을 숨겼던 벼랑 중턱에 있는 소나무 밑으로 가서 몸을 의지하고 부처처럼 앉았다.

저 멀리 남쪽으로 눈익은 내공 마을이 보이고 눈 아래 신작로를 전투경찰의 소부대가 지나가는 것이 보였다. 연락병인지 자전거를 탄 전경 대원도 가끔 오갔다. 나무와 눈이 얼룩진 벼랑이 돼서 움직이지만 않으면 여간해 눈에 띄지 않을 것 같았다. 나는 가끔 소금 알갱이를 꺼내 핥고는 눈을 뭉쳐 씹으며 길 건너 구곡산을 쳐다보면서 이런저런 망상을 하며 긴긴 하루해를 보냈다. 자꾸만 바라보고 있는 동안에 숲이 우거진 구곡산이 어쩐지 자유롭고 안전해 보였다.

밤이 되면서 나는 신작로를 넘어 구곡산 기슭으로 옮겨갔다. 무슨 구체적인 목적이 있어서가 아니라 그저 어딘가 움직여야 하겠는데 그렇다고 거림골을 찾아갈 도리도 없었기 때문이다. ㄴ능선서 헤어진 두 사람, 문춘을 비롯한 편대원 11명의 얼굴이 번갈아 떠올랐다. 거림에서 어떻게 헤어졌는지도 모르게 헤어진 이봉갑을 비롯한 정치부 식구들이 보고 싶었다. 신처럼 믿고 따르기만 하면 됐던 부대장 김홍복, 동고동락하던 모든 대원들이 새삼스레 보고 싶었다. 그러나 모두가 이젠 나와는 딴 세상 사람들이다. 나는 비상선인 거림골 무기고 트에 다시는 들어갈 수가 없는 것이다(훨씬 후에 안 일이지만 ㄴ능선의 두 사람도 그날은 무사히 도망칠 수 있었으나 끝내 부대에는 돌아가지 못하고 '산돼지'가 되어 떠돌아다니다가 결국 산중에서 폐사했다).

구곡산 기슭, 신작로에서 50미터쯤 떨어진 밭 가운데 외딴 바라크가 한 채 있었다. 무엇에 쓰던 바라크인지 대나무로 엉성하게 사방을 둘러쳐 흡사 서낭당처럼 지어놓은 두어 평 넓이의 헛간이었다. 그날 밤은 그 속에서 잤다. 꿈도 없는 단잠이었다. 중학생 시절에 읽은 소설 속의 누군가의 말이 생각났다. "내일은 또 내일의 태양이 뜨겠지……."

1952년 3월 19일, 안개가 자욱한 아침이었다. 나는 일어나면서 한기를 느꼈다.

'그렇지 한데서 자기에는 아직 이른 계절이었구나.'

옷이 촉촉이 젖어 있었다. 안개 때문에 더 추웠는지도 모른다. 나는 우선 벽으로 둘러친 마른 댓가지를 몇 개 꺾어 불을 피웠다. 잘 마른 댓가지는 쪼개서 때면 연기가 나지 않는다. 신작로를 무장한 전경대원 셋이 곡점 쪽으로 걸어 올라가는 것이 보였다. 자못 태평스럽게 무슨 얘기를 주고받으며 걸어가고 있었다.

'여자 얘기가 아니면 제대해서 고향 지서에 돌아가 막걸리 푸념이라도 하는 얘기겠지.'

괜스레 웃음이 나왔다.

전경대를 발견했을 때, 나는 조건반사처럼 총대를 잡아 들고 있었다. 거리가 너무 가까웠기 때문에 까닭 없이 쏘고 싶은 충동을 느꼈다. 내 총에는 8발이 장전돼 있고 주머니에는 또 8발짜리 한 케이스가 남아 있었다. 나는 제식대로 앉은 자세를 취하며 댓가지 사이로 총을 겨냥했다.

'숨을 들이쉬며 겨냥을 시작한다. 숨을 두 번 내쉬며 호흡을 정지하고, 어두운 밤에 이슬이 내리듯, 방아쇠를…… 선두의 카키복이 가늠쇠 속으로 들어왔다. 거리는 약 50미터, 아마 실수가 없을 것이다. 어떤 복잡한 사연, 슬프고 기뻤던 그의 갖가지 인생여정이 내가 손가락 끝을 움직이는 순간 끝나버린다.'

그러나 내 손가락은 방아쇠를 당기지 못했다. 사람을 죽인다는 것은 꼭 두 가지 경우에만 가능하다. 증오심이 북받치거나, 내가 살기 위해서 부득이할 경우이다. 하나 내게는 아무런 증오심도 우러나오질 않았다. '인민의 적'이라는 말은 그 촌스러운 전경대원에게 너무나 어울리지 않았다. 그렇다면 살기 위해서? 이 경우 발사는 살자는 것이 아니라 죽자는 뜻밖에 안 된다. 죽음은 아마도 멀잖은 곳에 있을 것이다. 그러나 구태여 죽음을 재촉할 것까지는 없다. 빨치산의 영웅적 죽음…… 무슨 잠꼬대인가. 나는 오직 산중의 고아일 뿐이다. 이 순간 이 지구상에 내 편은 하나도 없다. 있는 것은 '나' 하나뿐이다.

나는 총끝을 떨구고 멀어져가는 세 사람의 뒷모습을 망연히 바라다봤다. 모든 것이 희극 같았다. 나는 총을 눕혀놓고 갖가지 상념들을 정리해봤다.

정의는 반드시 승리한다는 '미신'이 있다. 사실은 정의가 승리하는 것이 아니라 승리자가 정의로운 것이다. 역사상 승리자는 자기를 불의라고 기록한 적이 없다. 그러니까 승리자는 언제나 정의로울 뿐이다. 그러니까 힘은 정의의 기준이다. 이제 만신창이가 된 패잔 집단이 정의를 어디서 찾을 것인가.

태평양전쟁 때 일본군 병사였던 나는 다케우치 데루요라는 여류작가로부터 참으로 우연히 붓으로 쓴 엽서를 받아본 일이 있다. 그녀의 사상에 많은 공명을 느껴오던 작가였다. 그러나 엽서는 나에게 허전한 실망을 안겨주었다. 거기에는 이렇게 씌어 있었다.

살아 있다는 것은 등불
의로운 죽음을 위한 하나의 징표
의로운 죽음을 만난다면
어찌 등불의 꺼짐을 두려워하랴.

의롭다는 것은 대체 무엇인가? 그때 수많은 일본의 젊은이들이 의로움을 믿고 죽어갔다. 하나 그것은 결국 덧없는 희생이며 죄악일 뿐이었다. 아돌프 히틀러도 의를 부르짖었고, 노르망디의 상륙군 병사들도 모두 그랬다. 절대의 의란 결국 존재하지 않는 것인지도 모른다. 절대의(義)가 존재하지 않는다면 그와 마찬가지로 절대악(惡)도 존재하지 않는다. 존재하는 것은 오직 살육뿐이었던 것이다.

나는 무수한 살육을 보았다. 인간이 얼마나 잔악하고 추악한 동물인가를 보아왔다. 인간이 인간으로 진화하기 위해서는 몇만 년의 세월이 필요했지만 인간이 짐승으로 되돌아가는 데는 몇 년도 필요하지 않다는 가공할 사실을 보아왔다. 인류가 몇천 년 걸려 쌓아온 문명이라는 허울이, 사람이 수십 년 걸려 쌓아온 교양이니 양식이니 하는 허울이, 마치 심해어(深海魚)가 바다의 압력을 벗어나는 순간 눈과 피부가 터져버리듯 그렇게 허무하게 벗겨질 수 있다는 것을 싫도록 보아왔다. 그러면서도 '만물의 영장'이라는 교만에서 그들은 깨어날 줄을 모른다.

'그러면 너는 무엇이냐? 나는 훌륭한 코뮤니스트가 되려고 다짐했었다. 만일 내가 인텔리라는 범주에 속한다면…… 인텔리의 타기할 속성에서 벗어나야겠다고 다짐했었다. 그러나 끝내 회의를 떨쳐버리지 못한 채 하나의 나사로서 조직이라는 기계가 돌아가는 대로 딸려 돌아갔을 뿐이다. 결국 나는 무엇에도 철저하지 못하는 얼치기이며, 위선자이며, 비겁자이며, 이기주의자에 불과했던가?'

추위가 가셔지자 나는 허기를 느꼈다. 고운동 트를 출발한 지 벌써 닷새가 되었는데 그동안 한 끼를 먹었을 뿐이다.

'그러고 보니 아직 나는 생리를 느낄 줄 아는 살아 있는 인간이었구나. 내 발은 인민의 발이었고 내 몸은 인민의 무력이었다. 내 몸은 혁명을 위한 한 개의 무기에 지나지 않았던 것이다. 무기에겐 의사도 감각도 있을 수 없다. 그런데 그 무기가 지금 생리를 느끼고 있다. 무기 아닌 나를 의식하고 있는 것이다. 그 도로 찾은 나는 어떻게 생긴 사람이었더라? 거울을 못 본 지가 이태째니 기억이 어사무사하다. 아마 상당히 험상궂게 생긴 사나이일 것이다. 그 내 얼굴을 내 눈으로 다시 볼 수 있는 기회가 과연 있을까?'

나는 잘 말린, 그러나 걸레 조각 같은 발싸개를 다시 둘러치고 코를 짼 고무신 위에 전선줄 감발을 했다. 덜미를 덮은 머리털 속을 이가 근질거렸다. 불을 쬔 까닭이다. 사타구니에 손을 넣어 이를 한 움큼 훑어내서 타다 남은 불 위에 뿌렸다. 후두둑 소리와 함께 노린내가 풍겨왔다. 내 살과 피가 타는 냄새다.

나는 동상을 입은 발가락이 유난히 쑤시는 것을 의식하면서 총을 잡고 일어섰다. 거림골 언저리는 푸른 안개에 파묻혀 보이지 않았지만 멀리 백설을 인 지리산 연봉은 잿빛 하늘에 어슴푸레 빛나고 있었다. 고개를 돌리면 눈익은 내외공 마을이 저만큼 있었다. 아침을 짓는 연기가 뿌옇게 개울바닥을 흐르고 있었다. 인간이 사는 집과 인간의 삶이 거기 있는 것이다.

나는 갑자기 통증이 심해진 발을 질질 끌며 산기슭을 내려섰다.

'인간이 사는 세계로 가자. 마을 사람들이 달려들더라도 저항을 말자. 개 패듯 나를 팰지도 모른다. 다소곳이 앉아서 맞아주자. 경찰대가 달려오거든 손을 들자. 사살당할지도 모르지만 그것도 운명이다. 몇억 광년을 흐르는 세월 속에서 그건 정말 보잘것없는 일이 아닌가.'

모든 것을 운명에 맡기기로 하고 논두렁길로 내려서며 나는 다시 한 번 지리연봉을 바라보았다.

'머잖아 산맥에도 봄이 오겠지. 그렇지. 민자를 위해서도 빨리 봄이 와야지.'

박민자의 가엾은 죽음을 그때 내가 알 까닭이 없다. 나는 내외공 마을을 향해 몽유병자처럼 어슬렁어슬렁 걸어 내려갔다. 산모롱이 신작로가에 양철집 창고가 외따로 서 있었다. 그 창고와 외공 마을을 흐르는 시냇물과의 가운데쯤 이르렀을 때, 창고 속에서 시퍼런 제복들이 쏟아져 나오는 것이 보였다. 그곳이 전투경찰 205연대 3대대 본부였던 것이다.

나는 반사적으로 논두렁에 몸을 숨겼다.

"손들엇!"

"총을 버려라!"

고개를 들어보니 내 둘레에는 카키색 제복으로 메워져 있고 총끝이 부챗살처럼 겨누어져 있었다. 나는 손때 묻은 엠원을 논바닥에 내동댕

이치면서 천천히 두 손을 쳐들었다. 내가 맞아 죽지 않고 굶어 죽지 않고 살아온 것은 오직 내 손에 총이 있었기 때문이다. 총은 그러니까 나의 모든 것일 수밖에 없었다. 그 저주스러운 총과 함께 나의 신앙도 끝나버린 것이다.

순식간에 수갑이 채워지고 그 위에 상반신이 전선줄로 송장처럼 묶여졌다. 다음에는 구둣발이 옆구리에 와 닿으며 나는 논바닥에 픽 하고 쓰러졌다.

"고개를 들어, 이 새끼!"

실눈을 떠보니 며칠 전 거림골에서 분산된 교도대의 전사 하나가 거기 서 있었다.

"잘 봐, 알겠나? 4지대 놈인가?"

"네, 이 새끼 사령부 참모입니다. 아주 악질입니다."

그 전사가 '증오심에 불타는 것처럼' 외쳤다. 뒤이어 머리에, 어깨에 사정없이 개머리판이 내리 때렸다. 누군가가 무선전화로 보고하는 소리가 어렴풋이 들려왔다.

"시간은 05시 50분, 89.0~99.0 지점, 소속 4지대, 그 밖에는 심문 후 다시 보고하겠습니다만 꽤 악질인 것 같습니다."

아프지는 않았다. 얼룩진 눈 위에 뚝뚝 떨어지는 핏방울을 보며 나는 마음속으로 조용히 불러봤다.

"아아 자유, 그리고 어머니……!"

몽매에도 그리던 그것들은 아직도 아득한 곳에 있었다.

후기
: 그후의 남부군

1951년 11월 15일, 남원에 설치됐던 백선엽 야전군 사령부는 52년 3월 15일 토벌 임무를 마치고 해체됐다(해체 일자를 2월 말, 3월 10일로 적은 기록도 있지만 3월 15일이 옳을 것이다). 3월 31일, 국방부 보도과는 이 작전기간 중의 토벌전과 누계를 사살·생포 21,051명(『전란지』에는 19,345명)이라고 발표했다(3월 중의 지리산지구의 전과는 사살·생포 2,187명으로 돼 있다). 그리고 이날 이후『전란지』에는 군과 경찰의 전과 발표가 거의 보이지 않는다. 그러니까 군의 대규모 토벌작전은 내가 최후로 겪은 3월작전이 마지막이 된 셈이다. 그러나 남부군의 역사도 그 3월을 마지막으로 끝나버렸다.

지리산에 포성이 멎은 3월 15일 이후 거림골 무기고 트에 재집결한 독립 제4지대의 잔존 인원이 몇 명이나 되었는지는 알 길이 없으나 전투력을 완전히 상실한 기십 명의 패잔집단으로 전락한 것만은 틀림없을 것이다. 그리고 4지대의 이름도 마침내 사라진다.

4월 어느 날 모든 지대는 해체되고 남한 전역을 5개 지구당으로 개편해서 당 사업에 주력하면서 유격대는 중대 단위의 소조로 분산 활동하게 한 것이다. 말하자면 뒤늦게 유격전 본연의 태세로 들어간 것이다.

이 지구당 개편은 51년 8월 31일 노동당 중앙정치위원회의 '미해방지구에 있어서의 당 사업과 조직에 대하여'라는 소위 94호 결정서에 의한 것이다. 그 내용 중 중요한 것은 다음의 2개 항이다.

(1) 행정구역 단위의 당 조직은 잠정적으로 해체하고 다음의 5개 지역을 설정, 각 지구 조직위원회를 구성하여 일체의 당 사업을 지도하도록 한다.

제1지구 서울 경기도 전 지역

제2지구 울진군을 제외한 남부 강원도 전 지역

제3지구 논산군을 제외한 충청남북도 전 지역

제4지구 경상북도와 울진군 및 낙동강 이동(以東)의 경남 지역

제5지구 전남북 전 지역과 경남 낙동강 이서(以西)지역 및 논산군과

　　　제주도 지역

(2) 각 지대 단위로 활동하고 있는 유격대들을 지구당 조직위원회 지도하에 두며 중대 단위의 소조로 개편하여 활동의 민활성을 보장한다.

51년 8월의 이 '94호 결정서'(당 사업에 주력하라)는 효과적인 통신수단이 없어 52년 초에야 겨우 남한 산중의 현지 부대에 도보통신수단에 의해 통달되었다. 그런데 산중에서는 50년 12월의 최고사령부 지령(지대로 개편하여 유격전에 주력하라는)을 51년 10월에야 역시 도보통신에 의해 전달받고 군 공세가 잠시 뜸해진 52년 1월 말경, 막 그것을 집행(내용은 다소 지령과 달라졌지만)한 참이었고, 그 무렵에는 도당의 고위간부 거의 전원이 전사한 후였기 때문에 지구당으로의 개편 자체가 어려운 실정이었다. 우선 주저항선이 교착상태에 들어간 기회에 국군이 대

병력을 후방에 돌려 강력한 토벌작전을 실시하는 바람에 재산부대들은 그야말로 경황이 없는 상황이었고, 간부들이 모두 죽었으니 집행할 능력도 없었던 것이다. 그뿐만 아니라 보급투쟁 때문에 산악지대 주민들의 반감을 사고 있고, 도시로 잠입해서 민중들 사이에 뿌리를 내릴 여건도 못 됐기 때문에 '94호 결정'이 목적한 대로의 당 사업은 도저히 불가능한 상태였던 것이다. 어쨌든 이 결정에 의해 지구당 조직은 다음과 같이 실시됐다(현지 실정에 따라 조직 일자와 경위가 각각 다르다).

제1지구당: 이 지역은 북한 지역과 인접한 곳이기 때문에 본부를 이북인 황해도 봉산군 용연면(후에 개성)에 두고 당 재건요원을 남파시켰으나 거의 포착, 사살되어 별 성과를 거두지 못하고 있다가 52년 4월에 해체해버렸다. 지구당 위원장은 김점권, 부위원장은 박광희와 한창근이었다.

제2지구당: 역시 북한 지역인 강원도 회양에 본부를 두고 51년 11월에 조직, 강원도 전역을 4개의 소지구당으로 나눴었다. 52년 6월에 본부를 이남 현지인 삼척군 청옥산(靑玉山)으로 옮기기 위해 122부대라는 무장대를 목선에 태워 침투시켰으나 실패했고, 각 소지구당 조직을 위해 여러 차례 공작원을 침투시켰으나 모두 중도에서 사살돼버려 하나도 성공하지 못했다. 지구당 위원장은 6·25 때 강원도당 노동부장이던 윤오규(尹伍奎)였다.

제3지구당: 지리적으로 본부를 북한 지역에 둘 수 없어 6·25 때 청주시당 위원장이던 신장식을 지도원으로 남파했는데, 신은 52년 8월에야 속리산에 당도하고 충남 6지대와 연결되어 지구당을 조직했다. 위원장은 충남도당 위원장이던 남충열(본명은 박우헌), 충북소지구 위원장은 송명현(宋明賢)이었다.

제4지구당: 제3지대장(경북) 박종근은 지대를 둘로 나눠, 북부지역은 자신이, 남부지역은 남도부가 관장하고 유격투쟁을 해왔는데, 박종근은 52년 3월작전 때(?) 전사했다. 52년 6월에 가서야 지구당으로 개편을 했는데, 위원장은 일단 공석으로 놔뒀다가 52년 11월에 이구형(李求炯)이 남파돼 와서 지구당 위원장이 되었다. 부위원장은 이영섭, 유격부장은 남도부, 조직부장은 손대수(孫大壽)였다. 9개의 소지구당을 두었다.

제5지구당: '94호 결정서'가 가장 늦게 전달된 곳이 지리산이었다. 따라서 이현상은 52년 10월경 박영발(전남 위원장), 방준표(전북 위원장), 김삼홍(경남 부위원장) 등과 회동하여 지구당 구성에 대한 협의를 했다. 이때, 전부터 이현상을 불신 내지 대립하던 박영발과 방준표가 광역지구당 구성을 정면으로 반대하고 나섰다 한다. 이유는 '도당을 해체하라는 것은 중앙당이 현지 실정을 모르고 한 결정이며 그 중앙당의 지령 자체가 정식 문서가 아니고 구두 전달이기 때문에 믿을 수 없다'는 것이었다. 물론 그 이면에는 도당 위원장의 지위를 고수하고 이현상을 견제하려는 저의가 깔려 있었음은 추정하기 어렵지 않다. 그런데 경남의 김삼홍만은 원래 이현상을 지지하던 터였고 사실상 경남과 전남, 전북은 51년 12월 군작전으로 유격부대를 섬멸당해 이미 소부대 활동을 해오던 터였기 때문에 중앙당의 지시를 따르는 것이 옳다고 주장해서 대립했다. 그러나 당조직을 갖지 못한 이현상은 결국 박영발 등의 주장을 꺾지 못해 '도당을 그대로 둔 채 5지구당을 결성한다'는 절충안을 채택했다. 도당위에 일종의 연락기구 격인 지구당을 두는 2중구조의 기형적인 지구당이 결성되고 이현상이 지구당 위원장, 박영발이 부위원장이 됐다(방준표도 부위원장이 됐었다는 5지구당 생존자의 증언이 있다).

남경우(경남도당 위원장) 사망 후, 도당 위원장으로 승진했어야 할 경남 도당 부위원장 김삼홍은 이현상 편에 선 것이 탈이 되었던지 그대로 부위원장으로 있고 전북도당 부위원장 조병하가 경남도당 위원장으로 보해졌으며, 제5지구당 부위원장이 된 박영발 대신 전남도당 부위원장 김선우가 도당 위원장으로 승격됐다.

제5지구당의 조직위원은 이현상, 박영발, 방준표, 김삼홍, 조병하, 김선우, 박참봉의 7인이 되었다. 이현상 2, 박영발 5의 세력비율이라고 볼 수 있다.

이때 이현상은 박영발 등의 반발을 받고 중앙당의 정확한 지시 내용을 알아보기 위해 자기 직속인 김지회부대(필자가 소속했던 부대)에서 20명의 '상선(上線)연락대'를 만들어 북상시켰으나 도중 충북 월악산에서 전원이 사살되고 말았다 한다.

이 무렵 남한 전역의 잔존 게릴라 수는 군 추계에 의하면 1,778명이고, 이 중 소백·지리산지구가 1,248명으로 돼 있다. 이 숫자는 3월 10일 현재니까 위에 인용한 국방부 보도과 발표의 '3월 중 전과 2,187명'을 감안한다면 위의 추계가 정확하다 하더라도 4월 초 현재의 잔존 수는 1천 명을 넘지 않았을 것으로 짐작된다. 이 무렵에는 잔존자 개개인의 이름까지 대충 파악하고 있었다고 돼 있지만 실상 그 대부분은 중증 동상·부상·질병자 및 은신 중인 면당원과 소수의 각 지구 지휘부 요원들이었을 것이므로 가동 전투원은 남한을 통틀어 아마도 100명을 넘지 못했을 것이다.

아무튼 빨치산의 잔존 세력 중 7할이 모여 있는 제5지구가 여전히 중심 세력이 되는 셈인데 그 지구 위원장이 이현상이고 나머지의 대부분이 모여 있는 제4지구 군사부장이 남도부로 된 것이다.

이 제5지구 유격대의 간부로는 52년 8월 말 현재 김홍복·송관일·정혁(鄭爀)·김철(金喆)·이봉갑·이영회(전 경남 57사단장) 등의 이름이 기록에 남아 있다. 이것이 그 무렵까지 생존했던 4지대와 전남북 및 경남도 유격대의 수뇌부 전부의 명단이다.

백야전사가 해체된 후 지리산에는 잠시 소강(小康)이 찾아왔을 것이다. 뒤이어 눈이 녹고 신록이 우거지며 그 처절했던 겨울을 견디어낸 빨치산들에게도 안식의 한때가 왔을 것이다. 그러나 지대 정치위원이 말한 것처럼 '봄이 오면 초모사업을 해서 세력을 만회하고 쌀밥에 고깃국을 먹일' 그런 날은 오지 않았다. 백야전사 해체 이후 군경 합동부대인 서남지구 전투사령부가 서남지구 경비사령부, 약칭 서경사(西警司)로 재편되어 토벌작전을 인계 맡았다. 서경사[사령관 준장 김용배(金容培), 부사령관 경무관 이성우(李成雨)]의 주력은 107 예비연대, 제1, 제2경비대대 등 군부대와 203·205·207 경찰연대였고 전남·북·경남 3도 경찰국, 1시 12개 군의 경찰기동대 등이 그 작전 지휘하에 들어가 여전히 사단 규모의 병력을 유지하고 있었다. 서경사는 백야전사처럼 지리산을 토끼사냥 식으로 덮치지는 않았으나 녹음기에는 산악 주변에 포진하여 출입구를 봉쇄하고 때로는 저인망 식으로 산악 일부를 쓸어가는 식의 작전을 되풀이했다. 서경사의 꾸준한 토벌작전으로 사살·생포자의 숫자는 약간씩 늘어났으나 빨치산 자체가 극소 단위로 행동하면서 정면 저항을 회피하는 관계로 대량 전과는 나타나지 않았다. (제5지구당 생존자의 말에 의하면) 이 해 여름은 유달리 비가 자주 내려 산중생활에 고통이 많았으나 그 대신 이듬해 여름까지는 토벌대의 큰 압력을 느끼지 않았다고 한다. 5지구당 내의 각 도당 부대도 고작 수십 명 정도로 감소되어 토벌대와의 접촉이 잦지 않았던 탓도 있었을 것이다. 휴전협정이 체결된 53년 7월 27일 현재 남한의 잔존 공비는 1,388명으로 추계되고 있다. 이 추계 자체가 어느 만큼 정확한지는 알 수 없지만 가령 정확하다 하더라도 52년 3월 10일부터 16개월 동안에 겨우 390명이 줄어든 계산이 된다. 이 390명(?)도 대부분은 폐사하다시피 한 중증환자나 투항자였을 것이다. 이 무렵 잔존 빨치산의 절대다수는 토굴 속이나 깊은 골짜기 비밀 트에서 은신 연명하면서 재생의 날을 기다리고 있었다. 마침내 주저항선의 포성은 멎고 평화가 돌아왔지만 그들의 존재는 망각됐다. 아니 무시됐던 것이다. 휴전협상의 마지막 단계에서 유엔군 측은 남한 게릴라들의 안전철수를 제의했으나 평양 측은 그것을 묵살했다. 평양 당국은 빨치산들에게 산을 내려와 지하당을 조직하라는 지령을 내렸던 것이다. 당시 상황으로 그것은 남한 땅에서 그냥 죽으라는 뜻 외의 아무것도 아니었다.

사멸을 피할 수 없게 된 산중에서는 부녀자와 상병자들에게 구명도생을 위해 하산 귀순할 것을 명령했다. 죽음의 벽을 사이에 두고 산과 마을로 헤어져가는 남녀 간에는 비극을 극하는 이별이 있었다. 상병대원들 중 일부는 투항보다는 죽음을 택해 수류탄으로 자폭하기도 했다. 53년 9월 3일, 경찰 2연대 매복조는 구례군 토지면 섬진강가에서 5지구당 기요과 부과장인 안과의사 이형련(李炯蓮, 29세)을 생포하고 그로부터 이현상의 소재를 어렴풋이 알아냈으며, 9월 6일에는 이현상의 호위병이었던 김은석, 김진영, 두 명의 빨치산을 생포하여 더욱 확실한 이현상의 은신처를 파악했다. 더구나 이현상이 박영발 등에 의해 무장해제되고 지위를 박탈당한 채 감금 중에 있다는 정보를 입수하고는 환성을 올렸다. 이현상 포촉 작전명령이 즉각 발동돼 1만 8천 명의 군경대부대가 지리산 빗점골을 2중, 3중으로 에워쌌다.

9월 17일에서 18일 사이에 남부지구경비사령부 소속 국군 56연대 수색대, 혹은 서전사 소속 경찰 2연대 김용식 수색조에 의해 이현상은 마침내 쓰러졌다. 이현상 사살은 많은 수수께끼를 남긴 채, 그의 시체는 화개장 섬진강가 백사장에서 화장되고 그 재는 강물에 뿌려졌다. 이현상은 향년 51세, 그의 피묻은 유류품은 서울 창경원 등에서 공개 전시됐다. 그가 남긴 수첩에는 다음과 같은 의미의 한시 외 몇 수의 한시가 적혀 있었다.

지리산에 풍운이 일고 기러기떼(군대)가 마침내 움직이기 시작하니
검을 품고 천리길을 달려 내려왔노라.
내 생전 고국을 생각지 아니한 날 없고
삼엄한 군기 속에 동지들 한곳에 모여 있네.

평양 당국은 후일 이현상을 '열사묘'에 안치하고 평양에 체류 중인 아내 최성녀와 아들 극(尅)에게는 후대가 베풀어졌다. 그러나 그것이 '롬멜의 국장'이라는 시각은 아직도 지워지지않고 있다. 이현상의 죽음은 영원한 수수께끼일까?

9월 21일 경찰 토벌대는 남원군 아영에서 전 5지구당 유격지도부 부부장 문남호(文南昊, 27세)를 생포하고 그로부터 5지구당 내분의 진상을 알리는 2개의 문건을 압수했다. 그는 이 문건을 가지고 장안산의 전북도당 부대를 찾아가는 길이었던 것이다. 문남호[본명 오복덕(嗚福德)]은 경북 경산 사람으로 47년 이른바 2·7항쟁 이후 줄기차게 야산대 활동을 해온 당당한 구빨치였다. 그러나 생포 당시 그는 외눈, 외팔에 다

리까지 저는 괴물 같은 몰골이었고, 매우 지친 듯이 보였다. 그는 서전사 사령관 김종원의 초등학교 동창이라는 기연 때문에 얼마 후 방면돼서 고향에 돌아갔으나 곧 폐사하고 말았다. 해방 이후사(史)가 낳은 처절한 희생의 상징 같은 청년이었다. 압수된 문건은 이런 요지였다.

〈조선노동당 제5지구당 결정서 제9호(53. 8. 26)〉
박헌영, 이승엽 도당의 잔재와 영향을 청소하기 위한 대책
반당, 반국가, 파괴, 암해, 종파분자인 박헌영, 이승엽 일당은 자기들의 반역적 파괴공작의 일환으로 50년 11월 9일 강원도 후평에서 이현상에게 남한 빨치산을 군사적으로 장악하고, 여운철에게는 정치적으로 장악할 것을 지령해 내려보냈다. 이현상은 이 지령에 의해 남한 빨치산의 총수의 자리를 차지하고 지금껏 불합리한 조직 운영을 해서 각 도당과 단체들을 사상적, 조직적, 전투적으로 혼란, 약화시켜왔으며, 특히 전북·경남 유격대를 거의 모조리 파괴했으며, 경남도당의 수뇌부를 남김없이 전몰하게 만들었다. 이제 그 반역도당들의 잔재와 영향을 일소하는 중앙당 방침에 호응해서 제5지구당의 조직적, 사상적 정리를 53년 9월 10일까지 마칠 것을 이현상에게 책임지운다.

이러한 9호 결정서를 구체화시키기 위한 조치가 10호 결정서로 취해진다.

〈조선노동당 제5지구당 결정서 제10호(53. 9. 6)〉
1. 박영발의 보고서에 의해 9월 6일자로 5지구당을 해체한다.
2. 5지구당 요원과 김지회부대 대원을 구례군당, 남원군당, 경남도당

에 각각 분산 배치한다.

3. 조국출판사를 조직해서 박영발, 송영회가 운영을 책임진다.

4. 5지구당 잔무정리 및 재정 비품 일체를 박영발이 인수한다.

5. 송수신기의 설비와 전원에 대한 구입 보장을 조병하와 이현상이 책임진다.

6. 5지구당의 문서 일체의 비장은 기요과장 김희준이 책임진다.

7. 김지회부대는 구례군당의 당적 지도를 받으며 그 명칭은 995부대 (북한 정권 수립일 9월 9일의 5주년 기념)로 바꾼다. (이상)

이상의 내용으로 미루어 남부군의 후평 반전이 남로당계의 돌출적인 조치였으며, 송치골 6개 도당 회의에서 박영발, 방준표 등이 이현상에 반발한 것이 단순한 헤게모니 쟁탈전이 아니라 김일성파와 박헌영파의 줄다리기였다는 것을 알 수 있다. 이승엽의 '조선인민유격대 총사령관'이라는 직함도 전혀 비공식이었다는 것이 그후의 북한 문건에 의해 명백해졌다. 결국 이현상은 남한 빨치산 궤멸의 책임을 똘똘 뒤집어쓰고 평당원으로 격하된 채 빗점골에서 의문의 죽음을 당한 것이다.

이 무렵 총원 50여 명으로 줄어든 김지회부대는 구례군당 휘하로 들어가지만 남부군의 마지막 지휘자 김태규는 10여 명 남은 병력(대부분이 여성)을 이끌고 국군에 투항하고 만다. 김지회부대장 김흥복의 죽음은 '영웅칭호를 받은 김흥복도 사살'이라는 기록이 남아 있을 뿐, 그 소상한 기록은 찾아볼 길이 없다. 이렇게 해서 이현상도 가고, 그가 사랑하던 남부군도 사라졌다. 이현상에 대해서는 극단적으로 상반되는 두가지 평가가 있다. 대체로 해방 이후 부상한 기본계급 출신의 엘리트당원들과 지역적으로 그들 영향하에 있던 전라남북도 대원들, 14연대 출신 군사 간부와 제2병단 시절부터의 구빨치, 콤클럽 이래의 동지들과 그 영향하에 있던 경남북, 충남북 대원들은 이현상에게 매우 충실했고 그를 흠모했다. 남과 북에서 악역의 대명사처럼 불린 이현상은 그러나 그를 비방하는 사람들조차 '정이 많고, 자상한 사람이었으며, 일생을 자기 희생으로 살다간 혁명가'라는 평가에는 인색하지 않고 있다. 그는 산중에서 때로는 병약한 말단대원의 등짐을 대신 져주는 인정 어린 풍모와 생포한 군경들을 곱게 돌려보내는 인간미 넘치는 일화를 많이 남기고 있다. 도대체 그에게는 군경 포로에 대해 적이라는 인식이 없는 듯이 보였다.

이현상은 결국 김일성에 의해 완전히 '적'으로 간주됐다. 적의 적은 우군이라는 등식을 인정한다면 이때의 이현상의 위상은 어찌 되는 것일까? 그러나 그에게는 적의 적도 적이었던 것이다.

필자는 연전에 대성골을 거쳐 세석평전에 오르는 산행을 하면서 지금은 취락개선사업으로 전혀 모습이 달라진 의신 마을에서 하룻밤 민박을 한 적이 있다. 빗점골에서 가장 가까운 마을인 의신 마을이지만 기록에 나오는 '갈매기봉'을 아는 사람은 없었다. 전사에 나오는 갈매기봉은 어디일까? 그러나 놀라운 일로는 민박집 주인인 초로의 내외는 이현상에 관해 아주 소상한 기억을 갖고 있었다. 거기서 2십 리쯤 되는 면 소재지 화개장 밖으로는 일생 동안 나가본 적이 없다는 최 씨라는 그 촌로 내외는 영지버섯으로 담갔다는 약주를 권하면서 사변 당시의 회고담을 이렇게 말해주었다.

"토벌대의 소개 명령으로 마을이 소각됐지요. 그러나 산전이나 붙여 먹던 우리가 가면 어딜 갑니까? 얼마 후 슬금슬금 기어들어와 초막을 짓고 사는데 다시 소각 명령이 내려 또 마을을 떠나야 했지요. 두 번 불탄 셈이지요."

"빨치산들이 들어왔을 텐데 그땐 어땠어요?"

"어쩌다 산사람들이 들어와 감자나 수수 같은 것을 거둬갔지만 그 밖에 별 해코지는 안 했어요. 한번은 그게 가을 무렵인데, 뒷산에서 산사람들 습격을 받아 토벌대가 13명이 죽고 5명이 포로로 잡혔는데 포로로 잡힌 토벌대원들이 발가벗긴 채 늘어서 있는 것을 봤지요." (그것은 51년 9월 말경 남부군의 서남부 지리산 주변 작전 때의 일로 그 촌로의 기억이 너무나 정확한 것이 신기할 정도였다.)

"이현상이라는 아주 높은 빨치산 대장이 있었는데 나도 한 번 악수를 한 적이 있어요." 주인 아주머니의 얘기다.

"무섭지 않았어요?"

"그땐 열여섯 살 때니까 어려서 무서운지 어쩐지 몰랐어요. 그냥 사람 좋은 아저씨 같았어요."

"시중 드는 여자는 없었나요?"

"그런 여자는 없었고 아주 잘생긴 남자 호위병이 꼭 붙어 다녔는데 음식물을 주면 그 호위병이 반드시 먼저 먹어보고 나서 얼마 후에야 이현상에게 갖다 받치곤 하더군요."

"그 이현상이 빗점골 어디선가 사살됐다고 하던데요?"

"예, 빗점골 합수내 근처의 절터골 돌밭 어귀에서 맞아 죽었다더군요. 그 근처에 가면 지금도 귀신 우는 소리가 들린다 해서 사람들이 잘 안 가지요."

영감이 핀잔을 줬다.

"귀신은 무슨 귀신…… 거기가 워낙 험한 곳이 돼서 자칫하면 길을 잃고 큰 고생을 하니까 사람들이 범접하지 않는 거지."

사실 빗점골에서 주능선인 토끼봉으로 오르는 루트는 지금도 등산로도 나 있지 않은 전인미답의 비경이다. 조선인민유격대 남부군 사령관이던 '공화국 영웅' 이현상은 그곳에서 그 전설적 생애를 마친 것이다.

뒤이어 11월 28일 전 57사단장 이영회가 대원 62명과 같이 지리산 상봉골에서 전경 2연대 수색대와 교전하다 이영회는 전사하고 이영회가 인솔하던 경남대원은 궤멸한다(『공비토벌사』). 이것이 빨치산 편제부대와의 마지막 교전 기록이다. 한편 '상봉골'에서 50킬로미터나 떨어진 만복대 기슭 시암재에 이영회를 사살한 곳이라는 전공기념 표지판이 서 있었다. 이영회의 전사도 많은 이설을 남기고 있다. 그러나 가장 믿을 만하다고 생각되는 것은 '최후의 빨치산' 정순덕의 기억이다. 오랫동안 이영회 휘하에 있던 정순덕은 이영회가 28명의 대원을 이끌고 의령경찰서를 습격해 경찰서를 한때 완전 점령하는 전과를 올리고 나서 지리산으로 철수하다가, 11월 27일 산청군 신등면 사정리에서 경찰 5연대 매복조와 조우, 격렬한 전투 끝에 전사한 것으로 기억하고 있다. 이영회부대도 전사 9명, 생포 4명의 타격을 입고 이때 궤멸되고 만다.

이때 이영회의 나이 26세, 검붉은 근육질 얼굴에 강철 같은 인상을 풍기던 젊은이였으며, 유격전의 귀신이라고 불릴 만큼 실전에 능했고, 경남부대를 혼자 손으로 지탱해간 유능한 지휘자였다. 그는 19세 때 국방경비대에 들어가 광주 4연대에서 야포를 담당하다가 여수 14연대로 전속된 후 반란사건을 맞게 되어 사병 계급이면서 중대를 이끌고 반란에 가담, 지리산에 입산한 후, 49년 7월 인민유격대 제2병단이 편성될 때 5연대장이 된다. 이현상과 이영회의 인연은 이때부터 시작된다. 그의 57사단이 시종 남부군과 긴밀하게 협동한 것도 이런 연고 때문으로 보인다. 그는 경찰을 거의 병적으로 증오한 대신 국군 포로에게는 매우 관대해서 호위병을 붙여 야지까지 데려다 방면하기도 했는데, 경찰 포로에 대해서도 강제동원된 의용경찰에 대해서는 군인 나름으로 관대했었다고 경찰기록에 적혀 있다. 이영회에게는 이옥순이라는 이름의 두어 살 아래인 애인이 있었는데, 누군가가 그것을 비판하자 그는 쓸쓸한 표정을 지으며 "내 나이 스물에 입산해서 풍찬노숙, 사람답게 살아본 날이 하루도 없다. 앞으로도 그렇게 살다 죽을 것이 뻔하다. 내게도 이 세상에 태어나 서로 사랑한 한 사람의 여인쯤 있어도 좋지 않을까?"라며 그답지 않은 감상을 토로하더라고 한다. '유격전의 귀신'이라는 그도 역시 한 사람의 인간이며 젊은이였던 것이다.

그로부터 한 달쯤 후인 54년 1월 6일 남경우 사망 후, 경남도당 위원장으로 전임되어 있던 조병하(曺秉夏, 전 전북도당 부위원장)가 국군 5사단 토벌대에 의해 지리산 조개골에서 생포된다. 그는 함경북도 명천의 빈농 출신으로 사변 전 노동당 함북도당 조직부장으로 있다가 50년 여름 전북으로 파견돼 처음엔 도인민위원장으로 있다가 도당 부위원장이 되어 방준표 밑에 있었다. 그런데 공교롭게도 그를 생포한 국군 부대장이 같은 고향의 지주의 아들이며 소꿉친구였던 한신(후에 장군이 되었음)이어서 구명을 위해 간곡히 전향을 권고받았으나, 그는 끝내 반항을 그치지 않고 결국 총살형에 처해졌다. 한신의 우정 어린 구명운동이 성공하지 못한 것은 조병하가 자결을 기도하여 동맥을 끊다가 발각되어 병원에서 가료 중 군사재판이 진행됐는데, 마침 빨치산 잔당 11명이 사형수 수용소를 습격한 사건이 발생해서 5사단 군재가 언도를 서두른 때문이라는 말이 있다. 한편 한신의 본적은 함남 영흥으로 알려져 있어 명천에서의 어린 시절이라는 드라마틱한 일화에는 다소 의문도 없지 않다.

경남유격대를 상징하던 이영회의 죽음과 함께 지리산 주변, 아니 남한 전역의 유력한 빨치산 편제부대는 자취를 감췄다. 일부 빨치산 간부는 북의 지령대로 변복하고 각 지방도시에 숨어들었으나 '지하당 공작'은 엄두도 못 내고 '망실공비'라는 이름 밑에 전투경찰이 아닌 정보경찰의 수배대상이 돼서 남김없이 소탕됐다. 54년 1월 15일, 그중 한 사람인 제4지구당 군사부장 남도부(南道釜)가 부하 4명과 함께 대구 시내에서 체포됐다. 남도부[본명 하준수(河俊洙)]는 지리산 아래 함양 태생으로 체포 당시 34세의 청년이었다. 그리 크지 않은 키에 깡마른 체구였던 그는 가라데의 명수로 알려져 있었다. 진주중학[구제(舊制)]을 중퇴하고 일본 대학에 진학했는데 가라데 6단으로 대학의 주장선수였다. 대구 10월 항쟁에 관계하고 덕유산에 도피, 48년 8월 해주인민대표자회의에 참석차 월북했다가 김달삼의 제3병단 부사령으로 남하 침투했다. 6·25 때는 '인민군 소장'의 계급(후에 중장이 되었음)을 가지고 제7군단 유격대를 이끌고 내려와서 사뭇 동해지구 빨치산의 리더로 활약했다. 그도 마침내 사형대의 이슬이 되어 최후를 마쳤다. 경남도당 부위원장 김삼홍[金三洪, 본명은 김병인(金炳仁)]도 이 무렵 하산해서 부산으로 침투했으나 검거되어 사형을 언도받았으나 무기징역으로 감형, 형기가 끝나고도 보호감호 처분으로 계속 구금되어 34년의 옥살이 끝에 89년 초에 출옥하여 2월 26일 병사한다. 향년 72세. 하동의 삼천석꾼 지주의 아들로 일본의 명문 와세다 대학 출신이다.

다시 54년 1월 31일, 전북도당 위원장 방준표가 국군 제5사단 36연대 정창호 중위의 수색대에 의해 남덕유산 1,046고지에서 애인 신단순 등과 함께 사살돼 전북유격대는 완전 섬멸된다. 방준표의 죽음에 대해서도 갖가지 설이 있으며 마지막 날까지 방준표 측근에 있었다는 사람의 증언을 소개한 잡지 기사도 있다. 그러나 당시 방준표 일행은 한 사람도 남김없이 사살됐으므로 빨치산 쪽에 정확한 정보가 전해질 리 없다고 생각돼 바로 그 토벌부대의 일원으로 있던 사람의 증언을 택했다는 것을 전제해둔다.

정창호 수색대는 남덕유산 장수군 쪽 사면을 수색하던 중, 전북도당 빨치산으로 보이는 7명을 발견하고 전원을 사살한 후, 다시 1,046고지 바위틈에 은신 중이던 방준표 등 5명을 발견했다. 독실한 가톨릭 신자인 정 중위는 되도록 살상을 피하고자 마이크를 통해 투항을 권고하며 3일이나 기다렸으나 끝내 불응하기 때문에 57밀리 무반동총과 수류탄으로 공격하자 남녀의 목소리로 '김일성 수령 만세!', '인민공화국 만세!'를 부른 후 잠잠해졌다고 한다. 그러니까 당시의 신문보도처럼 자폭인지 폭사인지는 분명치 않다. 남원수용소에 수용 중, 방준표의 시체를 확인하기 위해 현장에 보내졌던 '목동'의 증언에 의하면 시체 중 2구는 투항을 시도하다가 방준표의 권총에 의해 사살된 것으로 보였으며 나머지는 방준표와 신단순 외 1명이었다고 한다.

방준표가 지녔던 문서에서 그가 경남 거제 출신이라는 것을 알았다는데, 방준표는 대구사범을 나와 대구 철도국에서 근무하다 10월항쟁 때 연루되어 월북 후 모스크바 당학교를 수료한 신 인텔리로, 원칙만을 고수하는 경직된 공산주의자였다. 그런 점에서 이현상과는 매우 대조적이었다.

신단순에 대해서는 그녀와 가까이 접촉했던 사람들 중에도 설이 구구하다. 경남 태생으로 모 경찰국장의 딸이었다느니, 전북 이리 태생으로 모 여고 2학년의 학생이었다느니 엽기적인 전설이 많은데, 가장 믿을 만한 정보는 그녀가 부안의 빈농의 딸로 간호원양성소를 나온 간호

보조원이었다는 것이다. 그녀와 같이 입산한 그녀의 사촌언니 신소순이 '목동'의 필경사 조수 노릇을 하면서 하던 얘기니까 신빙성이 있다. 아담하고 가냘픈 몸매에 상당한 미모여서 방준표의 신변에서 시중을 들다 나이 차이를 뛰어넘어 연인관계가 된 듯하다. 다만 방준표와 관계가 생긴 후로는 세를 믿고 손에 물도 안 묻히려 드는 등, 다소 교만한 데가 있어 '공주님'이라는 비아냥이 섞인 별명이 붙어 있었다. 가끔은 방준표의 명령으로 사역병이 업고 다니기도 했다. 이 책에 등장하는 시인 김영도 그녀를 업고 다닌 적이 있었다고 한다. 그런 그녀가 어떻게 북에 알려졌던지 '소녀 빨치산 영웅'으로 '공화국 영웅'의 최고 영예를 얻고 있다 하니 알 수 없는 일이다.

54년 1월 중에는 전 전남도당 위원장이며 5지구당 부위원장이던 박영발이 배암사골에서 최후를 마친다. 그 무렵 전남도당 위원장은 부위원장이며 6·25 전 전남도책이던 김선우가 맡고, 박영발은 10호 결정서에 의해 배암사골에 설치한 '조국출판사'에 가 머물러 있었다. 그는 토벌대에 포위되자 탈출을 단념하고 권총으로 자결해버렸다. 경북 봉화 태생으로 학력이 전무한 대신 비상한 기억력을 갖고 있던 토목노동자 출신의 박영발은 고집쟁이다운 장렬한 최후를 마친 것이다. 박영발은 어찌 보면 편협하리만치 경직된 원칙주의자였다. 다만 그와 비슷한 교조주의적 성향을 보이던 방준표의 귀족적이며 폭군적인 작풍과는 달리 군경 포로를 살상하지 않고 돌려보내는 아량도 있었다. 지나치게 원칙을 고수하여 인사등용에 있어서도 반드시 '기본 출신'을 중용하고 고학력의 부농 출신 대원을 '감상적 자유주의자'로 천시했다. 조직되고 의식화된 노동자가 거의 없던 시절이라 이런 그의 경직된 원칙주의는 많은 역효과도 가져왔다. 그래서 그의 측근에 있던 한 생존자는 "남부군의 능력본위 인사가 부러웠었다"라고 술회했다. 그는 특히 숫자에 대한 기억력이 뛰어났으며, 놀라울 정도로 강인한 극기력과 의지력의 소유자였다. 그러나 깡마르고 약간 큰 키에 몸이 몹시 허약해서 걷다가도 가끔 쓰러졌다가 숨을 가다듬고는 다시 일어나곤 했다고 한다. 정신력 하나로 버티는 그런 인상의 사나이였던 것이다.

뒤이어 2월 27일, 6·25 전 전남도당책이었고 사변 후 전남도당 부위원장과 전남유격대장을 겸하던 김선우가 광양 백운사에서 토벌대와 교전 끝에 수류탄으로 자결했다. 도 유격대장을 도당 위원장이 겸하지 않았던 것은 당과 유격대를 구분하는 박영발의 고집스러운 원칙주의 때문이었다. 이때 김선우의 최후가 매우 장렬했고 그의 아지트에 그가 탐독하던 서책이 그득한 것을 본 토벌대의 연대장이 정중한 장례를 치러주고 묘까지 만들어준 고무사(古武士)다운 일화를 남기고 있다. 빨치산이나 '투사'라는 말이 어울리지 않는 부드러운 선비형의 사나이였다. 이 김선우 밑에서 유격대 부사령으로 있던 오금일(嗚今日)도 김선우 사망 직후 통명산에서 부상하고 포로가 되는데, 연행 직전에 자결하여 결국 전남도당 수뇌부도 54년 2월 섬멸되고 만다.

1953년 12월 1일부터 전개한 국군 5사단(사단장은 박병권 준장)의 겨울철 토벌작전도 이렇게 해서 2월 중에 종료한다. 그후에도 어쩌다 은신 중인 '망실공비'가 하나둘씩 체포된 예는 있으나 그것은 이미 '빨치산 투쟁'은 아니었다. 결국 남한 빨치산의 처절했던 역사도 이 2월로써 끝났던 것이다.

저자 이태(본명 이우태) 연보

▶ 저자 이태[李泰, 본명 이우태(李愚兌)]는 1922년 11월 25일 충북 제천군 백운면 박달재 아래의 평동 마을에서(당시는 중원군) 아버지 이석영(李錫永, 1967년 작고) 씨와 어머니 김진수(金振秀, 1976년 작고) 씨의 둘째 아들로 태어났다. 일곱 살 때 아버지가 '상록수의 이상촌'을 건설하려는 꿈을 안고 과수원이 있던 원서 마을로 이사했다. 그의 아버지는 경성제일고보(경기고의 전신) 졸업반에 재학 중 3·1운동에 참가, 그가 태어날 때는 아버지가 공주교도소에서 6개월간 복역한 뒤였다. 그후 이석영 씨는 검정시험을 거쳐 초등학교 교사가 되었다.

이상주의자였던 이석영 씨는 실제로 원서 마을에 '이상촌'을 건설하려는 구체적인 시도를 했었다. 교사 생활을 하던 중《매일신보》에서 모집한 농촌진흥에 관한 현상모집에 응모해「오인(吾人)의 생활」이란 제목의 글로 1등에 당선되어 받은 현상금 30원(지금 약 300만 원 정도)으로 청년단을 조직하여 야학당을 세우고 공동생산, 공동생활에 들어가기도 했다. 그 흔적이 지금까지 전해져 원서 마을은 그때 개척한 마을 앞 공동답을 공동으로 지어 부락 공용으로 쓰고 있다고 한다.

▶ 원서에서 초등학교를 졸업한 이우태는 청주중학교에 진학한다. 중학교 때 그는 처음으로 금강산을 올라간 적이 있는데, 바로 그가 남한 사람들 중 마지막 금강산 세대였다. 일제 말엽 장난이 심해 꾸지람을 많이 들었던 소년은 청주고등학교에 들어가 교내 백일장에 작품을 투고하면서 문학의 길을 꿈꾼다. 청주고(12회)를 졸업하고 그는 일제의 '의용군'으로 끌려나가 일본에서 '수치스러운 1년'을 보내고 해방을 맞이하게 된다.

▶ 해방 직후엔 좌·우익의 첨예한 대립속에서 갈등을 겪었다. 그는 '대학졸업장'이 필요했다. 저널리스트가 되기로 결심한(당시 그가 존경하던 문인들이 대개 언론사에 근무하고 있었기 때문이다) 그는 '조선신문학원'에 들어가기로 했는데, 그 자격 요건이 대졸이었기 때문이다. 그는 우후죽순처럼 생겨나던 대학 중에서 국학대학(우석대학의 전신, 우석대학은 후에 고려대학교에 흡수되었다) 국문과에 입학해 3년제 과정을 2년 만에 졸업하고 이어 1년제였던 '조선신문학원'을 졸업했다. 그때가 1948년이었다.

　1945~48년의 대학 시절 그는 확신에 이르지는 못한 채 좌파에 이끌렸다. 그는 그 시절을 이렇게 돌이켰다. "당시는 모든 젊은이들이 좌·우익에 속해 있었어요. 해방과 함께 좌익의 당조직은 지하로 숨고, 학생이 주축이 된 '민족학생동맹(민학)'과 청년이 중심이었던 '민족애국청년동맹(민애청)' 등 남로당의 외곽단체가 여럿 있었습니다. 학교에서 '민학'에 관계했으나 활동은 별로 없었어요. 솔직히 말하면 좌파가 신선하게 보이던 시절이었습니다."

　당시 젊은이들로 하여금 좌파를 신선하게 느끼게 해준 것은 다름 아닌 극심한 사회부조리와 우익청년단의 지나친 횡포 그리고 가혹한 경찰의 탄압 때문이었다. 그러나 이 무렵 그가 이끌렸던 '좌익'은 다분히 '감정적인'

것이었다.

▶ 1948년, 그는 이화여고 강당에서 4백 명의 응시자 중 3명을 뽑는《서울신문》(당시는 중립지) 기자 시험에 수석으로 합격한다. 소설가 월탄 박종화(朴鍾和)가 사장이던《서울신문》에서 정치부와 사회부 기자로 8개월간 일하다가 편집부국장(전홍진)을 따라 함께 '합동통신'으로 자리를 옮긴다. 이곳에선 줄곧 사회부 기자로 문교부, 구매처, 보건부 등을 출입했고, 그러던 중 그곳에서 6·25를 맞는다.

▶ '인민군'이 서울에 들어온 이튿날인 6월 29일, 평양의 조선중앙통신사가 파견원을 보내와 당시 서울에 있던 3개 통신사(합동·고려·공립) 전 직원을 합동통신사에 모아놓았다. 이틀 후 그는 조선중앙통신사 기자로 흡수되어 '여자 의용군 위생대'를 종군하게 된다. 심한 공습 속에서 3일 만에 대전에 내려간 이우태 기자는 본사 명령을 받고 전주로 내려가 통신 업무를 맡게 된다. 이것이 그의 운명을 뒤바꿔놓은 계기가 됐다.

　당시 '인민군'은 통신사를 무엇보다 먼저 점령지에 설치했다. 그때가 1950년 초가을이었다. 9월 20일 군산 앞바다 오식도에 연합군이 상륙하면서 전주지사 기자들은 전북도당 간부들을 따라 전북 순창군 구림면 무명 골짜기에 들어가 '조선노동당 전북도당 유격사령부' 대원이 됐다. 이때 그의 나이 28살이었고, 그해 추석이 수기 '남부군'의 시작이다.

▶ 그후 회문산 '독수리부대'를 거쳐 당시 남한 빨치산의 상징적 존재였던 이현상의 '남부군'에 편입되어 죽음의 낮과 밤 사이를 오가는 17개월을 보내게 되며, 1952년 3월 19일 05시50분, 분대에서 낙오된 후 닷새를 굶은 끝

에 지리산 기슭 덕산에서 체포되어 인간이 사는 세계로 내려오게 된다.

▶ 체포 직후 토벌대의 연대본부를 따라 단성면 지서유치장에 잠시 수감되고, 이곳에서 당시 토벌대 경찰사령관(계급 경무관)이었던 중학교 동기 이성우와 '운명적인 만남'을 갖게 된다. 이후 남원수용소로 이송 수감된 후 6개월여를 지낸 뒤 중학교 동창이었던 이성우 사령관 덕분에 남원경찰서에서 '도민증'을 받는다.

▶ 수소문 끝에 서울 용두동에 살고 있는 부모와 만날 수 있었으나 서울에 올라온 지 한 달여 만에 이번에는 국군에서 징집영장이 나와 입대했다. 참호도 파고 포탄도 나르고 하였으나 몸이 워낙 쇠약해진 터라 군의관에 의해 한 달 만에 귀향조치되었다. 그는 '살아갈 궁리'를 한 끝에 아버지와 함께 서울 낙원동에서 연탄가게를 열었다. 그때 나이 서른한 살, 언론계 복귀는 꿈도 꿀 수 없었다.

▶ 1953년 초 약혼을 하고 그해 5월 10일 조인제(趙仁濟)와 결혼했다. 결혼 후 얼마 동안은 시도 때도 없이 사건이 터질 때마다 끌려가 조사받고 고문을 당하는 등 '자기 그림자조차 두려워하는' 고통스러운 나날을 보냈다. 그러나 문학을 향한 꿈을 버리지 못해 1955년과 57년 사이에 신춘문예 소설 부문에 응모, 「김목수의 하루」라는 단편이 최종 결선에 올라 용기를 얻었으나 이듬해 투고한 작품은 선후평도 나오지 않아서 창작의 꿈을 포기하고 만다.

▶ 결혼과 함께 연탄장사를 그만두고, 연탄회사에 번개탄 원료인 숯가루를

납품하기 시작했고 1956년까지 이 일을 했다. 당시 연탄공장(대동연탄) 사주였던 이가 3대 국회의원에 당선된 정해영 의원(후에 국회부의장)이었다. 석탄공사의 과장으로 일하다 정해영 씨의 제의로 함께 일하게 된 이우태의 친형 이우익 씨(77년 미국 이민)의 권고로 세계일주 여행을 다녀온 정 의원의 여행기를 대필해주게 된다.《조선일보》에 10일간 연재됐던 이 여행기의 반응은 좋았고, 정 의원은 이우태에게 함께 일해보자는 제의를 했다.

1957년부터 정해영 씨의 스피치 라이터가 되었고, 그후 1960년 7월 야당인 신민당이 창당되면서 당수였던 윤보선 씨와 만나게 된다. 여관방을 잡고 창당작업에 참여하는 한편 윤보선 씨의 글을 써주었다. 1963년 대통령선거에선 박정희(공화당) 후보와 맞선 윤보선 씨의 선거 선전활동을 혼자 도맡다시피했다(당시 공화당의 선전요원은 30여 명이었다).

이와 같은 정해영 씨와의 인연으로 그는 63년 12월 전국구 후보 29명 중 서열 16번으로 공천을 받았으나 14번까지만 국회의원이 되었다. 그러나 그 뒤 윤보선, 정해영 씨가 한일굴욕외교에 반대하다가 의원직을 사퇴함에 따라 6대 국회의원이 되었으며, 약 3년간 교통체신위원회에서 정치활동을 한다.

▶ 국회의원 임기가 끝난 1967년 5월부터 그는 다시 궁핍한 시대를 맞는다. 취직을 하려 해도 명색이 국회의원을 지낸 사람이었다는 관계로 쉽지 않았으며 사업을 하기엔 자본이 전혀 없었다. 견디다 못한 그의 부인이 이후 20여 년 동안 생계를 꾸려가지 않을 수 없었다.

▶ 1971년 고향인 제천에서 8대 국회의원 선거에 출마했다가 낙선했다. 그후 그는 계속 야당에서 활동했으며, 1976년 이철승 씨가 당수로 있던 신민

당이 주류와 비주류로 갈라져 맞섰을 때는 '야당성회복 투쟁동지회'를 결성, 중앙위 의장을 맡아 김영삼 씨를 지지했다. 그후 그는 1980년 5·17 쿠데타를 야당 당원으로 겪었고 정치규제 인물이 되었다.

▶ 1975년 5월 교통사고로 중상을 입고 8개월을 한남동 소재 순천향병원에 입원하게 된다. 죽음의 고비를 넘긴 그는 '내가 입을 다물면 그들(지리산 빨치산)은 영영 잊혀진다'는 절박감에 사로잡힌다. 그는 그간의 기록과 수집한 자료를 모아 퇴원 즉시 '남부군'을 쓰기 시작, 1,800매 분량의 원고를 1년여 만에 탈고한다. 그러나 자료조사와 사실확인 등의 이유로, 그리고 엄혹한 출판규제를 통과해낼 자신이 없어 발표하지 못했다.

▶ 군사정권의 정치활동 규제로 공식적인 모임을 갖기 어려워지자 1981년 6월 9일 편법으로 등산모임인 '민주산악회'를 만들었다. 그는 이 산악회의 총산악대장과 부회장을 맡았으며, 회원들과 함께 여러 민주화운동 집회에 열심히 참가했다. 민주산악회는 그의 작품이었다. 창설은 물론이고 헌장, 노래까지 모두 그가 지었으며, 이후 민주산악회의 산행은 그를 길잡이로 하여 매주 목요일 어김없이 이루어졌다.

▶ 1988년 7월 11일 마침내 『남부군』이 간행되어 대대적인 반향을 일으켰다. 이 책은 간행되자마자 큰 화제를 일으키고 선풍적인 인기를 누려 기록적인 베스트셀러(50만 부 이상 판매)가 되었다. 1990년에는 『남부군』이 정지영 감독에 의해 영화로 만들어졌다. 『남부군』 출판으로 경제적으로도 어느 정도 안정을 찾을 수 있었던 그는 90년대 들어서는 창작 활동에 심혈을 기울인다.

그의 저작 활동은 기자 생활을 바탕으로 하여 쓴 『한글공문편람』을 1959년에 출간한 것을 비롯하여, 1988년에 『남부군』을, 1990년에는 남부군 비극의 사령관 『이현상』을 간행했다. 그리고 같은 해에 암담했던 시절 틈틈이 써 모았던 자전적 에세이와 신문, 잡지에 기고했던 회상기들 가운데 기록성이 있다고 생각되는 것들을 추려서 수필집 『기다림』을 출간했고, 역사적 사실을 증언과 체험 등을 통해 소설 형식으로 쓴 『여순병란』(1994)과 『천왕봉』을 잇달아 내놓았다. 그리고 유고집이 된 『시인은 어디로 갔는가』(1997)에는 식민지 체험을 풀어놓은 '전쟁사의 언덕', 30년대의 세시풍속을 담은 '무심천세시기', 포로로 수감되었던 시절을 그린 '회상록 지리산이여 안녕'이 함께 수록돼 있다.

▶ 역사에 대한 해박한 지식으로 주변을 놀라게 했던 그는 고희의 나이에도 창작활동을 위해 자동차 운전면허를 얻은 후 중고차를 하나 장만하여 손수 운전하며 전국을 누비면서 역사의 현장을 찾아 탐구하는 노익장을 과시하기도 했다.

▶ 고령에도 불구하고 창작에 대한 열의만큼은 청년 못지 않았다. '역사는 대부분 승자의 기록이기에 패자의 기록도 남겨져야 한다'며 『남부군』에 이어 또 하나의 패자의 기록인 홍경래의 난을 소재로 소설화하려는 뜻을 오랫동안 품어왔으나 끝내 이루지 못했다. 그는 미처 저자의 말을 쓰지도 못한 유고집 『시인은 어디로 갔는가』를 남기고 1997년 3월 6일 오후 7시 10분 급환으로 별세했다.

▶ 유족으로는 미망인 조인제(趙仁濟) 여사와 2남 1녀가 있다.

남부군

최초로 공개된 지리산 빨치산 수기

초판 발행 1988년 7월 11일
개정증보판 발행 1990년 3월 15일
상하합본판 발행 1993년 4월 26일
재편집증보판 발행 2003년 3월 29일
재편집증보 개정판 1쇄 발행 2014년 9월 20일
재편집증보 개정판 6쇄 발행 2024년 6월 10일

지은이 이태(李泰, 본명 이우태)
펴낸이 조추자 | 펴낸곳 도서출판 두레 | 등록 1978년 8월 17일 제1-101호
주소 (04075) 서울시 마포구 독막로 100 세방글로벌시티 603호
전화 02)702-2119, 703-8781 | 팩스 02)715-9420 | 이메일 dourei@chol.com
블로그 blog.naver.com/dourei
ⓒ 이우태

ISBN 978-89-7443-100-6 03810

* 책값은 뒤표지에 적혀 있습니다. 잘못 만들어진 책은 구입처에서 바꾸어 드립니다.

이 도서의 국립중앙도서관 출판예정도서목록(CIP)은 서지정보유통지원시스템 홈페이지(http://seoji.nl.go.kr)
와 국가자료공동목록시스템(http://www.nl.go.kr/kolisnet)에서 이용하실 수 있습니다.
(CIP제어번호 : CIP2014024677)

도서출판 두레의 책들

나무를 심은 사람
장 지오노 지음 | 김경온 옮김 | 마이클 매커디 그림
법정 스님이 사랑한 책, 소설가 이윤기 추천도서

위대한 강
프레데릭 백 글 · 그림 | 햇살과나무꾼 옮김

파브르 곤충기
J. H. 파브르 지음 | 정석형 옮김

파브르 식물기
J. H. 파브르 지음 | 정석형 옮김 | 이창복 감수
소설가 김훈 추천도서

마테오 팔코네
: 메리메 단편선
프로스페르 메리메 지음 | 정장진 옮김 | 최수연 그림

갈릴레이의 생애
: 진리를 아는 자의 갈등과 선택
베르톨트 브레히트 외 지음 | 차경아 옮김

세상의 모든 딸들에게
알랭 아이슈 지음 | 김주열 옮김

젊은 베르테르의 슬픔
요한 볼프강 폰 괴테 지음 | 이인웅 옮김

이 사람을 보라!
: 어둠의 시대를 밝힌 사람들
김정남 지음

만델라 자서전
: 자유를 향한 머나먼 길
넬슨 만델라 지음 | 김대중 옮김

마더 테레사
: 그 사랑의 생애와 영혼의 메시지
신흥범 엮음

꽃보다 아름다운 사람들
: 황대권의 유럽 인권기행
황대권 지음

마르크스의 사랑
피에르 뒤낭 지음 | 신대범 옮김

빅터 프랑클
: 죽음의 수용소에서 삶의 의미를 찾다
안나 S. 레드샌드 지음 | 황의방 옮김

남부군
: 최초로 공개된 지리산 빨치산 수기
이태 지음

작은 인디언의 숲
: 『동물기』를 쓴 시튼의 자전적 소설
E. T. 시튼 지음 | 햇살과나무꾼 옮김

"목을 부러뜨려 짧게 한 놋숟가락을 '빨치산의 당증'이라고 했는데,
목숨 다음으로 소중하다는 익살이었다. 또 빨치산은 누구나 반드시
이 짤막한 놋숟가락을 하나씩 지니고 다녔는데, 그것이 빨치산의 표
지처럼 되어 있었기 때문이기도 했다. 썩은 시체 속에서 이런 놋숟
가락이 나오면 빨치산의 시체라는 것을 판별할 수 있었으니 군대의
인식표 구실도 한 셈이다."